曹禺研究资料长编

汪亚琴 编

《家》与其他作品

研究资料

上海科学技术文献出版社
Shanghai Scientific and Technological Literature Press

长江出版社
CHANGJIANG PRESS

图书在版编目(CIP)数据

《家》与其他作品研究资料 / 汪亚琴编.
—武汉：长江出版社，2020.8
（曹禺研究资料长编）
ISBN 978-7-5492-7158-0

Ⅰ.①家… Ⅱ.①汪… Ⅲ.①曹禺（1910-1996）—
文学作品研究 Ⅳ.①I207

中国版本图书馆 CIP 数据核字(2020)第 154182 号

项目统筹：张　　树
责任编辑：李海振　　王　珺
封面设计：汪　雪　彭　微

《家》与其他作品研究资料
汪亚琴 编
出版发行：上海科学技术文献出版社
地　　　址：上海市长乐路 746 号　200040
出版发行：长江出版社
地　　　址：武汉市解放大道 1863 号　430010
经　　　销：各地新华书店
印　　　刷：武汉市金港彩印有限公司
规　　　格：787mm×1092mm　　1/16
印　　　张：32.25
字　　　数：700 千字
版　　　次：2020 年 8 月第 1 版　　2021 年 1 月第 1 次印刷
书　　　号：ISBN　978-7-5492-7158-0
定　　　价：190.00 元

曹禺研究资料长编

编委会

主　编　　　刘川鄂　刘继林

特邀编委　　聂运伟　肖德才

编　委　（以姓氏笔画为序）

叶　萍　申利锋　刘　娟　池周平

阳　燕　余迎胜　汪亚琴　张义明

周少华　唐小娟　黄晓华

史料与现实的关系

以刘川鄂为带头人的湖北大学中国现当代文学学科不仅注重作家作品、文学社团、文学现象和文学思潮的研究，同时也把大量的精力投入到中国现当代文学历史资料的发掘和整理中，从对湖北作家的相关史料发掘整理和研究出发，逐渐拓展到对文学史上重要作家作品的史料整理和研究。显然，这样的学科发展战略目标，是循序渐进、良性循环的学术策略。正是在这样的学术背景下，由刘川鄂、刘继林两位教授担任主编，湖北大学中国现当代文学学科团队精心编选的《曹禺研究资料长编》（共十一卷），旨在将业已僵化的著名大作家研究导向一种新的研究范式之中，让围绕曹禺的学术研究重新焕发出活气来。

一切学术研究的基础首先就是史料的梳理，离开了史料的依托，研究就如悬在空中的楼阁，看许多现实问题也就囿于平面化。正如编选者在其中的《曹禺综合研究资料》卷"导言"所言："研究文学史上名有定论的作家本来就有一定难度，加上随着时间的推移，史料和研究视角越来越难发掘，未来的曹禺研究工作会越来越难超出前人的成果，越来越难找出有新意有理据的命题。"显而易见，史料的重新发掘和编选，直指的是学术研究的拓展。编选者在研究资料的选取上，充分注意到一些重要的历史节点。比如将1949年作为研究资料编选的历史切分点，并不完全是由于学科的界限，我以为更是一种对学术态度的历史检验，其中的奥妙就在于作为当时的剧评家和研究者采取的是什么样的学术价值观——是凭着自己的学术良知和艺术审美对作家作品进行判断，还是跟着时代的潮流风向标走，这才是艺术评论生与死的考验。

曹禺是中国现当代文学史上的一个具有特别意义的作家，属于那种"井喷"以后就戛然而止的剧作家。"曹禺现象"恰恰是中国现当代作家在文学史变迁中最具代表性的范例，他才是与我们文学思潮史上最贴切，也是最契合文学史解剖的研究对象。如果我们意识不到这样一个"曹禺现象"在文学史上的独特意义，即便是再多的文学史资料的呈现，在许多研究者的视野中，恐怕也是一个盲点。所以，我们只有重新解读曹禺作品，重新梳理各个不同时代的曹禺研究资料，或许才能真正获取解剖"曹禺现象"的密码。只有回到历史的原点和原典之中，站在一个新的历史制高点上，我们才能看清曹禺作品的思想内容和艺术内涵，才能廓清许许多多迷失在历史河流中的"飞鱼"和"蜉蝣"行状。

毋庸置疑，自《雷雨》开始的曹禺戏剧创作，是中国戏剧史上历经八十七年的奇迹，也是中国现当代文学史上"最雷雨"的戏剧发生的时段，它见证的是中国文学在启蒙主义进入一个复杂的现代语境窗口时的深刻内涵，同时也是中国戏剧文学在艺术方法和艺术技巧上借鉴西方戏剧第一次"吃螃蟹"的历程。如何看待这一现象，应该是值得研究者注意的问题。

之所以说《雷雨》在启蒙主义的窗口上，强化了对封建的专制主义的批判，用"最雷雨"的批判现实主义方法抨击了家长制戕害人性的本质，是因为尽管窗外雷电交加，但是，那个"铁屋子"里仍然在演绎着一幕幕人间的悲剧，也只有悲剧才最能引起人们心灵的震撼。从某种意义上来说，它引起的不仅仅是亚里士多德古典悲剧的"同情和怜悯"，从悲剧的本质意义上来说，"最雷雨的"《雷雨》才是见证历史的活剧。这样一出活剧贯穿于中国文学的过去、现在和未来，这才是《雷雨》的意义所在。因此，也只有翻开这八十七年对《雷雨》以及曹禺几个代表作的批评研究、传播接受的历史，我们方才可以看出这套丛书的重大意义所在。

之所以说《雷雨》是中国戏剧汲取西方戏剧艺术方法与技巧精华的真正开端，为中国戏剧走向现代奠定了坚实的基础，并在一定程度上影响了整个文学领域对外开放的格局，让人们知晓中国文学正因为有了世界文学艺术方法和技巧的参照，才成为独特的艺术，只有"拿来"，方才可以攻玉，才能走向新生；亦只有熟悉了自《雷雨》开始的两种艺术观的争论，在史料的长廊中寻觅到艺术的真谛，我们的文学艺术才能得到长足的发展。

我充分理解湖北大学文学院编辑这套研究资料的良苦用心，囿于曹禺研究的停滞不前、文学史研究的基本定型，没有史料的重现，就不足以唤醒人们的价值理念，就不能触发研究者的研究冲动，也就不能让这个领域的研究走向深入。编选者认为四十余年来"海内外、多视角全面推进"的曹禺研究格局成就很大，似乎过于乐观了一点。尽管涌现出的著述颇丰，但多为重复叠加的著述，难免捉襟见肘，鲜有能够警醒世人、真正拓展研究深度和广度的扛鼎之作。而这套即将面世的丛书，将极大催生新见解、新角度的曹禺研究著述的问世。在某种程度上，它应该是曹禺研究的"助产士"。

道路是曲折的，也是十分艰难的，今后也许会更加艰难，但是我们仍然要前行，谁让你是一个只能尊重历史的研究者呢？！

中国现代文学研究会会长

南京大学文学院教授　　　　丁　帆

2020 年 10 月 1 日草于南大和园

目 录

曹禺研究 资料长编

《家》研究资料

《艳阳天》研究资料

《明朗的天》研究资料

《胆剑篇》研究资料

《王昭君》研究资料

《争强》及其他作品研究资料

导言:"剧情"的开始与落幕

汪亚琴

无论是读者还是学者,都视《雷雨》《日出》《原野》《北京人》为曹禺的"四大经典",这四部最为读者所知所爱,也为学者研究最多最深。然而本卷所辑录的,恰是"四大经典"以外的其他作品研究资料。包括对曹禺早期发表在《玄背》上的小说、诗歌,写经典的夹缝中改编的戏剧,抗战中所写的《家》《蜕变》《艳阳天》和解放后三部作品的研究。和"四大经典"相比,这类研究,也可称为曹禺"非经典"作品研究。对产量不高、每部戏剧都极为珍贵的戏剧大师曹禺而言,虽然"非经典"之说过于草率,可令人遗憾的是,这类相较于"四大经典"而言的"非经典"作品,确实在研究界和读者群中遭到了冷遇。

研究曹禺这样的中国现当代戏剧大师,除了向他的经典作品致敬外,对"非经典"作品的研究也十分必要。因为戏剧大师不是一朝一夕速成的,他必在经典铸成前,以众多非经典写作实践作为经典的垫脚石。即使经典之作蜚声文坛,也会遭遇创作瓶颈期,或为环境所惑、为时代所扰写出令人不甚满意的作品。并非文学大师写的每部作品都会成为经典,同样,曹禺在一生的戏剧创作中,也有大量的"非经典"创作,多次遭遇创作枯竭,甚至写了些连他自己也不愿重提的作品。无论是曹禺"戏剧情结"的开始还是落幕,都不是遽然而成或戛然而止的。面对大师和经典,不能只关注经典之作,过程中被忽略的"沙子"与"金子"的发掘同样重要,二者不可分割,写作是个聚沙成塔的过程。研究曹禺的"非经典"作品,会清晰地了解曹禺从普通的戏剧爱好者成长为戏剧大师的心路历程,以及在时代和文学体制影响下进行文学创作的复杂性。

一

1926年9月《玄背》第6期开始连载小说《今宵酒醒何处》,第10期载完,这是目前所见最早以"曹禺"为笔名发表的作品。这部小说是在曹禺的偶像——郁达夫影响下所写,有郁达夫《沉沦》的感伤浪漫主义气息。"一些研究者都以为曹禺是现实主义作家,但是,从他早期的文学倾向来看,他对浪漫主义特别是感伤浪漫主义是曾有一度热烈追求和向往的。早期作家的美学追求和倾向并不一定在他后来的创作中原封不动地保持下来,但它却是未来创作美学倾向的基因,这是任何作家的创作实践都证明了的。"①《今宵酒醒何处》中流露的抒情特质和浪漫情调,在之后《玄背》上的几首诗中表现得更淋漓尽致,诗意

---

① 田本相:《关于曹禺的早期创作》,《中国现代文学研究丛刊》1986年第1期。

浪漫的写作实践对他后来的戏剧创作影响深远。如《雷雨》等剧中运用的诗化语言,《家》中觉新和瑞珏新婚之夜以细腻的心理描写营造的诗意氛围,都有早期小说和诗歌的遗风。

高中时期的曹禺,不仅只会写些"小女人"气质的感伤文字,对当时社会和身边人事也以锐眼观之。1927年曹禺担任《南中周刊》"杂俎"栏目的编辑,在第20、25、30期上,以万家宝和小石为名发表了《杂感》《偶像孔子》《听着,中国人!》。这几篇文章以犀利的言辞和极富才气的文字,表达了曹禺对当时社会的看法。当时的曹禺还是个17岁的高二学生,《杂感》等文中显露的辛辣文风,难以想象出自高中生之手,他在《雷雨》《日出》《原野》《北京人》等戏剧中表现的批判意识,在当时即已初露锋芒。

曹禺不仅是戏剧创作高手,在《雷雨》之前就已是舞台经验丰富、演技出色的戏剧演员。他第一次参排的戏,是1925年洪深根据剧作家王尔德的四幕喜剧《温德米尔夫人的扇子》改译的《少奶奶的扇子》,那是曹禺第一次感受到戏剧的魅力。接着又参排《打渔杀家》《南天门》等戏,分别在1927年、1928年张彭春导演的《国民公敌》和《娜拉》中扮演女角儿。在南开,曹禺与伉鼐如、张平群、吴京、李国琛合称为"南开五虎",可见在当时,曹禺已小有名气。

1929年南开校庆,张彭春准备将高尔斯华绥的《争强》搬上舞台,还将这次的改编重任交给已是南开大学政治系学生的曹禺,这是曹禺第一次改编戏剧。之后受改编《争强》的启发,他陆续翻译了《太太》《冬夜》(于1929年12月刊发于《南开周刊》上),此前,他还翻译过莫泊桑的小说《房东太太》(1927)和《一个独身者的零零碎碎》(1928)。早期这些改编和翻译外国文学的经历,为曹禺打开了戏剧视野。很多研究者认为曹禺的戏剧受到了易卜生、奥尼尔等外国戏剧家的影响,这些推论不无道理,这一点也得到他本人认同[1]。

曹禺曾在寄给田本相的一份未发表手稿中谈到写戏的缘起:

> 写《雷雨》,大约从我19岁在天津南开大学时就动了这个心思,我已经演了几年话剧,同时改编戏,导演戏。接触不少中国和外国的好戏,虽然开拓了我的眼界,丰富了一些舞台实践和作剧经验,但我的心像在一片渺无人烟的沙漠里,豪雨狂落几阵,都立刻渗透干尽,又干凅燠闷起来,我不知怎样往前迈出艰难的步子。
>
> 我开始日夜摸索,醒着和梦着,像是眺望时有时无的幻影。好长的时光啊!猛孤丁地眼前居然从石岩缝里生出一棵葱绿的嫩芽——我要写戏。[2]

可见《雷雨》并非一蹴而就的"经典",而是曹禺在日积月累的实践中形成的,也正是受演戏、改编、翻译等经历的影响,曹禺才开始与戏结缘。丰富的演剧、导演经历,在旧家庭的生活经历,出生丧母、15岁丧姐、19岁丧父的苦闷情绪,加上《争强》中劳资纠纷关系的启发,以上种种使他有了创作《雷雨》的初衷,这些经历最后也的确成功爆发在《雷雨》里。

1930年暑假,曹禺离开南开——他"戏剧情结"萌芽的地方,转入清华大学西洋文学

---

① 曹禺:《和剧作家们谈读书和写作》,《剧本》1982年10月号。

② 田本相:《曹禺传》,北京:十月文艺出版社1991年版,142。

系。清华是曹禺戏剧积淀集中爆发之处,在这里他排演过《娜拉》(1930)、《罪》(1932)等剧,写出了戏剧处女作《雷雨》。当1934年9月曹禺由清华重返天津时,已是因《雷雨》的发表在戏剧界享有盛名的剧作家。他一返回天津,就受到授业恩师张彭春的邀请,一起改编《新村正》,这部戏于10月17日南开校庆日在瑞廷礼堂公演。羊詎在《〈新村正〉的今昔》一文中说道:"最显著的,就是结构的紧严,使观众的心情总在紧张,一幕演完想看下幕。"①可见,《雷雨》的创作训练,使曹禺的戏剧创作技巧更见娴熟,对戏剧悬念的把握也非常精妙。一个有着丰富舞台经验、戏剧创作和改编经历的剧作家,当然知道什么样的戏最吸引观众。

1935年,曹禺再次和张彭春合作,将莫里哀的戏剧《悭吝人》改名为《财狂》推上舞台,并于当年12月7、8日在南开中学瑞廷礼堂公演。这次演出的导演是张彭春,舞台设计是林徽因,男主角韩伯康由曹禺饰演,台前幕后的阵容都十分浩大,郑振铎和靳以特地从北平赶来看演出,《益世报》和天津的《大公报》也刊登文章评价此次公演。曹禺在《财狂》里传达了他的喜剧观念,这次改编经历也为他日后从悲剧转向喜剧创作埋下伏笔。正是在这一年曹禺开始酝酿《日出》,田本相认为《财狂》的改编使曹禺对金钱有了深刻的憎恶和认识,"对他即将创作的《日出》起到某种催生助产的作用"②。

1936年《日出》问世后,曹禺由天津转往南京国立戏剧专科学校任教。在剧专期间,他的《原野》于1937年4月至7月在靳以主编的《文丛》连载,但这部"最曹禺"的戏剧,终因生不逢时,淹没在抗战浪潮中。战争不仅淹没了《原野》,还中断了曹禺由《雷雨》到《原野》爆发的戏剧热情。抗日的战火使曹禺随国立剧专西迁,其间辗转天津、武昌、长沙、宜昌等地,于1938年2月抵达重庆。为配合抗战,1938年曹禺改编的《全民总动员》于10月29日在重庆国泰大戏院公演,1940年该戏以《黑字二十八》为名由正中书局出版。曹禺将这部戏称为为政治服务的"速朽"之作。③ 这是曹禺创作由个人视野转向社会与时代的初步实践。1938年7月25日曹禺在重庆小梁子讲演《编剧术》,号召青年戏剧爱好者们在伟大的抗战时期写出对时代有意义的作品,而他个人对这个号召的彻底实践体现为1939年秋在江安写的戏剧《蜕变》。

《蜕变》表现了在抗战过程中,"一层旧的躯壳"是如何蜕掉的,同时,也是曹禺创作风格"蜕变"的集大成之作。他在之前一直致力于悲剧的创作,更擅长于"家庭"和小人物关系的表现。虽然这些创作视野的转换在之前的改编作品中已觅得踪迹,但从《蜕变》开始,曹禺宣布了自己的"蜕变",是感性到理性、悲剧到喜剧、有缺陷的小人物到完美英雄的转变。小人物大多是有缺陷的社会沉渣,而"英雄"无疑是有着完整人格的时代榜样。生活在同时代的批评家们似乎并没有意识到这种"蜕变"对曹禺戏剧质量的影响,大多数评论都类似于端木蕻良"这是七年来最优秀的剧本之一"④的论调。同处于一个时代的作家和

① 羊詎:《〈新村正〉的今昔》,《南开高中学生》第2期,1934年1月23日。
② 田本相:《曹禺传》,北京:十月文艺出版社1991年版,171。
③ 田本相,刘一军:《曹禺访谈录》,天津:百花文艺出版社2010年版,55。
④ 端木蕻良:《〈蜕变〉铢求》,《大公晚报》1946年5月29—31日。

批评家很容易形成对时代的共鸣,这是可以理解的。溯而观之,能更清晰地反映当时的社会环境对文学创作和评论的影响。

令人惊喜的是,曹禺在与时代结合之余,依然写了回归家庭的《北京人》和《家》,但《北京人》已失去《雷雨》《日出》《原野》悲剧的彻底性,《家》也因诗意氛围的过度营造导致悲剧的弱化。1942年《家》的问世,可说是曹禺诗化戏剧的复活,他在《家》中运用大量的诗化语言表现人物内心,方非认为这是一种"无韵诗"的处理,但也会令人产生"鬼话太多"的怀疑①。何其芳在《关于〈家〉》一文中,表达了对这种处理方式的不满,认为《家》因为在恋爱婚姻一面表现过重,而将觉慧等人反抗的一面压下去了,偏离了巴金《家》的主题。

这次《家》的演出,却又再一次地证明了这样一个真理:

——无论怎样艺术性高的作品,当它的内容与当前的现实不相适应的时候,它是无法震撼人心的。

应该有回答当前的观众和读者的要求的作品!应该有暴风雨一样,强烈的阳光一样,打破这闷人的气候的作品!

即使粗糙一些,幼稚一些,那也将是掌声紧接着掌声,兴奋紧接着兴奋的!

现在的艺术也只有被"逼上梁山"了。因为不如此,不与粗服乱发的老百姓相结合,艺术就将不能生存,不能发展!

——何其芳《关于〈家〉》②,1947年2月

不仅是《家》,《北京人》也遭受了类似的攻击。这就是时代,是时代令何其芳发出的声音和对"早期曹禺回归"的声讨。在特殊时代背景下,名戏剧家和普通戏剧家所承担的责任是不同的,"明星"要发挥带头示范作用,时代需要借助曹禺的名气达到更好的宣传效果。他在那时成名,就意味着必须在享受盛誉的同时以"身不由己"为代价。如果曹禺不处于战争年代,《原野》之后的戏剧创作会不会有不同的走向?可惜的是,当1937年《原野》的热情被战争湮灭,就预示着那个喷薄而发的曹禺一去不复返了。《家》《北京人》的出现,可谓是曹禺由《雷雨》爆发的艺术观念的回光返照。

在"早期曹禺回归"的过程中,曹禺曾在1940年改编了墨西哥作家约瑟菲纳·尼格里的剧作《红色绒线外套》,改名为《正在想》,这是一部被人遗忘的独幕喜剧。有人说这是曹禺写不出作品的"自嘲之作",虽然他本人否定了此说法,但"创作枯竭自嘲说"也确实一语成谶。自1942年创作《家》后,一直到1945年,曹禺都没有作品问世。其间,他改编过莎士比亚的《罗密欧与朱丽叶》(曹禺翻译为《柔密欧与幽丽叶》);更在时隔多年后重登舞台在《安魂曲》(1943年1月9日重庆国泰戏院)中饰演莫扎特,留下陶行知深夜带领全校学生步行百里看《安魂曲》的佳话;发表了题为《悲剧的精神》(1943年2月19日)的重要讲话;遭受了两部历史剧——《三人行》《李白和杜甫》的创作夭折。创作要求他紧跟时代,但一位旧式家庭走出的知识分子,脱离了他熟悉的家庭生活经验,就不得不寻找新的创作资源。1945年2月,曹禺到重庆一家钢铁厂调查,着手创作工业题材剧作《桥》。可惜《桥》于

---

① 方非:《谈〈家〉的结构》,《杂志》1944年第13卷第4期。

② 何其芳:《关于〈家〉》,《关于现实主义》,上海:新文艺出版社1950年版,第309页。

1946 年在《文艺复兴》第一卷 3、4、5 期连载两幕后，最终流产。

1946 年 3 月曹禺与老舍结伴去美国讲学，1947 年 1 月回国后，他创作了电影剧本《艳阳天》。这部电影是曹禺时隔五年后的一次跨界转型之作，对此次大胆转型，评论褒贬不一。有人认为这部电影在当时的背景下已是一次非常不易的成功尝试，为中国影坛带来一股别样之风①。但在 1948 年 5 月 23 日的《艳阳天》座谈会上②，也有不少批判的声音，大多数都集中在对"阴兆时"这个人物形象的塑造上，认为这是一个不真实的失败形象，是一个孤立的"烂好人"。不知是同行们批判得太犀利伤了这位电影新人的心，还是电影实践令曹禺更明确了对戏剧的专爱，此后这位戏剧大师再未涉足电影界。从《艳阳天》到 1954 年《明朗的天》出版，曹禺一直蛰伏于创作低谷中。

新中国成立后，曹禺积极参与文艺活动。面对焕然一新的环境，他感到自己与新时代格格不入，成了新时代的落后"旧人"，急切地想融入新中国的文艺氛围，这表现在 1950 年10 月发表的《我对今后创作的初步认识》（《文艺报》第 3 期）一文中。在这篇文章中，曹禺否定了过去的创作成果，并进行了深刻的自我剖析和检讨。紧接着，在 1951 年，他又对《雷雨》《日出》《北京人》进行了不同程度的修改，这也是曹禺创作危机的一次集中表现。针对这次创作危机，周恩来与曹禺进行了一次深谈，建议曹禺就写熟悉的知识分子题材。之后，曹禺进入北京协和医院，着手搜集知识分子思想改造的素材，直到 1954 年 4 月初才开始动笔写《明朗的天》，通过曹禺口述、秘书吴世良记录的方式，历时三个半月完成。这部张光年定义的社会主义现实主义戏剧③，可说是曹禺适应新生活后写出的新作品，是抛弃"旧"生活经验后孕育的新成果，是面对新事物的新体验，是蛰伏近六年的戏剧大师创作的新进展。时代创造人，时代也革新文学，当人深处一个时代，是感受不到为时代所做的改变的，这是心甘情愿的迫切融入。在当时大时代环境的熔铸下，感性、个性、尖锐、诗意的曹禺似乎在逐渐消失。

之前两部历史剧的夭折，并未使曹禺望历史剧而生畏，1960 年曹禺成功写出了历史剧《卧薪尝胆》，这是一部应时代之运而生的作品，算是对之前遗憾的小小弥补。这部历史剧，在听取历史学家和同行们的意见后，改名《胆剑篇》。对《胆剑篇》，批评家们表现出与《明朗的天》迥异的宽容态度，十分认可这部戏的语言、冲突、人物性格和形象塑造。如茅盾认为《胆剑篇》"剧本的文学语言是十分出色的。它是散文，然而声调铿锵，剧中人物的对白，没有夹杂着我们的新词汇，没有我们的'干部腔'；它很注意不让时代错误的典故、成语滑了出来。特别是写环境，写人物的派头，颇有历史的气氛"④。反而是周恩来总理在看了戏后有不同看法："《胆剑篇》有它的成功，主要方面是成功的，但我没有那样受感动。作者好像受了某种束缚，是新的迷信造成的。"⑤对这种"新的迷信"，田本相认为是作为主角

① 熊佛西：《〈艳阳天〉观感》，《文训》1948 年第 6 期。
② 曹荫堂记录：《本社与话剧系联合主办〈艳阳天〉座谈会》，《金声》第 47 期第 2 版，1948 年 6 月 8 日。
③ 张光年：《曹禺的创作生活的新进展——评话剧〈明朗的天〉》，《剧本》1955 年 3 月。
④ 茅盾：《关于历史和历史剧》，《文学评论》1961 年 5、6 期。
⑤ 周恩来：《对在京的话剧、歌剧、儿童剧作家的讲话》，《周恩来论文艺》，北京：人民文学出版社 1979年版，112。

的勾践和作为配角的苦成，两个人物刻画本末倒置造成二元裂痕，"《胆剑篇》的二元裂痕，正是由于作家部分地失去对人物的独立的审美评价造成的。失去'我的'诗意，就失去了'我的'统一热情统一态度。无论是勾践还是苦成的形象都因为'新的迷信'的影响而减却了性格的光彩"①。周总理和田本相先生非常中肯地说出了批判者的心声，诗意、热情、性格的丧失，使曹禺后期的戏剧成了中规中矩的平庸之作。

1961 年春，周恩来总理鼓励曹禺创作一部以王昭君为题材的剧作，倡导汉族人民去除大汉族主义思想。1961 年夏天，曹禺与翦伯赞等人特地去内蒙古参观昭君墓，搜集写作素材，1962 年动笔。但紧张的阶级斗争使曹禺不得不中断创作，他将写完的《王昭君》第一、二幕悄悄锁在抽屉里。1976 年周恩来总理去世，为完成周总理的遗愿与嘱托，曹禺再访边疆，搜集素材。好在锁在抽屉里的前两幕在"文革"中被完好无损地保存下来，最终被耽搁十几年的历史剧《王昭君》于 1978 年 11 月发表在《人民文学》第 11 期上，吴祖光和茅盾都赠诗祝贺。《王昭君》避免了些许田本相所理解的"新的迷信"的束缚，在尊重历史真实的同时，运用了很多诗化语言的独白，被陈瘦竹、沈蔚德称为"抒情诗剧"，是一种"革命现实主义和革命浪漫主义相结合的方法"②，算是曹禺对早期戏剧创作特色的一种继承。

1980 年 6 月 22 日，田本相问及曹禺对解放后几部作品的看法，曹禺说："至于我解放后写的这三部戏，就不必谈了，本相！你会看得很明白的，实在没有什么可说的。"③从 1949 年新中国成立到 1996 年曹禺去世，在近半个世纪的时间里，曹禺只写了《明朗的天》《胆剑篇》《王昭君》三部戏剧，却被曹禺以"不必谈"三个字否定。在大多数批评家看来，曹禺的创作激情和生命力永久地滞留在了旧中国的阴影里，而留给新中国的这三部戏，不仅曹禺本人不愿提及，就连批评家也很少涉足。对热爱戏剧的曹禺来说，这半个世纪无疑是漫长持久的折磨。

1950 年到 1980 年的三十年间，曹禺经历了诸多波折，1974 年妻子方瑞去世，他自己沦为"看大门的东方莎士比亚"。面对时代挤压、波折摧残，曹禺已在保持个性上尽了最大努力。可惜《王昭君》之后，经历十年浩劫的曹禺因精力有限和疾病折磨，再未写出新作品。近 90 年的生命历程，以九部戏剧献礼漫漫人生，曹禺成为阐释一个作家"作品不在多而在精"的典型，即使他写得实在是太少了，依然没有妨碍他成为中国戏剧史上的大师。

二

本卷辑录的研究文章共 111 篇，研究涉及曹禺创作、合作、改编的 11 部戏剧和早期翻译的作品、创作的诗歌小说等（《蜕变》23 篇、《家》14 篇、《艳阳天》22 篇、《明朗的天》9 篇、《胆剑篇》13 篇、《王昭君》10 篇、《争强》2 篇、《新村正》1 篇、《财狂》4 篇、《全民总动员》（《黑字二十八》）6 篇、《正在想》5 篇、早期作品 2 篇），最早的一篇写于 1929 年。对曹禺其他作

---

① 田本相：《〈胆剑篇〉论》，《曹禺剧作论》，桂林：广西师范大学出版社 2010 年版.

② 陈瘦竹、沈蔚德：《读〈王昭君〉》，《钟山》文艺丛刊 1979 年第 1 期。

③ 田本相，刘一军：《曹禺访谈录》，天津：百花文艺出版社 2010 年版，58。

品(以下称为"非经典"作品)的研究,可大致分为新中国成立前、新中国成立到 1980 年代、1980 年代至今三个阶段。

评价一个时代和领域的标杆式人物,并不容易,正如对鲁迅的评价,似乎怎么评价都对,怎么评价又都不准确,曹禺亦然。面对大师,评价得最无畏的,是与曹禺同时代特别是新中国成立前的批评。新中国成立前,曹禺"非经典"作品的评论队伍里,有大名鼎鼎的巴金、胡风、端木蕻良、李健吾、熊佛西等。作为文学同行,尽管私交甚笃,他们在评价曹禺作品时,也能不顾及同行情谊,拿出毫不含糊的"非面子"批评。且看胡风对《蜕变》的一段评论:

> 我们知道艺术创造到底是统一在历史进程下面的人生认识底一个方式。在别的作品里面,作者在现实人生里面瞻望理想,但在这里,他却由现实人生向理想跃进。但据我看,他过于兴奋,终于滑倒了。

> 我们有权利指出这个剧本底反现实主义的方向,但我们也尊重作者底竟至抛弃了现实主义的热情,以及由这热情诞生的创造的气魄。因而也就不难理解,为什么读者或观众能够原谅夹杂在这作品里的人为的匠心的杂质和"善恶到头终有报"的最卑俗的宣传主义的成分。①

胡风与曹禺在 30 年代末即开始通信,胡风一直很关注曹禺的创作,曹禺也向一些刊物推荐过胡风的剧本。在评论《蜕变》之前,胡风已为曹禺的《北京人》写过《〈北京人〉速写》(1941)、《论〈北京人〉》(1942)。凭二人私交,胡风能作出"最卑劣的宣传主义"的评论,实属不易。

新中国成立前的曹禺"非经典"作品研究除了有以上所举大家外,很多都是名不见经传的小报作者,如在《学习》《现代青年》《东南青年》上评论《蜕变》的应卫民、隐秋、自励等人,在《女声》评价《正在想》的署名为兰的作者。这些小报作者的评价不受任何束缚,凭感觉流淌,颇有股"潇洒批评"的自在劲。专业性不强,但也不完全是戏剧的"门外汉",大多可能还是曹禺的忠实粉丝,对曹禺的创作有追踪关注。正因为这些作者都不是专职做文学的,评论大多感性。小报作者的身份已无从知晓,但他们很关心戏剧与国家、时代的关系,这点在《蜕变》评论中表现明显。研究者们批判过曹禺对《蜕变》中的"英雄"产生的时代背景介绍不到位,如谷虹《曹禺的〈蜕变〉》②;认为《蜕变》脱离了时代的现实性,缺乏社会基础的故事情节,如友秋的《蜕变》③;认为《蜕变》对国民党政治抱有太多太好的幻想,导致没有歌颂好光明,反而暴露了过多的黑暗,如力扬的《我对〈蜕变〉的意见》④。

一时代有一时代之文学,一时代也有一时代之文学批评。新中国成立前,批评家们面对同时代的文学大师,不惧威名,不一味唱赞歌,实事求是地指出曹禺创作的优缺点,这是此阶段曹禺"非经典"作品研究做的最好之处。如惠元在《评〈全民总动员〉》一文中肯定了

① 胡风:《〈蜕变〉一解》,《文学创作》第 1 卷第 6 期,1943 年 4 月 1 日。
② 谷虹:《曹禺的〈蜕变〉》,《现代文艺》第 4 卷第 3 期,1941 年 12 月 25 日。
③ 友秋:《蜕变》,《大时代文艺丛书》1941 年 1 月 26 日。
④ 力扬:《我对〈蜕变〉的意见》,《新华日报》1946 年 6 月 9 日。

《家》与其他作品 研究资料

《全民总动员》在"政治上的成功"和令人满意的演出效果,但也指出该剧"剧情缺乏真实性"、"带有神秘主义残余"、"群众与领袖关系,缺乏明确指示"[①]等缺点;王平陵的《〈蜕变〉读后感》非常可贵地谈到了《蜕变》的技巧问题;阿淑、于菱洲等人在《蜕变》批评中思考女性命运,显示出女性主义批评的气质;张履端的《读曹禺先生的〈家〉并略述戏剧创作原理》条分缕析地分析《家》的戏剧创作元素,结合曹禺其他剧作的创作原理,展现出新中国成立以前曹禺"非经典"作品研究少见的专业性;林榕在《两个〈家〉的剧本》一文中首先总结巴金《家》的中心主题,再针对吴天和曹禺对《家》的改编,通过细致对比指出吴、曹二人改编的优胜与不足之处;叶夫等人在《上海文艺论丛社》上发表的一组文章,是《艳阳天》研究资料中较有特色、评论较苛刻的代表。但第一阶段评论大多盘桓于人物形象评价、故事情节梗概、主题思想分析等方面,难以跳出人物、情节、主题的桎梏,评论视角和方法单一,篇幅简短,甚少见到综合全面的研究文章。小报作者评论的业余性,也导致这一阶段的评论缺乏专业性、针对性和深度,很多文章类似于观后感或新书推荐。

新中国成立以后的曹禺"非经典"作品研究要专业多了,参与评论的人大多从事戏剧文学研究,文章也大多发表在戏剧与文学评论相关刊物上,新中国成立前活跃的小报评论基本销声匿迹。

曹禺"非经典"作品研究的第二阶段是新中国成立到1980年代,这三十年,不仅曹禺的创作走向低谷,曹禺研究也进入冷却期。曹禺写于新中国成立前的"非经典"作品,在这一时期几乎被人遗忘。其间,"非经典"作品研究大多集中于曹禺的几部新作,即《明朗的天》《胆剑篇》《王昭君》。三部作品的"曹禺特色"虽不突出,但不得不承认,在漫长的三十年,曹禺站在亟待融入时代的社会主义新人立场写作,对新中国的热爱促使他响应时代的号召,写了符合时代要求、具有时代特色和时代精神的作品,三部作品分别折射出具有明朗色调的1950年代、急需"卧薪尝胆"精神的1960年代、号召民族团结共建社会主义中国的1970年代。曹禺写出了时代特色,时代也磨去了曹禺和曹禺研究者的棱角。

第二阶段的"非经典"作品研究语言晓畅明白,趋向学理化,批评者们大多能从专业角度准确分析曹禺作品里的优缺点,评论十分中肯客观。但这类文章就像此间的三部戏剧,虽然精彩但不惊艳,稳扎稳打却不如痴如醉,失却了一些色彩和嚼劲,较新中国成立前的评论少了热情与灵性,力求中规中矩,极力压抑个性、锋芒、感性,即使全面深入也很难引人入胜。如吕荧在《评曹禺新作〈明朗的天〉》一文中,显出了对曹禺少见的宽容,即便不满意《明朗的天》人物刻画的不深入,依然谨慎地作出如下评价:"虽然有这些缺点,这个剧本身的内容以及它的创作过程,充分表明了作者对待文学工作的严肃的态度,作者自己投入新生活也不久,因此对于新生活的表现还没有达到自由完满的境地是完全可以理解的。"[②]实难想象此文出自《曹禺的道路》的作者——吕荧先生之手。《曹禺的道路》一文中洋洋洒洒、文采斐然、咄咄逼人的语言,感性辛辣却言之凿凿、一气呵成的思辨力和灵气,在评《明

---

① 惠元:《评〈全民总动员〉》,《新华日报》1938年11月5日。
② 吕荧:《评曹禺新作〈明朗的天〉》,《人民日报》1955年5月20日。

朗的天》一文中消失殆尽。

当然吕荧的情况并非个例，而是这三十年曹禺"非经典"作品研究的普遍现象。曹禺戏剧创作的进展缓慢，令读者和批评家都感到焦虑，一旦曹禺的某部戏剧问世，评论便格外宽容，对曹禺新作的发表过于兴奋，往往忽略了评论的客观性，反映出当时的评论特色和风气。批评家们很关注曹禺创作与时代精神的结合，如张光年在《曹禺的创作生活的新进展——评话剧〈明朗的天〉》一文中，大赞曹禺在剧中表达的爱国主义和人道主义精神，认为这是符合时代要求的创作；《王昭君》研究资料中，张春吉、王季思、萧德明等人的文章也认可曹禺在该剧中将历史真实与时代精神结合的处理。《胆剑篇》研究资料中，张光年的两篇文章也颇具特色和代表性。《〈胆剑篇〉枝谈》一文并未以他人关注的历史和历史剧问题切入，而是归纳《胆剑篇》中"火、剑、胆、马、米"描写，以文本精读方式认可曹禺在该剧细节上所下功夫，有理有据，论点充足，论证清晰，既不失学理性也不失趣味性；紧接着他又在《〈胆剑篇〉的思想性》一文中，回应其他评论者批评该剧处理历史剧与时代关系上的不足："我们的话剧舞台，自然是要着重描写当代的革命、建设的题材，表现出强烈的时代气息。同时，如果剧作家自己身上充溢着时代精神，掌握了正确的观点、方法，那么当他处理历史题材的时候，也会刻上时代精神的烙印。"[1]这表明，批评家们并非孤立地自说自话，也对当时的曹禺研究热点有所互动和回应。

第三阶段，即1980年代至今，是曹禺"非经典"作品研究由复苏走向全面开花的鼎盛时期。1980—1990年代，曹禺是"鲁郭茅巴老曹"中，除巴金外唯一健在的文学大家，尤其是1990年代中期曹禺去世后，掀起了曹禺回忆热进而带动了研究热。曹禺早期创作的诗歌、小说、改译剧本、翻译作品，也大多在此时重获重视。其间，曹禺研究界出现了几位专家，一个是北京的田本相，一个是上海的曹树钧。1980年代初钱谷融的《〈雷雨〉人物谈》，1990年代钱理群的《大小舞台之间——曹禺戏剧新论》，以及朱栋霖、刘家思、邹红、辛宪锡等人的曹禺研究都在学术界有所影响，有丰富的专著问世，更可贵的是他们都关注到曹禺早期的"非经典"作品。如田本相在《关于曹禺的早期创作》（《中国现代文学研究丛刊》1986年第1期）一文中，对曹禺在南开时期所写诗歌、小说价值的再确认，为曹禺"非经典"作品研究作了很好的铺垫和引导。学者们也开始反思曹禺在新中国成立后的几部作品，如辛宪锡在《新的开拓和新的危机——〈明朗的天〉在曹禺道路上的地位》一文中提出三个问题：写戏是情感的需要还是政治的需要、创作题材是反映日常生活还是政治运动、戏剧冲突应表现性格冲突还是意志冲突[2]。围绕这三个问题，辛宪锡分析了《明朗的天》不能与《雷雨》《日出》等剧相比的原因，敢于批评曹禺创作滑坡，直指曹禺戏剧转型与政治的关系，令这篇文章在1980年代的研究资料里脱颖而出。

第三阶段的"非经典"作品研究，更注重史料的发掘，对曹禺"非经典"作品的审美价值

---

① 张光年：《〈胆剑篇〉的思想性》，《文艺报》1962年第1期。

② 辛宪锡：《新的开拓和新的危机——〈明朗的天〉在曹禺道路上的地位》，《齐鲁学刊丛书·现代文学专号》1981年5月。

判断并不到位,真正做出新意,将曹禺作为一个研究对象而不是一个文学偶像的研究者少之又少。直到新世纪,特别是 2010 年以后,曹禺研究进入瓶颈期,人们才开始重新发掘曹禺研究新视角。随着研究史料特别是曹禺研究资料、年谱的整理推进,研究者们开始重新审视曹禺作品,尤其是"非经典"作品。其中张耀杰的专著《曹禺:戏里戏外》在评论风格上就十分大胆。如张著尖锐批评《胆剑篇》的"怪力乱神",更将《正在想》和《蜕变》归为急功近利之作,为 1980 年代后的曹禺研究带来了一股锐利之风。

纵观曹禺研究,新中国成立前,曹禺"四大经典"问世时,都或多或少被批评过,"四大经典"所受争议远远多于其他作品。但当下的曹禺研究实情却是,"四大经典"的知名度、认可度、研究力度远胜"非经典"作品。可见,能一再推敲,推翻打倒再站起的作品才担得上"经典"二字。若一部作品的评论始终都是一个声音、一个色调,对作品本身并非好事。重新审视曹禺"非经典"作品,重估其价值,还原曹禺研究全貌,正是本卷立卷之初衷。

三

戏剧不同于小说、诗歌、散文创作,有丰富舞台经验和没有舞台经验的戏剧家,对戏剧的理解和把握肯定不同。写完一部戏不是戏剧的完成,舞台才是戏剧的最后归宿。舞台经验丰富的戏剧家,对戏剧感染力和表现力的体会会更深刻,能真正走进戏剧。同样,要理解一部戏剧,做好戏剧研究,不仅要有非常深厚的文学素养和文学史视野,还要多看剧本和演出,如果研究者有舞台经验就更如虎添翼。做好戏剧评论不是简单的技术活,综合拥有各项技能才能真正理解戏剧,懂得一位戏剧大师。更何况曹禺经典与"非经典"作品之间有着天然的血脉联系,想要完整把握曹禺的创作历程,孤立地只谈几部老生常谈的作品,既不关注曹禺"戏剧情结"的开始,也不探讨他"戏剧情结"落幕前的轨迹,无异于一叶障目,这样的研究视角,是无法深入理解曹禺的。

曹禺"非经典"作品可能是之前研究者最不感兴趣、研究起来最枯燥的。但正因前人的不感兴趣,也成全了这部分作品的研究前景。虽然之前田本相先生已对曹禺作品从《今宵酒醒何处》到《王昭君》做过连贯的全面分析,也提供了非常丰富的史料参考,尤其对《雷雨》前的小说、诗歌、改编、翻译作品的发掘作出了极大贡献,但后来者们似乎并未充分利用田先生为曹禺研究打下的史料基础。曹禺作为戏剧界泰斗,曾写过戏剧理论和创作谈,与很多人有过书信来往,这些方向都有很大研究空间。学术界在曹禺早期创作对《雷雨》等作品的影响,翻译、改编剧本的特色,戏剧思想,创作转变等方面的研究还存在不足。如对曹禺改编剧本的研究,编者搜集到的大部分文章都是演出观后感,很少有文章对剧本本身作审美研究。《财狂》和《全民总动员》因在当时都有评论专号,为保持评论原貌,这两部分的演出评论保留下来,除此之外,其他的演出评论只能割爱归入"演出卷"。

曹禺是中国现当代戏剧的领军人物,可以毫不夸张地说,曹禺是评论界研究最多的一位中国现当代戏剧家,所以几本薄薄的研究资料是无法穷尽曹禺研究状况的。对曹禺"非经典"作品研究资料的搜罗难度更大,而搜集到好的评论更是难上加难。如编者在搜集曹禺《桥》的研究资料时,煞费苦心最后却一无所获,以致本卷遗憾地未收入《桥》的研究文章。本卷辑录资料还涉及曹禺早期翻译、改译、与人合作改编的戏剧，这部分评论大多是演出和剧本评论杂糅在一起，很难取舍。更何况新中国成立前的报刊杂志数量繁多，大都难寻踪迹，新中国成立后对曹禺"非经典"作品的研究热度研究质量不增反降。以上种种，都是本卷编录过程中遇到的难题。

本卷在曹禺研究资料长编中属较特殊的一卷：其一，本卷涉及的曹禺作品比较庞杂，除曹禺原创戏剧外，还有曹禺早期创作的诗歌、小说，翻译、改译戏剧，收录范围广；其二，本卷的研究对象早到曹禺最早的作品，晚至最晚的作品，时间跨度长；其三，因本卷涉及作品种类繁多，每部作品所受关注度不同，创作年代也相距较远，研究资料的数量、深浅度不一，导致每部分收录资料的篇幅略失平衡。鉴于以上因素，在综合考量曹禺研究资料的史料价值和新中国成立前后曹禺"非经典"作品研究资料的收集难度后，本卷决定侧重新中国成立以前的资料。

这本曹禺"其他作品"研究资料，在文章选择上，除部分难以识别、影响阅读效果的文献资料外，都尽可能收入，惟愿尽己之力，为曹禺研究爱好者提供更全面的史料参考。但囿于编者见闻和篇幅限制，未能穷尽所有，资料收集的的数量、收录的质量肯定也存在诸多不足，若有不妥，欢迎指正。

曹禺研究

资料长编

《蜕变》 研究资料

略谈《蜕变》

叶　澜

陕公文艺工作队甫刚成立,大部分演员同志都尚缺乏着丰富的舞台经验,他们在虚心学习的过程里,大家努力在延安首次上演了曹禺先生抗战后巨作《蜕变》四幕剧。兹将个人对这一剧作本身的意见写在后面,以供欲研究此剧的同志们参考。

一

民国廿六年一月南京失守后不久到廿九年四月,这抗战的三个年头——目前仍在继续艰苦地经历着——都包括在一个激扬的剧烈变动的四幕戏剧里。故事的描述,写出了在抗战中一个旧的事物如何"蜕变"到一个新的事物的过程。以一个在"纷纷逃亡"中迁移到后方某县城的××省立伤兵医院为背景,在观众面前强烈地烘托出抗战中旧人物的影像,这些人物典型,是医院的秦院长和马主任,他们在医院里是政府官僚主义制度的代表作,是今日腐旧的行政机构的寄生虫,"抗战只半年,在这个小小病院里,历来行政机构的缺点,俱一一暴露出来"。这便是作者在剧本的前部所要表达出来的本意。但,这是"一层腐旧的躯壳",作者认为这层躯壳是无论如何在抗战的新生中不应再存在的;因之,在剧本的后部,作者开始了"蜕变"的过程:梁监理员——作者所理想的一个认真负责、公正、为民族国家的政府新官吏——来到这个医院视察,加以改组,这层"腐旧的躯壳"开始蜕掉,"匆匆一年有半,医院里的行政人员易旧变新",人们在"逐渐树立一个合理的制度"下,"有了守法的长官偕同属下来遵守",医院里完全变成一个作者所想象的"责任划清,系统分明",而且"动有奖,惰有罚"的模样,作者所希望的"奉公守法,勤于职务的风气",在这样"已经启导造成",之后,就"大批不得力的人员承受了不可避免的淘汰","而今日的干部,大半是富有青年气质的人们"。

一个腐旧的事物在观众眼前"蜕变"了。

二

在今天中国正是时空剧烈的变换的当儿,勇敢的接触到当前的政治问题——更确切说是接触了当前的行政机构,行政效率问题——这在目前剧本中,恐怕还是很少见到的事,曹禺先生的《蜕变》应该说是一部产生于抗战烽火中的有力剧作,它不但较之过去的《雷雨》、《日出》和《原野》具有更大的现实意义,而且更有主要的政治意义,它对于腐旧现社会的终结，确实做到了无情暴露的地步。同时，从这部剧作中，我们又看到了曹禺先生在今日显著的进步，在《蜕变》中，曹禺先生不仅是简单的暴露了抗战中存在的阴暗面——正如和其他前三部作品采用暴露手法是一样的——而且，很显然的，在这个剧本里，曹禺先生就已经开始着手企图解决这些阴暗面了——虽然解决的办法尚不无置议处。《蜕变》是一面说明了目前的阴暗正是为黎明前"新陈代谢"的必然过程，一面又指示出（基本上）今后应走向光明的途径，《蜕变》是抗战需要并且一定要使一切进步的象征，《蜕变》在大的方向告诉了观众，作者正是刻画着一个更结合于现实的理想，这个理想已经更受到抗战烽火亲切的洗练，它产生于抗战的现实基础上，孕育于多少惨痛的事实中，"证明在抗战过程中，中国的一部官吏，早晚必要蜕掉一层腐旧的躯壳，导进一个新的时代"。

但，全剧的关键，更重要的是在于"证明在抗战过程中"，这"一层腐旧的躯壳"如何在进行"必要蜕掉"，就是如何由目前的阴暗走向今后的光明，如何由"腐旧的躯壳""蜕变"到新的生命。问题的中心就是在于这应当是怎样一个"途径"，应当是怎样一个"蜕变"的过程，作者在这里，描绘了他"好人主义"，或可说"好政府主义"的气氛，"感谢贤明的新官吏如梁公仰先生者"，经过他自己一番努力，这医院里"开始造成一种崭新的政治风气的先声"。这是说明作者把促使"蜕变"的一种推动的力量，无疑地是加诸在一个为作者所理想的"贤明的新官吏"的身上了。作者赋予这个"单枪匹马"的人物以一种事务改革只要有他这样一个真正的"好人"便可成功的力量，当然我们这里并不是否认事务改革过程中人的重要作用——但，一个久年沉重的腐旧的行政机构能在同处于一古旧而深沉的污坑中能独洁然自拔。如果他不是依靠于整个社会的政治的力量，若只以一个单独的"好人"为枢纽，诚然，这就难免使人认为作者就会意识到所以能促使旧的事物"蜕变"的推动力量的本质，这应不仅简单是"一个人"的问题，试想在今天中国依然存在着政府腐旧的行政机构下，依然普遍而积习已久的存在着政府官僚主义制度下，总有贤明的新官吏如梁公仰先生者，"赤手空拳"的他又如何能被容存，"同流"而不"合污"？！"蜕变"必须是一个抗战中大的革新的政治力量推动的过程，一切腐旧的渣滓，必须是在这样一个大的政治革新的浪潮里，被冲洗得干净。因之，中国社会历史发展的规律——抗战里整个中国处于必然"蜕变"的历史过程，但应更准确的瞭望到"蜕变"所依靠的更具体的组织的与群众的基础，"蜕变"固然必需具有充分的历史社会和政治的前途。

三

作者一贯的优秀之点，是善于采用刻骨的暴露手法，在《蜕变》中作者对于抗战中存在着的阴暗面的素材，搜集的非常丰富，非常现实，以繁复的情节，洗练的对话，技巧地揭露这些现实阴暗面而博得了广大戏剧观众的喝彩；因之，作者在反面下笔之际，显示着他从容而卓越的才能。相反，关于"蜕变"期中的一切，即对于"蜕变"过程的正确认识与处理，——表现在第三、四幕，是正面的写法，但，这里应当声明，如果是这两幕被检查机关更多的删改了的话，那，这伤痕累累，伤害了原作的完整，是与作者无关的——作者笔触的模糊与凌乱是不容掩饰的，这或出于作者尚未完全掌握"蜕变"的透彻的途径，抑或为了顾忌现实而疏忽布局,在不得不描写理想境地的场面时,面对现实,而陷于凌乱结束的地步。

其实如梁监理员、丁大夫——作者又一个理想的人物——这样人物,在抗战的中国今天正不知存在着有多少,但作者的政治环境与政治经验,使他无法逼真看到这些人物的实体,而不得不从一种新的臆测中描摹出几个"合理性的理想"的面影,这,多少缺少着真实性的浓厚气味,然而,在大后方人们的眼睛里,却将迸出新鲜而兴奋的火花,使他们成为一种希望"的确是在将来的社会中应有的人物"。为抗战炮火所洗练,充满着新鲜血液的人们,他们的确是政府的好官吏,伤兵的"救星",他们早已并非稀有的存在于广大的敌后抗日民主根据地区,与全国各飞跃进步的战场上,他们的存在,不是一己的好恶,而是产生于整个旧的政治制度的基础上,进步的政治因素决定他们成为现社会特有的人物,这是抗战现实的光明面。至于孕育在早年革命区传统中的人物,那已经是十几年来革命的优秀成果了。

但,"历来行政机构的弱点"岂只仅仅暴露在这样一个"小小的病院"里?!今天我们不能对这些在抗战中仍然潜伏的腐旧的渣滓再任其存留,抗战中多少惨痛的经历教训,多少事实迫切需要,一部《蜕变》,正疾呼着"迫切等待政府绝不姑息地予以严厉的鞭策,纠正和改进"。抗战迫使一切进步,后退的必然要遭到灭亡,抗战中光明面与阴暗面的斗争,正是这一切事物在艰难中进行着毫不容怯的"蜕变"的过程。

四

最后,《蜕变》这样的好剧本,只有在追求真理与爱护真理的延安才能上演了十一天之久——重庆不是刚上演即遭禁止了吗?然而,我们对于这一个有益于抗战的有力剧作,它所遭受的惨痛伤害的运命,实应恳切指出:这种"审查制度"所造之不良后果,所谓"审查合法"予创作者以心坎上一极端苦恼的桎梏。这在抗战进入更艰苦的第四个年头,全国人民对抗战中阴暗面之唾弃——必整个暴露而消灭。——在大众前进的心声中,共趋的光明为了"蜕变",就必须从阴暗面中来向阴暗反戈一击!

《新中华报》1940 年 11 月 10 日

《蜕变》

友　秋

曹禺先生的"三部曲"曾在戏剧创作上起了大作用,至少它使得一部分欲凭借口号呐喊来收得"舞台效果"的概念化的戏剧不能不没落,使我们的坚实进取的剧作家知道我们所需要的创作,除了政治意识的明确外,还要力求技巧的上达,于是在抗战剧中我们便产生了不少优秀作,远远的超出从前的水准。然而文艺无论如何是属于时代的,也可说是有着"时代的诗情",这又使得曹禺先生从狭小的圈子,爱与死的题材中超越而出,把他的精力奉献给广泛的题材、巨大的主题了。这样曹禺先生在他的剧作的新路程放下一块纪里石——《蜕变》。

处在一个新和旧的变革时期,常常是极感痛苦的时期,一个进步的作家免不得用自己的力量向旧的恶的搏斗,向新的美的萌芽招手。他知道旧的必然死亡,新的必然苗长。把握和表现这个主题,在抗战以来的文艺创作上言,可说是共通的一个。而这并不是"差不多"。由于现实的多彩多样,由于作家的发掘浅深,那就显现得文坛上是那么"五花八门",灿然大观了。曹禺先生也抓住了这主题。借他自己的话:

　　生物界里有一种新陈代谢的现象:多少昆虫,在生长的过程中需要硬狠狠地把昔日老腐的躯壳蜕掉,然后新嫩的生命才逐渐长成。这种现象我们姑且为它杜撰一个名词,叫做"蜕变"。

　　……

　　在抗战的大变动中,我们眼见多少动摇分子,腐朽人物,日渐走向没落的阶段。我们更欢喜地望出新的力量、新的生命已由坚苦的斗争里酝酿着,育化着,欣欣然发出来美丽的嫩芽……我们对新的生命应无限量地拿出勇敢来护持,培植;对那旧的恶的,应毫不吝情,绝无顾忌地加以指责,怒骂,抨击,以至不惜运用各种势力来压禁,直到这帮人,这种有毒的意识"死"净,为止。

　　……这题目就是本戏的主题。(后记)

作者把一个伤兵医院的"蜕"旧"变"新为题材的。而激动作者的写作的,就是那些旧式官僚的营私舞弊,发国难财;旧式公务人员的敷衍苟且,应付公事;在他们的氛围中,新的负责的青年气概的人就不能舒展,工作也受尽牵碍了。这说明旧的应该"蜕"掉,而且不能不"蜕"掉以俾新的抬头。这就是剧中的第一幕和第二幕。那里展开在旧人物旧意识支配下的伤兵医院的混乱一团糟。那里给予我们几个旧人物的脸相:秦院长马主任是上层,况西堂、孔秋萍是下层。四个人物都是活生生的，有个性也有共性。秦院长的官派架子，马主任的自命能干，二者有差异，但在官僚性格上则是同一，况西堂圆滑消沉，孔秋萍的多言无实，在个性上是两异，但同是小市民层性格的一型。这里以丁大夫、谢宗奋、陈秉忠等代表被压抑的年青人物，而以梁监理员为抗战新官吏的代表，作为改革者而出现。在第三幕，就描写新行政风气树立后，医院一切进行，在梁监理员指挥之下，都上轨道，公务人员，勇于任事，奉公守法，而反攻胜利的消息，不断传来，最后是"大都克服"，万众欢腾了。

是的，蜕旧变新是民族革命运动的必然过程，作者给予我们的观念是正确的；作者所反映出来的"旧"现实——营私舞弊，苟且了事，成为抗战建途中的绊脚石——也是非常正确的：这在批判旧现实，剥露虚伪面的意义上，是非常勇敢而切实，打中了许多人的白鼻梁！

然而作者怎样来表现蜕变的过程呢？普遍性的蜕变，在现实还没有；不过文学也并不是单纯摹写现实的东西。我们要有推测，要看见"未来的火焰"。但正如高尔基说，"推测是用以补充还未把握还未发现的事实炼索中之一环的"，不过，"没有确切知识的地方，去用推测，十个推测，会产生九个错误"。在"蜕"旧"变"新过程论，或许是旧的自动死掉，新的生长出来；或许是旧的经受偶然打击而没落，新的便生长出来；或许是新的旧的在抗战行进中常常处于斗争状态，新的终于胜利了，整个民族也完全胜利了。三个"或许"，自然最后一个近于真理。大体是旧的封建式官僚式的政治的完全肃清，必然要靠民主政治的建立；而民主政治的建立，是以广大群众觉醒为根据，而民主政治又反过来成为群众运动发展的条件，又成反攻驱敌的根据。蜕变不能是一些"贤明官吏"的事！

曹禺先生所露现的蜕变是十分单纯化的：一个"贤明官吏"梁监理到医院来，"奉中央命令，要把这个医院重新改组。公务员们，负责的，继续工作；不负责的，或者查办，或者革职"。于是一下子把旧官僚式的秦院长赶掉，后来他做了汉奸，被"爱国志士"枪杀。马主任进了牢狱，后来干投机事业阔了一阵子，终于潦倒没落了。

"贤明官吏"是从怎样的基础产生出来呢？这是有决定的重要意义。关于这人物的"典型环境"，在作品中可以跟寻了几点：（一）我们看见秦院长和当地士绅县府官吏是通连一气的，而梁监理员其实是个"孤军"。这一方面显示旧势力是相当庞大的一群，克服的斗争是十分艰巨；反方面又显示梁监理员这新人物的产生，还没有普遍性的足够的条件。（二）马主任出狱后，已是梁监理员这等"贤明官吏"改革政治风气后的一年又四月，可是他还能在后方（作中是写重庆）干投机生意发了财，这形成了十分矛盾的对照的事实；论理，在容许投机发财的场合下，政治改革也就并非实在的一回事了，从哪里产生出来梁监理员呢？（三）在梁监理员和从乡下来的哥哥梁公祥的对话中，显出广大农村还没有达到觉醒状态，这又说明改革根据薄弱。从这三点的概括，我觉得曹禺先生的《蜕变》便脱出了现实性，而且意味着是一种"自上而下"的权利压禁，却缺乏了社会基础，这脱出了现实的理想，只是幻想！他末后给予读者或观众以"大都克复"的兴奋，也仅止于兴奋而已！言之过早，也过易！现实情况证明了这。

因此，梁监理员这人物也是不真实的。他沉着，沉得刻毒；他冷静，冷静得冷酷；他公而忘私,却被表现成漠无感情了;他勇于任事,领导精明,却显现得近得高高在上的权威者的姿态了。总之这个人不大使人爱。

《蜕变》这本剧缺点就在这个人物上;这个人物的失败,又由于对"蜕旧变新"的具体把握有了错误的地方。曹禺先生常提起旧思想旧意识,并提及"创造新精神","在精神总动员之下造成一个崭新的青年中国",但没有能够把握住旧思想旧意识的历史的社会的根源,没有能够把握住新精神所产生的社会基础,和精神总动员怎样才能变成"物质力量"的条件。问题就在这个地方。

《大公报》(香港)1941 年 1 月 26 日第 8 版

书评《蜕变》

隐 秋

　　曹禺这个会振动中国文坛的剧作者,他的名字,在青年的耳目中是熟悉的。《日出》,《雷雨》,《原野》,曾被列为 40 年代中国的伟大作品,是青年人喜爱的剧本。数年前,他就这样一鸣惊人的出现在我们这个还很稚弱的文艺剧作界。抗战后,他很少发表什么长篇的作品,虽然在一些刊物上也偶然看见他的一些独幕剧作。记得在一九三九年时,就听到他正埋头写作,不久将有一部伟大的剧本,贡献给抗战,这剧本就是《蜕变》。由那时起,到今天,爱读爱看他剧本的青年们眼巴巴的几乎等待了足足两年。两年的等待时间,不能说不长久,但当剧本送到手边,读后,读的人会忘了悠久等待的苦,而为中国有这么一个伟大的艺术家欢庆,而为他剧里所描的那些光明战胜黑暗的故事所振奋。作者的描写,并不是在盲目的赞颂光明,乃是在深刻的□□①后,找出抗战中光明的主流,排除一切使人炫目的错觉,导引出他的结论:"光明必定会战胜黑暗!"在后记里他写着:

　　　　生物界里有一种新陈代谢的现象,多少昆虫,在生长的过程中,需要狠狠地把昔日的蜕掉,然后新嫩的生命才逐渐长成,这种现象,我们姑且为它杜撰一个名词,叫做"蜕变"。

　　蜕变中的生物究竟感觉如何虽不可知,但也不难想象,当着春天来临,一种潜伏的泼剌剌的生命力开始蕴化在它体内的时候,它或许会感到一种巨大的变动将到以前的不宵之感。这个预感该使它快乐而痛苦,因为它不只要生新体,却又要蜕掉那层相依已久的旧壳。"自然"这样派定下那不可避免的铁律:只有忍痛蜕掉那一层旧的躯壳,新的愉快的生命力才能降生。

　　在抗战的大变动中,我们眼见多少动摇分子,腐朽人物,日渐走向没落的阶段。我们更欢喜地望出新的力量,新的生命已由坚嫩的斗争里酝酿着,育化,欣欣然发出美丽的嫩芽。这一段用血汗写出的历史,有无数悲壮的痛苦的事实,深刻道出我们民族战士在各方面奋斗的艰苦同那被淘汰的腐烂阶层日暮穷途的哀鸣。这是一段需要"忍耐"但更需要"忍心"的艰苦而光荣的革命斗争。我们对新的生命应无限量的拿出勇敢来护持,培植;对那旧的恶的,应毫不吝情,绝无顾忌的加以指责,怒骂,抨击,以致不惜运用各种势力来压禁,直到这帮人,这种有毒的意识"死"净了为止。

　　全剧是以行政问题为主题,虽然描写的只是抗战中千万种惨象的一种,然而作者着重

---

　　① 　原文无法识别的文字,均用"□"代替,编者加。

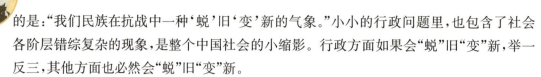

的是："我们民族在抗战中一种'蜕'旧'变'新的气象。"小小的行政问题里,也包含了社会各阶层错综复杂的现象,是整个中国社会的小缩影。行政方面如果会"蜕"旧"变"新,举一反三,其他方面也必然会"蜕"旧"变"新。

蜕变以一个由南京撤退到后方一个小县城的私人医院作为中心写起,这医院可说是战时后撤机关形态的代表,抗战叫这个旧的个体起了变化,一切内部的不健全、无秩序、腐败、荒淫、无耻,都在大变动里充分的暴露出来。迁到后方后,为了需要,这医院由大家接办,改为伤兵医院,可是旧的积习与不健全的行政机构,在新的任务里现出了破绽。初时工作人员的情绪还算激昂,精神抖擞,时日一久,大家就逐渐懈怠,萎靡,习于苟且,工作精神散漫,混乱。一些人如马主任之流更蝇营狗苟,以公做私的胡做乱来,在作者的笔下,在作者的笔下活跃着那些没落分子的丑态。

然而,可幸的并不是全都一团糟,医院也有些职员如安分守己的况西堂、对职务憨忠的陈秉忠、纯正的谢宗奋,最使人兴奋的是这医院里新来了一位忠于科学真理的名医丁大夫——一个象征新中国里新女性的可敬可爱的人物,她的行动思想,支持与活跃了全剧,是《蜕变》里的偶像;丁大夫是一个脾性刚直富有仁侠精神的中年妇女,有高明的艺术,有为科学为真理牺牲一切的决心,她甘心抛弃一个在上海的名医地位、名望,与舒适的生活,到内地耐苦耐劳地为伤兵服务,恰好她被派到这么一腐败、混乱的医院里来,一方面是繁重的千百个待救的伤病兵,一方面是麻痹、腐朽的医院行政机构,有一个糊涂不负责的混蛋院长秦仲宣,院务无论大小都操持在一个残恶、贪婪、愚蠢、卑鄙、狡猾的庶务主任马登科手里,仗着他是秦院长的外甥,替院长为非作歹,挪用公款去经营囤积居奇的生意,而伤兵的医药一再延购,叫伤兵们受着不能再被治疗的痛苦。在这种情形下,丁大夫的工作遭受着莫大的阻难,要药,没有药,要人,缺少人,对着院长主任那种只知为一己钻营的腐败分子,硬碰软说都行不通。没有药,没有工具,眼看伤兵得不到药品治疗的苦痛,她的热忱受到了挫击,她的忍耐达到了最高限度,她没有办法再容忍下去,再工作下去,她要辞职,离开这看不惯的鬼地方,她不忍眼看着伤病兵得不到援救而加重病势因而死亡,对于那些终生在官场里混的公务人员,她瞧不起,更不敢信任他们。

正当丁大夫决心离开这个医院,要到别地方去时,她唯一的爱子丁昌来了,这个小孩子只有十七岁,是个属于新中国的青年,他曾在一个战地服务团里工作了四五个月,走过许多个战区的城市与乡村,从现实的教育里,增强了对中国目前社会的认识,他肯定的相信中国有光明的前途,他爱他母亲,他更爱真理,是他把受了挫折与打击开始对工作前途悲观沮丧的母亲说服过来,再次把母亲的决心坚强起来,直到母亲对他保证说:"我希望我永远不叫你失望。"

中国毕竟不会让那些时代的渣滓长远的统治下去的,他有新生的力量在旧体内发展着,不但年轻的在生长着,年老的也在新生着,这个医院虽腐化得不可救药,丁大夫迫得无法工作下去,不得不打算离开那几百个伤病兵走开去,但却正在这时候,政府派了个梁监理员来督办这个医院,这位梁监理员,不像中国一般的官吏,他是个新中国的新官吏的典型,年纪虽有五十六七,却有一颗年轻勇敢负责进取的心,不受贿,不怕苦,不厌烦难,把事情做到合乎至善才肯罢休,上面派他来,他就悄悄地神不知鬼不觉的来了,默默的调查着,探寻着不让那些在黑暗中鬼混惯了,专门干着瞒上欺下勾当的腐败分子有所准备,事先预备好一篇篇假话、一份份虚构的报告书表,在长官面前作伪,掩饰。在早到一天的暗地调查中,他摸清了一切病根病源,看清了病状,而且想出了治病的方法。医院终被改组,彻底加以改革,经过这一番的带领,医院就到前线的后方去,专门从事艰苦的救护工作。一批旧的腐化的不合时代的人员裁撤了,秦院长被撤职查办,马主任判处一年徒刑,换上的人都是守法的、负责的年青人,医院由颓丧萎靡混乱荒淫而变为权责划清,系统分明,经过一年多的时间,逐渐教导、培养出一种奉公守法勤奋服务的好风气,这一个革新后的机关,这抗战的一年中,做了很多的工作,卅个救护站,十四个医疗站,廿一个手术治疗队,都在这一个机关的领导下活动。丁大夫成了医院的灵魂、伤兵的救星,梁监理员是医院的保姆,这大批新的人物对抗战的贡献是伟大的,成批的伤兵治疗了再上前线,这些士兵经过这一番心理与生理的治疗,都成为中华民族最英勇最忠诚的战士。他们的工作保证了中国抗战的最后胜利,每一阶段的胜利使他们工作得更起劲更努力。三年中,由后方迁到前线,由前线再迁回后方,规模愈办愈大,工作范围愈推愈广,多少次惨痛的牺牲,与不断的经验与学习,使他们自身与他们的工作一日复一日的往更美更善的境地迈进,不但树立了合理的制度,而且培养出了最缺乏又最重要的勇于负责的进取精神。

在医院日往进步与完美的的途程中迈进时,那些旧时代的沉渣,也各有各的可悲可笑的结局,秦院长终于到上海去做了汉奸,被爱国志士暗杀掉,马主任出狱后和院长的小老婆奸识,在社会里混骗,结果穷病交加,成了流氓乞丐一样的人物,被绰号"屁"专会瞒吹牛的孔录事,改组时虽未被去职,但一年后也因话多误事而被辞退。新的生长出来,旧的只有被淘汰,新社会里是不容许这些时代的沉渣生存下去,让他们再起来阻碍历史的行进。那一位勤勉从事的老秘书况西堂,一生三十多年的书案生涯,都能闲闲落落的对付过去,可是在这抗战的大时代中,他总觉得不适于他的生存,像离水的鱼儿,周围都是使他窒息的压力,拘束得他不自在,他时常惘然地忆起从前那种"画画到看看报"的悠闲样子,一起工作的青年人虽没有他的经验,但办事认真,负责,敏捷,却胜过他,这个没有把心再生的老人,只有拖在时代的尾巴后面叹息喘气的份儿,新时代不是属于他的,所以他不能不叹说。

打了这么久,我才觉得现在是年轻人的世界。

旧的无论怎样顽强地挣扎,总归要死灭,新的无论经过如何艰难困苦的波折总归要长成。《蜕变》就这样地展示我们这一个蜕旧变新的过程,以活生生的人物、现实的事例,指给我们前面的光明,告诉我们奋斗有成功的可能,指示我们努力的方向与方法,作者把这转变譬为蝉蜕,剧里梁监理员会对况西堂这样说道:

> 我告诉你,蝉要长成,他必须把从前的旧驱壳蜕掉的。蜕掉一层旧驱壳是艰难的,并且是痛苦的。但是为新着的生命,更有力、更健全的新生命,这个小小的生物不但能忍耐,并且能忍心把他的旧驱壳不要的。我们的国家要在抗战的变化中,生长起来,这一层腐败老朽的旧思想、旧人物,我们必须忍——心——

《家》与其他作品 研究资料

蜕——掉！我们要意志集中，力量集中，不敷衍，不苟且，我们要革除旧习惯，创造新精神。在精神的总动员之下，造成一个崭新的青年中国。

毕竟作者是个技术达到相当熟练的名作家，人物在他手里，被处得如此活跃如此真实，那些可恨可恼的时代残渣垃圾沉淀，在他的笔下更显得卑鄙无耻，可恨可恼，那些新生的、纯洁的在苦斗中成长起来的新时代人物，在作者笔下，他们的一切言说举止，会使得我们欢笑，感动得掉眼泪，想拥抱他们。在他们身上我们看到了新中国的影子。他们的存在，告诉了我们："中国是有希望的！"

在这个剧本里，问题的提出与解答是正确的，全剧结构的紧凑，对白的流畅美好，人物的多样性，使得这剧本无论在内容的意识上或形式上都比《雷雨》《日出》更能夺占读者的心，因为《雷雨》只表达了旧的社会制度下，一个大家庭偶然离合的悲剧，《日出》只显示了没落阶级的丑态，与谁是新社会创造者，《蜕变》却是在抗战进入到更艰难的今天正确地指出新中国"可能"到临与"必然"到临的种种例证，在内容的意识上，它是比《雷雨》《日出》更走前了一步的伟大的作品。

在这充满了艰难困苦、令人悲叹沮丧的现阶段，青年人常常容易猖獗，时时为黑暗势力弄得失去了生活与斗争的勇气，那么，让我们阅读《蜕变》，上演《蜕变》吧，从里面我们可以重新找到我们的自信心，培植起新的斗争的勇气，因为那些可爱的人物，事实上是存在着，而且他们没有一天不在那里生长着！

一九四〇年七月四日
《现代青年》第 4 卷第 3 期刊，1941 年 7 月 10 日

读了曹禺的《蜕变》

应卫民

曹禺这名字在一般的读者和观众中间是不能说生疏的了。我们曾经看到过他的《日出》《雷雨》《原野》等三部曲。它给了观众一个深刻的印象。

但《蜕变》给我们的却和以前三个剧本有着些差别——时代在向前推进，而我们的作者也在跟着向前行进着，他不但没有落后，相反的，他捡起了在这股洪流里的废物、沉渣，或是将要被淘汰的东西。而闪烁在黄色的土纸上的，和舞台上的，无疑是一部真正的大时代的插曲——因为这里有黑暗也有光明，有沉渣，也有有机的细胞——充分的显露了这一时代，我们今天所生长着的这一时代的"特征"。

曹禺先生就始终抓住了时代所赋予的使命，在各个不同的时代、不同的社会变迁下，暴露它不同的现象。（当然，这里是脱离不了基本的社会性质和各种阶级人物的本质的）这里，我们的作者是尽了应尽的责任了，因为，作家的笔锋，是应该针对着这些现实的。

在《蜕变》里，作者虽然只是写出了一个半（或许为了全公立会出岔子，所以加上这个"半"字的——我想）公立的后方伤兵医院的腐败情形，但这里有贪污，也有压榨，有损害民族的成分，也有阻碍亢建完成的绊脚石——因为这样的情形在今日的大后方，我们敢痛心地指出，它不仅存在于"半"公立的医院、机关里，甚至全公立的机关、医院里都蔓延着这一类的细菌，生长着这一型的寄生虫。

因此，我们没有理由可以说：只知奉承姨太太，私用公款而来屯米的这种"假公济私"的秦仲宣院长；以及狐假虎威，向下属压榨，向上司拍马，看见派来调查的专员就像"磕头虫"似的马登科主任等这一类人物，不能生长在今日中国的大后方的。而是应该承认，这样腐败不堪的情形，现在正充满在任何一个角落里。而我们的作者，因限于环境，不可能痛快地写出来罢了。尤其，它不能把这些腐败的情形写在某些"讳疾忌医"的人的面前，而得罪了他们。

但谁也不能否认，这是事实呀！

正同样的，这里有着梁专员、丁大夫这些光明面的人物一样，在忠实于事业，和刻苦耐劳、忍饥耐寒的工作精神下面，挖净了一切腐烂了的浓疮，重新振作了起来。

这里也正像我们同样的知道，在大后方，是存在着不少真正的忠于民族解放事业的人们，也正在埋倒了头苦干着。

记得陈诚将军有一次在前线回到重庆的时候，看见了重庆的要人们的生活而感慨地说过这样的话："我们在前方是有什么吃什么的,而回来看看人家是要吃什么有什么了!"

这话看上去很简单,但是里面的内容却真包含着民族战士们为祖国的自由而流出去的宝贵的血,和被"要吃什么有什么"的人们所搜刮来的人民的血的冲击。可是,后者的血,就正好是取消了前者所流的血的代价,而有利了我们对面营垒里的"刽子手"。这损失太浩大,也太惊人!

因此我们就非得加强光明面的力量,来冲洗掉这些阴霾不可。

但是,所感到可惜的,是剧作者没有,其实也不可能再写出医院以外的情形来了。不过,我们已经从向外征募药品、纱布、绷带的不易这点上,我们可充分的理解到这里还是局部的改善,这医院以外的大圈子还仍旧在沉渣里泛滥。

虽然,像梁专员的身上生虱子,而自己来捉的情形,和同下层共甘苦的精神是应该大家记取、学习的,但在某一部分人看来,许或会把它当做呆子、傻瓜的。

因为,会向上司拍马屁的人,是一定会压迫下属的,而压迫下属,就正是他拍马屁的精彩的内容和本钱。至于一个既能同下属共甘苦的人,大凡都是不会拍上司马屁的。所以,我猜想像梁专员、丁大夫这样的人物,照今天的情形看来,恐怕一辈子也只是个专员、大夫的了。更说不定,怕会有打破饭碗的危险,而一般好闲的"朋友",许或还会送来冷酷的笑声,骂他一声太不懂人情世故,也太不识时务了。

可是,我们说,我们的祖国却急切的需要着这样忠实于这民族解放的伟大事业的工作者!

然而,我们的作者,就受了条件的限制,不可能再扩大一个圈子了。这里就正像曹禺在他解释"蜕变"二字所说的:

> 我们对新的生命应该无限量地拿出勇敢来维护,培植,对那旧的,恶的,应毫不吝情,绝无顾忌地加以指责、怒骂、抨击,以至不惜运用各种势力来压禁,直到这帮人、这种有毒的意识死净了为止。

诚然,这话的兑现,还得靠我们自己的埋头苦干,虽然这里还有着一段悠长的途程,但革命的事业是需要耐心,毅力和不屈不挠的精神的!

我们要自由,但我们也必须走过"蜕变"的过程。

《学习》半月刊第 5 卷第 3 期,1941 年 11 月 5 日

曹禺的《蜕变》

谷　虹

（一）

　　《蜕变》是曹禺在抗战后的新剧作。自抗战以前的《雷雨》,《日出》,《原野》,而至《蜕变》,六年来,作者在创作上走过了一长截崎岖艰难的路程,他的每部作品,都曾经在我们的戏剧艺术上起了很大的作用,使多少人为之激动,为之流泪,他的每一部新作,都逐渐的克服过去的缺点,而有着显著的进步。从《雷雨》到《蜕变》,作者所走的创作的路是进步的,在主题上,从《雷雨》的描写家庭悲剧,以至《日出》的描写社会悲剧,以至《原野》的对于人性的发掘,以至《蜕变》中新人的产生,已是逐渐地进入了正确性和积极性,在《蜕变》里,剧的冲突,已不仅是登场人物相互间的冲突,而是一种新旧之间的冲突,一种蜕旧变新的冲突;在技巧方面,也从《雷雨》的纤巧,《日出》的纷杂,《原野》的粗野,而到达《蜕变》的简朴有力。

　　所以,我们可以说,《蜕变》是曹禺创作路程上的一块新的纪程碑。

（二）

　　本剧的主题,借作者自己的话,是:"在抗战的大变动中,我们眼见多少动摇分子,腐朽人物,日渐走向没落的阶段。我们更欢喜地望出新的力量、新的生命已由艰苦的斗争里酝酿着,育化着,欣欣然发出来美丽的嫩芽。这一段用血汗写出的历史里有无数悲壮惨痛的事实,深刻道出民族战士在各方面奋斗的艰苦同那被淘汰的腐烂阶层日暮途穷的哀鸣。这是一段需要'忍耐'但更需要'忍心'的艰苦而光荣的革命斗争。我们对新的生命应无限量的拿出勇敢来护持,培植;对那旧的恶的,应毫不吝情,绝无顾忌地加以指责,怒骂,抨击,以致不惜运用各种势力来压禁,直到这帮人、这种有毒的意识'死'净了为止。

　　"这本戏固然谈的是行政问题……戏的关键还是在我们民族在抗战中一种'蜕'旧'变'新的气象。这题目就是本戏的主题。"

　　这在原则上是正确的,在我们的民族革命当中,蜕旧变新是必然的过程,旧的必然死亡,新的必然苗长,在抗战中间,我们必须把自己阵线里的渣滓扫除干净,把许多落后的意识洗刷掉,才能够新生。

　　再看作者怎样处理这个主题? 作者写一个撤退到内地的省立后方医院的腐败,"……上面的人开始和当地士绅来往密切,先仅仅打牌酗酒,后来便互相勾结,做国难生意。主客相约'有难同当,有福同享.'于是在下面的也逐渐懈怠,习于苟且.……"(一一面)"……而且交通不便,公事无从推动,好的职员不过是情绪消沉,坏的就胡作非为,瞒上欺下.""……从院长起,他用人办事但凭他自己一时的利害喜怒为转移:下属会逢迎,得到他的信任,便可以任意越权,毫无忌惮;不得他欢心的,就只能在院内混吃等死,甚至如果负起责任,反遭申斥.""……多数职员只好委委屈屈,噤若冬眠蛰虫.凡事不闻不问,绝不作春天的指望."(一二面)"抗战只半年,在这个小小的病院里,历来行政机构的弱点,俱一一暴露出来,迫切等待政府毫不姑息地予以严厉的鞭策、纠正和改进."(一三面)这时来了一位"贤明官吏"视察专员梁公仰,他是"……奉了中央命令,要把这个医院重新改组.公务员们,负责的,继续工作;不负责的,或者查办,或者革职.……"(二〇四面)他"暗地观察了三天"发觉了这医院的弊病,一下子就把旧官僚的院长秦仲宣赶掉,庶务主任马登科下狱,来个彻底的改革,"在短时期之内就开赴前线的后方,努力艰苦的救护工作"(二一一面),不到三年的期间,它已成长为一所规模宏大的后方伤兵医院,"……今日的干部大半是富有青年气质的人们,感谢贤明的新官吏如梁公仰先生者,在这一部分的公务员的心里,已逐渐培植出一个勇敢的新的负责观念……"(三一七面)"……所以制度成,风气定,做事的效率也日渐激增.大批治愈伤兵,受了身体上和心理上的治疗与陶冶,变成更健全的民族斗士,或者转院,或者归集中管理处,或者迫不及待,自动请求入伍.种种表现出前因后果的事实,证明在抗战过程中,中国的行政官吏,早晚必要蜕掉那一层腐旧的躯壳,转进一个新的时代."(三一八面)

在这里,作者向我们显示着这医院的蜕变,是由于少数贤明官吏的事,他过分地强调了梁专员个人的英雄作风,这是本无不可的,而且也是应该的,因为历史是可以由英雄来创造的,假如个人在历史里不发生作用,那么,就会陷入历史只作为情况的连锁、作为事件的搬运装置而自行运动的错误里去;那么,人类便永远不会有进步,蜕变的现象也便无从产生了,而且,在我们抗战的过程中,也的确产生了许多新的英雄,然而这也并不是毫无条件的,而应该指出产生这个英雄的历史背景.这样,才可以使得我们的英雄不会成为神话的.所以,人的因素和历史的因素应互为因果,作着有机的配合,才能够正确的把握住它.这便是所谓的"典型环境中之典型性格"的问题.

在《蜕变》里,产生梁专员这种英雄的"典型环境"是怎样的?在作品里作者向我们显示的是:

一、在第一幕里,秦院长和当地士绅及县政府里的官吏是勾结在一起的,而且有过"有难同当,有福同享"的话.

二、在第二幕第二场,作者从况西堂的嘴里告诉我们:马登科在出狱以后,还在大后方干着投机生意,发了一笔横财.

三、也是在第二幕第二场里,从梁专员的族兄梁公祥的身上,说明了广大农村里的封建势力还是十分根深蒂固的.

这些都告诉我们,旧势力是相当地庞大,像梁专员这样新人物的产生,还没有足够的普遍的条件.

但是最大的关键，还是在于作者没有看清楚事物间的矛盾，只有内在的斗争才是正确的解决方法，我们在抗战当中，新旧常是处在极端对立的状态中，必要经过激烈的艰苦的斗争，旧的才能完全肃清，新的才得以生长。而绝不是像本剧里的采用由上而下的权力压禁，使旧的遭受偶然的打击，而自然灭亡。这便脱离了现实，不能更深刻地把握住主题，而使剧的冲突无力。

（三）

基于上述的原因，作者没有把握住典型的环境，以致他所创作的新人物，也成为不真实的了。因为典型性格不在典型环境中便不能发生作用。

A.法伊珂夫说："我们常常说到旧和新的冲突，说到阻碍发达的一种正在死亡的思想感情的残余，说到过去的生活的悲剧的纠葛。我们的戏剧作家用甚大的明快性和可敬的表现性暴白了这种矛盾。……但是一接近到新人的问题、一触到英雄——现代人的活的形象，我们的筋肉，就显得无力；我们的脸上，就散开了欢喜与感动的微笑；我们和对象远远离开，甚至屈膝了。我们害怕用矛盾来压迫对象，我们希望把对象看作一个没有缺点、没有裂缝、不动摇、没疑惑的圆满完整的东西。……"①

这段话可以借来说明《蜕变》。作者异常大胆而正确的揭露了我们抗战中的黑暗面，无情的批判旧现实，剥去其虚伪的假面具，这些都是非常成功的。他刻画出旧人物的典型，如像旧式官僚型的秦仲宣，马登科；小市民型的况西堂，孔秋萍，龚静仪，况太太，孔太太；还有如泼辣撒赖的"伪组织"，仗势欺人的范兴奎；这些人都是活生生的，各有其独特的个性，也有其共通的性格。

但是他对于新人物的刻画，尤其是梁专员这个人物的性格，却不是现实的，他把梁专员写成一个沉着得刻毒、冷静得冷酷、漠无感情、高高在上的威权者，令人有"包龙图再世"的感觉。包龙图之所以受旧社会的欢迎，因为他是当时典型环境下的一个典型的人物——当时的社会处在专制政治高压之下，民主思想尚未萌芽，所以他用那种姿态出现，可是现在的环境已不是产生包龙图这种人的环境，虽然封建余毒尚未完全肃清，然而在另一方面民主政治却已充分地抬头，作者忽略了这一点，没有看清封建势力的肃清，必要靠着民主政治的建立。梁专员这个人物的缺点，就在不能以民主的力量来与旧势力作基本的斗争。

也就因为没有指出这个基本的斗争，所以秦仲宣和马登科这些旧式官僚的没落显得太容易了——在剧中所表现的完全是因为受了偶然的打击，而不是必然的，更推进一步，秦仲宣以后之到上海当汉奸，也是极其勉强的，在第一、二幕里看不出这个可能性。

至于丁大夫这种人物的典型，在现实上虽然很难看到，但作者大胆地把她作为一个指导性的典型而提出，这一点我们完全赞同。我们不必过分地害怕某种的理想化，某种性格特征的强化。因为我们抗战的大时代，是迫切地向作者要求指导性典型的出现，以起示范

---

① 出自《戏剧家责任的巨大》一文，编者加。

《家》与其他作品 研究资料

作用。指引着广大的观众(和读者)向前走,加强其信心,而高度发挥作品的教育性。在我们民族解放斗争中,妇女解放运动也跟着逐渐长成,不久的将来必然会产生无数的新女性的。作者深刻的把握住丁大夫这一人物的双重性格:她有崇高的理想,对抗战有坚强的信心,她不怕吃苦、勇于牺牲。但她却又是富于情感的,理智和情感不断地在她内心里作战——一种对国家的爱和一种母性爱的冲突,理智逼着她把儿子——丁昌贡献给国家,但是情感却阻碍着她,最后她的理智终于克服了情感,在第四幕里她向冲上前线的伤病荣誉大队的一段演讲里说:"谢谢诸位,现在我的小孩子平安了。……五分钟以前,我心里想如果他能够再好,我再也不让他离开我,再也不许他到前线,再也不肯送他跟诸位,一道出生入死的。因为想到一个小小的生命,从生下到长成,白日夜里,时时刻刻,加到母亲身上的苦难。一个当母亲的心,会这么可怜地自私的。……但是那个时代,我忘掉了你们,为着一个做母亲的私心,我把我们共同的大理想——一个自由平等、新的形式的国家给忘掉了。现在你们又要走了,我看见了你们的榜样,我怎么能够再顾念到,一个小小的自己,不给我的孩子,他应该得到的权利,不催他跟你们一道走呢!朋友们:(热诚地伸出手)让我们相亲相爱地活下去吧,我希望我永远配做你的同志,(突然庄严地)在你们面前,我现在立誓,把我的孩子也献给了我们共同的母亲——我们的祖国。"这有力地说出她内心的转变过程。

(四)

《蜕变》的作者,有极其强烈的爱和憎,随时通过作品中表现出来。有许多地方,如第三幕里的丁大夫抽自己的血替李营长献血这一场面;又如第四幕里的丁昌病危,而丁大夫却抽身去看一百五十七号伤兵同志的病的场面;尤其是丁大夫向伤兵荣誉大队的弟兄们演讲的伟大场面,都使得人感动得透不过气来,为之留下了热情的泪水。

作者对于每一场面的处置,都很恰当,如第一幕里,作者对于整个氛围的把握,有人认为是太过凌乱,但我却认为这正是作者技术的成功处,因为现实事件中的 tempo 本是凌乱的,主要的是不要失却其连贯性和统一性。在这一点上,可以看出作者的创作方法是相当写实的。

还有,作者先是故意使丁大夫将梁专员视同普通的官僚一例看待,而避不与之见面,用以强调丁大夫的性格;而却在第二幕里巧妙地安排下了丁大夫和梁专员会面的一个场面,而充分地提高了戏剧性,这假如不是作者对于抗战戏剧艺术有着极深的素养,是难达到这种高度的。

这里,我还想指出本剧里的一些小小的缺点,以供原作者和读者的参效,绝不含吹毛求疵的意思:

马登科因为舞弊被捕,出狱之后和当初的院长太太"伪组织"姘在一起,在大后方发了一笔国难财,后来因染上了鸦片烟瘾和性病,而在第四幕里两人重新出现,请求丁大夫为之治疗,这在剧情的进展上是多余的,反像是在为"因果报应"说法了。

在第四幕,丁昌在山西前线打游击,受了伤之后运到大后方来医治,这在我们战时的交通情形上,是不可能的,他到底怎样运来的,作者并未交代清楚,运到后方来之后,就转入了肺炎,后来又转为盲肠炎,这是可能的;丁大夫自己不能手下开刀,而把他委之于胡医官之手,这也是合乎情理的。后来丁昌在开刀时,脉搏停了,胡医官两层衣服都汗透了,却由丁大夫自己上手把他救活。当时丁昌到底在怎样的危险的情形之下,而丁大夫用什么方法把他救活,作者并未告诉我们,但也不难用医理加以推断:假如是因为胡医官的刀下错了——在剧中丁大夫似乎很担心这一点——那么,丁大夫自己恐怕也没有什么更好的补救办法,其实,刀下错了并不会使病人的脉搏停止,通常临床上都是因为麻醉剂的作用,而使病人的心脏发生障碍,那,胡医官和他的助手也不会笨得不给他打强心针,况且最重要的还是在施手术以后的短时期内,病人是随时都处在危险期中,谁也不敢说是不会发生变化,不能遽然断定他是脱离危险了——顶多只能说是经过良好。

最后,作者以"大都收复"来象征抗战的胜利,这比之《日出》中的以窗外打椿工人的劳动歌音来征象光明,是进步得多了,但这所给予观众的兴奋只是暂时的、廉价的、言之太早,也太过容易。事实上,我们的抗战还需要更其艰苦的斗争,才能够把握最后胜利的到来。

(五)

概括地说,《蜕变》还是我们抗战中最成功的一部作品。虽然它还存在着一些缺点,但并不足以损害其艺术价值。

它显示给我们以抗战前途的光明面,在观众的心中燃起了强烈的希望的火花。整部作品里交织着强烈的爱和憎,使观众为之愤激,为之感奋。我曾把这部作品从头到尾看过了三遍,其中有些激动的场面,每一次我的喉头都被哽住了,眼中充满着热泪,这并不含有丝毫悲哀的成分,而是健康的、激动的热泪。我相信在演出的时候,一定可以收到更大的效果。

而且在技术上,我们抗战中的许多剧作,还没有出于其右者。

《现代文艺》第 4 卷第 3 期,1941 年 12 月 25 日

关于《蜕变》

自　励

　　二年前一个暑天,一口气读完了曹禺先生第一部名剧——《雷雨》,读后的情绪,我讲不出来,只感到凄恻哀惋,留了一个问题在心上。去年冬天旅居丽水的时候,又一口气读完了他的第二部名剧——《日出》,心里不但感到曹先生的技巧高超,更使我感动的是,曹先生观察现实深刻。此后,我更向往地想读曹先生的新作;但,事情总不能尽如人意,等了半年多,到去年才看见了他的第五部名作——《蜕变》,一个人搬了一张椅子,在天井里——那只能看见豆腐干大的天的天井里、呆读着这本书——我心爱的书,吃饭时也看,吃过了饭点了一盏油盏又看。心里呢? 只感到酸滴滴,为了免得给别人看见取笑,极力噙住了眼泪,但眼梢头总有点潮湿:——这是我读《日出》和《雷雨》也有的情形。呆了五个钟头,开快车,总算把这本有四百页的原书读完。虽是心里难过,但愈到后来愈使我昂奋,也使我更明了今日中国抗战的艰苦,加强了我的信心,正如该剧主角丁大夫最后讲的:"中国,中国你是应该强盛起来!"

　　全剧的内容是写南京失陷后一个伤兵医院迁到一个偏辟死气沉沉的小县里,院长利用特殊环境滥用私人,利用公款囤米居奇操纵市价,还有一位庶务主任马登科,院长的外甥与院长狼狈为奸侵吞公款、房屋修缮费,浪用公物——院长太太的私用伤兵铁床和庶务主任的太太用纱布做帐子,敷衍公事,以抗战时期交通不便为借口,迟迟不发催药公文,敷衍丁大夫之催药,还说陈司药不负责任,骂他混蛋,总之二人极尽夸、拍、钻、奸的能事。结果被一个富有朝气的新的力量压严了,被一位年青的能吃苦耐劳的新中国官吏——梁专员彻底查究,医院里原有腐化分子扫涤殆尽,换进了一批新的生力军。正如况西堂向马登科叹说:"……现在年青人是老练的很,着实的很。"就在这贤明的梁专员和热情负责的伤兵之母丁大夫协力扶助栽培之下,重建了一个更切实更有生气,真能为民族的光荣斗士——伤兵服务的医院。在前线在后方,出生入死,紧张地工作,为国为战士,流汗,输血——丁大夫将自己的 C 型血输给李营长而救活了战士的生命,牺牲睡眠、饮食朝着已定的目标坚决地前进。

　　这样四百页的厚书的内容,要聊聊(现为寥寥,编者加)数语将他大意讲出来是不容易的,况且我又是一个没有"文学素养"的青年,上面一段就是我所能讲之内容。我们又可以从中看到作者是如何苦心孤诣地无情地在鞭击着抗战洪炉中之魑魅魍魉,正如作者所说:"我们对新的生命应无限量地拿出勇敢来护持培植,对那旧的恶剧,应毫不吝惜,绝无顾忌地加以指责、怒骂、笞击，以至不惜运用种种劳力来压禁，直到这帮人、这种有毒意识'灭'了为止。"但，这个剧本并不专是暴露黑暗面，同时更显示了光明面的扩大，像梁专员的不讲私情地劝他的堂兄回老家而不肯给他一个优越的位置；又如丁大夫于爱子受伤后，还希望他能于病愈后重上前线，这从最后一幕丁大夫说"我现在立誓把我的孩子献给了我们共同的母亲——祖国"的话里可以见到。作者又告诉我们新中国的官吏公务员是怎样的态度，新中国的医务人员是怎该如何地为人民国家服务，指示他们应走的路；至于技巧方面，我没话说——甚至这在过去有很多人对于曹先生的作品都非常醉心。各位一翻看这有气有肉有生命的名剧就会有这样感觉的。

　　巴金先生在这本书的后记里这样说："我感动地一口气读完它，而且为了它掉了泪。不错，我落了泪，但是流泪以后还觉得一种渴望、一种力量在我身内产生了，我想做一件事，一件帮助人的事情，我想找个机会不自私地献出我的微小的精力"；而我喜欢这本书更甚于《雷雨》《日出》，所以我提出来介绍给每个中国人看，但我更应特别提出介绍给主持医务的中国人看。

《东南青年》1941 年第 1 卷第 5 期

《家》与其他作品

研究资料

《蜕变》
——剧评
尊 闻

据说有些小报说看不懂《蜕变》，这不懂是由于不敢，或不愿，或不能呢，是无法讨论的，然而也无须讨论。但是对于看得懂的人是值得谈谈我们所懂得的意义的。

《蜕变》取义于蝉蜕、蛇蜕、蚕蜕等的虫类生长过程的变化。原是生来保护幼虫的皮壳，到了一定阶段反而变为妨碍发育的障壁了，于是机体就会自然必然地排除它解脱它。至于这种革新是否好像人类社会变革那样痛苦和兴奋，是很难说的，但是依照我们换牙齿的经验来推想，可以说是它们也会感觉不宁和紧张的。不过，虫类只是服从"自然所派定的不可避免的铁律"，而人类却除了服从历史所派定的铁律而外还加上主观的努力。

剧情的开展很自然。开幕就现出一间伤兵医院的办公室，在应该陈设党国旗之类的庄严物事的处所却张扬着裤子、袜子、尿布。络绎出现了"等因奉此"的公务员们和院长的家属仆役人等。在那些似乎很热闹而委实无聊的忙碌和争吵中，观众或许只是觉得可笑吧。

然而，就是这些人吧，他们也不体谅院长"苦衷"，竟敢自由思想，自由言论，并不以为非常时期就应该把尿布当作旗帜，把纱布拿去作太太的蚊帐，把公款挪去囤米。况且，还有"不通人情"的丁大夫之类，不理会一切名言伟论，只要药品，治病的药品！梁专员也不看公文和表格，要看事实和行为。旧的危机和新的生机都在这里。

新旧冲突在第二幕中发展到顶点。一方指责、揭发、怒骂、抨击，一方"理屈气壮"，凭着传统的地位、势力，借口"非常时期"，保持作恶特权。在梁专员和秦院长马主任的争辩中，可谓是非大明，可以解决了吧。然而，紧急警报响了。一方只是保全身家逃避；一方却振起精神，提出办法，还是镇静地工作着。蜕变就在梁公仰的胜利的笑声中完成。我国的顽固派是愚蠢到变动一双椅子的位置也需要流血的，而且在事实上他们还是在发着末日疯狂咧，我们的作者似乎太乐观了一点。不过是改革这么一个医院，革除这么一个院长费了这么大力气，也不能说"太"了。

在第三幕焕然一新。在光明的办公室中忙碌着制服洁白的男女工作人员，连况西堂老兄也"荒唐"起来，对于马登科之流要"一刀两断"，喝道"不要拉拉扯扯"。然而，随着丁大夫的爱子的受伤，舞台上充满了悲剧气氛，交织在伤愈重上前线的李营长和兵士的粗壮的感激声中。慈母丁大夫就凭着这精神的感召，鼓起勇气，向爱子身上"开刀"，割去那在生物进化中已失其效用而残存在人体内藏垢纳污，成为病根的盲肠。在改革中实施"外科手术"是必要的。但是我们的作者不知为什么不在丁大夫对兵士的演说中强调这一点,而只是着重于为母的私心的克服。

在蜕变中并没有"苦的很"的可怜故事,也没有轰轰烈烈的"大人物",更没有指鼻子、拍拍胸膛的"买膏药"英雄,以及总是笑嘻嘻的"肉麻"美人。如果说其中也有这一类人,那么她或在"蜕变"中已经露出本相:变为马登科和小的儿了。

《蜕变》中的男女英雄全是些平常人。他们有着平常人所有的"羞恶之心"、"是非之心",不过他们不摆空架子,不肯说谎,认真作事而已。

美国式的胡闹玩意儿和中国式的丑恶表演早已把许多小市民训练成色情狂的痴呆病,很不容易接受严肃的作品。他们以为到戏院去无非是"寻开心",看"噱头"而已。于是有一个时期妓女救国成为影片和剧本的主要题材:主角全是秦淮"佳丽"。这些名著的大作家固然不必定存心用这种融合"英雄美人"于人人可以占有的娼女一身来满足看客的某种趣味,而他们不重视人在沉静地工作中的庄严之美确是无疑的。中国文学作品中历来就很少这种场面和这种典型人物。所以,我个人以为第二幕的末场之美在轰炸声中,慈母似的医生,纯洁的红颜少女和白发的长者一同沉静地、虔敬地治疗着为国流血的青年兵士,这是何等美好的诗的意境呵!

这以上所说的当然都不过是我个人看后的感想,对不对呢? 你自己去看吧。

《蜕变》后记

巴　金

    《曹禺戏剧集》是我替作者编辑的。我喜欢曹禺的作品，我也多少了解他的为人、他的生活态度和创作态度。我相信我来做这工作，还不会糟蹋作者的心血，歪曲作者的本意的。从《雷雨》起我就是他的作品的最初的读者，他的每一本戏都是经过我和另一个朋友的手送到读者面前的。他相信我们，如人相信他的真实的朋友。但这本《蜕变》却是例外。它到我的眼前时，剧中人物和故事已经成了各处知识分子谈话的资料了。我摊开油印稿本在昆明西城角寄寓的电灯下一口气读完了《蜕变》，我忘记夜深，忘记眼痛，忘记疲倦，我心里充满了快乐，我眼前闪烁着光亮。作者的确给我们带来了希望。

    以上的话应该在昆明写的，但是我离开昆明快两个月了。

    我最近在作者家里过了六天安静日子，每夜在一间楼房里我们隔一张写字台对面坐着，望着一盏清油灯的摇晃的微光，谈到九十点钟。我们谈了许多事情，我们也从《雷雨》谈到《蜕变》，我想起了六年前在北平三座门大街十四号南屋中那间用蓝纸糊壁的阴暗小屋里，翻读《雷雨》原稿的情形。

    我感动地一口气读完它，而且为它掉了泪。不错我落了泪，但是流泪以后我却感到一阵舒畅，同时我还觉得一种渴望，一种力量在我身内产生了，我想做一件事情，一件帮助人的事情，我想找个机会不自私地献出我的微少的精力。《雷雨》是这样地感动过我，《日出》和《原野》也是。现在读《蜕变》我也禁不住泪水浮出眼眶，但我可以说这泪水里面已没有悲哀的成分了。这剧本抓住了我的灵魂。我是被感动，我惭愧，我感激，我看到大的希望，我得着大的勇气。

    六年来作者的确定了不少的路程。这四个剧本就是四方纪程碑。

    现在我很高兴地把《蜕变》介绍给读者，让希望亮在每个人的面前。

一九四○年十二月十六日在重庆

《小剧场》1941 年第 6 期

《蜕变》读后感

铁 流

《蜕变》，是歌讴光明的新史诗！

《蜕变》，是亢占（即"抗战"，编者加）戏剧的里程碑！

高尔基说："我们作家底事业，是困难而复杂的事业。那不但是在于批判旧现实，或者暴露旧现实底传染性，他们底任务是研究，具体，表现和依着这些手法，来肯定新现实。""青年作家们，必须学习，观察在陈旧败物底冒烟中，怎样燃起，怎样狂燃着未来的火焰！"处身在这血腥的时代，面对着巨作《蜕变》，我们不得不感佩着，作者对现实的发觉力；观察的深化，认识的正确。

正像丁大夫所说："这在中国历史上是第一次，恐怕也是最末一次的神圣的亢占"，我们知道决不是单纯的军事较量，而是统一了军事、政治、经济、文化……各部门的总赛跑。四年来，我们军事上是胜利，而且获得非常的进步了。然而，作为民族解放运动成功前提之一的政治进步，却在客观的"积重难返"，与主观的惰性下，显示了"停滞"，甚至是"倒退"！ 这是缺陷，一种不容忽视的弱点。《蜕变》的产生，不仅是：浮雕了亢占中官僚政治丑态的一个面影，而且渗透了现象的本质，站在比现实更高的地方，顺应着历史发展的必然趋势，运用了雄伟的魄力，全般地肯定新的希望，新的时代的到来！ ——"旧世界的人们底阴险的攻击，邪恶的叫喊，呻吟和嗳声，不推翻它是不行的；那——是死物痉挛，死物底呓语！"

英雄的事业，要求着英雄去创造；我们的作者便在这巨大的现实画卷中，成功地描绘了丁大夫的战斗的姿态。然而，这不是枯燥的说教，且更没有脱离现实的"超人"，相反，在这件结实的艺术品中，我们看到善与美的歌颂，丑与恶的暴露，而那些新中国的英雄们，还在心底深处蕴藏爱与憎，哭与笑，光明的向往，黑暗的唾弃……通过丁大夫沉毅的面影，我们看见了无数青年男女群，在庄严地工作，为了整个民族的福利而牺牲一己的利益，借着伤病医院的写照，我们看见了新的一代蓬勃地苗壮，在新的民族血液灌输下开着美丽的花葩。自然，更重要而也是系着整个剧情的发展，和促进艺术创造的完成的，就是"崇高的母爱"——"祖国的爱！"

生活是艺术的泉源，在这伟大的革命时代，艺术所要求于作家的，是积极的参加斗争，热烈地手触生活。洪亮的炮声，和湍急的激流，震动了作家的心灵，招撼了作家的向往；终于，继着《正在想》、《北京人》之后，我们欣幸曹禺先生更倔强地正视现实，在辛勤的刻画，精细的雕塑下,产生了这部亢占戏剧中稀有的力作! 是的,这是巨著,感动了万千人们的作品,然而,它显示在我们面前,那不是别的,而是作者严谨的生活和丰富的想象,深入的体验与正确的观察,以及精湛的艺术修养、圆熟的创作技巧!

艺术最基本的特质,便是形象化,而曹禺的剧作人物更是从人物性格出发,否定以情节为起点的;热烈的实践,流利的辞藻,把任务渲染得"活生生";不仅有"阶级的特性",而且还写出了在终极上决定其社会行动的"个人的特性"。在这里,梁专员固然被写成最理智些,但我们假使抹煞了亢占官吏应有的精明强干,幼稚的供奉为"超人",那是多愚蠢的事! 至于丁大夫,她有热情,有理智,也有母亲的偏爱;然而事实教训她,工作启示她,她终于坚强地屹立在民族解放运动的最前线!

第一幕介绍人物的清楚,生动,第四幕舞台空气的愉快,乐观,形成最鲜明的对比,强烈地痛斥和否定了旧人物的无耻与没落,新生代的果敢与成长!

在《蜕变》中,我们看见了新的自由中国的艰苦孕育,旧的封建制度的临死挣扎!

是大地回春的时节了,我们敬祝自由中国"蜕变"工作的胜利完成!

《小剧场》1941 年第 6 期

《蜕变》读后感

王平陵

(一)弦外之音

曹禺的第五种戏曲集《蜕变》,本来是交给我编入商务出版社的《大时代文艺丛书》的一种。当我拿到《蜕变》的台本,我为了不延误出版的时间,粗枝大叶地看一看,就马上转交商务在渝的分馆,直接飞寄香港付印了。听说,在《蜕变》印成的单行本上,和作者的台本,有了相当的出入;但我至今还没有能看到商务印出的单行本,究竟是那些地方有了出入?出入的程度是怎么样?作者如果因此而另找书店来发行,实在是一个小小的误会。

(二)《蜕变》的意识

《蜕变》的意义,剧作者是到全剧结束的第四幕,才从剧中人梁公仰的嘴里说出来的。还是生物学里的名称,剧作者用来象征中国新的力量,新的建树,将以焕然一新的姿态,从血火中锻铸出来,正同夏天树上的蝉似的,经过蜕变的阶段,重换新的生命是一样。神圣的抗战,逼迫着每个人都必须走上进步的路,说是"三朝元老"的况西堂,时时刻刻觉得年事过高,气力衰惫,生趣索然的况西堂,也给意志坚强,力求向上,决不使自己萎缩下去的老少年梁公仰的一场鼓励。振作起来了。他说:"我告诉你,蝉要成长,他必须把从前的旧躯壳蜕掉的,蜕掉一层躯壳是艰难的,并且是痛苦的;但是,为着新的生命,更有力,更健全,这个小小的生物不但能忍耐,并且能忍心把他的旧躯壳不要的。我们的国家要在抗战的变化中,生长起来,这一层腐败老弱的旧思想,旧人物,我们必须忍心蜕掉!我们要意志集中,力量集中,不敷衍,不苟且。我们要革除旧习染,创造新精神,在精神总动员之下,造成一个崭新的青年中国。"这便是剧作者创作这一个剧本的中心意识,是剧作者一种虔诚的希望,也是剧作者对抗战有比较真切的认识所表示的可能实现的理想。

中国在这一次划时代的艰苦奋斗中,如果每一个中国人都能识清这一个可能实现的理想,都能不辜负死难者的血,都能激发天良,在大时代派给你的岗位上力求自效的话,这一个要求,不算是过奢的理想,是应该可以变成具体的现实的。所以,在旧时代像借公积私、无恶不作的秦仲宣,凭借充当了医院院长的机会,蒙上欺下,敷衍塞责,沉湎于骄奢放荡的生活里,不知自返,既然是数见不鲜的人物;那么,在此刻——就在我们伟大的民族革命战争正在进行的新时代中,像专员梁公仰、医师丁大夫这些埋头苦干、不折不挠的新英雄,当然也不是剧作者从个人幻想中故意造出来的近于神话一般的性格,而应该是临时随地可以遇见的人物。这些新人物已在抗战六年的长时期中，尽了他们能尽的一切，不仅是出钱，出力，甚至是出命，使神圣的抗战，接近到最后胜利的阶段了，他们都是无名英雄，就是出钱、出力、出命，并不自以为有功，设法夸扬或表现自己的劳绩。假使，没有这一群人挺起腰，昂着头，拍拍胸脯，支撑时代的艰巨，大家试闭目一想，我们中华民族的前途，将蜕变到怎样一个可怕的地步呢！因此，我们从乐观方面看一看抗战的全局，实在的，中国是在血火中成长了！是有了无数健全的细胞，不惜牺牲一切，作义无反顾的奋斗了！不过，从坏的方面看，像自甘暴弃的秦仲宣，卑污下贱，唯利是图的马登科，还有那没有灵魂，等于拍卖肉体的交际花如同"伪组织"一般的堕落女性……这些大时代的沉激，应该被扫除的垃圾和渣滓，到抗战已迈入第七年的今天，不仅尚未彻底清扫，好像一批又一批，还在生生不已似的。就在我们的过去，好像要发见一个梁公仰、丁大夫这样埋头苦干的新人物，实在不容易，而那些沉淀，垃圾，渣滓，倒反俯拾即是似的。这原因不是那么单纯的。既有梁公仰那样刻苦，努力，日理万机，事必躬亲，头痛医头，脚痛医脚的清官，既有丁大夫那样忠于职守的医师，仍不能完全克服当前的积弊，疗治社会的和政治的病态。一二个"特立独行"的清官，就算能以"艰苦卓绝"的苦行，在一些天良未丧的人们中，发生细微的感召，就算能振人心，扶正气，廉顽立懦，但都是一时的、少数的、形式上的，不能形成一种坚决的革命的力量，积极推动革命事业的进展。新时代是一个科学群众时代，故新时代所需要的新人物，是富于科学的组织力，绝对遵从合法的制度，有计划，有步骤，选贤与能，信当必前，若网在纲，有条不紊的领导者，每一种事业，每一个政治的部门，都需要这种具有领导群众才能的干部。剧作者已认清抗战胜利的关键，万不能忽略政治的革进，并且观察到中国政治效率落后的原因，是公私不分，敷衍塞责，官僚习气太重……因此，便针对着上边的病因，描写梁公仰当敌机飞临上空，到处轰炸，医院里自院长以下都跳避一空时，就自己代替医院里工役职务，从将要倒塌的病房里，搬动伤兵到安全的屋子里去，使谁都不知道他就是专员的身份；描写梁公仰提一桶水，在医院里许多公务员之前，剥下衬衫，洗擦自己的身，当年长于他的堂房哥哥远道送礼，千里求差时，故意扪虱而谈，拒绝了哥哥梁公祥的请求，让他得不着所求的目的，愤然而去……这种种见之于形象化的动作，都是正面地给官僚气、任用私人、不忠于职守等等积重难返的恶习以毫不留情的打击。不过，在蜕变中的梁公仰，我觉得依然是中国古代传下来的"清官"的典型，例如包龙图、海瑞这一类的人物。不错，像铁面无私，事必躬亲的清官，我们是的确需要的，是必不可少的；不过，这还不算是新中国的新官吏。新中国只有了少数的清官，而缺少整个的计划，组织上的训练，严肃的纪纲，奉公守法、厉行制度的好习惯，仍是无济于事的。假定把梁公仰写成像现代国家一位有领导才能的政治工作者，就能使医院里的人事、组织、工作上的分配，都臻于合理化的程度，每一个细胞，像机器上的一项机件似的，只要"推进器"在发生"动"的作用，整个的机器，自能和协一致地动起来，恰如其分担表现工作的效率的，那就不必要担当"方面之任"的领导者，日理万机，事必躬亲，连差役的琐事，都要自己的代庖，才算是尽责的官吏了。老实说，如果根据现代《专家政治》的情形来研究，政务官与事务官，各有专长，各有特别的修养与艺术，任何贤明勤快的政治工作者，决不能凭自己的才力，来包办一切的。所以，剧作者应该在作品中特别强调的，是梁公仰的领导才能，是他怎样改革医院内部的计划，怎样创造良好的风气，怎样树立健全的制度……惟有这样，才可以改进政治，提高政治的效率。关于这一点，剧作者仅在第二幕结束时，从梁公仰嘴里，对丁大夫轻飘飘地说一句："这是我所想的关于医院改革计划，我们乘这个时候来研究一下，好么？"丁大夫回答："好，梁专员。"这似乎是非常不够的！剧作者为要透露改进政治的意识而写《蜕变》，可惜没有能把改进政治的要点，不止是需要有刻苦的清官，而尤其需要有领导才能的干部，使一切纪律化、组织化、科学化的实情，给观众以清楚的认识，即在剧情化的发展上，梁公仰在这时候，还是和丁大夫第一次见面，过去既缺乏相当的友谊，现在又未能有足够时间的周旋，在言行的观察中，已确定丁大夫是事业上的同志，就在第一次刹那的会见中，立即取出改革医院的密件，和丁大夫磋商，这一点，似乎也还有再次考虑的必要。

剧作者在第四幕描写梁公仰对丁大夫的关切——关切到像自己的女儿一样，丁大夫对梁公仰自然也流露出天真的同情与敬佩，这是说开了"志同道合"的工作者在工作所发生的联系与互助，其动机完全是站在为公的立场，为国家辛劳，为民族效忠，绝没有为私的成分，掺杂在内。相反，像马登科之与秦仲宣，因为彼此都抱定"发财第一，个人至上"主义，所以都不会忠于分内的职守，只是貌合神离，同床异梦，在利害上互相勾结，一旦秦仲宣失势，马登科马上就利尽交疏，视同陌路，甚至连秦仲宣的"伪组织"，都诱骗为自己的姘妇了。这一个对照的表演，聪明的观众，都可以体会到一个极端严肃的教训的，就是：我们非有计划地发动各部门实际的工作，把每个人的才力，及其应尽的任务，都是工作上所必需，都在整个的具体计划中被确定为一个少不了的因素时，是决不能达到团结的目的，充分发挥团结的实效的。这是一个非常需要的理解！大而言之，可说是救国救民族的最基本的要图！剧作者在《蜕变》的写作时，一定是意识到的，美中不足的，是他没有能在对话中执着这一点，向观众作深刻有力的提醒。

(三)《蜕变》的技巧

出现在《蜕变》中的人物，很少是多余的、浪费的，于以见剧作者当有了写作这剧本的意识，注意到觅取医生做背景，借以表现自己的主张时，对于人物方向的搭配与指挥，是用了一番苦心的。代表光明面的人物，是占有全剧中最大的多数。剧作者描写光明面的人物，是占有全剧中最大的多数，剧作者描写光明面的人物，不仅能使人可爱，而且在动作的表现上，达到使人可歌可泣、十分感激的程度；写黑暗面的人物，并不写到卑污下流故意使人厌恶，而能从其生活上，环境上着笔，写到对于他们的遭遇使人们怜悯和痛愤的程度，这是剧作者最大的成就，是应该接受观众与读者的赞美的。

在中国已有的剧本中，以医院作背景的作品，是不多的，也甚难处理，剧作者关于医院各部门的机构、设备，医师在工作上应用的材料及工作时的动态，都得经过详细的研究与观察，要不然，在写作时就能遇到极大的困难。像田寿昌的《回春之曲》，也是旧医院作背景的剧本，但他对于医院方面的常识，似乎及不上《蜕变》作者那么丰富，在《回春之曲》里，仅仅布出一个病房的景，让许多病人毫无变化地躺在床上，作呼痛的呻吟，再有一群男女学生闯进病房，唱了一阵慰劳的歌，说了一篇慰劳的话，像这样呆滞、简单、肤浅的动作和场景，给予观众的印象，并不良好。这情形，在《蜕变》中是没有的。

我曾以较多时间，留心考察剧作者在《蜕变》中所常用的"对照"的方法，例如：在第一幕，孔录事来到办公厅，工役范兴奎本着他天真的势利眼可以看出他对付孔录事的态度，与侍候况秘书、马主任、秦院长的程度，有着显然的不同，这是地位上的对照。陈秉忠为了药品的缺少，来会见秦院长，工役范兴奎端进一碗热腾腾的银耳，陈秉忠为要忠于自己的职守，不断地催迫秦院长："院长，不知你现在预备怎样办？"院长急于要滋补，便把碗一放，破口大骂："混蛋！你忙，你不知道我现在忙吗？"这是要观众对照地辨出他们一是忙于为公，一是忙于为私。在秦院长时代，动辄任用私人，后来居上，而描写梁公仰那么决绝地拒用自己的堂房哥哥；在改革以后的医院，还不用先前的腐化、颓废、弊端丛生，而是工作紧张，具有蓬勃的新气象；在第二幕，医院里的小公务员，明知院长主任的朋比为奸，又缺乏反抗的勇气，只能面面相觑，忙于应付，挨过无聊的日子，楼下怠工，楼上跳舞、打牌、过生日、醉酒狂欢，异常兴奋；而一面是描写丁大夫对于工作的认真，丝毫不苟，和其爱子丁昌的年少有为，天禀纯洁，勇于赴国族之难，再强调地写出寡母独子间的"天伦之乐"，和丁大夫的不得不赶爱子上前线，忍痛压抑自己在生活上、恶劣环境中所遇到的挫折、委曲、和愤慨。凡此种种，都是对照的描写。对照的方法，如能适当地应用，不但可以使观众加强是非曲直的判断，而且也最容易激动观众的情绪。

在《蜕变》中，还有一种"悬拟"的方面，也是剧作者所常用的。例如，第二幕中，当范兴奎莫名其妙地报告"专员到"，这时候，剧作者故作玄虚，悬拟许多同时发生纠纷，使被注目的秦院长，陷于扑朔迷离的窘境，像丁大夫要辞职，陈秉忠来向专员报告医院的实情。专员发觉表格上的错误，秦院长的"伪组织"来哭闹等等，都是使观众把视线集中到秦仲宣身上，代他着急担心的方法。第四幕的结尾剧作者也是应用"悬拟"的方法，布置全剧的高峰。例如：当丁大夫急于要为儿子丁昌施行手术时，却巧，李营长率领的切盼听完了丁大夫的训话，立刻就要开拔的荣誉队，正远远地跑来；落魄的马登科，不知趣地就在十分紧张的刹那，带着"伪组织"来求治无名的恶疾；梁专员打电话慰问；小兵上把他母亲备好的红兜肚，专诚送给丁大夫；远近爆竹声响，丁大夫一面训话，一面儿子可以脱险的喜讯，随着前线大胜的消息同时传来……就这样形成了全剧的最高潮。

应用"悬拟"的方法，写剧本，要是可能发生的事实，不能偶然，突然，要合乎自然。《蜕变》因为在前面都有了伏笔，所以，发展很自然，并不觉得有偶然凑巧的嫌疑。

（四）尾声

曹禺的剧本，印成单行本的，已有六种，《雷雨》、《日出》、《北京人》，我曾在剧院里实鉴过国内名剧团的表演；至于仔细看过作品而又领略过表演的，只有《蜕变》。在五年来许多与抗战有关的剧本中，《蜕变》确是成功的一个。

看完了全剧，剧作者在结构、动作、对话，以及人物性格、道具、服装上，都有详尽的说明，可见写作态度的严肃与认真。整个地说来，《蜕变》给我的印象，是不坏的；不过，凭拙见所及,尚有几点值得商讨的地方,愿意一并写在这里。

第一幕,陈秉忠来会见秦院长索取药物,秦院长回答的理由,是"买不着,运不到"。我觉得理由太堂皇了,这容易引起观众们对秦院长的失职与作恶,表示原谅的。应该使理由说的牵强一些,使观众知道他所说的,不成理由的,而是强辞夺理。

梁公仰是以专员的身份,来执行调查。整顿医院的任务的,惟梁公仰的专员,如果是属于行政性质的专员,那么,关于医院方面的调查与整顿,虽可以兼管,但不能专管。何况执行调查医院的职务,是专家的责任,不是任何人所能担当;所以,最好在剧本中说明梁公仰的来历,是卫生署这一类机关所派的专员——专为了调查医务的专员,比较妥当。

改组后的医院,应该强调继任院长的贤明,能够领导全体公务人员努力工作,才能说服梁公仰改革医院的计划,是合理的计划。现在,继任的罗院长始终未露面,说是到重庆去采办药物了,副院长温宗书又是全无用处的弱者,好像改革后的医院仍旧要由专员梁公仰来负责推动似的。其实,剧作者不必要增设副院长的名义,就把丁大夫提升为院长,使其推进医院的任务,倒是近情的处理。这样,剧本的重心,可以站得住一些,而结构也可以更紧凑一些。

以上所云,都是我个人的意见,不一定是正确;但为要《蜕变》这剧本更臻于完美,才不惮烦地说了许多,不知读者有何感否?

一九四二,九,八,于南岸

《文化先锋》1942 年第 1 卷第 4 期

评《蜕变》

陆一旭

曹禺的《蜕变》可以说是作者本身的蜕变，正因为以前的作品，都是以暴力社会黑暗面为主题的，而尽其诅咒讥讽，谩骂的能事。本来，文艺是不能超脱时代的，同时也是暴露时代的黑暗的，可是，仅止于诅咒谩骂，至多也只能给予观众一个罪恶的印象或是一阵嘲笑了事，这样的文艺它究竟对于人类有多大的益处呢？所以一部好的作品，不但要暴露社会的罪恶，同时还需要建立新的社会范畴去指示人类，教育大众。曹禺在《蜕变》中做到这点，与其以往作品异趣，所以我说也是作者本身的蜕变。

《蜕变》在文体的表面上，只是一些平凡的序（现为"叙"，编者加）述，所以出版了好久，并没有使人们发生特别兴趣，这也正足以证明社会上的人们，对于所序述的事实，已是司空见惯，不足为奇。可是真到把它搬上舞台现身说法以后，观众才察觉出和自己有不可分离的感觉，每一动作，每一句话，都好似自己曾经做过说过，由不得吸引了，而深深底在暗自惭愧，直到后半部又是如何地"蜕变"了，形成了新的健全的环境，使事业大大地开展下去，这教育了一般观众应如何革面洗心向为善的道路上迁进。剧情虽然是一些平凡琐碎的故事，可是尽能在平凡琐碎中找到新的错误，找到新的真理。所以，一部成功的创作，是必需针对着一般的错误，而无情地针砭，同时也需要把握住另一光明面而加以褒扬，奖励。这并不是因果论的说教，而是社会的正当状态。

我们常能发现到，一部专门描摹鬼怪罪恶的作品，它所获得读者的反应的不是作者所要求的，而正是作者所尽量描摹的最丑恶的一面；这原因是读者好奇心的冲动，而认为书中所序述的罪恶是新奇之物，何妨以身试之。作者非但不能借作品去针砭社会，反而是鼓励社会去作非为恶了。

曹禺先生以往的作品，常以社会罪恶为主题，把他所认为光明的人物情景，老是喜欢隐闭着，不敢大胆地以对照手法表露出来，这或许是曹禺先生的成功处。可是他忘却了所给予社会一般的后果，假如说，他所给予社会一般后果也是如他所描摹的那么罪恶的话，这难道不是曹禺先生的失败之处所？

《蜕变》全剧是以从事伤兵救护的女医生丁大夫作为主角的，前半部把旧势力社会的罪恶的典型——秦院长，马登科之流——作为陪衬人物，表现出丁大夫是如何困苦地挣扎奋斗，而终究感到力不胜敌将屈辱似的洁身引退。恰巧这时加入了一个有正义感的公务员——梁专员——来帮同洗刷了社会罪恶的黑影，建立起崭新的行政作风，健全的政治机构。无疑地，丁大夫得到了一种新生的力量，增加了服务的勇气，而使一个艰辛的场面顺利地开展下去。

《蜕变》的时代背景，是抗战开始后的一年，那时的中国后方，尤其是后方的行政机构，正如丁大夫所说的"一团糟"，这是一般行政机构间普遍的现象，要不然，也不会掀起这一抗战的伟大场面，抗战便是要把旧时代的腐败的渣滓淘汰，而培植出新鲜活泼的英勇的活力，在新陈代谢的"蜕变"期中，陈腐的恶势力必然有一次死的挣扎，也正是恶势力最显威灵的刹那。秦院长夫人就是代表这一势力的说明者。蜕变的，并不是丁大夫，也不是马登科或是秦院长的夫人，作者并没有指明剧中哪一位是在"蜕变"，而是一个整体——伤兵医院——凭几个人的改头换面所能担负的，而必需全体的革新，但这些运动的开展，又必需经过坚强贤明的指导者的推动，才能实现。梁专员便是象征这一推动的领导人物。正如一行列车必需要有技术高明的司机去驾驶掌舵，丁大夫是时代列车的代表。陈旧卑污的官僚将在抗战列车的巨轮下辗亡，新进的行政机构将随之成长。这是说明了抗战五年余中国奋斗的成果。直到目前《蜕变》才搬上舞台，而又竟能吸引了成千成万的观众，这又说明了目前的中国，还残存着如秦院长，马登科等一类的人物。那陈腐卑污的官僚行政还是在苟延残生着，需要运用更比梁专员坚强的毅力去作无情的扫荡，以促成新中国的加速成长。

我们对于曹禺先生的艺术天才，表示尊敬。目前中国的青年男女，不再需要如"日出""雷雨"那样黑暗社会的毒素刺激，需要的似乎有建设性的正常社会伦理。希望曹禺先生能在《蜕变》之后作出更伟大的作品，使青年得到精神食粮的充分营养。

三十二年三月三十日于陪都
《妇女月刊》1942 年第 2 卷第 6 期

《家》与其他作品 研究资料

读《蜕变》

徐君藩

"中国,中国,你是应该强的!"——最后一幕的最后一句话

"……蝉要成长,他必须把从前的旧躯壳蜕掉的。蜕掉一层旧躯壳是艰难的,并且是痛苦的。但是为着新的生命,更有力,更健全的新生命,这个小小的生物不但能忍耐,并且能忍心把他的旧躯壳不要的。我们的国家要在抗战的变化中,生长起来,这一层腐败老朽的旧思想,旧人物,我们必须忍心蜕掉。让他们去吧,死吧,死的再苦再惨,我们不必顾惜的。"——第四幕

曹禺戏剧集第五种《蜕变》,四幕剧,以簇新的主题,呈现在中国戏剧界。抗战以来,中国的剧作常被指为有"公式化"的倾向,似乎没有十足的爱国志士、汉奸、日军、间谍……便无戏可做。《蜕变》一出,打破了这种沉闷,给剧坛以新的气氛。

巴金在编辑后记中,追述从前在读《雷雨》原稿时候:"我感动地一口气读完它,而且为它掉了泪。不错我落了泪,但是流泪以后我感到一阵舒畅,同时我还觉得一种渴望,一种力量在我身内产生了,我想做一件事情,一件帮助人的事情,我想找个机会不自私地献出我的微小精力。……现在读《蜕变》我也禁不住泪水浮出眼腔。但我可以说这泪水里面已没有悲哀的成分了。这剧本抓住了我的灵魂。我是被感动,我惭愧,我感激,我看到大的希望,我得着大的勇气。"

曹禺的《雷雨》、《日出》和《原野》我都不止读过一遍,在最近的一个晚上,我又在油灯下读完了《蜕变》。记得读《雷雨》时,我也曾为着剧中人和剧中情节流了泪,不过这些剧中人和剧中情节,对我是这样的陌生,给泪洗刷过的心不一会也就释然了。但是,这次读《蜕变》,我读的时候流泪,读过后的几个夜间流了更多的泪,不过和巴金的不同,这泪水里面含着不少的悲哀成分。剧中故事同人物和我太过熟识了,它们不断的蹂躏我的心,我的心直到执笔的时候还是沉重的。

我读过剧本,跟着每一个人物的上场,我脑里闪出一长串现实生活中遇到的人物——但,代表黑暗面的人物终究多过代表光明面的,好像狠恶的乌云掩蔽了太阳。剧本虽然离开我的手,但是书面的和现实的人物,还是那么活生生的在我眼前幢幢往来。这剧本逼我读我自己的阅历,从回忆中我发掘了许多抗战以后的学校和机关,浮上我的脑海里,多是剧中前两幕所表现黑暗的后方医院的化身,而不是后两幕所表现的改组后的朝气蓬勃的医院。

这个医院,搬到内地以后,"上面的人开始和当地士绅往来密切,先仅仅打牌酗酒,后来便互相勾结。做国难生意。……于是在下面的也逐渐懈怠,习于苟且,久之全院的公务人员仿佛成了一座积满尘垢的老钟,起初只是工作迟缓,以后便索性不动。""沮丧、失望的空气蔓延到全院。好的职员不过是情绪消沉,坏的就胡作非为,欺上瞒下。""他'院长'用人办事但凭他自己一时的厉害喜怒为转移:下属会逢迎,得到他的信任,便可以任意越权,毫无忌惮;不得他欢心的,就只能在院内混吃等死,甚至如果负起责任,反遭申斥。""公务员既无人勇于负责,官职的进退,也只好看院长的喜恶。一人的喜怒好恶本是捉摸不定的(何况窥测长官心理的工作,已大有人抢),多数职员只好委委屈屈,噤若冬眠蛰虫,凡事不闻不问,绝不作春天的指望。""在此地'法'既不能制滥私,励廉洁,偏偏院长嘴里时常谈起法治精神……而自己实施起来正是'行动自行动,法律自法律'。似乎在势当权的人,止须说说了事,对于'负责''守法'两点,自己绝对无需以身作则,推己及人的。"

在这个腐烂的躯壳内,贮存着这样的灵魂:

院长秦仲宣,是个自私自利,不负责任,敷衍马虎的家伙,遇着大事要办,只好应付一下,小事就索性置之不理。他的医院原是私人办的,夤缘求得省政府的辅助,开始收容伤兵。这个医院的主要任务在救护伤兵,可是,为了马虎敷衍的结果,药品没有了,司药的陈秉忠来催药时候,他便想去了一个"顶好折衷办法":

> 你就按着诸位医官们开的药方减半配,开两钱改一钱,开一钱改半钱配,那不就又可以应付一阵了吗?

这便是他的办事和处世的态度。明察的专员来到时候,他最注意的是叫属下赶制表格,"万不可马虎——这是成绩。"他那公私不分的程度,只要看他的"伪组织"伪太太的绰号的蛮劲:那时丁大夫向她讨回医院的铁床,"伪组织"这么闹着:

> 铁床是公家的……一个院长夫人拿一张铁床算什么?用一张铁床又怎么样?你告诉她,我不但睡铁床,将来我还要盖铁床、吃铁床,把公家铁床拆碎了,扔在河里听响,看她把我怎么样?马主任,你们怕她,我不怕她……

秦院长的外甥马登科,算是庶务主任,素来聪明自负,踌躇满志的神色咄咄逼人,他好吹善捧,浅薄空虚,眼光小脸皮厚,"狡""伪""私""惰"的习性发挥尽致。分内的事他不屑办,分外的事他也做不好。怪不得丁大夫催药很急的时候,谢宗奋说:"马主任替院长买东西还忙不完,哪有功夫管这些事?"他自认很有才干:

> 有本领不敢讲,不过我相信,在机关里做事,我们只要有方法,有步骤,有聪明,有口才,不必一定要出洋,也一样可以钻的很快,尤其是现在国家正在变乱的时候,每个人都有出路的机会……

他对公事的态度,可以从他推测别人心理中看出:

> 其实什么专员,还不都是人,两顿好饭一吃酒一喝,再清楚他的出身背景,哎,什么事都好谈! ……连天下雨,天气冷,路又不好走,谁是大傻瓜,都是公家事。急急忙忙跑来视察干什么?

孔秋萍,一个专司抄写的职员,他是一个发霉的人物。他颇好吹嘘,喜臧否人物,话多是非也多，有时说溜了嘴，便莫明其妙地吹得天花乱坠，图个嘴头快活。他因惧人卑视，时常故作不凡，同事常拿他凑趣，马主任更叫他做"屁"。他办的什么公？且看下面的对话：

　　谢：算了吧，你早来干了什么？还不是坐着看报，烤火，吃点心。

　　孔：那我知道。可是公事办不办是一件事，我签到早不早又是一件事。我们
　　　　再不靠早签到，晚下班，考勤加薪，还靠什么？

　　被称为况先生的况西堂，岁数五十刚开外，任何事都知难而退，能止则止。他的人生观，对马主任述过：

　　　　鄙人三十年书案生涯，眼前又是一大群孩子，我如今只想守成，回家有一碗
　　稀饭喝，万事皆足矣。

　　他在各机关"历任科秘"为长官起文稿，复函件，在一字一句的斟酌间耗费他大半的生命。北伐后官运日乖，如今落为闲散人员，抗战后流离颠连，使他逐渐相信凡事都有个数，在院少沾是非，不多事，不多话，少应酬，深居简出，竭力储蓄，只求平安渡过抗战难关，好作归计。

　　这个医院，幸亏有一个蕴蓄着大量光和热的丁大夫，才不像座坟墓。但，安于黑暗的人，对阳光觉得刺目难安。有正义感的丁大夫、谢宗奋和陈秉忠寥寥几个人反而处处感到掣肘。

　　陈秉忠是医院里的司药。他不懂幽默，不知世情（穷困改不动他的天性），做事惟恐不认真，小心翼翼，心地介直，规则条例颁布下来，他总一字一字地做到。他肯负责，苦干死干，不走歪路，看定了方向，他不肯变移。只是有一副天生的可怜相，同事给他起个"可怜儿"的绰号。因为院长和马主任的不负责，伤兵用的药品终于断绝，而司药的偏是死心眼儿最肯负责的陈秉忠，他只好走最后一条路：

　　陈：院长，秉忠——秉忠想请长假。

　　院：什么？

　　陈：秉，秉忠想辞职，秉忠干，干不下去。

　　院：荒唐！混账！你干不下去也得干，现在是抗战时期，做事要格外负责。
　　　　（中略）你不干，我就可以军法从事！办你！重办你！把你押起来！

　　陈：（忍不住，呜咽）天，天知道，秉忠，怎么不负责！

　　马主任也骂秉忠，说他："这种人太死心眼，早晚有受社会淘汰，没有其他的路可走。"

　　谢宗奋是个抱着满腔热望，为国尽力的青年，他在这种黑暗的环境里，一切都看不惯，他觉得有大量的精力无从发泄，觉得事与愿违，心情颇为懊丧。

　　在这黑暗的环境里，会发灿烂的光辉的，是丁大夫的灵魂。丁大夫是个名医，抗战开始，她立刻依她所信仰的，为民族捐弃在上海的舒适生活，兴奋地投入了伤兵医院。她刚健率直，爱真理，爱她的职业所具有的仁侠的精神。她绝对忠于职务，为着救治一个重伤的李营长，她输血给他；为着急救伤兵，她直往前线；飞机在头上轰炸，她还给重伤小兵施手术。她来到这个医院，受了许多折磨，看到多少惨痛的事实，使她益发相信自己更该为民族效忠，当她独自想起自己的理想逐渐幻灭的时候，常常哭泣。她已一再约束自己，学

习着必要的忍耐和迁就。然而尽管在医务上有时作不得已的退让，她私下认定在任何情形下她决不肯到容忍那些腐败自私的官吏的地步。在她破获马主任所说的十五天以前发出的催药公事时，当面骂过他：

> 马先生，我不愿再听你的狡辩，中国如果要想翻身，抗战中的官吏是要负起责任来的。我告诉你马先生，事实上也不允许你们不负责任，你不要以为，你们在抗战中的中国，你们还能敷敷衍衍苟苟且且活下去。抗战会叫你们现出原形的。你们如果是有生气的，你们将来还跟着新的中国一同生长，如果你们还同往日一样，敷衍一件是一件，早晚有一天，你们死了，骨头都没有人收的……我恨不得我能立刻发明一种血清，打到你们每个人的血管里，把你们心里的毒质——"懒"毒，"缓"毒，"愚"毒，"无耻"的毒，"自私"的毒，"过分聪明"的毒，"不负责任"的毒，一起洗干净。这样，抗战的前途才真有办法……马先生，你难道想象不出，有一种人活在世上并不是为的委委屈屈，整天打算着迎合长官，拍马吹牛，营私舞弊？想你就看不出这种人生下来就预备当主人，爱真理，爱国家，言行一致，说到做到，把公事看得比私事重？……马先生，我跟您无私怨无私仇，但是你屡次对我拖延，撒谎，耽误公事。到了现在，药品还没有拿来，叫我眼看着伤兵同志受痛苦，得毛病，我只能站在旁边，一天一天地等，等，等，等到天亮而毫无更好的办法，我就认你是我的仇人，我的天大的仇人！

多么理直气壮！但是在土拨鼠似的人们眼中，这一线光明反变成眼中钉。院长埋怨说："前两个月没有这种名医来，医院倒也办得好好的，有了这么个好医生，这个不对，那个不对，真不知添了多少麻烦！"马主任也说："别说了，真是'国家将亡，必有妖孽'！院长发的什么疯，为什么当初要答应什么女名医来服务，服务倒也罢了，为什么又让她一点一点地得势，这样得伤兵们的心，闹得现在一塌糊涂，横不是竖不是，这样女人真是妖孽，妖孽，妖孽。"连况西堂也不禁老气横秋地说："咳，年青，刚到机关来，又是个妇道——碰几次钉子就好了。"忠胆义肠的丁大夫，无可奈何地只好打算"走"！

我的眼里充满了泪，在迷糊的眼泪里，我看见许许多多的秦仲宣、马登科、况西堂、孔秋萍，和较少的丁大夫一流人。我又看见若干由丁大夫逐渐变成秦仲宣的熟人，那时我的眼眶容不了我的泪。现实社会里的秦仲宣、马登科，恰与剧中故事的发展相反，往往就此"飞黄腾达"，为社会人士所惊羡；而像丁大夫这样的人，常是处处碰壁，忍受无尽的冷库待遇，社会人士对他们的观感，就像马登科说陈秉忠那句话："这种人太死心眼，早晚只有受社会淘汰，没有其他的路可走。"我的眼泪中包含大量的悲哀成分。

在故事发展中，代表着腐烂的秦仲宣一流人被淘汰，代表光明面的丁大夫一流人给予了适宜于发展其怀抱的工作环境，这个机关终于蜕出了旧躯壳，而新生了。我兴奋，我感激。我在脑海中搜索，在这最严重的抗战时期，各机关是否都正在"蜕变"的过程中呢？我又在我的阅历中作了一番巡视，我发现抗战的气氛是适宜于蜕变的，而各机关确都蕴蓄有促动蜕变的力，这种力都寄在像丁大夫、谢宗奋、陈秉忠这种人身上，但是，这种人不多，他们力量的总和还敌不过"旧人物，旧思想"，而旧思想旧人物反把一种压力加在他们身上，强要给蒙上一层旧的臭皮。这里是"心有余而力不足"的人,和"力有余而心不足"的人斗争,后一种人占优势。在这种情形下,促动蜕变"心有余而力不足"的公务员,不是像丁大夫和陈秉忠一样想离开,便是经过多时的挣扎,觉得这种力量是白费了,变成一种"厌烦现状,而又不得不用消极态度支持现状"的畸零人。

我并不是悲观主义者,以上所述的确是事实。在抗战的气氛中,各机关中都孕育有蜕变力量的种子,到那时要它发芽苗长,似乎还缺少些什么,而这种种子如果不设法促其早日发芽成长,将要损失其活力,蝉的蜕变,固然靠着内身蕴蓄着新生的力,但是如果没有外界的适宜的温度,也永远蜕不下旧皮。剧中情节的发展,那个医院的由腐化变成生气蓬勃,固然靠着内部有丁大夫、陈秉忠、谢宗奋一班人,但是如果没有有力量有决心而又精明的梁专员来临,以大刀阔斧的手段来处理,只有气走了丁大夫们,让这个机关腐烂下去,永远没有翻身的日子。所以依我的看法,梁专员是这个医院蜕变的主力。

梁专员依据真理,知道怎样给他们一种适当的安排:马登科撤职查办,秦院长畏罪潜逃了,各方加以整理。从此之后,这个医院逐渐树立了一个合理的制度,由守法的长官协同下属来遵循,院内公务员权责划清系统分明,而且勤有奖,惰有罚,各个人奉公守法勤奋服务,争做昔日聪明人所说笑的"傻子"。大批腐化自私不得力的人员,遭到不可避免的淘汰,此时的干部大半是富有青年气质的人们,且看侥幸未被淘汰的况西堂和出狱不久的马登科的谈话:

况:哎,老朋友!现在不同以前了,事情不——好做,哪有从前的闲在院里大半都是年青人,每天从早到晚地死干。慢一点都会有人笑话。(下略)

马:是啊,一打仗,打得机关都改了样子了。

况:嗯,不同了,你我都算一个时候的人,对不起你老哥,现在上了年纪可不大时髦。跟我同一派头的,要耍笔杆,只想奉公守法,不多事不找事,混一碗太平饭吃,仿佛就不大多了,也不受人重视了!

马:可不是!

况:前天晚上我一个人走出衙门,背后就听见一个少壮派就用新名词批判我,叫我做——'没落分子',老朋友,这四个字真是冷箭穿心,可怕得很哪。

……

马:喂,他们办事究竟怎么样?

况:谁?

马:这些少壮分子——年、年青人。

况:还好,还好。说句公平话,现在年青人,是老练得很;不像我们年青的时候,懵懵懂懂,冒冒失失,整天直晓得荒唐胡闹,说漂亮话。

马:是啊,我也后悔得很。

况:登科兄,刚打仗,我还不清楚。打了这么久,我才觉得现在是年青人的世界(下略)。

腐旧老朽的人物，自觉在这种环境中站不住，而丁大夫、谢宗奋、陈秉忠以及新的干部得到最满意的工作环境。院内人员的心里逐渐培养出一个勇敢的新的负责观念。大家在自己的职责内感到必需"自动找事做，尽量求完全"，开始造成一种崭新的政治气氛的先声。

新生了，蜕变了，我得到无限的喜悦与兴奋。

像剧中医院的蜕变，我认为是今日中国公务机关应该有的，必定有的，也许已经有不少正在挣扎蜕去那张丑恶的皮，有不少新生的力量正在和保守的力量斗争，有不少蜕变的力量在孕育中。不过等待一种力，来加速各阶段的蜕变，来完成蜕变的过程。如果缺少这种力，那么个体中已蕴蓄有新生的力，不特不能脱掉那层丑恶的壳，新生的力反会因囚闭在那黑暗的壳里而闷死了，这种力好比某几种化学变化，需要加热一样。这种力便是像剧中梁专员所有的。

我们在这抗战接近胜利的关头，我们的政治需要来一次大规模的澄清运动，树立新中国的政风。这种运动一面须唤醒每个公务人员的自觉，一面还要施行贤明的、严格的、洗刷的和检举办法，坚决地毫不姑息地加速完成这种蜕变。

读《蜕变》，我流了泪，包含有悲哀的泪。因为它迫我在现实人间作一番巡视。读《蜕变》我也流了兴奋的泪，因为它带我到理想的国度翱翔。读《蜕变》，我更生出了一种愿望，愿望政府当局能够在现实人间和理想世界间，迅速建造一道桥梁，由现状通行理想的境界。

《改进》1942 年第 5 卷第 12 期

《家》与其他作品　研究资料

读《蜕变》

奔清流

　　我想,凡是赋有理想的青年朋友,都是醉心于曹禺的剧作的。《雷雨》与《日出》,都在桂林公演过了,它给人们的印象,大约都是悲喜交集而又非常惋惜似的;此外,还有《原野》,它是暴露农村中土劣与平民的矛盾和斗争加上极弯曲的婚姻关系等内容底象征悲剧。而《蜕变》,则是反映抗战意识的第一篇剧作。剧中指示出抗战的进步有如"昆虫蜕壳"似的一种过程,而反映这种过程的,却是"我们民族战士在各方面奋斗的艰苦同那被淘汰的腐烂阶层日暮穷途的哀鸣"。这也就是"用血汗写成的历史里有无数悲壮惨痛的事实"。在这主题的导引下,更加具体而明显地告诉我们:中华民族是"需要硬狠狠地把昔日的老腐的躯壳蜕掉,然后新嫩的生命才逐渐长成"的。——这就是《蜕变》

　　《蜕变》的主题,是现实的。与过去三个剧本,带着浓厚的"浪漫主义"色彩的气氛,绝然不同。在《雷雨》诸剧中,许多人都会怀疑剧情和人物底真实性,《蜕变》却不同;好像每个人物都和你很熟悉的,故事也很普通,却能发掘现实的深处而加以渲染和"戏剧化";使读者在其中闻着了广大群众底真挚的气息,感到无限的亲切。从《日出》到《蜕变》,或者是时代变动了,或者也可说是作者的进步。

　　剧本中的故事,虽不能和《雷雨》一样的引人入迷,然前后的推移,却很生动和合理。而各个人物,差不多都有独有的个性,从第一幕中暴露一个伤兵医院内部的散漫和腐败,这里有各形各色的人,也有各形各色的人生观,比如:官僚十足的秦仲宣。吃撒娇饭没有灵魂的魏竹芝,倚势凌人欺上压下的马登科,老经世故多一事不如少一事的况西堂,还有那一味吹牛,爱面子、爱戴高帽的孔秋萍;这些人物,都是我们所常见的。直到院长夫人魏竹芝因丁大夫搬去伤兵的铁床而大事吵闹时,接着上级派来视察医院的梁监理员也到来了,这里,就暗暗地隐伏着一个"转变"的契机,结果,医院改组了,秦仲宣,马登科之流,给"outsit"了出去,新的朝气活现的伤兵医院,在梁监理员积极的整顿下,在前线活跃着;一切都在新的机构下面,有如新式的机器在不断的有力的转动。那真正爱祖国,爱自己的孩子的丁大夫,送着丁昌出征,这给一生忧患只把希望寄托给儿子的寡妇丁大夫的心理上莫大的创伤,然而,她始终认清了国家需要像丁昌一样的青年,只好抑制住自己的哀愁和寂寞,鼓励丁昌到前线去。丁昌走后,丁大夫始终以自己超人的医术,拯救这每一个伤兵,每个伤兵都争着要她看诊(甚至有些伤兵未经丁大夫看视而拒绝吃药),随后李营长铁川重伤抵院,丁大夫竟因李和她的血液同是"O型"而情愿为他输血。任何人不能阻挠她,她宁愿牺牲她高贵的血液挽救祖国的将士。这是人类至高无上的同情,也是丁大夫对祖国深切的热爱底表现(丁大夫是祖国最伟大的母亲,最伟大的斗士!)。随后,李营长的重伤给丁大夫高明的技术和输入她宝贵的血液而复活了,而健壮了,当李营长重新整理他的部队,编成荣誉大队,正要重上前线杀敌,天真的伤兵们,为报答丁大夫的恩德要求丁大夫的儿子丁昌在前线负了伤了开刀救治生命危在旦夕生死未卜的时候;你想:丁大夫哪里会有心机去见伤兵们出发,去和他们说话告别呢? 然而,丁大夫还是和伤兵见了面,以渗透自己身心的忧郁来欢送伤兵们重上征途(丁大夫的忧郁,也就是祖国的忧郁啊!),随后,丁昌在千钧一发的危机中,还是由丁大夫亲自开刀救回来了,丁大夫喜悦了,笑了,毕竟她的希望没有幻灭,她的理想有了寄托,她从此更加坚定了她的意志,摒弃了做母亲必然有对儿子偏爱的一点私心。因此,她说:"我现在立誓,把我们孩子也献给了我们共同的母亲——我们的祖国!"她要求李营长在她儿子伤愈时一同带他重上前线。丁大夫是祖国模范的母亲,是祖国最坚强的一名战士;她是光明,正义,崇高的化身,她也是自由,平等,博爱的象征;——"蜕变",就在丁大夫的喜悦中,接着来了一个军事胜利的祝捷声中闭幕了。

《蜕变》,给我们无限的兴奋和自信,给我们无限的喜悦和愉快:在这里,指示出大时代的来临,一切现象,必然趋向"那不可避免的铁律";也正如作者所说:"我们对新的生命应无限地拿出勇敢来护持,培植;对那旧的恶的,抨击,以致不惜运用各种势力来压禁,直到这种有毒的意识'死'净为止。"

此外,剧本中不但有极严整的机构,读下去好像在欣赏一条千寻飞泻的瀑布;其中小故事的穿插,如丁昌教训母亲应有正确的政治认识,应多读心术,丁大夫说他:"你在哪里学会了许多新名词?"和梁监理员的堂兄梁公祥老太爷特地从老远的家乡带些土仪来找他,希望找一份官儿做做,结果,梁监理员对他幽默了一会,然而并不失尊严,梁公祥是懊恼地给气跑了! 这些,我以为都是怪有趣的。

十二,六,六三号房
《中学生》1942 年第 53 期

妇女楷模

——丁大夫

阿 淑

　　女孩子们在年青的时候,总有许多幻想,然而并不是对事业的雄心和勇气,记得早几年,我在北方一所艺术专修学校里读书,有一个隆冬的夜晚,我和十几个同校的女同学围着炉火谈天,我们各人都说着自己未来的希望:

　　"历史上成名的女画家太少了,社会给我们压力,我们自己也忍受不了生活的艰难,我相信自己能突破这些,而成为新社会中的女画家,为人民大众的艺术创造而奋斗!"

　　"感谢上天赐给我这副好嗓子,家庭也给了我理想的教育,我一定要尽自己的力量于音乐,直到我死!"

　　"我并不想成为名艺术家,我希望将来办一间儿童艺术训练学校,以备发掘艺术天才,而且艺术教育能使人们纯厚的艺术天性永远保持。……"那时候我们都还是不到二十岁的孩子,然而每个人的意识中却怀着炫丽耀眼的抱负!

　　可是过了三年多,现在一切人和幻想都变了,她们中有些人结了婚,"幸福的"生活已经代替了过去对事业的幻想,另一些做了母亲,把一切都寄托在孩子身上,或者是终日愁怨叹息! 日前我还接到远方万旧友的来信,其中有一段这样写着:"我虽没有被幸福陶醉也没有被孩子所累,可是我又比她们进步了多少呢? 往日的幻景,梦也似地过去了! 现在除了生活的挣扎之外,我已经没有梦想的余力了!"我读着又读着这一段话,忆念起昔日的情景,总觉着无限惆怅:"难道我们女子不应有事业的雄心,就不能在事业上有所成就吗?!"

　　日前看了《蜕变》归来,在不知不觉中,给我增了不少热情与力量。曹禺先生在《蜕变》中创造了一个完全的人物——"丁大夫"。她有着对工作极高的责任,□□对事业的忠实坚韧,有□□祖国的热情,真堪称一个时代的新女性。而同时又有着对人类至爱的天性和慈母般的心怀,她所具的崇高的灵魂,就在戏剧底每一细节中深深印在了我的心里了。第一幕中她为了伤兵们的药品,与旧官僚马登科争辩,因为这是她医生的职责,她不得不去责备马登科,然而就在她的申诉中还是带有多重的爱护相督促的感情啊! 第二幕她含着母亲隐痛的眼泪,鼓励孩子上战场,就在她感情最感苦闷与难堪时,她也绝对不肯妨碍她的工作的。就是冒了最大的危险也是毫无畏退的。尤其是她愿意不顾惜自己日渐衰老的身体;输血给李营长,这种至高的自我牺牲精神谁不被感动呢?! 第四幕她因儿子病重而焦虑苦恼,在大众与自我感情底矛盾中,她终于还是忘掉自己,看着人民大众的前途,贡献出自己应有底一切。贯彻在丁大夫底灵魂中的这些美点，不就是现代女性的楷模吗？

看过戏后，我不仅深深被感动了，而且丁大夫的影子时时追随着我，鞭策着我。当我想起往日的惆怅，就深深觉得惭愧；我们过往那些幻想，实在是些不切实际的幻想罢了。所谓事业上的成就，其实就□□了丁大夫对于事业的无限忠心，把自己底一切，甚至生命都交付出来。所得到的代价她是绝不计算的。于是自己底灵魂也就在这自我牺牲中得到无上的慰藉了！仅对事业的雄心和勇气，也就是丁大夫对祖国的爱护的坚定信念及不怕困难的服务精神，任何一件事，都该是服从于一切大的目标下的，一切空虚游移的理想将都会变成幻梦，除了人民大众幸福的事业之外，再也没有单独个人底事业的。

或许，在我们旧社会的现实中，我们还很难找到一个丁大夫，就像梁专员和后方医院一样都不易找到。然而这些情景却不是从天上掉下来，纵使中国现在还没有这样完美的人，可是至少，这是我们对不久以后的理想，是应该实现的理想。像丁大夫这样的女性，正是新中国底新女性，我们每个人都可以把丁大夫作为自己底模范，做妇女的楷模！

《新华日报》1943 年 1 月 17 日

《家》与其他作品

研究资料

《蜕变》中的丁大夫

于菱洲

（一）

"女人毕竟是女人。"我们常听到这样说，这句话包括几种意思：第一，自然是说女人不会变成男人；第二，是说女人只该做女人原来所做的事；第三大概是说女人无论如何也比不上男人吧？

说这样话的原因，也许是因为在现状中看不见女人有什么超越的能力；也许是因为设想不出一种完整的新的妇女人格。在古今中外的历史中也记载着有许多杰出的女性的名字，但大家总似乎觉得这是"传奇"，而不见得是普通的道理；书籍和刊物中也常有许多妇女运动的理论，但总不能具体地指出现代的女性的模型，有时还使人认为那都是空想，可是最近在重庆演出的话剧《蜕变》中的丁大夫，使得大多数观众见到了一个抗战中国的新女性了。

《蜕变》的作者曹禺的意识中是否先深印了英国的耐丁格尔和中国的周蒋鉴的人格，而后才塑造出这位伤兵之母的丁大夫，在这里暂不必去追问。但在舞台面前的人们，看见舒秀文所扮演的这一种人格之后，他们所得的印象与感召比读耐丁格尔与周蒋鉴的传记更深刻，更亲切，更感动，却是事实；我们应当首先感谢这剧作者和演员对中国妇女的贡献。

丁大夫是一个将近四十岁的女医生，一个有十七岁的儿子的母亲，一个失去丈夫没有家庭生活的职业妇女，一个投身在后方医院为伤病服务的女战士，她不知道名，不知道利，不怕腐败环境的困难，不怕枪林弹雨的危险，不许休息，不许灰心，只是为了祖国，为了伤兵，为了医道的神圣而工作，工作，工作；战斗，战斗，战斗。

当第一幕的前半段，舞台上阴沉的空气重翳了观众们的心；外面下着雨，楼上打着牌，几个没有前途的男女老少的公务员谈着陈旧的空话，腐化自私的秦院长、贪污骄悍的马主任表演着丑恶与残酷的姿态，正直奉公的陈司药遭遇着非礼的压迫……这时候，这种环境中，突然出现了一位眉目英秀，神情严正，气力充实，言语明朗的丁大夫，观众眼前的蜘蛛网拨开了，这是剧作家和扮演者首先使一个女性担负起冲破暗云描写，表现正义光明的任务。

丁大夫为了伤兵所急需的药品而和那卑鄙无耻的小官僚马主任开战了，她切齿痛恨地当面揭穿了他的因循推诿，专已营私，她宣布了官僚们一般性的罪状——

……敷衍，应付，虚伪，苟且，事情到了你们这般人手里，有办法也变成没办法，我恨不得能立刻发明一种血清，打到你们每个人的血管里，把你们心里的毒质："懒"毒，"缓"毒，"愚"毒，"无耻"毒，"自私"毒，"过分聪明"的毒，"不负责任"的毒，一起洗干净，这样，抗战前途总算有办法！

然后，她看到那马主任始终不能了解这世界上还有不为私人利益和私人意气而生活的人，她便感觉到这种"奴隶脑袋"的可怜，说道——

马先生，你难道想象不出？有一种人活在世界上并不是为了委委屈屈，整天打算着迎合长官，营私舞弊？你就看不出有一种人生下来就预备当主人，爱真理，爱国家，把公事看得比私事重？真的你不知道我们现在是家破人亡，整个民族要靠这次抗战来翻身？那么你为什么不明白，一个人到了现在，可以什么都不顾，就只希望把自己这点力量献给国家？争到了胜利，好做一个自由的人？马先生，我和你无私怨，无私仇，但是你屡次和我拖延，撒谎，耽误公事，到了现在，药品还没有拿来，我眼看着伤兵同志受痛苦，得毛病，我只能站在旁边，一天一天地等，等，等到天明而毫无办法；我就认为你是我的仇人——我的天大的仇人！

在她无情的斥责之后，她宣布了辞职，又说要去向伤兵通知宣布，然后她向□□□求情的马主任大声地喝了一句"闪开"，怒冲冲地走出去了，于是那些怕事的□公务员们不免连说了两声："厉害！厉害！"是的，台下的观众们也都会觉得这个女性是太可怕了吧？一个女人，说话如此疾声厉色，急切逼人，是少有的。中国人会看惯了有些女人的"宛转哀啼"，有些女人的"撒泼放赖"，有些女人的"阴毒狠诈"，却从来少见有一个女人站在大庭广众之中，词严义正，大声疾呼。作者和扮演者之描写出这样一个丁大夫，自然是为了谴责官僚，其实也同时是教育了一般柔弱的女性和不懂□□用自己尊严的女性。战斗的中国应该有这种战斗的女性，战斗的女性也应有这种凛然的风度！仅止有慈爱，柔顺，而缺少刚强，反抗，那么妇女本身的解放只能从哀求中取得了。仅止有服从，等待，而不敢公然和腐败的环境宣战，那么所谓妇女为抗战服务，只能欺骗自己，虚耗精神而已。一个有盼望而且有技术的女性为什么应当对恶势力退让，对工作放弃呢！而且，丁大夫之能挺身战斗，正是所谓"仁者有勇"，她是被成百成千忠勇将士的伤痛呻吟所激发；由于对正义的强烈的爱，才激发出对腐败强烈的恨，这正是现代化的个性，是标准的典型。

（二）

然而，伤兵的母亲仍必然是她自己儿子的母亲，不要想象着战斗的女性都是有个性的□□或□□的态度罢！试看一看第二幕丁先生的母子关系。

正当丁大夫要为别人的儿子——一个小伤兵医治大腿的时候，她自己的儿子丁昌（一个少年的游击队员）来到医院向母亲告别了。他要立刻出发到前线去。万忙之中，母子们有一段缠绵悱恻的聚首。她问到儿子的衣服，念到儿子的身体，想到儿子慷慨忘身的个性。她显然是珍贵那片刻的相逢，更显然是担心与儿子只身的远离。然而既不愿阻止他去前线杀敌，更不愿意使儿子知道自己的苦闷；她既不能制压自己的柔美的流露，却又不愿儿子对她多有留恋。这种矛盾的深情，凡看过话剧之演出或读过剧本的人都会感动得下泪，可惜在这里为篇幅所限不能引他们对话的全部。

> 母：昌？你很像你的父亲，你跟他一样慷慨，一样地勇敢，你的父亲是我顶好的伙伴，他死后十几年你一直是我唯一的好朋友。慷慨的事，我不反对你做；勇敢的事，我不反对你做，现在你到前线去，我决不愿哭哭啼啼地阻止你；但是，在我看不见的时候，你应该晓得照护你自己，你自己最低限度的温暖，需要，不应该再叫几千里以外的这个老朋友为你担心。
>
> 子：(流泪)嗯，嗯，嗯。
>
> 母：昌，我们是不是好朋友？
>
> 昌：是，妈！
>
> 母：那(拉起他的手)你答应我，为着不叫我夜晚念着你睡不着，你要好好照料你自己。(下略)
>
> ……
>
> 子：妈，你现在瘦多了。
>
> 母：没——有。
>
> 子：我知道你受了许多打击。你失望了。告诉我你的痛苦，妈！
>
> 妈，我们两个不是顶好的朋友吗？
>
> 妈，你哭了。
>
> 母：我不相信我们中国会没有办法，这么多勇敢的兵士，这么多有希望的青年，这么多可靠的老百姓！昌，你觉得我们这个国家真没有希望了吗？
>
> 子：当然不！
>
> ……(儿子给母亲讲了一段抗战必胜的苦干而乐观的理论)
>
> 母：(突然紧握他一只手臂)我的儿子！
>
> ……(儿子提出怕母亲因失望而到上海的问题，母亲表示决不失望，决不去上海)
>
> 子：我的妈，我知道你不会叫我失望的。
>
> 母：我希望我永远不叫你失望，我的——小先生！

这种母子之情是何等的真切动人！何等的浓厚而高明？寄语全中国的母亲们，学习学习，这种爱子之心吧！这才是"幼吾幼以及人之幼"的好榜样，这才是现代化的中国良母。

（三）

在第四幕中，坚决勇敢而慈爱的母亲却遭遇到了痛苦的矛盾。

战争使儿子受了重伤而临危了,母亲的手术刀不能向自己亲生的儿子的肌肉上切下去,做过医生的人都能体会得到这种情绪。她辗转煎熬地叫别人动手,不敢走近手术室去看;在第三幕中所表现的,她在敌机轰炸房屋倒塌之中为小伤兵开刀的勇敢与镇静竟一时失去了,她流着眼泪彷徨。然而没有多大工夫,这软弱的心却被另一种伟大的力量所鼓励而又坚强起来;由她亲手治好的许多伤兵在阳台底下等待着她见一面再上前线,他们不断地高呼着"伤兵之母丁大夫万岁",他们从三十里外跑步而来,非要听到她说话不肯走;于是她为了祖国的战斗,精神又振作起来,她对这一大群战士说出了最近情理而又是为公忘私的教训。

> 诸位老朋友,这几分钟我觉得比一年还要长,幸亏诸位在我旁边,使我增加了我的勇气,并且无形中,以你们的榜样、你们的力量纠正了我方才心里头几乎犯定了的错误。谢谢诸位,现在我的小孩子不平安了,五分钟以前,我心里想,如果他能够再好了,我再也不叫他离开我,再也不许他到前线,也不肯送他跟诸位一道出生入死的。因为想到一个小小的生命,从生下来到长成,白日夜里无时无刻不加到母亲身上的苦难,一个当母亲的心,会这么可怜地自私的。但是那个时候,我忘掉了你们,为着一个做母亲的私心,我把我们共同的大理想——一个自由平等、新的形式的国家给忘了。同志们,我们这次抗战是五千年来没有过的神圣战争……生在这个时代的人,再毫无眼光,看不出奋斗存在的重要,我们的子子孙孙就会沦落到永世不能翻身的地步。继而看到了,奋斗了,战胜了,我们就永远打定下自由和平,一个理想的新社会的基础。同志们,你们才是我所崇拜的英雄……现在你们又要走了,我看见了你们的榜样,我怎能再顾念到一个小小的自己,不给我的孩子他应该得到的权利,不催他跟你们一道走呢?朋友,让我们相亲相爱地活下去吧!我希望我永远配做你们的同志。在你们面前,我现在立誓,把我的孩子也献给了我们共同的母亲——我们的祖国!

这一段话是《蜕变》全剧的结论,同时也很合事实地解释出慈爱的母性与战斗的女性之矛盾的统一,丁大夫的人格就是经过这样的波折过程而构成巩固的。一个人的伟大,不能专凭空想矫情,必须从实际的艰苦的遭遇和奋斗培养起来,丁大夫之能坚决到底,最大的客观方面说,自然是由于遇到了全民族抗战的大时代的环境之昭示,若由她本身环境来说,第一,由于她丈夫死亡以及不是一个温暖家庭的享乐者,所以她才能走到社会中来的。第二,由于她既获有民族观念的正当的人生观,又曾学习过专门的技术,所以才能向着正当的途径发挥自己的力量。第三,她所接触的能随时感动她的是大群的忠勇将士。此外她的儿子固然由于她的教养而去参加抗战,反过来却又以抗战的精神与理论影响了她。因为有了这许多好的因素便足以使得她不为腐败、困难、危险所屈服而反能克服它们,战胜它们。丁大夫的遭遇与她自己的适应,剧作家和扮演者的理解与表现都是十分清楚,而完整,事实上在中国是有着近于丁大夫这一类型的女性存在着的;而且我们相信明日之中国必然更多,这断非空想!

　　"女人毕竟是女人",这话也不错,我们本不希望女人变成男人。当丁大夫出现在舞台上的时候,那些贪污,衰弱,自私,落后的男人,不论在台上或是台下的,不是愧对于这一个新型女性吗? 我们只有虔诚地祈祷于现实中国新女性们能个个都如丁大夫一样,有决心,有技术,有那样的儿子,有梁专员那样好男性同事,击溃腐朽,冲破困难,战胜私爱,大家共同完成对民族的伟大使命;女人永远是女人,又有何憾?

三十二、一、十一夜半于重庆

《现代妇女》1943 年第 1 卷第 2 期刊

《蜕变》一解

胡 风

在《蜕变》里面，作者曹禺正面地送出了肯定的人物，这并不是说他在别的作品里面没有送出肯定的人物，但只有在这里，他底肯定的人物才站在作品构成的中心里面，而更重要的是，只有《蜕变》里的肯定的人物，才正面地全面地和现实的政治要求结合，或者说，向现实的政治要求突进。作者底艺术追求终于和人民底愿望所寄付的政治要求直接地相应，这就构成了这个剧本底感动力底最基本的要因。

而作者所采取来表现政治要求的，是一个最凸出的主题——伤兵问题。伤兵，为祖国付出了血液甚至一部分肉体机构，是一个最英雄的存在，但同时，却最被冤屈，最被虐待，又是一个最受难的存在。

而作者所选取来面对着这个严重的大问题的人物，又是一个孤单单的女性。她，作为一个受过科学洗礼的"技术人才"，作为一个为祖国效忠的诚实的国民，应该是最镇定，最有理性的人，但同时，作为一个茹苦含辛的寡母，作为一个为伤病请命的慈祥的女性，又应该是最仁爱，最富于感情的人。事实上也正是如此，作者是企图用受屈者和救难者这二重性格来创造出这个爱国主义者底形象的。

使这样的一个人物面对着这样的问题，而围绕着她的是一群喝血不皱眉的黑色动物和在阴影下面只顾抱着自己的脑袋的灰色动物。她坚持，她抗辩，她含着眼泪，她咬紧牙齿，她痛苦，她摇摇欲坠……为的什么？为的这受难的祖国。为的千千万万替祖国效命流血的，英勇但都受难的可爱的人民。

这样的一个形象，怎么没有可能像一支火箭一样，射进和祖国底命运相连，和人民底愿望同在的读者或者观众底心里呢？

为了加强她底受屈者的性格，在最困难最失望的时候不得不送别她底独子到危险的战场上去，在劳瘁衰顿的时候不得不眼看着爱子底受伤、危殆，甚至得亲手把到刀锋割破他底肉体；为了加强她底救难者的性格，即使在悲观失望的时候，即使在悲观失望而又与爱子生离的时候，即使在炮火临头的时候，即使在因爱子底危殆而衷心欲碎的时候，她也不能忘掉甚至疏远那些为祖国效命的微小的人民。到这里，在作者底企图上，这支火箭底威力就会使得即使在修养上获得了理性镇定的读者或者观众也不能不感动甚至涌出热泪了。

这样的崇高的人格是应该得到胜利的，而作者也使她得到了胜利。但他却用的是只手扭转乾坤的办法,那就是"喜从天降"的梁专员底出现。应该注意的是,这位梁专员,虽然带着形象的面貌,但与其说他是一个性格,还不如说他是一个权力底化身。由于梁专员,她底存在才得到了保障,由于梁专员,她底愿望才得到了实现,由于梁专员,围绕着她的一切就都化腐朽为神奇。于是,由污暗走到了作者所设想的紧张热烈,再走到了庄严光华的境地。作者不仁,把这位梁专员当作替他卸去历史负担的刍狗,这刍狗式的人物,到第三幕第四幕,尤其是第四幕,就局促地容身无地,因为,作为权力底化身的他底存在,已经不能再有作用了。

就这样地,作者完成了他底主题,实现了他所企望的"蜕"与"变"新的气象;但可惜的是,这个崇高的人格同时也就临空而上,离开了这块大地。她实际上并没有走进历史的行程,在这"蜕"与"变"新的过程里面,她终于成了一个依命运安排的弱者。而她底崇高的人格所应该感动的千万的心灵也就只好缩小了被限定在一个圈子里面,既没有历史性的困难相碰,受伤而射出光辉,也没有由于她底无论怎样方式的搏斗,在胜利底远景下面剥开了历史的困难底真相而射出光辉。他天真地把一个"大团圆"赠给了观众。这一个致命点,历史认识上因而也就是创作方法上的致命点,就是用丁昌和小伤兵(及其赠物)的联系也是不能够挽回的。

但我们自信并非不能理解作者。他经验了苦痛、兴奋和希望,这淤积起来就使他有了创造梦境似的心情。能够创造光明的梦境者,恐怕非得有向善者,善良的心地不可。如果不嫌冒昧,那我就还要说,我们也都有过多多少少类似的经验的。不过,梦虽然可能是现实人生底升华,但并不是一切梦都会伸入历史发展底方向。我们知道艺术创造到底是统一在历史进程下面的人生认识底一个方式。在别的作品里面,作者在现实人生里面瞻望理想,但在这里,他却由现实人生向理想跃进。但据我看,他过于兴奋,终于滑倒了。

我们有权利指出这个剧本底反现实主义的方向,但我们也尊重作者底竟至抛弃了现实主义的热情,以及由这热情诞生的创造的气魄。因而也就不难理解,为什么读者或观众能够原谅夹杂在这作品里的人为的匠心的杂质和"善恶到头终有报"的最卑俗的宣传主义的成分(虽然作者底点杂大概是为了表现丁大夫底人道主义的仁者的性格。)。

梦,也是好的,因为它是希望底变形。但从梦里醒来以后,我们应该保存的仅仅是它给与我们的热力和被它洗净过了的心灵,用这来更坚强地对待赤裸裸的现实的人生。

《文学创作》第 1 卷第 6 期,1943 年 4 月 1 日

看了《蜕变》

包可华

曹禺的《蜕变》，直到最近才有机会读完。

是在看了苦干剧团的《蜕变》之后，才想起要找一本曹禺的原本来看看。

《蜕变》是在抗战期间写成的，在苦斗中，在一切环境都非常不如意的场合，戏剧界能有曹禺的《蜕变》这样的剧本，自然是非常难能可贵的。他那编剧的技术上的特长，令人即或在看过演出以后，再读剧本，仍是非常感动。

"苦干"所演的只有三幕，草鱼的原本却有四幕。他们把第三幕删去了，而其余的第一第二第四三幕也不是绝对完全的。

从前，在读《雷雨》，《日出》等曹禺所写的剧本时，看到作者对于演出者任意斩截他的作品而发的牢骚时，我是非常同情于原作者的。我认为演出者是应该尽量对原作者尽忠的，所以《雷雨》之不演头尾，《日出》之不演妓院，我都反对。自然，在原则上"苦干"之《蜕变》，以删去第三幕的形态来献与观众，仍是我所不赞成，但是有时候不免也感到："能够看到三幕《蜕变》，也许已经是很幸运的了。"

在十月十七日《建国日报》的《春风》上，读到洪深先生的《双十谈戏》那篇短文，他说：

> 横在目前的问题是干戏的前途，不仅没有一段悠长的黑路之上终于得见一点光明，而且是愈走愈暗，至于黝黑得无路可走！先劈开剧人的生活如何穷困以及支持一个剧团的如何困难不谈，单就一个剧的能否演出，与演出上的种种阻挠，便可证明，再也必然地影响到剧人们的生活的全部了。

> 决定一个剧本的演出，第一得一笔浩大的经费（这不谈），第二得物色一批工作者及演员（这不谈），第三得租剧场（这不谈），第四得送审（关于送审，我们不妨略略的谈一谈）。如果是一个暴露黑暗的剧本，审查机关给的批语不是诲淫、诲盗，便是恶意的讽刺，或存心不轨而被禁。若是一个憧憬光明的剧本呢，他们又认为太积极或替某人说话，而有嫌疑也被禁，一些能够上演的剧本，不是满鸡猫子喊叫，或毫无价值的时代八股，便是已被一而再再而三，改，削，×掉的被吸尽鲜血的尸体。

> 尤甚于此的，曾经在重庆轰动一时的《蜕变》，也是被删改（仍可上演），而他胜利后的上海据说也曾发生过问题，最近听说描写抗日英雄的《凤凰城》也曾被禁过，这是目前发生的事情，这是跟着废除新闻检查声中所发生的事情……

看到了这些实实在在的事实上的困难之后,对于一个戏的演出,我们似乎应该不再有什么奢求,因为能够演出已经不容易了,何忍再加以什么严酷的批评。

但是干戏的前途,果真是永远的愈走愈暗吗?如果我们对于光明尚有憧憬的话,我们的戏剧的斗争是永远要干下去的。我认为种种阻碍都好像一个腐败的伤兵医院里面所表现出来的一般无二。即或是在新生中,也尚有许多困难,而这些困难,却并不是完全没有办法克服的。曹禺的《蜕变》的第三幕是非常重要的。随便摘录比较主要的台词,就可以表出其重要性。

> 梁专员:怎么叫不可能? 你从上面一时领不来,你找省内医药管理处;省内医药管理处要不来,你该找动员委员会;动员委员会弄不来,你要找人民团体;人民团体捐不来,你求殷实的商界;殷实商界借不来,你再托人写文章在报纸上喊。要! 要! 要! 要我们的蚊帐、卡车、金鸡纳霜。哪怕三件东西要从地里面挖出来,你得完全办到,你才算完。

> 梁专员:温副院长,你是一个真想做事的人,让我们一起打倒这种困难的环境。

不要说多难的戏剧工作,整个建设里面,无论哪一个部门的工作,我们有的是像丁大夫,陈秉忠,谢宗奋……一般的人,但是我敢说我们所绝对缺少的,却是梁专员这样的人物。看看曹禺的整部《蜕变》,我简直怀疑曹禺的梁专员是否有这样的典型。曹禺的梁专员,在现实社会里面,我们不曾看见过。在沦陷区自然不必说,在大后方,我们也见不到。

也许是曹禺的希望太迫切,他日夜希望着一个梁专员的出现,好像有了梁专员,什么就都有办法了。所以我敢说梁专员不过是曹禺所创造出来的人物,或者是他所憧憬着的人物。我并不是说天下没有好人,像丁大夫、陈秉忠、谢宗奋这样的人,我都看见过,而且不仅是在医药的范围之内,像他们这样的遭遇和性格的人到处看得见,然而要具备梁专员这样的优秀条件的好官,却还不曾找到。

在《蜕变》的剧本里面,我们所看到的梁专员,犹如一个仙人,说得洋化一些,犹如一个天使。好像天上飞下来的神一样。他是有力的。然而《蜕变》的唯一缺点,就是没有明示他的力是从何而来,因此,令人有这样的感觉,好像有一个非常好的神在他背后,他的力似乎是神力,这样,也就容易令人怀疑,以为这种出乎意外的人物的出现,实在是不可能。

如果我们太夸奖了梁专员这样的人物,而并不说明白他的背后的力量是抗战时期的人民大众,我认为是非常不够的。《蜕变》中所叙述的一个医院的革新,虽然也曾提到优秀人物的合作,可是我总认为对于梁专员的特写是太特写了一些。

丁大夫、陈秉忠、谢宗奋等的力量并不见得小,然而《蜕变》中所显示的,好像他们都是弱者,唯有梁专员是有办法的。如果梁专员不来,即或是伤兵同志们所拥护的丁大夫,也只好离开这个腐败的医院了,丁大夫竟是这样的使人可怜的人物吗?

如果戏剧工作者们在戏剧部门里面,都只希望天上掉下来一个梁专员的话,我可以告诉他们在最近期内,恐怕是不可能,我们不必作这样的奢望。专待梁专员来革新,或创造新的环境,显而易见,是太看轻了我们自己的力量了。梁专员的"让我们一起打倒这种困难的环境"的理论是我们需要的,然而没有梁专员,凭着大家的合作精神,以及联合的力量,未必不能揭去挡住我们去路的石板。

苦干剧团的《蜕变》的演出,根据洪深先生的短文,连远地都流到了"曾发生过问题"的话,而毕竟还是演出了,可见苦干剧团的同志们都比丁大夫更能奋斗,他们的前途是未可限量的。

在种种困难的环境中,苦干剧团的演出是不能算坏的。全剧本来以第一幕为最精彩,演出成绩亦然,只是灯光差了一些。第二幕的装置最好,在物价高涨的情形下,却能经济和美观双方并顾。第三幕(即第四幕)有许多台词都漏了,好在都没有什么大关系,也许是为了演出时间的关系,特意删节了不重要的部分也说不定。

全剧演员以丹尼的丁大夫为最吃重,台上的丹尼显见是瘦了! 这也许是八年来,一般戏剧工作者所得到的最普遍的报酬,然而,只要身体支持得住,他们或她们仍是守住了岗位,在戏剧战线上苦斗。石挥的梁专员,戏太少,在这个戏里面,他应该演别的戏多些的角色,才能使观众过瘾。苏琴的马登科演得相当好。丰儿的丁昌,外型似乎太年幼了些,不像已经是十七岁的小兵。"屁"不知道是谁演的——史原因病未能登场——似乎过火了一些。大部分演员都是苦干戏剧修养学馆所训练出来的新人,在演出上,他们或她们都非常尽职。

说明书附有"苦干简史",最后一段说:"苦干"在整个剧运中只是一个小小的环节,它的努力的方向,是在共同的目标底下,建立自己的风格。"苦干"信约中有一条说:"戏剧是我们的终身事业:生活要有规律,修养要痛下功夫;台上好好做戏,台下好好做人;对外谦恭,对内和谦,彼此坦白批评,绝不党同伐异;齐心合力;埋头苦干。"他们守着个信约,过去如此,现在如此,将来也是如此。

洪深先生在《双十谈戏》中说:"干戏的人,一方面被一些批评者(当然这些都是热心的期待着我们的)指斥:'在文化事业上,戏剧显然是落后了。'但在另一方面所受的酷刑,却是远胜于一般它的姊妹艺术的。因为一个戏除了写出来,还得用动作声音把它从舞台上准确的形象化,而直接地,裸露地诉诸观众,因而它比较锋利而易招人忌。"

当然,我们并不以"树大招风"便不让它成长,问题只是如何去让它成长,以及我们怎样地努力去争取它的成长。

"横在戏剧前途的障碍,曾经不知有多少,如果大家竭尽全力地揭去这块挡住我们去路的石板,可是这就是最后的一个难关,而后便是宽坦的前途。"

《蜕变》中的丁大夫说:"中国中国,你是应该强的!"那么,中国的剧运也是应该有前途的。

《月刊》1945 年第 1 卷第 1 期

曹禺的《蜕变》

列　野

维诺格拉多夫说:"主题(Theme)这概念有着较表面的及较深刻的内面的意义。我们说到作品底主题时,通常是想到作品中所描写着的现象底范围。"①

曹禺的《蜕变》底主题单说它是以抗战为背景,而描写着中国"蜕旧变新"的政治情景,这还是"较表面的意义",所以,《蜕变》底主题,在"较深刻的意义"上,它是描写:"在抗战的大变动中,眼见多少动摇分子,腐朽人物,日渐走向没落的阶段。而新的力量已由艰苦的斗争酝酿着,同时写出了我们民族战士在各方面艰苦的奋斗,和可喜的成就。"

这是很明显的,《蜕变》是曹禺从坚信新阶层必然胜利的立场上来描写现实的。曹禺借秦仲宣、马登科底形象,正确地概括了中国腐化官僚非法舞弊,消沉、懒散和顽固不化的劣根性;向他们投下了辛辣的讽嘲、无情的批判。一方面将代表新集团的梁公仰、丁大夫、李铁川等人物作热烈的讴歌,写出中国优秀人民对新中国的伟业顽强的确信。这些人物典型,都被生动地以优秀的手法描写着。

凡是读过《日出》这戏曲的人,都知道曹禺是已经写下了腐烂阶层的必然崩溃,但光明并未露出全面。在这点上,《蜕变》是已经做到了,作者除了写出抗战中荒淫与无耻的一面,同时还写出了庄严地工作的一面。

但我们知道,腐化的政治环境,总是建筑在不健全的社会经济基础上的,现在作者为了让光明全面地走到舞台上,就用一个视察专员的调查改组,而使医院就此健全起来,他并没有放在经济条件上来阐明,这是不够的,而在事实上也是不可能的。原因是作者对社会发展的法则,还没有充分地把握住。

从剧本的类型上说,《蜕变》是属于社会问题剧,也称素描剧。因为这剧本中是没有主人公的,出现在舞台上的人物,虽然以丁大夫的戏较重,但全剧还是在新旧两个势力的斗争下展开的。作者将人物都卷入到斗争里面,让他们各自站在一面,一面是破坏,一面是建设。所以《蜕变》没有一般"问题剧"那种平淡的感觉。

丁大夫催药,空袭,丁昌开刀这几个场面,曹禺都先用许多小的浪花去推进,让事件渐渐的迫近斗争,然后让高潮(Climax)轰然的爆发出来,这些都是非常能增强效果的戏剧境遇(Dramatic Situation)。曹禺还常常运用穿插来中断事件的进行。像第一幕中,范兴奎来报梁专员到,而梁专员却不出场,用"伪组织"的吵着要搬家来中断事件地进行。第二幕

---

① 维诺格拉多夫(1895—1969):苏联文艺理论家,语言学家,著有《新文学教程》。

中，丁大夫要见梁专员，而曹禺却用外面病房塌了，让丁大夫立刻下场，这种场面都被处理地非常令人玩味。

《蜕变》的第一幕，显然是受果戈里的《钦差大臣》的影响，但他已重新渗了新的血肉，使他带有浓厚的中国情调，并且人物性格完全从事件的发展中使它自然地流露出来，这是胜过原著的。

在第四幕中，丁大夫有一篇冗长的演说词，假使我们将《蜕变》作为一部小说来读，这是能使我们读者发生兴味的，但在舞台上演出是不可能产生效果的，因为观众所要求的，动作是胜于语言的。

无论在作品的主题，创作的企图，和题材的范围上，曹禺在创作的道路上，已迈进到一个新的阶段了。有人说过这样一句话——"作者是灵魂底技师"，对社会都能激起一种巨大的作用，《蜕变》中曹禺表现出了自己对社会正确的世界观，所以《蜕变》这戏曲，是一部能鼓舞起广大观众认识社会和改造社会的好作品。

《人人周刊》1945 年第 8 期

《家》与其他作品

研究资料

曹禺的《蜕变》

李健吾

　　曹禺在抗战期间完成了三个剧作。一个是《蜕变》,一个是《北京人》,一个是《家》。这三个剧本,就造诣而论,就曹禺的全部剧作而论,当然首推《北京人》。假如以写作的速度而论,便要首推正在演出的《蜕变》。他向例谨严审慎,轻易不放写作出手。只有《蜕变》是一个例外。写得快,放得快。为什么? 因为他在抗战初期,虽然看到了许多腐恶的现象,但是他更看到了更多的光明的事实。一种愉快的抒情的心境引着他走。一个新的中国在新生。《蜕变》是他喜悦的兴奋的表示。他为我们这个老大的民族欢悦,为我们这个老大的国家欢悦。环境尽管险恶,不分老幼(梁专员和丁昌),打成一个力量,形成中坚分子(丁大夫)的后盾。一股抒情的气息洄流在现实而又真实的语句之间。属于现实,所以真实;充满了热情,所以感人。《蜕变》的收获是明显的。十二月八日以前,《蜕变》在上海是新鲜的,胜利的今日在上海还是新鲜的。它不是作者最高的成就,然而它说明他的一面,也说明中国的一面。这就是好帮它永生了。

《前线日报·戏》1945 年 11 月 17 日第 1 期

《蜕变》铢求

端木蕻良

在曹禺许多的剧本之中，我以为《蜕变》是他最成功的一个。

曹禺在过去许多戏里，有许多移植西洋剧本的某些地方的处所，譬如像《雷雨》里面的那个工头就有高尔斯华绥所写的"争强的投影"。《北京人》里面的北京人，这里也混合着巴蕾的《可钦佩的克莱敦》和奥尼尔的《毛猿》等剧的暗示。比如仇虎复仇之后，常常感到自己手里有血渍，总洗不干净，这也是从马克白那里痛苦的搬移。《北京人》里面文卿的道白差不多和契诃夫的万尼亚舅父的声音非常相同。其余像《日出》的结构常常相同于《大饭店》，《原野》里仇虎在森林里的幻觉也与琼斯王有相类的地方。金子嘴里的到那铺满黄金的地方也和三姊妹的愿望相同。

奥尼尔在美国戏剧的地位是由于他将欧洲主义介绍到美国大陆来。但是曹禺所介绍的只是欧美的形式部分，而不是思想部分。而这种形式部分也都是分裂的，应该再予以锤炼的。曹禺常常在追求形式的高度发展，然后把内容配合上去，就如一个美丽的女人在追求一个漂亮的眉眼，并不先去考虑这表情的内在涵义一样，很少美丽的女人肯用适当的表情来传达自己的风韵，她们总以为卖弄形式才会引起多少的注意；这些她（那个女人）是做到了，她得到了注意，但失去了灵魂。

我们这样来比喻曹禺的作品，也许嫌它过于严刻。因为曹禺却不相同于方才我们所说的那些美的矜持者，他还具备一个艺术家的良心。虽然这种艺术的倾向包含着极浓厚的 Amatuer 的倾向，而且含储着极强烈的书本作家的气质。但他的才能实在应该给以很高的评价，因为中国剧作应该说是在曹禺的的手里来完成了第一阶段。

这种荣誉应该给曹禺。他确实是在走过了中国剧作的第一阶段的任务，这种任务自然十分明显，就是它在形式及内容方面极浓厚的存留着别人的部分，自然是西欧的部分。在我们就要跨进的阶段该是完全属于我们民族的，它最本质的出发是从我们民族的生活的实质里发掘和提炼，而不是从"戏剧选读"出来的模拟。

我们已经从第一阶段的剧作里走出，但是第二阶段还在创造之中，还待完成。

在这扬弃了第一阶段的许多模拟西洋的作品的痕迹而进入到以我们民族真实的生活场景来直接抒写的作品是《蜕变》。现在来谈"变"。

在《蜕变》里面表示善的力量，有两方面：一个就是梁专员的个人的改革工作，一个就是丁大夫的实事求是的精神。

丁大夫这种精神，是西欧产业革命之后独立人格的以自我为中心所展开的社会活动的表现。她轻视中国的官僚主义，所以她在听到"专员"两个字的时候，根本没有加以理解，对于妨害她医师活动的障碍与困难（如马登科所加予她的）则深恶而痛绝之。对于职业具备着一种责任感，对于医治的对象，则存在着一种工作的爱。这可以说明她的活动是从个人主义出发的，它是通过个人来处理社会的，这正是产业革命之后的资产阶级的利他主义，这在二十世纪初期的欧洲非常普遍，像《乱世佳人》斯迦小姐的母亲，就是一例。

我们再说一句，丁大夫是最欧美产业革命之独立人格的自我活动的具体表现。受过欧美教育的中国资产阶级的妇女，可能有这种"崇高"的活动，而作者也是根据一个真实的女性的活动来描写的。但是中国这个国度因为受到次殖民地的内在的因素的制约，这种以独立人格所发挥出来的社会意义，多半都在中途变质，一半向封建社会所流传下来的因袭的习惯转化，一半为没有内容的都市的市民主义所吞噬。到后来这种独立人格便成了依附的人格——成了我们睁起眼来所看到的最大多数的市民妇女和花瓶妇女。

因此，我们看到丁大夫的整个活动便有些地方觉得偏于理想，仿佛这种女人是英国的爱丁格尔，是俄国胡拉夫斯基姑娘，而不是中国的现代妇女的真实性格。

这是曹禺的悲哀，绝不是他的错误。曹禺在表扬这一个性格上他完全是对的，而这种企图也是一种好的企图。这绝不是曹禺的错，而是我们中国资产阶级妇女的整个堕落，而是次殖民地的社会制约腐蚀了人们的人格。

在赫尔岑所写得《一个家庭的悲剧》里面，我们可以看到德国的妇女怎样为时代的热情而献身，怎样的为了小说上的故事而痴迷。当然这种心灵上的痴迷也只是一种浅薄的浪漫主义的出发，但是即使是这样的朦胧的憧憬在中国也没有，中国的妇女除了在中学的时候有亲近艺术的习惯之外，要是一超过这个年龄，再保持下去这种习惯便会被人笑骂和揶揄，而她自身也一定把麻雀牌和闲谈或者呵斥娘姨作为生活上最大的目的。因为一个只会看小说弹琴的太太比起一个会骂人的太太，在娘姨和邻舍的眼里都会被看低的。

曹禺表现了这样一个女性，是把中国的女性提高了，但是可惜的是中国女性本身很少具这种性格，中国女性很少有完成丁大夫那样的独立人格的可能，因此就削弱了他所表现的力量，使观众茫然的觉得他是在吐露理想。

但，也就在这里，曹禺的这种悲哀应该提高这个剧本的艺术企求。我们这个民族就会堕落到这个地步，述说一个纯洁的灵魂我们都以为是在说谎！

曹禺在提出丁大夫的独立人格的社会意义的发挥之后，就紧接着写出她的母性部分，同时又把他儿子要她亲手开刀的场景，来加强人们对于她的同情与感动（这当然也是一种象征，而在另一方面也可以说是一个人格的孤独感，她一个人要担负所有的分量。）。曹禺把这个开刀的过程完完全全的表露在观众之前，因此它戏剧的动人性就渐渐的失去。我们每个人都有母爱的经验，对于母亲的爱的最小的暗示，我们都可以接受，而在戏台上那样来显示一个母亲的困惑和痛苦，这实在是把演员放在一个最难堪的地位，而同时把观众对于母爱的感动转换成另外的一种对于外科手术的一个虚伪的观察而已。想在舞台上表现一个母亲给自己儿子开刀，要经过一个不太短的时候，而要观众完全相信这是真的，不是在演戏,而还要他真心的感动,曹禺是有极丰富的舞台经验的,而这种估计观众的心理却相当的失败。我以为假如把这个景象挪到一个幔幕后边来举行也许更容易使人感动。

梁专员的善的力量的传导是从哪里来的,在这个剧本里边没有说明。我们只能说梁专员是廉洁的,清明的,反贪污的,因此梁专员又是好人政治的典型。中国从来就流行一种错误观念,以为混官来治民,国家就完蛋,以为清官来治民,国家就好了。因此老百姓就发明出来一个夜管阴日管阳的包龙图大老爷来,以为普天之下多了几个包大老爷中国就会好了。这种好人政治一直到胡适的政治大网里还依然存在。

当然我们也愿意把梁专员看得更好,因为中国确实也需要一些好人,但是梁专员依然是个以父性的人民保护者姿态来出现,而且也依然是善良的家长制的化身。当然不管梁专员的是什么样的一种好人,这种家长制的遗留一定会存在的。但是这种家长主义的运用应该只限于性格的刻画方面,而绝对要断绝在权力的运用方面。否则父性的爱由于中国社会封建素质的存在也一定会产生一种对于自我尊严的自专。(像阿芒的父亲和贾政便是很好的例子,)同时善良的家长制度所笼罩下的权力执行者,他对于民主所存在的对立性是相当大的,这点我不愿在梁专员身上引申出来,但是由于作者对于梁专员过于侧重于个人的决断方面,同时把这种决断只交给清廉来执行,而把这种改革运动化简了,同时把物质的基础转化成为精神的基础。政治制度的不行变成行政人员良心的不行。这样把中国的政治还原成为一个"良心"问题。

当然剧作者在创作过程里受到许多限制,但是剧作者所提示给我们的社会的意识也仍然不够。但是不管这存在的任何缺点,我对这个剧本仍然寄以极大的重量。而且认为是七年来中国最优秀的剧本之一。而且认为像丁大夫那种性格,确实是应该予以刻画的,我们的国度是这样的堕落,堕落到使我们在资产阶级里面每一谈起贝婷娜卢森堡那样的故事便觉得和听神话一样,觉得和我们自己国度丝毫没有联想。倘若是有,便是扯谎。但是我却以为在很多没有人看见的地方没有传写的地方,却有着无数的中国的丹娘的活动,而这些却又为看不出的视野遮散了,所以现在只能看见些勉强的变动,一些生在中国的作家是多么痛苦,这种痛苦更其是曹禺的。

剧宣四队最近再度上演《蜕变》,由于他们的演出者对于这个戏处理的适当。一、竭力避免台柱制的明星主义,而使演员彼此之间启发出一种有机的联系。二、从生活的实质出发,而不是从空的概念里来表现事实的蜕化。三、不让台词和活动互相游离开去,而作到一种艺术的统一。四、竭力冲淡剧中人物个人主义的色彩。这些都可以看出导演和演员们集体活动的成果。

《大公晚报》1946 年 5 月 29—31 日

《家》与其他作品　研究资料

略谈《蜕变》

叶逸民

这次看了剧宣四队《蜕变》的演出,使我有一种很深的感触。

中国必需要蜕变,而事实上,在中国广大的土地上,已有好多地方推倒了腐旧,落后,专制的政治制度,蜕变出了一个健强繁荣,进步的人民光辉的民主政治,但是我们生活在这大后方一党专制的环境下,新生的人民力量从旧的躯壳里如何蜕变出来,这过程是很痛苦的,因之,在这蜕变的过程中,蜕变的新生力量是应在怎样的基础上才有可能的现实性的问题,我觉得是很重要的。

首先,我们看看,在《蜕变》中表现出来的腐败,敷衍,迟缓,贪污,官僚主义,人浮于事等丑恶现象,在今天是否还继续存在呢?回答是肯定的,不但存在,而且还更在加深,这恶疮浓毒还正在溃烂,正在蔓延,秦仲宣、马登科式的人物,遍地都是,他们在政府中,在社会上,仍然高踞宝座,紧扼着老百姓的咽喉。在抗战初期,秦仲宣到南京汉奸堆里当粮食部长去了,其实他回到重庆来,亦未曾没有比他原来更大的官给他做,又如果,他既然当了粮食部长,其囊中如何自然可知,现在胜利后,又何尝不可以肥马轻裘,洋房汽车,充其量,暂时退下来作当家翁,甚至加上一个"身在曹营心在汉"或"维持地方有功",根本是"地下工作"人员,而官加一级。十万个秦仲宣还高坐在我们头上。马登科这样的人物,这些帮闲的打手和走狗,他的结局一定是悲惨的,他们将在人民的憎恨中无声无息带着梅毒,花柳、恶疮、脓血,默默的死去,同样的,一个马登科死了却还有无数的马登科活着,他们天天和你见面,他们听候着主子的命令在吸人民的血,啃人民的骨头,狞笑着飞扬起他的刺刀和鞭子。为什么秦仲宣、马登科不但没死,而且到处都是,甚至气焰比抗战初期还要高涨?这回答也是简单的,因为这一个腐败的官僚专制统治政治还存在着,马登科不会消灭的。

在这样一个蓄养秦仲宣,马登科的官僚专制的政治里,梁专员、丁大夫这样的人物,是否可能存在呢?在曹禺的的戏剧中,他塑造了一个不贪污、能□□□□为民族而尽力的梁专员,塑造了一个圣母,负责任、只知工作、实事求是,、慈爱的丁大夫,他构造出如此两个人物,想靠他们来作新时代蜕变的接生婆,这是一片善心幻想。四队在这方面对原剧有所修改,正如黄镵先生谈到对于《蜕变》的再认识,再处理,以及角色的再创造问题中说的,"要把黑暗腐败的旧中国脱掉,变成和平民主统一的,充满无限光明的新中国,决不是作者贯注于剧本中的思想那样,以为社会上的贪污腐化是行政上单纯的人事变革问题,而不是社会制度底彻底改造的根本问题"。这一认识是非常正确的,所以四队把梁专员改作一个虚心听取大家意见,鼓励大家勇敢检举贪污,具有真正爱人民、爱国家的新官吏,这一点四队在问题的掌握及角色的创造上,是使我们尊敬与赞赏的。但是,现实太残酷了,在政治制度没有彻底改造以前,梁专员、丁大夫仍然是很难在我们的社会中存在下去的,因为他们自身的命运,仍然是依存于他们背后的政治制度贪污、腐败、官僚,专制的政治制度,一天不改变,像梁专员这样的官吏,像丁大夫这样只知工作、实事求是、刚正不阿的医生,是留不下去了,他们在今天这样一个现实的腐败政治基础,是没有他们生根的土壤。就是我们退一步讲,在这样一个政治制度下,假使有一个或十个梁专员、丁大夫,对整个社会,又能增加多少好处? 相反的,在一个真正属于人民的民主政府区域下,政府是属于人民,由人民自己产生,在这样的地区,自然经广大人民自身中产生无数个比梁专员更好的真心为人民服务的新官吏、无数的丁大夫,因为这样的制度下才可能获得他们存在的社会根源。

出于这一认识,所以尽管梁专员虚心听取大家的意见,具有民主的作风,可是解决问题,在实际办法上,仍然只能是由温副院长,光行健、谢宗奋,解决卡车、蚊帐、金鸡纳霜时,靠他们私人的关系,他某部有朋友,他某处有认识的人,试问万一没有朋友,没有认识的人,问题如何解决呢?!

再说吧,当温副院长表示这些事做不到的时候,梁专员慷慨淋漓的说:"你从上面一时领不下来,你该找省内医药管理处,省内医药管理处要不来,你该找动员委员会,动员委员会弄不来,你要找人民团体,人民团体捐不来,你该求殷实商家,殷实商家借不来,你再托人写文章在报纸上喊,要! 要! 要! 要! 要我们的蚊帐、卡车、金鸡纳霜。哪怕这三件东西,你要从地面里挖出来,你得完全办到,你才算完。"但是,现实的回答仍然是很残酷的,省内的医院管理处,照样有秦仲宣,马登科,动员委员会里照样有秦仲宣、马登科! 人民团体自身都还在求人,殷实商家,不是一毛不拔,就是在经济危机中自身难保,报纸上写文章,试看现在遍地灾民,一天饿死的不计其数,报纸上喊得力竭声嘶,但灾民仍然得不到救济,反而大量的粮食运去打内战,梁专员,你怎么办?

中国必需要蜕变,但是现实的教训太清楚,太深刻了,只靠梁专员这样的人是不能根本解决问题的,只有真正的彻底的从政治制度上来改造,在彻底执行政协决议,成立真正的民主政府,人民能够以国家主人的资格起来参与管理,监督政府,这样,梁专员才会真实的存在,新中国的蜕变才有真正的现实基础。

五月二十八日晚

重庆《新华日报》1946 年 5 月 31 日

我对《蜕变》的意见

力　扬

　　《蜕变》是曹禺先生以抗战为题材的唯一的剧本（他底新作《桥》，则尚未完全发表）。同时，也是他许多剧作中，比较最中国化的一个剧本。这剧本的优点和缺点都不少。大家共同的意见是说这剧中的两个主角——梁专员和丁大夫的典型，不可能在我们后方这样的政治条件下面产生和存在，因为自抗战以来，一直到今天，我们底客观政治，在大后方任何地方，任何机构里，并没有像剧本中所显示的那样蜕旧变新的现象。变是在变，但并没有蜕去什么，花样尽管翻新，而本质还一样是法西斯独裁。变是在变，只是变本加厉而已。这是事实。"惨胜"以后的种种贪污、腐败和许多反民主的措施，愈使这剧本中蜕变以后的故事成为虚伪，成为对现实的恶毒的讽刺。

　　因此，有人把《蜕变》评得很低，说是曹禺先生最失败之作。我以为这是过甚之言。由我看来：这剧本的优点也很不少，除去戏剧艺术本身的一些优点不谈外，就是在创造人物和反映现实上说，也有其部分的成功。成功在哪里？是在暴露国民党统治下政治的贪污、腐败，因循敷衍，以及构成这样政治的贪官污吏底活生生典型的创造。我们试闭目一想：如像秦仲宣、马登科、孔秋萍、况西堂之类，甚至如勤务兵范兴奎、姨太太魏竺芝等人物，哪一个还不是到今天为止仍然是生活在我们底政府机构里，生活在我们底身边？而这些人物的胡行乱为，"丰功德政"，岂不仍然是天天加惠于我们老百姓的身上吗？在暴露黑暗和创造这些人物上，曹禺先生是相当成功的。今天的政治现象，愈是证明这一点。过去评《蜕变》的人，似乎都忽视了这一点，至少是没有强调地提出，而只是指责梁专员、丁大夫两个人物创造的失败，我以为是不公允的。

　　曹禺的错处在哪里呢？他底错处是在对建筑在封建大地主、大买办、大资产阶级的身上的国民党政治，存在着太多太好的幻想，而把中国政治的蜕变主观地寄托在他们身上，因此这蜕变就成为虚伪，成为讽刺，而梁专员、丁大夫就成为不食人间烟火的神仙。并且，这剧本的主题的重点是落在蜕变上，也就说是落在歌颂光明上，而不是落在暴露黑暗上。擒贼擒王，因他没有把主要的部分写好，所以他遭受到强烈的抨击，连他小部分成功的应得的荣誉，都几乎被抹杀了。

　　还有一点：这剧本是写在抗战后不久的几年，剧中的故事，则开始于抗战后三个月。武汉时代，为团结合作比较好的阶段，参加政府工作的和到过大后方的许多中共首长，他们对于抗战的信念，以及为人民服务的精神，也确曾使人感奋，曹禺先生也是一个，据说他底梁专员就是以中共五老之一的徐特立先生为模特儿的。而且,曹禺为了写这剧,曾和他作长时的晤谈。我第一次在重庆看见陶金扮演的梁公仰,就想象到这一点。无论是在年龄上,遇事乐观、选定的态度上,尤其是在为抗战和人民服务的热心上,梁公仰真像是徐特立的写照,就是他那套灰布棉军服,更是延安人物身上的特色,我们这里的人物,即使是一位连长或县长,也总是草黄哔叽军装,或藏青哔叽中山装的,何况是专员?

曹禺之所以会塑造出梁专员这样的人物,自也不是凭空捏造。的确,像梁专员这样的人物及其精神,在中共确普遍存在着的,在国民党范围内,也可能有这样个别的人,但那是特殊,而不是一般,不能移植为艺术作品中的典型的。又加剧本中的蜕旧变新的事实,纵然也可能在大后方发生过,存在过,但那是特殊的事实,而不是一般的现实,同样的不能移植为作品中的典型的形势的,当时国共合作最好的地方,算是军委会政治部,而政府当局也以此作为对国内国际宣传的标本的。但事实如何呢? 即如周恩来先生那样的对国家对人民忠诚耿耿的人物,在政治部里,他的为抗战的工作,也处处受着阻挠或破坏。曹禺之错是错在这里,他没有清楚当时政治的现实,他把他底过好的理想,寄托在不可能的形势之中,因此,他底理想就成为幻想,他底动机是良善的,表示出他底艺术家的良心,但出现在作品中的梁公仰,却成为替国民党扯谎说谎的人物。也许图书审查制度更加深了这错误(据说,这剧本曾被删不少)。如果曹禺能有充分的自由,说出梁公仰的政治信念和来路,那么这剧本,也许就不会在观众面前构成像现在所给的那种观感。

我对于《蜕变》的意见是这么些。

这次剧宣四队选演了这剧本,同时他们也认识到这剧本的那些缺陷,而想把它纠正过来。就是把梁专员、丁大夫的个人英雄的场面,加以削弱,把群众(医生、护士等)的自发性加强。照照他们的看法,把这剧本删改得很多。收效是有的,但基本上曹禺的错误,却是无法改正过来。如有那样的可能,就必须重写这剧本了。值的称赞的:是他们演出的成就,手法的朴素,演技的纯熟,演员的才能的均匀,以及对于人物性格的把握,尤其是况西堂、孔秋萍、秦仲宣、马登科、丁昌诸角色,更多创造的地方。

中国是会蜕变的,但那必须是人民的力量起来,参加了政权首先使这还存的政制基本上起了变化的时候,才有可能。到那时曹禺先生的幻想,将为一种可能实现的理想所替代。

《新华日报》1946 年 6 月 9 日

曹禺谈《蜕变》

吕贤汶

曹禺对他的《雷雨》《日出》《北京人》,都发表过谈话,唯独对《蜕变》很少说。《蜕变》自问世以来,40年代有人就据此说作者是理想主义者,提倡好人政府。解放后,现代文学史家认为:"这种贤明的官吏(按:指剧中主要人物梁专员)在当时国统区是不可能存在的。"60年代,一个著名的话剧院计划上此剧,排了两幕竟怕有"歌颂国民党"之嫌而作罢。三十六年来,这部名著没有一个剧团上演过。党的十一届三中会会以后,情况有了好转,对《蜕变》的议论多了起来。为纪念抗日战争胜利四十周年,作为"雾季艺术节"的剧目,重庆市话剧团决定把《蜕变》搬上舞台,为此导演徐九虎专程访问了曹老。曹老很高兴,抱病接待了来访者。

我为何要写《蜕变》

曹禺对徐九虎说,写这个剧本的意念开始于长沙。1937年下半年他从香港经武汉,到达国立戏剧学校所在地长沙。在那里,他听了一位老人的演讲,题目是"抗战必胜,日本必败"。讲话使人振奋不已,一打听,这位老人就是当时被称为"异党分子"的徐特立。曹禺说:"第二天一早,我就去拜访徐老,他已经出去了。徐老的勤务兵告诉我,徐老和他同桌吃饭,同床睡觉,晚上还给他盖被子,教他读书。这真了不起。国民党大官中,哪里有这样的人?我十分感动,这样的老人,我非写出来不可。我在《蜕变》中,把梁专员的勤务兵取名叫朱强林。朱者赤也,林者多也,强者强大,这就是我的寓意,表达我对党的敬佩和祝愿。"

促成曹禺写《蜕变》还有其他原因,他以前谈过:一是民族义愤,在天津、在重庆,他亲身感受过日机轰炸给我国人民造成的巨大灾难。二是人民爱国热情的鼓舞,在天津,他亲眼看见一个普通中国人怒打日本侵略军的英勇行动;他还看到国立剧校不少教师放弃优裕生活,投入抗日洪流中去。黄佐临和丹尼,留学国外,放弃家里的花园洋房,到重庆住潮湿的地下室里,两人还把结婚戒指捐献给抗战。张骏祥专程从美国来参加抗战,住在江安小县城,拿很少的薪水,毫无怨言。这些知识分子的爱国热忱使他很感动。三是国民党的腐败。有些伤兵医院竟有官员贪污抗日将士的医药。曹禺参观江安伤兵医院时得知,有些官员和地方上商人合伙做生意,囤积居奇。曹老对徐九虎说:"《蜕变》第一幕写的那些乌七八糟的现象,就是剧校在长沙的情景。地方上的绅商,给秦院长夫人作寿送礼,官商勾结等等。我要在剧本中揭露出来。"

梁专员是改造得好的知识分子

《蜕变》中梁专员是在我国现代文学中争议了几十年的人物。曹老对徐九虎着重谈了这个问题。他说:"我写的梁专员是共产党在国民党政府里工作的干部。抗战前期,国共合作较好,不少共产党干部、进步人士参加了政府工作,他们给抗战注进了新鲜血液。要了解这个人物,就要了解这段历史。"徐九虎问道:"梁专员是不是有点泥土气息?"曹禺说:"可以这样理解,但他不是农民出身的干部,而是一个改造好了的知识分子,经过工农革命队伍的长期锻炼,革命干部的作风和他结合为一体。他熟悉知识分子,深深懂得知识分子愿意有所作为,有抱负,有理想,懂得他们的思想感情变化;懂得哪些事情该放手让他们去做,替他们解决困难创造条件,哪些方面该如何恰如其分地去诱导他们,给他们适当的满足。不然他就留不住丁大夫。梁专员到这个医院来,先私访了三天,他知道丁大夫对医院里乌七八糟的东西深为不满,对梁专员的到来以为是天下乌鸦一般黑,不寄予希望,见都不想见。梁专员上场后,踏踏实实办了几件好事。如为免遭敌机轰炸,抢运了伤兵,限令职工家眷撤离医院,特别是对医院进行了改组,该留的留,该查办的查办。这些事的处理,使丁大夫不得不感叹:'这才是中国的新官吏!'"针对几十年来文学界、戏剧界对梁专员的议论,曹老说:"封建社会里还出了个清官包文正嘛。"徐九虎告诉曹老她对戏剧的理解,认为全民抗战初期国共合作,中华民族生气勃勃,就是在国民党里,也不能说就没有为抗战做好事、兴利除弊的官员。冯玉祥、范筑先不都是国民党的好官吗?何况梁专员的生活原型是共产党员徐特立。曹老对此称是。曹老说:"现在有些观点要纠正。打日本不光是共产党,国民党也打了的,也打过不少胜仗,台儿庄大捷就是嘛。"

《蜕变》中的丁大夫

《蜕变》中另一个主角丁大夫也是一个有争议的人物。评论者认为她仅仅是一个茹苦含辛的寡母,一个爱护伤兵、仁慈的孤零零的女性。

曹禺构思丁大夫的现实基础何在呢?他说:"我在长沙时,在一份小报上见到了白求恩的事迹,它使我大为感动。一个外国人,千里迢迢地来援助我们抗战,其精神真是太崇高了。"但是更重要、更具感性的原因是,曹禺教书的国立剧校当时就聚集着许多著名的爱国艺术家和教授,曹老说,写丁大夫他从当时在该校执教的戏剧家丹尼女士身上就汲取不少东西,在思想、情感和气质上,她很像丹尼。丁大夫是集中了许多群像典型化而成的。曹禺同意徐九虎以丁大夫贯彻《蜕变》始终的导演处理。丁大夫自己也处于蜕变过程。在政治腐败,狼犬当道的旧中国,丁大夫要有所作为,她不仅要战斗,而且要忍耐。像这座伤兵医院,她要多做一些救护伤兵的工作,不仅要和贪污腐化、自私自利、不讲究工作效率作斗争,要和马登科、秦院长之流斗,又要相容忍,不然,一天也呆不下去,只能弃伤兵而不管。丁大夫对这个医院的腐败现象已经忍无可忍,她本来去意甚坚,箱子都收拾好了,又有伤兵来了,她又一心扑在抢救上面。丁大夫本来鄙视"伪组织",可当她落魄后有求于丁大夫,还是给她想了办法;丁大夫还把自己的热水瓶送给受伤的日本战俘用。曹老强调指出:"丁大夫在痛苦地忍耐,这个国家正蜕脱旧躯体的痛苦。"而她"自己也在蜕变之中"。她在年轻的、正直的人,梁专员以及重返前线的伤兵的支持和鼓舞下,决心在这个医院坚持下去。丁大夫不仅是个慈善的女性,而且在蜕变中成长,具有人道主义和国际主义精神。

《蜕变》的命运及其他

四十六年来《蜕变》的命运是令人感慨的。曹禺对徐九虎说:"在剧校,你和你们班上同学是参加《蜕变》到重庆首次演出的。国民党审查剧本机构先是由顾毓琇先生来和我疏通意见,顾先生是学者,也是写剧本的。后来由文化特务头子潘公展亲自出马,请我、张骏祥、余上沅吃饭,提出四个问题,除了余上沅答应把省立医院改为私立医院,其他我应付过去了。1942年,史东山排这个戏,蒋介石看了,他说:"拿了一出共产党的戏给我看。"第二天就禁演了。还是派潘公展来找我,叫修改剧本,我说:"写剧本还是我们内行,不改,要我修改的意见中有一条:不要提伪组织。伪组织是指当了汉奸的汪精卫。为什么不准提,至今我没有搞懂。这个戏宣传的当然是爱国主义,至今也有现实意义。比如剧中说克复了'大都',就是北京。那时北京并未克复,是表示一种愿望,一种抗战必胜的信念。那时候我还希望中国以后就建都北平。"1938年,曹禺在重庆认识了周总理,曹禺说:"那时候,我对国家,对自己的前途保持信心,我是极为感谢周总理的。"

"《蜕变》也被日本人禁演过。"曹禺对徐九虎讲了一段往事:"1940年,我把这个剧本寄给在孤岛上海的黄佐临夫妇。第二年,他们在上海公共租界卡尔登剧院演出,黄佐临导演,丁大夫我是照佐临的夫人丹尼写的,丹尼自然就演了丁大夫。这个戏在上海演了三十几天,演出后上海是人人争谈《蜕变》,爱国主义情绪高昂。演出当然受到日本侵略军的干涉,最后,日本对租界当局下了最后通牒,在日军压力下,这个戏被迫禁演了。"

《重庆日报》1985 年 10 月 18 日

《家》研究资料

生活是要自己征服的

——曹禺新剧作《家》书后

刘念渠

小引

记得是中秋的前一晚,在一盏昏黄的菜油灯下,我们一块读过曹禺的《家》里面的几段用诗写的独白:

好静哪!

哭了多少天,可怜的妈,

把你的孩子送到

这么一个陌生的地方……

你轻轻地舒一口气,贪婪地翻了下去。可惜油印的剧本只有第一幕,你虽读过巴金原著的小说,却渴望着这个剧本;不久之前,你还急切的打听它几时可以演出。现在,我竟得先把它全部(四幕八景)读完了,而且不止一遍(稍过一些时候你会看到新出版的本子了)。这剧本是由小说改编的,可不是仅仅形式上的变换,使之适于舞台而已;显然的,曹禺在这份并不轻松的工作中注入了他自己的生命,思想和感情。所以,说它是一部新的剧作,并非过分。

我想试着写一点读过的意见。理论批评之类是你不大喜欢的,我也不打算那么严肃的研究它,因为我知道自己能力的薄弱。倘我的文字能使你在读到原剧之前对它有个概括的认识,在为剧中人的遭遇而悲哀或欣悦的时候不忽略剧作者所以写出他们的原因,我已经觉得满意了。虽然这种注疏的工作未免有点笨拙,我怕更笨拙的还是我的笔。

> 这激流永远动荡着,并不曾有一个时候停止过,而且也不能够停止的;没有什么东西可以阻止它。在它底途中,它会发射出种种的水花,这里有爱,有恨,有欢乐,也有受苦。这一切造成了一股激流,且有排山倒海之势,向那唯一的海流去。
>
> ——巴金:《激流·总序》页一。

> ……这样地受着摧残的尽是些可爱的,有为的,青春的生命。我爱惜他们,为了他们,我也得反抗这不公平的命运!
>
> 是的,我要反抗这命运。我底思想,我底工作,都是从这里面出发的。
>
> 我写《家》的动机也就在这里。
>
> ——巴金:《家》十版改订本代序页五。

青春毕竟是美丽的东西。

——巴金:《家》十版改订本代序页十八。

故诗人徐志摩写过这么四行诗:

> 生,爱,死——
>
> 三个连环的谜:
>
> 拉动一个,
>
> 两个跟着挤。

想想随便那一个人,你,我,他们,只要不是没有脑子的或者有脑子情愿让它生锈的,谁都在这个谜里兜过圈子。苦恼、愁虑、悲哀、欣悦,这一串与生俱来的感情,就填满了人的经历。佛说"解脱",要从这个谜里解脱,耶稣说"救世",也得在这个谜里打个滚。不甘心委委屈屈过一辈子终于默默与草木同腐的人,不甘心让活跃的生命被纠缠枯萎颓靡的人,一定得为自己也即为别人找出一个解答,一条出路,好抒放那青春的力量和丰富的才华。

在不同的时代,在不同的国度,在不同的人群,这个谜带着不同的内容,以不同的姿态存在着。古往今来,多少聪敏睿智的文艺家为它思索过。但丁的《神曲》,莎士比亚的悲剧和喜剧,歌德的《浮士德》,巴尔扎克的《人间喜剧》。屠格涅夫、托尔斯泰和高尔基的小说,曹雪芹的《红楼梦》,以及曹禺的剧本《家》(据巴金的小说《家》改编),无论它们反映着什么样的生活,表现着什么样的人物,总不免或全般的或部分的涉及了这个谜。

人们颇不乏这样的经验:到今天依然巍巍存在的五世同堂的大家庭,从表面上看起来,从某些人所乐于称道的听起来,读书继世,忠厚传家,父慈子孝,兄友弟恭,真够使人羡慕的。一揭开那层华丽光彩的外幕,就要打一个寒噤!

觉英:三哥,你说"家"字——

觉慧:(愤极)"家"是宝盖下面罩着一群猪!(三幕一景)

约翰·根室在《亚洲内幕》中所说的一句幽默话,在我们的现实生活里,变成严酷的批评了。它不但存在着利害的冲突,更存在着思想的对立,展开了万花缭乱的斗争,充满了龌龊、卑鄙、自私、愚昧、罪恶与黑暗。觉新被迫着和未曾相识的瑞珏结婚,痛苦不堪,而"大家笑嘻嘻地看着他"(一幕一景);半夜里闹新房,"反正'三天无大小',多年被压抑的各种秽恶的情感都在今夜对一个处女的调笑中,代替地发泄出来。……此时丝毫看不见高家素来夸豪的教养,在这了无忌惮的闹房的夜晚,这些子女们才显露出平日间种种虚文浮礼所掩饰的丑恶。"(一幕二景)他们可以把年轻的女孩子当作物品送给他人糟蹋(二幕一景),他们可以在劫难中抢骗妻子的首饰(二幕二景),恬不知耻地承认了在外面捧戏子,租小房子,而不惜在众人面前自己打自己的嘴巴(三幕一景)。他们迷信着老太爷生病是因为到处有鬼(三幕一景),迷信着老太爷棺材停在家里,孕妇必须迁到城外十五里过三道桥的地方去生产,不然就有"血光之灾"(三幕二景);即使他们心里晓得这是妄言谎语,也为了不肯担当"不孝"的罪名,依然对荒谬低了头。教训年青的一代,他们也振振有词。觉新的结婚成了"一件非常戒慎、非常恐惧的事",必须"战战兢兢,如临深渊,如履薄冰,不可有一丝懈怠,忘却自己做长房长孙的责任"(一幕一景)。在他们的希望中,最多不过是让子弟能够成为"入则孝,出则悌"的人而已。一句话说完:他们贪生,怕死,不懂得爱。在这样的虚伪假面具下,年青的人就不可避免的受到残酷的宰割了。

> 妈说过,
>
> 做女人惨,
>
> 要生儿育女,
>
> 受尽千辛万苦,
>
> 多少磨难,
>
> 才到了老。
>
> （一幕二景）

女人的悲惨尚不止此。性情温柔天真,和蔼可亲,"应对进退,都融融和和"的瑞珏,仅有十七岁就嫁到了高家。幸而和觉新"一见面,就觉着这样的投缘",她无微不至的体贴丈夫,为了更多的了解他,弥补自己的知识贫乏,偷偷的看着新书;为觉慧等的《黎明周报》捐出自己的积蓄;为了爱,真诚的希望用自己的痛苦换取觉新和梅的结合,却避免不了陈姨太的迷信,临产移到城外,生下第二个孩子,病也到了不可挽救的地步——

瑞珏:（仿佛再问）明天?（泫然绝望）可怜,都这么小,这两个孩子。

觉新:（大恸）珏,你好苦啊,你真不值得呀,嫁了我!

瑞珏:（凄惋而哀切地）不,不苦,我爱,我真爱,值得。明轩,你一生太委屈
　　　了,以后,我真希望你——

终于,她永远的闭上了眼睛。梅的命运比她更惨。她和觉新从小就相互爱着,因为母亲一时气忿婚姻没有成功。觉新结婚后,她嫁了另一个人,不到一年就孀居了,回到母亲身边,愁病交侵而离开人世。她曾说过:"佛说最痛苦地狱的冤魂是没有喊叫的。"梅就没有一声喊叫。

婢女鸣凤明白自己的身份,她和觉慧恋爱着,怕"把我这场梦给毁了"而阻止着觉慧把它公开。高家要把她送给冯乐山的时候,只有这样的消极反抗,这样的消极解脱:"我不是认命啊。譬如说太太要我嫁人,那我就要挣了。（仿佛自语）。这也许就是命,命叫我这样,我干;叫我那样,我就不干了。我知道我们的身份离得多远,我情愿老远的守着您,望着您,一生一世不再多想。"(二幕一景)"命"叫她去冯家,她投了湖。另一个婢女婉儿被代替的送到冯家,过着非人的生活。她曾这么哭诉着:

（恨极,低而狠地）他,他不是人!（突然伸出手腕）您看,我的手,我的胳膊!
……他叫我在佛堂旁边睡,白天陪着太老太太念经,下午研墨收拾屋子晚上又陪
太老太太吃素念经,可一到了夜晚,他,他就——（恐惧地低下头）

……

四太太,我从来没有睡过一夜的好觉。（哀求地）我的太太,您叫我回来吧……您不知道在那佛堂里面照着油灯,阴风惨惨的,半夜里,他来了! 天,天,您救救我吧! 积积德吧! 鸣凤真聪明,死的对,我不死的才活着报应呢!(三幕一景)

虽然不久之后,因为觉慧的鼓动,由妇女救济会把她从冯家要了出来,人已经被糟蹋得不成样子,还是死了。

死,不管走着什么路而达到这结局的,终是不甘心的。鸣凤就说过:

我真,真觉得没有活够啊!(二幕一景)

不仅是女人;男人,因为不够勇敢,行动每每向旧环境屈服妥协,也会走向悲剧结局的。觉新,这大家庭的长房长孙,颇想勉力做一个"入则孝,出则悌"的子弟,却抵不住那种自私自利和愚昧无知的压迫。他顺从的"走"上了"娶妻生子"这"一条人生的大路"的第一天,就感觉到了:

你要的是得不到的,

你得到的又是你不要的。(一幕一景)

偏偏"不幸仿佛永远是跟着不幸的人走"(二幕二景),他接受了瑞珏的爱,总忘不掉梅的出嫁,守寡,病深以及最后的死,成年问"痛苦多,快乐少",不免借酒消愁(二幕三景)。对长辈们尽管逆来顺受,也没法减少根本存在的冲突。他同情弟弟们的外面活动(二幕一景),并不能推掉这样一个责任,如觉慧所说的——

我的错误是糊涂,愚蠢;(悲愤)然而他们的罪过是行凶,杀人!(目光里闪出愤怒的火焰)看看你自己的手吧,难道这双手没有沾上一点杀人的血?(三幕一景)

到底是谁摧残了这些"可爱的,有为的,青春的生命"呢?一个大家庭。是的,我们可以这么说。要试进一步追究呢?觉慧就明白的指出了:

……敌人不是一个冯乐山,而是冯乐山所代表的可怕的制度!

冯乐山是一个伪道学。他口头上说着仁义道德,"宁可食无肉,不可居无竹","不忍看"女孩子"堕入污泥",却直接间接的做着杀人的刽子手:给觉新,觉民做媒,逼死鸣凤,残害婉儿,陷觉慧入狱……这里有一段可以表示他的毒恶的对白:

冯:(一面是峻严可怖的目光恶狠狠地盯着她,示意叫她留下,一面又——)

去吧,去玩玩吧。平日也真的太苦了婉姑啦。(非常温和的声音)去吧。

婉:(不由得止步)四太太!

王:(回头)怎么?

婉:(颤抖地)我——

冯:(和颜悦色)去吧,去吧。

婉:(怯怯地)那我去了?(与王氏一同转身)

冯:(又是冷峻森森的目光)去吧,去谈谈去吧!

然而,时代毕竟是进步了。即使还在北伐以前,新文化已经相当迅速而普遍的传及中国的各大城市。德谟克洛西与赛因斯的向往,在根底上,正要求着每一个人都自由的生存和发展。这信念一经侵入古老的大家庭立即尽着发酵的作用了。

觉民和琴比较觉新积极一点。当环境逼迫他们走上被拨弄的道路的时候,他们不再俯首听命,敢于"闯一下"了。虽然是个人的反抗,也获得了胜利。觉慧比他们更进了一步。三年之间,那支持着他的思想由朦胧而明确,他的行动也就由于对家庭中丑恶的反抗而推及于对社会的反抗。劝觉新结婚之前"闹一下"的是他(一幕一景),当长辈们执意闹新房,敢于叫出"你们老老少少在一旁,明明晓得他难过,痛苦,你们在一边打哈哈看戏,看戏打哈哈……你们还自以为得意"的是他(一幕二景),为了淑贞缠足而坚决反对的是他,"恨胆小,怕东西,畏首畏尾,不肖自己走一条明白路"的是他,说"人不是完全为爱情活着"的是他(二幕一景),向觉新抗辩"我知道我该服从父兄,但是我也明白我更该服从真理!这些长辈们要我们这些做子弟们的尊敬,但是他们的行为也要做得值得我们尊敬"的是他,怒斥冯乐山"不要脸,你还赖什么,你看她叫你苦成什么样子?(痛恨地)你这个假善人,你在我们年青人面前装的什么道学面孔?"的是他(三幕一景),向克明声称"到底哪个是真孝心,还是不怕人骂,真为善老的打算,是孝心? 还是怕背上一个不孝的罪名,就随着人搬神弄鬼,把老人家害得吃惊受怕,病势更重是孝心?"的是他(三幕二景);为了爱国工作而陷狱,终于逃出,决心面向更大的世界,"绝不会让冯乐山跟类似的这一群东西终生得意"的,也是他(第四幕)。

当那"可怕的制度"或强或弱,或隐或现的到处存在着之际,正有赖于无数的觉慧,无数比觉慧更进步的年青人,打开牢门的铁锁,摧毁无形的栅栏。

喘息于魔掌下的被压迫者彼此有着真正的爱:兄弟间的,恋人间的,夫妇间的,亲子间的,有如庄子所说"涸辙之鲋,相濡以沫"。试看——

　　觉新:(立刻向小月门走,忽然停了脚,回头笑着)你说我去不去?

　　瑞珏:(和蔼地)干什么?

　　觉新:看海儿。(欣喜而又有些忸怩地)我想去,我又怕把他亲醒了。

　　瑞珏:(一直母亲似的不忍拂他的意,温柔地)不要紧的,去吧,亲醒了,我再
　　　　　哄他。

　　觉新:(几乎是孩子样地顽皮而纯挚的神情)他哭了呢?

　　瑞珏:(睁大了"吓人"的眼睛,笑着说)哭了,我就打他的小手心。(温挚地)
　　　　　不会哭的……

能够使这种爱得到自由发展的,正需一种更广泛的,更纯真的,更执着的,舍身的爱。以死解脱了个人痛苦的鸣凤曾为瑞珏讲说佛家的道理,也曾向觉慧转述过瑞珏的话,"爱一个人是要为他平平坦坦铺路的,不是要成他的累赘的。"她还说:

　　想着吧,三少爷,想着有一个人真真从心里爱,她不愿意给您添一点麻烦,添
　　一些烦恼,她真是从心里盼望你一生一世快活,一生一世像你说过的话,勇敢,奋
　　斗,成功啊!

别以为这样的爱是乌托邦的,一切为了多数人的幸福,为着光明,为着真理,敢与"可怕的制度"战斗而献身的人,是较之鸣凤更彻底的了解了这种爱,而且,积极的实践了的。这里,我们明明白白地看到,生、爱、死,这三个连环,并不是一个永不可解的谜。不过,这是在"可怕的制度"中解不开的。如果无视于这"可怕的制度",将生、爱、死从现实生活的基础上架空起来,孤立起来,就是所罗门王也没法子解答。将抽象的观念归还于现实,面

对现实,从解决人类意识的基础关系的解析中,才能看见一条清楚的线索。

我不想将这种启示归之于《家》的改编者,原著小说就明白的阐释过。但是,如果这种悲剧的经历因为剧本而更深刻的激动了人们,那么,该看得出曹禺怎样将这些人物一一给以细心的安排,缜密的组织了那多方面的复杂事体。从新婚中,他介绍了每一个人物,再现了二十年前的乃至现在的大家庭的缛文繁礼,使我们看见了觉新怎样被拨弄着,正如以后多次被明暗的拨弄着一样。从军队叛变,死的恐怖威胁着每一个人中,他写出了人们的怕死贪财。从高老太爷做寿,生病和去世中,他写出了这大家庭的丑恶和青年人的挣扎。从瑞珏的生产与危殆中,他写出了愚昧的杀人和最后所寄托的希望。这些最精练的场景不但没有失去原作的精华,更强调的表现了《家》的主题。至于曹禺一向的深入刻画性格,在这里依然是几乎每一个人都不曾放松过。

剧作者面着这样的现实而予以艺术处理的时候,他不能保持着一种自然主义者的客观的冷静。他生活在这样的时代、国度与人群里,怀有追求光明的信念,饱蕴着他自己的爱与憎,而让他们毫无隐晦的洋溢出来,贯通于全部剧本里。和巴金一样,他"要反抗这命运",也就是要反抗那"可怕的制度"。因此,《家》虽是悲剧,并不始终充塞着阴森,凄惨与朽腐的气息。"冬天也有尽了的时候"(第四幕),在旧的一切被摧毁的过程中,已经透露了新的萌芽:

> 生命真好啊,你真要积极地热烈地生活下去呀!
> ⋯⋯生活是要自己征服的。你应该乐观,应该反抗,你必须做一个顶天立地的汉子。任何事情没有太晚的时候,你要大胆,大胆,大胆哪!

这是生命的呼喊,这是青春的召唤,这是向一切昏聩庸碌挑战的号角!它不仅给受难者以新鲜的希望,而且启迪着生活的道路。

三十一年十月末,重庆

《戏剧月报》1943 年 3 月第 1 卷第 3 期

也来谈谈《家》

王念劬

　　关于剧本《家》的批评，已经在报纸上看到过好些，其中似乎有批评剧作者写觉慧写的不够的。其理由大致是觉新已经属于没落的人物，觉慧是新的，后起的，正面的，重要的角色。作者仅应该把他写得更完整生动。自然，在今天，我们看起来，觉新简直是一种自寻烦恼，多余的人物。觉慧总是有希望的时代的主人翁。可是批评者没有看到另一面，剧作者写的不是抗战以后的今天，他写的是高老太爷尚未寿终正寝的时候。那时候，像觉慧那样鲜明的性格少，像觉新那样刚刚觉悟，而又暧昧的人物多。大家庭制度固然已经动摇，但尚未破烂。在这种情形之下，比较进步的新人物还在忍受旧时代的种种痛苦。他们已经看到，或想象到黎明的天色，可是他们到底还依附着这垂死的制度，生活在明暗的交界上。他们虽则失败，可是他们也斗争过。他们当时的斗争，也许在觉慧或觉新以后的人看来，不太像话，比不上来，然而在当时的政治舞台上，新的一代是他们，反对派是他们，他们是革命者，他们的斗争在当时的确也是辉煌的。

　　剧作者既然在选定这样一个时代，他就应该把觉新的斗争当作全剧的主线，把觉新这人物当做全剧的主角。觉新站在大家庭的出口处，已经看到另外一个境界。他心里有所希冀，但并没有行动的勇气；或者有所行动，仍不能彻底；或者有一部分他所想的已经达到了目的，而更多的是梦想的破灭；他有时冲刺奔放，但更多的是瞻前顾后的彷徨；他有时有一点胜利，可是免不了最后的失败。——这是时代的主题，悲剧的主题。我们应该能够责备他头脑不清楚，世界观不行，没有尽如我们理想，以及非难他做一个主角呢？我们不怕剧作者充分暴露觉新的坏处，优柔寡断，妥协，其没落之必然，我们宁愿剧作者更多，更深刻地写他的坏处，而且事实上要把觉新写得更完整，便是必须这样写才成功。

　　在第一幕中，剧作者写主角与其家族的冲突，我认为作者是成功的。在家族制中，"个人"、"个性"是奇谈，应该是一个毫无意见的抽抽大烟的人物；他不应该感觉到自己的存在，他应该承先启后，做保卫家族财富的一个成员。觉新和他的家族在这地方发生了冲突，具体地表现在他的婚姻问题上。婚姻在家族方面讲，是家族中的一件绵延氏族的事，但觉新偏要把它当做自己的事，认为这是他私人的恋爱。于是发生了一个问题，忠实于家族呢？还是忠实于自己呢？还是摆脱这形式，如果不能，就敲碎它？一个罕姆雷特式的问题。觉新的敌人是家族，是他的父代，是夺取他的自由的爱的一个不相识的女子。可是他并没有对敌人坚持斗争到底，他放弃了，因为他觉得他的家族是他的亲属，他不能伤害他们,他要维持这个局面——"家",而且他怜惜这个局面的没落。对于他的不相识的女子,他也因为她同样是一个牺牲者,他也怜惜她的身不由主。于是妥协了,背弃了他的爱人,背弃了他自己。对于敌人,如果我们不消灭他们,就应该劝他们屈服,和我们站在一起。可是觉新不能这样。觉新既没有消灭他们的力量,也没有劝他们屈服的本领。他所能够的是尽量割裂自己,委屈自己,杀死自己,他所做到的把自己喂给兽吃!

我并不觉得剧本"过时",只觉得作者没有把这"过时"的斗争写得强烈。在第一幕中,觉新的斗争虽则归于失败,但我们看见他强烈地挣扎过,痛苦过,作者用无数场面来渲染它。可是第一幕之后,我们就看见这顶点逐渐倒降了。或者照戏剧的结构上说,好像我们是在戏演了一半的时候走进剧场的。我们在以后几幕中逐渐感到斗争的平淡消歇。甚至听见我们的英雄讲出最泄气的话,他所希望的竟然也是儿孙绕膝,做老太爷享福。那么在精神上觉新早已在第一幕之后就死亡,再也没有斗争,再也不能作为剧本的主角了。如果剧本继续写下去,只有把重心移转在另一斗争,另一斗争中的主角身上。可是《家》的主角明明是觉新,而不是觉慧。这样一来,我们就感到《家》的剧作者曹禺先生并不会有意识地要在四幕悲剧中写一个完整(艺术上的完整,并不是人物本身道德上的完整)的悲剧的典型人物出来,或者说他在这一努力上,没有完全成功,使我们觉得剧作者与其在写人,不如说是在写事。他并没有把一个求生的灵魂,其全部矛盾与斗争,强烈地雕刻出来;只是把一些故事的细节描绘给我们,一切人人熟悉的旧式大家庭的趣味性的事件,使观众看见一些文明戏式的琐碎,满足一种对旧时代的幼稚的怀乡病式的感情;而没有主观地把人的命运、人的受苦与斗争的意识暗示给观众。在第二幕以下,我们只看见故事——不是主角——的发展,人物仅仅是穿起故事的衣服的架子。

莎士比亚的"罕姆雷特"并不光是一个叔嫂通奸,儿子报仇的故事,而是一个完整的悲剧的典型,我们开心的是罕姆雷特这样性格的人物,他的命运;我们并不把他和他的家庭所发生的故事的细节当作戏剧中的重要部分来欣赏。

《新华日报》1943 年 8 月 9 日

《家》与其他作品 研究资料

半月剧谭:《家》
——曹禺改编

诸葛蓉

　　《家》,巴金的原著,在舞台上前后已演过两次,亦上过银幕,它的故事久已家喻户晓,似乎不再有多大的号召。这次"同茂"为挽救历来营业的颓局,不惜工本,在"金都"大胆的把它三度演出,纯是卖了"曹禺"两个字,而这下去看《家》的,亦无非是看在曹禺的面上。

　　上海剧艺社演出的《家》,是由吴天改编的,好坏早有定论。曹禺,因《雷雨》、《日出》、《原野》、《北京人》等,在剧坛奠定不拔地位的曹禺,究竟把它怎样改编的呢?

　　在历史转变的阶段,一个典型的大家庭内底丑态和它的崩溃,像《家》这样庞大繁复的题材,要把它一情一节的搬演在受到时间和空间限制的舞台上,断然不可能。纵然可能,亦必凌乱不堪,没有一贯的、融通的体系。在这一方面,曹禺好像会把《家》的故事,放在数千倍的显微镜下,观察了一番,他从横剖面来分析《家》的组成,没落和崩溃,把其中几个最重要的因子拣了出来,去芜存菁,加以渲染和夸张,这样在演出上觉得简洁明快。像这种"重点主义"的手法,自然比吴天的着重纵的介绍,按照原著故事的开展,由头至尾,平直无奇的写来,聪明得多,生动得多。

　　《家》的故事中含蓄了四个要点,曹禺亦便把这四个中心用戏剧的笔触,勾划了出来。一是以觉慧为代表的新潮流的兴起;二是以冯乐山为灵魂的旧势力传统底"卫道者"的负隅顽抗而卒至没落;三是大家庭本身所存在的缺点;四是在新旧时代交替中,像觉新这样"承先启后"的分子底彷徨与悲哀。在这四者之中,曹禺更注重于"觉新型"人物的介绍,用其余三者作为陪衬或反证。这样一来,曹禺的《家》,与其单纯的说是《家》,不如说为在没落崩溃的大家庭中,觉新一生的可歌可泣的事迹。

　　《家》中有三个罗曼史,便是觉新和梅,以至于瑞珏;觉民和琴;觉慧和鸣凤。在原著中,觉民和琴的恋爱比较的不突出,曹禺既已着眼于觉新,那么对于在原著中本来不占重要地位的觉民和琴的事,当然更可轻描淡写的过去。在曹禺的笔下,觉民和琴都没有什么特别的个性。觉民,只有在他说觉慧是"危险分子"的时候,才约略可想到他或者是一个新潮中比较保守,比较稳健的分子而已。琴究竟是怎样的人物,何来何去,可真显得模糊了。

　　不过,在原著者的立场,相当强调的觉慧和鸣凤间的一段伤心史,给曹禺轻轻的放过,似乎有些遗憾。鸣凤的死,不知会赢得原著小说读者多少的热泪,在"金都"的舞台上,它却没有给观众留下怎样深刻的印象。曹禺只烘托出觉慧和鸣凤的相爱,和鸣凤的自尽,却不会强调到高家怎样的以压力加诸鸣凤,要她嫁给冯乐山,而种下她投湖的根由。鸣凤的死是一个悲剧,悲亦就悲在她怎样因热恋三少爷,反抗高家人把她遣嫁的旨意,结果仍不获向觉慧诉尽衷肠,以至含屈而死。曹禺刻划了鸣凤自尽之果,而没有把悲剧所在的自尽之因介绍出来。比较言之,在这一环,他是不及吴天的。

有几个人物个性的刻划,确实很好。觉新是在旧势力传统的包围中渐渐消蚀了他的青年的活力与勇气的。倘在别人的笔下,他可能变为一个整个自怨、自叹、愁眉苦脸的可怜虫,这样他还会得到人们的同情吗?曹禺所描写的觉新,他之所以颓唐、萎缩和懦弱,完全是由于环境、地位,以及接连不断的打击所造成。他是新旧势力的中间人物。正因为他的个性过分复杂,曹禺借用了"独白",把藏在他心底深处的悲哀,完全表露出来,真正的觉新遂显露在观众之前。"借她的幸运,机警,和谄媚的本领,爬上了另一层奴婢的阶梯"的陈姨太,在曹禺看来,亦不是一个最坏的人。她的坏只是为了要在这样复杂的大家庭中求生存,所以她不得不刁滑,不得不险恶,其实她生活在这种环境中亦只有痛苦,没有人同情的痛苦。冯乐山是典型的"双重人格",他讲仁义道德是出于本性的,可是他的内心却深藏着原始的"虐杀狂",婉儿返高家向往日的主人诉苦给他撞破时他所表现的神情,正是那双重人格的交叉点。钱姨妈生性怪癖倔强,心直口快,在城外旧屋内揶揄陈姨太,和在觉新的洞房内咒骂冯乐山,都足代表她的个性。"最痛苦地狱的冤魂是没有叫喊的!"这是梅芬的自我写照。

剧作者既以整个剧情集中于觉新,对于瑞珏亦应该有全面的交代。可是,在剧中,瑞珏只是一个贤妻良母,她的处境,她的痛苦,没有刻划出来,主要原因,亦许在于瑞珏和大家庭中其他分子的关系,和她对于梅表妹真实的隐衷,给剧作者轻忽了。

分幕简洁,而且前后一贯。第一幕两景,为觉新洞房。首景将全部人物,介绍殆尽,到觉新与瑞珏交拜天地为止。二景由闹房起,少顷夜深人散,觉新与瑞珏相顾无语,各自"独白",音谐调和,正在觉新感觉窘迫,巴望有人打破他们间僵局之时,床下钻出三个闹房的孩子,很是风趣,而觉新和瑞珏亦因而交起口来,这一变很是自然,足证剧作者的聪明。结束处觉民开进门来,报告梅芬已下乡。试想三更半夜,洞房门岂有不关,容得闲人冲进之理?这是剧作者拟剧的疏忽处。第二幕两景。第一景为夏夜,觉慧住宅小院内,三少爷与鸣凤眷恋情深,结果鸣凤投湖自尽。这一景借重灯光和音响,气氛很好,可惜为了上述的原因,悲剧的成分还欠浓厚。第二景内为觉新卧室内,觉新、瑞珏和梅的会见。这一层三角关系,写的不够亲切。瑞珏对梅的态度究竟如何,既不可知;梅对瑞珏的意向,亦含糊不明;照理,瑞珏和梅同病相怜,惺惺惜惺惺,总能把这三角关系渗入了悲苦的因素。事实上,这一景没有给人怎样深刻的感觉。第三幕第一景为秋的傍晚,湖滨水阁旁,觉民出走,婉儿诉苦,冯乐山图虐婉儿给觉慧拦阻致起冲突,高老太爷训子,气得晕倒。这一景前后紧凑,训子一段,尤为全剧关键之一,人物地位处理得很好。第二景景间,高老太爷病重身故,觉民返家,瑞珏怀孕待产,陈姨太借口血光之灾,硬要瑞珏搬到城外去生产。这一景结束处用抢景法,台上灯光全熄,人影幢幢,为瑞珏恶运临头之兆,感人颇深。第四幕为城外钱氏旧屋,瑞珏难产而死。瑞珏临死,觉新来,觉慧来,觉民与琴来,淑贞亦来,虽曰交代清楚,但临死时间太长,而瑞珏又絮话不绝,空气非常沉闷,气氛尤感散漫,结尾瑞珏双眼一闭，只听见淑贞说了一声"大嫂眼睛闭了"就下幕，给人的印象冷漠得很。

论导演。不消说，朱端钧很是用心。不过高潮的放松，和若干场面的不够戏剧性的渲染与夸张，随而不能紧握住观众的情绪。正因为全剧包括了不少片段的情节，只有靠导演的手法，方能化散漫、松弛为活泼、紧张、融通的气氛。讵料像鸣凤死；觉新，瑞珏和梅三人会面；高老太爷死；和瑞珏死等高潮，都欠凝练，给轻轻放过。尤以瑞珏恶梅芬相晤的一段，未尽夸张之能事。不过，导演处理热闹场面，很有把握，如觉新瑞珏参拜天地、闹房，和高老太爷训子等等都是。

论演员。当然不能跟上海剧艺社演出时的相比，不过大致尚可差强人意。冯喆的进步快极了，演觉新，很能够把握住剧中人的个性，而他的扮相，蓝袍黑褂，戴了瓜皮小帽，将一个在旧势力包围中而本性倾向于新的青年的风度完全传达了出来。他的戏，前半部胜于后半部。吴湄的瑞珏，温柔贤德，自然发挥无遗，差的是传达内心表情，读词每句尾声太重了些。丁力饰冯乐山，道学有余，阴毒不足。战耘的陈姨太，驾轻就熟，那种刁滑阴险的态度，给她刻划得入木三分。沙莉饰鸣凤，格于剧本，不能发挥，和当年英子自难对比，不过亭亭玉立，楚楚可怜之情，给观众很好印象。姜笛的钱姨妈，颇出色，惜过火。觉慧的戏，演来易于过火，以往的韩非如此，而今的卫禹平亦然。张可的梅芬，很合身份。李宗善的婉儿，在回高家诉苦一段，演得很好，余如李言，端木兰心，王奔，英郁，柯刚，刘基，韩焱，等等，平平。

服装和道具都比"同茂"以往演出的任一个戏好。

看完了戏，又觉得曹禺的改编，似乎依赖原著作的地方尚多。如果一个观众事前未曾阅过原著小说，未曾观过它的话剧或电影，未曾知道它的情节究竟怎样，那么去看看曹禺改编的《家》，一定会"丈二和尚摸不着头脑"的。不过，在编、导、演三者之中，比较起来，最成功的还是编剧，尤其是曹禺不拘泥于原作的表面故事，只抓住它的精神，而展开的自己的创作才能的发挥。

假使你去"金都"看《家》，记得，你是单看在曹禺的面上。

《天下》1943 年第 1 卷第 4 期

《家》
——巴金原著曹禺编

袁　俊

　　读完曹禺先生的改编剧本《家》，越发加强我对于文学制作的认识。假如一件作品在酝酿期间缺乏清醒的全部的概念，中间即使具有段落的美丽，做为一件作品看，它仍然属于失败。相反，概念开始就正确，即使中间显露若干粗窳的点线，它依然有理由获取我们的钦佩。巴金先生的《激流三部曲》是一部浩荡的长江大河的巨制，人物在百数以上，时距在六七年以内，我们有偏受加重任何人物的活动，但是从任何观点来看，觉新是《家》和《秋》的主角，淑英是《春》的主角，应当不生疑义。人人可以看到这一点，问题更在觉新的戏剧生活应当从那一个记程碑算起。曹禺先生给了我们一个聪明而正确的答案：觉新和瑞珏的离合。觉新不爱瑞珏，娶了瑞珏；觉新爱护瑞珏，瑞珏反而死掉。我们马上就可以明白，吴天先生的改编同样以瑞珏死亡结束，然而由拜年团叙开始，首尾缺乏呼应，本身因而也就不够明显有力。单就人物的介绍来说，辞岁和娶亲同样是热闹而有眼力的选择。

　　一件完整的作品需要完整的孕育，但是一件成熟的作品不仅需要成熟的孕育，尤其需要想象的自由的活动。改编是一桩吃力不讨好的工作，在形式的距离以外，还得缩短观点的距离。假如这两点完全做到，一部改编可以说是一个好东西，然而它的独立的价值，我们还得另外寻找。一个改编者不是一条寄生虫或者应声虫，他必须和原作者分量相等，以不同的光辉强烈地射在同一点，在忠实以外，还得追寻作品所赋有的更高的使命。原作者仅仅看到一面，他必须看到另一面。原作者不一定就把没有力的凹凸反映出来。形式是一种隔阂。到了必要的时候，原作变成一堆生料，改编实际等于创作。尤其是到了舞台上，语言必须流畅，行动必须迅快，而境界，有时候更高也更真切。我看过几部改编，场面越贴近原作，失败的成分也就越大。对于改编，正如对于生活，忠实还有它更高一层的意义，正如绘画和摄影乃截然两物，精神上的发挥还远胜于物质上的真似。曹禺先生的《家》的第一幕给我一个有力的美丽的证据。

　　我们不要想在原作里面看见曹禺先生的第一幕。然而，这里的第一幕，犹如曹禺先生所有的第一幕，实在是中国几家文章自来希有的收获。在这四幕八景之中，第一幕两景从拜天地写到洞房，风光旖旎，明净自然，块然自成一物。第二幕和第三幕便不得不"忠实"于原作的繁复的事实，稍稍给人一种拥挤的感觉。曹禺先生并不因而放松他的中心人物，鸣凤的命运，梅表姐的来去，各自仅仅占去一景，而且不是全部占去。觉新和瑞珏在第一幕上场虽然迟之又迟，因为人物和观众的视线完全集中在新郎新妇，反应也就格外来得强烈。对话告诉我们，觉新不满意于婚姻，然而无力抵抗，消极地回避。他来了，一言不发，唉声叹气，假如不是一身新郎官的衣帽，我们难得看出他的身份。新郎官要是难介绍，天晓得新娘子（一个中国式而又旧式的新娘子）的介绍又有多难！在一群热闹而又漠不相干的亲友当中！这两个含着敌意的年轻男女彼此是多孤独，多凄凉，又多相为好奇！谢天谢地，不是这点子好奇心，第一幕就要成为悲剧，可是事实上，觉新和瑞珏的共同的命运如今才在开始。曹禺先生的《家》，自始至终，着眼在他们共同的命运的承受，在大家庭制度之下，是怎样的承受呀！为了让我们多知道一些他们的内心生活，曹禺先生只有把他们的纯洁然而脆弱的灵魂赤裸裸地摆在我们眼前。就是语言，因为是灵魂的独白，也忽然变成了诗句。

> 觉新：（沉浸在苦痛的思索里，几乎未留心她们已经出去，恍恍惚惚地踱来踱去，顺手取起一枝梅花，望了望，又苦痛地掷在桌上，沉闷而忧郁的声音，低低说出来）（叹气）
>
> 啊，如果一万年像一天，一万天像一秒，
>
> 那么活着再怎么苦，
>
> 也不过是一睁眼一闭眼的工夫。
>
> 做人再苦，也容易忍受啊！（略顿）
>
> 因为这一秒钟生，下一秒钟就死；
>
> 睁眼是生，闭眼就是死。
>
> 那么"生"跟"死"不都是一样的糊涂？
>
> 就随他们怎么摆布去罢！
>
> 反正我们都是早晨生，晚上死，
>
> 连梦都做不了一个的小蠓蠓虫。
>
> 唉，由了他们也就算了。
>
> （到此仿佛完全静止，但突又提起精神，轻悄地）
>
> 不过既然活着，就由不得。
>
> 你想的这么便宜。
>
> 几十年的光阴。
>
> 能自由的人也许觉得短促，
>
> 锁在监牢里面的。
>
> 一秒钟就是十几年。
>
> 见不着阳光的冬天哪！
>
> （深沉地）
>
> 活着真没有一件如意的事：
>
> 你要的是你得不到的，
>
> 你得到的又是你不要的。
>
> 哦，天哪！

觉新心里只有一个人，他的梅表妹。

　　觉新：嗯，牛，我是牛啊！

　　　　　啊，为什么？

　　　　　为什么今天我成了

　　　　　不能说话的牲口，

　　　　　被人牵来牵去，

　　　　　到处作揖叩头？

　　　　　天哪！难道真是为着死了心？

　　　　　就从此分手？

　　　　　甘愿同另一个人

　　　　　锁在一处，

　　　　　挨到了白头？

　　　　　甘愿？谁肯说出这"甘愿"？

　　　　　不过是前天，我远远

　　　　　望见了她，此刻我还听见

　　　　　她在低声的哭，

　　　　　她的眼望着我，说不得一句话！

　　　　　她不再希望了，就等着死！

　　　　　（望望门窗）信送去了半天，

　　　　　（急促）怎么，我的心忽然好跳

　　　　　别是现在——

　　　　　她，她已经不在人间！

　　　　　哦，梅呀，我来，我来陪你一道，

　　　　　我一刻也不能在这间房里待！

不顾喜娘和新娘子在床边发呆，他昏昏茫茫地就向外跑。黄妈和淑贞进来把他拦住。她们夸赞新娘子。他只有来回踱步：

　　　　　都是我的仇人！

　　　　　一个个都夸这新娘子好！

　　　　　可（愤愤地）我为什么要看，

　　　　　为什么要看，

　　　　　她跟我有什么相干，

　　　　　就一生，一生要守在我身边？

他没有走出去；他站在窗边，望着月光和湖水。把另一扇窗也打开，屋里渐渐浸进深夜的寒气。杜鹃在湖滨单独而寂寞地低低呼唤。新娘子坐在床沿，换了衣服，等待他的第一句话。于是我们听到这第一次在中国戏剧运用的长幅的诗白：

　　　　　珏：好静哪！

哭了多少天,可怜的妈,
把你的孩子送到
这么一个陌生的地方,
说"这"就是女儿的家。

这些人,女儿都不认识啊。
一脸的酒肉,
尽说些难入耳的活。

妈说那一个人好。
他就在眼前了,妈!
妈要女儿爱,顺从,
吃苦,受难,
永远为着他。

我知道,我也肯。
可我也要看,
值得不值得?
女儿不是
妈辛辛苦苦
养到大?

妈说过。
做女人惨。
要生儿育女,
受尽千辛万苦,
多少磨难
才到了老。

是啊,女儿懂,
女儿能甘心,
只要他真,真是好!
女儿会交给他
整个的人
一点也不留下。……

让我们来看觉新的反应。他憎恨他的敌人,然而他就不同情吗?不!听他自言自语:

这个人也,也可怜,

刚进了门

就尝着了冷淡!

就是对一个路人,

都不该这样,

我该回头看看她,

哪怕是敷衍。

可就在这间屋。

这间屋,我哪忍?

我不愿白头,

为着你,梅,

我情愿一生

蒙上我的眼!

经过了多少次的踌躇,犹疑和感情上的波折,他们渐渐接近了,夜半湖边上传来春天降临前杜鹃的欢叫,非常清脆的声音,跳动着生命的活泼。

珏:(轻微地)哎!

新:(谛听)这是什么鸟在唱?

珏:(迎着杜鹃的歌声,才抬头,正望着新的侧面,半晌,欣喜地)

　　妈,真地,您没有骗我。

　　他是个人!

　　女儿肯!

这可怜的女孩子,瞎子一样进了一个陌生的地方,瞎子一样在感觉里面明白对方的为人。便是执著于过去的美梦的觉新,听见她的嗟叹,也忽起深长的惊奇。

新:谁在叹?

　　(二人目光相遇,刹那间愣住。又各自低头转身。)

　　是她?

　　(惊愕地)

　　那纸糊的美人?

　　可她的眼睛分明

　　放着光,

　　这是谁呀?

　　这眼神!

　　哦! 不,就是在做梦,

　　我当是我的梅。

　　借着她,

　　对我说话。

这个自说自话的僵局真就永远下去？曹禺先生的安排好到不可再好。屋里真就只有他们两个人？一点儿不是！原来还有三个淘气的孩子爬在床底下"听房"！手里还抱着一只猫。孩子们的艰窘把新夫妇引到谈话的路上。觉新费了老大力气给五弟穿鞋穿不好，瑞珏过去一下子就穿好了。觉新心折了……我不想在这里详细分析这个剧本，仅仅让我把第四幕的末尾引在这里，做一个呼应：

> 贞：好大的雪呀，嫂嫂，外面才好看呢！
>
> （外面杜鹃啼声）
>
> 琴：（低声，对民）这不是杜鹃？怎么下着大雪杜鹃会——
>
> 刘：（笑着）这是那个佃户的斜眼孩子学的。
>
> （不断的杜鹃啼声传来）
>
> 珏：（忽然）明轩，你记得第一天来的夜晚，杜鹃在湖边上叫吗？
>
> 新：（泫然）记得，那时候是春天刚刚起首。
>
> 珏：（梦一般地迷惘）嗯，春天刚刚起首。
>
> 新：（绝望袭进他的心，凝视着她，沉痛地）现在是冬天了。
>
> 珏：（声音低弱而沉重地）不过冬天也有尽了的时候。（逐渐闭上眼）
>
> 贞：（忽然）大哥，你看，嫂嫂闭上眼了。

假如我对于这么一幕有什么指摘的话，就是为什么不回到诗句，难道因为杜鹃的啼声是假冒的，境界就丑陋了吗？既然在回忆之中进行，既然境界需要洁化，我们有权利要求全部回到过去。曹禺先生的现实的感觉或许不允许他这样做。我尊重他的理由。

不算贺喜的男女亲友，人物总有二十八个。在这二十八个人物里面，我最感兴趣，也最能看出曹禺先生计划性格的本领的，是两个不为人所注意的怪物。一个是冯乐山，那个孔学会会长的假正经老头子，一个是生性怪癖然而本性善良的钱姨妈。这两个老年人，一真一假，从来不会见面（在戏里面），走着两个极端。冯乐山没有提起钱姨妈。但是谁要向钱姨妈提起冯乐山，她的眉毛似乎也在表示厌憎！她一进来贺喜就说：

> 钱姨妈：（指着，一字一字地）方才出去的是谁？
>
> 王氏：冯，冯乐山冯老太爷！
>
> 钱：（厌恶地）哦，那个老混账！
>
> 沈氏：（笑问）怎么？
>
> 钱：（翻翻白眼）干干净净的屋子，不提这种人！（回首四面打量洞房，不理沈氏）

你想不到她这人有多怪气。

> 钱：（愣了半天）哦，这就是新房？
>
> 周氏：（陪笑）是啊，老太爷叫拿书房改的。
>
> 钱：（撇撇嘴）我看不大像，哪有新房不严紧，一边尽开窗户的？
>
> 周氏：（解释）亮点。
>
> 钱：亮有什么好？亮点！到了晚间还不是要点灯？

沈氏:(多嘴)对呀!

钱:(又对沈翻翻眼,对陈姨太,指窗子外,似乎自言自语)哦,这外面就是那
　　片淹死过人的湖?(陈不敢置答,钱转对鸣凤)鸣凤,是不是?

鸣凤:是,钱太太。

钱:(对周)你看,这有什么好?

她不知道忌惮,也不知道给人留余地。你要她这样,明明这样,她偏要那样。她真就不痛苦? 她是那种倔性子,苦在心里头。

陈姨太:梅表姐好一点了么?

钱:好,自然好,我的女儿不会病一辈子的。

陈姨太:不是的,大姨妈,我说大家,他们大家都没有想到你今天能来呀!

钱:咦,我为什么不来? 要不是梅芬病了,我还要带她一块儿来呢。

陈姨太:就是说呀,你说你不来,我偏要来,我偏要来给你们看看。

钱:(冷冷地)我倒是没想到给人看,不过——(忽然立起)我要走了,我要走
　　了,我得给我的女儿买药去。

命运偏会作弄她。就在她拔步向外走的时候,来而又不要看的时候,新夫妇拜完天地,正好过来堵住她的去路。

克定:(一眼望见钱姨妈,大声贺仪)新人叩见! ——叩见钱姨妈!

我们试瞑目想想这个情景看! 你以为她恨瑞珏吗? 你会在第二幕第三景发现她欢欢喜喜做了瑞珏的干妈! 不仅此也,瑞珏死在这位老好人乡下的草房,几乎可以说,死在这位老好人的爱护之下。和钱姨妈对比一下,真正的魔鬼倒是冯乐山。他带婉儿回来给高老太爷拜寿。婉儿跪在地上向往日的主人诉苦。冯乐山由阁门缓缓出现。

冯:(和蔼可亲地)婉姑!(婉儿吓得立刻站起,面无人色)婉姑在这儿跟旧主
　　人叙家常了吗?

四太太要带她到里面望望。婉儿不知道是去好还是不去好。

冯:(一面是峻厉可怖的目光恶狠狠地盯着她,示意叫她留下,一面又——)
　　去吧,去玩去吧。平日也真是太苦了婉姑了,(非常温和的声音)去吧!

经过三翻四次的"去吧",婉儿当然是不敢去了。可怜的孩子! 不知道他准备好了烟蒂头要烧她的哪!

《万象》1943 年第 3 卷第 4 期

论剧作《家》中的人物创作

——曹禺编剧

李天济

巴金先生的小说《家》是有了定评的巨作，它大胆无情地揭开了旧社会的痕疤。作为旧制度的挽歌，新时代的赞颂，为无数苦闷彷徨的青年所热爱。它曾经安慰了他们，抚育了他们，甚至可以说领导了他们。现在虽时隔十年，中国社会亦已进入更激变动荡的时代。但是，一个社会，一个制度，一个阶级的死灭，却不会在这短短的十年内宣告完结，抗战中的中国仍然有许多家庭是"宝盖底下一群猪"的。何况旧社会死灭后还会转化出许多细菌，许多僵尸，重新飞扬活跃于人间呢。旧社会的生活习惯及其意识形态等，都是阻碍抗战进步的因素。在今天，《家》之被改编为剧本，自应有其强烈的社会意义。

《家》里的全部人物，可以分别为两种，一是正在长成的新的英雄典型，一是走向死亡的平凡真实的人物，而作为全剧发展线索的是新与旧的斗争，一连串地贯穿了爱情与受难，欢乐与悲苦，兴奋与颓丧，斗争与屈辱，死亡与生长。在这一切的根基里的，是曹禺先生对人类的衷心之爱。但是这种爱并不是毫无原则的。对于那护道者"正人君子"，那些妨碍人类进步的渣滓，曹禺先生以同样强烈，不，更十倍强烈的感情号召反抗！他爱正在生长的年青人，意识到并且坚信，他们，这些旧社会中的新胚胎，是扑灭根绝旧社会的力量，可是他没有能够更深更广地了解他们生长的社会条件与过程，生活限制了他，他有憎有爱，有不可撼的信念，可对于新的，他欠缺真实的理解。

《家》的剧作对于小说，在人物性格的处理上，存在有显然的不同之处。在这里，问题绝不单是因为编剧技术的关系，这是由于曹禺先生对人类的爱憎之心，对幸福生活的不可动摇的希望与信念，与对现实生活之深切理解，因之一切人物故事才又一次更明锐的活在《家》的剧作里，如鸣凤对觉慧的爱情及其自杀，高老太爷过寿中风的一场戏，那人物性格的创造，那结构上的安排，是绝不能单单用作者熟练的编剧技术来解释的，他之所以那样写是因为他爱，他同情那些无辜受害者的灵魂，他洞见了旧社会不可挽回的灭亡。

曹禺先生对新旧两种人物的创造，有着全然不同的成就，他对旧人物的理解是深刻而真实的，对新的则是颇罗曼蒂克的。从这两种人物的创造上，我们可能摸索到一点曹禺先生的创作方法及其思想看法。

曹禺先生生活于旧的社会中，对封建的宗法社会有着全面的具体而深入的理解，他了解他们，同情他们，更憎恨他们，他正确的写出了历史的真理，宣示了旧社会之必然的溃灭，诚如另一个作家所说过的——"我自旧的壁垒中来，反戈一击，可以立刻致之死命。"

首先,曹禺先生塑出了一群旧社会的典型产品——奴才! 暴露了封建宗法社会的丑恶,剥脱了大家庭的虚伪而华丽的外衣。克安,克定,是两个除去吃喝嫖赌什么也不会干的大家子弟。整天的过着荒淫无耻的生活,在家里却摆出家长面孔,要子弟服从他们,在第一幕闹房的那一场戏里,作者更无情地表现了他们丑恶的情感,及其可憎可悯的奴才根性,他们可以当着子弟们对一个无告的女人放肆调笑,可是一见到父亲,又必恭必敬的俯首听命。他们就是这样为自己的父兄做奴才,也要求自己的子弟做奴才的。这一点表现在克定身上,特别明白尖锐,他可以在兵变的时候,骗去自己妻子的首饰,去过荒唐的生活,闹到父亲面前的时候,也可以当着自己的妻儿子女,当着全家人的面打自己的嘴巴。为什么呢? 因为父亲死了他才有钱还账。从这里我们可以看出曹禺先生是如何深刻地把握了家长社会之本质。家长们是握经济权的,子弟们不能不做奴才。

　　对沈氏,王氏,克安……这批奴才,作者虽然也给他们以怜悯,可绝对没有超过憎恶,沉挚而确切地宣传了他们的令人作呕的生活,在五世同堂的大幌子下面,他们整天地勾心斗角,互相嫉妒,互相欺诈,他们是腐溃的旧制度之典型产品。历史只给他们一条道路,这唯一的途径在剧作里可以明白的感觉到——伴随着生长养育了他们的旧制度一同灭亡!

　　曹禺先生还创造了另一型的奴才,已经变成了主子的奴才——陈姨太。她原本是冯乐山的丫头,遭受过和婉儿同样的苦难,可是待她登上了姨太太的宝座,就一天不害人不心安。为了想保持一点她自己的统治地位,不惜用一切奸诈卑污的手段,这里,作者提出了不变的真理,"奴才变成了主子,是比原来的主子更狠毒的"。还有在小说里没有提到陈姨太嫉妒瑞珏服侍老太爷,剧作者添的这一点,不但是到了后来陈姨太逼瑞珏出去生产的具体伏线,而且更凸出地完成了陈姨太这一人物的性格,她怕的不是高老太爷不喜欢她,不需要她,她是怕因此而失去她在家庭中的特殊统治地位。

　　在高老太爷的创造上,曹禺先生更技巧更有力更真实地完成了《家》的基本命题,旧制度必然灭亡。代表封建宗法社会之最严正的一面的高老太爷,具有着封建宗法社会所赖以发展生长,一脉传下的所谓"齐家,治国,平天下"的精神,是不应一笔抹杀的,他固执地守着一手造成的大家庭,做着五世同堂的美梦,他身上结合着旧社会仅存的优美严正的特质,他对人处世也不十分拘谨。说他令我们憎恶,毋宁说他令我们同情,可是在过寿的那一场,曹禺先生以高度的技巧,热忱地为他安排了一连串的打击,他一个跟一个地发现了他的儿子们都是些荒唐无耻的宝贝,不成器的败家子,而且年青的一代,则走上了另一条道路,大胆无情地反抗了他,旧的已经腐烂,新的胚胎正在成长壮大,死亡的条件都已具备。作为一个严正的旧社会之典型的高老太爷,在两重压迫下是应该中风死亡了。在这里,在高老太爷的身上,作者正确地写出了旧社会破灭的必然性。

　　曹禺先生对腐烂的旧制度之深刻而现实的暴露,对旧典型之创造刻画,还不止于上面所说的。一个制度,一个阶级的死灭,绝不是件平凡的事,它绝不愿寿终正寝,绝不会自动走下历史的舞台的,作者更深刻地发掘了旧社会的本质,创造了最顽固最凶残的代表者冯乐山,冯在小说里只是个庞大的阴影,全部他就没说过一句话,可是在剧作里却当众揭穿了他的伪善阴毒与自私。在小说里他要鸣凤,是指明了要去做姨太太的,可在剧作里却说他是因为鸣凤有慧根，有灵性，为了慈悲，为了不忍看她堕入污泥，为了自己孝顺，要她去服侍太老太太念经。就这一点，曹禺先生已经从根基上揭穿了那些一心卫道的伪君子，可是冯乐山并不自觉他是伪善的，他确确实实相信自己是一个方正的君子。他敬孔信佛，婉儿给他说出了"一点点"，他就急出满头大汗，狠毒的打问她。觉慧当面骂了他"假善人，伪君子"，他就陷害觉慧，关他进牢。曹禺先生对他们的把握太深了。他们这些封建刻毒自私的人物，是不单单停止在伪善上面的，待到你揭破了他，待到他意识到自身的危险和灭亡的时候，他们毫不妥协地杀害，联合一切恶势力向你进攻，可是，就是在用血腥的手段的时候，他们还是不放弃祖传的宝贝——伪！他指你是扰乱治安，是乱臣贼子，人人得而诛之的，曹禺先生以无比的憎恨刻出了他们的阴险残毒，使一切人憎恨他们，使一切年青的战斗者知道，他们是旧社会中最顽固的一群，最难攻克的一座堡垒！

剧作者对旧社会及其诸典型的理解与把握，都有真实而且深入，如冯乐山的尊严潇洒与打问婉儿时的无比狠毒，显得非常自然，恰到好处。最后，作者对旧的人物也绝没有描画成孤立的形象，如克明屈服于一个无识的陈姨太，跟着她闹神闹鬼，是为了怕负不孝的罪名，怕责任，觉新被陈姨太逼着把妻子瑞珏送出去生产时，也为了同样的理由。陈姨太能给他们以罪名和责任吗？他们并不是屈服于陈姨太，是屈服于她所代表的封建宗法社会！

曹禺从高老太爷的身上体现了旧家庭旧制度之命名的灭亡，更从冯乐山身上剥示了旧制度势力之阴险狠毒与伪善，及其垂死时之挣扎是多么固执，多么坚决！多么无愧，天才地预示了新与旧的斗争将如何残酷尖锐的方向发展！这比起他对新的典型的创造来，在根基是完全两样的。

作者对旧社会之现实而深刻的剥露，还不仅止于上面所说的，在腐朽的旧社会里还有一群可同情的受难者——奴隶。封建的宗法社会是建筑在他们的鲜血与骷髅上面的。曹禺先生衷心的爱怜他们，为我们塑出了奴隶的群像，写出了他们悲惨暗淡的生活，也写出了他们之间的辛酸的奴隶爱，热情而又冷酷地判定了他们不可避免的结果！

先说梅表妹，她是一个被旧礼教压碎了的美丽的灵魂，是数千年中国女性之悲惨的缩影，她爱表哥觉新，但她被嫁另一个人，半年，男人就死了，没有孩子，像被关闭在坟墓里面，生命再也不能开花，她只有绝望的诉说着："夜晚睡不着呢？躺着等天亮，天亮起来了，又坐着等天黑。"另一个温柔端淑的女人瑞珏，她像押宝一样的嫁出去，总算运气，嫁着了一个"人"，她算是比梅幸福多了。可是奴隶的命运是没有侥幸的，除去斗争，就只有受难，虽然她孝顺爷爷，体贴丈夫，对家中一切人都忍让。可是顺从决不能获得幸福，作者终于忍心地让她受难而死，就是她直到死都关心体贴的丈夫——觉新，也没有因她的忍让而得到平安，他是比她更忍从于奴隶生活的，可结果是牺牲了别人也牺牲了自己，这是奴隶的命运——顺从只有受难。

可是，这是他们的错吗？不是的！他们牛一样的走着倒满了受难者尸体的荒漠道路，他们不敢反抗，随命运拨弄，痛苦屈辱地过着奴隶生活，直到喘尽最后一口气，倒毙在堆满了白骨的荒原上！这是奴隶的命运，是数千年来中国人民的悲惨历史。而曹禺先生对她们的描画也绝没有停止在这儿,奴隶对自己的朋友和亲人,是毫不吝啬地捐出自己的。譬如第二幕第三景,瑞珏和梅的一场戏,开始梅还诉说着:

梅:(羞涩地)我,我也想回去的,大表嫂。

梅:(无可奈何地)表嫂,我知道你晓得,(低首)可是我是要走的了,(缓缓)并
　　且我以后不会再来的。

可是,跟着梅就觉得是不必要的了,瑞珏和她一样是懂得爱的,是无辜而善良的灵魂。她们仍赤裸裸地拥抱于爱的光辉里,忘我地互相爱恋,互相体贴。瑞珏为了她丈夫与梅的爱情,为了她丈夫快活,要想一个人回娘家去。梅呢?为了他们俩的幸福,满怀着希望和哀痛,叫觉新忘了她自己,这里面没有自私,没有卑污,没有欺诈。这是最崇高圣洁的爱,奴隶的爱,除去那些不能实现的美丽的空想,这就是他们唯一的安慰了,就因为这种崇高真挚的奴恋爱,他们才能够从容受难。

像瑞珏对觉新的爱与体贴,一般的是被当作封建妇女的美德,为一般"正人君子"所称道的,冯乐山不是说了吗?"只要舍侄孙女日后嫁过来,应该进退都融融和和,像觉新的夫人似的,我就放心了。"对瑞珏付以热爱和同情,是很容易歪曲成赞扬女性的服从地位,为女性奴役说教的,可是作者没有跌入陷阱,首先瑞珏认为觉新是"真的好","他是个人",她觉得"在这个家里没有人真懂得觉新,没有人真爱觉新"。他和她一样,是奴隶啊,只有奴隶才懂得这种爱的,其次瑞珏不但是爱他,体贴他,而且在死的时候还希望他"勇敢"。她不愿和他糊糊涂涂的分开,就为了要说"任何事情没有太晚的时候,你要大胆,大胆,大胆啊!"在这里,作者不是为旧的说教,这正是写出奴隶生活中的一点可怜的温暖,及其无限广阔的光明的前路。还有,瑞珏之所以能够懂得如上的话,曹禺先生是给她下了注脚的:她读新书,她爱生活,爱真理,作者使她从这一点突进了生活的密林,她仍在奴隶的生活里幸福地看到了另一条光明的道路,可惜她没有能成为一个真理的战士,就死于春天降临的前夜,带着奴隶的身子走进了坟场。她体现了整一代女性的悲剧。作者在她的创造上得到了高度的艺术上的完成,可是在她对她丈夫的爱上,还存有理想的成分。她不但爱丈夫,而且爱丈夫所爱的人,为了他们的快乐,她宁可牺牲自己。这里作者忽略了颇重要的一点,就是当她丈夫为另一个女人而悲苦忧郁的时候,在她感情上是应该有不快意的,这若是能够和上引的瑞珏与梅的戏一样,有一点感情上的不舒服,再进而克服,那瑞珏这人物一定会更真实,更动人。

通过《家》的剧作,通过觉新,梅与瑞珏的悲剧,曹禺先生写出了奴隶的真理——善良、顺从只有受难!并且进一步从心底向他们迸出:"要大胆,大胆,大胆啊!"这诚如艾青诗人所歌唱过的:

我们生长在奴隶的国家,
只有反抗,才是我们的真理!

——艾青:《火把》

可是对于新的典型之创造,曹禺先生却露出了明显的,对现实理解的不够,那些人物初看都非常动人,在舞台上也可以获得最好的效果,可是若一深思,就立刻感觉判断人物

《家》与其他作品　研究资料

的不真实性,作者衷心地要描绘奴隶反抗者的生活图景,可是他对现实的生活的把握不够,对新的缺少真实深入的理解,最终地,他创造了理想的典型。

婢女鸣凤,在小说里是个平凡真实的灵魂,在知道要被送给冯乐山以后,她还希望觉慧能够救她,待到一切都失望了,才跳进冰澈的湖水。曹禺先生所创造的鸣凤呢? 她明白女人的命运,更清楚奴婢的命运。她有深澈的观察力,她知道在"家"里,她的爱情将来会给她自己,给她所爱的人,带来如何重大的灾难,她只有把现在的一点幸福当做梦幻,固执地抱着它。待到梦破碎时,她不愿给她所爱的人一点麻烦一点苦恼,只诉说着"我真希望你……勇敢,奋斗,成功啊!"她和瑞珏一样,懂得舍身爱人的道理,虽然她真觉得没有活够,可是她并不希望觉慧救她,她把就要来的结果瞒着觉慧,"爱一个人是要平平坦坦的为他铺路的,不是要成为他的累赘的。"她有意识地安排了自己的死亡,当陈姨太告诉她明天就要把她送给冯乐山以后,死神已经握着了她的手,她一再地上场,她舍不得觉慧,但是为了觉慧,她终于自己咬着牙,怀着无限的深情挚爱与留恋,决然地走向墓地。曹禺先生对鸣凤性格的处理,比起上面说过的冯乐山,高老太爷,比起小说上的鸣凤,是显然地抬高了,而且理想化了,那创造了崇高的动态鸣凤的奴隶形象。实则奴婢的命运是比鸣凤更悲惨的,对于他们,只有冯乐山才是真实的存在,就是遇见觉慧,他们也绝不懂得鸣凤的"梦",不懂得"舍身爱人"的。再说,曹禺先生自己也许知道鸣凤不够真实,所以为她的性格做了根据,她是书香门第的出身,死去的大小姐教过她读佛经,瑞珏又和她谈过舍身爱人的道理,可这一切根据实在无力。"出身"在戏里只是作为一个"传说",只由高老太爷提了一次,而且对于一个十岁以下的孩子,出身,能起决定的作用吗? 就是大小姐教她读佛经,也在十二三岁之前,这可能对她的性格起一点影响,但绝不能使她看得那么清楚,做得那么理想,最后,关于"舍身爱人",鸣凤固然说"大少奶奶说的"。可是瑞珏在二幕一景里也说过"她(鸣凤)有一次跟我谈起舍身爱人的道理,讲得才透彻呢!"这可以证明在她接触瑞珏之前,她的看法已是很坚定彻底了,这是可能的吗?! 艺术作品所要求的是典型的创造,不是欠缺社会根基的,理想崇高的个人形象。

觉慧型的新人,是时常出现于曹禺先生的剧作里的,都是些理想而崇高的灵魂,不过《家》里的觉慧,比起以前是现实得多了。曹禺先生不仅已经意识到旧制度中新人之胚胎成长,并且坚信他们将摧毁旧的制度。对新人的创造,也努力发掘了他们的社会基础,为觉慧性格的发展与完成,打下了颇有力的注脚,鸣凤死后,他才冷冰冰的不说话,"他面容瘦削,眼内藏着强压下去的愤怒的火",鸣凤的死,使他冷静而沉挚了,他"这才看鸣凤死后给我启发的问题多么严重"。他爱家,爱他的友兄,可是他明了了更应该服从真理。从军阀的监狱里逃出来,他更变了。进一步"渐渐的认识,我们的敌人不是一个冯乐山,而是冯乐山所代表的可怕的制度……可是我绝不会让冯乐山和类似冯乐山的这群东西终生得意的"。可是不管作者给觉慧性格的发展完成了如何的注脚,我们总觉得他比起现实来是更接近理想的。首先关于黎明周报,关于觉慧外面的友人,那些"外烁力"都没有有机的组织在戏里面,缺乏深入凸出的表现。以至觉慧成了独立的形象。其次,觉慧告诉我的关于冯乐山的那一段,比起他后来对生活之爱的诉说来显然令人感到无力。而他最后对生活对爱的诉说，比起他第二场的鸣凤在一起所谈说的，在其本质上面则又绝无发展交化之处。而这其间觉慧的性格已是经过了颇动荡的变化与发展的。一个革命者对生活的爱好可能像觉慧那样，那在根底上是感着差异的。觉慧只是披了一件战斗者的外表。第三，是由于那种"注脚"，例如因入狱而有的改变，那"根据"是表现得不够，因之也削弱了戏的说服力的。当然，以上所说的都可以归到"技术"方面，曹禺先生全部的剧作说明了他有足够的技术驾驭他的创作素材，而且技术也绝不是从天上掉下来的，技术是为作者的看法，为作者的全部创作方法所决定的。在这儿，主要的是由于曹禺先生对新的了解不够。他没有能够最真挚的突进生产的密林，对那些欢乐着、苦恼着、动摇着、斗争着的觉慧型的新人在今日已经不是稀少的，未成长的典型，他们是已经而且长成存在的了。曹禺先生可能模糊地了解他们，所以在觉慧的创造上仍有着某些真实的地方。

觉民和琴，会用不调和的斗争获得了自己的幸福。他们和觉慧一样是新的人，可是写的模糊而且单薄，他们对旧的之斗争，是具现在他们的恋爱和婚姻问题上的，虽然作者使他们两人时常一同上场，可是对他们的恋爱，实在缺少深刻真实正面的描画，而且更重要的，对他们的斗争表现得不够明镜，只有觉慧事前一两句颇为含蓄的话作为介绍，作者已经把力量集中到觉慧鸣凤身上去了。他再也无力来创造第三第四个动人心魄的理想典型了。在《家》里觉民和琴，像是没有生活的目的，一点力量也没有，以至于作为背景来陪衬觉慧，任务都没有做到。

一般地说，作者理想地创出他的人物，用自己天才的技术闪光照耀了而且抬高了人物的时候，是可能有两种解释的，其一是作者站在比现实更高的地方。将生活中最美好最典型的东西加以形象化，或是预见到新的典型之成长而创造的，另一是艺术家的良心，他对人类的爱，超过了他现实生活的理解。曹禺先生呢？他越接触新的就越倾向于后者，就是上面说过多次的对现实生活之理解不够，比如：觉慧和鸣凤、瑞珏的创造，则是颇倾向于前者的了。但上述两种解释绝不应机械地来理解，它们是互相掺杂，互相转化，互为表里的，曹禺先生生活于中国特殊而复杂的社会中，生活在腐烂的圈子里，他憎恨他周围的一切，他想得高，可是他又跳不出去，他爱人类，希望全人类过真实幸福的生活，渐渐地，他看到了正在成长的新人，看到了被压迫的奴隶，他们有真实悲苦的生活，有为生活而斗争的美的性格。他衷心地爱恋他们，从他自己拔不出的污泥中，把一切光明，一切希望都高高地寄托在他们身上，赞颂他们来把污泥变成乐土，可是生活限制了他，他和他们距离的太远了，他没有能够更深更广地了解他们，他只看到了一般，没有看到具体，他创造的是理想的典型。

关于此，还可以从另一个角度来了解，就是作者也许并不是意识地为我们写新与旧的斗争，他只是沉迷于"生""爱""死"这些人生的大道理之中，人到底是为了什么活着呢？什么才是可爱的，才是最可爱的，才是真正好的呢？我们要怎么样爱，怎么样生活呢？他空幻地追求而且探索着生活的真谛，他创造了真正懂得爱、懂得生活的人物，鸣凤、觉慧与瑞珏。鸣凤不是说了吗？"只要是真好的，真正好的，不能再好的，我都甘心，不管将来痛苦不痛苦，悲惨不悲惨，我都不在乎。"生活，爱情，受难，勇敢，大胆。曹禺先生孤立地空幻企望着，探索着他们，横亘在这一切根基里的，是对人类的忠心之爱。而真正能配得上曹禺先生之崇高理想的，是那些新人，那些新的英雄。曹禺先生在生活里看到了他们，在剧作里创造了他们的雕像，可是，问题在这儿，对于这些新的典型之创造，曹禺先生不是从生活而是从他自己的理想出发的。他是先有了自己的理想，然后才找到那些人物的，他对他们欠缺真实具体的了解，虽然给他们的发展转变以根据，给他们的性格以注脚，可是那一切根据，一切注脚，在工作里的力量太微弱了，所以终结地，对他们创造了缺少现实血肉的理想的典型，创造了作者自己的理想的爱的化身！

如上的两种出发点不同的分析，实则是异途同归的，因为第一，不管作者的主观意念如何，作品的客观影响却是事实。其次，我们反封建，我们揭露奴隶的悲苦生活，我们歌颂旧社会的叛徒，我们要抗战建国，不还正是为了爱，为了获得真实幸福的生活吗？

若是理想的典型有现实根据，是未来的新典型之预示的话，是应该热烈地赞扬的，可是曹禺先生作品中的理想人物却不是这样的，他们都是作者个人理想的化身，是些架空的缺乏现实基础的人物，曹禺先生也许见到了，理解了新的人物可是绝对的，理解得不够，而他创作时就以其并非全部的理解，做创造人物的根基。觉慧是已经存在的人，就是《蜕变》中的丁大夫，梁专员吧，时至今日谁都要承认这个人物绝不是新的典型之预示了。这对于一个在艺术上已经有了高度成就的剧作家，是应该苛责的。

对于新的典型之理想化的问题，还不能停留在这儿，为什么那些并不真实的人物会那么动人，会蒙蔽观众呢？这是由于作者对西洋戏剧的修养，对舞台的极端熟悉和高度熟悉的剧作技巧。通过《家》的剧作，进一步，我们可以发现曹禺先生剧作技巧上之最大的特质——对人物浓厚细腻的描绘，和戏剧性之极端丰富，它遮掩了人物过分理想的沦陷！它也完成了舞台上的理想的典型！

不管鸣凤，瑞珏，觉慧等性格上的理想成分，不管他们多少欠缺着现实的血肉，可他们的戏却深深撼了观众，使你兴奋，使你同情，使你悲苦，虽然作者不能最深地发掘他的人物和主题，虽然他创造的新人在性格上是片面的，理想的，但是他紧紧地抓住了人物感情的某一片面，某一段落，某一点。抓住了那最富戏剧性的某一个场面。耐心地，有力地，热诚地细细致致的描画，一次次，层层堆砌，像一桌丰盛的酒席，像一幅细腻浓郁的油画，压得你透不过气来，逼得你屈服于他天才的笔力之下，例如三幕三场，瑞珏要丢下海儿一个人回去时：

　　梅：（望着她缓缓地摇着头）那么，你离开觉新不痛苦吗？

　　珏：（压制）嗯，——不。

　　梅：你家里看你回来不痛苦？

　　珏：（低首蹙眉）嗯，——不。

　　梅：（声音颤抖）海儿离开了你不痛苦？

　　珏：（泫然）嗯，——不。

　　梅：你离开了海儿不痛苦？

　　珏：（哀哀哭起来）我是痛苦啊，我是痛苦啊，可我有什么法子，我真是不忍看觉新那样痛苦啊！

这连续的反复的加重，使得戏又浓又厚。如此的例子很多，像鸣凤死前的一再上场。觉慧在鸣凤死后第一次上场时，一连说了四个"不"字。这在别的剧作里也同样存在的，《北京人》中，愫方对瑞贞的问话，一连回了五次"嗯"这和上面的"嗯，——不。"是一样的。再说吧，上面说过鸣凤意识地安排自己的"死"是不真实的，可是如剧作中所安排处理的却是更富戏剧性更动人的，曹禺先生让鸣凤在死前说："您，您亲亲我吧。"让她第一次也最末一次说出"觉慧"。是一方面让观众知道"她决定了"。一方面更重要的是连观众为他们的爱情大舒一口气，这时你就是觉得那"死"处理的不真实，你也感想不到了，何况作者还用自然环境的变化，用婉儿，用陈姨太，"若一具僵尸的"陈姨太，用老而疯颤的打更人，用鸣凤一再的上场，创成了阴惨的死的气氛与紧张。他忍心地层层涂抹，浓密地压迫观众的感情，掩盖了鸣凤自尽的不真实性，此种特点在作者另一部剧作《蜕变》中更易发现，如梁专员上场的布置，及众人的反应，作者非常懂得舞台与观众，用戏掩盖了他人物的不真实。再如鲁大海，他的不真实性很容易被观众看出，那就是因为其时作者在技术上，还没有达到他现在的高度。"对人物浓厚细腻的描绘，和戏剧性之极端丰富"，是曹禺先生剧作中的伟大特点，他完成了他剧中的基本特质——对新的典型创造之理想化。

总之，曹禺先生对于旧的东西之了解把握，远过于他对新的之理解研究。在旧制度的剥露表现上，他可以算是个伟大的现实主义者，可是越接近新的就越理想，对于新的人，新的事态之描绘创造。他没有能决定地走出浪漫主义的窠穴。

曹禺先生有崇高强烈黑白分明的挚爱与憎恨，有高度熟练的创作技巧，若是从根基上变换一下他自己的创作方法，首先突进生活的真实密林，那他一定能为我们创出非常真实的典型，更适合他伟大理想的人物，更光辉的纪念碑的作品的！

虽然《家》还存有某些小疵，还有着缺少现实血肉的理想人物，无疑的它是篇光辉的剧作，具有强烈的社会意义，曹禺先生一方面表现了旧社会之命运的溃灭，和奴隶们的悲惨生活，以深厚的同情含着泪光埋葬了他们，一方面也展示给我们新的胚胎在苗长，旧制度在拼命挣扎，在最尖锐的社会变革时代，新与旧的斗争将如何尖锐而残酷！

《天下文章》1943 年第 4 期

两个《家》的剧本

林　榕

《家》（五幕剧）吴天编剧　光明书局版
《家》（四幕剧）曹禺改编　文化生活社版

一

从创作小说改编的戏剧，在舞台上公演，拥有多数观众的，除了鲁迅先生的《阿 Q 正传》之外，就要说是巴金的《家》了。《阿 Q 正传》剧本已有三种，其间的出版距离也很长，正式演出差不多都在民国二十五六年的先后。《家》的剧本，比较晚出，前后有两个，公演都在最近的时候。

由《阿 Q 正传》所改编的戏剧，仅是为了原作的价值，而引起一般人的注意；就戏剧本身说，并没有很高的成就，因为那个小说就缺少戏剧性在内。《家》的改编，则一方面是为了小说出版后的风行，同时它的故事也比较具备戏剧的成分。

巴金写《家》是在一九三一年四月至一九三二年四月一年间的事，这是作者在《后记》里说明的。在篇幅上讲，它是一篇很长的小说，全书有二十四五万字的样子。作者在这部书里写出他所见到的旧式大家庭崩溃的历史，但故事并不以此为终结。《家》的时代是民国初年，五四运动之后，北伐革命之前，社会的经济基础既发生了变化，就首先引起新与旧的斗争，青年和老年的冲突，和青年们自己的出路，这就是继《家》之后，作者还继续写了《春》《秋》和《群》的原故。

所以，在读《家》这小说的时候，也应该视做它的总称《激流》的一部分，才更能看出整个的时代的意义。不然，它只不过是近似《红楼梦》的大家庭悲欢的历史而已。

从《家》里面我们可以略略看见时代的影子，但是《家》却并不能代表这个时代。这是我们无论在读小说与看剧本时都应有的感觉。《家》的最大的意义也不外是作者自己所说的，"我要写一些可爱的青年的生命怎样在那里面受苦，挣扎，而终于不免灭亡"（关于《家》），同时这些青年是值得珍贵的，因为"青春毕竟是美丽的东西"。

所以《家》的意义原很简单，那就是刻画出一个时代里青年的面影。它并非只是描写大家庭的腐化，而是把力量集中在青年的身上，这由《家》的续篇的进展上，很可以明显看出。因此，在《家》里所应重视的人物，自然不是高老太爷与他的儿子"克"字辈的醉生梦死的人，而是属于"第三代"的一些青年。《家》里的觉新，《春》里的淑英，《秋》里的觉新和觉民都是很凸出的人物。

明白这一层关系,才能把握住《家》的中心,小说是这样,戏剧也是相同。尤其是戏剧以人物为主,更比较容易发挥出这个意义。改编的剧本或看戏的观众,如果支离破碎的割裂了《家》,那会整个消损了它的价值。

二

谈到《家》的改编,决不是将故事改为对话,或是用平铺直叙的方法所能收效的。作为改编的前提的,有两个极重要的地方,一个是对于原作的精神上的发挥,就是上面所说的原作的意义一层,不仅要描写四川高家一个家庭,而是要由全部《激流》中去理解的。第二是怎样选择中心人物,将原作中三十多个人物,恰当的分配在剧本里,这一点又是从第一点的认识和理解出发的。

精神的发挥这一层,在吴天和曹禺的改编剧本中都已经向它努力,尤其是曹禺的四幕剧,有许多地方,和原作有很大的距离;吴天改编的,虽大部依据原来的故事,却也有些编者的用意在内,所以在对于原作的忠实上虽有所出入,但于原作者意义的阐述,却更为透澈了。

为了论述的方便,这里先想把《家》的故事和两个改编剧本的情节略略介绍一下。

《家》的小说包括四十章,从民国初年的某一个冬天开始写,作者介绍出四川高家的三个兄弟:觉新,觉民和觉慧,以及围绕着他们的青年朋友,如琴小姐和她的老师陈剑云,琴的同学许倩如等。而真正故事的展开是在过旧历年的时候,在外面有兵荒之乱,在高宅内有丫头鸣凤因为不愿意去做别人家的姨太太而投湖自杀。再过些日子,高家老太爷做六十岁的生辰,故事展至最高潮,觉新屈服在旧环境之下,觉民因家中提亲而逃走,觉慧也在外面从事学生运动,种种刺激,使衰老的高老太爷生病,以至于死。故事到这里可算是结束,可是另外还有一个尾声,就是觉新的夫人瑞珏因生产而迁出城外,觉慧看到家庭的暗淡,离家去了上海。所以在这故事里,起点,高潮和结束都是很清楚的。

吴天改编的剧本就是沿袭了这个故事的次序而发挥。第一幕是除夕时高家的人大家辞岁,借着这个场面,先介绍出剧中人物,这和小说前十章所描写的内容大致相同。第二幕是元宵节前一日在花园中,描写了觉慧与鸣凤的爱,剑云的追求琴,和琴对于觉民的爱,最后是城里内乱的开始和钱梅芬的逃难。第三幕的二景则重在鸣凤一人,由她向觉慧的告别直到跳湖而死。第四幕二景,主角是高老太爷,由他的做寿开始,中间经过家庭的纠纷,觉民的逃走,到陈姨太请道士捉妖,而高老太爷仍终不免于死亡。第五幕则是尾声,在近城的乡间小屋,瑞珏因生产而死,觉慧脱离家庭。

但曹禺所改编的戏,就比较有更高的发挥。他在第一幕的二景里,先提出剧本的中心人物,那就是觉新和瑞珏。所以从觉新和她的结婚开场,以此关系到别的人物;尤其是第二景,更深刻的描述出这一对新人的内心。这完全是作者加入的剧情,不是小说中所有的。所以到第二幕的三景就落到二年半以后的夏日,先写出觉慧与鸣凤的爱恋,而中心的力量,却还放在觉新和瑞珏的关系上,借着兵乱时的逃难,借着钱梅芬的来(她原是觉新所爱着的表姐),都是以觉新为中心的。只有第三幕是稍例外,二景中写觉民的决定出走与高老太爷的死。第四幕和吴天相同，是城外旧屋，瑞珏产后而死，但这里并没有觉慧的出走。

　　总结起这三个故事的进展情节，虽大致相同，毕竟是有些轻重相异之处，由那里就可见各自不同的匠心了。如果就这一方面看出优劣的差别的话，曹禺剧本的故事是胜过吴天的。不过，这实在牵涉很广，而这里所说的胜过，也仅是就与原作的情节而言，吴天的所以不如曹禺的地方，乃在于吴氏多因袭，而曹氏多创造。

三

　　以故事的进展上看，虽然曹禺在戏里的安排和布局异常周密，然而毕竟是因为不是叙述原来的故事的原故，显得比较沉闷；而相反的，吴天的剧本则异常紧凑，情节的进展，一幕紧跟着一幕。所以，我们读吴天的戏，可以整个明瞭《家》里所描写的故事；读曹禺的戏，至少还需要进一层的理解，或者是读过巴金小说的人，会更明白得清楚。

　　这原因可以说是两个作者作风的全然不同。吴天的剧本在布局上是平衡的发展，第一、二幕是开始的介绍，第三、四幕是故事的顶点，第五幕是必然的结局。这样联系起来，也自然容易收到天衣无缝之功。但是我们由这样的剧本里可能够看出什么呢？我想，除了最后一幕作者使觉慧离开他的家庭，给观众一点新生的感觉外，其他印象和意义，恐怕就很稀少了。

　　曹禺的戏，在这一方面说，恰恰能补救吴天的缺陷，他充分发挥出戏剧的意义，他所用力描写的是觉新和瑞珏一对夫妻，而且极深刻的刻划出他们心理的变化，这种心理的变化，是在新旧时代的交替中，大家庭里必然发生的现象。或者我们可以换一句话说，曹禺的《家》和他过去所写的别的剧本的风格全然不同。他开始的《雷雨》和《日出》，是戏剧性最为浓厚的，《雷雨》的结构竟使人说出超过现实的严整的话，《日出》里也有一个奇巧穿插。但是这种戏剧性到了他写成《原野》以后，就全然改变了。《原野》就是一部注重于内心斗争的戏，"冤仇宜解不宜结"的理论在这剧本中充分的阐扬出来，最后的第三幕竟完全是一个人的幻想，已经和现实有了距离。《北京人》同样是一本理想的戏，以《北京人》的影子，代表出人类的理想。所以使许多喜欢热闹场面的人，不能理解这个剧本。最后说到《家》也是一样的，他虽根据于巴金的小说，而在意义和人物方面都属于自己的独创，他想写出的不是简单的大家庭里的悲欢离合，是更进一步的，把一两个人物的心理表现出来，这是真正在那里去写人生，不是叙故事了。

　　曹禺的这本戏，与其说是为了演出的，还不如说是为了阅读的好；吴天的戏，倒是最合于舞台的上演。不过，《家》的故事就是表面上看原无多少曲折变换，所以在演出上，恐怕都不容易获得理想上的成效。但两个作者却努力使其加强这种戏的成分，以期得演出的效果。

四

　　怎样把《家》尽量使其在舞台上能够成功，两个作者的努力，有相同的地方，也有相异之点。

第一，是在分幕与布景方面，他们都在极力求其新颖。我曾看过在北京上演的《家》，是根据吴天的剧本的，觉得在布景上至少能给观众一点新的感觉，而演出者的宣传，也以布景为一条件。因为《家》的内容包括很广，自然不是一二场面所能做到，所以这里才重视到分幕分景的问题，使得内外景都可兼用。吴天的《家》分为五幕，共有七景。第一幕是高公馆的堂屋，除夕的辞岁；第二幕是高家花园的一角；第三幕一场是觉民觉慧的书房，二场是花园；第四幕一场是高公馆的堂屋，二场是高老太爷的卧室；第五幕近城的乡间小屋。其中尤以第三幕第二场，在花园里的"台左耸起的地方有一座小桥横骑着，桥那边一片湖水"，鸣凤在深夜跳入湖中，"湖里发出很大的响声，许久才散"，这效果是很强的，可是这里面若再过分一些，就未免有点"海派"戏的作风了。

曹禺的剧本里，对于分幕上，比吴天的还要繁琐，全剧四幕却有八景。第一幕一景、二景是觉新的洞房，第二幕一景在觉慧卧室前庭院内，二、三景在觉新的卧室内。第三幕一、二景在湖滨水阁旁，第四幕在城外旧屋。虽然布景并不很多，然而变化颇繁，而且作者在每景之中还利用舞台灯光的转暗，发生时间的变换。如第二幕第一景中觉慧和鸣凤在庭院中的谈话之后，中间经过了一小时，鸣凤与婉儿又来到这里谈话。第三幕第二景中从高老太爷的病到死，是由薄暮而入于午夜一时了。最明显的是第四幕，写瑞珏的迁入城外小屋，直到她的生产，和产后逝世，时间的距离是由下午三时到翌日清晨。这种舞台上的变换的方法，对于观众总不会有清楚的认识，倒很像是电影脚本的分场了。

为了收到舞台上预想的成果，分幕与景地的变换固然是一个方法，另外还需要一些新颖的小动作与噱头之类的场面。这一方面，吴天并没有利用到，曹禺却加强了不少效果。像是第一幕第二景中在觉新洞房的床下有他的几个小弟弟穿袍子马褂，抱着硕大的猫，和提着鞋跑出。在第二幕二景中以枪炮的声音贯穿全剧，这些噱头或是音响，都能加强舞台的效果。听说上海公演曹禺的《家》时，还另外加进不少的热闹场面，如一幕一景里的噱头，二景中陈姨太挑头罩，二幕三景中钱姨太的马车，那是为了达到这个目的的。

但是《家》和《秋海棠》之类的剧本毕竟是不同性质的作品，如果把《秋海棠》里的穿插或热闹都放在《家》里，一定会成为一个四不像的戏。所以，文学性的戏剧多少是沉闷的，作者想收舞台上的效果也应该顾及到剧本的本身，适可而止才好。

五

就人物和意义两方面看，吴天与曹禺的轻重之别各不相同。曹禺剧本中的人物有二十八个，吴天剧中的人物有二十二人。主要的人物自然是相同的，所出入的地方不过是几个年纪较轻些的孩子而已。

两个剧本的主角，都很明显的能够看出是觉新。他是这个《家》里的长孙，也是代表老成的年轻的一代。无疑的，巴金小说里的重要人物是他，他写出挣扎于新旧势力的中间，好好主义的弱者的形态。在《家》里面他是一个落后的维持现状者，然而却是《家》的支柱，他自身的发展，还要待于《秋》里。

在吴天的剧本里,觉新并没有占一个很重要的地位,这也是这个剧本所以失败的地方,它缺少中心人物,上场的二十二个人其重要性并没有多大的差异。这由第一幕中可以看出,那些角色都是同样发展的,在第二幕里也是这样,包容着好些事情,第三幕以鸣凤为中心,第四幕以高老太爷为中心,第五幕以瑞珏为中心。没有主角的原因,是由于编剧者过于重视原来的故事,而不能更高发挥。所以,这个剧本的意义又在哪里呢? 我想,它甚至还不及原著的小说,只不过在结尾一幕以觉慧的出走来给观众一个提示而已。

曹禺的剧本比吴天的剧本最进步的地方,就是把握住了中心人物,加以充分的发挥。他以觉新和瑞珏为剧中的主角,所有的故事都是围绕着他们发生的,而且他对于这两个主角的描写,又全是在于爱情的心理方面。觉新和瑞珏结婚并没有一点爱情,他原是爱着他的表姐钱梅芬的。不幸那个梅表姐不能和他结婚,出嫁以后不久就死了丈夫,自己也染了肺病。但瑞珏对于觉新却给予极大的爱情,而且以这种同样的爱情去爱梅表姐。结局是在觉新知道了她的这种爱恋时,瑞珏却离他而去了。由这个关系造成曹禺的《家》里的悲剧,这是很深刻的描写,和巴金小说里的公式主义,或吴天剧本中承袭着巴金原作的意义,要青年们脱离开家庭,就全然不同了。

至于主角以外的角色,在曹禺剧本中,衬托着觉新和瑞珏的是钱梅芬和她的母亲钱太太,代表着年老的一代的是高老太爷和冯乐山。钱梅芬这个人物,在巴金的小说里原没有什么重要的地位,在这个剧本中显然形成觉新夫妇中极重要的关系。她的母亲和冯乐山这两个人物也是一样,都是巴金笔下不很注意,而在曹禺看来应该特别加重的角色。所以这两个人物的性格也异常明晰,钱太太的乖僻和冯乐山的倨傲,都是由曹禺的笔下而更活现的。

在吴天的剧中,钱梅芬的戏不多,另外有陈剑云这一角色。陈剑云在小说的前半并非重要的人物,同时他也没有自己的个性,追求琴小姐,不过是一种色情的单恋。所以他在这里也像是一个多余的人物,至多不过可以借着他加重剧中的笑的成分而已。此外的重要人物是觉慧和鸣凤,第二幕的前半和第三幕完全是这两个人的戏。其实,他们也非《家》里的重要人物,鸣凤的死在小说里能给人强烈的印象,然而意义却极薄弱,觉慧也像是一个痴情的孩子,感情胜过理智,所以他最后的出走也多少带有些情感成分,不能更深刻把捉住人物的内在性格。曹禺在这上面是胜过吴天的。

##

关于两个剧本的开头和结尾,也有很可以比较参考的地方。这两个剧本的第一幕都是作者的创造,脱胎于原作的故事的。

吴天的开头是高家堂屋里大家向高老太爷辞岁,借以介绍这剧中的人物,同时也附带给观众一个关于人物性格的概念。曹禺的开头是觉新和瑞珏的结婚,这正指示了这个剧本的中心意旨和人物。在这一幕里完全是曹禺的天才的发挥,是他的想象的自由活动,有人说这一幕"风光旖旎,明净自然,不是原作",也即是他的成功。同时这一幕的展开,和以后的发展与最终的结局都有极密切的关系,这就需要一个极精巧的匠心了。

最后一幕中，吴天的结局是除了瑞珏的死之外，加上觉慧的出走，这在前面已经反复提过多次，是作者立意的所在，同时也能以此而提示观众的注意，《家》虽然是完了，尽管高老太爷死去，而《家》的后面还有《春》，新生的一代还有着他们的道路。这一点，在曹禺的剧本中就没有提到，那结尾是冷淡和凄凉的。即使有杜鹃代表冬天的尾声，然而力量仍是很少，冷清的感觉，统制着全剧，这和那个结尾又是相同的氛围气了。

最后，关于曹禺的剧本，有一点应该特别提出的，那就是和用杜鹃的鸣叫结束全剧的手法相同，处处有着诗的浓厚的空气。杜鹃在这剧里，成为一个重要的象征。最初是在第一幕第二景中，觉新和瑞珏独白时，在初春的夜半就传来杜鹃的欢叫，跳动着生命的活泼，这时瑞珏有着和杜鹃一样的欢喜的心情，因为这对她是一个新的开始。到瑞珏死时仍有杜鹃歌声，又代表觉新的新生。同时还象征出一个春天境地的重临。

更进一步，也可以说曹禺的《家》就是一个诗剧，不单在情节上这样布置，而且有的对话整个采取了诗的独白。那就是第一幕第二景，觉新和瑞珏结婚后在新房内各自的独白。这一景的戏，很像是莎氏的乐府。也是这个剧本和其他的戏剧不同，出于作者天才想象发挥的地方。

七

上面就两个《家》的剧本各方面稍稍加以比较，都是一些很零星的意见，所以也就尽量没有引用一句原作，因为原作的理解，还需要读者更深的认识，这是属于欣赏方面的事，这里很难加以判断的。所以假若有人要指出这两个剧本的孰优孰劣，那恐怕是一件不可能的事情。

在演出方面来看，吴天的剧比较在舞台上胜过曹禺，而曹禺的成功乃在于人物性格与心理的描写，各有所长亦各有其短。曹禺的戏不易上演，一方面是因为其戏剧性较少，另一方面是诗的对白和场景的琐屑，不容易使演员精神集中，情感一贯。吴天的戏所以易演是因为有一贯的故事，能够以紧凑动人。然而也因为有繁琐的故事，所以才少中心，而曹禺因为重人物，所以意义更为深刻。

如果我们再拿这两个剧本和原著小说比较，就完全不同了。无论是吴天或曹禺，都沿用了巴金小说里很少一部分的意义，虽然曹禺的精神的发挥，并不能表现出新旧时代青年的彷徨与悲哀，大家庭的腐化与没落，甚至新青年的出路。就是吴天也只能把捉到一个概念，不能加以具体的阐明。这并非改编者的失败，实在也是巴金的作品中普遍的现象。

一九四四年二月二十六日

《中国文学（北京）》1944 年第 1 卷第 5 期

读曹禺先生《家》并略述戏剧创作原理

张履端

近年曹禺先生把巴金先生底小说《家》改编为剧本，并已在数处出演，获得很大的成功及一般的好评。三中青年团青年剧社为响应一县一机运动亦曾于国庆节在铜仁演出，结果良好，以其规模之大，动员之众，可说为铜仁"剧运"开创一个新纪元，作者兹愿将个人对于该剧本的一点感想提供出来，并借此机会略述戏剧创作原理。

剧本创作的第一要素是"主题"：主题可说是作家创作动机的表现，主题所表现的思想，所反映的社会黑暗面或光明面，必需配合时代的需要，主题模糊或违背时代的剧本，是无法维持其存在的。如陈铨先生的《野玫瑰》无论在结构上，在人物的描写上，皆有绝大的成功，但是却被人攻击为"有毒的野玫瑰"，又如《雷雨》与《日出》，依曹禺先生自己的意见，认为《日出》胜过《雷雨》，我觉得其中的差别，不在创作技术的高低（其实《雷雨》的写作技术胜过《日出》），而在主题所表现的社会深刻与普遍与否。戏剧所表演的，虽只是人生片断的典型事实，但是这些典型事实，必须要深刻与普遍，才能引起观众的共鸣，《雷雨》所表演的事实太凑巧，并且作者在决定主题的时候，未顾及到今日中国的社会，正值"新"道德与"旧"道德替换的过渡时代，固有"迂腐"底伦理道德，尚深植国人心中，因此所谓"悲"剧，在一般老夫子心中，成为表演"兽性"而不是表演"人性"的剧本了。同时《雷雨》所指出对付这"腐败"而"不幸"的家庭及恶势力的方法，在消极方面是自杀，在积极方面则是罢工与怠工，这些都不是中国社会所需要的正确合理方法，亦非未来中国社会的理想途径，因此《雷雨》遭受禁演的命运并非偶然，我们可以说：《雷雨》若不是写作技术的高妙，早已成为时代文学的渣滓了。至于《家》呢？就"主题"方面言：改进甚大，在曹禺先生的戏剧集中，也许只有《蜕变》与《家》的主题较明显而适于时代的需要了。《家》除反映黑暗面（冯乐山的阴险，陈姨太的刻毒，克安克定的淫乱败家，及高老太爷克明的守旧固执）以外，还积极地指出"革命斗争""创造建设"的改革途径，这种途径，在当时（北伐以前）是对付军阀及社会恶势力的工具，而在今日，则是消除奸伪，及建设新理论道德的必要手段，同时更创造"贤妻良母"（瑞珏）的典型人物；对于当前社会教育，尤其有重大的意义。

剧本创作的第二要素，则是"结构"，通常一个剧本的结构，大约言之：可分为三部，若依论文的形式说来，即分为"情绪""本论""结论"三大部门，"情绪"的职责，在介绍剧中的主要角色及故事发展的倾向与必然的路线，列了"本论"，才是剧情发展的重要过程，"结论"即为剧情发展的归宿，不过这个归宿，应有含蓄，应有余味。《家》的结构，自然不能脱离此种范畴，在第一幕中，作者就觉新的婚礼，由生活的自然活动，天衣无缝地点出全剧主要的人物个性，同时使觉新与其新夫人瑞珏趋于接近，导出该剧"悲"的泉源。到了第二幕，作者把这"悲"的泉源奔放成为二条浩荡的洪流向前发展，一条是鸣凤跳湖从正面衬托出觉慧的伟大——为工作而未顾爱情，另一条则是描写"兵变"时高府的混乱情形，从反面反映出当时社会的不安情况，同时借着"兵变"为原因，写出梅芬避乱高府，而造成该剧"悲"的高潮。不过到了第三幕，高潮的发展，转了一个新方面，这幕的情节较为复杂，黑暗面代表冯乐山的虚伪阴险及高家子弟（克安克定）荒淫昏乱，在这时均被暴露无余，觉民亦在此时因家庭婚姻的压迫而出奔，梅芬（觉新表妹）亦因觉新的完婚而忧郁病死，加重该剧"悲"的气氛，同时更由高老太爷之死互照出陈姨太沈氏的狠毒奸猾与瑞珏的柔和心善，并显出高府败落的象征。到了第四幕，觉慧（觉新三弟）因避免军阀的重压，脱离了这腐败的家庭而奔赴他处，参加革命工作，给觉慧问题以适当的解决，但是觉新的痛苦却仍增不已，最后瑞珏是死了，剧本到此亦宣告结束，观众的情感到此虽高涨极点，但是觉新以后会怎样？对恶势力及旧家庭仍然屈服呢？抑是依觉慧的意见"大胆，大胆"地起来反搅呢？却是观众急欲知道的问题。本来最后一幕是戏剧的"总结论"，"结论"的目的多是在解决以前所引出的问题，尽管可以含蓄，但总得给予观众以相当的暗示（家的暗示尚嫌不够）。觉新的言行生活既是"家"中主要的一环，而作者未能显著地为其安排一个归宿之处，实不无遗憾。

通常一个精良动人的剧本，其结构是紧凑的，其情节是统一的，无论剧中的一切动作及言词，都是以"结构"为向心力，随时与戏剧的重心"主题"发生密切的关系，情节的演进与发展，必是循着主题所指示的路线，而避免在枝节上的发展，及添加一些不必要的动作。若果"家"有不能控制观众之处，其症结也许在此，在一幕二景中（新婚之夜）觉新与瑞珏诗歌式的对话太长，且缺乏适当的动作与之配合□□□□□观众情绪，足以破坏全剧的紧凑，□□□□□中，（鸣凤跳湖前半段）觉新与□□□□□常，作者的主要用意，无非是描写他俩新婚后的热爱，但在二幕二景（兵变）中，又有类似的冗长对话（所不同者：这里还写出了他们种种美丽的憧憬），实厌其重复。又如在三幕二景中，克明与觉新对话时，周氏命衷成换热水，这亦是一种不必要的穿插。本来悲剧重"悲"，在"悲"的场合中，宜尽力烘托，而在枝节上，则应轻描淡写过去，"家"中"悲"的高潮，如鸣凤跳湖后半段，鸣凤跳湖前刹间的情景，就似乎有点不合人情，就观众的反映而言：愈感鸣凤的可怜不幸，则愈觉得觉慧的残酷无感情，故当时对鸣凤觉慧的印象适成反比（无怪乎有人撰文说：觉慧爱鸣凤的目的，乃在解除在沙漠中的寂寞与孤独）。又如二幕三景（梅芬避乱于高府）应是最动人的一景，而作者把"悲"的情景，只从单纯的对话中吐露出来，以致减色不少。

戏剧大多是用来上演的，其主要的对象，自然是观众，尤其是悲剧的作者，更要能支配观众的情绪，使之能随"情节"的演变，忽张忽弛，比较浅薄的剧本通常用"死"来表示悲情，其实单纯的"死"是无能深刻的烘托出"悲"情的。在《家》中，对于"悲"情，有二种特殊的描写方法：一种是利用特殊的环境来衬托"悲"的气氛，如二幕一景中，鸣凤与觉慧永别的一刹那，在电雷交作的黑夜里，走出一个疯疯癫癫的走更夫，在催促着寻死的不幸者走上绝路,这时的情景,实把鸣凤的不幸命运烘托出不少。又如在第四幕瑞珏垂危的时候,雪花纷飞,杜鹃的哀鸣与第一幕二景新婚之夜的梅林景象,杜鹃啼声前后相呼应,尤能显现出觉新与瑞珏永别时的凄凉。另一种则是"善人"死及"欲死不忍,求生不能"的死,《家》的"悲"的主角是觉新、觉慧、瑞珏、梅芬与鸣凤,这些都是最令观众同情敬爱的人物,而其中却有三位(瑞珏、梅芬、鸣凤)作了"死"的牺牲品,但是在死的前刻,她们都是陷入"欲死不忍,求生不能"的矛盾情景之中,这些矛盾情景应该是使观众神游物外,感动叹惜的地方。

　　总括来说:我们在"阅读""欣赏"的观众的立场,觉得《家》实有莫大的成功,且是为我们创作戏剧的优良范本。就主题而言:其显明的程度,使其具有教育的重大意义,就结构而言:其情节演变之有起有落,有因有果,使得观众有明晰的路线可寻,不过有些地方,繁于穿插,稍感重复,有些悲的场合,反缺乏适当之动作与生动之穿插,致令人略感单调而欠紧张。至于人物个性描写的深刻,亦是该剧成功的要素,我总觉得一个伟大的剧本,在人物的描写上,全赖对于各个剧中人的个性能予以精细的分析。《家》虽有二十八个人物,但差不多都各代表着一个社会上的典型,具有一种非常的特性,冯乐山是社会上"假善人,伪君子"的结合体,瑞珏是"贤妻良母"的结晶,陈姨太则是中国一部分女性中"妒嫉""小气"心理的代表;再就觉新觉慧觉民三兄弟而言:由于他们三种不同的个性,而演出三种不同的结果,尤其是觉慧的心理及个性能因其所受的境遇而逐渐演变,实是一种自然而生动的有机描写方法,在这里为篇幅关系,未便实述。

《中国青年》1944 年第 11 卷第 3 期

谈《家》的结构

方　非

　　有一位曾写过三五本戏的作家,在高唱"结构第一"之余,又回头来指斥中国戏剧的没有结构,这话实在颇有商讨的必要。宋元戏曲较为古老,暂且不谈,且从当前流行剧本看,其中就可发现许多结构谨严而完整的作品,就近举个例说,曹禺改编的《家》便是一本足以示范的戏剧。

　　在《家》中,曹禺把戏的重心安在觉新瑞珏身上,另外加上梅表姐,从这个三角关系上阐明"生""爱""死"三个连环所启示的真理。戏从瑞珏嫁进高家时开始,到她因生产去世时结束。梅表姐的戏并不多,只有第二幕第三景的后半部,但曹禺用侧写方法来处理,从没轻轻将她放过,第一幕先由沈氏介绍梅表姐与觉新的关系,再由湖边、瓶中、枕上的梅花来暗示她的存在,且在第二景中,制造出一个等候她的回信的高潮。第二幕后半,戏的重心落在她的身上,自不消说得。第三幕由克安瑞珏口中道出她病重的消息,再使觉新赶去探视,终于不及晤面,惨然带回她的死讯。第四幕中又时时提到她的坟墓所在,还使觉新在那边凭吊了许多时候,所以从头到尾,梅表姐的影子几乎没有一个时候不压在观众心上。由此可以看到《家》的结构,是何等完整而统一!

　　全剧四幕八景,外加几次暗转,也许太琐碎了些,但作者的用意,却是十分深长,第一、二、三幕的时序,从春而夏,而秋,正好象征高家由盛而衰的过程,作者把高家的丑恶,一层一层的暴露出来,一步一步的向顶点推进,直到高老太爷做寿时,一连串的事件发生,觉慧说出"家是宝盖底下罩着一猪群!"后,才开始下降,而高家的事□□□□□,于是转入第四幕,时间已是初春,地点也换在城外,钱家的空屋里,情调显然与前三幕不同,凄凉中含有无穷的希望。开幕时,黄妈赶猪的穿插,除作乡村环境描写外,且为后来钱大姨妈赶走陈姨太的伏笔,因为陈姨太是当时留在瑞珏面前的唯一的"猪"啊!

　　从钱大姨妈与陈姨太在第一幕、第四幕两次顶撞的对话中可看出作者如何处理这两个性格不同的人物。但事实上,与钱大姨妈对比的却是冯乐山。他们才是两个各趋极端的典型,诚如水火不能相容。她听人说到冯乐山,便直截痛快地说:"干干净净的地方不提这种人",相反地,他听克安提到钱大姨妈时,却冷冷地摇头,推说"不认识"。作者在初次介绍他们出场时,有意无意地把两个场面紧接着,且用王氏作为联络这两个场面的媒介。凑巧地,两人身旁各有一大群人簇拥,冯乐山有高老太爷和克明、克安、克定三兄弟,而钱大姨妈则有陈姨太和周氏、王氏、沈氏三妯娌相陪。他进门时,正装腔作势地批评高老太爷的诗,称赞新房的雅致,鸣凤的慧眼,有灵性,临走还说"可惜少一片竹子",一言一语,一举一动,处处显出他虚伪的面目。钱大姨妈除了进门便骂冯乐山为老混账外,看到窗户便说不严紧,发现一片湖又提到淹死过人的事,说话不含糊,不知隐晦,想什么说什么,正好表现其爽直而质朴的性格。另外,在鸣凤与婉儿身上,也可以发现到一种强烈的生死的对比。前者读了佛经,聪明而懂得舍身爱人的道理,当主人要把她送给冯乐山而她挣扎不去时,宁愿跳到湖里去寻求灵魂的永生。但后者的心地比较忠厚,对冯乐山还抱着一丝希望,然而残恶的事实终于证明了她观察的错误,到了冯家,度着地狱里冤魂般的日子,结果比死更惨,更苦。此外,又从淑贞的脚上可看到另一种时间上的对照,强调了觉慧斗争的过程。第一幕中,她到处蹦蹦跳跳,跑圈子,爬上椅子取手绢,表现其活泼,到第二幕却变成了闺秀相,走夜路须人扶持,在黑暗中会摔跤,活泼已由斯文来代替,到最后一幕时,她又恢复了行走的自由,在瑞珏死前,启示出下一代女子的新路,这些地方着墨不多,而收效至巨,可见作者的细心与聪明处。但对比手法用到情绪上,却多少有点失败,因为悲喜情感的转变并不是刹那间的事,所以洞房中觉新瑞珏独白之后,床底拉出三个小孩这段穿插倒有斟酌的余地,从这穿插里固然可以暴露陈姨太的卑劣阴险,刻画瑞珏的温顺贤淑,表现高家之大,孩子之多,但一而再,再而三,终使观众大笑特笑,把长时间造成的悲剧空气破坏无遗且不管他,使觉民带回梅表姐的消息,觉新吃惊这个场面显得无力,却不能不说是个重大损失。

"死"是《家》中重要的一环,一串死亡决定了高家的衰败,所以曹禺在各个死的场面,也花了不少心思,觉新父亲死得最早也最不重要,仅在第一幕里提到他的病状,在第二幕开始时,又带过一笔,便算完事。瑞珏死得最后,也最重要,整个第四幕就安排在这件事上,完全写它的正面。至于梅表姐与婉儿的死,只各由觉新衷成口中道出,是侧写,对于鸣凤与高老太爷的死,又用另外一种经济手法处理,两次都用暗转造成一个悲凉而恐怖、阴森而肃穆的气氛,情调上虽有不同,但对人物性格刻画的深度,几乎相等。鸣凤跳过湖,又从水里爬出来,找觉慧,短短的几句对话中,充分表现出她求生的心之切,爱觉慧的情之深,另一方面,也表现了觉慧对工作的认真,以致无意中造成了她的悲惨的结局。高老太爷死后,陈姨太逼瑞珏下乡生产一场,几乎成了高家的家族会议,从对于同一事件的不同态度上,显露出各人的不同性格,譬如陈姨太的阴险,克明、克安、克定的昏聩,觉新的懦弱,瑞珏的温良……这两场暗转,都只有几分钟的光景,却始终把观众的心扣住,在新手法的应用上,可说是珍贵的收获。

《家》里对于新手法的尝试,还有无韵诗式的独白。有人以为"鬼话太多"而加以反对。固然我们也不能抹杀它的用独白来表示剧情是陈腐、愚蠢的手法,但用它来发抒内心的情感,从而制造舞台空气,是够有力的,在第一幕第一景中觉新的两段独白,穿插在对话中间,较难看出它成功的程度,到了第二景中就显得十分清楚明白,觉新内心矛盾,和瑞珏的少女心理的微妙,都由独白而表达得非常透澈,加以屋外的梅林如雪,窗口泻进的月光如水银,远处传来婉转的悽哀的杜鹃啼声,少女哭声,苍凉的木梆声,同来陪伴这两个埋葬在旧制度下的可爱的灵魂,并引导观众到一个忘我的境界,倾听着,又嗟叹唏嘘着,浸沉在一种悲剧气氛里。虽说过浓的诗意会妨碍了戏剧的发展,但在这里我们又不能不承认是诗歌朗诵发展的一个新阶段。

曹禺戏剧技巧的纯熟,已成为他的一切作品所共有的通行。譬如人物关系介绍的明白,上下场的自然,伏笔缜密而有含蓄,顶点安排的适当,即使小至一盘蚊香,一柄圆扇,或是一支热水袋,火盆,也不失去它的作用,由此表现作者的谨慎认真,实在令人叹服。单从技巧的分析上赞美作者,而忽略了作品的社会意义与价值,对于作品与作者,均是不敬,但这种分析作为一个学习写剧者的工作报告时,便有要求原谅的权利。因为一个医生既可以在解剖人体中学习一切,谁又能阻止一个戏剧学生分析一个作品的技巧,而获得创作的关键呢?

（寄自昆明）

《杂志》1944 年第 13 卷第 4 期

《家》与其他作品

研究资料

《家》的人物处理

小 亚

《家》的主题及其演出意义方面,已经有朋友们写过评论,差不多都认为:因为过于强调恋爱悲剧,以致把主题的意义——新生的一代反叛封建家庭——冲淡了,给观众最深刻的印象是一场惜致缠绵的恋爱悲剧,而不是鲜明的、有积极意义的反叛封建家庭,寻找新的道路的故事。

我除了同意这种看法之外,这里再谈谈剧作者曹禺先生对剧中人物的处理问题,也即是艺术家的立场观点方法问题。

出现在《家》里的人物,大致可分作四类:一是以高老太爷冯乐山为代表的主子群,二是以陈姨太为代表的半奴隶半主子群(封建社会的特产物),三是以觉新觉慧为代表的少爷小姐群(年青的一代,他们已感到"家"不适于自己的生存),最后是基本上属于被统治阶级的奴隶群,所谓丫头婢女,以鸣凤婉儿为代表。

一个艺术家,不管你有意或无意,在你的创作里怎样处理这些人物,就包括了你的立场观点方法问题,也就是说你必然要否定什么,肯定什么。用艺术家的话说,就是你爱谁?憎谁?给哪种人以鞭挞与抨击,赋哪种人以希望和赞扬。要求得艺术价值和社会意义的统一,和谐,这就不能单纯的凭借了"艺术家的良心",因为良心是主观的,抽象的,不一定合乎客观事物发展的规律,不一定合乎"是、非、轻、重、缓、急"的节拍,而这些规律和节拍一掌握得不准确,就要妨害你所欲表达的主题,减轻艺术成品的效果,乃至起反作用。

以出现在《家》里的人物来说:冯乐山之类的人物,是集中代表了封建地主阶级的剥削、虚伪、残暴、无耻。他代表的阶级利益就是建筑在剥削、虚伪、残暴、无耻上面,他已经是社会历史向前发展的障碍物,他们存在一天,就要危害人民大众一天,对他们不能存任何幻想,艺术家的任务就是要把他摆在大众之前,施行解剖的手术,把他们的本质——思想灵魂,透过具体的生活形象,解剖出来,激发大众对他们的彻底认识和无边的忿怒。

这一点,曹禺先生在《家》的改编上是相当成功的,这主要表现在把冯乐山搬出了场,使他的卑劣无耻、残暴、阴险、伪善,在观众之前活现原形,尤其是用火烧婉儿的场面,激超了观众不可忍受的忿怒,觉慧与他冲突的时候,台下不但鼓掌称快,而且喊打。

半奴隶半主子——陈姨太之类的人物,有她作恶的一面,但也有她可怜的一面,她们的卑贱、愚蠢、阴毒,完全是封建社会制度给予她们的地位所造成的,她们是主子的附属品,她们本身也同样需要解放,但不可能觉醒,因为她们的灵魂已给封建制度毁坏了。这种人物只是《家》里的配角，对她们不能有什么期望，也用不着同主子群一样的看待，只能描画出她们的不幸，以警来者。

陈姨太和四、五太太的一副卑贱可怜相，曹禺先生是更加细腻的，恰如其分的描画出来了。

年青的一代，少爷小姐群，也即是《家》的主题人物，可比较复杂，他们有应肯定的一面，也有应否定的一面，他们已接触着新时代的生气，但仍然生活在旧时代的"家"里；他们已强烈的感受到本阶级的生活不适宜于自己的生存，发展，要否定它而追求另一种生活，而这生活的内容和求得的途径，却又非常模糊，同时，从他们出身的阶级赠与他们的脏东西——自私，软弱……——又还或多或少的留存在他们的血液里面，随着时代的分划矛盾而反映在他们的心里也起着分划矛盾的作用。因之，对待这种人，我们应当赋予爱也赋予憎：爱他们新生的一面，憎他们肮脏的一面。对他们要热爱的援引，也要严厉的批评。但这批评的性质有别于对付第一集群的人物。对前者是促其灭亡，对后者是促其新生。这种爱和憎，批评和援引的"是非轻重缓急"的节奏要弄得统一和谐，就决非单纯的善良动机所能胜任，必须有科学的思想方法才成。

这里首先谈觉新。在《秋》里出现的觉新，给我的印象要好些，这不仅是因为他后来有了反抗，走出了《家》的原故，就是在他的软弱的一面也还有令人同情之处，首先表现在他对待爱情，也还有相当的责任感，当他无力取掉那所谓"承重孙"的囚笼的时候，对待翠环保持着应有的限度，而不是"逆来顺受"的绝对自私者，他既不敢爱翠环，也就不愿拖翠环下水，这点还算比较严肃的人生态度。在《家》里出现的觉新，那种卑怯自私，对人对己，对待爱情都不敢负一点责任的态度，使我几乎忿怒。对待梅表妹的不负责任且不说了，对待瑞珏的不负责任更令人寒心！一味的对恶势力妥协投降，到了瑞珏母子性命交关的时候，连坚持进医院生产的责任也不敢负，一方面置自己的妻儿的生死于不管，一方面却"多情"的跑到已死的梅表姐的坟上去流廉价的眼泪，以补偿自己的卑怯自私和无聊。我一面看戏，一面不禁回看周围的观众，尤其是比较年轻的弟妹们，我耽心着：假如座中有因了这种"情致缠绵"合胃口而同情觉新的人，那就太可悲了！太可悲了！

我深深的想到了艺术家的认识问题，对这样一个实际作了旧制度的帮凶的人物应该怎样对待呢？

应该严厉的批评。

我并不是说曹禺先生不应该把他写成这个样子，相反的，封建贵族出身的少爷大体不外这个样子，曹禺先生是活生生的把他捉住了，这是成功的一面。但可惜的是曹禺先生捉住他之后，不是毫不姑息的加以批评、教育，而是拉在慈母的怀中去轻轻地拍几下头，而且连这"拍几下头"都有收回之意（最后觉慧又承认了他，而且致歉），这便是一种"溺爱"。这溺爱的结果，便在观众之前，把他的卑怯自私，毁坏梅表姐和瑞珏及海儿、婴孩们的应负的一部分责任洗得一干二净。

在曹禺先生的主观上，也许是在加强恋爱悲剧的深度，而换取观众由同情而更深刻的去认识"家"的罪恶，但这仅仅是主观的愿望，客观的事实是把主题冲淡了，几乎成了为悲剧而悲剧。

　　总之，对觉新用了过多的爱，对觉慧则又嫌过少，以致真正新生的代表者，反而成了一幕缠绵悱恻的恋爱悲剧中的插曲而已。

　　最后，处理属于奴隶群的鸣凤，也是值得研究讨论的。在《家》的主题的范畴之内，我们自然不能凭主观的要求，把奴隶写来翻身。丫头爱上了少爷，而且是觉慧那样的少爷，也不算坏事。可是透过这爱情关系，她便无保留的为少爷利益而牺牲自我，在我看来，也是不妥当的。奴隶群觉醒到敢于爱自己要爱的人，这是一个进步，但因此忘记了自己的阶级，走上恋爱至上的道路，也未免可悲！总之，曹禺先生是过于把这可悲的事件美化了！

　　个人热爱曹禺先生，也崇敬曹禺先生，曹禺先生对人类的热情热爱是极可贵的，但如其能再经过科学的思想方法的提炼，则将更其宝贵，我竭诚地期望着！

《新华日报》1947 年 2 月 15 日

透过《家》看曹禺

萧　静

一

《家》这个戏，我对它认识的并不清楚，最初见到它时还是三年前被"拉丁"帮忙的一次演出，演前没有好好的看过一遍，排演时仅仅七天，也是马马虎虎的过来的，演后虽然偶而的翻翻，但也从来未细心的读过它；直到今春又一次病倒了，在病床上却得到了这么一本残缺不全的《家》，反复看了几次虽说仍很粗暴，但是手摸着冰冷的现实再安静的想一想，却真有说不尽的感慨；于是病愈后便写了一点私人的读书笔记，当时也并未想到什么"发表"，便又放起来了！其后有些看过底稿的朋友曾建议我整理一下披露出去，但是日子一天挤着一天的过来了，半年来仍没有一丁点的时间去动它。

如今，怀着一颗悲哀的心又回到了华北的故居，——北方一直是被罪恶轮奸着，一切的一切变得都太多了！但是，出人意外的却是自己旧日的日记和真爱的书籍却毫无遗失，面对着这些曾经爱抚过的书物，真像是又见了老朋友似的那样欣喜，多少年前曾经爱恋过梦想遗影，仍旧隐隐可见，——然而这个美丽的"梦"却早就被现实的手残忍的逼死了，日前所见的处处都是这个"梦"的鬼魂在控诉，在哀哭！……

在旧日的书堆里又找到了曹禺的几本东西（《雷雨》，《日出》，《原野》，《北京人》）再加上一本抗战剧《蜕变》，曹禺先生的大作已经算是全了，因此便引起了整理旧作的兴趣。

《家》的出版不过是四年多，但是这其间自己卧病乡下便竟有两三年之久，就是平时也是懒散的很少忠心于这些工作，所以也许对于《家》的研究早已有了许多的高见，但是就自己所知道的却少的真不能令人满足。同时，许多心里的话也不允许自己再缄默下去，终于我便大胆的把这篇丑陋的东西拿了出来！这绝不敢说是什么严肃的"批评文学"，我只是希望这是一个开端，从此便引起一般戏剧爱好者对于《家》更多的讨论，也好使自己枯涸的心得到更多的满足……

二

许多人避开《家》而不谈的原因，常以为《家》只是一本"改编"的东西！（即如吕荧先生的曹禺的道路，和杨晦先生的曹禺论等是。）其实从各个再度来看，《家》却有点独立的创作性的。举凡人物的个性及增减，故事的内容及穿插，甚至思想的表现与重心，都与原本出入甚大。所以若以曹禺的《家》和吴天的《家》相提并论，实在有些不妥。

　　然而，剧本《家》总是由小说家脱胎而来的，所以稍予分析之后，便可知道仍是《红楼梦》"革命"后的那一套东西，单就人物而论，便几乎都是大观园里的角色，大体说来我们可以这样讲：

　　　　高老太爷：（影射贾母）

　　　　高克明：（地道的贾政）

　　　　高周氏（即大太太）：（变相的王夫人）

　　　　钱大姨妈：（贵族化的刘姥姥）

　　　　高觉新：（贾宝玉兼贾琏）

　　　　钱梅芬：（出了阁的林黛玉）

　　　　李瑞珏：（不折不扣的薛宝钗）

　　　　高克安高克定：（大家庭中的浪荡子弟）

　　　　高王氏高沈氏：（代表着貌合心离的妯娌们）

　　　　琴小姐高淑贞等：（宛然贾家那一群表姊妹）

　　　　高觉民高觉英五弟六弟等：（贾府里的众弟兄）

　　　　鸣凤婉儿：（暗示着晴雯袭人等多少丫头的悲惨结局）

　　　　陈姨太：（不幸出身卑寒了的凤姐）

　　　　袁成苏福老更大农夫：（侯门仆役）

　　　　黄妈刘四姐：（封建制度下忠心耿耿的仆妇们）

　　但，两个最重要的角色：高觉新和冯乐山，却竟找不到合适的位子。

　　冯乐山，在曹禺的戏中不容讳言的被着重了。陈姨太（高家的祸水）是由冯家来的（剧本原文六十二页）。这便是冯乐山来间接杀害了高老太爷，制死了瑞珏，弄得高家家败人亡；而且害了梅表姐的也是他（剧本原文二百九十九页），逼死鸣凤仍是他，折磨死婉儿的还是他！ 换而言之，即是家中人物凡是死的都与乐山有关。他并不是单纯的一个人，他甚至代表了一种制度（剧本原文三百七十一页）；这个制度是伪善的、封建的、反动的！ 由此种种便可看出编剧者是如何强调着冯乐山的地位！

　　觉慧，和冯乐山恰恰相反的尖锐的对立着，同时在他的后面也站着一排人：那是小信徒淑贞，二哥觉民，表姐琴小姐，同志黄存仁，甚至隐隐约约的还有一批怒吼着的同学。所以，觉慧也绝不是一个人在孤立着的。曹禺先生一手建立起来了这两个壁垒，只此一点也足以代表《家》的创作性了！

　　在"质"的方面曹禺强化了觉慧和冯乐山；同时在"量"的方面也同样有一些变动，其中有两个人值得我们注意的，一个是老更夫，另一个便是陈剑云。

　　鸣凤跳湖的一场，毫不客气的暴露了写戏剧的困难。在小说中作者尽可以用生动的笔法去描述一个人的心理状态与幻想情景，但是一个戏剧家如果"硬想"假借这些种笔调，便难免拙态毕露。按普通人情想来自杀的人大多是一时的"冲动"，满腹的委屈和伤痛到无可发泄的时候才会"激"出一个死来；若是内心的苦楚一旦"泄"了出来，便很难再死下去；所以自杀的人如救活便大多不再第二次自杀。由此可以推论吴天的《家》：若是鸣凤在湖边自言自语说了一大篇之后一定会觉得很疲乏，而且一片哀情既经吐出，为了要安慰自己，很可能便回屋里抱头痛哭一场再说，又哪里能死的下去？曹禺在这一场简洁的加了一个疯疯癫癫的老更夫，轻轻几句便置鸣凤于死地。既合情理又觉得凄惨，深刻有力实在是一点独到之处。

不过，令人难能明白的却是他竟然删去了陈剑云这样"重要"的一个角色！

陈剑云，在曹禺的眼中也许是不足轻重的以为没有存在的必要，要不便是曹禺从内心里便恨不得把这些懦弱的东西从舞台上扫下去。再不然就是他直觉得认为世界上（至少是《家》之时代中）这种人并不是多有的；但是事实却冷冷的否认了这些！不错，在舞台上剑云是已被抹去了，然而在中国许多角落里仍旧不幸的散布着他的踪迹，到现在他是左冲右突仍找不到一条路来的。而曹禺，却竟轻轻个的把他忽略了！

三

曹禺的作品，除了译编的《镀金》及独幕小剧《正在想》而外六大部戏剧几乎是千篇一律的：离奇的剧情，动人的故事，诗意的对白，小说化的描写，在今天的中国剧坛上的确独具风格。确实的，他已经负责把血淋淋的人生惨状，活生生的放到了舞台上，那样的深沉，浑厚，富有刺激性，观众们在他们的大作前真难有人把握住自己的情感不变为它的俘虏。他的戏简直就是煽动！

《家》的上演时间大约共需六七个小时，但其中"哭"的场面却有三十余处，平均算来每十分钟便有一次哭泣，十多个较重要的剧中人也都是曾哭过，在有意无意之间作者已尽了力把眼泪流了前台。不用说，这当然会给观众以强烈的感动。

这不过只是一个例子而已，其实类似这样的"大手笔"真是说不胜说，讲不胜讲（——实际上也无须再喋喋推崇，曹禺先生的写戏剧技巧早已为大家所共知了——）。然而力求深刻的条件下却也很难免于疏忽。这本《家》，由小说到戏剧期间曾经曹禺先生拆散而又拆散，整理复整理，丢弃了一些也加添了许多，配上了多少的装饰品才打扮到现在这种样子。凭良心说《家》的美确是不容否认，可是"改造"之后漏洞比比皆是也难免有顾此失彼之嫌。即如：

在洞房花烛之夜里觉新托琴小姐和觉民送给梅表姐一封信。新婚之夜和旧情人通书这里面意味已经很深长了，而且信里面"还给梅表姐的东西"（剧本原文八十六页）想来真是人间的痛事！可是严格来说也真是不近情理，一般的女子相当感到耻辱难过的是自己赠出去的东西又从情人手中退了回来，而这种心理当尤以梅芬为甚，觉新是一个会体贴人的人物，为什么便这样不懂事？同时，又有什么东西竟值得"偏偏"在这个时候退还去呢？

觉新结婚的前夜正如《红楼梦》一样，梅芬也是病的要死（九〇页）；而结婚的那天深夜又一个消息说："她已经下乡去了！"（剧本原文一百四十四页）悲惨的情绪自然会愈感浓厚，但是，这又合乎常情吗？

兵变的时候，五老爷克定在演众的面前骗取了妻子的首饰以为日后礼拜一事件的张本。枪炮交作声中当然不能拖闲话拉长时间，但是五老爷一进门便要首饰（剧本二百二十四页),仿佛在外边便早打好了主意似的,毕竟是有些不妥。

梅芬又一次在从前的旧书房(即觉新和瑞珏的卧室)中和大表哥偷偷的想起了以前的日子觉新又提起了结婚时给她的信件,而且激动地要求她再"写下通信处","通一点消息"(剧本二百五十八页),看来我们也会陪着梅芬一同落泪的。但是使人奇怪的是他们这样亲近的亲戚这样特殊的关系竟连彼此的住址都不晓得!何况觉新又整日是跑出跑进的呢?

觉民要逃走了,这真是富有革命性的一页。为了"强调",作者便不惜把琴小姐也请了来,叫他们表演:"笑,笑着一起走出去!"(剧本二百九十七页)韵味确是美丽到了极点,但在老太爷作生日的时候众目睽睽之下他竟敢这样"大胆",实在也有些过分。琴的母亲已经管制了她和觉民的关系(二七五页),可见他们早已被人特别的注意了;万一出去走走的行机被人窥破岂不是画虎不成?最低的限度,也会使人觉得这群青年人笨拙的可笑!

当冯乐山发觉到婉儿已向老主人说破了他"一点——"的时候(剧本原文第二八八页),我们也不禁为这个伪善者抹汗!作者为了要造成觉慧和冯乐山正面冲突的高峰,便不顾惜的叫他在前台出丑!幽静的小花园虽十分"清雅",可是曲径小道却四通八达,老太爷的寿辰还不是到处人山人海?所以,我敢断言,要了冯乐山的命他也不敢在光天化日之下虐待婉儿的!

礼拜一事件暴发了!沈氏竟能在丈夫的身上"摸"出了神秘的像片来,这不免使人怀疑;克定就真的那么无用?方才为了首饰还在吵架,正在紧要关头难道就一点不知道提防?若是说道这张像片是"强行检查"而"搜"出来的,那就更不合情理了,因为五老爷体力原是很好的(剧本六十页)。所以说,要首饰的一场(剧本二百八十五页至二百八十七页)反而不如去删的干净圆满!

是的,曹禺的笔调总是那么秀丽,含绪,津津有味。可是刀花耍的太大了。总是难免出手的!

《家》的结尾,又把一件一件的旧账翻了出来,这一对可怜的小夫妇,哀静的又想到了他们的儿子,女儿,下一代。但是下一代一出生就"死掉了母亲",势将更加可怜。低小的陋室压消了他们"找个山明水秀的地方作好梦"的幻想。鸣凤婉儿和梅芬的死也再一次的被人们叹息的述说着,残酷的现实对他们一直是在讽刺。在讥嘲,杜鹃一声接连一声的呼叫着春天,可是春天又是如何的遥远!寒风卷着白雪,威胁着荒野中的田地,乱坟,和孤零零的草房子。屋里的人素服重孝,默然的等待着,等待着"冬尽了的时候。"这样,便直等到死。……

四

《家》的结构,和曹禺其他的作品也是全出一炉,从头到尾都是那么紧张,一幕逼着一幕的,逼的人换不过气来。然而——却也仍有许多不必要的场面:

闹洞房一段,揭示了家中人们的原形,一个新嫁娘看到这些情形真会从心里厌恶这个地方;不过这却毫无"必要"性的条件(剧本原文七十九页至一百一十页)。只是徒然的拖长了时间，真有些得不偿失，甚至，就是一百一十页之后那些连绵的朗诵诗句，也很难使观众们"善养浩然之气"，"摇头摆尾欣赏的有趣"，试想一下中国观众的能力，便会痛感整个的第二景都是赘瘤。话剧是顾及"此时""此地"的艺术，若是离开现实单论这一段，的确是"温柔尽致，绝代销魂"。可是放在中国，却"正是"莫大的不幸！

为了使剧情强有力的"印"入观众的意识里，作者时常毫不吝惜的小题大做极力铺张。因为要跨示这个"大世家"，便多余的在小花园中添筑了一个水云乡；因为要再一次摔碎这个家而故意的造成她黑暗可怕的惨相，又浪费的加入"血光之灾"逼走瑞珏的一场（剧本原文第三百一十六页至三百四十九页）；其实这未见得收到什么效果！设若忍痛割去便至少可以省去一片无须有的华丽的梅林，省掉一个累赘的水阁，少添许多的丧服丧具和繁重的布置，也可酌量删去喜娘觉群觉世觉英等几个角色，同时还能缩短一小时以上的时间，人力物力都显得经济，上演减少了负担，观众们也未免得过于疲乏，岂不是一举数得？

如果这不被算为挑剔的话，那么我总要说曹禺的戏对我们（——无论演员或观众）实在是重担。杨晦先生论曹禺以曹禺的剧本在今日中国社会中出现是中国的一大不幸，这句话听来虽然刺耳，但也不无中肯之处，在这里我们不必再重复的反复啰嗦，至少对于这种"巨大""冗长""贵族化"的东西也是应当重新考虑它的价值的。

美国风靡一时的剧艺近已完全为电影所代替：胜利后的中国亦在慢慢的向这条路上走，长此以往剧运势必窒息而死殆成定命！但戏剧是有戏剧独立存在的艺术价值的，戏剧工作者于此期间实应反躬自咎戏剧运严予检讨。戏剧的消沉原因固然很多，但戏剧终是跪在有闲阶级面前供人赏玩而不能普遍大众化最低是原因中的一个，爱好戏剧的朋友们如果认清这些肯于卷土重来并无不可，倘若纷纷离开岗位而相遂转营影业，那么今后的戏剧，就更可怜了。——曹禺先生近来听说亦与影界老板议妥合作，这对剧运当然是个损失；不过若就曹禺的作品而论，恐怕也是难免迟早改行的。单就《家》来说，演一次《家》的时间总够连演三出多普通的戏剧，试想，目前这些饿着肚子苦干戏的人们哪一个敢演？今日饿着肚子没有饭吃的观众哪一个又有这么多的时间和力量去看？

自然，现在我这里的题目并不是在谈论剧运的兴衰，可是曹禺本人的作品在成功之中，这一点却未尝不是一个失败！

五

写戏剧曹禺似乎有一套固定的"架子"（或者说（公式）），这本《家》也同样是按照公式套下来的。

在曹禺所有的作品中，蜕变是另有主题的。这本戏"谈的是行政问题"，这是一种"高深的专门学问"；但"戏的关键却是在表示抗战中一种蜕旧变新的气象"（《蜕变》附录四〇四页），所以蜕变实在是一个特殊的戏，但我们却索兴不在这篇短文里去谈论它了。

把曹禺的东西一一比较，我们便可以得到几个原则：

（一）每一个戏里都潜伏着一个可怕可憎的东西，它是一个"力量"，也是一个"阴影"，这个东西掀起了剧中的波澜，甚至助推了戏剧的进行，而在曹禺的戏中它也逐渐的具体，明显了起来。

《雷雨》：《雷雨》中"原有第九个角色"，"而且是最重要的，那就是称为雷雨的一名好汉。……他手下操纵其余的八个傀儡"（《日出》跋第六页）。

《日出》："金八无影无踪"，"都时时操纵场面上的人物"。而且，"他代表一种可怕的黑暗势力"。（《日出》跋第六页）——金八已经比雷雨好汉具体化的多了！

《原野》：到了"《原野》时代"金八爷便摇身一变由后台偷偷的走上了前台化身而为焦阎王，它的面孔（阎王的像片）终于狰狞的显露了出来！（《原野》五九页）而且它不只是显露一下面孔为止，这个死面孔的眼睛还渐渐的要动（《原野》八八页），不只眼睛会动并且还要说话（《原野》二三八页），终于他毫无忌惮的在观众面前肆意的玩弄了人世，最后还"得意的大声狞笑，响如滚雷"……（《原野》三〇八页至三一四页）

《北京人》：在《北京人》中焦王爷似乎疲惫之余竟然睡了，因为找来找去我们很难找到他的形迹。其实，他虽已暂时退出去了前台却并未离开后台。从开幕到闭幕一直便在争论的那口追命棺材，从开幕到闭幕一直便在逼债的那个暴发户杜先生，蛛丝马迹细想来仍是和焦家一脉相通的。

……（《蜕变》略）……

《家》：来到家中冯乐山便大摇大摆的衣冠而出！他代表了那一群"怪物"，将一片黑影，凝成了一个"肉身"，带着一付慈善的笑脸夹杂在我们中间……

（二）由于那个"阴影"的作祟，以致每个戏的演进都像是在地狱里。惊恐愁苦和烦闷锁住了人们的呼吸，使人看来偌大的舞台面竟狭小的像一个痛苦的笼子！

《雷雨》：在周公馆的大客厅里时常的闹鬼（《雷雨》五二页至五五页又八三页，一三六页），"周家的空气满是罪恶。""在这样的家庭里，"可以"活活闷死"（一二三页）。周公馆这个"死地方"竟像是"监狱"（三一二页）。

《日出》：《日出》中虽然没有一个人提到这里是地狱，但是贤明的观众们总会知道他们是活在什么环境里的。而且正因为那些人麻木无觉的过着悠闲的生活，却使我们更觉得这个地方可怕！

《原野》：在焦家那间屋子里"恐惧是条不显形的蛇，沿着幻想的边缘，蠕进人的血管"（《原野》一四四页）。"好黑的世界！"（二三二页）……到了森林里又"到处都蹲伏着恐惧"（二四七页）。这里"简直是地狱"（二六七页）。

《北京人》：这所敬德公留下的院子是"精神上的樊笼"（《北京人》六七页）。"这个家早已不成家"（一〇二页）了！他们过的日子，只是"成天垂头丧气，要不就成天发牢骚，整天是愁死愁生愁精神没有出路，愁活着没饭吃，愁死了没有棺材睡"（一五七页）。

……（《蜕变》略）……

《家》：一开场觉新就像是"锁在监牢里面，一秒钟就是十几年见不到阳光的冬天"（《家》四六页），第四幕的草房子虽已破陋到再不能破陋，但是刘四姐却说"要是我，我情愿一辈子搬出来住这种破屋子，再也不在那个大公馆里住"（三三二页）。

（三）每个戏的剧中人因为那个"阴影"在摆布着也几乎都是可怜又可厌恶，可恨而又可悯惜的。

《雷雨》：曹禺说："我请了看戏的宾客升到上帝的座，来怜悯的俯视这堆在下面蠕动的生物，他们怎样的盲目的争执着，泥鳅似的在情感的火坑里打着昏迷的滚"，"他们正如一匹跌在沼泽里的羸马，愈挣扎愈深沉的陷落现在死亡的泥沼里"（《雷雨》序六页）。

《日出》：《日出》的大旅馆里"一楼满是鬼，乱跳乱蹦，一个个啃着活人的脑袋，活人的胳臂，活人的大腿，又笑又闹，拿着人的脑袋壳丢过来丢过去嘎嘎的乱叫（《日出》三二一页），出入于那个场合之中的人们"是鬼"，"是一群禽兽"（二六三页）！

《原野》：当仇虎行凶的那天晚上，"焦家那间正屋里，黑影幢幢庞杂的簇动着，移爬着"（《原野》一四三页）行凶后逃进林子里，里面像有"多少无头的战鬼"，"仿佛环立着多少白衣的幽灵"（二四七页）。六个剧中人没有一个不带着恐怖感。

《北京人》：曾家的人们都像耗子，演了半天的戏，从头至尾也都像闹耗子（《北京人》一九四页，一九八页，三二五页）

……（《蜕变》略）……

《家》：《家》里（到处都有鬼）（《家》三一一页），"四下里都是冯乐山的影子"（二八三页），有一些人们像"地狱里的冤魂"（二四一页），"像坟墓里的虫一样"（二三九页）；另一些人却"像一堆一堆的鬼影"（三二四页）！——"家是宝盖下面罩着一群猪"（三〇五页）！

（四）现实既然是那样的丑恶，于是人们的希望便放到了远远的一个令人向往的天堂。

《雷雨》：周冲。这个可爱的青年人说："现在的世界是不该存在的。（《雷雨》二一五页）我们的真世界不在这儿，有时我就忘了现在，飞到一个真真干净、快乐的地方；那里没有争执，没有虚伪，没有不平等的……"（《雷雨》二一六页）

《日出》：在最后方达生再一次这样谆谆的劝告着白露："这么下去一定是一条死路，"……外面是太阳，是春天！"（《日出》三二九页）可是，太阳真的不是白露这一群人们的，她们都睡了，都要永远的睡了，只是方达生"迎着阳光昂首走了出去"（三三一页）！

《原野》：焦家这座阎王殿真不能呆了，所以仇虎和金子他们决定"要走"，"远远的"上那个"黄金子铺地的地方"去，她"梦见过"，她要"坐着火车""一直开出去"，"开，开，开到天边外，死也不这儿呆了！"（《原野》九〇页，九一页。）

《北京人》：瑞贞"等了两年"，她也等不下去了，她对愫芳说："我要走，我那女朋友告诉我，有这么一个地方——"（《北京人》二〇一页，二〇二页。）

……（《蜕变》略）……

《家》：明轩和瑞珏在劳苦到不堪再劳苦的时候，于是便"祈默的祷的"希望，希望"找一个山明水秀的地方"，两个人"也好作一场好梦，好梦"……（《家》三一六页。）

（五）但在罪恶的世界中，任凭人们怎样执拗的挣扎，活着总是毫无力气，而且至终也多是抑郁的死去。

《雷雨》：死去了周冲，周萍，四凤，鲁贵（鲁贵的死见《雷雨》序幕一八页）。

《日出》：死去了小东西，黄省三的全家，陈白露，潘经理（潘经理的结局在《日出》三一九页，三二〇两页中可以推知）。

《原野》:《原野》中死去了焦大星,小黑子,仇虎,和生死难辨的焦大妈。

《北京人》:在《北京人》里虽只死去文清一个,但活着的曾皓,江泰,曾霆,文彩也是半死不活的,

……(《蜕变》略)……

《家》:同样的死去了高老太爷,梅芬,瑞珏,鸣凤,和婉儿。

(六)另外也有一个阵营里,和那个阴影对敌着的;在每戏中都有一个"反抗者",而这个反抗者却"习惯的"在最后是必定要"闯"出去的!

《雷雨》:首先走出了鲁大海。

《日出》:方达生也接踵而去。

《原野》:在《原野》里仇虎是倒下了,花氏腹内却还带走一个后代(《原野》三二五页,三二六页,三二九页)。

《北京人》:北京人,出现了! 这个"原始的猿人",仇虎的祖先(《原野》)二五一页)"打开了后门"(《北京人》三〇八页),袁任敢,袁园,愫方,瑞贞都是"跟着"他走了出去!

……(《蜕变》略)……

《家》:在《家》中觉慧先是鼓动着别人去"闯",末后自己便毅然的"闯"出了"家"而投入另一个世界里!

(七)——每一个(反抗者)后面也有一批群众在支持着他们,鼓舞着他们,他们是渴望着一个共同的理想,理想不能实现,他们也会永不甘休的!

《雷雨》:在矿上便有一批罢工的工人。

《日出》:又一批工人,就在大楼的旁边,终日的流着汗,悲愤的唱着打地基的桩歌,他们在卖着命的干!

《原野》:在生死路上,在黑树林子的那面,有一群"兄弟"来"接济"我们的农民革命家。"穿过黑林子便是活路"!(《原野》一八七页)

《北京人》:瑞贞交了一些"革命党朋友",要"反抗","打倒","要革他妈的命!""把一切都给他一个推翻"!(《北京人》二三七页)袁任敢则苦苦的跟着人类的始祖北京人在博大的原始时代中寻觅着,寻觅着……

……(《蜕变》略)……

《家》:到了《家》,便变成了无数个热血澎湃的学生,他们要喊,要叫,要自己的"盼望",要达到人类应有的憧憬地方!

大致的说来,"动"和"反动"两种"力量"的斗争(恕我再找不到合适的名词来解释他们)在曹禺的戏中是逐渐由合混而明显而激烈了,等到觉慧和冯乐山时代便已在大庭广众下直接的见了面动了手!

只是由鲁大海出奔以来,鲁妈年年盼望着他回来,但是盼了十年都毫无消息(《雷雨》尾声三三〇页),其后方达生又以一个书生而出去了,花氏也以一个袁氏而出去了,北京人以一个原始人的姿态出去了,袁氏父女以"人类学家"出去了,愫方以世家闺秀出去了,瑞贞以革命女性出去了,然而这些一涌而出的人们却都如——石沉大海! 如今,觉慧以学生

的立场也加入了战线，多少年的工夫，不但世界越变越乱，人心也是日益沉沦！可怕的"阴影"在一天天的扩大，到今日已很少有人敢说仍可收拾！鲁妈，那个老婆子的盼望在哪里：我们，可怜的我们的盼望又在哪里？长此横冲直撞的"闯"下去——便是我们的出路吗？

六

我觉得我们应当向曹禺先生控诉的一点，是曹禺有意的抬高了觉慧而贬低了觉新。

觉新这一群（瑞珏和鸣凤等），他们不动声色的爱护着别人，不争竞，不喧闹，他们活着，耿介而默然，坚定而沉毅，若是他们的生命一直健康的被乳育下去，真会带给我们无限的希望的，谁料，在曹禺先生血腥的笔下，竟逼作了短命鬼！

其实，温柔的爱强如刑具，忍让的谦卑反会高过狂妄的骄傲的。

觉慧，一个颇为自负的青年，从头到尾逢人便要挑战，逢人便要批评，他把每一个人都嘲笑甚至谩骂到了，然而他自己呢？除了显示出他暴躁，幼稚，没修养，说实话之外，也并没有作些什么。

他自觉得"活还没有活够"，"祸还没有闯够"。是的，他活着的工作也不过就是闯几个祸而已。他"爱这个家"，"爱爷爷"而且还自以为"爱的比任何人都深，比任何人都切"，但是家中的纷乱多少也有他的一份责任，老太爷的死绝不是他轻轻一句话就能放在克定身上而自己落得干净的，我倒忍不住要替觉新的和爱的反问他一句："三弟！你的'爱'怎么解释？难道你的手上就没有染上杀人的血？"

他嫌恶克安克定，憎恨冯乐山，这是可以的，但是毫不能作出什么还不是等于没用？他时时都在演讲，然而由第一幕到第四幕直讲得家败人亡也没有把坏人讲成好人，叫好人得到力量，他甚至是和克安克定冯乐山同样的糊涂着吃闲饭。觉新固然算不上勇敢，但觉慧只会扯开嗓子空喊两句便算勇敢吗？

他只知道"鸣凤的死对他的损失太大"，可是他却从未想到鸣凤为他又牺牲了多少。他的爱（说起来他似乎只有恨而没有爱，就是有一点点也——）原来就是自私的，剥夺的，占有的。他简直不懂什么叫爱。他只会为自己打算，所以他要去告诉别人。他爱的他便想"要"，这和冯乐山又有什么区别呢？他从未想到鸣凤先前的苦况，所以鸣凤至死他还是一点也不明白她，一点也不能帮助她。在他的眼中只有一个思想，——"鸣凤是我的！"甚至就是这一点他也不能作到，诚如他自己所说鸣凤的死他也是无法卸责的，他很会用"梅表姐死的冤枉"这句话来刺痛他的大哥，可是这个深深懂得爱的女孩子鸣凤，死的又不冤枉么？

觉慧是"应该"看不起大哥明轩嫂嫂瑞珏以及他的爱人鸣凤，因为他们的思想也是不相容的，所以觉新和觉慧也会于第三节达到了冲突的高潮。在觉新他们常常是到处自责，而觉慧则是指东骂西极尽叫闹之能事。可是实际上由办报直到他出奔处处都是觉新，瑞珏，鸣凤等援助他，看顾他。在觉新并不需要这么一个"三弟"，然而这个青年人虽然自己不觉得，却在暗地里得到了大哥们多少的帮助啊！

遇到了乐事便称赞"造物者的恩惠"，碰见困难便立即又怨天而尤人，这表明他本身根本是自相矛盾,思想幼稚的无法建立完整的体系,世界上的理由难道都是他自己的？小小的年纪稍有一点成就便想领导人,叫别人作"他的""信徒",这正是现在中国青年的莫大缺点；然而曹禺竟付以莫大的鼓励！是的,觉慧当然有他的长处,不过可惜的是这点长处,只生长的那么肤浅,虚弱,表面的夸张,而叫人看起来竟像是——在作官面的的文章！

而鸣凤瑞珏她们,在这一点上却显得那么深沉,忠厚,令人敬爱,说起话来虽然温柔,但温柔中却带着一种使人悦服的力量。

她们内心里一点也不软弱消极,是非清白她们分辨的清清楚楚,他们和觉慧同样的厌恶冯乐山陈姨太这群东西,他们从同一点出发,又走向同一个鹄的,只是中间一念之差便踏上了两个极不相同的路子,觉新明白这些,所以当觉慧尽可以向觉新吵闹,而这个老大哥却总是隐忍着从不还口,仅此一点,觉新便已高了一头！

不过觉新这些人,舍己爱人固然有余,但用"怜悯"来淹没"厌恶"并不是真正的爱,真正的爱里并不只是看不见自己,同时也充满了许多许多的"别人"。爱,不应当仅是忍痛的顺从和接受,同时也应当有拒绝的魅力。在觉慧看来觉新是一个和恶势力妥妥屈服的懦夫,这一点也真值得我们为觉新痛心,惋惜！

当然,使瑞珏鸣凤悲惨的死去,逼觉新活在莫名的"委曲"里的也都是巴金曹禺为了迎合社会的心理使然,在这个现实主义的世界里,循苏格拉底,斯提亚(Stoies),耶稣,康德,托尔斯泰而来的这一些思想路线早就被人唾弃了；觉新是喜欢托尔斯泰的(小说《家》四十八页),自然也会同样无辜的被人们唾弃！

人人都知道,以酷刑制正义,志士可以死而正义不屈。同样的以游行和拳头来对付冯乐山的制度,就是制度取消了,而冯乐山这群"阴影"却仍要潜伏着的！正如巴金在《秋天里的春天》中所说:这些政治,制度都不过是"外表"。人们为了欺骗自己免于晕倒在不能回答的"为什么"的重压之下,便慌说着人生的可贵,造出这些"外表",而在这些外表上活着,当人们都在嚷着争取这些可怜的"外表"的时候,鲁大海,方达生,仇虎,觉慧等便应声而起,然而那个看不见的力量,"里面"的"阴影",却在人们□遗忘而日渐长大了！

使我们应该更加警惕的,这个"阴影"也绝不是客气的只住在冯乐山,金八,焦阎王这些人的心里而已,细想起来,它早已渗入了高老太爷,陈姨太太,克明,克安,克定王氏,沈氏等的体驱,甚至觉慧,觉民,明轩,瑞珏,你和我也都合样的难能幸免,我们和冯乐山所不同的只是成分的多少,以及有无发泄的机会而已！瑞珏和觉新并不是他们本身比我们好到哪里去,值得我们学习的却是他是肯于自责自勉努力对付那个黑暗的影子,也许我们可以效仿觉慧的倨傲强口否认自己的瑕疵,但这却又是偷偷用"外表"来欺哄着原谅而已,事实上不要说觉慧,撕去任何人的面罩,劈开任何人的形体,他"里面的人"又不是寒蠢丑陋的！既然自己里面的"我"便是我们的敌人,我们又要胡乱的跑出去找谁呢？觉慧见了人便鼓吹着"闯",但是又叫我们盲目的向哪里"闯"？不错,自从亚当夏娃以来,直"闯"到现代物质的文明的确足够我们受了,可是"人性"却在人吃人的筵席上早被丢到痰盂里去,二十世纪的指路牌已冷酷的指向了人类集体自杀的道路,难道觉慧是叫我们闯向坟墓里去？

曹禺先生这次从美国载誉归来之后,哺哺待乳的中国剧艺正等待着他,但是我们却诚恳的盼望下一个剧本(或电影)不再是依样画葫芦按着"公式"套下来的,继觉慧之后我们并不需要再同样闯出一个"英雄",我们宁愿期望着瑞珏鸣凤的复活,同时还更希冀他们进一步的教导我们如何向"外表"的"里面"去寻觅且制死那个黑暗的阴影子!

　　苦痛的日子我们应该过的够了,在烽车漫天血泪一片的中国,中国人民将亡的呼声便该是我们最后的警钟,炮火中牺牲者的呻吟在呼唤着这一代的你我有一个"新的觉醒",为了人们还要活着,我们翘望着有几个不屈服的觉新在中国舞台上出来,他们不动武亦不妥协,不喊叫却是极镇定,向善他们敢用生命来坚持,向恶他们也敢用生命作非武力的抗拒,而他们已不再是冯乐山膝上的阿斗! 困难的境地便是他们的岗位,他们不胡闯不乱闯,他们只会沉着的寻找空隙,找到了便悄然的到破口上去,把自己当作死的肉堤;天可以翻过来,地也可以倒下去,任凭世上的人都卷裹在那个可怕的"阴影"之内,但是他却甘愿孤立的抵住险恶的洪流,永不转移!

《太平洋(北平)》1947 年第 1 卷第 10 期

《家》与其他作品 研究资料

曹禺的《家》

何典（王元化）

曹禺的作品，我最爱读的是《雷雨》和《北京人》。可是这两部作品又不同。《雷雨》里面充满了浓重的传奇的色彩。《北京人》只是生活的散文：平凡、朴素，好比一幅墨水画，没有炫人眼目的大红大紫的颜色，没有雕心刻意的技巧，没有庸俗的道德的饶舌，没有曲折离奇的情节，没有浅薄的笑料，甚至工愁善感的人也不会为它流下一滴廉价的眼泪。也许找寻刺激的观众嫌它沉闷，讲究技巧的专家嫌它平板，然而这也正是我特别爱读这个作品的理由。

每次读完《北京人》，我常常不由得想起柴霍甫。曹禺渐渐从故事性、紧张、刺激、氛围气、抽象的爱与仇的主题……这些狭小的范围走出来，接触到真实广阔的人生，多多少少都可以看出柴霍甫对于他的影响。《家》是曹禺在《北京人》之后的新作。倘说《北京人》受了《凡里亚舅舅》《樱桃园》的启发，那么从《家》里面，我们可以看到一些《海鸥》的影响。

《家》虽然根据的是巴金的原作，但是除了大体的轮廓之外，曹禺受到的巴金的影响极少。

曹禺用细致准确的笔触写出一群灰色动物，被痛苦折磨，被命运玩弄，每个人只能损害别人，就是最亲密的朋友、兄弟、爱人、母子也都不能援手相助，最亲爱的兄弟也成了陌生的路人，最亲爱的夫妇也含了敌意。例如，觉慧曾经对他的哥哥冷冷地说："过去我们是弟兄，现在我们是路人！"可是恨也不是件容易的事。觉慧在离家之前像影子一般地闪到觉新的面前，友爱地对他说："大哥我上次说错了，我们是弟兄啊！好弟兄啊！"觉新和瑞珏又何尝不如此。开头他把她当做仇人，可是渐渐他发现了她的天真、纯洁、坦白，她也和他一样的无辜，再恨她不能够了。这种感情是自然的、天真的，如同两条河流虽然受到种种阻碍和波折，结果还是汇合在一起，冲破了一切藩篱。高家的一家人，每个人都没有罪，而每个人都在受苦。即使他们之中最坏的陈姨太也是无罪的。这个叽叽喳喳搬弄口舌，面孔上尽量隐藏内心阴险的可怕的妇人，表面上谁不怕她？谁能奈何她？可是谁又不卑鄙她？难道她是快乐的么？她的出身是这样的卑微：过去是冯梁山的一个丫头，送到高家后不过是老太爷的贴身的侍婢，凭她的幸运、机警、谄媚的本领才爬上另一层奴婢的阶梯。她一生处在钩心斗角，非欺诈就不能生存的环境中，因此养成了她的刁滑、险毒、报仇的性格。这个人开头使我憎恨，可是渐渐我们胸中涨满了同情和怜悯。与其去恨她，不如去恨造成她的环境和制度。

这种人物在中国旧小说中很多，然而处理这种人物的态度是根据了庸俗的善恶观念去衡量，结果陷在浮浅的表面，把这种人物写成生来就是恶根，内心充满了非人的恶毒。也许许多观众欢迎的倒是这种善恶分明的作品，大多数观众都被善恶分明的戏剧教养惯了。中国的文艺运动正应该从这种落后状态中逐渐提高到更高的阶段。倘使观众只能用小市民的浮浅的善恶分明的眼光去看人生，那么正应该教他们用深刻复杂的眼光去看人生。一个作家能够从庸俗的善恶观念中解放出来，才能创造深刻的现实的作品。

曹禺借着陈姨太、王氏、沈氏这一组人物，写出大家庭中真实的、平凡的、无聊的生活。这些人简直庸俗得可怕，她们的一生完全耗费在无谓的口舌上面。她们唯一的快乐就是希望家庭里发生一点事供给她们咀嚼，倘使没有事发生，她们就自己制造。她们的生活是那样琐碎、平庸。她们的痛苦也只是微末不足道的痛苦，有的甚至连这一点点小痛苦都不感到。看惯了英雄的传奇似的悲剧，再来看看这种平庸、琐细、无聊生活的描写是会觉得气闷的。许多观众往往只能接受传奇的悲剧，而不能接受"散文的悲剧"（这是我杜撰的名词）。《北京人》不及《雷雨》叫座受欢迎就是一例。这同样是观众的程度问题。

其实平庸、琐细、无聊、污秽的生活中，正包含了人生最大的悲剧。果戈理从"吃"写出旧式地主，从"吵架"写出两个伊凡，就是要在平凡的生活中掘出人类灵魂最真实的一面。鲁迅曾说这类作品要表现生活中"几乎近于无事的悲剧"。

中国的剧坛，有几个人肯不顾成败，把自己献身给艰苦深邃的艺术事业？卖噱头玩技巧，喊口号，在作品上擦脂粉、穿艳装已经是规规矩矩的了，下焉者简直是在用奇装异服来勾引神经已经麻木的观众呢！讨好观众对于一个剧作者是很大的诱惑，甚至许多优秀的作家都不能逃避。写出了《北京人》的曹禺又写出了《日出》和《蜕变》，写出了《雷雨》上半部中蘩漪的性格的曹禺又写出了只有紧张的空气离奇的故事的《雷雨》下半部，这是一个奇迹！除了在这里找到说明之外，还能有别的解释么？

《家》里另一重要的线索是以觉新为中心的三角恋爱。这一组里还有两个人物：瑞珏和梅。三角恋爱的题材可能使一个作家陷入无聊庸俗的感伤的境界。这种例子是很多的，例如：《飘》的作者就在这上面耗尽了精力，变成为写恋爱故事而写恋爱故事，只停留在恋爱的悲欢离合的故事的表面上，没有透过恋爱表现人生更大的苦恼。有两张同样以女家庭教师的三角恋爱为题材的影片，一张是保罗穆尼主演的《人海冤魂》，另一张是《再生缘》。《再生缘》的作者在三角恋爱中只看到缠绵绯恻的一面。可是从《人海冤魂》中我们可以看到更广大的人生，可以看到两个卑微的、纯洁的、充满正义的灵魂和整个肮脏的、狭窄的、丑恶的社会相搏斗。《人海冤魂》比《再生缘》的艺术品格高，就因为前者更富有人生的气息。

同样，曹禺在三角恋爱的关系里，触到每个人的心灵深处，弹动他们的心弦，使他们的心弦发出隐秘的音响，融成一片哀怨、凄凉、阴暗和痛苦的交响曲。野地里发出杜鹃的寂寞的长鸣，房里是觉新、瑞珏和梅喁喁低诉般的对话，听到他们发自灵魂深处的颤抖的声音，使我想爱他们，同情他们，即使他们是这样的犹豫、动摇，懦怯到可恨的地步，我也宽恕他们。谁有勇气去恨这批可怜虫？至少我不能。他们互相爱而又不能互相团聚在一起，反而每个人成了每个人的刽子手。这难道不是最大的悲剧？然而与其说这是悲剧，不如说它是人生，与其说曹禺是站在"作家"地位说话，不如说他站在"人"的立场说话。《原野》

中所表现的"人生"就不同,我们在一片无穷无尽的黑黝黝的森林中,看到"爱"与"恨"的交流,人与"命运"的斗争,燃烧着的复仇的火焰……表面看去也像处处散发着浓厚的人生的气息,可是人物都是抽象的,缺乏现实的血肉。曹禺在写这个剧本的时候,更多的却是受了奥尼尔的影响。

《家》里面另一组恋爱是觉慧与鸣凤。这一对年轻的天真的情人,像兄妹一般热爱着。然而在大家庭的空气里,这种爱只是梦。严寒中任何植物都不会生长的。恋爱在一开头就含有痛苦的情调,距离现实愈来愈远,可怜的孩子们做的梦却愈做愈甜,你想他们肯醒过来么? 曹禺在处理鸣凤投湖自尽,觉慧错过了救助的机会时,要比另一个改编者聪明许多,完全出于自然,毫无勉强做作的痕迹,好像河流走到斜坡,自然往下冲泻去一样。另一个改编者是以觉慧没有听见鸣凤讲的一句话为转折,这是笨拙的、牵强的。曹禺交代鸣凤自尽的线索,早就安排了。我没有多余的篇幅来指出曹禺的聪明,因为这种地方很多。别人花了九牛二虎的力量,如同乞丐把铁锤用链条穿过手臂似的所造的噱头,在曹禺只淡淡几笔,而且深度远出乎前者之上。鸣凤听到老更夫的话跑到湖边去之后,谁想到她仍旧会回到觉慧的窗下呢? 可是她来了。满院响着沥沥的雨声,鸣凤从黑暗的甬道中慢慢走出来,周身湿淋淋的,头发披散在后面,发里有草叶、水藻,手里握着残落的荷花。昏昏的红檐灯照着她一副失神凹陷的眼。她是人? 是鬼? 还是她的幽灵经不起爱火的焚烧和折磨,以至从湖底出来仍旧回到爱人的身旁,要求再看他一眼? 有人说费穆的《浮生六记》中有美丽的氛围气,可是倘和这个相比,其中差别,简直是鹅同百灵鸟的差别一样。不过,这个场面能够抓住观众的不是性格,而是空气。曹禺在这里似乎仍旧放不下他所喜欢的迷人的氛围气。在《雷雨》中他用过它,在《家》里他又用了它一遍。鸣凤和觉慧的性格在这里是模糊的、脆弱的。

内行的人常常对我说,戏剧有"戏剧性"。倘使真有"戏剧性"这个东西,我以为也应该在描写性格的基础上展开。《北京人》中老太爷昏倒在台上的一个场面,思懿命令大家把这个已经不会说话了的老人抬出去,老人却抓住了门框,他还舍不得老屋,思懿在他的手上狠狠地咬了一口……这个场面的气氛多浓,"戏剧性"多强!《雷雨》中蘩漪吃药的场面也是同样的。这两个场面打动我们的,与其说是作者外面加上去的"戏剧性"(如许多作者所作的一样),不如说作者对于人物有了更深刻的刻画。

杨绛的《称心如意》是个好剧本,然而有一个场面,使三个人像走马灯一般地转出来转进去,的确也相当机巧,有小聪明,有图案式的美。也许有人指这种处理方法是"戏剧性"罢,可是我不喜欢它。自然从这走马灯式的动作中也可以看到一些三角关系,可是别的场面早把这种三角关系表现出来了,而且还深刻得多、复杂得多。这里不但是多余的,而且还有化深为浅、化复杂为单纯的毛病,使观众原来的印象反而冲淡了。这种"戏剧性"就不是从表现性格的基础上展开的。鸣凤投湖的场面使我也有同感,虽然这些场面是这样的富有诗意。

《文艺漫谈》通惠印书馆 1947 年版,第 89—95 页

关于《家》

何其芳

××兄：

昨天早晨读了《虹》上面的《家》的座谈会记录，晚上刚好又去看了《家》的演出，有些零碎意见想和朋友们商讨，就忍不住来写这封信。你看是否可以在《虹》上公开发表一下？

那次去参加《家》的座谈会，我实在太无准备，连剧本都没有重读一遍。因此我那些发言很不具体，甚至可能有些意思都未表达清楚。想不到殷野先生那样重视我的意见，竟费工夫把我那乱七八糟的发言也整理出来发表了。我想，我应该自己来加以补充说明。

因为普通都把《家》这一类的作品当作反封建的作品，我那次发言就从封建社会的矛盾说起。我觉得婚姻不自由并不是封建社会的主要矛盾。封建社会的主要矛盾是农民与地主的矛盾，这也就是说，最有力的反封建的作品应该是写农民与地主的矛盾的作品。大家庭的婚姻悲剧也好，争财产纠纷也好，我看都不过是地主阶级的内部矛盾，因而只能算是封建社会的次要矛盾。然而，从《红楼梦》起，因为能掌握高度的文化技术者还只有从地主家庭出身的子女，所以大部分的文学作品就只能从反映这种地主阶级的内部矛盾开始。在过去，这还是很有意义的；这是从封建阶级内部发出来的叛逆的呼声。但在今天，意义却大为减少了。这主要的是因为封建社会的基本矛盾（农民与地主的矛盾）之必须解决已经提到当前的日程上来，地主家庭子女的婚姻问题就成为了枝节问题。而且事实上，许多地主家庭对于这类问题已经让步了，已经可以让它的儿女们去上新式学校，去自由恋爱，自由结婚了。

这是我那天要说的第一个意思。大概没有说得很清楚，殷野先生误记为这是我在说剧本《家》的"基本矛盾有三个"了。不，我是在一般地分析封建社会的矛盾，还没有谈到《家》这个具体作品呢。自然，这样的看法，和我对于《家》这个剧本与其演出的估价是很有关系的。

那天我还谈到了封建社会的农民婚姻问题。自然，在农民阶级，也有着旧式婚姻的悲剧的。但是，那和《红楼梦》式的悲剧很不相同。就我所见的民歌中的反映，那差不多都是诉说女的方面的痛苦，则又或者是"早起担水二十担，夜晚纺线三更天"，或者是"七岁的孩儿八岁的郎，十七十八配成双"，总之是一种非人生活的痛苦。在流行买卖婚姻的地区，农民娶一个老婆就和买一匹牲口差不多，首先她是一个劳动力。这和根本不事劳动的林黛玉的痛苦是何等不同呵，真是一在天上，一在地下！在男的方面，我觉得首先的问题也是贫穷得常常讨不起老婆,而还不是婚姻自由不自由。因此在民歌中很少见到诉说男的不满意旧式婚姻之作,而却差不多都是一些大胆的情歌或甚至带色情意味的作品,这反映了封建制度剥削了他们应有的经济生活,因而也就剥削了他们正常的男女生活。这也和从女人窝里长大起来的贾宝玉的痛苦是何等不同呵!他们不是到底选择哪个女人的问题,而是几乎没有女人可以让他们选择!当然,这并不是说,封建社会的农民男女就在婚姻问题上没有个人意志,我只是说,由于生活的穷困,这个问题在他们不像地主阶级的子女那样重要,那样复杂而已。

在这里,殷野先生也略有误记。我只说了农民因为穷苦往往"不能结婚",并没有说"要不也准许子女自由的"。讨不讨得起老婆是经济问题,准不准许子女自由倒不仅仅是经济问题,这是还要看文化思想以至风俗习惯的改变如何的。

以上的意思是我那天在座谈会所想说的,也是我和一位朋友争论对于《家》这个剧本的估价时所持的理由。不过说话总没有写成文字这样明确,而且也没有这样详细而已。那天我之所以提到我和那位朋友的争论,不仅因为是想重述我这点见解至今未变,而且是想介绍他的意见来供今天演出的参考。当我对我那位朋友说了上面那样的意思以后,他说,即使在反封建上这剧本已不是最有力的作品,但它里面写年青人反抗不合理的事物还是有进步意义的。这点是对的。假若我根据我上面的见解而就抹杀了曹禺先生这个《家》,而不用我这位朋友的这个意见来作补充,那就很不完全了,所以那天我的发言,最后就是希望十一队的演出能把我这位朋友指出的这个意义很好地表达出来。

现在说到我看演出后的感想。昨天晚上十二点以后,我从抗建堂走出来,走在冷静的长街上,我是一种什么心境呢?简单说来,就是我感到有些闷气,仿佛我需要发出一阵呼喊。仿佛我需要对谁爆发一阵激烈的辩论。又仿佛我很想听见一阵震动这山城的群众的歌唱,而且是和着舞蹈或行进的歌唱。这闷气当然应该说正是曹禺先生的艺术的成就,也同时是十一队的导演和演员们的成就。的的确确,过去的许多作品,而且是那些有名的作品,往往都是使人读了之后忧郁起来,沉重起来,有时甚至是使人透不过气来的。然而,我想曹禺先生和十一队的先生们都能原谅我的,我现在实在不喜欢这种闷气。要是痛苦,就来得更大一些吧!要是斗争,也来得更有力一些吧!那剧中的雷呵,闪电呵,跟着来的,要不是一阵暴风雨,就给我们一阵强烈的阳光吧!

这就是说,我对这个《家》所期望着的鼓舞作用,并未能满足地得到。这,使我思索着到底是由于什么。我思索的结果,觉得主要恐怕还是剧本的限制。巴金先生的小说戏剧性没有曹禺先生的改编这样强,某些情节也没有曹禺先生的改编这样开展,这样细腻。然而一个统一的主要的效果还是构成了的。即是一群生长在不合理的旧事物中的青年人是怎样在奋斗,反抗着,终于背叛了旧家庭。曹禺先生的改编,当我三年前读它的时候,的确许多场面是写得抓得住人的,使人忍不住要掉泪的,这次看了这整个剧的演出,自然它也仍然构成了一个统一的效果,然而,却似乎和巴金先生的小说有些不同了。重心不在新生的一代的奋斗,反抗,而偏到恋爱婚姻的不幸上去了。许多作者着力刻画的突出场面,觉新与瑞珏婚夜的长长的朗诵式的独白,鸣凤自杀前的抒情话,梅小姐与瑞珏临别的时候进行的缠绵悱恻的对谈，最后瑞珏辗转病榻，久不死去，这些都是写的恋爱婚姻的不幸。这些不幸，曹禺先生借梅小姐的嘴说得好："人世间的事情复杂起来真复杂，简单起来也是真简单的。"用这句话来讲恋爱婚姻之类是再恰当也没有的了。这可见曹禺先生也并不是完全赞成这种把本可简单的事情弄得很复杂。这些不幸，比起那些真正巨大的不幸来，算得什么呵！这大多不过是一种情感上的牙痛症吧了，忍痛把痛牙拔了出来，也就可以霍然而愈的。这个剧，由于这一方面的分量过重，把觉慧等人的反抗那一方面就压下去了。曹禺先生创造了一个冯乐山，让他正面出场，并且给他以正面的打击，这是一个很成功的场面，但这种激动和高潮却又被第四幕阴雨似的瑞珏之死的场面所减弱了。自然，曹禺先生之所以着力于这些恋爱婚姻的不幸，正是为了否定这个家，这企图也可能是完成了的。看了这个戏，谁还愿意在这个"宝盖"下做一群"猪"呢。但是，青年人们的奋斗方面写得太少了，时代的影响也几乎看不见，又怎么能鼓舞起一种对于光明的渴求和一种必胜的信心呵！

这恐怕是我很感到闷气的主要原因。

据我所知，虽说曹禺先生的戏剧已经达到了很高的艺术水平，已经获得了很多的观众和读者，然而他是并不满足于他自己的成就的。我们的历史奔驰得很快。曹禺先生也越过了自己过去的作品。当我过去读到对他的作品的过苛批评时，我是为他辩护的。他的戏剧的成功绝不能用旁的理由来解释，只能肯定这样一个经过千千万万的观众和读者的考验过的事实：这是由于他的作品反映了中国社会的某些方面，并在艺术性上达到了很高的程度。然而，这次《家》的演出，却又再一次地证明了这样一个真理：

——无论怎样艺术性高的作品，当它的内容与当前的现实不相适应的时候，它是无法震撼人心的。

应该有回答当前的观众和读者的要求的作品！应该有暴风雨一样，强烈的阳光一样，打破这闷人的气候的作品！

即使粗糙一些，幼稚一些，那也将是掌声紧接着掌声，兴奋紧接着兴奋的！

现在的艺术也只有被"逼上梁山"了。因为不如此，不与粗服乱发的老百姓相结合，艺术就将不能生存，不能发展！

这是我的一点不吐不快的话。不对的地方，希望你和旁的朋友们纠正。

一九四七年二月

《关于现实主义》，新文艺出版社 1950 年第 1 版，第 302—309 页

戏的结尾艺术(节选)

文 萍

总之,如果戏的结尾也有某些规律可循,那首先便是结构的规律。如何运思? 如何布局? 如何通过戏剧冲突构成情节? 以至于从哪里开头到哪里结尾等? 是戏剧反映生活,在艺术表现上必然遇到的一系列问题。生活事件的自然形态,不可能原原本本地作为戏剧的情节,它需要剧作者的艺术构思,从而使一定的生活内容,通过具体的戏剧结构得到艺术的反映。

这个简单的归纳,自然包含了我们的一些戏剧作品在结尾处理上的教训。从欣赏的角度说,如果戏的开头贵在引入人胜,戏的结尾就贵在耐人寻味。这"味"其实并不神秘难测。试想,假若一个戏的结尾,存在着以上所指出的那些缺点,要给观众留有余味是很困难的。以下,就这一初步的归纳,联系一些成功的例证,试图正面地对戏的结尾艺术作些阐释。

我们知道,曹禺同志根据巴金同名小说改编的话剧《家》,有着很大的艺术独创性。从结尾的处理看,小说落笔于觉慧的离家出走,话剧则落笔于瑞珏的死。这两个结尾的不同,可以从各个方面来探索,让我们只是从构思的角度来作些解释吧。不难看出,在小说《家》中,觉慧是作家构思中心的中心人物,全部小说的情节布局均是通过觉慧的行动线而辐射、发展的。但在话剧《家》中,作家的构思中心转移了,觉慧的地位被觉新和瑞珏、梅表姐的婚姻悲剧取而代之;后者成为了贯通剧本始终的主轴,让次要的线索都围绕着它而旋转。为什么甲、乙两地两位素不相识的作者,写出来的剧本从开头到结尾,出现了出奇地相同的情况? 而曹禺改编巴金的小说《家》,题材和人物都完全相同,主题思想也都在于揭露和控诉封建家庭及其制度的罪恶,但在艺术处理上却是如此的不同。为什么? 看来是,在前一种情形里,作者们对所表现的题材,都还没有形成为自己的戏剧构思,从而相应地在艺术表现上获得自己的形式,而是顺从于生活本身的自然过程,这就难免彼此进入了同一道车辙,它们的轨迹又怎能不相同呢? 在后一种情况里,曹禺尽管改编现成的作品,却"勘测"了自己的艺术线路,选择了自己的构思重心,总之,按照自己的艺术心计而求得与原著殊途同归。

从这里就可以看出,为什么剧本《家》的结尾和全剧那样息息相关,全面呼应? 为什么剧本偏偏是以觉新和瑞珏的婚夜开头,而以瑞珏的死结尾? 根据构思的规定性就能得到确当的解释了。瑞珏,这是剧作家倾注了最大同情的形象。她的死揭示了封建家庭及其社会制度必须摧毁的真理。这一点不管剧作家当时是否能一语道出,它始终是作为构思的基础和契机,才使得剧本《家》也是一支凄恻的悲歌,哀掉着这个为封建家庭摧残至死的女性。对封建家庭及其社会罪恶的抗议和对善良无辜的牺牲者的深切同情,沿着觉新、瑞珏的婚姻悲剧而发展着,剧作家便逐渐鲜明地现出一幕一幕的形象,从开头以至结尾的形象。

这就容易看出,瑞珏的死成为这个戏的结尾,不仅是生活真实的必然,而且也是戏剧结构的必然。似乎不如此便难以完成剧作家的构思意图,就不足以使剧本成为一件完美的艺术成品。在这个结尾里,杜鹃不断的啼声,唤起了剧中人关于婚夜的记忆,对观众则是唤起了第一幕的记忆。那时也有杜鹃在叫,是春天的起首,而现在(结尾时)是冬天了,瑞珏说出告别那个罪恶世界的遗言:"不过冬天也有尽了的时候。"对于瑞珏这样一个善良的女子,在那样的时候说出那样的话来,抒发了她对那个"家"多大的愤懑和对真正的春天的热烈向往啊!同时,这也是作家对那一现实的决裂和抗议!作家通过这个结尾,肯定了瑞珏在自己历程里的成长,也给观众暗示出对于前景的希望。联系构思,我们便看出了这个结尾的思想的和艺术的内容。如果曹禺也把觉慧的出走同样作为剧本《家》的结尾,将会在结构上出现怎样的不协调。所以,戏的结尾总是应该成为完整的戏剧构思的有机部分,作个不尽恰当的譬喻,它是人体的脚,凭着它人们才能立着行走,奔跑;而不是可以穿上脱下的鞋袜。总之,不是什么身外之物。

《剧本》1961 年 5—6 期合刊

《家》与其他作品 研究资料

从巴金的《家》到曹禺的《家》

王　正

曹禺的《家》，是根据巴金的同名小说改编的戏剧作品。同时，它又具有独立的生命。在艺术上，二者可以媲美。从改编的角度说，至今它仍然是话剧舞台上一个成功的范例。

巴金的《家》出版于一九三一年。曹禺着手将这部小说改编成剧本，则是十年以后的事（一九四〇年动笔，一九四二年出版）。这期间，小说《家》已成为我国新文学创作中流传最广的作品之一，是人所公认的巴金的代表作。作品中所描写的 20 年代初的社会生活图景以及那些形形色色的人物，早已为广大的读者所熟悉；作品中洋溢着的向旧礼教旧制度宣战的叛逆的热情，曾经鼓舞许多青年读者走向追求自由和解放的道路。

将这样一部小说改编成剧本，它能否忠实地再现小说中的形象？它能否忠实体现原著的精神？它能否为广大的小说读者所承认和批准？——这是改编成功与否的标志。

在此以前，已出现了别的改编本。这些改编本十分"忠实于原著"，但在读者和观众中没有引起深远的影响。

据《剧本》月刊的记者报道，曹禺曾谦逊地表白：《家》这个剧本不大忠实于原著，他觉得这一点是对不起原作者的。[①]

拿剧本和小说相对照，的确可以发现两者之间有极大的出入。但是剧本的艺术力量征服了人们，人们从剧本中所得到的印象与读小说后的印象十分接近，甚至以更深的理解与感受来回顾从小说中所读到的一切。

小说和戏剧是两种不同的文学体裁，它们拥有各自不同的艺术手段。即使是最富有戏剧性的小说，简单地照搬它的情节，也不能保证舞台演出的成功。陀思妥也夫斯基在回答一位请求改编他的小说的剧作家奥鲍连斯基的信中，说了如下的话："有这样一种艺术秘密，由于它，史诗的形式任何时候都不会在剧作的形式中找到相应的体现。我甚至相信，对于各种不同的艺术形式来说，都存在有与它们相适应的富有诗意的思想因素，所以，一种思想任何时候都不可能在别一种与它不相适应的形式中表现出来。当然，如果您能把小说改写或再创作为戏剧作品，仅只保留它的某一段插曲，或仅只采用原著的思想，却全然变更它的情节，那就是另一回事了。"[②]

剧本的改编是一项创造性的艺术劳动。表面上的"忠实于原著"，并不能达到真正的

---

①　《曹禺同志漫谈〈家〉的改编》，《剧本》1956 年 12 月号。

②　转引自《电影艺术译丛》第 3 辑，4—5 页。

忠实。如何将小说中富有诗意的思想因素在戏剧中以与其相适应的形式体现出来,这是剧作家在改编时所面临的难题。

和其他的文学形式相比,戏剧的天地要狭窄得多。特别是像《家》这样散文式地记述家庭的日常生活及其变革的长篇小说,要将它的全部内容都在舞台上表现出来,是根本不可能的。

如何在忠实于原著的基础上将散文形象(叙述的)演化为戏剧形象(动作的)? 如何在忠实于原著的基础上将小说的丰富内容在有限的舞台空间和演出时间内鲜明有力地再现出来?

这里,同任何一个将长篇小说改编为剧本的剧作家一样,曹禺首先必须进行的一项工作,是对原著——再创作时的材料——进行必要的选择、提炼和集中。

不同的改编者有不同的做法。但是,每一个改编者的选择、提炼和集中都不是无原则的。这个原则决定于改编者的思想目的和艺术趣味,因此,选择、提炼和集中,本身就反映着改编者对原著的思想评价和艺术解释。同时,解释和评价的深刻与否,不仅表现在改编者所选择的材料是否恰当上,更表现在他在提炼和集中的过程中的独创性上。

有的改编者基本上是用剪刀和浆糊来进行工作的,有的改编本则像是长篇小说的缩写本。曹禺在《家》的改编中也对小说的内容进行了大量的删减,但这决不是对原著的剪辑和压缩,而是一种真正的"改写或再创作"。在剧本《家》里,曹禺不仅去掉了小说中的某些东西,而且还改变了它的某些东西,发展了它的某些东西。

曹禺是根据什么样的原则来选择、提炼和集中的呢? 他去掉了哪些东西,改变了哪些东西,发展了哪些东西呢? 也就是说,曹禺是怎样来进行创造性的改编的呢?

《剧本》月刊的记者在《曹禺同志漫谈〈家〉的改编》一文中,这样记述:

当他开始改编的时候,他觉得剧本在体裁上是和小说不同的,剧本有较多的限制,不可能把小说中所有的人物、事件、场面完全写到剧本中来,只能写下自己感受最深的东西。他读巴金小说《家》的时候,感受最深的和引起当时思想上共鸣的是对封建婚姻的反抗。当时在生活中对这些问题有许多感受,所以在改编《家》时就以觉新、瑞珏、梅小姐三个人物的关系作为剧本的主要线索,而小说中描写觉慧的部分、和他许多朋友的进步活动都适当地删去了。……

为了着重描写觉新、瑞珏和梅小姐这三个人物,他把小说中其他情节加以删减,另外对于自己较熟悉的生活和人物作了一些发挥。

这里,很显然,曹禺不是纯客观地、无动于衷地来选排小说中的材料,而是紧紧地把握住最能打动他心弦的东西成为描写的重点,加以创作和发挥的。

巴金的《家》,着重描写以觉慧为代表的青年一代对不合理的旧事物的反抗,终于背叛了旧家庭;曹禺的《家》,则着重描写觉新、瑞珏和梅小姐三个善良的青年的爱情悲剧,从而达到对封建礼教和旧制度的否定。在题材的规模上,曹禺的《家》,比巴金的《家》是大为缩小了。剧本里所展现的生活画幅,始终局限于高家的家庭之内。小说中正面描写觉慧的学校生活(如学潮)和社会活动(如办《黎明周报》)以及他的思想变化的大量篇页,小说中所出现的对觉慧有深刻影响的进步青年，如黄存仁、张惠如等人的形象，在剧本全都去掉了。不仅如此，像梅小姐和她的死，琴小姐的家庭和学校生活以及围绕她而出现的陈剑云、许倩如和张姑太太这三个人物，觉民逃婚出走后的情形，觉新的工作场所以及年轻人在那里阅读进步书刊的场面……所有这些，在剧本中也全都去掉了。剧本对高家生活的描写，主要也只保留了觉新的婚礼（第一幕）、兵变前后（第二幕）、老太爷的寿诞和寿终（第三幕）、瑞珏之死（第四幕）这几段情节，而将除此以外的有关家庭生活的大量描写也全都删去。即使是在这几段情节里，改编者也往往只选取了某些片断，甚至仅仅只是作为背景来处理（如二、三幕），而略去了细节描写和发展过程。

如果我们翻开巴金的《家》，仅仅只读关于婚礼、兵变、寿诞和瑞珏之死这几个章节，无论读得怎样仔细，无论发挥如何的想象，我们也仍然不可能得到关于这部作品的完整印象。如果曹禺的《家》仅仅只是从小说中照搬这几段情节，甚至只是照搬这几段情节的若干片断，那它注定只有失败。

由于演出时间和舞台空间的限制，根据长篇小说改编的剧本，必须对原著进行删节。但是，一个根据长篇小说改编的剧本的分量，便应该与原著的内容相一致。剧本的篇幅比长篇小说要短得多，但由于它是在尖锐的冲突中来揭示人物的性格和生活中所蕴含的真理，它的表现力要比小说更为集中和强烈，它能够在少数几个场景里表现非常丰富的内容。曹禺的《家》虽然只选择了婚礼、兵变、寿诞和瑞珏之死这四段情节，但他却是创造性地将整部小说的内容和冲突，提炼到这四个场景或背景上来加以集中的体现的。他写的是这四个情节片断里的人物的活动，他所依据的却是这些形象在整部小说里的体现。因此，决不能将剧本里这四幕戏同小说里这四段情节的章节在内容上等量齐观。

如果我们将剧本和小说作一番对照，我们就会发现，剧本里的情节和人物都来源于小说，但没有哪一段甚至哪一句是直接采自小说的。一切都不是原来的样子，一切都经过了改变和发展，一切都是"改写"和"再创作"的产物，然而一切又都仍然是小说中所有的或可能有的。曹禺的创造性正表现在这里。

就拿觉新的婚礼来说吧。小说里是这样描写的：

> 不到半年，新的配偶果然来了。祖父和父亲为了他的婚礼特别在家里搭了戏台演戏庆祝。结婚仪式并不如他所想像的那样简单。他自己也在演戏，他一连演了三天戏，才得到了他的配偶。这几天他又被人玩弄着像一个傀儡；被人宝爱着象一个宝贝。他没有快乐，也没有悲哀，他只有疲倦，但多少还有些兴奋。可是这一次当他把戏做完贺客散去以后，他却不能忘掉一切地熟睡了，因为在他底旁边还睡着一个不相识的姑娘。在这时候他还要做戏。

小说家可以用几十页甚至成百页来详尽地描述一个婚礼，也可以用三言两语就简略地交代过去。上面所引的这一百多个字，就是巴金的《家》里关于觉新的婚礼的全部描写。但是，在剧本中，成为整整一幕戏，剧作家就必须如实地再现婚礼的情景，让观众身临其境地看到这个婚礼的进行。

在小说里，巴金告诉我们：婚礼很热闹；觉新像一个傀儡似地被人玩弄着，他没有快乐,也没有悲哀,只有带着兴奋的疲倦和感情的麻木;婚礼之夜,他不能像过去一样忘掉一切地熟睡,因为他身旁多了一个不相识的姑娘。

但是,在剧本里,曹禺却不能直接告诉我们什么,他必须让他笔下的人物现身说法地显示这一切:婚礼怎样地热闹;觉新怎样地成为一个傀儡;他的心为何这般麻木;他同一个不相识的姑娘的共同生活是如何开始的……

在《家》的第一幕里,这一切我们都清楚地看到了。

这里,在我们对这一幕戏进行具体的分析之前,有一个问题是值得我们深思的:在小说开头的一些章节里,充满了对高家生活和人物关系的丰富而生动的描写,其中有些情节和场面,非常具体和真实,搬上舞台,极为简便。但是,曹禺偏偏摈弃这一切不用,单单挑出第六章里叙述婚礼的这一段话,作为整个第一幕的基础,这是为了什么呢?

我们知道,剧本的好的开场,对于整个剧情的展开有着重要的作用。剧作家精心选择一个最有利的"起点",不外乎是为了能够典型地介绍环境和迅速地展开剧情,也就是说,为了便于剧中人物在矛盾中登场,特别是主要人物很快地在主要矛盾中行动起来。曹禺在《家》里之所以选择婚礼来作第一幕,正是由于这样一个场面能够一开始就非常典型地展示出高家的生活情景,能够一下子就非常集中地交代几乎所有的剧中人物,特别是,"这样一个场面更便于介绍这三个人物(觉新、瑞珏和梅)的关系,也富于内在的尖锐矛盾,能够让写剧本的人细致地挖掘和描写"[①]。这样,在戏的开始,全剧的主导情节线索就鲜明地展现在观众面前了。

从曹禺选择婚礼的场面来作为剧本的第一幕,充分说明作为剧作家的曹禺所赋有的敏锐的舞台艺术的鉴别力和概括力,以及他对原著的深刻理解和独到的解释。事实上,只要我们再回过头来仔细看一看巴金小说里关于婚礼的描写,我们就会发现,在这一段一百多字的散文式的叙述中,包含着多么丰富而动人的戏剧性的因素。矛盾的核心人物是觉新,他是新郎,但是,这个专为他一个人而举办的热闹而隆重的婚礼,却是对他的致命的摧残和无情的折磨。他同这整个的环境,同所有周围的人,同这个刚进门的不相识的姑娘,以及同他自己,都处在一种极为复杂、难分难解的矛盾之中。他只能演戏,只能像傀儡似地被人玩弄着,只能以麻木的感情来默默地忍受这一切。

如果我们再来回顾一下曹禺的《家》的整个第一幕,我们就会惊讶地发现,小说的这一段叙述里的全部内容,它所包含的丰富的戏剧性的因素,它的热闹场面,它对觉新的性格以及他处在矛盾的漩涡中的心情的描写,多么形象、细致而逼真地在剧本里再现出来。然而,剧本的第一幕绝不是小说的这一小节的舞台化的图解。这里,曹禺的创造性表现于:他在舞台上所创造的这一个具体的生活环境,这个环境里每一个具体的人物的性格表现和行动,以及通过这些人物的关系而展现的具体的戏剧情节,都是小说里这一百多字的叙述中所没有写出也不可能写出的。曹禺不仅写出了这一切,而且写得真挚动人。

我们知道,曹禺是依据整部小说中的性格发展和情节来创造这一幕戏的。但是,不应

---

① 见《曹禺同志漫谈〈家〉的改编》,《剧本》1956 年 12 期。

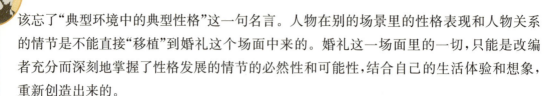

该忘了"典型环境中的典型性格"这一句名言。人物在别的场景里的性格表现和人物关系的情节是不能直接"移植"到婚礼这个场面中来的。婚礼这一场面里的一切,只能是改编者充分而深刻地掌握了性格发展的情节的必然性和可能性,结合自己的生活体验和想象,重新创造出来的。

譬如说,巴金在关于婚礼的这一段描写中,根本就没有提到梅这个人物以及她与觉新的关系。但是,每一个读过《家》这本小说的人,都清楚地记得封建礼教和婚姻制度是怎样地拆散了这一对爱人的结合,从而造成不可挽回的悲剧。想要的得不到,得到的不是想要的;喜事变成了不喜的事,有生气的年轻人变成了一个演戏的傀儡。这一切,都与世界上有梅这个人分不开。完全可以设想:觉新在这个具有决定意义的婚礼上,由于想到梅而流露出来的种种不寻常的表现和情绪,以及这件人所共知的事在每个登场人物的心目中的不同的反应……

这种"设想"对于改编者来说是自然而必要的。曹禺正是依据着这种合乎逻辑的"设想",创造性地在这一幕里展现了戏剧的主要冲突,揭示了人物之间复杂而微妙的关系。

在第一幕里,全剧主要人物中只有梅小姐一个人没有出场,这符合原著的精神,也符合生活的真实。但是,梅的形象,梅在觉新的心目中以及在情节发展上所起的深刻的作用,却在这一幕里贯串始终地突出地表现出来。

曹禺在第一幕第一景的舞台指示里,一开头就这样描写:

> 是梅花正开的时候,高府花园里的梅花也开得这般茂盛了。但是园子里却非常寂寞,寂寞到看不见一个人影,就任它冷冷清清地散溢着幽香。那一丛丛的梅树远远望过去,像雪林,像冰谷,泛漾于宁静的天空,冷艳而沉穆,如若静女。
>
> 初春的天气,相当暖和。湖水明净,闪耀着那映在水中的花影。一切都是静悄悄的,梅花也像在做它的梦。
>
> 这时,高府里整个是一片热闹,只有这园子是另外的一个天地,是一个梦境。这屋子里的主人们多半都不大喜欢梅花的,而那真爱梅花的人却为了别的事困住了身子,不能到园子里来。①

读了这一段优美的景物描写,使人很自然地想起那个"冷冷清清地散溢着幽香"的梅小姐。梅小姐在这一幕里没有出场,同样的,这片梅林的景色在这一幕里也并没有为观众所正面看到。舞台上正面展现的是洞房的热闹场景。就好像人们在这热闹的场景里会时时想到梅这个人一样,观众也一直感觉到洞房近旁的梅林的形象。

小说里我们知道,高家的住房和花园之间还隔着很大一段距离。现在,曹禺当然不是无缘无故把洞房"搬"到梅林旁边来的。这间靠近花园的洞房——剧本中写道——"往年是少爷小姐,远亲近戚小时一块儿读书的所在",书房近旁的梅林,早先则是他们一块儿玩耍的地方。在这间屋子和这片梅林里,留下了觉新和梅的纯真的爱情的记忆。在第一幕

---

① 曹禺:《家》,新文艺出版社 1955 年出版。本文所有引用剧本的地方,均照这个版本;所有的重点,均为引者所加,不再另注。

第一景里，正当"花轿就要到了"的时刻，新郎却不见踪影，这时，据仆人苏福报告，"小的倒是瞧见大少爷在新房旁边走来走去的，也，也许又一个人到梅林子里去了。"在第一幕第二景里，正当宾客满堂大闹新房之际，消息传来：梅小姐病危。这时，新郎又不见踪影。觉民对琴说："大哥在梅林里……"后来，当闹新房的人全都走了，而喜娘和黄妈也即将离去时，觉新无语地"推开了一扇窗子……望着窗外的景色。月光照着那一片莹白的梅花，湖光潋滟，庄严而凄静"。在觉新和瑞珏的这一场著名的长段内心独白的戏里，那诗意的境界，是和窗外月光下莹白的梅林的形象以及那湖上杜鹃的啼声融合在一起的。对梅花的共同的爱，使这两个人亲近起来。他们"吹了灯好看月亮"，"此刻在一片迷离的月光下，湖波山影，和远远雪似的梅花像梦一般地从敞开的窗里涌现在眼前"。

梅林的洁白、凄清的形象，同梅小姐的形象融合起来，同在场人物的心境以及人物关系的发展融合起来，自然境界在这里起着揭示和解释人物精神境界的作用。

在剧本《家》里，梅花的形象具有着隐喻的象征性的意义，帐檐上绣的梅花是如此，花瓶里插的梅花也是如此。觉慧叫鸣凤把"几枝梅花插在新房里添添新"，陈姨太却偏吩咐她换上"钱家送来的双喜红绒花"。后来，梅的母亲钱太太发现花瓶竟空着，不禁问道："怎么不插花啊？这，这不是——？"沈氏回答说："这是梅花。"钱太太半天才露出一丝强硬的笑容说："梅花就插不得？"陈姨太这才吩咐鸣凤插上梅花。在这样的婚礼上，人们不便直接提到梅小姐，但是，人们却在一再提到"梅花"的时候表现出人物关系的矛盾和内心的潜台词。

当然，梅小姐的性格和她的遭遇，决不仅仅只是透过"梅林"、"梅花"这类隐喻暗示出来的。这个在第一幕里没有出场的人物，对于第一幕情节的进展起着直接的推动作用。而这种作用，都是在尖锐的冲突的情势中，特别是通过觉新的内心冲突显示出来的。我们完全可以想象得到：正当花轿就要进门之际，钱太太——梅的母亲——突然出人意外地来到高家贺喜；正当众人拥簇着一对新人进入新房之际，觉新突然惊痛万状地望见钱太太在场；正当宾客满堂大闹洞房之际，忽然传来梅小姐病危的消息；正当觉新和瑞珏经过洞房之夜的难耐的寂静和苦闷，而终于欢悦地达到谅解之际，忽然觉民来说，梅随着她的母亲下乡了。这一切，将在所有人的心中，特别是在觉新心中产生多么强烈的反应！

曹禺依据着原著中一百多字的描述，依据着他自己对原著的深刻理解和独到的解释，依据着他自己的艺术想象和生活体验，创造了第一幕的场面、情节和人物的活动。其中最精美的创造，是著名的洞房独白一场，瑞珏对觉新充满期待和关切，而觉新却一心怀恋着他的梅。两人的感情都是极度的纯洁而真挚，这样就更显示出矛盾的内在复杂性。在这样寂静而优美的场面里，内心的纠葛和关系的紧张，却达到十分尖锐的程度。像这样富有浓郁诗情的戏，改编者如果没有深刻的体验和炽热的感情是无论如何不能写出来的。尽管第一幕是曹禺的新的创造，但人们相信巴金的《家》里的婚礼就应该是这个这样子。一部根据长篇小说改编的剧本虽然在总的规模上对原著进行了删减，但在局部的表现上却应该对原著加以丰富和强化，否则，改编就会变成地道的剪辑和缩写。剧本《家》的第一幕从选材到形象的体现，始终有力地揭示三个人物的关系，以及三个人物与整个"家"的关系,这是达到全剧主题的最有利的"起点"。曹禺在第一幕中的杰出创造,是与他对全剧有完整而独创的艺术构思分不开的。

如果说,第一幕是在正确地选择了典型的生活场景的基础上对原著作了创造性的发挥,那么,以后的几幕,则是在正确地选择了典型的生活场景的基础上对原著进行了创造性的提炼和集中。在小说里,关于三个人物的关系,有着大量的描写。它们分散在各个章节里,而且主要是通过人物的内心活动表现出来的。要将这一切在戏剧里表现出来,就必须要善于选择矛盾的焦点,要有在尖锐的冲突中揭示丰富的内容的本领。第一幕的婚礼,是展开矛盾的最好的开端,第二幕三个人物的会见和别离,就将他们的关系推向尖锐化的境地;第三幕梅小姐之死,第四幕瑞珏之死,都是揭示婚姻悲剧最为有力的场景。在这里,三人之间的矛盾,发展为年轻一代与封建旧制度的矛盾。曹禺就是这样准确地把握住冲突尖锐化的焦点,来构成每一场戏,来概括地展现小说的全部内容的。

第一幕的戏剧性的纠葛,是觉新和梅的青梅竹马的爱情,由于瑞珏的到来而矛盾复杂化了。第一幕是写瑞珏到来前后的情形,第二幕则是写梅的来到前后的情形。

曹禺从来不孤立地、静止地描写人物的感情。在第二幕第二景里,觉新和瑞珏的婚后幸福生活得到了很深挚的表现,而这,乃是在兵变的背景上,在静与乱、美与丑的对比之中鲜明地显示出来的。开幕时的宁静,被突然传来的炮声所破坏。接着是三房、四房、五房的人,相继鬼哭神嚎地闯入这个美好的房间,在这里,高家生活的丑恶的一面集中地展现出来。然而,一阵骚乱过去之后,又是宁静和美的还原。这时,觉新和瑞珏的爱情的深挚和幸福的可贵,就更鲜明地呈现在观众面前。

这是一场很动人的戏:所有的人都到湖边上躲起来了,只有觉新一个留下照应这整个的家。而瑞珏这时却冒着危险陪伴着他。炮声沉寂,枪声渐稀,只有他们两个人,"这么清静!"只有这时,他们才"第一次"觉得"这是我们的家呀","才觉得真舒服,真自在"。因为一切的束缚和压力都暂时离开了他们,他们畅想着未来。这一场戏是爱情最真挚的表白,是幸福生活的顶点。

然而,正在此刻,钱太太带着梅小姐逃难来了。瑞珏"欣喜",觉新"惊愕",梅小姐"迷惘哀痛地望着屋内这一对少年夫妻"。这是梅小姐在剧中的第一次出场,是三个人物的第一次见面。幸福生活的顶点,转变为矛盾尖锐化的起点。

从静到乱,又到静;从痛苦到幸福,又到痛苦。戏剧情势的交替转换,造成了戏剧情节的起伏发展。曹禺不仅准确地把握住了每一个矛盾的焦点,而且每一个焦点之间的连接线也异常分明。

巴金在小说里用了从二十章到二十四章的篇幅来描写梅小姐到来后三个人物之间的关系。特别是觉新在桃树下与梅的会见,以及瑞珏到淑华的房间里去探望梅的这两个场面,都细致地描述了人物对往事的回顾和各自痛苦的心情。现在,曹禺将这一切集中在第二幕第三景里三人临别前的一个短短的场面里来表现,集中刻划了他们的难舍之情以及心灵里难以解脱的痛苦。这一场戏充满了丰富的潜台词,是曹禺所创造的全剧中最富有诗情的场面之一。这不是一场寻常的告别,而是一场真正的生离死别。钱大姨妈在临走时说等老太爷过生日时再来。但是,在第三幕老太爷过生日时,她却没有来。正在那一天,梅小姐死了!

和第一幕不同,第二幕中的情节和人物行动都是从原著中采取来的。曹禺将小说中的丰富内容集中到兵变的背景上而着重刻划觉新、瑞珏和梅的关系,显示了改编者高度的概括能力。

第三幕,梅小姐的死没有在舞台上正面表现,但我们从腐朽而顽固的封建卫道者的生活图景中,看到了她死亡的根源。第四幕,瑞珏之死的场面和情节,最接近于原著,但是,也有一些改动的地方。

第一个明显的改动:瑞珏搬到城外来生产的这幢房子,在小说中,写着是觉新在匆忙之中租来的,而在剧本中,它却是钱太太在城外的旧屋。这个表面上看来无关紧要的改动,说明了什么呢?

第一幕的结尾,觉民通知觉新说,钱大姨妈带着梅表姐下乡了,所指的就是这幢屋子。第二幕的最后,钱太太在离开高家前,曾许下半年把城外这幢房子修好后,要接她的干女儿瑞珏去住。第四幕,瑞珏真的到这屋子里来住了。但是,房子却没有来得及修好。而且,近处还新添了一座梅的坟。可见,这不是一幢一般的房子,而是梅曾经住过的地方。瑞珏的到来,使人想起了梅。这两个不幸女人的命运在这里联系在一起了。

在小说里,瑞珏生产的时候,钱太太原本是不出场的。在剧本中,她作为这幢屋子的主人,作为梅的母亲,来亲手照料遭到苦难的瑞珏。钱太太倾诉道:"梅儿命苦,命真苦啊!跟着我这个妈,没过一天的痛快日子。一生只有一件事对得起她,我把我的棺材让给她睡了。"她对梅的悔恨同她对瑞珏的关切是一致的。钱太太不再像小说中那样是一个无视儿女命运的母亲。钱太太和她干女儿瑞珏的关系的发展,更明确地将毁灭青年幸福的罪责集中到冯乐山、高老太爷和陈姨太之流的身上。

第二个明显的改动:瑞珏临死的场面,在小说里写得十分惨烈,而在剧本里,它却非常宁静、哀惋,引人深思。

小说的第三十七章,瑞珏难产,觉新被阻隔在门外,他只听得瑞珏发出的痛楚和凄厉的狂喊,他无论怎样挣扎,也无法进得门去。最后孩子生下来了,瑞珏却死了。临死前,他们没有见一面,也没有说一句话。

曹禺在剧本里没有采用这个场面,当然,首先是为了适应于舞台条件的限制和舞台美学的要求。但还不仅如此,曹禺在瑞珏临死前的这场戏里,着力表现了她对觉新的深挚的爱以及她对美好生活的热烈向往,她应该很好地活着,却被封建礼教无辜地断送了生命。她在死前又听见了杜鹃的叫声,使她忆起了新婚的那天晚上。但是,这并不是真正的杜鹃的叫声,"这是那个佃户的斜眼孙子学的。""那时候是春天刚刚起首。……现在是冬天了。""不过冬天也有尽了的时候。"这就是瑞珏的最后的一句话。

梅死了,瑞珏也死了,觉新一个人孤独地留在人间。对于这种深沉的悲剧性,曹禺曾经十分赞同地提到有一位导演对他说的一番话:"《家》里面觉新、瑞珏、梅小姐三个人物都是好人,但是这三个善良的人物之间却产生了不该由他们负责的,复杂痛苦的矛盾,造成了大家的不幸。他觉得《家》这种写法对封建婚姻制度的揭露比较曲折，它不是描写聪明美丽的女人嫁给愚蠢丑陋的男人、年轻女人嫁给老头子这种不幸。而是写有感情，互相爱恋，分明应该得到幸福的好人处在封建婚姻制下所遭遇的不幸。这是一些善良的青年男女在封建社会里所遭到的悲剧的命运。"①曹禺在《家》的改编中对原著所进行的"改写"和"再创作"，都是为了达到以上的目的。《家》的结尾，更是将悲剧主人公的痛苦与无辜，深刻地显示出来了。

在第四幕里，还有一个明显的改动：觉慧精神上的成熟以及他出走的意义，都大大超越了原著所描写的范围。

在小说里，觉慧的出走是在瑞珏死后，他看清了这个家庭的全部罪恶，再也不能在这个家庭里生活下去了，于是告别了沉迷于痛苦中的大哥，走了。

在剧本里，曹禺将觉慧的出走和瑞珏之死结合在一个场面里。这个场面——第四幕——成了剧中爱情悲剧线索和斗争线索的交叉点。这个改动，对于突出剧本中爱情悲剧的社会意义，对于突出全剧的主题思想，都有重大的作用。

觉慧在全剧中是改动最大的一个人物。但我们对剧中这个人物性格的印象，却跟对小说中觉慧的印象十分吻合。曹禺对觉慧的再创造，其意义决不限于这个人物在第四幕结尾处所起的作用。作为剧中另一条线索的主要人物，我们有必要专门来谈一谈。

尽管曹禺在剧本《家》里以爱情悲剧为线索，但他丝毫也没有忽视觉慧反抗线索的意义。我们已经谈到，觉慧在剧本中的地位，比起在小说中来，是大大削弱了，但是，曹禺要在有限的篇幅中着力表现青年一代反封建斗争的意图，却是明确的。从描写的规模上，曹禺削弱了觉慧；然而在每一个行动中，则又重点加强了他。例如在小说中，主要是通过觉慧对生活中各种事物的态度以及他与周围人的关系，来展示他的思想变化和觉醒过程。描写觉慧正面反抗行动的，只有第三十四章他拒不开门让巫师进到他的房间里"捉鬼"，从而把自己置于和整个家庭公然对立的地位。在剧本里，觉慧的思想变化和觉醒过程却是通过一系列有力的动作体现出来的。这样就更给人一种积极的、突出的印象。

从第一幕开始，觉慧鼓励觉新反抗，就表现出他的叛逆的性格。而后在闹新房一场，他就更为明确地对"看戏者"和"演戏者"进行了愤怒的谴责，他对前者充满仇恨，对后者深怀同情。当时，高克定正拿着绣枕在作弄觉新，觉慧"再忍不下，跑到克定面前，一把抢过枕头，扔在床上，愤怒地"叫道："五爸，你这是什么闹房，你简直是折磨他，苦他，害他，杀他！你们老老少少在一旁明明晓得他难过，痛苦，你们在一边打哈哈看戏，看戏打哈哈！你们没看见大哥急得要流眼泪！ 大哥，你，你是一条牛啊！"这一段话，表明了觉慧对家庭里两种人的基本态度，这是觉慧性格发展的起点。

第二幕表现了觉慧和鸣凤的爱情以及鸣凤的悲惨结局。在小说里，鸣凤之死，原是在兵变之后，而现在，曹禺将它"挪"到了兵变之前。我想这不仅是为了在艺术结构上更便于集中地表现这一对青年的爱情以及他们的不幸，我们可以看出曹禺更为深刻的思想意图，

---

① 《曹禺同志漫谈〈家〉的改编》，《剧本》1956 年 12 期。

他想将这一对青年的爱情悲剧同更为重大的社会因素相结合的意图。第二幕第一景戏剧发生的时间是在兵变的当天晚上。曹禺当然也不是无缘无故地作这番改动的。如果我们仔细地研读剧本，就会发现，不安的局势，即将发生的兵变，对于这一对青年的爱情悲剧，发生了直接的影响和推动作用。这里，有两件事都戏剧性地改变了时间：一件事是觉慧编辑的《黎明周报》因为军阀要查封，由原订后天发稿"突然提前改成明天一早发稿"，因而觉慧再也顾不得过问鸣凤的事了；另一件事同样是因为"外面风声很不好，说不定今天夜晚城内就会出事"，高老太爷决定"鸣凤的事快快办"，由原订三四天的期限而改成"明天一早就把她送到冯家"，这样就无可挽回地加速了悲剧结局的到来。

鸣凤之死，对于觉慧的思想变化和觉醒，有着决定性的影响。在小说里，这件事发生在作品的后半部，而在剧本里，它却发生在第二幕第一景，全剧矛盾即将进一步展开的时刻。可以看出，曹禺把这一件事尽可能地提前，是为了更充分的描写觉慧在鸣凤死后的成长。鸣凤的死与冯乐山有直接的关联，这样就更进一步将觉慧与冯乐山的冲突推到前景上来。

觉慧与冯乐山的冲突，原是小说中所没有的。剧本里的冯乐山，也完全是曹禺的新创造。在巴金的小说里，几乎没有对这个人物作正面的描写，这个人物的意义和作用也要比在剧本里小得多。

冯乐山在第一幕里以媒人的身份出场，表明他和高老太爷共同造成了觉新婚姻上的不幸，也正在此刻，冯乐山看中了鸣凤。在第二幕里，冯乐山虽然没有出场，但他的罪恶通过鸣凤的死而显露出来。第三幕是冯乐山的阴险和伪善的大暴露，觉慧与他的正面冲突，逼使觉慧在第四幕的出走。

在第三幕里，觉新、瑞珏和梅的悲剧退居后景，舞台上正面展现了没落的封建阶级的腐朽、昏聩和野蛮的生活图画。在这幅图画中，突出地表现了叛逆者觉慧的形象。他怀着憎恶和愤怒的心情发出响亮的判决词："'家'——是宝盖下面罩着一群猪！"他帮助觉民逃婚，他反对端公"捉鬼"，他斥责觉新的妥协，他厌恶克定等的丑行，而他最强烈的行动是公然地对冯乐山的揭露和斗争。冯乐山是剧中一切罪恶的元凶，是社会恶势力的化身，觉慧的反叛性和斗争性，主要集中在与冯乐山的冲突上。他们之间的冲突，起先只是纽结在鸣凤的问题上，随后却在婉儿的遭遇和觉民的婚姻上伸延开来。特别是第三幕冯乐山对婉儿的残害，刻划得十分深刻。婉儿向王氏控诉冯乐山的罪行，感人肺腑。冯乐山突然出现，更令人震颤。王氏要婉儿再到她屋里去谈谈，冯乐山在一长段对白里全部的台词几乎就反复说着："去吧，去谈谈吧！"然而通过他那"柔和""慈祥"的声调和"冷峻森森的目光"我们却能清楚地感觉到他那隐藏在恶毒灵魂中的潜台词。这一场戏包含着内在的紧张性，婉儿终于恐惧地留了下来。王氏刚走，冯乐山马上露出他那最凶恶的毒蛇的本性。他外表沉静，额头上却冒着汗，他逼问婉儿刚才说了些什么，婉儿畏怯地不敢回答，他于是猝然拿起还在燃烧的烟蒂头向婉儿的手腕上按下去："不许喊，不许你喊！"觉慧早已在篱外清楚地看到这一切，这时奋不顾身地冲进来，当场揭露了冯乐山的假善人、伪君子的道学面目。在这一场戏里，曹禺对冯乐山的阴险伪善的性格揭露得极为深刻，因而觉慧对他的斗争就富有强烈的、大快人心的效果。后来,觉慧由于支援爱国示威的同学而被捕了,而这,正是冯乐山对他的诬害。

第四幕,觉慧逃了出来。冯乐山是他的死敌,但他这时却说:"这几天我才渐渐认识,我的敌人不是一个冯乐山,而是冯乐山所代表的制度。……我绝不会让冯乐山跟冯乐山类似的这一群东西终生得意的。"因而他的出走,就不再是为了要冲出这个家庭的"狭的牢笼",而是由于要为消灭这个人吃人的旧制度而战斗。这不是一种寻常情况下的出走。敌人正在追捕他,他要在统治者的禁锢之中开辟自由的生路。他在临别时鼓舞觉新不要消沉,不要妥协,勇敢地振起精神来生活,"没有太晚的时候!"这样,觉慧就从梦想的追求进而到真理的追求,由家庭的叛逆走上了社会斗争的道路。

剧本《家》所描写的生活范围,虽然局限于高家的围墙之内,但觉慧与冯乐山的冲突,其意义却超过了家庭生活的限制。冯乐山并不是高家的一个成员,曹禺将他作为旧制度的代表出现在高家,成为剧中主要的否定形象,觉慧对他的揭露,他们之间冲突的发展,其锋芒自会刺向黑暗社会的领域。曹禺善于通过一个家庭的变化来反映社会斗争的面貌,在《家》里他也力求做到这一点。剧本虽然以觉新、瑞珏和梅的爱情悲剧为中心,但这爱情悲剧正是在这个封建家庭没落崩溃的背景上,在觉慧与冯乐山相冲突的社会斗争的背景上展现出来的。否则,爱情悲剧的社会意义就大为缩小。

觉慧是全剧中改动最大的一个人物,但他身上的这些新素质却十分符合于这个性格的发展。曹禺对觉慧的这些改动,体现了改编者自己对人物的解释和评价。任何一个剧作家改编以前的作品为剧本,都有其现实的目的。曹禺对觉慧的行为的改动和加强,正是与他在改编这个剧本时的时代精神相吻合的。从觉慧身上,使我们很容易想到那些抗日战争时期在蒋介石反动统治下的青年学生的态度、遭遇、愿望以及他们投奔解放斗争道路的心情。

我们还已经谈到,剧本不仅删去了原著中关于觉慧的社会活动的描写,而且连同将他的一帮青年朋友也都删去了。曹禺虽然尽可能地在家庭生活的范围内显示出觉慧的社会活动的一面,然而,由于他的那些进步朋友都不再出场了,那么,他在家庭里的一切行动是不是会使人感到他的孤立呢?这里,我们可以看到,随着对于觉慧的形象的某些改变,曹禺对于所有年轻一代的人物都做了相应的改变,赋予了他们的性格以一些新的素质。在小说里,觉民和琴在思想上和活动上还是同觉慧有某些距离的,而在剧本中,他们却成了亲密的弟兄和伙伴;在小说里,瑞珏和淑贞完全是两个旧式的女子,而在剧本中,瑞珏也接受了某些新思想(偷着读《安徒生童话》、到外面看学生们演的"文明戏"),并直接赞助了觉慧和觉民的活动(拿出自己的五十元来作《黎明周报》的印刷费),淑贞则成了觉慧的"小信徒",而最后竟成长起来(放了足能"自由走路了");至于像觉新的内心矛盾以及鸣凤对生活的向往,在剧本中也比在小说中作了更突出的渲染。所有这些人物的基本性格都依然保持着,但时代赋予他们的新的素质使他们在思想上和命运上有了更紧密的联系,使年轻一代在同卫道者的矛盾中营垒更为分明。

几乎在曹禺的每个剧本里,都有着热烈的爱情生活的描写。但是,我们还很难找到哪个剧本里所描写的爱情像《家》里这样显示着青春的美,这样富有诗情和鼓舞的力量。

幸福和爱情遭到狂暴的摧残,黑暗的封建势力是青春和一切美好事物的死敌。妥协就是死亡,战斗才是生路。——这就是剧本《家》的主题。

这个主题,是改编者从原著中选取素材的思想依据,是改编者对剧本进行再创作的思想基础。

曹禺在改编过程中,删去了原著中的许多东西,改变了原著中的许多东西,发展了原著中的许多东西,这一切,都是为了更有力地突出原著的精神,加强主题思想的艺术表现力。删减、改变和发展,体现了改编者对原著的理解和创造性。理解越深,自由创造的可能性也越大。它的原则是将丰富的内容概括地集中到冲突中来加以创造性的表现。紧紧地把握住戏剧冲突,在冲突中尽一切努力去突出地展现原著中的主要形象和主导思想,这就是改编成功的秘诀。

与小说相对照看,我们可以从曹禺的《家》来学习剧本改编的技巧,把小说作为剧本的原材料看,我们可以从曹禺的《家》进一步领悟戏剧创作的艺术规律。

文学评论》1963 年第 3 期

《家》与其他作品

研究资料

《艳阳天》 研究资料

文化界推荐《艳阳天》

叶圣陶等

叶圣陶

曹禺兄：

戏看过了，要我说些什么可很难，因为我从来没有想到戏评该怎么写。

你的意见我了解，你要号召好人全都起来，不要做一个没中用的"烂好人"。这个意思无论如何没有错儿。好人全都起来了，坏人就没有地方躲。世间还有坏人存在，可见有些好人还是"烂好人"，是好人的过错。

不过阴律师这个人物我不大熟悉，也许是我的经验阅历太浅。他那样乘兴而行，满不在乎，叫人看起来是好人之中的英雄和浪漫派，不像个平平正正的好人。

其余的人物都真切。金焕吾也真切，好像在他身上发挥得少了一点。让金焕吾受罪是你的苦心，你不说，我知道，你说了，我更明白，事实上金焕吾是不会受罪的，因为法律握在金焕吾们的手里。看戏的一班好人平日恨着金焕吾们，奈何他们不得，在影片上看见金焕吾被判无期徒刑，也就有些"过屠门而大嚼"的快感。然而散场出来一想，就不免有空虚之感。你编戏只能编到如此地步，是时势的限制，不是才能的限制。如果时势换个样儿，以你的才能，成绩的美满还待说吗？

乱说，无罪。

叶圣陶

景宋

《艳阳天》故事单纯明朗，导演手法简洁，看起来，有清爽流利之感。而所表现的又都是日常生活所遭遇到的人物，使得每个观众都能理解，有亲切之感，也是它的成功处。

演员多系名家，自然出手不凡。李健吾先生演反派汉奸，惟妙惟肖。散场之后，他的一位朋友甚至说这种角色不宜多演的，可见李先生刻画个性的深刻，使厚爱他的朋友也好像真要替他担心了。我却以为不怕的，因为李先生的扮演向来是多方面的，正不少足以发展个性的地方。

还有一位主角石挥先生，演律师，名字就有意思，叫做"阴魂不散"。他对爱幼小的方面，爱真理方面是拼了命去爱，而对憎罪恶的方面，憎害世方面也是拼了命去憎的。有分明的是非，具强烈的好恶，不知怎的，我会把旧小说中除暴安良的故事联想起来，但却又找不到一个适合的例证。因为这位"阴魂不散"的事迹都是社会上所具备，而他的对抗方法却是那样质直、坦率,几乎除了收场的三轮车夫之外,没有任何阻力。而他自己,却一直倔强不屈,作好律师的代表固然不错,作为人类理想人物的典型象征,更是大家所拥护的。他的绰号是"阴魂不散",我想人们倒是希望真有这样的人来维护,来保障一切吧!石挥先生早已是成名的演员了,而这回更是登峰造极的展示其多才多艺,妙手天成,丝丝入扣的优越艺术,令人如饮醇醪,多日不散。是这部电影来帮助他,还是他来帮助这电影,都使人分想不得了。但愿世间多些这"阴魂",让他"不散"。

电影内容简单,可以中国俗话"善有善报,恶有恶报"两句话做结论,这是合乎人们内心的期望的。就因为世间所见,未必尽如所期,于是又令人观后有疑真疑假之感。这在编导方面一定也颇感布置为难的,以如此简单剧性,演来并不淡散,这就归功于曹禺先生游美之后,观感所得,作风有些"好莱坞"味道了。

郑振铎:

自始至终,一气呵成,令观众无一秒钟不在紧张中。孤儿们的不幸,感动得全场饮泣。渔鼓急击,愤懑难忍。伸张正义,明辨是非,被压迫者知奋起以赴了。"是"与"正义"决不会孤立无援的!

熊佛西:

《艳阳天》是一部好影片,它不仅对于国片开辟了一条新路,即就曹禺先生个人的创作过程而论,亦步入了一种新颖的倾向。

这部影片最可爱的是它的取材不落俗套。过去的一般影片的题材总脱不了或多或少的"色情"、"鬼怪"、"侦探小说似的情节",惟有这部《艳阳天》突破了这些麻醉观众的范畴。这是影剧界的艳阳天,足以使人感兴。我希望由于《艳阳天》的问世,使国产影片走入一条新路——一条健壮的大路。

作者所提示的主题虽未能完全满足我们的要求,但在今日的客观环境限制之下,有这样一部影片给我们看,已经够使我们喜悦了。我们应该玩味作者的"难言之隐"。

争是非的"阴律师"是可爱的。曹禺先生毕竟是一位非凡的作家。我在这里祈求影片以外的艳阳天给予中国人民!

陈望道:

《艳阳天》的主要部分是写一个人在孤苦无告的孩子们中奋斗。在剧中可以充分体验到这个人始终以孩子们的苦为苦,以孩子们的乐为乐,以孩子们的饥饿黄瘦为饥饿黄瘦的紧张热烈的生活。这是崇高伟大的"不独子其子"的生活经验。看后都觉至为满意,无不祝贺曹禺先生初次编导电影的成功,李健吾先生初次参演电影的成功。

巴金:

看完《艳阳天》,我像见到了一位久违的老朋友。在我年轻时候见过不少像"阴魂不散"那样的人。我喜欢他们,我觉得相当了解他们。作者把"阴魂不散"写得极活,完全是个有血有肉的人,没有一点做作或夸张。

我的所见、所闻、所身经的一切都告诉我:好人是没有活路的。《艳阳天》的故事似乎跟这个"现实"有点"冲突"。不过作者写的是理想。他要使我们相信:好人是应该有活路,而且能有活路的。他要大家起来争是非，为好人争取一条活路。他不说教，都用一连串的画面来说明。他的企图的确是值得敬佩的。单独的个人不是有组织的势力的对手，这是谁都知道的事。不过要是所谓"好人"不只是"阴魂不散"一个，而是成千成万，连你我，连花钱买票的观众们也在内的话，那么千千万万的人也应该是一个不可轻侮的大力量。那时候像金焕吾们那样的倒的确不是"阴魂不敌"的劲敌了。

不用男女的爱情，不用曲折的情节，不用恐怖或侦探的故事，不用所谓噱头，作者单靠那强烈的正义感和朴素干净的手法，抓住了我们的心，使我们跟"阴魂不散"一道生活，一道愁、愤、欢、笑。作者第一次做电影导演就能有这样的成就，的确是一个可喜的事。

臧克家：

《艳阳天》是曹禺先生编导的第一部影片，但他没有像他的剧本那样在艺术性完整性上专力讲求，也没有曲折渐进的故事，他一开手就抓住了现实，而且，还给了它一个解决的方法。这个倾向表示了曹禺先生创作道路的开展，从《蜕变》里就听到了这个消息。

对于这部影片，我想在 3 个基本点上说一说我的一点浅见：第一点是乐观的战斗精神。阴律师一再不屈不挠的向罪恶宣战，挨了打，流了血，损失了财产，几乎把一条性命送上。这不能是，也不能看做是封建主义的个人侠义行为，而应该被视为在善恶是非尖锐斗争之下的一种正义精神的化身；而且，坚决相信正义最后必获胜利的这一点，不但使阴律师他本人忍下了目下的苦痛，洋溢出乐观的情绪，也使得千万观众从中得了教益和支持，加强他们的信心：好人最后一定会得到胜利的。由于这一信念，才能激起人们向罪恶搏击，而给人类开一条新的未来远景。真理所在处，威武不能屈。这一个基点是极为重要的。

虽然曹禺先生在影片上没有提出"群众"的口号，但我觉得，无形中他却提出了一个"群众观点"。阴律师替一群孩子们，替劳苦的老婆婆和三轮车夫们战斗，而且在战斗中，他们的命运、情感、意志完全打成了一片。三轮车夫们加入了战斗，当那些流氓们大队出来时，两个阵线的壁垒是清清楚楚的。由于这，增加了阴律师的战斗精神，也增加了他的乐观情绪。他不再是一个人，他已经成了一群人中的一个，我想，他是意识到这一点的，至少这一点给予他更大的勇敢，以至于像收尾那样为了穷人需要他，他负病的走了。这象征不无意义，也不是不相联属地掉一条尾巴。

最后，最基本，最重要，最为人所注意也最为所诟病的一点来了。

我们要真理。我们斗争，流血，为的就是"真理"这两个黄金字。但是观众们在电影闭幕之后，带着疑问一起走开了，这疑问是：

"今天的法律是否代表真理？"

这个问题，问得对，如果不问，倒觉得观众太不成观众了。这一问，正问到痛痒处。我想这是作者受了限制，这限制，外在的可能比内在的更大，更多些。这都是一桩令人痛苦的事，曹禺先生本人的感受所给他的比起我们旁观者来也许还要厉害些吧。在中国，在现在，作一个"人"，作一个作家，是多么在委屈中求存活，是多么痛苦的呵！

唐弢：

正如《日出》里"描摹的只是日出以前的事情"一样，我看《艳阳天》也代表了曹禺先生的期待。虽然爱抱不平的阴律师有个轻快、乐观、明朗、永远不老的春天一般的性格,可是他处的依旧是"黑暗"、"腐烂"的社会,碰到的依旧是"梦魇一般可怖的人事",在"人们不去争是非,是非就没有"的努力下,金焕吾、杨大都受到法律的制裁,好人们"胜诉"了,但在黑漆漆的小巷口,等候这位力争"是非"的律师的却是一块"大石头"。

阴律师被砸伤了,这是血淋淋的现实。

结尾,作者把爷儿俩引到"洒满了阳光"的四月天.但在现实社会里,人们都无法忘记这一块"大石头"。在狠狠的一砸里,我们触到了曹禺先生的——期待而又痛苦的心!

靳以:

这是一个好的、新的企图,但是要改变这个社会,不是一个阴律师办得到的,要许许多多像阴律师那样的人,大家同心协力才能消灭社会上的不平和恶势力,建造新的、合理的社会,使每个人都能得到快乐的生活。

梅林:

我觉得曹禺先生第一次编导的这部《艳阳天》电影,在导演手法上是相当成功的。它明快紧张,没有一个多余镜头,那么细密地抓住暴露流氓社会罪恶的主题,差不多可以说是一气呵成的。在我看它的时候,不能不逼得凝神静气。

但主要人物阴兆时,这个专打抱不平的好人,这个非常动人的律师,我以为是理想的人物,而所谓理想上的人物,现实生活中恐怕是不会有的。但因为我们生活在半封建半殖民地的流氓社会里面,日常所看到所亲受的是大小流氓无恶不作的罪行(包括对外国主子的奴颜卑膝),在我们的精神上是强烈地要求像阴兆时这个忘我地抗击黑暗势力的勇士的。因此,还不能说阴兆时是架空的人物。

从对于劳苦人的援助,从对于劳动者的同声气,从对于走向被欺压的乡村,凡这些都可以看出编导者的艺术立场来。但倘若将流氓头子金焕吾,那个汉奸,予以"法外"的开脱,在《艳阳天》的艺术要求上,也许将更完整吧。

徐铸成:

曹禺的话剧,看了总叫人喘不过气。他的第一部电影创作——《艳阳天》,从头到底,更是紧张万分。

故事的结果,我是怀疑的;但此时此地,这样的剧本,已经是很好的了。我相信,他是以无可奈何的心情,用眼泪写出来的。

我看完这本戏,也流了好几次眼泪。这个"管闲事,抱不平"的阴律师,在曹禺的笔下,在石挥的演出下,刻画出一个典型。我相信,他会给每一个"阴魂不散"的人,一个很大的鼓励。

《大公报》1948 年 5 月 26 日

本社与话剧系联合主办《艳阳天》座谈会

曹荫堂记录

时　间：五月三十日下午二时

地　点：汶林路王府

出席者：朱昌平　黄钟铃　王松钧　许曙明　李世璋　胡文锐　施荣康　黄锡荣
华景德　邹斯运　王缵绪　袁重庆　曹荫堂　王良材

记　录：曹荫堂

（记录未经发言者过目，错误由记录者负责）

主人：王良材君代表金声社致词云，金声时蒙话剧组供给资料，非常感谢，该组表示以后除演剧本身讨论之外，对于著名电影话剧亦拟作为研讨对象。最近曹禺先生的第一个电影剧本《艳阳天》演出，各界均有热烈讨论，本社亦慕曹先生之名，拟集合诸位对于该剧之观感，以期集思广益，请诸位多多发表意见。

话剧组施荣康君代表该组发言，谢谢金声社招待本组同人观《艳阳天》，并协助本组举行座谈。观剧后能集体讨论，使大家对于该剧的了解更能深入，是很有意义的事。今天并承良材兄在府上茶点招待，代表在座诸位先行致谢。

继由出席各位个别发表观感，兹以发言先后列志于后。

电影比话剧更是一个好的教育工具　可是《艳阳天》没有收到预期的效果

施荣康：最近话剧界人士打入电影界的很多，给电影界以一股有生力量，所以现在的电影也进步了不少。电影比话剧更是一个好的教育工具，一部电影可以有很多拷贝同时放映在各地，所以其教育意义更应该重视。文化界戏剧界的人士对于曹禺先生的第一个电影剧本都很重视，但是《艳阳天》在告诉人们怎样解决一个问题的一点上是失败了，所以他没有收到大家预期的效果。

中国电影已有进步　我愿放弃不看国产片的初意

许曙明：我顶不喜欢看国产电影，并不是我不爱国或盲目崇拜洋人，更没有觉得外国月亮比中国好。其实我看外国电影片连对白也听不懂，看完电影也是一知半解。我不看国产电影有个原因：远在六年以前我看过《中国白雪公主》，片中情节与卡通白雪公主一样，里面也由七个人分担角色，记得有殷秀岑韩兰根，想想看由人去表演卡通的动作，是否

・155・

滑稽肉麻叫人汗毛林立？这部片子大概上海也映过，不知别人看后也同有这种感觉否？我奇怪我们的戏剧家到哪里去了？难道我们这无奇不有的社会写剧本的材料都没有吗？

电影戏剧是反映现实的，《艳阳天》这个剧本无疑是时代的产品，它所反映的现实正如我们耳闻目见一样生动。尤其上海这个大都市充满各种罪恶，做好人确须极大的勇气。敌伪时期一个保长也算汉奸，这对战后政府惩罚汉奸的措施是个绝大的讽刺，其实有些汉奸还逍遥法外，仗势欺人，他们刮的民脂民膏有的是钱，化了条子可以保全性命，更何况要孤儿院做自己的仓库呢！金焕吾不必出面，自有奴才走狗杨大马弼卿替他设计使人就范，类似这种情形太多了，只可惜像阴律师这种有正义感的人太少了。当阴律师同魏卓平赴法院途中一幕爪牙痛殴百般阻扰真令人发指，固然金焕吾杨大受了法律的制裁——这是戏剧，在眼前一样的事情还多着呢！这启示我们恶势力已大过法律保障人体自由范围，但劳苦大众的力量又大过恶势力，不平则鸣，团结就是力量。这世界是有是非的，正同周秉望答复阴律师一样肯定。

阴律师是好人，甚至好得连下锅米也没有了，当他的家被人捣毁以后正悲愤交集之时侄女儿说："……好人就是懦弱就是羞耻……"阴律师却说："……不：屈服在恶势力下不敢为方是羞耻……"此时他已决定了行动，此时他再也不能与人无争太平生活下去了。是的，阴律师敢作敢为，他同恶霸都斗争终于胜利。只希望这社会上多几个阴律师主持正义，把金焕吾杨大马弼卿之流都送进监牢或干脆枪毙！

看了《艳阳天》以后觉得中国电影进步了，无论演员或剧本，我愿放弃我不看国产影片的初意。

剧本主题是争是非　可是争的方式似乎有些模糊

黄锡荣：本人感想综结如下：先不说戏的好不好，国产电影而能够这样吸引观众，从外国电影那儿拉还不少观众，是一个可喜的现象，这也是国产电影从专门谈情说爱中进步以后的结果。

但就故事讲是失败的，这分几点来说：一，与社会现实不够配合，剧本上有些人在现社会中根本找不到，而金焕吾能由汉奸摇身一变站足社会，必有其社会因素在，对于此点曹先生没有交代清楚。二，阴律师是有正义感的，但成了个人英雄主义，只靠他一个人争是非，似乎不很可能。三，阴律师的侄女一角，似乎可以省去，假使不省去的话，那么侄女应该是新的一代，她做了些什么事，她服务的报纸如何性质，此人物给阴律师有何影响，有些什么助力，都应该更明白的说明。四，主题是争是非，但是表演得嫌模糊，靠了法律而争得是非，似乎是一条光明的尾巴，因为现社会的法律究竟是不是这样尊严是一个疑问。五，石挥的演技好像有点定型，总是卖弄噱头，李丽华在《假凤虚凰》中是成功了，但是一定要在此剧中加她一角，似乎有捧明星之嫌。

本片在影坛上，是部有教育意义的片子，摄影方面也比较完美远胜于一般粗制滥造者，在目前剧运低潮中有此成绩大可庆欣了

李世璋：曹禺先生第一部自编自导的影片，《艳阳天》终于问世了，单看连场客满，观众

流泪的情形,就可知此片感人之深了。

故事的主题是否定了"少管闲事"的说法,叙述一个好管闲事,专替被压迫的好人们出头争辩是非的律师,为了一群天真可爱的孤儿,眼看将要流落街头而挺身出来,结果虽受尽了恶势力的磨折,他仍旧觉得"在这世界上,一个好人,受了压迫,不起来反抗,这才是羞耻"。凭他的勇敢和毅力,克复了四周的恶魔,救了一群无依无靠的孩子,回到了往日的乐园,他虽然胜利了,但是法院外面的恶势力,并没有因此消灭,另一纠纷又起,他还是勇敢的干下去,末了导演用了一条长长的走不完的路,来暗示我们,还有更多的社会上的不平,需要我们去铲除它。

事实上,在目前,这黑白不分的社会中,有多少像"阴魂不散"那样肯强出头的人来争是非,辨黑白? 更有多少人是没有把"正义"两字,置之脑后的? "是非不争,也就没有是非"这在影片中已很显明的告诉我们,像阴律师那样的人,是值得我们钦佩,和傲效的。

综合起来说,这是一部喜剧片,演员都能将各人的个性,表达得很恰当,尤其主角石挥用纯熟,老练的演技,来饰阴律师,每一个动作都有一些幽默感,使人一见他,就觉得他有着年青人的血气和活力。"李丽华"好像并没有比在《假凤虚凰》里,来得进步。

最后我敢说《艳阳天》这本电影在影坛上,是一部有教育意义的片子,摄影方面也比较完美,这胜于一般粗制滥造者,总之,在目前剧运低潮中,有如此的成绩,大可庆欣的了。

艳阳天在目前上映是个好现象它带给影坛正确的路向

王松钧:《艳阳天》里面没有曲折动人的传奇式的情节,只是一个很平凡的单纯的故事,正因为要大家觉得平凡单纯,才是反映了现实社会。这个故事正是我们日常生活所接触到的事情中的一件,虽然结局太理想了些,和现实有点距离,但仍不失为一部好影片。

主题是把"真理"昭示给大家,就是阴兆时律师所说的,"是非不去争明白,就没有是非"。妥协求全或是想在缝隙中找生路都不是办法。整个戏的过程中,充满了乐观的战斗的情绪。

作者也许为环境所限制,未能尽量发挥,内容上面似乎嫌不够深入确切。我有二点意见:第一点阴兆时律师带着点英雄主义的色彩,他没有同伴,没有群众,只是单枪匹马的向恶势力进攻。这种果敢的精神,固然可佩,但成功的希望委实不大。在《艳阳天》里面,是靠了作者故意强调,才得到胜利的。

即使说金焕吾下了狱,社会上仍有无数的金焕吾在,甚至有许多比金焕吾更有钱有势,神通更广大。凭这一个阴兆时是无能为力的。

假如,阴律师再遭逢到一块更大的石头,在更重的一击之下,丧失了性命。这个没有群众基础的斗争,还不是就此完蛋了吗?

第二点作者强调了法律的尊严。阴律师在法院里说:"在法院外面,尽管恶党横行,在法院里面可就是正义伸张的所在了。"这似乎只代表一种希望。

总括起来,《艳阳天》在目前上映,是一个好现象。它带给了影坛正确的路向。

好人团结起来　才可找到出路

朱昌平：看过《艳阳天》之后，对于社会这种黑暗的情形，我觉得好像都经历过看见过，这是描写得现实的部分。我国目前的情形，法律是不是等于真理，我们怀疑得很。就是以剧本上的发展来看，金焕吾固然是判罪了，但是在外边的他的无数爪牙呢，画面上只告诉我们暂时打散了，根本还是没有办法。最后一幕，二个人朝前走，走到哪里去呢？也许就是表示好人没路走吧，的确，在现社会中好人是没有路走的，一定要好人们都团结起来，才可以找到一个出路。

本片有二个特点　（一）是取材不落俗套　（二）是没有八股气味

黄钟龄：《艳阳天》是曹禺先生第一次自编自导的处女作品，因为曹禺先生的舞台剧给我们印象太深了，所以我是怀着"看看他对于电影的编导技术怎么样"去看《艳阳天》的。

以整个剧情来说，曹禺先生的取材是正确的，他想要在这个阴沉而黑暗的社会里，伸张正义，明辨是非，要使许多被压迫的人们知觉起来共同奋斗，这是一个新的企图，然而，要改造这个社会，不是一个阴律师可能办到的。

阴律师是一个帮助穷人，爱打不平，有正义，一个乐天派的好人。曹禺先生曾说，中国人有副对联叫做"各人自扫门前雪，不管他人瓦上霜"，所以他把阴律师造成一个不怕管闲事，不怕麻烦，以正义感，恳切的明辨是非，争取真理，来打破这种观念。可是，在好人不能做而又复杂的社会里，以哪种方式来争取真理？曹禺先生告诉我们，就是凭着法律和恶势力在法庭上斗争，固然这是很对的，所不幸的是恶势力潜伏在广大的法庭周围，判处了一个金焕吾无期徒刑，但是还有千千万万的金焕吾在法律以外活着。

阴律师与金焕吾是绝对处在对立的地位，全剧重心也在这两个角色的身上，所以《艳阳天》有两个特点，第一个是取材不落俗套。第二个是没有八股气味。

我以为假如金焕吾不出场，像《日出》里面的"金八"或者予金焕吾以法外开脱的安排，也许更显得他们神通广大，更加有力而完整些，也更接近现实些。

看完《艳阳天》以后的感觉：是曹禺先生为法律做了一次宣传，是的，法律是尊严的，但是事实上今日的法律是不是真能代表真理？今日的法律真的是这样？不能不使我们怀疑。

曹禺先生是最会也最懂得写反映社会的剧本的，在现在的环境下，能够有这样的一个作品，也就不容易，我们相信曹禺先生是痛苦的违背自己的意志含着泪水写成的！

《艳阳天》里面，阴律师唱了一段道情问周秉望好不好，周答："还好"！我对于《艳阳天》的观感，也只能说一声"还好"。

法律的判罪金焕吾　似乎太顺利而天真了

曹荫堂：在报上已经看到很多知名之士对于该剧的批评，有一点他们都指出，就是对于法律的判罪金焕吾，好像太顺利一点，天真一点，在这次胜利后的审奸经过看来，这样的结果是太好了，也太理想了。而事实上往往是办了小的而漏了大的，所以魏院长只当了一名有名无实的伪保长而这样的战战兢兢是很可能的。对于没有写出法律实在有多少尊严一点，我多少原谅他的不得已，因为假使暴露了这一点，也许就不能上演。最后的一幕，二人走路的外景，我认为是多余的，摆了这许多风景，好像变了二人旅行杭州了。我想导演所要表示的只是继续前进，那么一条简单的路，前面表示光明也就够了，这样漫长的加了许多风景要使一部分人莫名其妙。

本片很能道出社会一般黑暗情形

王缵绪：本片很能道出社会一般黑暗情形。开始的一幕，一辆三轮车黑幽幽地行进，最后一幕，二个人在光明的路上前进，就是表示开始是黑暗，结尾是光明，这个手法表演得很好。三轮车夫在出庭时的半途相救！有些落了武侠小说的成套，路上为什么一个警察都看不见。关于剪接方面，殡仪馆尸车的突然接在受击之后，似乎嫌生硬些。

剧本没有角色好

胡文锐：我以为剧本不够好，倒还是角色比较好一些。用律师做主角，是剧本的缺点，律师用的是法律，但是现状下的法律，大家都认为不顶有效。而且阴在交涉不卖孤儿院房屋时，只讲"还是这句话"，"不成"等，似乎缺少律师雄辩风度，在庭上的一段比较适合身份，魏院长应该是有学问有能力的人，但是他表示得太懦弱怕事，不像当得院长的人，这个人物似乎模糊些。他们三人出庭时，遇到流氓的阻扰，应该有路上的警察解救，何必一定要用了一群三轮车夫，显得太低级些。

金焕吾没有表示出他势力的根源与顽强，或者像《日出》中金八一样不出场

曹禺先生这是初次写电影剧本，好像以前他的舞台剧"日出"这样，里边金八一角根本不露面，但很能表示他的恶势力，这里金焕吾是出场的，但没有表示出他势力的根源与其顽强，应该给他加些戏的，或者像金八这样不出场也可以。演员中我认为崔超明林榛比较好。

剧本并不高明　导演手段优美

华景德：作者写这个剧本，当然是一番苦心，但有些地方似乎大意了。孤儿院长因为做过伪保长，恐被人揭发而甘心忍让，我想既主持一个孤儿院，决不致一无成见的受人欺凌，多少总得应付两下。"阴魂不散"受辱而欲报复，侦知金某是汉奸，而就以告发汉奸而报仇，似乎简单，万一此人不是汉奸，而是重庆飞来的将如何？作者假使能写金某为一个有潜势力的现任官吏，"阴魂不散"用旁的方法搬倒敌人，我以为更见精彩。总之剧本不见十分高明，不如过去的成绩。阴等三人上法院被流氓围殴，我以为只要一个三轮车夫来救即行，不必大群，演成一路挨打，一路往法院跑。在法院可多加舌辩，使空气紧张。最后的

与侄女二人跑远路，程度低的观众会莫名其妙，可以不要。对于人物，作者安排恰当，只院长过于无用，"阴魂不散"写成平剧《四进士》中宋士杰一流人物，阴妻十足安分人家妇女，侄女有乃叔风，马弼卿一类人物目今正多，剧中应有此人，汉奸之戏太少，且每一露面，只见发脾气，在法庭默无一言，是作者将人物安排的不够衬托之妙。曹禺导演电影，此为初次，成绩着实惊人，此剧自始至终无处松懈，是为优点。惟一大意处，即阴被砖击倒后，下一镜头即有殡仪馆车出现，观众皆以为死矣，其实是仇人恶作剧，或者该车行走之镜头，应接在再下一段，导演未能明察。演员均属优秀，石挥之"阴魂不散"惟妙惟肖，有人以为过火，我以为恰到好处。李丽华处于配角地位，无什发挥，韩非饰马弼卿，演技甚合剧中人个性，只面庞不再，一如商店伙计。石羽饰孤儿院长最最称职，余认演此角非他莫属。演员化装皆能吻合剧中人，服饰方面李健吾与韩非可时着中服，时着西装，不必始终长衫。石羽在后数镜头着长衫穿大衣最相称。叉雀将一幕中，员外有几句沪语对白，恐非苏语区外之观众所易懂，电影加入方言，其实与戏本身无益。

比过去的电影好得多了　魏院长是智识分子应有反抗

袁重庆：一般的讲比过去的电影已经好得多了。零星的有几点感想：魏院长是智识者，应有些反抗。阴律师应杨大约被打耳光时的表情不够。阴被砖击时，不够表演伤重。侄女这一角，假使没有当然可以，不过以后孤儿院的惨状没有人传达了。至于阴等上法院怎么会没有车子座，受流氓的打扰应该诉之警察。

在目前黑暗的社会中有这样一个剧本也就不容易了

邹斯运：对于这剧本的意见大家也说得很多了。差不多的意见，大家也说论过了。一般而论，我对于这戏也不太满意，而且在这样的社会上，不能有太满意的剧本，这是知识分子的悲哀。不过，在目前黑暗的社会中，有这样一个剧本，也就不容易了，希望以后有更好的社会容纳更好的剧本。

对社会暴露得既不够　争正义的指出更不够

王良材：我虽然喜欢看外国电影，但也看中国电影，因为外国电影所有的技术场面，中国电影是没有，故所以在选择看中国电影的时候，就不得不以内容为主要的批评点。看过《艳阳天》后觉得，初看的时候是很气愤，后来是紧张痛快，但是踏出戏院之后又感到很空洞，因为在我周围找不到阴律师这样的人，而且也不能单靠了他而解决问题。一个好的剧本要能够反映现实，《八年离乱》，《天亮前后》所以是成功的就是如此。中国电影就是以内容这一点争取观众，一部电影一定要问它的忠实性，正确性，给我们的教育如何等等的条件。《艳阳天》对于暴露既不够，金焕吾恶势力的社会基础写得不够，而对于争正义的指出更不够，靠了阴律师一个人单枪匹马的奋斗，就能够得到光明，是太不正确了。我曾看过曹禺先生的《日出》、《雷雨》和《原野》，在意识上都比《艳阳天》正确，所以我认为这个剧本产生于曹禺先生的作品是一种失败，《艳阳天》只能说是一个很动人的故事，因为它不能真实地反映现实。

<h2 style="text-align:center">结　论</h2>

　　共同讨论的结果,大家认为这剧本的主题是激发人们起来争是非,不过争的方式是错误了。因为在黑暗的社会争是非,需要用群众的力量,这里只有一个阴律师英雄式的杀出来,就是三轮车夫的解救,也只是和胡驼子有仇的偶合,假使阴律师事前对三轮车夫们演说了打倒金焕吾的必要,车夫们明了打倒黑暗势力重要之后而沿途保护之,稍为可以有些发动群众的意义。阴律师用法律为争的工具而就得到了光明,似乎告诉人们只要依靠法律就能争是非,这是一个错误的真理。

　　关于其他方面,如殡仪馆的车子,出乎意外的出现,也可以打破平铺直叙的呆板,不过大家认为假使插在房中卧病镜头之后,比较好些,否则观众或将误会已经装了尸首入殡仪馆,而不会认为这是恶作剧前去收尸者。最后的是长路大家也有很多讨论,认为就这样的剧本这样的结尾也可以符合,表示要走的路很长,不过用杭州的外景有欠妥当。至于石挥演技卖弄噱头,不够律师的庄重,李丽华一角的多余等,恐怕是先有这二个主角而后为他们写剧本的结果。

《金声》1948 年 6 月 8 日第 47 期第 2 版

《家》与其他作品　研究资料

推荐《艳阳天》

虞 莹

　　《艳阳天》是曹禺先生电影剧的首次创作,这个戏的主题是正确的。作者感于现社会善良者的被欺凌残害,恶势力的跋扈横行,社会上充斥了黑白不分是非不明的现象,因而创造了"阴魂不散"这种人物来打击恶势力,激励好人起来团结奋斗,要在这样的社会状态下争一个是非出来,这用心,是可感佩的。

　　在戏里,作者把阴兆时阴董修周秉望三轮车夫们保姆以及体弱的魏卓平等等,和金焕吾马弼卿杨大及一群流氓等等对照,判然划分了二座善与恶的对垒的阵营,使观众爽快地获得明确的概念,这是作者熟练的戏剧技巧和运用了简练明快的手法的成就。

　　恶势力的阵营中,马弼卿是刻画得最淋漓尽致了,作者轻轻几笔,把那些操行扫地的读书人的嘴脸,全都给勾画出来了,社会上许多是非,就是这般略通文墨的恶势力的帮凶们所搬弄出来的,这些家伙,我们从《艳阳天》里更明白的认识了。

　　从这些不凡的成就上,我们可确定作者是不愧为第一流的创作家的,但正因为作者是有数的名作家,我们对他的要求,也就更苛刻。因此,我们对戏里某些不容忽视的缺点,也要严正地指出来。

　　剧中作为正义的代表人物,作者却选择了一位个性怪僻的律师。这在现环境下,把法律来象征正义,未始不是聪明的办法;虽然作者明知今天的法律本身是有问题的。可是我们在剧中看到的阴律师,却是耍太极拳,敲鱼鼓间板,跳窗子,打马将牌等的生活散漫甚至轻浮,意识随便,不过富于直觉的正义感,爱打不平的人物而已,这种典型,我们在大都会里的律师中,恐怕很难找到一个吧? 即使有,也该是超然物外的人物,而作者却把这种人物来作正义的斗士,这未免把斗士太漫画化了。也许作者感到好人实在太少,不易找到,才用这种滑稽的怪僻人物,但这种人物为观众很少见,与观众不亲切,再加之滑稽天真,因而在战斗中把严正的题旨冲淡了。虽然我们也不赞成以道貌岸然的说教者来表现,但也不应该把这负有庄重使命的角色,写成浮躁的冲动的唐·吉诃德式的小丑化的人物的。

　　周秉望和阴董修,都是青年人,但在争是非的场合,周却不像阴那样积极的参加,不曾利用这角色在剧中起更重要的作用,似乎可有可无,而且个性也和董修不协调,这使战斗的阴律师显得相当孤独,虽然后来另一场面中有很多三轮车夫赶来为营救阴律师和流氓群起了一阵争斗,但可惜这种真正支持正义的力量未能更充分发挥,他们之来,也使人觉得"不胜侥幸"(因老熊偶然碰着这危局才去找了一批车夫来的);而流氓恶势力却表现的很有组织,很能团结,而又未曾明确指出这些宵小所以如此卖力的原因。再如身为孤儿院院长的魏卓平,却会不知道敌伪时代担保长是否算汉奸,而院中敢于抗拒马弼卿的保姆,竟也一任魏院长这样懦弱的被威胁而不予干涉。这些都有问题的。

一部分人物不够现实,故事也同样有些地方不太实在,金焕吾等被法律制裁入狱,这在观众把现实的体验来对照,是要感到空虚的,不过舍此别无更好的安排,所以尚可原谅,但有些情节的穿插,是太不近人情的。例如,阴府被捣毁时,竟无人过问,虽说地处荒僻,但也不致邻居警察都没有,因这不是盗劫而是打闹,总得有人听到的,那怎会任流氓横行呢?而且事后阴律师也不报警缉凶,毫无办法,一定要知道了金焕吾是大汉奸才能告发他。这使观众觉得好人到底做不得,被打了也活该,还是少管闲事的好,这给观众的印象,不是适得主题相反的效果吗?

因某些故事与人物的虚构,损害了主题,使人看了,明明知道是在看戏,对阴律师这样特别的好人,仅有一种滑稽的好感而已,因此,这人物给观众的分量是不重的。

作者戏剧手法很高明,镜头利用也恰当,所以使人看了还不乏味,我们希望作者能以这高明的艺术技巧,创作些更现实更有力的作品,来指导正在黑暗中摸索的人们。

《大公报(上海)》,《戏剧与电影周刊》1948 年 6 月 9 日第 85 期

《家》与其他作品

研究资料

《艳阳天》中的阴律师

莘 薤

  阴兆时这人物的创造该是《艳阳天》的最大功绩；这是曹禺先生继《蜕变》中丁大夫后所雕塑的另一"好人"典型。剧作者通过这人物的性格遭遇来暴露流氓社会的黑暗，同时指出好人受压迫而不反抗乃最大羞耻。这"好人"并非以冷冰冰的姿态出现，他性格中诙谐，风趣，天真的一面令我想到《黛绿年华》中却尔斯柯本所饰的曾祖父。将这种不年青也不漂亮的人物搬上银幕做主角得需要勇气，能把这种"性格主角"（Character Lead）写得比"才子佳人"更逗人喜爱是件不容易的事。《艳阳天》中阴律师的一喜一怒完全控制了观众，在作者的笔下这个敢哭敢打敢骂的小老头儿是妩媚多姿的。

  但《艳阳天》的缺点也是在阴律师的身上，虽然编导演都已用高乘手腕把这人物刻画得真切动人，但总免不了有"架空"的感觉。阴兆时独当一面与强暴拼命的行径令人间或忆起旧小说中除暴安良的侠客，穿着破盔锈甲与风车大战的唐·吉诃德，以及在卡通中时常出现的《无敌水手》（Popeye the sailor）（它开始受尽欺压，吃了"菠菜"，就浑身是劲地把敌人打得落花流水），以上这些人物的出现当然也是根据于社会背景和公众内心要求。《艳阳天》作者的用意是鼓励好人们不要害怕黑暗势力，大家起来反抗。他又写了魏院长这个烂好人来反衬。人物的理想化倾向本来也不能一定说是错误，但在演出方面的修补不够，使观众尽不能忘怀人物故事与现实距离，感到作者对社会上根深蒂固有金钱后盾及严密组织的流氓势力作了过低的估计，好人应当起来反抗；惟所表现的反抗应取较沉着周密的方式。反抗是理性的战斗而非一时泄愤，得来的胜利才能持久，观众在欢喜赞叹之余未免为这个赤手空拳的穷律师时时捏一把汗，使人觉得阴律师的成功里有了庆幸的成分。同时，作者把恶势力对阴律师的横行捣乱——如打耳光，聚众拦路，丢大石头，在他受伤休养时又叫殡仪馆抬尸气阴等事——做了实写，却把群众对阴律师的支助连系写得轻忽（阴律师受伤后老婆婆孤儿都未去慰视，仅由侄女董修口述报馆为他募得巨款。三轮车夫发现流氓将与阴捣乱的到后来助阵的经过也交代不明和偶然），于是在窘迫寂寞的日子里隔窗怅望雪景时阴兆时的两滴泪珠就长留在我们的记忆中。虽然作者使董修的突然返家化凄凉为温暖，导演手法简洁富有诗意；镜头自窗外推入室内，先让观众隔窗望见里面的灯火辉煌，听到隐隐的笑语喧哗，显出一派和煦气象。可是观众究竟忘不了窗外的雪啊！

  看了阳光下阴律师永久年青的影子使人重新激起生活的勇气，但人们也记得冷巷中抛出的那块沉重的石头。

《大公报（上海）》《戏剧与电影周刊》1948 年 6 月 9 日第 85 期

评《艳阳天》

丁　荔

《艳阳天》是曹禺的第一部影片，大家殷切盼望了他的作品数年之久，一年复一年的过去，而这数年里面，中国却起着翻天覆地的变化，一个作家的起码条件，在今日至少要能做到为人民请命。

但是《艳阳天》呢？我们看了《艳阳天》有大的激动；这激动混合着各种情感，其中最主要的是《艳阳天》不能满足我们盼待了数年之久的感情，似乎我们直觉到作者写作的力量已在递减衰弱，追根寻源的话，这数年里我们的社会有着翻天覆地的变化，我们却看不出《艳阳天》里留下丝毫这种变化的痕迹。远离现实，就无法在笔下写出真实的人物，也无法显出憎爱分明的热烈景象。《艳阳天》虽然有着这样的字句，说"当好人不是羞耻，是好人受了压迫才是羞耻！好人受了压迫也不是羞耻，是一次再次地受了压迫，自己还不感觉是受了压迫才是羞耻！不对，不对，这都不算羞耻，是我们这群好人一次再次受了压迫，还不起来争个是非，跟这群王八蛋争个你死我活，才是羞耻！"似乎作者所鼓励的，是反抗的精神。看起来《艳阳天》对我们这古老民族的"自扫门前雪"的哲学，正是一次有力的反击，要我们为着别人，为着大多数人，为着争是非而起来有所行动，这诚然是一种好现象。但是，所谓"反抗"，重要的不是那个"开始"；尤其还要看那个"后果"，也就是说"反抗"并不是存在于我们的脑子中的一个抽象的思想，它应该是一件具体的事实。就是说，必需要看用什么方法反抗，怎样反抗；反抗什么事物来决定。因为在人民反抗的运动中，不止一次，由于主观的弱点，以及被人所利用，把"反抗"导向了错误的途径，牺牲了无数人民的生命，这还是往大处看，如果反抗仅仅限于好人的打抱不平，做一点好事，在现实生活里，那更只是对反抗本身的一个讽刺。所以我们决不能因为作者写出了"阴魂不散"这样一个反抗的人物，就认为他是要我们起来改造现实。一个作者如果是爱着人民的话，那么他捐出来给人民生存的路，绝不该叫他们去上当，吃苦，或者因此陷在火坑里。不应该用"反抗"来作为人民精神上的空虚的"安慰"。为什么是空虚的"安慰"呢？因为人们受了苦，总得要求宣泄心中的仇恨，现在给他们开一个小洞，放出来一点冤气，如此心平气和，不正是一种空虚的"安慰"吗？你想，这里的反抗，会有什么好的后果？

所谓"反抗"，所谓鼓励一种伟大的精神，如果是这样一个内容，只要拿它来与我们的生活对照，它的避重就轻，就立刻揭露无余了。自然到现在我们还不能断定，作者这一层思想，还是因为远离现实而发生出来的天真的看法呢？抑另有意如此。作者以后的作品，会给我们最好的说明；也就是说，作者在今日是真正的立于"危机"的悬崖之上了。如果未来，真要使我们失掉了一个有才能的作家，为他，为我们的民族，确是令人痛心的，但我们绝不希望有这样一天。

上面，我们还是仅就"阴魂不散"这个人物与他的行为来说的，在《艳阳天》里，还是令人不满的，是对于"法律万能"的颂歌。自然，这可以用检查来为之解释。但是事情真是这样的单纯吗？如果我们写现实的错误，是为着暴露的目的，现在因为检查，却根本勾销了那个错误，那么暴露的目的究竟还存不存在呢？那结果是正；是真呢？这难道就不该估计在内，而在事前加以思考吗？因此而把一切往检查身上一推；对于像曹禺这样一位有才能的作者，我们不愿他有这样的疏忽。

而且，是不是仅仅因为检查呢？我们愿意翻开他十年前的《蜕变》来对证一番。在《蜕变》里大家都熟习丁大夫与梁专员这两个人物。丁大夫是要改造错误的热心工作者，梁专员则是作者所希望的一个好官吏。当时，大家对于他所描写的这两个人物，都有着不同的意见。丁大夫固然需要再次的磨炼；她事实上更会受到重大的打击。尤其梁专员这样一个人物，在这样的制度里即是真的出现了，那他同样会受到打击，而无能无力；绝不能像剧本中竟有旋转乾坤的本领。十年之前，他写出了这样两个人物，我们的解释，是因为抗战初期兴奋的情绪使然，在当时，大家不多少都有着这样的情绪，和对未来有着这种天真的想法吗？但是十年来，最老实的人也再不会有这种天真的想法了。但是，我们的作者，却近乎翻版式的写出了"阴魂不散"与"法庭"。如果把"阴魂不散"和"丁大夫"比较一下，把"法庭"和"梁专员"比较一下，这之间究竟有多少出入呢？真要比较出一个上下来的话，那么丁大夫还有雄心壮志可言，"阴魂不散"已经只能以打抱不平为满足。而梁专员还能是一个具体的人物；而"法庭"只能变成一个抽象的存在了。这之间的变化，是他的思想越来越畏缩，情感越来越狭隘；或者说，因为彷徨得更厉害，对自己的笔，已经没有毅力去把捉。结果，他把梁专员写成一个抽象的"法"，丁大夫写成了一个奇迹式的人物："阴魂不散"。这之间再看不出丝毫"蜕变"的活力，而只是"退化"的喘嘘了。我们说作者的写作的力量在递减衰弱；因为作者能用什么去获得创作的力量与愿望呢？当翻天覆地的变化已在进行的时候，他还依旧逃不出《蜕变》的天地；或者说他自行架起的天罗地网。那么既见不到新鲜空气，就只能自行畏缩了。

在前我们说，作者碰到了危机，这样一对证的话，这是有意；抑是天真！就更令我们关切了。但是，我们却绝不愿意失掉一位有才能的作家，这是我们出自肺腑的热诚的祷祝。

编者按——关于艳阳天的严格批评，我们收到十篇以上。这里刊登了几篇；其余的，因为本刊幅小稿挤，以后不拟再登了。退还的稿子中，有几篇甚精彩——如日木先生的，如田十先生的——谨向他们表示歉意和谢忱。

《大公报（上海）》《戏剧与电影周刊》1948年6月9日第86期

一个学习法律者的看《艳阳天》

张泓湜

当《艳阳天》第一次在上海上演的时候,我因为对于曹禺先生的崇拜与景仰,就很快的去看了这个电影,看了出来,有点感想始终存在我的脑里,很想把它写出来,但是因为:第一,仅是由观看的印象有时可能记忆欠真;第二,我自己对于电影和戏剧都是门外汉;第三,听得人家说:批评一个戏剧或电影最好是等他演过几场再说。有此几点理由,所以就一直没有写。

近来,我曾经找到一本曹禺先生作的《艳阳天》电影剧本,是本年五月文化生活出版社的初版,共一百八十八页。我反复看过了好几遍,脑中的印象不但没有除去反而更形加深,愈加想吐之为快,于是也就不管"外行"与否提笔写来。

四川土话说"装个舅子,像个舅子"这倒有相当的道理,听说有人为了写船夫生活自己就去当船夫;为了写饥饿的情景自己就挨饿;而曹禺先生为了写一个剧本就亲自到过下层社会,这种求真的精神,是值得我们深深的佩服的。现在我就以求真的这一点来谈《艳阳天》,为了根据的容易正确起见,就以我所见得的电影剧本为准,我是一个学法律的人,我愿意用我有关的"本行"来作这"外行"的事情。

首先,我觉得阴魂不散的阴兆时律师对人物的"传真"这一点上是十分不足的,阴律师是本剧的主干,应该愈"真"愈好,但是,《艳阳天》中的阴律师所给予我们的印象(尤其是对一般学法律的人),那简直完全不像一个现行制度下的律师,顶多不过像有着一副好心肠的从前所谓的"代书"、"师爷"这一类的人物。其实,如果不叫他做律师,而叫他做一个知道法律常识的其他工作者倒还适当些,因为他从头彻尾并没有做过一件别人不能做而转对"律师"有代表性的事情。关于阴律师,曹禺先生在原书给他介绍的是"他乐天,达观,也有一点玩世不恭,落拓不羁","他不修边幅,不注意整洁,对一切琐事都漫不经心"(原书第二十页),这便不是一个律师真正应具有的性格。处在现代的时代里,面对着当前现实的环境,哪里还容许一个人去"玩世不恭","落拓不羁"? 而"不修边幅,不注意整洁"这种古代文人墨客才子雅士风流自赏清谈误国的作风,早已不容许存留于我们的时代里了,更何况是一个有正义感同情心能奋斗想上进抱有扶倾拯危志向的阴律师呢? 同时,一个律师的可贵处,就在他能细心的注意每个事情或案件的小节,绝不能够"一切琐事都不经心",如此,哪能代当事人搜集有利证据尽攻击防御之能事? 由于这一点出发,以后便一直跟着错将下去,于是,阴律师便成为了一个综合"骚人墨客","风流名士","慷慨悲歌","见义勇为"的混合体。我想:一个现代的律师是不应如此的吧！曹禺先生理想中的阴律师恐怕跟此也有点两样。

其次,写法官的宣判,更犯了一个重大的错误。当审判长宣判时说"杨大与通谋敌国反抗本国处有期徒刑十二年褫夺公权十四年"(一六七页),这在法律上来说,一个法官真说出这种话来,那这个法官根本是一个不懂法律的法官,哪配来审判犯人?《汉奸罪依惩治汉奸条例》第二条第一项第一款系为"通谋敌国图谋反抗本国"(此固亦可为罪名之一,但条文无此明定,是不合我国法律上罪刑法定主义的大原则的),这尚属小处,可以不论。至于,褫夺公权十四年,则未免离格太远了。依现行刑法三十七条第二项的规定为"宣告六月以上有期徒刑,依犯罪之性质认为有褫夺公权之必要者,宣告褫夺公权一年以上十年以下",可知公权的褫夺在有期徒刑是不得超过十年的,本案系处有期徒刑十二年,当然亦系六月以上有期徒刑态样之一种,岂能褫夺公权十四年? 对于一个法官而言,如此的做法,岂非是故入人罪的违法行为? 哪里还像一个公正严明的法官? 当然,我们晓得曹禺先生的意思是:因为杨大恶性重大科刑应予从重;但是,我们总不能不顾到法律的规定。这种事情总不好让他在法院里公然出现。如果实在嫌罪刑太轻,不足以快人心惩刁顽,则将金焕吾改处死刑杨大改处无期徒刑或并处死刑再褫夺公权终身岂不更好? 何必一定要不顾法律硬来这么做呢?

再如法院的宣判,自起诉开庭后,经过了"春雨绵绵","酷夏","黄叶宁静的落在大门前的草地上","满天飞雪"(一六三至一六四页),绥能宣判,一个审级的当中就是整整的一年,似乎也嫌太慢,通常法院处理汉奸案子是不致如此迟缓的(因为《惩治汉奸条例》第十四条曾规定"汉奸案件应迅速审判并公开之")。虽然我们也偶而听到一个审级会超过一年的汉奸案子,但那倒底是偶然的特殊例外,能否用例外情形去描写原则(尤其是在全剧中认为这个判决是公正的判决),这倒是颇值得我们思虑的事情! 其他有许多描述,在法律立场上来看,还是觉得有些不十分"够味"的,不过,这可解释为文字"渲染""美化"后的结果,倒无足厚非。

我觉得《艳阳天》虽有这么多不满足的地方,但,大体说来,我还是认为它不失为一部较好的作品,对于曹禺先生我也还是始终一贯的衷心佩服。也许正因为我佩服曹禺先生,我总愿作更苛刻的要求,所谓"爱之深,期之殷"情不自禁不能不说,这也许可以作为我对曹禺先生吹毛求疵的一种解说吧!

《大公报(上海)》《戏剧与电影周刊》1948 年 6 月 23 日第 87 期

评曹禺的《艳阳天》

樊灵纹

《艳阳天》的写作技巧，是无疵可指的，然而，它的内容实在有很大的毛病。

我们先看它的梗概：它叙述一个律师阴兆时与大汉奸金焕吾之间的事。阴兆时是个怎样的人呢？他"为那些被残害的朋友们争回若干生存的权利"。大汉奸金焕吾呢？他囤积居奇，他霸占软弱者魏卓平的孤儿院的院址。金焕吾的爪牙恐吓魏卓平：后者在沦陷时做过保长，因此被金的爪牙抓到了所谓"阴私"。阴兆时拔刀相助。孤儿院夺回了，金焕吾入狱；因为金焕吾是个较魏卓平大上好几倍的大汉奸。全书一百八十八页内所写的事就是如此。

通过这些，我们很容易指出：

作者在替现行的法律卖力。

现行的法律真正公平吗？金焕吾如果真是像作者所写的：

"他是一个非常利（疑'厉'之误）害的人物"（见原书第六页）

那么，他"骤然变容，睁大了恐怖的眼，望着，慢慢低下头，关进监牢"实在与那"非常利害"的形容词矛盾。

这是一个最大的失败处。

其次，作者使我们读后，有这个样子的感觉：好人是会胜利的，坏人有被"关进监牢的一天"。

现实足以解释这样的理论，是否正确。

作者像明白这一点，因此，在他对面的梗概上，有：

> ……关进监牢，并不就是结束，胜利也不就是顺利，孤儿院发还，庆功宴才
> 散，阴律师便在暗巷内受人暗算，被一块大石头砸伤了……

这是一个很牵强附会的尾巴，我不明白：逮捕大汉奸的正义——也就是作者笔下的"法律"——力量到何处去了？

这真是：自己打自己的嘴巴！

最后，我应该指出的是：从这部电影剧本内，我们还看得出：作者的个人主义，英雄主义的气氛，非常浓厚。他给我们创造了一个英雄（其实是不伦不类的英雄——他还打太极拳！），他认为这个英雄可以替"那些被残害的朋友们争回若干生存的权利"。我要问作者：为什么"那些被残害的朋友们"不会自己争取自己的"生存的权利"？

我相信,作者对这问题找不出答案来!

还有些不太现实的事,已被人指出,恕我不再饶舌了。

我再说几句题外的话——严格来说,并非与题目风马牛不相及——我认为作者感受美国噱头作风的渲染甚烈,在这短短不足二百页的篇幅内,我们便看到无数逗人发笑的场面,作者的理想的,要肯定的人物阴兆时,有时竟会同唐·吉诃德一样的滑稽,这实在冲淡了该剧本的主旨。

希望作者在现实的深处发掘,仅仅卖弄一些噱头,同技巧,在今日,是落伍的玩意了。

《大公报(香港)》1948 年 6 月 30 日

评《艳阳天》兼论作家的委屈

序

评《艳阳天》，不仅是评《艳阳天》而已。主要的是我们要提出一个问题：作家的写作态度应该怎样？同时要提出一个意见：为了巩固扩大文艺统一战线，坚持思想批判是必要的。因此我们要认识，批判不就是打击，争取的意义应该更为重要。

论《艳阳天》所表现的思想意识

叶　夫

一

一八六一年，《大雷雨》的作者奥斯特洛夫斯基的剧作《自家人好算账》上演的时候，审查官要作者把结尾加以修改，审查官坚持要在剧本的末场插进那个骗子博得哈留辛被捕一节，目的是无非想表示政府是能明察善恶的。

这种删改对奥斯特洛夫斯基是痛苦的，后来在他写给博果金的信上曾这样说：

"……当俄罗斯人看见自己的形象出现在舞台上的时候，我们应该让他快活，而不该使他苦恼。"

奥斯特洛夫斯基所指的快活是有它真实基础的。

如果说《艳阳天》最后汉奸金焕吾的被判无期徒刑完全是凭了作者自己的意志这样处理的，那么我们中国人在今天看到自己的形象在银幕上出现的时候，即使作者是那样好意的要观众得到一点"安慰"，这"安慰"是由阴兆时口里说出来的，"嗯，不远了"，然而这效果是完全失败了，这种背离现实的故事决无法使一个活生生社会里过着血腥腥生活的人民得到丝毫快活的。

二

"作一个'人',作一个作家,是多么在委屈中求存活,是多么痛苦呵!"

这是在文化界推荐《艳阳天》的时候,臧克家先生提出的结论,由此得到了更进一层的理由,就是说作者受到了这种限制"外在的可能比内在的更大",于是为了这种限制,《艳阳天》的有问题是可原谅的。

我们能同意这种看法吗? 不,不能同意,特别是对《艳阳天》这一类型的影片。

这不是一个委屈不委屈的问题,而是作者能不能表现得彻底的问题。这问题的根本关键是在作家的阶级意识和生活,所以这是一个"人的问题"。

因此,我们就可以了解了事实,为什么我们的文艺园地里存在了这样一种倾向:对于新的有的时候爱,有的时候不爱,有的时候爱"光明"只是"想猎奇,为着装饰自己的作品",甚至追求着旧社会里最最落后的东西来描写,而对新的缺乏了解,缺乏接近,不敢了解,不敢接近。

托尔斯泰在他的《俄罗斯的母亲呀》一首诗里如此写:

你是贫穷,又是同样富足,

你是强壮,又是同样孱弱。

这种生长在旧俄的作家身上的双重态度,那种对新的恐惧,旧的憎恶的"神甫主义"同样生长在今天中国作家身上。所以曹禺先生今天拿阴兆时的和旧传统搏斗而得到了胜利,非但是不合理,而且是可笑的有毒的。如果我们拿托尔斯泰对社会开药方而想作拯救人类的先知而认为可笑,但是托尔斯泰的伟大却是能够在表现俄国资产阶级革命发生的时候,俄国千百万农民的思想和心情。而要是把《艳阳天》里的哭泣和祈祷,痴谈和梦想,缮写状子上法庭这些足可代表托尔斯泰精神的,那么曹禺先生只是接受了托尔斯泰的坏处,而抛弃了托尔斯泰那种具有"历史镜子"的价值。

这种抛弃好的接受坏的可称为作家的委屈吗?

唯有从这一个基本的立场去估计《艳阳天》,才能够正确地了解影片的主角阴兆时律师。

三

这个"轻财仗义,专好为人打报不平,对穷苦无告的人们尽力加以援助,对不合理的事尽可能地加以阻击"的阴兆时律师到底可能在今天客观环境里存在吗? 这问题是值得提出来讨论的。即使阴兆时有这样一个人,但他只不过是一个"玩世不恭,落拓不羁"的怪物,他决不是像作者写得那样理想,有办法跟金焕吾那样的旧传统的恶势力搏斗,更不会得到胜利了。

如果我们说阴兆时的好处在他的懂得是非,而能为是非争,然而他的争只是一种"封建主义的个人的侠义行为"，结果除了碰壁以外是没法找到第二条路子的。

而作者生硬地替阴兆时套上了一个真理：

> 当好人不是羞耻，是好人受了压迫才是羞耻！嗯，好人受了压迫也不是羞
> 耻，是一次再次地受压迫，自己还不感觉是受压迫才是羞耻！不对，这都不算羞
> 耻，是我们这群好人一次再次地受了压迫，还不起来争个是非，跟这群王八蛋争
> 个你死我活才是羞耻。

好像在这样一个真理召唤下，阴兆时和这群王八蛋开始争得你死我活了，而结果这群
王八蛋里的代表金焕吾被判了无期徒刑，也就是说把是非争到了，给观众一点空虚的快活
一点不切实的满足。

然而就是这一点快感和满足里面却毒害了观众。

叶绍钧先生说得很对："事实上金焕吾是不会受罪的，因为法律握在金焕吾们的
手里。"

作者没有正视今天的社会的剧变，歪曲了今天人民的进步性，而传播了作者的肤浅的
温情主义，把历史倒退了几十年几百年。阴兆时倒像西班牙的骑士唐·吉诃德，也像那些
御用文人所写的"公案小说"里的侠士清客，替这样一个丑恶的世界粉饰美丽，把远离现实
十万八千里的人物英雄化，而有意无意地宣扬了"恶有恶报，善有善报"那样宿命的观念。
而把那样一个盲目冲动的人物当作改革社会的模特儿，这种在《艳阳天》里的肮脏的虚伪
全部暴露了作者的矛盾，也说明了主角阴兆时的超现实性。

四

阴兆时曾这样说：

> 跟咱们这位青年学学。

他所说的青年是指他的侄女阴董修，也就是曹禺先生理想中的年青人。这位阴董修
是作者的一个肯定人物，也是作者第一次在他作品里出现的肯定人物，我们是应该特别看
重她的。

但是阴董修也像剧中其他人物一样是作者想象出来的，她果真有她的纯真和聪颖，最
后甚至还拖着自己的叔叔一起到遥远地方去争是非，同时我们又看到她哭丧着脸说了这
样的话：

> 这是什么世界，好人还有活的路没有！当好人有什么好处？我们一辈子当
> 好人，管闲事，帮人忙，什么苦都吃过，可是今天，今天，好人就是无能，懦弱，羞
> 耻！羞耻！羞耻！

为什么作者把这样一个理想人物刻划得如此矛盾呢？的确我们承认今天在进步的年
青人的身上是有他们的矛盾的，可是他们的矛盾又是跟阴董修的矛盾断乎不同，这里正像
《雷雨》里的鲁大海不足代表中国新兴阶级的工人，阴董修也不足代表今天中国进步青年，

而且是歪曲了今天青年人在这样一个斗争白热化的时代里怎样发挥了他们的光和热,怎样生活在群众里,把自己作为群众的一分子而发出力量来,决不会像《艳阳天》里那位小姐一样跟了自己那个莫明其妙的叔父找是非,碰了钉子则悲观叹息一无办法的那种个人英雄主义。

由于作者的不能正视现实,也不可能看见一个个进步青年的类型,于是乎一正一反同样表示了作者在处理问题的钟摆态度,非但误解了法律的本质,也贬低了群众的力量,神秘地把一个骄躁自大的没落的书生当作英雄,这种强调个人混乱现象是在阴兆时和阴董修身上同时存在的。

五

造成这些的原因在什么地方呢? 这是因为曹禺先生尾随了各种事件,这样子就可明显地表示了一个特征,即使作者要往进步的路子走,也有事实的限制;换一句话说,脱离了阶级和社会现实基础而提出所谓"群众观点",那是不可能的,他只能走到追求个人的内在的精神世界里,无法指出他们自己的道路,只能做一个旁观的微温的自然主义的说教者,弄得不好,由于不以群众的利益为依归,有意无意的歪曲了真理,无法把握历史动向,把那些邪恶而又有落后的意识传给群众,这种错误是应该由作者负责的。

如果说这种错误是由于诚实的,就是说作家有向上的欲求而无法向上,那么积极而锐利的批判就成为必要了,特别在今天我们善意的要求作者正直地仔细地研究现实是甚于鞭挞的。

反过来讲,假使作者过分迷恋沉潜于自己的才能和技术,真像高尔基说的这批文学者只把人生看作是写书的材料那样的,所以他们只是用无关心的态度眺望着人们。那么"假如现实抓住这些人的皮肤,打他们,把他们从人生底戏剧和悲剧之冷淡的客观的习惯的舒适的地位赶出的话,那么现实,在这些人看来,就怎么样都行吧"。他们只会"自鸣不平,发发脾气,在言语上发牢骚",然而这种人,被称为"扬了名的天才"的,结果会被残酷的历史逐出人生舞台,也会像阿尼克斯特在《我们的文学》一文里讽刺的那些"写象派"或者"构成派"的小布尔乔亚的文学作者,他们的出路是"做广告……有的是替影片做说明"。

今天,面对着我们的是一个最最新的形势,作为一个文艺作家非但要理解现实,歌颂这些新的,要生长起来的,而且应该怎样去"鞭笞昨天的残余,因为这些残余是阻碍人民前进的"。

是于上面所说的,《艳阳天》内容上的贫乏是找出了确当的理由,但我们对于作者是有更高的要求的,因为一个理解自己和理解艺术的作者会被新时代尊重,但比这更重要的是作者应该走在群众中,理解我们的时代里创造的意志,和发展进程的本质。

我们必须更理解,正像高尔基在《关于现实》一文内启示我们的——历史完全说服地证明了为个人的自由而战的无益,并强有力地教示我们,为一切劳动大众而战的必要。

评《艳阳天》兼论作家的委屈

丁　果

一

首先，必须直截爽快地指出，作为艺术作品的《艳阳天》，在主题性质上，以及它所表现的内容上，非常明显，很容易使人认为含有毒素的。

今天，是一个好人与恶人，民主与反民主底血肉横飞，生死决斗的暴风雨的大时代。这个大时代要求有良心的、有正义感的作家们在艺术形象的创作工作中，真挚地逼视现实，渗透现实，掌握自己的写作武器，非常明确，毫不含糊地表现现实的真实。而《艳阳天》的作者，"创造"了一个幻想的、架空的、传奇性的好人——阴兆时（阴魂不散）来对观众（以及剧本的读者——下同）开了一次不负责任的玩笑。无论作者对这作品怎么样解说，在它影响观众的意义上说来，是麻痹了观众对于现实的感觉，从而肯定了统治阶层存在的可能性与必然性；使观众对于垂危的统治阶层寄以幻想，漠视了并且削弱了当前人民大众向反人民势力搏斗的精神意志，这就是《艳阳天》很容易使人认为所含有毒素的地方。

二

在《艳阳天》里，毫无疑义，阴兆时律师是一个正面的、肯定性的人物，"在一个大都会里面，恶势力梗阻在前，大多数人都是怕事的，偶然也有一两个难得的人挺身而起，为那些被残害的朋友们争回若干生存的权利，阴兆时律师便是其中的一位"。。

这里，我们不妨先看看有些作家们对于这样一位爱打抱不平的滥好人的批评：

作者把阴魂不散写得极活，完全是一个有血有肉的人，没有一点做作或夸张。（巴金）

阴律师一再不挠不屈的向罪恶宣战，挨了打，流了血，损失了财产，几乎把一条性命送上。这不可能是，也不能看做是封建主义的个人侠义行为，而应该被视为在善恶是非尖锐斗争之下的一种正义精神的化身；而且，坚决相信正义最后必获胜利的这一点，不但使阴律师他本人忍下了目下的苦痛，洋溢出乐观的情绪，也使得千万观众从中得到了教益和支持。（臧克家）

这个专打抱不平的好人，这个非常动人的律师，我以为是理想的人物，而所谓精神上的人物，现实生活中恐怕是不大有的。但因为我们生活在半封建半殖民地的流氓社会里面，日常所看到所亲受的尽是大小流氓的无恶不作的罪行（包括对外国主子的奴颜婢膝），在我们的精神上是强烈地要求像阴兆时这个忘我地抗击黑暗势力的勇士的。因此还不能说阴兆时是架空的人物。（梅林）

真是这样吗？不是的，所谓"精神的化身"，"精神上的人物"，"理想的人物"，是已经背离了现实，是实实在在架空的，幻想的，毫无血肉的，完完全全由于作者在个人的内在精神世界中构思出来的东西。因此，从阴兆时身上没有一些真实感。因为"他那样乘兴而行，满不在乎，教人看起来觉得是好人中的英雄或浪漫派，不像个平平正正的好人"。（叶圣陶）

关于这样一个滥好人，就作者创造人物这一点上说来，是完全失败的。

第一，作者把这一个滥好人予以漫画化，丑角化。他的一举一动，他的全部生活，基本上是冲淡甚至否定了目前底严肃的，坚毅的向黑暗斗争的行动。他的"乘兴而行"，一点儿也看不出他那"忘我地抗击黑暗势力的勇士"性格的社会根源。

第二，他不是一个"有血有肉的人"，他并不"活"，是作者内在精神世界主观幻想的"做作"和"夸张"。

第三，他的帮助弱小者"为那些被残害的朋友们争回若干生存的权利"，完全是由于英雄主义的优越感。所以，即使把阴兆时作为一个肯定性的正面人物（像有些作家所强调的），这种好人的作风也是要不得的。

第四，他是站在好人之上的特殊人物，他并没有与许许多多好人团结在一起，他并不是千千万万好人队伍中的一员，他是独往独来，主观意识非常之强的。

从《艳阳天》故事的安排上看，作者是作为喜剧来处理这剧本的。因此，我们必须把喜剧的意义了解一下。

喜剧，从其基本意义上说来，并不是逗人玩笑的东西，也不仅是逗人喜笑的东西，固然它必须使观众笑，但仅仅使观众发笑，或者予观众以空虚的安慰，该多么庸俗。因此，最基本最正确的理解应该是：

以嘲笑的手段揭穿当代社会的罪恶以及阻碍人类发展的惰力。（铎尼克语）

如果《艳阳天》的作者，的确企图揭穿社会的罪恶，的确企图以嘲笑的手段揭穿并讽刺这个社会的罪恶，那么，这个对象不应该是滥好人阴兆时，而应该是半封建半殖民地的流氓社会中的代表人物金焕吾，及其所代表的阶层，甚至是较金焕吾为高的统治阶层。但事实上，《艳阳天》所表现的是什么呢？引用电影广告上的说法是：

做滥好人是一种危险，打抱不平有许多乐趣。

仅此而已。

而这"许多乐趣"，加上了阴兆时的吃零食，唱道情，打太极拳，诸如此类的喜寻开心的性格，阴兆时便彻头彻尾地成为一个超乎好人之上的英雄主义者。

谁能说他不是"封建主义的个人侠义行为"呢？

问题显得更严重的一点是,他的决心与金焕吾打官司,完全是由于给杨大捆了一下耳光,家被捣毁了——自尊心受了严重的打击,本身利益受了损害的缘故。只要看,在孤儿院迫迁后,他并没有代魏卓平与金焕吾打官司的意思,一方面固然是魏卓平太懦弱,但另一方面阴兆时也不积极,他只感到不满。孤儿院移迁后,他感到凄凉,这固然是一种情理的发展,但没有强烈的爱憎是很明显的,没有坚毅的战斗意志也是很明显的,这因为事情究竟并不与他发生切身的利害关系。待后来他自身受到了屈辱,而看到了金焕吾有隙可乘,他才坚决与他打官司,以挽回他已失去的尊严。

这一个发展,可以看到他的"勇士"姿态是多么单薄!

结果,法律给他争回尊严,法律给他扬眉吐气——这是全剧最严重的问题!

在这里,我们再不妨看看有些作家们的意见:

> 事实上金焕吾是不会受罪的,因为法律握在金焕吾们的手里。看戏的一班好人平日恨着金焕吾们,奈何他们不得,在影片上看见金焕吾被判无期徒刑,也就有些"过屠门而大嚼"的感情。然而散出来一想,就不免有空虚之感。(叶圣陶)

> 电影内容简单,可以中国俗语"善有善报,恶有恶报"两句话做结论,这是合于人们内心的期望的。就因为世间所见,未必尽如所期,于是又令人观后有疑真疑假之感,这编导方面一定也颇感布置为难的。(景宋)

> 作者所提示的主题虽未能完全满足我们的要求,但在今日的客观环境限制之下,有这样的一部影片给我们看,已经够使我们喜悦了。我们应该玩味作者的"难言之隐"。(熊佛西)

> 观众们在电影闭幕之后,带着疑问一起走开了,这疑问是:"今天的法律是否代表真理?"……这一问,正问到痛痒处。我想这是作者受到了限制,这限制,外在的可能比内在的更大,更多些。这却是一桩令人痛苦的事,曹禺先生本人的感受所给他的比起我们旁观者来也许还要厉害些吧。在中国,在现在,作一个"人",作一个作家,是多么在委屈中求生活,是多么痛苦的呀!(臧克家)

综合这几位作家的意见,都认为法律判了金焕吾徒刑而给阴兆时胜利使全剧失去了真实感。这个意见是百分之百正确的,所遗憾的是原谅了作者。应该明确指出这是促使全剧彻底失败的一个极端严重的问题。

我们必须认真地理解,任何一件作品给予观众的教育意义只能是一个,不能有二个,即是如果不是"正面"的意义,那一定是"反面"的意义。

而现在,《艳阳天》就在这个"结局"上麻痹了观众对于现实的感觉,使人相信法律代表了真理,从而肯定了统治阶层存在的可能性与必然性,使观众对于垂危的统治阶层寄以幻想，实现了并且削弱了人民大众向反人民势力搏斗的精神意志，因为它给予观众以空虚的安慰与满足。这是《艳阳天》严重失败的地方，是使人认为含有毒素的地方。

如果一部作品的对象仅是有修养、有认识、有见地的观众，这部作品便失却了意义。

如果一部作品不能由故事表现主题，表达内涵的意义，而必须另由文字解释意识，这部作品便失却了意义。

批判，与评价一部作品，应该从作品本身出发，把基础放在群众利益之上；这样，才能得到正确、有益的结论，才能达成批判的任务。原谅并不能使作品得到应有的评价，对于作者与观众都不会有好处，特别是犯有严重错误的作家。

四

在今天，是进步的与反动的两种思想正在进行着空前的，尖锐的战斗的时候。任何一件文艺作品的主题绝不可能也绝不容许模糊不明的。任何一件文艺作品的内容，都会非常清楚明白地表现作者的思想意识。在《艳阳天》里，可以看到，作者的思想意识是脱离了人民革命的斗争阵营的。在《艳阳天》里，充分表现了作者纯粹主观主义的创作偏向。检视一下作者过去的作品，如《蜕变》，这种偏向其实早已存在。作者维护旧统治的思想意识表现在《蜕变》中的是代表统治阶层的梁专员的正直无私，表现在《艳阳天》里的是法庭的为好人"争回若干权利"。而梁专员是不是个真实的人物呢？这也很早就成了问题。

从这些地方，作者的思想意识很可能叫人相信与统治阶层的思想意识有着血缘的关系。"在这种情况下，他就不可能真正表现人民斗争的真实，而他那自以为正确的人民立场（主观）必然是抽象的，不能解决问题的。"而在《艳阳天》里，作者不仅不能解决问题，反而使问题更加严重了。

对于这样一种追求主观精神的倾向，对于这样一种脱离人民大众的倾向，对于这样一种为统治阶层伪善说教辩护的意识倾向的作品，我们绝对不应该认为是"作者受到了限制"，绝对不能应该认为是作者的"难言之隐"。作者的这一种倾向，这一种写作态度万万不应该原谅，必须相截爽快的予以批判！

而这批判，是建立在群众利益的基础上的。权衡轻重，原谅与宽容了作家的"委屈"，即是对人民大众的不负责任，而每个作家或批判者却都应该具有高度的责任感的。

当前文艺战斗的总方面非常明确：反帝反封建。因而巩固与扩大文艺统一战线是完完全全必要的。这里所谓巩固与扩大是有原则有条件的，一团和气与宽容原谅并不能使文艺统一战线扩大，争取要看对象，健全的文艺批判才能使文艺统一战线巩固起来。

在文艺统一战线的"思想斗争中要无情地加以打击和揭露的是那各种反动的文艺思想倾向"。这一个原则，我们必须要坚持！

五

最后，我们不妨检讨一下所谓作家的"委屈"。

在黑暗,腐败的反动势力统治之下,民主自由是被剥夺得干干净净的了,任何一个具有良心和正义感的作家受到束缚,压迫和委屈是必然的事。问题在于作家亲身经受了这种遭遇,他是怎样的看法,他将怎样的应付?

这首先关涉到作家的世界观和人生观,关涉到作家的思想意识与生活态度。

要是一个作家并不生活在狭窄的,与人民大众脱离的小圈子中,他是与人民大众痛痒相关,血肉相连,同一呼吸,同一脉博的话,那么任何压迫,摧残人民大众的反动势力,使人民大众感到委屈或者遭受到扼杀,都会使作家强烈地愤恨;那时候,作家的委屈感便一定发展为坚强的反抗意识,从而运用他的思想武器,向反动势力进行殊死的搏斗。

反之,要是一个作家在意识中存在着自认为作家是别于人民大众的,甚至认为作家自成为一个阶级,不是超乎人民之上,便是站在人民之旁,是一个旁观者的态度,观察当前在发生的变动着的事情。从这个立场上,从个人观出发,凭了主观意图去摄取题材,以突发的感情激动去感受事情的内涵意义。使现实服役于他的主观意图。那样子,他的委屈感事实上已经化为乌有,而作家内心的爱与憎已经逐渐模糊而消失了。于是他向反动势力缴了械,因为广大的人民大众的爱憎与他个人的好恶是不相关连的。

生活态度决定思想意识,思想意识影响生活态度。作家要不是作为人民大众的一分子,他就必然作了统治阶层的应声者或是代言人,永远在这个阶层的泥淖中兜圈子。作家的思想感情永远是脆弱的,不健康的,贫血的。而他所创作出来的不能把握历史动向,坚持革命的现实主义的创作方法的作品,难免不是虚幻的,含有毒素的作品,在这个壮阔的革命浪潮汹涌澎湃翻江倒海的时候。

因此,所谓作家的委屈,不应该也不可能是掩饰作家失败的遁辞与借口,而应该也必须是激发作家向反动势力进行斗争的基本力量!

六

"作者不能尾随各种事件,他应当走在人民的队伍中,向人民指示他们发展的道路。作家应当以社会主义现实主义方法为指导原则,正直而仔细地研究我们的现实,更加深了解我们发展的进程本质,去教育人民和在思想上武装人民。"这是作家应具的任务。

"一切革命文艺家美术家,只有联系群众,表现群众,把自己当作群众的忠实代言人,他们的工作才有意义,只有代表群众才能教育群众,只有做群众的学生才能做群众的先生。"这里告诉了我们的作家应该具有怎样的生活态度和写作态度。"如果把自己看作群众的主人,看作高踞于'下等人'头上的贵族,那么不管他有多大才能,也是群众所不需要的。他们的工作是没有前途的。"——清除坏倾向,改造思想意识,在当前的革命文艺运动中该是何等重要的工作。

评《艳阳天》作者的精神生活

海　尼

一

一个作家忠实自己和理解艺术是一件可喜的事情,就因为此,曹禺先生曾经被一些读者们所爱戴过,可是,从《雷雨》至最近的《艳阳天》,时间自一九三六年到一九四八年已经有了十三年之久,中国社会早已在剧变,这剧变正配合着今天广大人民的翻身,只有紧紧把握着这历史的发展进程的本质,并且作者自己必须要投身到这伟大的历史斗争中才能产生和好的作品。

曹禺先生并不曾紧握住这一点,因而,《艳阳天》是完全失败的了!

这里是一群看过《艳阳天》过后的观众们话;

——我曾经狂热地喜爱过作者的作品,可是现在我明白,我的狂热正表现着我这个小有产的病态……

——我看过《艳阳天》,很高兴自己是在跟时代走,当我再重读作者所有作品时,我对那里面的人物有点不耐烦了。我明白我为什么会这样,因为我没有没落,我在进步——

——作者仍停留在"乌托邦"的生活思想里——

——表现在《艳阳天》里的胜利的快乐气氛是勉强的,不自然,不现实的——

这证明了什么,是证明了历史教会了人们去认识,去思想,这种批评是进步的,尖锐的,也是可喜的!

同时,也即说明了一九四八年和一九三六年究有相当距离的路程了!

我希望曹禺先生能把这些曾经喜爱你的作品的读者们的话考虑一下,一个真正好的艺术工作者是不怕鞭挞的,假如这些鞭挞确对作者有益的话。

二

总结所有的对《艳阳天》的批评,得出这么一个结论:阴兆时是不真实的,即是说,现实里断不可能有这么一个"英雄"能单枪匹马斗过恶势力的! 这种批判是正确的,也是科学的。

现在解剖一下作者为什么会创造这么一个奇怪的幻想的人物? 明显地,这奇怪幻想的人物,作者在精神意识里是那么喜悦着的。

检查作者过去的作品，和在作品里反映出的作者思想意识，我大胆地有这么一个感觉的结论，作者的心是寂寞的，这寂寞养成他的性格喜爱孤独的偏向，由于这偏向，一种精神生活的冥想对他变成为诱惑，也就是这种诱惑，使他拒绝正视现实，也提不起勇气面对斗争的生活，切身去感觉，去体验。他的否定人物比肯定人物写得好，便是一个例子。不过在作者内在的深处另一面，有一种不甘心的，矛盾的，"热"的思想，常常出现和那种寂寞的，孤独的"精神生活"在纠缠，争斗。这种"热"，在作者整个思想上说是很可贵的，很好的。不过，一种凭空的"热"，也即是：脱离了人民生命真实的生活感，这种"热"，必然地会陷于空想，幻想，变成为个人牢骚的武器。作者创造阴兆时这个奇怪幻想的人物，便是透过这种思想产生下来的。原想给观众一个快乐的礼物，因为是"凭空"，所得的结果却跟作者企图大相反，这值得作者自己去警惕的。

三

根据上面的分析，阴兆时的侄女阴堇修作者决不可能创造出一个活的完整的形象。不可能，因为作者无法理解这新的一代。从《雷雨》里的周冲，《北京人》里的袁圆，作者只能抓住这些可爱的"新人"一点点极其粗薄的外表，尤其最近几年来，青年们进步迅速的程度是极其惊人的。他们的勇敢和处理事件上的"熟练"，他们懂得如何跟敌人作战，以及正确地运用各种各样战斗的方法，我们决不能因他们脸上的稚气，动作的天真，而忽略了这个暴风雨动荡的时代他们真正正视了现实，而且把握了现实，投身于现实的洪流中。不管在这些青年群中，间有不同的类型，也存在着他们的矛盾，可是他们只有认定一个目标，那就是"冲"！"干"！即使失败，也绝不会发出阴堇修小姐那么的什么"当好人有什么好处……可是今天好人就是无聊，懦弱，羞耻……"这些丧气牢骚的话的，更不会同情着这位似癫似仙的叔父那么盲目乱冲！

作者不曾把阴堇修写好，是由于生活，由于仅凭"乌托邦"的热情，去推猜，去臆造，没有实感，没有整个心灵去爱好。阴堇修失败，自其必然。

四

在《艳阳天》里作者是无疑地把金焕吾作为一种罪恶的化身和象征。但作者却把主要的问题忘却了！即是：这种罪恶是谁在掩护？是谁造成？贼有头，债有主，纵放并赦恕了真正的主使者，而把他的手下喽啰们枭首示众，给人心一个痛快，这是舍本求末，会把是非颠倒的！而且也难合于思想逻辑。这样，就难怪人们要批评作者思想意识里和统治阶级有着分不开血缘的成分，这虽有点过于严厉，可是在客观上，《艳阳天》的影片演出，确模糊了观众的观念，大多观众教育程度还是很脆弱的，在金焕吾判了无期徒刑痛快欢呼的声中，会忘却了现实中真实斗争的一面，使辨不清真正存在着的敌人！

<h1 style="text-align:center">五</h1>

我没有忘记曹禺先生在一次偶然晤谈中的那句话："慢慢来，时间会使我有好作品出来！"（大意如此）

一个忠实自己，理解艺术的作家是新时代绝对尊重而需要的，在我个人，是相信着曹禺先生将来终于会创造好作品出来，这些作品真真地是属于那无数无数缄默坚忍的灵魂的！

托尔斯泰在成名后，他的生活思想起了突变，这里是他在忏悔录里写下的话：

> 我生活在疯狂的情形中时间很久，这是我们自由主义者的有学问人底事实。可是，一种身受的，奇特的不安和痛苦，强迫我去了解那些真实的劳动人民，然后发现他们并不像我们的瞎想的愚笨，也许因为我的信心的忠实，假使我不能从事实中了解什么，我唯一的一条路是自杀，总之，我本能地感觉到了，如果我还要活，还要了解生命的意义，我一定不能在这些已经失迷了路的寄生者的人们中间寻找意义，我必须对过去，和现在的成千成万的人群中去找寻，他们了解生活的意义，他们是担负了他们的生命，甚至还担负了我们生命底负荷的。

十九世纪是托尔斯泰未能扔下"生命的负荷"，而今天，而对着这样一个文艺作家应该发光发热的新时代面前，曹禺先生要是不甘心于"生命"停止，他的生活必须需要一次突击的冲，把自己真正火热地冲到斗争生活里。

<h3 style="text-align:center">艳阳天本事（附录）</h3>

在一个大都会里面，恶势力梗阻在前，大多数人都是怕事的，偶然也有一两个难得的人挺身而起，为那些被残害的朋友们争回若干生存的权利，阴兆时律师便是其中之一位。

他有一位朋友魏卓平是惠仁孤儿院院长，一位良弱可欺的好好先生。孤儿院靠码头近，且又相当僻静，便被一位富商金焕吾看中了，想买过来做囤货用。他的爪牙杨大利用一个叫马弼卿的做引线，和魏洽谈，但是魏经过阴律师和他侄女阴董修的规劝，才不肯贸然答应。但杨大握住魏在沦陷区当过保长的把柄，强迫他把孤儿院卖出。合同签字以后，魏和一群孤儿被撵出去了。钱一个也没有拿到。

现在孤儿院里面装满了金焕吾囤积的货物。隔邻阴律师一家人，原来欢欢喜喜过着自得其乐的日子，如今听不见天真儿童的呼笑也陷入愁闷的心情。然而有人揭发金焕吾囤货，孤儿院的旧址被查封了。

阴律师过四十整寿那一天，侄女董修和她的好友周秉望从杭州回来。在这一家人团聚的一天阴律师去赴金公馆杨大的约会。他疑心阴律师向官方告密，把他辱打了一顿，同时又叫流氓捣毁他的家私。

魏院长来给他老友拜寿,看见的只是一片残桌破椅。但是他带来一个秘密,那就是金焕吾在沦陷区原来做过大汉奸,他因为充一名小小保长,所以有机会认识这位摇身一变的大富商。阴律师一向就感觉做滥好人是一种危险,如今还击的机会有了,他当然不肯放松。

金焕吾的罪行终于被他检举告发,金被捕,杨大没有落网,在外面纠集了一群流氓,一再和阴律师为难,设法拖延审判。但是阴律师在开庭的最后一分钟冲出宵小的围击,和受害证人赶到法庭。金焕吾的金钱和地位完全失效,和他的爪牙进了监牢。

关进监牢并不就是结束,胜利也不就是顺利。孤儿院发还,庆功宴才散,阴律师便在暗巷受人暗算,被一块大石头砸伤了。初春的天气给阴家和友好带来的只是忧虑。但是鼓舞也有,董修的报馆就为这贫病交加的阴律师聚了一笔捐款。这黑白不分的社会是少不了这样斗士的。所以四五月的艳阳天气,我们看见阴律师高高兴兴又和侄女打抱不平去了。

《评〈艳阳天〉兼论作家的委屈》上海文艺论丛社 1948 年 7 月版

评《艳阳天》

项 羊

剧作家曹禺阔别观众已有多年，自从《蜕变》和《北京人》问世以后，除了在《安魂曲》中饰演过莫扎特，并经常做一些教育工作之外，我们知道他在集中力量写一部《桥》，并且知道他在这部戏上下的功夫仍然像以前一样的精深细微，为了抗战末期世界形势几度激剧的变化，他曾几度撕毁《桥》的原稿，我们只知道这是写民族工业的戏，它的第一幕曾在一本杂志上刊出，但其后却又音信渺茫，若干人曾因此结论到曹禺的创作已经枯竭，到了绝境，如果他一定要保持艺术上精致的记录，则怕要写不出了。我们自然不信这个，对这样一位卓越的作家，我们所等待着并期望着的是他的《蜕变》，我们觉得，促使他几度易稿的原因，不会是"语不惊人死不休"的追求，而是前进得更快的时代，超越了他的步伐。这样，《艳阳天》的出世便答复了我们这一渴望，虽然这答复并不是满意的一个。

在《艳阳天》里我们看到精致的人的塑形，尽管是出场一二次的角色也细致的帮助发挥了这个，这本戏的成就是在这里，但也只在这里，因为作者的创作方法仍然是从个人出发，又完成于个人，我们找不出反映在个别人身上的社会关系，而如果仔细去找，便要揭出丑陋的漏洞来了，对照着现实的腐烂，戏中的法庭、控诉，都成了美丽的谎言，阴律师所赖以完成他的个人英雄的力量，比起丁大夫所依靠的梁专员还更其"喜从天降"，"好人要起来争个是非"，这个主题本是肯定的，但一定要这好人在法庭上得到胜利，则恐怕并不能达成鼓舞怯懦者斗志，反而隔阻了由个人争是非到群的力量这一进步的萌芽，就在已经觉悟的很深的广大观众面前便会饱受批判的，那么我们更会觉到作者的意识仍然局限于个人观点的虚伪的客观，阴律师所受的迫害，可能是作者感受最深的，但创造出阴律师来"打尽天下抱不平"，却不能不属于旧式的幻想，这部戏所告诉我们的，仍然是作者这个善良的灵魂的极度痛苦和呼喊而已，而作为代表的一场戏便是阴律师被打后的"愤怒交响曲"了。

而且，戏的人物也并不依附于社会意识，相反地社会意识倒像是为了这些人物才是这样的，曾经是像《雷雨》里所表现的运命一样不可抗拒的金八，因为有了汉奸的头衔便俯首就范了，曾经点缀过雷雨的鲁大海，又曾在《日出》里那样微弱地呼喊过的劳力者，在这里进步为三轮车夫之群，但这个群的出现却似乎只为了"救驾"，而救驾的目的，除了组织剧本发展上的要求外，便很少再有什么了。"争个是非"本属于社会发展的范畴，如果把它附属于凭空的"个性"，便如同用抽象的美德塑一尊偶像，如果再想叫人崇拜，则尽管用最成功的艺术手腕，也难免于悲哀了。

所以我们并不能从这里看出曹禺的《蜕变》,而必须从另外的方向去找。那么我们便看见:曹禺已经扬弃掉他那种作品超越时代性的创作观念,而切实地把握住现实的素材了。在风格上《艳阳天》也是散文气息的,一部分的描写成为很好的报告文学,这和曹禺旧作的强烈的诗的气息也判然不同,不管他所铺陈的现实是怎样地与现实乖谬,但这个跃进对于曹禺说却有着分量很重的价值,而促成这个跃进的,便是比人还强的形势了。

曹禺是否能有健康的生命,便要看他是否能把"曹禺的技巧"和为人民的文艺结合,他还需要大步向现实迈进的。

《大公报》(天津版)1948 年 7 月 29 日

《家》与其他作品

研究资料

我看《艳阳天》

亦　五

　　最近，听到说在上海将有一个影剧批评的刊物出现，而且还听说首先被"开刀"的，就是曹禺的《艳阳天》；将有一个极严格的批评云云。

　　在没有看到他们几位先生的文章之前，先说说我个人的看法。

　　我不否认批评的功效，尤其在目前"色情""流氓"——我把那种表扬"美国英雄"的开打片，列入"流氓片"内——片横行的时候。因为适当的批评，不仅可以帮助观众了解一部片子的好坏，而且可以——希望不必太高——协助编导更进一步去创造更有意义的产品。但是我反对吹毛求疵着公鸡下蛋的批评文字。我觉得这些朋友们热情有余，而对现实的了解似乎还差一点。假如他了解在"此时""此地"，难有很理想片子出世的道理；而还硬要大大指摘一通，那大概是存心"挑眼儿"，我也没有什么话可说了。

　　对《艳阳天》最不满意的，是我的一个朋友 G，他说："以曹禺之智，难道连现在的法律是为什么人的利益所订的都不知道吗？既知道而让阴魂不散去向法律申诉，而且一再强调现行法律之尊严！是欺骗！是歪曲！"

　　我说："依你呢？这个仇如何报？"

　　"把三轮车夫组织起来！以牙还牙！不必绕弯子！"他非常肯定的说。

　　"你这办法干脆！"我笑着说："且不说检查官的剪刀；就是电影公司老板那一关也过不去。因为现在还没有肯陪着剧作者吃官司的老板！"

　　"照你说来，"G 还愤愤然："曹禺这歪曲事实欺骗观众！是情有可原的了？"

　　"不！我没有替剧作者辩护的意思，我只是说此时此地，当一个有良心的文人之难！我也承认你指摘的那一点是对的；但是我实在找不出一个更有效的处理这场公案的手法来！用群众的力量来打击恶势力，像你说的那办法，尽管实际上有人在作；但是搬到银幕上，恐怕还得等一二年吧？"

　　"可是剧作者这粗心的错误，"G 稍微缓和了点："还是需要指出！"

　　"是的，"我说"从你的指摘，我倒替作者想到一个补过的题材。你不说现在的法律，只是替少数人说话的法律吗？假使有个作家，把这真相用具体的事实，在银幕上拢出来，它的力量可就大极了！"

　　"好呀！好呀！"G 兴奋的直拍大腿："这一类材料多得很！窃钩者诛！窃国者侯？两

句话就把所谓'法'的丑像给揭穿了!"

"不过这可是个最难处理的题材!说不定当编导的——有正义感的作家们,人家早就琢磨过几百遍了!"

G 怅然若失。我也为之黯然!

再一种对《艳阳天》不满的,是觉得阴魂不散这个人物士大夫气太浓。从外型到内心,无一处不显出他是个旧型的知识分子。不爱修饰,抽烟,打牌,弄渔鼓,轻视女人,痛恶恶势力而又不信任群众力量,缺乏理智的思考,打抱不平只是为了精神上"痛快!痛快?"等等。

"知识分子",在目前是最倒霉的一种人物。不仅旁人瞧不起,连自己也瞧不起,这真是最可哀的一群。在这样"群"里出了个打抱不平的阴魂不散,因为出得这样冒失,其引人侧目是当然的了。

朋友 K 可以代表这方面的看法。他说:"显然没有这种人物!真真的敢于面对黑暗战斗的知识分子,绝不采取阴兆时这种方式。他这是个人英雄主义,在这个时代已经无能为力了!"

"他应该找出这个不平的根源,连根铲去!"K 继续着说下去:"他更应把自己的缺点检讨检讨!再深一层进到——譬如三轮车夫及那些向他求救的穷苦的群众中去,这样,他的成就会更大,他就会是我所喜欢敬佩的人物!"

我望着 K 的表情,他说话的时候很严肃,而且他这话也决不是人云亦云,是曾经想过了再说出口的。所以我很受感动。虽说实际上我不完全同意他的意见。

我说:"在我眼里,阴魂不散这个人物也不够理想。他有许多缺点;最成问题的,是他似乎是与目前事实有很远的距离。我们看银幕上的阴大律师,同实际上的阴大律师,简直是两个时代的人。因为实际上的阴大律师,就算他麻木吧,但在周围发生的大事,还是可以影响他,而从银幕上的阴律师身上,我们却一点也看不到那足以使人兴奋的影子!"

"不错!不错!"K 点着脑袋说:"除了从几个汉奸身上看到点时代丑恶的影子外,再也找不到其他了!"

"这是作者有意的闪开这个问题!原因是大家一猜就懂的,因为有比金焕吾更恶毒的魔手伸在那里,这双魔手使许多剧作者哭笑不得!软弱如曹禺,也只好认输躲着他走了。在无可奈何之中,当然只好挑出阴兆时这样一个'乏货',来给知识分子打打气了。"

"你倒善于替人开说!"K 笑指我说。

"这也不一定,例如今天在这里上演的这部片子,"我指着电影广告《十步芳草》说:"就没有这个闲心!我喜欢艳阳天的地方,是曹禺创造了个完全中国型的人物,在国产片中像这种'纯国货'的人物,实在太少见。他有缺点;那是我们都有的缺点,你看一看过了四十的中年人,念过几本旧书的知识分子,哪一个身上没有阴兆时的影子?曹禺捉住了这个人物的几个特点,凑成了这样一个人物。从艺术观点说来,他是成功的。若从主题来看,作者的本意是很好的,他要打破中国人'各人自扫门前雪,休管他人瓦上霜'的自私观念。这种观念的养成,自有它的客观原因在。当然,最彻底的办法,是怎样铲除这养成人们'怕事'的根本原因。可是那是革命家的事,而不是阴魂不散的能力所能作到。曹禺笔下是个可怜的好人,而不是个有认识有毅力的社会改革家。把这一点分清了,我们对阴兆时就有可以原谅的地方了。你说是不是?"

"你说的也对,可是太偏了点,我说那是歪理!"说了后,便站起来走了。

《剧影春秋》1948 年第 1 卷第 1 期

关于《艳阳天》

汪　扬

在中国的剧作家中曹禺先生是一个写作态度严谨的作者。人们不会忘记,几年来他曾产生了《雷雨》,《日出》,《原野》,《北京人》,《蜕变》这些优秀的剧本。正因为他在话剧上有着如此光辉灿烂的成就,所以他从事电影工作的第一部片子《艳阳天》的放映,也就为我们久所企望的。

《艳阳天》的内容说来很简单,它述叙了一个浑名叫作"阴魂不散"的律师,生性好管闲事,因为恶霸用种种卑鄙的手段强占了一所孤儿院而打抱不平,要为一群无父无母的孤儿伸冤,虽然因此自己挨了打,家给捣毁,可是他并没有在恶霸的恶势力之下屈服,在公正的法律之前获胜。"真理"终于胜利,"是非"终于分明。

看过了这故事,我们看出曹禺先生所要描写的是"善"与"恶","好人"与"坏人"之间之斗争,作者所要表明的是人间应有"真理"和"是非",请听一下剧中主角阴律师在自己被殴辱了,家亦被捣毁后的控诉:

好人不是无用,好人不是羞耻,好人不能永远受迫害! 如果,好人受了迫害不知反抗,才是无用! 如果好人受了凌辱不自觉悟才是羞耻!

似乎作者写这个剧本主要的是为了唤醒那些不知道自己被迫害的人群,这个主题是值得加以肯定的。不过,我们如果进一步来检讨这一故事的题材时,都不难发现它是缺少真实性的。或者说,像这么一个结局是未免太充满了作者主观的乐观成分的。一如他过去在《蜕变》中对梁专员的创造一样。

在《艳阳天》中,我们只能作这样的一个解释,即是作者所着力召唤的,乃是一种精神,一种"争是非"的精神。所以剧中人物才被他提高超越在现实之上,几乎走进理想的境界。

理想是不妨有的。我们并不反对一个作家利用他的著作来向读者表达他对现实社会的理想。然而,要使一部影片(作品)能够真正感染观众的心灵,反映现实,富有教育意义,那不仅是单纯要求艺术家对观众真实。最要紧的,却必须唤起任何艺术家注意建立一个对现实社会的正确看法。

惟其因为我们珍惜像曹禺这样一个出色的剧作家,他的作品在广大群众间具有深刻的影响,就不得不向他有较苛的要求。

换句话说,当我因影坛正为某些倾向不良的影片泛滥成灾的时候,《艳阳天》的出现,就其主题的积极,作风的严肃来说,多少还是件值得庆幸的事。

1948 年《综艺》第 1 卷第 1 期

曹禺的彷徨

青　苗

在曹禺所有的戏里，我觉得《艳阳天》的主题的把握最模糊，而且是最值得商讨的。如果允许我们说得夸大一点，那么在《艳阳天》中，我们不仅看到了曹禺对丑恶的现实的鞭击和对于一个善良的理想的努力追求，而且更看见了他在这苦苦追求中所表现的彷徨和迷乱。我们绝不是浅薄的革命论者，打着教条主义和公式主义的旗帜来评论曹禺的作品，要他走同样的道路，或要求他更其深入的发掘现实。比如，对那色彩浓厚的神秘主义的《原野》，我们可以予以喝彩和赞歌，因为这是一件成就很高的艺术品，但是对于《艳阳天》，在喝彩和赞誉之外，我们还得痛切地加以探讨，因为，《艳阳天》好像易卜生的戏一样，它是企图来解决一个社会问题的。

暴露的黑暗面是片断的剪影——

《艳阳天》里所暴露的黑暗，不过是一个片断的剪影而已，但这并不是说，我们不满意这个片断的暴露，而期望着曹禺扩大眼界，暴露全体。问题的焦点是在于：怎样把握和处理这个片断的现实，如果不通过全部的现实来描述一个片断的现实，那就等于不通过森林而看一两株树木一样，我们要求所有的作家都作现实的主人，而不作现实的奴隶，换句话说，我们是在指导和评判中来发掘和反映现实的，绝不是用照像式的方法来临模现实的。

那么，现在，我们进一步来探讨《艳阳天》吧，它所表现的黑暗绝不是由于几个没有良心的恶棍所能产生的，而是有着它传统的恶劣的背景。今天，所有中华民族的子孙，任何一个有良知有血性的公民，都应该来打击它，因此，凡是暴露了它的狰狞和丑恶的我们一概鼓掌欢迎。

在世界史中，恐怕没有比目前中国更多混乱和灾难了，在这个混乱的局面之下，是鱼大吃虾，虾大吃鱼，罪恶在滋长，公理在死亡，这里没有合法的利益，没有好人的路子，做好人的只有绝路一条。

好人在这个世界没有出路，这是谁造成的？凡是好人，凡是有良知的公民，他必须是要和这个罪孽重重的世界冲突，否则，他便不成为好人。他便没有良知。

对于曹禺所如此表现的真理，我们极端珍视而敬仰，而且应该予以最高的评价，任何观众都可以看出来，他是经过艰苦努力和发掘的。批评不能离开现实，在现实的扎压下，曹禺也只能如此转弯抹角地来表现他的好人理想，这正如叶圣陶先生所评论的，我们必须理解作者的苦心。

曹禺将他的理想寄托在阴兆时身上，就艺术而论，曹禺的人物创造极为成功，在这一点上，中国的剧作家现在还没有一个人可以赶上他。现在一般的作家，写坏人及反派人物，成功的机会较多，但要创造一个好人及正派角色，就困难得多了，往往都写得苍白而没血肉，不像一个人。比如智美双全的文素臣，那只能成为一个纸糊的人物，而不能成为一个真实的有血有肉的人物。当果郭里写《死魂灵》时，他所创造的反派人物都是空前的成功，但他企图创造人和理想中的正派角色时，却完全失败了。曹禺对于阴兆时的创造是成功的，这个好人有一片赤子之心，有正义感，有他的怪癖和嗜好，是一个活生生的人物。

好人能做什么——

但等到曹禺在阴兆时身上来表现他的理想时，就露出马脚，露出他的败笔来。在这黑暗重重的世界中，阴兆时的孤独奋斗，使人感到一种唐·吉诃德的气息，世人皆以唐·吉诃德荒唐可笑，实则唐·吉诃德也有一片赤子之心，忠心耿耿，是一个为理想主义而舍身的善良的灵魂。

但是，问题的焦点还不在这里，重要的是：一个孤立的好人在这个黑暗世界中能成就什么？不错，我们不能否认有许多孤立的好人，没有什么坚定的政治立场与信仰，像阴兆时那样，只以一片赤子之心去和那些强盗流氓去斗争，而且也可能有个别的胜利。但这种胜利只是在个别的偶然的场合里才有，绝不可能是普遍的胜利，不要说是现在，就是在敌伪统治时期，虽然社会是漆黑的一团，但偶然的个别的某一件事情在正义方面得到胜利也是有的，但是普遍的现实却并不如此，在普遍的现实上胜利是属于金焕吾那群人的，阴律师魏院长却必然的受着迫害或失败，这是混乱世界的必然的发展，因为这里是没有公理和正义，谁有钱有势，谁的手段狡猾毒辣，心地阴险，谁雇的流氓打手越多，谁就能得到更多的成功，好人和良善的公民却只有束手待毙的绝路在等待着他。目前的社会现象确是实如此的，黑白分明，谁也不能歪曲了这个残酷无情的现实的。

然而曹禺却作了翻案文章，使阴兆时的奋斗得到胜利，使金焕吾锒铛入狱，这种大团圆的结局当然使观众感到兴奋和愉快，但是无形中却扼杀或减少了观众向恶势力斗争的积极性，给了他们一种幻梦的慰藉，会相信好人在这个世界上是能得到胜利的，因而减低了他们对于这个腐化卑劣社会的反抗。如果观众当真相信唐·吉诃德的阴兆时能伸张正义，能打败这丑恶的社会，那岂不是给了那群流氓们以喘息的机会吗？因为实际上阴兆时个人不能打败他们，使他们完全毁灭的。

别徘徊在真理门口——

我们爱护曹禺这样一位光辉灿烂的作家，对于他苦苦所追求的那个良善的灵魂和正义的事件，我们实在应该予以尊敬的，对他这样徘徊在真理和正义的门槛边，不敢正视群众的力量，实在觉得非常遗憾，他用三轮车夫打流氓而代表群众力量，是多么苍白而贫弱呵。而更使我们惋惜的，是他的作品中将阴律师的胜利诉之于法庭和法律，就在这个混乱腐化的社会基础上。这一点是太值得注意了，只有通过全面的现实才是真实，片面的现实有时恰好是现实的歪曲，你如果只表现这个仁爱的场面，那算是怎样的写实主义呢？自然我们不能否认法律的可能胜利，但是，这是真实的吗？在这个混乱的社会基础之上，法庭和法律代表的是什么？然而我们可敬的曹禺先生，创造唐·吉诃德式的阴律师孤立奋斗于前，创造法律的胜利于后，他是从现实的立场出发，而又游离了现实的，他写的不是必然的现实，而是偶然的现实，他写的不是普遍的现实，而是特殊的现实，他写的是片面的现实，而不是全面的现实，这不是由于他的艺术创造力的不够，而是由于他的矜持和保守，还不能向现实作更雄壮的迈进。对于一个智慧的有修养的作家，彷徨往往是向新方向迈进的开始，那么，我们就把我们的敬仰和更大的期待留给曹禺先生吧。

六月抄。北平。

《剧影春秋》1948 年第 1 卷第 1 期

给《艳阳天》作者的一封公开信

司马梵霖

曹禺先生：

我采用这样的方式来寄信给您，当然是愿意别人也能看到它。

据说采用书信体写文字，是作者对文字不负责任的表示。这样的说法也许不无道理吧。但我们要如此者，实在是因为苦于找不到别样的方式。怎么办呢？《论曹禺》吗？《评曹禺的作品》吗？都觉得不合适，要那样地拉紧弓弦，字斟句酌地把每一句话弄得铿铿锵锵的朝先生底作品射去，总觉有所不忍，有所不敢，也有所不愿。而且必须那样硬邦邦地，摆开阵势，自己也感到太过紧张，有种负担不起的感觉。

在从前，当每次展读您的新作品时，毫无例外的总能沉醉进去，常觉有些地方简直是出乎意料的精彩，而且全身心都被您的作品所震动。虽然私心也隐隐约约的觉得那并不是自己所要求的东西，但也一直认为那种撼人心弦的力量实在不同凡响，对您是非常敬佩的。然而，一别数年，这一次，当我看《艳阳天》的时候，那种情形却完全没有了。我静静地呆坐在电影院里，注意着银幕上传达出来的一切，一点都没有忽略，但从头到尾我竟是十足的无动于衷。从作品我几乎不能感到什么，心情淡漠，再也激不起对作品共鸣的一点热情了，而我相信那一天我的心情是正常的。那么，怎么回事呢？是我麻木了吗？不去管它吧，不过既有这样的情形出现，作为您忠实的敬佩者，我想我是应该把它坦白地告诉您的，如果您还愿意思考的话，那么也请把它当作思考的材料吧。

我觉得对旧社会您有高度的感受，来自深切体认的爱与恨，和无可如何的怀恋。这些，在作品里就具体转化为您对那些注定要死灭，而只有死灭下去的东西的情感很深地哀婉地有时也是凄厉地凭吊。那是您作品中最美的东西。从那里我们可以感到历史和社会的真实，一个时代的生活真理，艺术家的柔和亲切可爱。对于那些注定该死灭但还盘踞在人间起着很大作用的可憎的东西，您是激烈地痛恨着的。您大声斥骂他们，气尽力竭地鞭挞他们，这是您的痛苦所在，也是您的作品中显得阴惨而让有些人感到沉重有力的地方。然而我的感觉相反，倒认为那是虚弱的地方，因为我觉得跟为您所敌视的那一些东西比起来，您是显得太单纯甚至太简单了。那些东西都是强大的历史和社会存在，而您打及他们身上去的力量里却不包含够多的强大的历史要求，也不包含够多的社会因素，所以您只能损伤他们的皮毛，不能连根击倒他们（当然是指在作品中所到过的程度上说）。从您的声音里意味不出历史的呼喊，您的战斗似乎也只是并非服膺这个时代总的战斗决策的别动队式的。因此您的声音显得空洞，您的战斗显得乖张。不过，当然，这些也仍有其价值，因为其中还有若干程度的真实。至于说觉得您在作品中所表现的不是我所要求的东西，乃在于我所要求的是一个新的明日的世界。在人生上如此,在艺术上当然也如此。而在作您的作品中我一贯地觉得作者感情太旧,可以说那是"封建感情"(这名词是我杜撰的——梵霖)的标本,完全是旧社会的东西。当然,我们都从旧社会来(也因此才被您作品所震动),然而我们不安于这命运,这就是使我们能够通向明日的世界的道路的开端。在您的作品中可以看出您也有这种不安,但看不到您对明日的世界的追求、向往,甚至憧憬。有的只是一些幻觉,譬如周冲方达生觉慧婉贞等所带来的。而那是不实在的,虚无的。

我觉得您的作品大部分是属于过去的东西,只有一小部分执着在今天,至于通向未来的简直可以说完全没有。所以您的作品最缺少理想和乐观气息,是一种令人沮丧的东西。

我要在看过《艳阳天》以后才给您写这封信,是因为它使我对您抱着很大的不安。在从前您还只是常向空处走,而在《艳阳天》里您却简直是向后转了。在从前您的幻觉还是伸向旧秩序以外的,这,至少还可以让人看到您对旧秩序的不满,还有这样一点健康的气息。而在《艳阳天》里竟连这一点都被斩断,居然缩回头来在这令人窒闷的旧秩序里找寻幻影了。是怎么回事呢? 先生! 是您对旧秩序以外的东西厌倦了呢? 是您觉得太远不可及不可攀而只好放弃呢? 还是您一旦觉悟对旧秩序忏悔(我不说投降吧)了呢?

被您那样把爱着的阴兆时,我觉得实在是一个不可理解的怪物,他是在怎样的社会渊源和现实基础上生根的人呢? 我实在意味不出。他战斗得那么勇敢,是因为什么呢? 不错,是因为他有那种"阴魂不散"的战斗精神,然而这阴魂不散的精神又是执着于什么上边呢? 世间有只为战斗而战斗的战斗吗? 在中国依据"法"而战斗的英雄又是怎么样的一种存在呢? 至少在我都认为不可思议。

战斗,不错,是要战斗的,但方式不容被混乱;目标不容被乌涂。

几十年惨酷地战斗,人民早已被自己的血洗亮了眼睛,早已看清楚自己的道路了。艺术家无视这种事实是可悲的。《艳阳天》我有一个感觉:在一群眼睛睁得透亮的人面前,先生掩起双目来捉迷藏,像煞有介事地嬉笑怒骂了一遍。这是怎样的一种情形呀!

有人说从《艳阳天》看先生的创作力似乎已在衰退中。我不喜欢这样的说法,觉得有些玄学意味。我想一切由于生活态度,是的,生活态度!

一九四八年七月

丹钦诃[①]说:一个演员,一个艺术家,或是一个作家要是能被人了解能被人欣赏到他意向之最深处,会有多么愉快。而,要是这样了解你的人,他自己也必具有能使你信赖的健全批判能力,而你从他的赞许中所得到的报偿,也必是一个真正的报偿必是一个稀有的幸福。当我们彼此自发都能了解的时候,我们觉得自己满心都是得意,觉得没有比这个更珍贵,更高贵,更纯正的了。

---

① 丹钦诃,即聂米罗维奇·丹钦科(1858—1943):苏联戏剧导演、剧作家。

说给曹禺先生听
——略谈《艳阳天》

伏西旅

因为《艳阳天》是你曹禺先生编导,我虽然对中国电影一向抱着遗憾,这一次也满怀希冀。

我生平对你的舞台剧衷心折服,你每个剧本我是一读再读,一看再看,慢说研究,尚有心得。你的构思谨密,道具应用,对白紧凑,人物刻划,精彩处我是点滴不忘。

可是,也因为《艳阳天》是你曹禺先生编导,我不顾中国电影界本身的浅薄与落后,这一次我却要提出苛责。我或许说得太自大,对电影技巧我是外行,可是以戏论戏,我不至于看不懂故事,我在《艳阳天》里看到不少你以前在舞台里从没有,也是像你那样成功者不该有的——剧情本身的漏洞。

我说"漏洞",我没有用错字。假如我看到的国产片,发现剧情欠通,不合情理时,我会一笑置之,他们——我是指那些编导先生,他们是可以原谅的,在两星期内赶拍一部剧本属欠通,那本戏的好坏是无咎可指。可是你,曹禺先生,你不同于他们。

你写《日出》时,和成已到天津一家二等窑子去"开眼",被妓女强迫脱下全身衣服,又险被黑三型的李×爷打瞎眼睛的这段轶话,多么表现你创作时是力求现实!我知道你在写《艳阳天》时,曾撕了七次原稿,你是下过苦心的,我也知道你在导演时,会为了那位女大明星的不够水准和骄横而损过纱帽,你是严正的。像你那样的戏剧工作者在中国真是寥寥,可是,力求现实的你,这一次,在《艳阳天》里却过分的忽略。

现在我说《艳阳天》。

我首先要提起的是"阴魂不散",这个阴魂不散的绰号起得好,相同与《原野》中的"虎",《北京人》中的"耗子",《雷雨》中的"闹鬼",他——那"阴魂不散"是个律师。律师,这些诡辩家,在中国,在现在,他们是一种什么样的人物? 他们是代表谁在讲公理? 替谁在辩护? 你我之间不必明说。但是,我们真正的文艺工作者的目的是反映现实,我担心你用阴律师来代表这类人,结果是蒙蔽了大众,这相同于我们一直把几个绝坏的历史人物当作圣贤,而事实上只是史学家笔下渲染之误。我不知道你把阴律师写成如此侠义,只是自己的一个理想,还是怕麻烦? 你是不会怕麻烦的,你是曹禺,你宁愿挨饿,不甘为了生活而违反自己的。可是,反正像影剧界有荒谬的编导,也有严肃的工作者,人世间可能有坏蛋,也有傻蛋,说不定真有像阴律师这种人,但我们必须了解,他所以如此侠义,如此刚直,而且在这环境中干这行业而如此贫穷,因为他知道他自己职业上的责任,他一定有所信仰,可是，他忽然问他侄女的情人："这世界上有没有真理?"曹禺先生，一个像阴魂不散那样的人，他是律师，一个应该最懂真理的人，为什么他要问别人这世界上有没有真理? 假如我是那青年医生，我将是手足无措，口吃得不知所云了。

你开头介绍阴律师，让他替三轮车夫一家去各处交涉，他的热心使他像个保家长，专管闲事。

我忽然想起，我从头看到结尾，我在阴魂不散的身上寻不出律师的特点，故事的始末，他也始终未运用律师的职务，你，曹禺先生似乎更本可以不必把他写成一个律师，未知高明以为如何?

我始终忘不掉阴魂不散他们被流氓跟踪的几个场面。我至今猜不透《艳阳天》这故事发生的地点，按照法庭的布景和有三轮车夫交通工具上推测，它至少是个都市，都市里没有警察? 光天化日下能容得一大群流氓公开"钉霸"而且殴打? 阴魂不散是律师，他早知道受包围，尽可能请警察局来保护他。可是他终于被打了，由于被打，才有三轮车夫前来救驾的场面，以俾引观众鼓掌，你，曹禺先生，你知道我那时心里怎样想? 我说一个笑话——我把阴律师比做泰山，就是那兽国之王的泰山，我们不常常看到，每逢泰山被土人围困时，总有一群大象猴子来助战——这比喻或许很使你生气，但事实上，我为你的布局纳罕，有些地方的确太巧合了，而且，三轮车夫是来救驾，为什么最后不派车子踏他们去公堂，害阴魂不散奔得满头是汗?

阴魂不散被砖石击伤是对的，这表现恶势力犹存，可是那青年医生明明刚说过这病势很难说，而殡仪馆车子来时，那受伤的律师却跳起来大打出手。还有那殡仪馆车子，那些纸人的出现，我在观众们大笑声中，我多么难受，我记得汤杰编导的《王先生》也有过这场面，你又怎样对敬服你的人解释呢? 曹禺先生?

你是曹禺，过去有多少荣誉的曹禺，却在《艳阳天》里如此疏忽! 或许我以上的指责只是吹毛求疵，你是前辈，在戏剧的理论上和它的技巧，我至少得跟你学习几十年，但是我说过，我是以戏论戏，对《艳阳天》的批评你也看到不少，我以上这些话，你若觉得有三分可听，那么希望你埋头苦干，下一次拿东西出来让人叫声好，假如，你以为我那些吹毛求疵有些可笑，而你认为我的指责正是你的成功处，那么，将要轮到你来说给我听了。

《幸福》1948 年第 2 卷第 6 期

《艳阳天》

沛　雨

　　《艳阳天》是曹禺先生的电影处女作,因为他过去在剧作方面的成就,因此大家对《艳阳天》的期待就更大;或且说,各方面的注意与苛求,皆与一般片子不同了。这在作者说,应该看成是一种荣耀的。

　　《艳阳天》描写的是一个叫做"阴魂不散"的律师,他爱于为人家抱不平,管闲事,结果他为了帮助一个孤儿院,与恶势力发生了纠纷。恶势力百般压迫,他终于不肯屈服,坚持与之周旋。法律的判决,是"阴魂不散"得到了胜诉。大家当然非常的同情"阴魂不散"这样的行为,觉得他这个人物心地好,善良,尤其他没有中国人的那一套只顾自己不顾别人自私自利的想法。对于"阴魂不散"的敢于出来说话,放大炮,就说是"捣乱"吧!观众看了是没有一个不举手赞成他的。这正是作者曹禺先生的动人之处。但是,人们可大大的不赞成他把"法"写得那么样公道,因为恶势力并不是这样下场的,现在还不是"阴魂不散"成功的时候,该给他一个教训;也给大家一个教训。事实上,"阴魂不散"这样一个近乎怪物的人物,在我们的社会里,固然还是少见;而且有了他,也必然是碰的头破血流的。因此,让"阴魂不散"失败,于事于理,都要妥帖得多。虽然于情,在作者不忍见他失败;但是给他失败,并不会令人怯懦,有所为的人,正可在他的血迹里感到是非分明;由此更有所执着吧!

　　而且"阴魂不散"的失败;不但是环境使然,实际还有他自己的限制。像他这样一个天真的人,一个坦率的人,在另一方面便有他的幼稚与糊涂;这幼稚与糊涂,正是他性格的另一方面。一个虽然关切别人的好人,当他还没有看到和感到众人对他的支援与助力的时候,他在碰壁之余,那一股冲动,是常会由此误解的。他的意志力的培养,勇气的倍增,一定要基于一种实在的东西;而不能凭空产生的。所以像"阴魂不散"这样天真坦率的性格,要上阵肉搏,是注定了要失败的,这失败就由于他自己力弱的缘故了。但是作者没有从多方面看这样一个人物,他只是单纯的写出了一个"阴魂不散"的敢于抱不平的好处,对于他的行为,就少了批评,因此推举多于□责,使一个观众,不能从他身上,看到了一条和恶势力杀伐的,而且能够克敌致胜的路。我想,为什么人们觉得《艳阳天》在很多方面,使人摸不着途径的缘故,还是因为他没有把"阴魂不散"这个人物写好的缘故。为什么写不好呢?从作品的具体分析来看,是由于他要加强那个管闲事的精神;也就是故事的主题的关系,结果他顾了一方面,却失掉了另一方面。

因为他是从"管闲事"这精神为故事的出发点的，但是他用的题材，却又是那么现实的，这之间，就形成了一种矛盾。何况题材一现实，又要受到了别方面的扼制。所以虽然他的出发点与主题，都有积极的地方；碰到这样的矛盾，观众却不肯接受那与现实不合的故事，对于他的主题，反而不加注意了；他所力加宣扬的地方反而被掩盖了。

《展望》1948 年第 2 卷第 7 期

评《艳阳天》

观　众

目前有一个好现象，就是国产的影片很得国人的喜爱。有一个时期，有许多人，看西洋片是家常便饭，对国产片便摇着头表示出不屑一顾的神气。现在，就是专看西片的人也要看看自己的东西了。而那些真正需要电影的大多数观众，更因为对于语言容易了解对于剧情的接近，更加愿意来看国片。于是影院满坑满谷，于是影片供不应求，于是，我们没出息的鬼魅也跟着来了——粗制滥造。但虽然粗制滥造，其中仿佛也有一线光明：就是骨子里，用"凶宅"，"闹鬼"，"青春"，"侠客"来号召一般人的好奇心而在表面上往往洒上一层如意算盘的金粉的东西，以免受到观众的唾弃。这证明出观众是在需要一些有意义的作品。我们观众们总是在企望着，即使看完一部片子，并不满意，而仍然期望不久便有较好的映演出来。《一江春水向东流》、《松花江上》、《夜店》、《鸡鸣早看天》几部片子也确实给了我们一些希望，使我们预感到，好片子的产生将是不远了，就在这个心情之下，我们看到了《艳阳天》与《新闻怨》。《新闻怨》已有许多人在讨论，而对于《艳阳天》，我们除了看到《大公报》的《文艺界推荐》的大广告外，还很少有批评。文艺界推荐的执笔者文字都写得极巧妙，虽多表示不满但口气都是婉转的，隐约的，这大概一者原来是请来捧场的不便得罪人，二者也是希望把这棵小草捧起来让它有机会再长。对这两点，我们也是同意的，所以我们沉默着。但是最近听到许多人，尤其一些天真的学生，认为报上登了那些文坛上老战士的推荐便连每段的内容也不看就对《艳阳天》更加信赖了。以为这部片子果真指示了我们一条驱散苦闷的出路了。因此我们为了清解青年人所受这个片子的坏的因素起见，不得不写出几句。五月三十日看到《大公报》星期文艺黄裳先生的一篇《侠义江湖》有的地方正与我们的见地相同，可惜问过许多青年朋友他们因为标题不显明而没有看到。向来没有写过文章的我，一个从来没搞过文艺的人，也硬拿鸭子上架，把所感写出也无非期望能辩个是非，别再受阴魂们的迷惑而已。

第一：《艳阳天》充满了绥和反抗情绪的旧毒药。

我国社会自有史以来，便是个人吃人的社会。从古到今都存在着吃人与被吃的两方面，而吃人的又几乎都和官势有着血缘的关系，所以用法理找不到公道，找不到是非。于是便有侠者，出来打不平，于是被吃的人们乃感恩颂德皆大欢喜。最有趣的是不平屡屡有，打不平的人也不断产生，而不平不但未打净反而更甚，更普遍。就从这一个事实来看也可见出打不平的"巧妙"了，歌颂打不平的尤其巧妙了；而偏偏一直到现在依然有人在歌颂。这不能不说是个奇迹。从太史公的《游侠列传》起以及以后的若干说部都赞美侠者，我们不但不反对，并且还赞美他们有眼光，因为他们能反映现实。但是，歌颂了千百年之后，已经证明游侠之无济于事的今日，又把老祖宗抬出来，我们便不能不怀疑这类作者别有用心了。我们为什么反对《江湖奇侠传》,《火烧红莲寺》,及《还珠楼主》那套东西？简单的说，他们提倡迷信还是其次，而最重要的是这一类的东西冲淡了被吃的人们的反抗情绪，引导着他们避逃了现实而作宗教式的奇迹的梦想。使阿Q的梦境里，总充塞着一片白盔白甲。梦想侠客铲除恶霸，申张是非。梦想疯和尚、笑道人、侠丐、等等玩世不恭的人出来，不止用刀用飞剑用符咒来铲除恶霸，还用傲岸滑稽给他们以精神的凌辱。到了清朝，统制者更是聪明，他们认为这套东西确可作为御用的统制百姓的法宝，于是收买了许多无聊文人写出了和说出了侠客清官两位一体的公案小说，都是说皇帝怎么圣明不过有些土霸恶棍才是坏蛋罢了。但有一天恶贯满盈，自会受到皇法的制裁，但是我们所不懂的，是清朝皇帝御用统制天下的方法清官侠客二位一体的阴魂，为什么在今天居然借尸还魂？《艳阳天》的教义是什么？（一）受压迫的人们自身不能反抗的时候，你们等着罢，自然会有侠客来拔刀相助的;（二）作恶的人们也不必耀武扬威，当你恶贯满盈的时候，自然有法院（清官）来判你无期徒刑。金焕吾的走狗杨大，要不是作得太过火了，若不是打了阴兆时的嘴巴，要不是抠了阴家，要不是三番……那么"恶"尚还不到满贯，那么金也不必受刑，那么……作者是不是承袭着我们千万的旧小说和旧剧，指示给我们说，作恶则可，但不可作到满盈地步。是不是反告诉受压迫的人们说，恶人终有恶报，让他们多多的作孽罢，作孽越多，报应越大，所以，忍受罢，等那报应的来临。那么，这是不是在减削受难者的反抗情绪，加倍的使他们受欺吗？

第二：我国旧小说和旧剧里，几乎永远在张扬着一个"真理"，就是凡是恶霸，吃人的人，都是偷偷的吃，不要让大官知道，不要让皇帝知道，如果有大胆的人敢拦路喊冤或者到京城去告御状，含冤是一定昭雪的。《艳阳天》依然遵守着这个古老的定律。它写的金焕吾自然是个大人物。他能通谋敌国，反抗本国，竟能不被检举而作大规模囤积生意，足见大有来头。他的走狗杨大兴也是通谋敌国反抗本国处有期徒刑十二年的大人物。以这两个人的苗头来看，他们如果想囤积便不必一定依赖孤儿院"僻静"的地利了。但是《艳阳天》却一再的把全剧谋取孤儿院的千钧之力都放在这一个十分脆弱的丝线上。除了僻静而外再找不到其他的动机。再者以事实来论，魏卓平的孤儿院也万万不能孤到只是魏卓平的私产，魏院长有什么理由他可以说给谁便给谁呢？按着现在社会的惯例，凡是慈善机关都有靠山的，否则像魏院长那样的废物那样一个在敌伪当保长出身的小人物，在这米价与金子一般贵的时候，他的位置，不是早给人抢掉了吗？既使没有抢掉，不是也早把可爱的翘翘和小眼睛都饿死了吗？这个孤儿院在电影上所描写的真真是孤儿，它竟能孤到和社会六亲不靠吗？

还有汉奸判罪条例早经公布，魏卓平能因为自己被迫当过保长而唬得那个样子吗？能羞愧到不惜牺牲一切，只是怕人知道他是当过伪保长么？全剧的力量大部放在魏卓平不敢把真情告知阴兆时这一点上，而这一点又是一个脆弱不堪的柔丝！

以金焕吾这样有苗头的人物,阴兆时一状告发,即刻逮捕,中国真是到了理想的盛世了。真是侠客清官二位一体的阴魂直到今天依然未散呀!

第三:《艳阳天》的主题不外"这个世界是有是非的。可是是非不是轻易有的。人们不去争个是非,是非就没有了"。

争是非是对的。但是阴兆时从头到尾都是独往独来,他好像始终没感觉到联合的力量与集体的力量。他除了东打一不平,西打一不平之外,什么时候作过发酵的工作?什么时候有过联合的行动?只有一个侄女还是由于一派天真的热情,而不是根植于正确的认识。与他接近的周医师是最易接受他的影响的,最易与他联合的,但《艳阳天》似乎认定了科学家便不应管这些事,故不及百年前的易卜生。至于那群车夫呢,也是与阴兆时无关。他们都是因为胡驼子骗了他们,他们要报复,阴兆时只是像个慈善家给老熊几个钱。他们(阴与车夫)这些被压迫与被损害的并没有一致的生活上的联盟,所以除了剧作者安排给他的一点接触而外并没有丝毫有机的联系,至于血肉的生活的关联性更谈不到了。

六亲不靠的阴兆时的太太在他四十岁的生日,说得十二分明白,"现在还有谁来,帮了这么许多人,我们没有一个朋友"。而这样一个独往独来的唐·吉诃德先生竟能在中国这个撤苗头看颜色的社会中自从出师以来势如破竹,呵责木匠铺掌柜的,拉着二房东指挥老熊把被撵的老太太搬进去,而到最后竟胜利到发狂,说:"我就是快活,快活,快活!"并用不着好人来联合起来争是非,而阴兆时一个人竟足够了。仅有的一点主题作者在这里也给否定了!最后虽然挨了一砖头,但他们仍然没有对于别的好人发生任何信念,依然打着渔鼓,依然同着他的惟一的同志侄女走,走向不知目的的遥远地方。

第四:以技巧方面来看也是很有趣的。阴兆时赴杨大的电约,却带着侄女同去,到门口之后,又不令女儿进去,足见阴知道杨大不怀好意,可是他为什么白白的送上门挨打呢?他能因为杨大在电话上说欢迎他去,他便去吗?——这真够得上故作惊险,四个大字!并且故意令阴离开家以便在这同一时间阴家被毁,以增加紧张。而被砸被打都是乖乖顺受的!法院既然如剧作上说的那样有灵又是那样的清官,而阴身为律师却只是"随手打了两下简板,沉思着轻轻抱起渔鼓,忽然地(特别是忽然地)他眼睛射出愤怒的光",他居然在最后找得到法院是是非的裁判所,原来他争了半天,都还是胡闹,结果法院的一纸判决书,才是是非的铁案,那么既然如此,是非又何必他管呢,有事到法院好了。

阴兆时上法院的前晚,前后门都有了恶棍,并有恐吓信与手枪,他为什么不报告警察呢?后来警察不是去调查金焕吾的囤积货物现赃现获,足见肯负责任。而最令人不解的是阴兆时与魏卓平去法院的路上,在那个紧要关头,他们与董修竟安步当车又是乖乖的等候挨打。按情理讲,阴兆时经过前晚恶棍包围前后门时便应预料到今天去法院在路上的遭遇。而这个遭遇用一辆最普通的出赁汽车不是便很易解决了吗?可是为了增加效果便只有令阴兆时变成一位糊涂虫在街上走等着挨打。同样的为了效果,又令恶棍们结成整齐的队排在阴的身后跟着走,而街上竟没有别的行人,除非金焕吾手眼通天,把街净了,又把警察买通了,我们很难想象徐家汇能冷清到路上断了行人。

最后更为了增强剧情的紧张,特意摹仿美国无聊电影的旧手法,来了一群三轮车夫,赶救阴兆时，大打出手。而阴兆时竟依然不肯乘三轮车，依旧步行以便正好差几秒钟到了法院，造成空气的紧张！无怪叶绍钧先生说，"阴律师这个人物我不大熟悉，也许是晚到经验阅历太浅……"更不怪景宋先生说"这就归功于曹禺先生游美之后观感所得，作风有些'好莱坞'味道了"。真的对于全剧草草一看"也就有些'过屠门而大嚼的快感'，然而散出来一想，就不免有空虚之感！"（叶语）我们不信非用距离我们十万八千里的好莱坞味道就产生不出东西！更不信在今日多难的广大人群中产生不出不是把千钧之力的重心建筑在脆弱的柔丝上的作品！

因此我们请求，有名的以及无名的作家们起来用上心血写电影剧本，不要一个人连编带导，使自己看不见自己的黑点。我们要编导分工，我们要编剧家与导演家互收红花绿叶之效。我们要编剧家省出导演的时间，使他们有充分时间编出好的剧本；我们也要导演家省出编剧的时间多用苦工研究，不必偷窃好莱坞的旧手法来骗取观众。电影是一门最新兴的艺术，我们全体（编剧、导演、演员、观众）要拿出心血来灌溉这块花圃，不要太廉价的把自己卖给好莱坞。

前途在招手，我们要踏实的分工合作的走上前去。这里包括千万的观众在内。

欢迎批评！

《求是月刊（上海）》1948 年第 2 期

《艳阳天》座谈会

阳间人

在一间精巧的斗室里,聚集了不少朋友——他们中有影评人,有记者,有编导,大家在闲谈,其中有四个,他们在谈到曹禺的第一部电影作品:《艳阳天》。

这三个假定是A,B,C,其谈话虽然不够系统,可是也有不少珍贵的意见。

A:曹禺的剧本,我是很欢喜看的,当《艳阳天》由"文化生活社"出版的时候,我便买了一本看了,确实不差,可是,一上银幕,便逊色很多了。

B:你不能忘记这是曹禺的第一部从事电影导演的作品。

C:可是我不原谅曹禺,他给观众是太失望了。

B:这是见仁见智的看法。在我,觉得这是国片中少有的收获,我得说,他的第二部作品一定有突出的进步。

A:可是,还不敢保证。因为曹禺的舞台导演工作也很少做,他是不像张骏祥执行舞台工作多年一上银幕,便有惊人的成绩。

C:诚然,将曹禺的《艳阳天》,和张骏祥的第一部《还乡日记》相较那便相差多了,《还乡日记》是纯粹的喜剧手法,调子轻快,《艳阳天》呢? 那便似乎有些不大调和之感,要说是完全喜剧手法,不对,现实主义的手法也不对,象征主义的手法,也不十分像。

B:我倒以为曹禺是通过艺术手腕,对现实一番讽刺,他讽刺了流氓势力,讽刺了打手,他要好人辨是非,而不是苟活下去,这主题是正确的,并且曹禺是避免了说教意味。从典型性的人物中有些地方表现出来,我不能否认曹禺的剧本成功。

A:我却以为曹禺有些地方故意晦涩,或者是卖弄才情,弄得使观众有发寒热之感,晦涩感,如对于那姓金的汉奸一点上没有作有力的烘托,譬如孤儿院迫迁入茅屋,这是有戏剧性的场面,但曹禺轻描淡写,如写舞台剧一样的带过去了。卖弄才情则是如一对员外夫妻搓牌的穿插,以及阴律师的话有些过分油滑,好像可作为对于这样一个"光明人物"也有些开顽笑的意味。

C:阴律师在曹禺写来是一个乐天派的正义感的人物,但作者总有些地方将他丑角化,同时通过石挥的演技,也更不免走油,观众们将对阴律师这角色抱什么感想呢? 或许正如作者所云的,仅是一个"阴魂不散"的东西而已。

A:石挥的定型演技是给阴律师一大致命伤,他一出场便得到观众的笑声,或许是石挥个人的成功,但对于曹禺有什么帮助呢? 他只是完成一个使观众发笑的角色,他传达出作者"正义感"的时候,效果不如何好。

B:我也承认石挥的演技是仍不脱《假凤虚凰》中理发师那么一套的,石挥若不在演技方面作多方面的试验,则将来走上了韩兰根的路,游离了喜剧演技,近乎低级趣味了。

A:我倒认为韩非是日后成功的演员,他的演技与《悬崖勒马》中完全相反,可是居然演来炉火纯青,他的成就是值得骄傲的,在刻划一个谄媚小人的角色,心里有不作第二人想之感。

C:李健吾这回以客串的姿态,则不够使人满意。

A:我是反对李健吾这种"电影票友"的姿态的,他演来一点不够劲,毫无可取。仅仅使人看看他便是剧作家李健吾而已。

C:李丽华的演技,倒好像处处当心,她虽然戏不多,可是一脱以前用媚眼的表情。

B:这便在于她碰到了一个严谨的工作者——曹禺的缘故。

A:是的,我不敢说《艳阳天》是成功的作品,但,在曹禺的工作态度上说,我们还是应该钦佩的。

C:不过我要提出一点,便是这一回"文华"的技术工作方面做得很坏,录音、光线方面似乎不致令人美满。

《影剧画报》1948 年第 2 期

影剧评介：《艳阳天》

紫　狄

"法律"在中国是否存在这一问题，这短文中不拟论及。但《艳阳天》以遵循法律的途径作去解决社会问题，为好人的一种反抗方式，却不免令人感到困惑，甚至使人误会作者所要写的主题，是与胡适为沈崇案所发表的《循法律的途径解决》的论调同出一辙。

当然，作者的用意是至善的。他企图以《艳阳天》来鼓励好人们团结起来，共同反抗黑暗势力，在这个污浊的社会里，争一个是非。但怎样才能和坏蛋们拼个"你死我活"呢？于是，作者寄望于法律，而且，法律得到了胜利。诚如作者自己所说："'阴魂不散'是一股怨气的升华"，这种解决方式，这种结局，也从而发泄积了郁的怨气；但，我们仅仅是要求满足，要求泄怨气而已吗？法律是谁的法律，我们心里都极明白，一方面正是阴兆时在挨打，他的家被人捣毁，而一方面法律却获得了胜利，这实在是叫我们无法想通的。

再说曹禺创造的好人典型阴兆时，又究竟是怎样一个"好人"呢？如果说他代表了好人的力量，这只使我们觉得：仅仅是一个个人英雄式的唐·吉诃德而已。作者强调他的冲锋陷阵，单独和强暴作战，而实际却把他远离了广大的老百姓，作者加重他的诙谐，风趣，却无形中把他写成一个架空的小丑式的人物。固然，从阴律师的胜利，为好人们加强了信心，但却忘了真正的胜利，是必须寄托在群众的基础上的。

作者的才华，是令人心折的。简洁的手法，为善与恶划分了一条显明的界限，纯熟的技巧，使人和事紧紧地抓住了观众的心弦。噱头的卖弄，纵有时感到过火，但人物所表现的却令人引为亲切。自然，《艳阳天》的成就，也许并不如作者的《蜕变》等话剧。但作为他的电影剧本，这却是一个不坏的起点。对于一个优秀的作家，只要他的意向不过于与今天的现实相左，我们总应该寄予热烈的希望的。而况，《艳阳天》里的阴兆时说得好："当好人不是羞耻，是好人受了压迫才是羞耻；好人受了压迫也不是羞耻，是一次再次的受了压迫，自己还不感觉是受了压迫，才是羞耻。不对，不对，这还不算羞耻；是我们这些好人，一次再次受了压迫，还不起来争个是非，跟这群王八蛋争个你死我活，才是羞耻。"它还不失为对好人的一种鼓励呢。（七·七）

《新时代》1948 年第 4 期

新闻怨艳阳天观感(节选)

熊佛西

《艳阳天》是曹禺先生的影剧处女作。这位"处女"毕竟不凡，是那样的端庄朴素而有大家风度。

现在一般制作者，在题材的选择上，总脱不了或多或少的黄色或神怪的范域，在写作的技术上，也脱不了"出奇制胜"的手法。惟有《艳阳天》突破了这种俗套与烂调。它在这两方面都给中国的影片开了一条新路，这条新路是戏剧电影的正路。假使这部影片在营业方面的收获亦如其在艺术上的收获，中国影片今后必然因《艳阳天》的成功而转入另外的一条路。

过去，一般影剧的写作者，导演者，制片者，出钱的大老板，总以为在一个影片里必不可少的是男女关系或神怪离奇的故事。因而三角恋爱，争风吃醋，神出鬼没，大打出手种种色情或无理的噱头的场面充塞于今日的银幕上。他们似乎认为：非如此，不能号召观众，换句话说，为了生意眼，他们不能不投观众的所好。这种苦衷，在经济破产物价高涨的今日，我们是能谅解的，但电影是文化事业，是有关人民健康的精神食粮，我们不能为了赚钱或怕赔钱埋没了自己的艺术良心，毒害观众，我们必认清制造有毒素的电影戏剧给观众，其罪恶正如贩卖鸦片制造吗啡一样的深重。所以我对于《艳阳天》的问世，怀着兴奋喜悦的心情为中国电影贺。假如这片子能普遍地为一般观众所喜爱，那么今后的制片者，写作者，导演者，出资者，必然都愿向这条正路上迈进。

自然，《艳阳天》从剧本说，并不是没有缺陷，例如法院被过分的强调，"金焕吾"这种人物在今日的现实社会里根本就不会到法院；从摄影与录音的技术说，似乎还可以做到更完美的地步。然而客观的环境与物质条件的限制，使作者，与摄影者未能达到他们的理想，这是明眼人一看就可以知道的事实，在现在环境之下，我们似乎不应过分苛求。

总之，《艳阳天》是一部好片子。"阴律师"这个人物是可爱的，曹禺先生也毕竟是一位非凡的作家。

一九四八，五，十七日。

《文讯》1948 年第 6 期

《艳阳天》以外

李健吾

有一天夜晚,曹禺来看我,说他的新作电影剧本《艳阳天》就要开拍了,是他自己导,有一个学贯中西的"金八"那样的大名人要我演。最后的考虑是我应了下来。他和那些内行朋友们想到我,一定是看中了我的"体型",我愿意借我的"体型"帮他完成他的第一部电影作品。在开拍以前,我一再对他讲,他要多多包涵,第一我久不演剧了,年纪也到了相当岁数,缺乏灵活的反应是一定的;第二,我一点拍电影的经验也没有,又是大近视,对他的诚挚实在很抱委屈……拍到现在为止,我相信我这些话都应验了。假如曹禺希冀从我身上得到他所理想的"戏",他是失望了;他不肯说出口来,可是看他那样紧张和疲倦,我明白他在什么样心情下失去他的快乐的预感……不过,我的"戏"不成功,我在经验上却很有所获,电影艺术原来是这么回子事,谢谢曹禺把机会给我,让我知道了很多。

在今天这个社会,是非不可以不明,我相信人人将承认主题的正确。至于导演在摄影棚(天晓得那叫什么"棚"!)的辛苦,每和朋友们谈起来,我极其为曹禺瘦弱的身体担忧。说到演员,石挥韩非的"戏"看了让人打心窝里舒坦,石羽签字的"工作"把我感动得下泪了,我的"下手"崔超明活活儿把我衬托出来了,还有程之,在化装方面补救了我在"戏"上的滞板……别人不同场,我没有看到的,不敢信口雌黄。我不能够预言《艳阳天》的成败,那要靠真正的观众来决定,就我看到的,我可以说:从事工作的一群人们,不顾构成艺术的条件何等粗窳,认真和虚心是他们的基本精神。

谁能够看见曹禺挠头不同情呢?人那样小,眼睛瞪得那样圆,神那样贯注,一口烟一口烟往外喷,全得照料到,还得做"戏"给我学……艺术这个名词我不大懂,可是那碗饭不好吃,怕是真的。

《电影杂志(上海 1947)》1948 年第 12 期

推荐《艳阳天》

甬 古

曹禺先生是个善良而热情的人物,他痛恶现实中丑恶的一切,他暴露它们,控诉以至打击。以往,表现在他的作品里,一贯充满这种精神。但由于现实的顽劣和作者哲学素养的影响,又总强烈地带着理想主义的倾向。这就奠定了作者底痛恨黑暗热爱光明而且抱有必胜信心乐观精神的创作态度,但也就因为理想的成分太强,把心力过分用在理想的憧憬上面,一种坚忍勇毅的实际斗争便觉不够,这使作者的作品未免或多或少地也还染有观念论的色彩。这次《艳阳天》和作者底创作路线的发展是一致的,并且更着实了些。这里有强烈地爱和憎,在此作者对黑暗展开了比以前更正面更严厉的打击,不再像以前那样的隐盖,这是值得欣慰的。他切齿痛恨黑暗势力的罪恶,更衷心怜悯那些被侮辱与被损害者的遭遇,于是他创造了"阴魂不散"这样一个誓死和黑暗唱对抗搏斗的人物,用作者自己的话说,这阴魂不散是一股怨气不散的升华,从这一基点出发,作者让他所创造的人物在他的作品里,尽情地给我们舒吐了这一口怨气。这是作者从《雷雨》《日出》……以来,久已压积了的郁雷:现在,痛快地爆炸了。

当然,作者创造这个戏的主旨,决不仅止是单纯地为了发抒自己——也是大家——心中的郁气,它的积极用意,是在替好人说话,号召大众做好人,鼓励大家做好人。在这里作者指出,好人必能战胜恶人,真理是属于好人这一面的。同时作者更进一步指出,好人固然应该做,但却不能做"烂好人",为了维护真理发扬正义,我们做好人是有前提的,那就是不要一味"屈己从人"而应"认清对象"地"舍己为人",为了争取光明,我们必须打击黑暗,为了彻底击溃制造黑暗的恶魔,我们必须学习它的残酷,专门对付它,像魏卓平那样的"好人",我们是无所赞许的,所以作者便严厉地暴露并批判了他的弱点,而标出了一个乐天热情疾恶如仇敢于面对黑暗的准绳人物——阴兆时。他不投降不妥协,把握正义立场,一本初衷的和黑暗势力周旋着,终于他以坚毅的意志,不断的努力,战胜了敌人。虽然他曾因此遇到种种磨难,最后竟遭毒手,黑暗的种族切望他底死亡,但生命力的坚持,毕竟把他从死的边缘拖回,来自各处的温暖,更加速他底健康的复原,他没有因这严重的打击而沮馁,事实也不容他退后,终于他拉着新生一代的手,大踏步地又跨上征途,干那需要他的事情去了。这样一个人物和他所作所为的事迹,使每一个有良心的正在或准备参加对黑暗搏斗的人,增强了莫大的信心,对于过去因参加这一搏斗而受到伤害的人,给了抚慰和激励,对于尚未参加这一搏斗,不论有意无意的人——尤其是青年的一代,尽了号召的作用。对于这样一份用如此故事写如此主题的富有积极意义的礼品,我们衷心的欢迎和感谢。

曹禺先生这处女作,整个说来,称得起"精密明快"四字。但也不能不指出,它仍还有些疵点,譬如阴律师在法庭上所挣得结果,就普遍地被人认为是有问题的一点。当然,作者对此点也很知道,所以便用阴律师冒日突用顶雨披雪的奔走来铺述这结局不是轻易获致的。当判决后的刹那间,新闻记者问起我们的主人公底感想时,阴律师的回答是:我就是痛快,痛快,痛快! 那就是因为这样的处理适合了作者心理上的要求,显然这是曹禺先生的一种预望和期待,所以他把主人公命名为阴兆时,关于这点,我们是应该原谅作者由于环境所做成的苦衷的。然而通过整个故事,我们却发生另外一个不太轻松的问题,那在于作者不管是有意或是无意,不免太忽视了人民大众的力量和积极性。姑不论发动一个像银幕上所表现的对抗黑暗的伟大斗争,绝非阴律师一个人的力量所能胜任(这是很明显的),即令照作者所写的那样发展了,那么像阴律师那样一个热肠人物,怎的竟会落到那样孤独的遭际? 一切被他所热爱以至深受过他的援助的人,一个个和他疏离,以致于他在四十生日的当儿,两眼挂着晶晶的泪珠(这样一个坚毅乐达的人物,不到最大的伤心处是断不会如此的)慨乎言之的说出"我该不惑了"的伤心语! 虽然紧接着他说出"可是在这个世界上,我惑得很"的话,但那情景终是难堪的,许多看过戏的朋友,在翘翘瞎眼时都未下泪(大都化为愤恨),而在这里却感到了凄楚。这不只是对阴律师不大人情,更重要的是无异给人民大众一个不切实的鞭笞。这使人简直不敢相信,除非那位阴律师真是一个超乎群众之上而以救苦救难大慈大悲的"阿弥陀佛"姿态出现的人物。但那样他便是一个优越感特强的小布尔乔亚,那他的孤独该不是人民不要他,而只是他自己造成的结果,他也就决不可做出像银幕上我们能见的那些事。虽然作者在那天终于让董修周秉望和老魏赶来,但那是他们自己圈子以内的人;虽然在阴律师被砸重伤后,许多报纸的读者致慰捐款,但在气氛上,其浓厚远不及那孤独的遭际(因为对这样一个热烈的人物,同情是应该的,是本分,而使他孤独则大背人情),仍不能挽回那否定的效果,虽然在阴律师被流氓们包围了的时候,作者让群众出一次场,用他们的力量把这位"阿弥陀佛"解救出来,但那只是偶然的巧合,车夫只单纯地为了自己受骗来找胡驼子算账,并不是有计划地同阴律师合作,参与他那对黑暗的斗争。并且这三件事都表现在阴律师出事或有难的当儿,我觉得在平时,就不该让他那样孤独无侣。也许这会增加创作的困难,但我相信,以作者的造诣和才华不会克服不了,但作者没有那样做。同样原因,作者在阴兆时的人物个性创作上,也就不能不犯了漏失之弊,他那乐观得浪漫的风度,热情得英雄的气概,在人物个性上虽不是不可能,但终显得不大调和,为什么作者不把他写得更平易一点呢? 那样岂不更好?

这些也许是苛求,但却出于热爱。

《大公报(香港)》1949 年 1 月 15 日

哀《艳阳天》

辛 子

　　看完曹禺先生第一部电影《艳阳天》的试映,心头觉得很沉重,很失望,未看之前,在报纸上看到一些评介文字,有的说曹禺先生创作力衰退,有的很不客气地质问他在《艳阳天》里安排那样一个主题,究竟是"天真"还是"有意"。初意以为这种说法问法未免盛气凌人,未必是中肯的吧!我对这位优秀的作家素具有好感,认为他在写作上全新奔赴的精神,作品的精致细腻,不但在剧坛上,就是在整个文学界,也是不可多得的人物。但看了《艳阳天》,不得不相信他的创作已经衰退的的说法,不得不对《艳阳天》的思想里识起极大的反感,曹禺先生假如不检讨一下自己个人主义的意识,徒有孤愤感伤的心情,他的创作前途,实在危险极了。

　　《艳阳天》里,我们只看到阴律师一个人赤手空拳地苦斗,在他周围的良善的人物,不是可怜虫,就是糊涂蛋,他单枪匹马奋斗,弄得遍体鳞伤,简直是要失败了。幸得他有唐·吉诃德的精神,坚忍不屈,终于在一个偶然的机会里得知那些恶霸土豪是汉奸,于是告状,赶到法庭去作原告的时候,又给大批土霸所雇用的流氓一路追打,又幸得凭空里出现了一大群三轮车夫来搭救(这些"群众"的出现真令人惊愕),才赶到法院,这个法庭又是意外地庄严异常,公平判断那群土豪恶霸以刑法(但在事实上,半个黑暗中国的法庭从来少有这种奇迹,冈村宁次至今仍拖延着不予定狱,北平释放大批已判死刑或无期徒刑的大汉奸,可作佐证)。于是阴律师的私仇得雪,被迫迁的孤儿院又回到原址了!真是皆大欢喜。其实那些以三轮车夫代表着的"群众"也大可不必出面,既然法律这样灵验,政治这样昌明,警察局自会来维持治安,保护阴律师一行的,又何须硬装一些"半路里杀出程咬金"的群众进去呢?

　　假如说作者并不重视现实,只是虚构故事来启示一个真理,那么所启示的真理实在不成其为真理,只是鼓励人作个人主义式,"不问收获,只问耕耘"的尽其在我的斗争,自有法律和奇迹来搭救好人;假如说这个故事也有现实性,那么我们看不出有什么现实性,只觉得看的像是一个外国电影改编的剧本,虽然热闹有趣动人,但未免和现实隔得太远。假如说为了政治环境的限制无法多表现真理,也使人难以置信,《一江春水》《八千里路》,尤其是《万家灯火》,不是多少反映了政治的现实和指示着斗争的道路么?

　　虽然戏中阴律师高呼好人要联合起来,向坏人斗争,但安置一段精彩的独白,并不就能使整个电影的主题正确,假如真有这么简单,那么只要影剧中安置一个人宣读一篇好的政治论文,不就万事大吉,保险无错了么? 事实上,阴律师这人就不大重视"众人",他时而挺身打抱不平,时而闭户自娱不理"闲事",那个孤儿院搬走以后,他在长长的时间里竟不去看一眼,连他所疼爱的小女孩也不再看了,阴律师的毛病,更严格的说,剧作思想感情上的毛病,不是已露了马脚么?

一句话,歌颂斗争却不明确地指示方向和路径,不暗示整个政治环境改变的重要,徒然鼓励人去作个人主义的困兽之斗,已经很不妥当了! 末了还出现一个神圣的法庭,整个戏剧在思想教育上的效果,就令人不得不叹息和怀疑了。

看这个戏,有点像读易卜生的《国民公敌》,《国民公敌》里,那个个人主义英雄,单身苦斗反抗恶势力的医生,周围的群众也尽是一群可怜虫与糊涂蛋,格调真是和《艳阳天》相像的很,但易卜生的诞生距现在一百二十年以前,那个时候宣传个人主义精神还说得过去,但今天中国革命进行得这样热烈,群众普遍觉醒得这样彻底,在久著声誉的作家的剧作中看不到半点儿时代的影子,听不到半点儿时代的声音,真是太说不过去了。

《大公报》1949 年 1 月 20 日

《家》与其他作品

研究资料

资料长编

《明朗的天》研究资料

曹禺的创作生活的新进展

——评话剧《明朗的天》

张光年

我以激动的心情看了曹禺的新作《明朗的天》的演出(北京人民艺术剧院演出),并且通过演出,兴奋地看到剧作家曹禺的创作生活中有着重要意义的新进展。

这是一个成功的、情绪饱满的演出,富于战斗性和说服力的演出,经过导演、演员及其他剧场艺术人员的共同创造,把剧本中蕴藏着的新的爱国主义和人道主义精神,作者对工人阶级及其政党、对新中国的新人物和新事物的强烈的爱,对美帝国主义和蒋匪帮、对美帝影响下的资产阶级知识分子的反人民思想的强烈的憎恨心,充分传达出来了。这种热烈的政治情感征服了观众,激发了人们心灵的共鸣。

我们先从几个次要人物谈起,看看作者怎样以爱憎分明的态度来描写他笔下的各式各种的人物。

首先引起注意的,是作者对工人赵树德、赵铁生父子的描写。作者以真挚的情感刻划了普通的产业工人的形象,歌颂了他们优良的阶级品质。在第一幕里,有一段赵树德夫妻求医的动人心弦的插曲。钢铁厂的老工人赵树德的眼睛被铁花烧伤了,他的妻子、儿女陪他到医院来求医,可是这个医院不是为穷人服务的,他的要求被拒绝了。卑鄙的内科大夫孙荣和眼科大夫尤晓峰,看到赵妻王秀贞正好是他们的主子美帝文化特务贾克逊大夫要作实验之用的病例,因此争先恐后地报告贾克逊,千方百计地诱骗赵王秀贞住院治疗。作者在鞭笞孙荣和尤晓峰的同时,以极大的同情对比地来描写这一工人家庭的夫妻儿女之间的互相爱惜、互相支持的自我牺牲的情感,这情感被提到崇高的地步了。尽管赵王秀贞被威吓说她的病"重得很","半个月就会出毛病",可是她还是一心一意地惦记着丈夫的眼睛,坚持说自己"治不治没关系",再三再四地哀求孙大夫:"不能让他瞎了!"并且不顾一切地恳求:"您要多少,我们干甚么也给您多少。"赵树德自己的眼睛无望了,又听到妻子的病更危险,忧愤烦躁之余,恳切地劝告妻子:"刚才我心里合计,前前后后我都想了。铁生的妈,还是你住在这儿吧,就在这儿治吧。""人不是畜生,有病总得治啊!"赵铁生为父亲到工会领抚恤,挨了一顿打,带着工友们凑集的钱来到医院,听说父亲的眼睛瞎定了,而母亲又不能不住院的时候,几乎产生了绝望的情绪;但他仍然咬紧牙关,决心独力挑起生活的重担,并且安慰母亲:"放心吧,妈,弟弟妹妹交给我了。(炮声隆隆)苦日子就快熬出头

《家》与其他作品 研究资料

来了。"

可以看出,作者是带着痛苦和尊敬的情感写出这一段动人的插曲的。这里,作者在揭露那些卑污的灵魂的同时,和他心爱的人物共同体验了旧社会被压迫人民的共同的悲愤;而且指给我们看,工人阶级的心灵才是光明纯洁的。

赵树德的眼睛瞎了,他的妻子成了贾克逊的细菌实验的牺牲品。就在北平临近解放、贾克逊逃离中国的前夕,这位心地纯良的妇人,被野兽的实验活活折磨死了。美帝国主义的"慈善机关"欠下了中国劳动人民的血债。

北平解放了,医院被接管了,工人阶级当家作主了。赵铁生怀着正义的仇恨,要向孙大夫之流追究法律的责任。这时医院的党组织已经初步判明病人致死的原因,要动员孙荣说出真相,借此教育群众,推动医务人员的思想改造。在医院新来的支部书记董观山和赵铁生的一段对话里,我们看到这位热情的、精明的党组织的负责人如何站在工人阶级立场和党的立场,恳切地向赵铁生解释党的政策,帮助他提高认识,看到这位青年工人的大公无私的精神,对党的无限地信任;看到他一经接受了党的政策之后,他的觉悟水平和精神状态顿时提高了一步,这一段对话的表演也是动人的。我们从这两个人物的思想交流中间,看到他们阶级情感的交流,蕴蓄着一种精神的、道德的力量。语言本身是朴素无华的,却给人以深切的感动。

董观山这个人物的塑造,我想是给作者带来一些困难的,不能说作者完全不熟悉这类知识分子出身的党员干部;而是像许多好心的作者所经验过的那样,一碰到这类人物的时候,就容易产生一种紧张的心情,妨害了对这类人物的流畅的描写。自然,随着作家的政治锻炼的机会增多,对这类人物的里里外外都有了透彻的了解,这个困难就会顺利解决的。剧本中的董观山这个人,不能说是写得很好的;但到底还不是在某些剧本中常见的那种枯燥的、没有生命的人物。就在前面提到的那一段对话里面,董观山的朴素语言中,浸透着一种爱憎分明的阶级感情,一种对阶级兄弟推心置腹的亲切态度,对于董观山这个人物的站立起来,无疑地是有很大帮助的。这以后,从他对凌士湘、陈洪友的态度上,从凌士湘夫妇对他的尊敬和信任上,从他念念不忘于治好赵树德的眼睛并且最后促成了这一愿望的实现上,都可以看出,作者是带着何等深切的敬爱之情来刻画这一党员形象的。遗憾的是,董观山究竟没有被投入剧情冲突之内,没有展示他的心灵活动的机会;而且对于第二幕第二场的不恰当的描写,在损害凌士湘的同时,也多少损害了董观山这个人物,这是以后还要谈到的。

作者还以无限敬爱的心情描画了人民志愿军的党员干部庄政委的形象。这个人物,虽然只是在剧本的第三幕第二场彗星似地闪光一现,然而那是多么灿烂的道德的闪光啊!这个人物的出现,增强了剧本的道德力量,使人长久地不能忘怀。庄政委回到北京治眼病,人在病房,心在前线,他无时无刻不惦记着前方战友,惦记着深入敌后的侦察英雄的下落。不幸的是,眼睛开刀之后,忽然发炎了,在通常情况下这是要瞎的。为他施行手术的人,却是热爱志愿军、热爱自己事业的青年大夫凌木兰,当她确认出庄政委的眼睛情况恶化的时候,她难过得无地自容!庄政委觉察了这一情况,转过来劝慰小凌大夫,勉励她对事业前途不要丧失信心；并且劝告责任心不足的眼科主任陈洪友，要求他用高度责任心把技术传授给青年一代。这使陈洪友、凌木兰等受到极大的教育。跟着，电话传来了前方的喜讯，庄政委忽地喜笑颜开了，完全忘掉了自己的病情，像好人一样，盘算着早日离院回到前方了。作者为我们写出了这样一位具有共产主义品质的人物，即令他自己受到灾难性的袭击，也一刻不忘记鼓舞和帮助周围的人们。（这一场有些小缺点：凌木兰在病人面前呜咽起来，庄政委解释自己方才半响无言并不是心里难过，而是要找话安慰别人，都是不必要的。）

应当指出：像青年工人赵铁生、党员干部董观山和庄政委这类具有工人阶级优良品质的新型人物的出现，在曹禺的创作中还是完全崭新的东西。虽然他们还没有达到呼之欲出的完美的程度，但却是一个重要的开始，值得特别予以注意的。

作者以切齿的憎恨描写了剧中的反面人物和某些人物的反动思想。美国文化特务和杀人犯贾克逊，是一个不出场的人物，作者通过这个人物，来揭露美帝国主义的穷凶极恶，揭露他们在我国某些知识分子中间的罪恶影响。我们说，这个任务是成功地实现了，虽然这个人物始终没有出场，我们完全可以感到他的罪恶的魔手魔影的活动；直到最后，还可以从江道宗的身上感到他的阴暗的影响。自然，这只是附着在少数人身体上的绝望的幽灵；至于他的政治上的和思想上的统治权，随着全国的解放，随着抗美援朝和思想改造运动的展开，已经一去不复返了。

剧本描写了解放前蒋匪特务的横行和解放后特务的潜伏活动，这些描写都是很必要、很真实的。感谢导演，把第一幕特务捕人的场面处理得那么逼真，那么富于煽动性，勾引了人们的痛苦和仇恨；特别是当为首的特务临去时做出侮辱凌士湘的动作时，不能不激起人们极大的愤怒。特务的语言都是精选的，句句话都是真正刺痛了观众的心。潜伏的特务戴鹤飞（演出时他和CC戴合并成一个人了），被赋予具体的历史和性格的内容，因之使人更加感到可信和可恶。

在尤晓峰、孙荣、江道宗等反面形象的创造中，体现了作者对那种中了帝国主义思想毒害的资产阶级知识分子的鄙视和痛恨。尤晓峰特别被写成了一个完整的典型，一个呼之欲出的活灵活现的人物。演员的创造也给人以深刻的印象。这个人，对一切有权有势的人是非常殷勤的；贾克逊的生日他记得比别人清楚；连对贾克逊的打字员也表现了殷勤服务的精神。但是对病人的服务精神却完全两样了。他是眼科大夫，对赵树德的眼睛，庄政委的眼睛，都表现了漠不关心的态度。他自己制造了一套特有的逻辑，洋洋得意地为自己反动的医疗思想辩护。三幕一场尤晓峰开导凌木兰、凌士湘痛斥尤晓峰的一段戏，是很精彩的，把尤晓峰、凌木兰、凌士湘、陈洪友四个人物的个性在冲突中表现得非常鲜明，可以感到，作者在现实生活中一定是对尤晓峰式的反人民的医疗思想久已不能忍受了，于是刻划了这一人物，并精心描写了这一段戏，帮助戏中的其他人物和这种恶劣思想展开无情的斗争，可以想象，当这个医院被接管之前，尤晓峰式的思想是通行无阻的，并且是受到赞许的；他自己对自己的奇怪逻辑也一向是深信不疑的。只是因为社会改变了，人们眼睛亮了，尤晓峰式的思想才显得这样地奇特，以致不能不成为讽刺和打击的对象。经过打击，尤晓峰转变了。有趣的是，他是带着自己的风格，按照自己的方式转变的。

现在应当来说，作者对自己的人物的爱和恨的交织，在主人公凌士湘的描写中得到正确的、现实主义的体现，当凌士湘在第一幕受到帝国主义分子和蒋匪特务的愚弄和侮辱的时候，作者同情他，热烈地同情他；当他的资产阶级思想和人民的利益处于对立地位而毫无自觉的时候，作者揭发他，无情地抨击他、讽刺他；当他经过痛苦的思索最后回到人民立场的时候，作者展开双臂欢迎他，为他唱出光明的赞歌，对于陈洪友这个具有代表意义的常见的人物（剧本成功地描写了他，演员的才能帮助充实了他），作者也采取了类似的公正不阿的态度。

作者通过尤晓峰、孙荣、江道宗、陈洪友，特别是通过凌士湘这个剧中主人公的形象，深刻地揭露了资产阶级思想的极大的危害性，像凌士湘这样一个有学问，有良心，有正义感的正直的科学家，如果获得了正确的立场和观点，该会做出多少对祖国、对人民有益的贡献啊！可是这位埋头苦干的细菌学者，自己头脑里却钻满了资产阶级思想的细菌，蒙蔽了自己的眼睛，看不清世界，认不清敌友，把自己埋头苦干的学术成果，拱手送给敌人，使它成为我们最凶恶的敌人美帝国主义战争集团屠杀我国同胞的武器！作者告诉我们，正直、良心、正义感，人道主义和对事业的埋头苦干的精神，这些都是好的，应当肯定的；但是，最后决定一个人的生活趋向和行为的善良与否的，是他的阶级立场和阶级观点。不管凌士湘的动机如何善良、纯正，只要他一天保持着他的资产阶级的立场和观点，他就不可能不做出有利于敌人、有害于祖国的行为；而他后来终于回到人民的怀抱，踏上了光荣的征途，乃是接受了工人阶级的领导、认清了自己错误思想的危害性的结果。作者告诉我们，在生活领域和学术领域，资产阶级思想都是极其有害的，和祖国社会主义建设的利益都是不可调和的，作者正是根据这一正确的理解，观察并描写了现实，通过艺术形象内在的力量，和资产阶级思想展开了尖锐斗争。

剧本《明朗的天》也不是没有缺点的，前面说过，二幕二场在凌士湘客厅的戏，就显然是有缺点的。它多少损害了凌士湘，也损害了董观山的描写。这场戏，描写在群众运动的气氛中，主人公正在经历剧烈的思想冲突；许多人一个接一个地来说服他，而且都表现得那样急躁，似乎是负有某种使命，要当场等着他马上转变。这里，过分强调了压力，过分强调了外力推动的作用（剧本原来还写了窗外不断传来群众情绪激昂的口号声，演出时删去了）。这和前一场通过董观山的口所说"思想领域的事情是很复杂的。解放一个城市都比较容易，解放一个被美帝文化长期毒害了的头脑，那要困难得多，复杂得多"比较之下，这场戏里所表现的领导水平，就未免太不成熟了。与此同时，这场戏也过分强调了思想改造中的痛苦的一面，渲染了一种过于低沉的情绪，难怪凌士湘的夫人痛惜地说："不要再跟凌大夫谈了，缓一缓吧。"顺便提到，三幕三场凌士湘转变时的痛哭流涕，以赎罪的心情要求上前线，似乎也表现得浅露一些。

从艺术上说，作者把凌士湘推入二幕二场这样被动的僵局中，对人物的描写也是不利的。事实上，后来凌的转变，主要是由于在细菌展览会上看到了美帝的罪证，同时听到了孙荣对贾克逊杀人罪行的揭发，和这一场里容丽章、凌木兰、陈洪友、陈亮、何昌荃、董观山等人的说服工作关系是不大的。如果作者采取了这场戏里陈洪友的正当建议,不把座谈会搬到家里来,删去那些灰色的无益的争论,而代之以家庭式的夫妻、父女、师生、朋友之间的亲切的、意味深长的对话,那对于充实人物的心灵、性格,推动剧情的开展,或许会有更多的好处。顺便说一说,作者对凌士湘的妻子容丽章、女儿凌木兰、亲密的学生和助手何昌荃等正面人物的描写,是不能令人满意的,容丽章是一个可有可无的人物,凌木兰在有关庄政委的医疗事故中,被描写为一个心地纯良、可爱的青年大夫,可是她对剧情的主要纠葛,没有起什么积极的作用。至于何昌荃,这个年轻的共产党员,却不过是一个无足轻重的、缺乏神彩的人物,而这三个人物,特别是凌木兰和何昌荃,是医院里的新生力量,凌大夫所钟爱的人,在全院的思想改造中,首先在凌大夫的思想改造中,是可以起较多的积极作用的。

前面说过,作者是以很大的激动来写他解放后第一部新作的。这几年来,作者对新事物的感受很多,下笔的时候,有一种抑止不住的情感要尽可能多方面地表现它们,这使《明朗的天》反映出丰富的生活色彩,使舞台通向辽阔的世界,但也因为这个缘故,使人觉得剧本装进的东西过多,曾经表现为某种程度的臃肿和芜杂。演出的时候,删去了 CC 戴、高有田、郭欣等人物及某些不必要的描写,使主线和主角的活动更为突出,这是适当的。排演过程中,作者还重写了第四幕,原来的第四幕太单薄了,只是一个皆大欢喜的尾声。新写的第四幕,凌士湘不是胜利归来而是整装待发,反映了自我斗争胜利后的喜悦情绪,改写本还写到江道宗,这个顽固保垒已开始崩溃,但还没有自我奋斗的决心;显示思想运动并未结束,斗争还在继续着。改写的第四幕,虽然没有完全改变尾声式的结局,但较前确乎充实了。

有些人看到曹禺新作中的某些缺点,把这些缺点夸大起来,说他的新作没有旧作好,忽视了他的新作中含有的崭新的东西。有些人看到曹禺写出了带有尖锐政治意义的剧本,而且写得不坏,于是匆忙地得出结论,以为只要作家掌握了现实主义和艺术技巧,不必借助于思想感情的改造,一样地能够写出新生活的真理。关于这两点,觉得还有说一说自己的意见的必要。

曹禺的新作,写出了作者对工人阶级的热爱,对共产党的高度的敬爱和信任;满怀热情地歌颂了具有高尚品质的新英雄人物;以喜悦的心情描写了资产阶级知识分子经过曲折的、痛苦的道路而走到人民立场上来;作者喜爱一尘不染的红领巾,喜爱心灵纯洁的青年医生,喜爱解放后的明朗的天和一切明朗的新事物。这些地方,人们简直可以说,作者说出了他们心里要说的话,把他们心里的爱和喜悦提高了一步。至于恨,那也是热辣辣的,毫不留情的,对阶级敌人和敌对思想的切齿的痛恨。作者通过形形色色的剧中人物的创造,体现了现实主义的党性和爱憎分明的精神。这不是一般的抽象的爱和恨,而是经过锻炼,上升为阶级情感、政治情感了,作者力求站在工人阶级立场,用工人阶级的眼光来观察所要描写的对象;而这一点,作者确乎已经取得了初步的但却是有重大意义的胜利。以此为基础,《明朗的天》的现实主义,就显然有别于批判的现实主义,而是属于社会主义现实主义的范畴了。

由此可见,《明朗的天》的确带来了曹禺的创作生活中的异乎寻常的新东西,标志着他的创作生活中的有重要意义的新进展。

曹禺是我国群众喜爱的杰出的剧作家。就在他已往的作品里,也贯彻着浓厚的爱国主义和人道主义精神,革命精神和对于美好生活的渴望。他所创造的众多的光彩夺目的典型人物,至今对群众还保持强烈的吸引力,启发人们对生活的深刻的思索。曹禺过去的作品中间,是接受了工人阶级的某些思想影响的。但是还并不等于说,曹禺在那时候就已经获得了工人阶级的立场和观点。解放后,曹禺长期没有写出新作品。这一点,我们是感到遗憾的。曹禺曾经不公正地否定自己以往的作品,曾经不恰当地修改自己的旧作,要知道,这表现了一个作家在进步过程中的深刻的苦闷。但曹禺是一个热爱生活、热爱真理的作家,他的时间并没有白白浪费掉。这几年,他参加了广泛的社会活动,参加了保卫和平的斗争,下工厂,去淮河,参加了土地改革和文艺整风,若饥若渴地吸收并咀嚼自己的印象。曹禺是带着他特有的形象思维的头脑,沿着自己的道路逐步走向马克思主义的。曹禺之达到工人阶级的立场、观点,获取了洞察新生活的武器,抛弃了某些旧情感而建立了新情感——工人阶级的情感,并不是非常轻易的;那是经过参加现实生活的斗争和几乎是痛苦的思索而达到的,就在他写这个新剧本的过程中,他也参加了医院的思想改造运动。他又一次亲身体验到党如何正确地领导这一意义重大的群众运动,体验到资产阶级思想的可怕的危害性,产生了要用自己的作品参加这一斗争的正义的冲动。作者从实际生活斗争中受到教育和激励,经过综合和提高,变成作品,转过来教育和激励千千万万人。

由此可见,说是对于进步作家,只要抓住现实主义就行了,阶级的立场和观点是并不重要的;说是离开了工人阶级的立场、观点、保持自己的"二重人格",照样可以成为社会主义现实主义者;说是现实主义无所谓阶级性,批判的现实主义和社会主义现实主义之间无所谓根本区别;说社会主义现实主义不过是一个"广泛的概念",只要是有反帝反封建倾向的作家,不管是属于工人阶级,还是资产阶级、小资产阶级,都能够从自己身上找到实践的基础;说思想改造是并不重要的,只要依靠作家的善良动机,依靠他的人道主义,依靠他抽象的"爱爱仇仇"和"主观战斗精神",单在写作实践中也照样可以达到马克思主义,达到社会主义现实主义;持有这些错误说法的人们,例如胡风,要想从曹禺的例子中找到有利于自己的佐证,我看是徒劳无益的。对于这些错误说法,凌士湘的例子倒是更富于启发性的。凌士湘在未经思想改造以前,对自己的人道主义的善良愿望是从不怀疑的。他从不考虑世界观的问题,一心一意沉醉在科学实践中。结果如何? 他是否达到了马克思主义呢? 答案在剧本里是写得很清楚的。

1955 年 1 月 14 日

《剧本》1955 年 3 月

评曹禺新作《明朗的天》

吕 荧

　　曹禺同志的新作《明朗的天》的演出,得到了令人满意的成功。它从去年十二月十二日由北京人民艺术剧院上演,直到今年二月二十五日为止,剧院每天都客满。观众早已期待曹禺同志的新作了,《明朗的天》告诉了观众,作者是以严肃的态度继续努力于戏剧的创作的。

　　《明朗的天》里大部分人物是高等学校中的知识分子。新中国的旧知识分子是在半封建半殖民地的社会里成长起来的,背的思想包袱沉重得很,既有残余的封建意识,又有浓厚的资本主义思想;至于在美帝国主义文化影响下面成长的知识分子,更有或多或少的亲美崇美的思想。除了有少数人较早的献身革命事业以外,多数人直到人民解放战争胜利之后,中国社会起了根本的变化,才开始在思想上发生变化,渐渐觉悟到过去的错误,开始和人民结合,走向为人民服务的道路。《明朗的天》就是一个描写这些旧知识分子思想转变的剧。

　　这个剧写的是北京燕仁医学院的医生和教授们的故事。剧里的中心人物凌士湘,一个细菌学家,他几十年来一心一意地从事研究工作,希望能够用他研究的结果为人民增进幸福。在解放后,这个正直、真诚、富有正义感的科学家是拥护共产党的,可是在医院里展开反帝爱国运动的时候,他有几个问题弄不清楚:美国在中国办医院办大学有进行文化侵略的目的吗? 美国大夫贾克逊是文化特务吗? 科学家有阶级性吗? 科学要同政治结合吗? 起初他怀疑、思索、苦恼,得不到解决(二幕二场),直到后来,他参加反细菌战展览会的工作,亲眼看到美帝国主义者的罪证,看到他所怀疑的细菌战是实在的事实,确实有"杀人的科学家",他才开始觉悟过来(三幕一场)。同时,在医院里治病的中国人民志愿军庄政委对待他的女儿凌木兰的态度,也使他受到感动,受到影响(三幕二场)。最后他又亲眼看到美帝国主义者从飞机上投下的感染了鼠疫的中国田鼠,正是利用了他的研究成果;并且又听到另一个大夫孙荣告诉他:女病人赵王秀贞的离奇的死,原来是贾克逊用她来实验斑疹伤寒的结果。这时候他明白了一切。于是他毅然地向医学院的董院长承认自己的错误,而且要求到朝鲜前线去参加反细菌战工作,参加人民民主阵营对美帝国主义者的斗争(三幕三场),在剧里,作者相当真实生动的描写了这个人物的形象和他的思想转变的过程。作者对于这个人物的描写具有广泛的,超乎科学家以外的教育意义,感动了广大的观众。

　　对于剧里其他的旧知识分子,作者也都按各人的生活思想情况的不同,描写了他们在解放前后不同的表现和变化。在解放以后,在反帝爱国运动中,同美帝国主义者关系较浅、思想平庸、可是并不顽固、也确实有些学问的陈洪友，表现了一定程度的进步。糊涂而且卑鄙、沉迷在小资产阶级的名利梦想里的孙荣和尤晓峰，只是初步改变了立场，进步还不大。同美帝国主义者关系较深，世故也比较深，顽固反动的江道宗，就很少变化；虽然贾克逊的罪恶已经暴露，医生们都觉悟了，他自己已经成了"孤家寡人"，但他还在那里迟疑徘徊，下不了同旧思想分手的决心。

江道宗、孙荣、尤晓峰式的知识分子，在旧中国是大量存在的。他们的头脑里充满剥削阶级的思想，他们没有想到过人民和国家，也没有想到过科学真理。他们所想的只是个人的私利，怎样才能得到反动统治者的欢心，甚至于能够堕落到甘心做美帝国主义者的奴才的地步。《明朗的天》概括地描写了这些人物的形象，揭露了他们的肮脏的面目，并且指出唯有努力改造思想，全心全意为人民服务，才是旧知识分子正确的出路。在这方面，《明朗的天》触着了这一类人的痛处，向他们敲起了警钟。

《明朗的天》表现了旧知识分子在解放后思想情感上的变化，也描写了党对知识分子的政策和党员的活动，同时穿插着帝国主义分子的阴谋诡计，抗美援朝斗争，工人阶级翻身前后的生活状况，因而反映了激烈变化中的中国社会的一个面影。这个剧的主题思想和革命立场的明确，是作者以前的剧作所不能比拟的，而作者的剧作的特色之一——力求真实地生动具体地描写人物的性格、思想、情感，这一具有现实主义素质的特色，在《明朗的天》里也有了进一步的发展。它力求契合真实的现实，而不是仅仅追求戏剧性的构图。正因为这一切，观众热烈地欢迎了这个剧的演出。在作者的创作道路上，《明朗的天》是一个新的成功的起点。

《明朗的天》有这些成就，可是也有它的一些缺点。

作者写作《明朗的天》之前，曾经详细地研究过剧中人物的生活；剧本写出来之后，又经过一再的修改。作者在这个剧上所用的工夫和力量，不下于他以前的剧作。可是观众看了之后，仍然觉得它感动人的力量还不够强烈，因而所得的印象还不够深刻。许多人认为它的艺术成就还没有达到作者以前所已经达到的水平，这是什么原因呢？这原因，决不如某些人所想象的，是作者被共产主义世界观这把"刀子"吓坏了，而要从作品的本身去找求。

戏剧的主要缺点，可以说，因为剧中现实生活和人物形象的刻画比较失之简略，缺乏深刻的内容。剧里的中心人物凌士湘，作为一个科学家，他的思想和性格，他的生活态度和工作精神，都需要有更具体更深刻的描写；可是现在我们仅能从他和别人的谈话里知道一个大概。剧里第二幕第二场，地点在凌士湘家里，本来是具体描写这个科学家的生活和思想的很好的场所，可是全幕都被思想问题的抽象的辩论占有了。作者说凌士湘是一个杰出的科学家，但是作者并没有在舞台上表现出他从事科学工作、追求科学真理的庄严，观众在戏里的前半部也几乎只看到他的固执的一面。戏剧的主人公既然没有以动人的生命出现，他的思想斗争就不免减少了彩色。同样，同主人公关系最密切的容丽章的内心世界也没有得到充分的展开，作者对于作品中的共产党员董观山、何昌荃、庄政委是注意塑造的，但是究竟还只能说是一些面影。医学院的生活在第一幕里有声有色，但在第二幕以后，作者没有能够运用他的才力在人物思想矛盾的纠葛中充分描画解放后新生活的场景。

反帝爱国运动是现实社会中的一种斗争，人的思想的转变和运动的发展都不能没有它的现实社会生活的基础。当斗争主要地不是在生活基础上进行，而是在思想概念中进行的时候，戏剧中的风暴就不容易最有力地震动观众的心弦了。

作者在剧里力图展开广阔的画幅，写到解放前夕，写到抗美援朝，写到工人翻身；这些对于反映现实反映时代，尤其是对于旧知识分子思想情况生活情况的描写，都有它的作用。但是这些画幅还不能说已经紧密地结合在一根主线上。在这些画面中活动的主要人物是凌士湘，而联系这些画面，联系全剧情节的人物却是工人赵树德和赵王秀贞，尤其赵王秀贞的死，对于凌士湘的思想转变具有决定性的作用。全剧的主要人物（凌士湘）不能成为情节的中心，联系情节的中心人物（赵树德和赵王秀贞）又只能作为插曲式的人物出现，这是《明朗的天》在结构上的一个基本缺点。除了赵树德夫妇以外，还有一些人物也只是插曲式的。例如庄政委的一场，虽然有表现现实的意义和间接促进凌士湘思想转变的作用，可是这个人物和前后的剧情都没有密切的关联；在剧里插进那样一场动人的唱歌说故事的场面，作者虽然费了苦心，却不免截断了全剧的情节，也就是矛盾的发展和它的高潮，在作品里，广阔的生活画面是好的，但是如果不是出于戏剧发展的必然，如果只是为着安置逻辑上的前提，而没有对出场的人物作深入的表现，那就很难不显出人为的拼砌乃至漫画化的痕迹，不得不影响到作品的完整性、深刻性以至于它的感动力。

虽然有这些缺点，这个剧本身的内容以及它的创作过程，充分表明了作者对待文学工作的严肃的态度，作者自己投入新生活也不久，因此对于新生活的表现还没有达到自由完满的境地是完全可以理解的。作者努力研究新生活的热诚和重新开始间断已久的创作生活时所获得的成功，使我们对作者的前途抱有无限的希望和信心。作者在剧里力求摆脱公式化概念化，力求从生活出发描写人物，这是戏剧所以得到它已有的成功的原因。但是凡是读过作者过去的作品的人，都相信作者的才力还可以使现有的成功更大。在现在的作品里，作者对剧中的人物的描写一般地还止于表面现象和表面特征，还没有能把他们提高到典型的高度，表面现象和表面特征可能是生活中突出的东西，但还不是生活中本质的东西。表面的现象和特征在表面上就可以抓住，本质的东西却非深入人物和生活的内部不可。在艺术上，不深就不能高，这是一条定理。

应当说，《明朗的天》以它现有的成就，已经远超出目前一般的写知识分子思想转变的作品之上，但是我们希望作者能够再把它加强、加深、提高，希望尽量做到"除了细节的真实之外，还要正确地表现出典型环境中的典型人物"（恩格斯）；因为只有这样，文学艺术作品才能充分完成以社会主义的思想精神教育读者和观众的任务。听说作者正在改写这个剧，但愿这里的一点简单的意见对作者也能够有所贡献。

一九五五年五月，北京
《人民日报》1955 年 5 月 20 日

关于《明朗的天》第三次修改本

刘念渠

　　《明朗的天》在《人民文学》和《剧本》上发表了并由北京人民艺术剧院演出后,曾经获得了一致的肯定的评价。这个剧本,在参加第一届全国话剧观摩演出会之前,原作者曹禺又再度做了重大的修改,这是值得引起我们重视的。

　　第三次修改本比演出本简短了,作者改动了结构,减削了一些情节,由原来的四幕七场(发表本是四幕八场)改为三幕六场,删去了夏鹤飞、戴美珍、陈亮、赵凤英和别的几个人物,使容丽章退到了次要的地位上,适当地增强了凌木兰和何昌荃的作用,着重地表现了江道宗和袁仁辉等等,使这一作品更为精练和完美了。

　　从《明朗的天》里可以看到,过去几十年来由美国的"科学家"——文化特务贾克逊辈控制着的燕仁医学院,曾一直是美帝国主义文化侵略的据点之一,贾克逊很巧妙地掩饰了自己的罪恶活动,并在崇拜"西方文明"的人们中间骗取了某种程度的"威信"。无论是孙荣在江道宗影响下不肯说出贾克逊杀人的真相,还是尤晓峰对庄政治委员的眼睛发炎的冷酷的态度,无论是凌士湘的不能相信有杀人的科学家,还是江道宗的为细菌战做辩护,都证明着尽管贾克逊离开了医学院,而反动的资产阶级思想还在起着不小的作用。为了根本肃清这种毒害,为了使许许多多被蒙蔽的知识分子觉醒起来,彻底揭穿贾克逊的罪行,是一种有重大意义的斗争,也是共产主义思想跟资产阶级思想的冲突的具体表现。这一点,在演出本里,已经相当的明确了。现在,由于全剧的情节更为紧凑,使这一主要的冲突更为集中,剧本的主题更为突出了。

　　我们知道,高级知识分子思想改造过程就是共产主义思想跟资产阶级思想在斗争中取得胜利的过程,在这一复杂而细致的斗争中,具体的道路和收获将因人而异。凌士湘的经历和他的思想感情的变化和发展,是一种典型。第三次修改本着重描写的江道宗,乃是另一种典型。虽然他本人还不是一个特务,却是一个直接地为美帝文化特务贾克逊服务的奴才。他的行为和思想更清晰地说明了美帝国主义文化侵略的毒害:在人民已经掌握了政权的新中国,已经站不住脚而滚回美国去的贾克逊还跟他有书信往来,通过他妄想继续把燕仁医学院当做一个死灰复燃的据点,向他宣传着第三次世界大战就要爆发了等等。也更明确地表现了他怎样影响着孙荣为贾克逊掩盖杀人的罪行,替贾克逊保存死者的人骨标本,替贾克逊欺骗和利用专心学术研究而不问政治的凌士湘,这种情况,进一步证明了党及时地号召并领导的思想改造的重要性。像江道宗这样的人会不会始终执迷不悟呢？这种可能性不是没有的,但是,在现实生活的影响和教育下,在党的帮助下,终有一天他会明白自己走了多么远的一段弯路。江道宗不会再担任教务长了,但是,也没有把他和刘玛丽等同起来,正充分地显示了党的政策的英明和伟大。

具体地表现了江道宗怎样为美帝文化特务服务,以游手好闲的上海买办的身份出现的夏鹤飞这个人物,在剧本里就完全没有必要了。事实上,他的出场也没有什么积极的作用。剧作家删去了他,并不曾使我们觉得少了什么,也没有使剧本因而减色。另一方面,剧作家较重地表现了袁仁辉,却足以说明:反动的资产阶级思想,在一个科学机构中,在一个家庭中,曾怎样地压抑着一个人,而这个"被侮辱的与被损害的"人终于在新社会中觉醒了,积极地参加了斗争并在斗争中站起来了。

在修改之后(上面谈及的只是一部分,很不全面),我们可以更鲜明地看出了:在通过凌士湘这一典型人物说明知识分子必须而且完全能够进行思想改造,并且阐明了知识分子思想改造的规律的同时,剧作家还明白地宣告着科学(学术)不能脱离政治。剧本所反映的既不仅是一个人、两个人的事情,也不仅是知识分子们的事情,而是关系着全中国人民的事情——在新中国建立后的一件重大的事情:肃清反动的资产阶级思想——帝国主义文化侵略的斗争,并且,我们在斗争中取得了胜利。

剧作家曹禺的创作态度一向是严肃的,《明朗的天》最初的发表本也足以证明这一点,但是剧作家没有满足于这一剧作已获得的成就。为了对观众(读者)和自己的作品负责,为了使自己的作品更好地反映现实,剧作家不但虚心地听取了各方面的意见并且认真地考虑过它们,更根据这些意见花费了不下于另写一部新作品的劳动力进行了第三次的修改。事实证明:这不是一般的、个别场景的修改,而是经过深思熟虑、通盘筹划后的修改;并且,他并没有单纯地从写作技术(编剧技巧)上予以增减,而是首先着眼于更深入地反映现实的本质,从而加强了作品的思想性和艺术性。可以肯定地说:第三次修改本的《明朗的天》的成就不但超过了演出本,也超过他自己过去的几部作品,同时向我们的作家,特别是某些不大肯在成品上多多加工的作家,提供了怎样再三修改自己作品的范例。我们完全相信:第三次修改本一定会带给广大的观众以更多的启示和更大的喜悦。

一九五六年二月中,北京

《光明日报》1956 年 8 月 31 日

新的开拓与新的危机

——《明朗的天》在曹禺道路上的地位

辛宪锡

我国解放已三十多年,像曹禺这样创作过《雷雨》《日出》《北京人》的天才剧作家,在此漫长岁月中,为什么仅仅写了一个反映现实生活的戏——《明朗的天》? 此刻,剧作家的思想觉悟已有很大提高,创作条件也比过去优越得多,而他作品的艺术生命力反而不及旧作,这又是为什么? 今天,我们应该以科学的态度来对《明朗的天》的创作作一番认真探讨。这不仅有助于正确认识曹禺的创作道路,而且对于发展社会主义的戏剧创作,也有一定的借鉴意义。

不可否认,《明朗的天》较之曹禺过去的剧作,曾经带来一些新的东西。这主要表现为:

一是新的创作意图。

曹禺过去写戏,主要是一种情感的需要,情感的驱使,而对作品所要表现的思想及其社会教育作用,考虑得并不很多。曾有不少人问他为什么要写《雷雨》,他说"自己也莫名其妙","《雷雨》的降生是一种心情在作祟,一种情感的发酵"。① 这就是说,他事先并没想如何去教育观众,而是那个社会的罪恶,使他压抑,使他愤恨,他忍无可忍,终于发出这"第一声呐喊"。他写第二个戏《日出》也是这样,由于厌恶那群魑魅魍魉,诅咒社会的黑暗,才决定"要写一点东西,宣泄这一腔愤懑"。

《明朗的天》的创作,情形就不同了。那是一九五二年初,我党一位领导同志跟剧作家作了一次谈话,鼓励他写一个关于知识分子思想改造的戏。根据这个意图,曹禺不久便随工作组去参加北京市高等学校教师的思想改造运动。他在协和医学院了解到许多情况,感受颇深。他意识到戏剧为党的革命事业服务的使命,力求站在工人阶级的立场上,用马克思主义的观点来观察、分析所要描写的对象,以达到用社会主义精神教育观众的目的。

二是新的题材与新的主题。

曹禺过去选取题材,离现实斗争较远。如他创作的初期,在写《雷雨》《日出》《原野》时,正是日寇侵略日益加紧,国家民族处于生死存亡的危难关头。当时,广大人民对国民

---

① 《〈雷雨〉序》。

党反动派的不抵抗主义强烈不满,要求抗日的呼声传遍全国,我党领导下的民族解放斗争正在蓬勃发展。而曹禺的剧作却完全没有表现这类题材,触及这一主题。到了他创作的中期,即一九三七年至一九四八年,正是抗日战争与解放战争最紧张、最激烈的时期,他除创作了一个抗战剧《蜕变》外,所表现的题材仍然是旧家庭的崩溃与爱情的悲剧,这就是《北京人》与改编的《家》。他的剧作离现实斗争似乎更远了。

《明朗的天》则全然不同。它直接取材于 50 年代初那次知识分子的思想改造运动。这是我国知识分子必然要走的道路以及他们的光明前途。如果说,剧作家过去是自己在探求生活的真谛,所以在写《雷雨》时还不清楚革命的"暴风雨"何时降临,写《日出》时不知道太阳究竟怎样出来,回答不了《北京人》中的愫方出走以后何去何从,《蜕变》中怎样实现社会的"蜕"旧"变"新,那么到他创作《明朗的天》的时候,接受一个政治运动的现成结论,当然可以比较明确地给知识分子指明出路。这样,《明朗的天》对新生活的歌颂及其主题的明确性也与他过去的创作有很大不同。

三是新时代的新人。

曹禺渴望塑造社会生活中的新人形象,由来已久。他写第一个戏《雷雨》时,就曾为漏掉了其中的"一名好汉"而深感遗憾。"同样,在《日出》中也有一个最主要的角色我反而将'他'疏忽了,'他'原是《日出》唯一的生机,然而这却怪我,我不得已地故意把'他'漏了网。"①这两个戏,由于剧作家对生活的熟悉程度以及具体题材的特点,他只能对社会的丑恶持暴露态度,以展示旧势力逐渐消亡的命运。剧作家第一次真正以"新人"来歌颂的,是《蜕变》中的丁大夫。他集中了那么多的好事来描写丁大夫,通过那么多的侧面来烘托丁大夫,应该承认,丁大夫的形象有其感人的一面,但由于她所处的环境不够典型(那是在黑暗的国统区),以及从第二幕起取消了她与对立面之间的矛盾,她的形象也有不够真实的一面,不那么血肉丰满。

相对说来,《明朗的天》中的主人公凌士湘的形象塑造得比较成功。这位正直的富有正义感的细菌学专家对新中国与共产党是拥护的。但由于他严重脱离政治,所以在医学院展开的反帝爱国运动中,他认识不清科学与政治的关系,更看不到美帝国主义的侵略本质。以后由于许多严酷事实的教训,这位不问政治的科学家终于醒悟。于是,他要求上朝鲜前线,直接去参加反细菌战、反对美帝国主义的斗争。这就是一个科学家的思想转变过程,也是他从旧中国走到新中国的艰难历程。这是在新的时代条件下成长起来的一位新人形象,与曹禺过去塑造的"新人"形象相比,无疑是一个进步。

可见,随着时代条件的变化,为使戏剧适应现实斗争的需要,曹禺同志在创作思想、题材与主题、人物等方面,的确作了一些新的开拓。但是,对这些新的东西应该作何估价,新东西是否一律都好,是否可以代表曹禺戏剧的发展方向,这是必须分辨清楚的。我觉得,

① 《怎样写〈日出〉》。

由于剧作家的创作从此紧紧追随政治，成了"阶级斗争的工具"，就不可避免地遇到一系列有关艺术创作规律的问题。这样，《明朗的天》所作的新的开拓，终究掩盖不住新的危机。

首先，写一个戏，究竟是情感的需要，还是政治的需要？

艺术不是无情物。一个作家真正的创作灵感与创作欲望，只能来自对生活的真知灼见，来自一种难以抑制的真情实感。真实的生活，真实的情感，这是一个作品的生命。戏剧，曾被西欧古典美学家视为最高意义上的诗，似乎比一般文学作品更需要炽热的情感。《雷雨》与《日出》的成功，充分说明了这个问题。相反，《明朗的天》的创作，就不是情感的需要，而是"政治"的需要。而这两者是大不相同的。

情感的需要，作者必有坚实、深厚的生活基础，因为情感不会无缘无故产生。就拿《雷雨》来说，是作者多少年在旧家庭中生活，见过多少繁漪那样不幸的女人，才孕育出那一腔激情。政治的需要，就无所谓生活基础。众所周知，曹禺过去熟悉的是旧社会。解放后，他于一九五〇年参加过治淮工程，又于一九五一年参加土改运动。然而，要他写一个关于知识分子思想改造的戏，他就只能舍弃自己熟悉的生活，而重新去体验生活。这种短暂、被动的生活体验，怎能与长期、自觉的生活积累相比，又怎能在创作中"厚积"而"薄发"？

情感的需要，作者的思维活动始终伴随着鲜明、具体、可感的形象，因为情感不会凭空存在，必有所依附。尽管作者当初创作《日出》时，在前面录了八段抽象的引文，但他写着写着，就跳出了抽象概念的束缚，对陈白露的怜惜，对小东西与翠喜的同情，对那群荒淫无耻之徒的憎恨，都自然而然地涌向笔端，洋溢在字里行间。这是现实主义创作方法的一个突出特点，也合乎艺术创作的思维规律。而出于政治的需要，作者的思维活动就很难摆脱抽象观念与清规戒律的羁绊。《明朗的天》中凌士湘的思想性格为什么有些简单化，仅仅写他脱离政治？就因为作者不敢正视生活中尖锐的矛盾，大胆描写人物身上消极的东西，怕有"歪曲生活"之嫌。对江道宗政治上的反动性揭露不够，不敢把他处理成暗藏的反革命分子，则是怕由此会引起一些知识分子的恐惧与疑虑，影响党的知识分子政策的贯彻。这样，怕这怕那，屈从于某些抽象的政策观念，就势必抹掉人物的棱角，削弱戏剧冲突的尖锐、紧张的程度，影响作品反映生活的深刻性。其实，只有大胆、深刻地揭露生活的矛盾，并合乎情理地展示矛盾解决的过程，才能充分体现出党的政策的威力。真正的现实主义与正确的党性原则并不是矛盾的东西。

情感的需要，作家的创作是自觉的，我手写我心，作品天然成。而政治的需要，作家的创作既是自愿的，又是被迫的，总要去体会旁人的意图，表现既定的主题。这种创作情绪大不一样。为什么《雷雨》《日出》后来的修改稿又改回去，这固然有多方面的原因，但那种从作者自己心底萌发的饱满的创作情绪很难失而复得，不能不说是一个重要原因。一个作品的修改尚且如此，"命题作文"，或为满足"政治"需要而创作，就更难想象。

所以，从作家的生活基础、思维活动与创作情绪看，戏剧创作服从于情感的需要更合乎艺术的规律。《明朗的天》为什么赶不上《雷雨》《日出》，这是第一个原因。

其次,创作的题材,究竟应该注意反映日常生活呢,还是反映政治运动? 离现实斗争远一点呢,还是近一点?

　　文艺是生活的反映,作品的题材归根结底来于生活。一个戏选取什么题材,仅仅强调描写作家熟悉的生活是不够的,还应考虑这种生活是否具有美学价值,经得起时间的检验。这是一个奇怪的现象:《雷雨》《日出》《北京人》,都反映普通的日常生活,离现实斗争较远,但获得了久远的生命力;《明朗的天》反映重大的政治运动,配合现实斗争相当及时,生命力却不及上述作品。我们从中得到什么启示呢?

　　反映日常生活,离现实斗争远一点,对戏剧创作来说,是有好处的。因为这种生活,已经过千百万群众的反复实践,比较稳定,作家有较大的可能从中提取具有美学价值的东西。如《雷雨》《北京人》,把剥削阶级的罪恶,旧家庭的崩溃,反映得越充分、越深刻,就越有典型意义。而政治运动,总是由少数人、或按某一集团、某一阶级的代表人物的意志搞起来的,这种生活动荡不定,在当时条件下,是非很难分辨。而且这种生活本身的丰富性与作家创作中的典型化程度,比之反映日常生活来,是相差很远的。作家迫于有形无形的人为压力,不敢越雷池一步,只能服从运动的需要与现成的结论。如果某个政治运动本身站不住,作为这个运动的反映的文艺作品,还有什么价值可言? 在我国几十年的新文学创作史上,这类教训难道还少吗?

　　反映日常生活,离现实斗争远一点,还可使作品具有更高的真实性。因为这是一种自然形态的生活,人们不受条条框框的约束,而按照自己的意志去思考,去行动,表现出特定阶级之内的一种本真的人性与人情。而在政治运动中,生活的真实性或多或少会受扭曲、破坏。人们不是按照自己的意志,而是按照长官的意志与运动的要求在思想、行动。这样,究竟还有多少真心话、真感情? 实际生活既已蒙上层层假象,作家再把它们写进作品之中,其真实性能不打折扣?《明朗的天》二幕一场,地点在凌士湘家的客厅,本该是描写这位科学家的真实生活的一场好戏,可是在运动的高潮期间,主人公正经历激烈的思想冲突,人们一个接一个跑来教育他,结果这场戏成了一场思想问题的大辩论。这里,没有真实的家庭生活的气氛,只有群众运动的强大压力;看不到多少人与人之间的真实关系,处处是"改造者"与"被改造者"之间的尖锐矛盾;知心话,真感情,代之以抽象的说教,大道理。这样,这个戏又怎能同生活真实与艺术真实高度统一的《雷雨》《日出》《北京人》相比呢?

　　各种社会政治运动中,尤其思想斗争,不宜以戏剧来表现。戏剧作为一种舞台艺术,特别需要表现人物"做什么"与"怎样做"。唯其如此,才能产生鲜明的动作,形成戏剧的贯穿行动。而思想斗争与思想问题,"想什么"与"怎样想",抽象得很,很难有戏。如《北京人》与《明朗的天》,同样写"规劝"一事,但两者有很大区别。愫方对文清,本来爱得那样深沉,一心希望文清远走高飞,挣脱这罪恶的牢笼,可是她没想到,文清在外面打个旋,又回来了。作者对这段戏写得绘声绘色,感人至深。原因就在于作者把人们普通的日常生活,他们的行动以及他们之间的真实感情,提炼成为尖锐的内心冲突。这是戏,艺术的魅力就从"戏"中来。而在《明朗的天》中,凌士湘与自己的学生何昌荃一见面,就是关于科学、政治、人生、帝国主义、共产党等思想问题的说教与辩论,长篇大段,滔滔不绝。这哪里像戏?尽管表面上很激烈,其实没有多少力量。因为这里没有鲜明的行动,没有人物性格的冲突,没有灵魂的碰击。

两段相同内容的戏,出于同一剧作家之手,却得到两种不同的艺术效果。可见,剧作家的技巧再高,也克服不了题材本身所带来的缺陷。这也是《明朗的天》难于与剧作家的旧作相比的一个重要原因。

还有一个问题,就戏剧艺术样式本身的特点来看,戏剧冲突究竟应该表现为性格冲突呢,还是意志冲突?

这个问题,中外戏剧界历来就有争论,有的主张性格冲突,有的主张意志冲突。从曹禺的艺术实践来看,只有当生活矛盾表现为人物之间的性格冲突时,才真正有戏,撼人心魄。如繁漪,要不是那种不是爱便是恨的极端性格,她就不可能成为周公馆内各种矛盾的引爆人,最终把自己烧毁。侍萍也只能是那种淳朴善良而又坚强不屈的性格,才会不受周朴园的威胁利诱,最终揭穿真相,导致周公馆的崩溃。如果对陈白露的性格稍加曲解,把她写成一个自甘堕落的荡妇,她就会与那个丑恶的社会同流合污,决不会自杀。而没有繁漪、侍萍的悲剧,没有陈白露的悲剧,又怎能揭示那个时代深刻的社会矛盾,使戏剧获得经久不衰的艺术魅力? 正如高尔基所说:"在有鲜明的人物性格的那些地方,必定存在着戏剧冲突。"① 如果生活矛盾仅仅表现为人物之间的意志冲突或思想冲突,那就会"把人物变成时代精神的单纯的传声筒",使个性"消融到原则里去"。

为什么戏剧冲突必须表现为人物的性格冲突呢? 一求真实可信。《雷雨》的戏剧冲突,充满了偶然性,但人们还是深信不疑。因为那一系列偶然性事件,都是人物性格碰撞的产物,具有必然性。由于周朴园的残忍,他抛弃了侍萍。也由于他的伪善,周公馆罪恶的帷幕迟迟才被拉开。繁漪与周萍,是两个性格相反的人,但在那个特定的环境里,她只能抓住周萍。周萍与四凤,就算没有那层血缘关系,也不可能达到理想的结合,因为他们之间一条不可逾越的阶级鸿沟。总之,《雷雨》表现了典型环境中的典型性格,纵然那一系列偶然性事件都出于虚构,但它达到了高度的艺术真实,具有无比的可信性。相反,《明朗的天》的戏剧冲突几乎是按照实际生活中的真人事件组织起来的,为什么它的真实可信程度反而不及《雷雨》呢? 就以主人公凌士湘来说,按照作者的艺术才能,根据题材的容量以及它所触及的问题的尖锐程度,这个人物是可以刻划得更深刻的。可是,作者没有深深挖掘他的性格特征,而仅仅写他的思想问题,即脱离政治。这样,就避开了生活中更加尖锐的矛盾,也使人物失掉了表现自己性格的契机。事实上,实际生活中的问题要比剧中写

① 《论剧作》。

的情景,严重得多。即使像凌士湘这样的大夫,要真正走上全心全意为人民服务的道路,不仅要解决脱离政治的问题,还要解决医疗思想问题,还要解决立场与世界观问题。他能否认清帝国主义的反动本质,与敌人划清界线,肃清其流毒,关键也在这里。如对凌士湘的性格特质作一番全面深入的发掘,人们就可看到他所以变成这样一个人的多种因素,即思想与道德、理智与感情、兴趣与爱好、气质与心理等因素。可是,作者撇开人物丰富的性格,仅仅写他的思想问题,把戏剧冲突变成抽象的思想斗争,即意志冲突。这样,他就在创作上走了一条轻便的路,而且还给自己留了一条后路。他当时觉得,如把凌士湘写得"太坏",把现实生活中的丑恶事物揭得太深,到后来要合乎逻辑地、令人信服地写出他的思想转变过程,就非常难办。所以,他把凌士湘的性格,甚至人物的思想,都简单化了,随之而来的他的思想转变,也就比较容易。而这样处理的结果,势必影响这个人物的真实性。他的性格失去了应有的深度,也直接影响到作品主题的深刻性。

戏剧冲突所以必须表现为性格冲突,二求丰富多样。《雷雨》与《北京人》,题材几乎相同,都写旧家庭的崩溃。两位统治者的思想,也几乎是一样的:周朴园认为他的家庭是"最圆满,最有秩序的家庭",曾皓觉得他家"累代是书香门第,父慈子孝,没有叫人说过一句闲话",所以他们都要极力维护自己的家庭秩序,免遭衰落。但他们两人的性格,却大不相同:周朴园是那样残忍,曾皓是那样自私。也许在伪善这一点上,两人是一样的。但也只是伪善的概念与实质相同,表现方式仍然不同。如果说,周朴园的伪善,与他的残忍联在一起,表现出一种极端的残忍;那么,曾皓的伪善,则与他的自私联在一起,表现出一种极端的自私。这两个戏,各以人物不同的性格构成戏剧冲突,非但没因题材、人物思想的相似而雷同,反而是显得那样丰富多彩。相反,如果戏剧冲突仅仅表现为思想冲突或意志冲突,就难免失之单调。《明朗的天》中的美国大夫贾克逊,是个没出场的人物,作者无非想通过他的魔影,揭露美帝的侵略罪行以及在我国某些大夫身上的恶劣影响。这与《日出》中的恶魔金八在幕后操纵,艺术手法是一样的。贾克逊与金八,都没有性格,不过是某种思想的代表,他们引不起冲突,没有戏,是显而易见的。幸亏在《日出》的戏剧冲突中,代替金八这个恶魔的有一伙荒淫无耻之徒,像潘月亭、王福升、顾八奶奶、张乔治等人,都有鲜明的性格。而在《明朗的天》中,作为戏剧冲突的对立一方,主要是教务长江道宗。此人又主要作为一种反动思想的代表,因而他与凌士湘的冲突无非是"辩论",与运动的领导者、党委书记董观山居然始终没有接触、较量。作者曾考虑把这个人物写成暗藏的反革命分子或美帝特务,其实问题不在这里,而在于离开了他的独特的个性,就很难对他政治上的反动性揭露得具体、鲜明、深刻。这又怎能把他这个甘心充当帝国主义的奴才,与凌士湘这种政治思想上糊涂又有爱国心的科学家严格地区分开来。显然,日常生活中人物性格的具体性丰富性,与政治运动中人物思想的抽象性单一性(还有虚假性),由它们所构成的戏剧冲突,戏剧效果是不一样的。

还必须看到,只有当戏剧冲突表现为性格冲突,才能使戏剧的情节达到"生动性和丰富性的完美融合",产生引人入胜的艺术魅力。因为情节不仅是一些互相联贯、顺序发展的事件,还是"人物之间的联系、矛盾、同情、反感和一般的相互关系——各种不同性格、典型的成长和构成的历史"。在曹禺的全部剧作中,也许《北京人》是最接近于生活的本来形态的一个戏。但由于曾皓、思懿、文清、愫方等人,都具有自己独特的个性,在他们之间还是产生许多尖锐的冲突,由此形成的一系列事件,无不达到惊心动魄的地步。如为愫方"说嫁"一事,如果仅仅是各种不同观点的辩论,就没有什么戏剧性。由于剧作家准确地、细致入微地把握住人物的性格,因而通过这场家庭纠葛,把各人灵魂深处的东西,都惟妙惟肖地表现出来了。曾皓死死拖住愫方的假仁假义,思懿一心要撵掉愫方的阴险毒辣,江泰打抱不平,愫方曲中求全,都给人留下了深刻的印象。而《明朗的天》由于人物缺乏鲜明的性格,心扉没有完全打开,剧情的发展就受很大影响。如董观山,既无强烈的爱,又无深切的恨,也看不出他在贯彻政策方面的魄力与才干。他既没给凌士湘以有力的帮助,也没对江道宗作坚决的斗争,人们只能看到他对大夫与党团员们所作的一般的思想教育工作。像这样的人物,只是某种思想的代表,没有个性,不卷入冲突,戏剧又怎能形成生动的丰富的情节,产生强大的艺术力量?

《齐鲁学刊丛书·现代文学专号》1981 年 5 月

《明朗的天》论

田本相

当曹禺踏上解放了的祖国大地时，他就跨进了一个人民的新时代。

在迎接新中国诞生的那些日子里，他沉浸在喜悦和幸福之中。他不但受到党和人民的热情接待，而且得到党和人民的高度信任。他以前所未有的政治热情，把全副精力投入人民革命的事业。下面这张时间表，就可看出作家在一九四九年十月一日前所面临的是多么繁忙而紧张的革命工作。

一月　北平解放。

四月　他作为中国人民的和平使者，参加以郭沫若为首的中国代表团出席了在捷克斯洛伐克召开的第一次世界和平大会。

六月　他又光荣地参加了新政治协商会议筹备会，同党的领导同志以及各民主党派、人民团体的代表共同商讨召开新政协建立新中国的大事。

七月　他出席了中国文学艺术工作者第一次代表大会，被推选为大会主席团成员。在这次大会上他当选为文联常委和剧协常委。

九月　他正式出席了中国人民政治协商会议第一次全体会议。这是一次具有伟大历史意义的会议，他和代表们一起为中华人民共和国的成立作出自己的贡献。

的确，在曹禺的生活道路上，还从来没有像今天这样体会到这种人民当家作主的自由和欢欣，也从来没有享受到这种祖国独立的骄傲和幸福。每当曹禺回忆起这些难忘的历史岁月，心中总是充满着对党和人民的热爱和感激。他说："那真是高兴。知道国家站起来了，过去有自卑感，挨打挨惯了。过去，你看，就五月一个月里，就有多少国耻纪念日，心里真是说不出的难过。我还赶上二十一条那件事……唉，不快活的日子太多了，从四九年以后开始心里好过了。"①曹禺，作为一个进步的爱国的剧作家，他早就呼唤着新中国诞生，盼望着祖国的独立富强。当他终于看到一个人民的共和国站起来了，就焕发出他高度的革命热忱。解放初期，他无暇从事创作，几乎把大部时间都放到对外文化交往的外事活动上。他曾经接待过以法捷耶夫为首的苏联文化代表团，还到莫斯科参加过果戈理逝世一百周年的纪念活动等。一九四九年，他担任过中央戏剧学院的副院长。一九五〇年，他又被任命为北京人民艺术剧院的院长。对于党和人民的委托，他勤勤恳恳，兢兢业业，完成了大量而繁重的行政工作。

---

① 赵浩生：《曹禺从〈雷雨〉谈到〈王昭君〉》，《七十年代》1979 年第 3 期。

作为一个剧作家，面对着沸腾的新生活，从内心深处渴望着创作。他要歌颂新的生活，他要反映新的时代。还是在第一次文代会上，他就提出："我们是在毛泽东思想领导与新民主主义旗帜之下团结起来的。这是我们的原则。""今后的文艺批评与文艺活动必须根据这个原则发展。我们要努力学习毛泽东思想，研究、认识新民主主义与今后文艺路线的关系。从思想上改造自己，根据原则发挥文艺的力量，为工农兵服务，为新中国文化建设服务。这是我们每个人应该解答的课题。"①

这是作家的庄严宣言，也是他未来行动的指针。从中华人民共和国成立初期，他就积极投身到人民群众的火热斗争中去。他参加过土地改革和文艺整风运动，经历了"三反"、"五反"和抗美援朝的运动。其间一九五一年，还深入到安徽治淮工程工地，熟悉和了解人民的生活和斗争。但是，他还不能进入创作。对于曹禺说来，在新的历史条件下从事创作，还需要一个重新学习和重新熟悉生活的过程。一九五一年，开明书店再版他解放前的剧作选集，为此，他对《雷雨》《日出》作了较大的修改。这可以说是作家运用马克思主义文艺观点指导写作的尝试，可惜，这次尝试并不成功。大约，一九五二年初，周恩来同志关怀着曹禺的创作生活，同他进行了一次谈话。在这次谈话后，他决定写一部以知识分子改造为主题的剧本。周恩来同志认为这个主题很重要，很值得写，同时他也知道曹禺同志对知识分子的生活一向比较熟悉，写起来有驾轻就熟的方便"。② 这次谈话使曹禺对中国知识分子的特点和发展道路有了更明确更深刻的认识和了解，极大地鼓舞了他创作的信心。紧接着，他就随同中共北京市委工作组参加领导北京市高等院校教师的思想改造工作。他主要是在北京协和医学院深入生活。"曹禺同志认为他在参加协和医学院这次教师思想改造运动中收获很大，他说他不仅更加详细地了解这个学校的一些情况，并对它们作了进一步的思考和分析，而且也间接帮助了他自己的思想改造。"③他终于在周恩来同志的亲切关怀和同志们的帮助下，于一九五四年完成了《明朗的天》的创作，同年九月在《人民文学》和《剧本》上同时发表，十二月二十二日由北京人民艺术剧院演出。有人撰文指出，演出到一九五五年二月二十五日止，"天天客满，受到群众热烈欢迎"。之后，曹禺对剧本又作了多次修改，于一九五六年由人民文学出版社刊行了单行本。

一、创作思想上的深刻矛盾

《明朗的天》发表、演出后，可以说得到一致的肯定评价。在一些评价中虽然也提出某些问题，也许由于历史条件的原因，并未能展开深入的探讨。当我们重新研究曹禺这部剧作时，我们不愿只是就作品分析作品，而是企图把它放到作家现实主义创作道路的历史进程中，放到特定历史阶段的政治背景和文艺思潮中，探讨它的得失和经验教训。曹禺认为，"《明朗的天》在创作方法上和他过去写的剧本是有些不同的"④。如果说曹禺解放前的

---

① 《中华全国文学艺术工作者代表大会纪念文集》，第404页。
② 《曹禺谈〈明朗的天〉的创作》，《文艺报》1955年第17期。
③ 《曹禺谈〈明朗的天〉的创作》，《文艺报》1955年第17期。
④ 《曹禺谈〈明朗的天〉的创作》，《文艺报》1955年第17期。

剧作,基本上是运用他比较熟悉的创作方法来写他熟悉的人物和生活,那么,他写《明朗的天》则是运用他不熟悉的方法来描写他熟悉的人物所遇到的新的生活和斗争,而有的人物则是他完全不熟悉的。这样,作家就必须用新的世界观来观察、研究和分析新的生活中的矛盾斗争,也必须用新的文艺思想和原则来指导创作。因此,作家创作思想所面临的课题是相当艰巨而复杂的。"不少新的问题"摆在他的面前。

应当说,作家于全国解放后,就开始了学习和探索。对《雷雨》《日出》的修改,就是作家探索新的创作方法的一次尝试。在某种意义上说,也是作家创作《明朗的天》的前奏和演习。在这次修改中,既可看到作家努力探索的热情,也可看到作家创作思想的深刻矛盾。

早在一九五〇年,曹禺在《文艺报》第三卷第一期上发表了《我对今后创作的初步认识》,一九五一又写了《曹禺选集·自序》。这两篇文章,是作家试图运用马克思主义文艺观点对解放前创作进行的一次初步总结,也是他对《雷雨》《日出》进行修改的文艺思想指针。尽管这些富于自我批评勇气的文章,表现了作家改造文艺思想的迫切要求和渴望,并且也触及到解放前剧作的某些根本弱点,如说"没有历史唯物论的基础,不明了祖国的革命动力,不分析社会的阶级性质"等;但是,由于没有较好地融会马克思主义的文艺观点,就对自己的旧作否定过多。他甚至怀疑他的作品是否"对群众有好影响",并为自己的"错误看法"影响了观众而感到"痛心"。作家的自我批评是真诚而严肃的。他认为"只有通过创作思想上的检查才能开始进步,而多将自己的作品在文艺为工农兵的方向的 X 光线中照一照,才可以使我逐渐明了我的创作思想上的疮脓是从什么地方溃发的"。可是,这种马克思主义的文艺批评要达到积极的效果,必须采取历史的具体的分析态度。只有通过实事求是的科学分析,才能引出必要的经验和教训,而作家的"检查"是过于简单化了。我们并不是苛求作家,这种"检查"或许是一种特定历史条件下不可避免的现象;但是,当作家以这个"初步认识"指导自己修改《雷雨》《日出》时,却造成了混乱。张光年曾经指出:"曹禺曾经不公正地否定自己以往的作品,曾经不恰当地修改自己的旧作;要知道,这表现了一个作家在进步过程中的深刻的苦闷。"①

首先,它脱离人物性格的发展逻辑,为了改变剧作的所谓"落后倾向",增强"阶级观点",任意改动原来人物的性格,结果反而损害了人物性格的真实性。

《雷雨》《日出》的现实主义的突出特色之一,在于它真实地再现现实生活的人物关系,描绘出那些典型环境中的典型人物。它对人物性格刻画得准确而完整,每个人物的命运都严格遵循着自己的性格发展逻辑。作家甚至这样告诫演员:演出《雷雨》"应该明了这几个角色的脆弱易碎的地方。这几个角色没有一个是一具不漏的网,可以不用气力网起群众的称赞"。谁若不能把握住这些角色的"均匀"和"恰好"的性格完整性,就会破坏性格的"真实"。② 但是,作家却离开这些现实主义的描绘,去追求另外的"思想性",把一些"阶级观点"硬安在人物身上。如侍萍,作家为了克服她的"宿命观点",增强人物的"明确的认

---

① 张光年:《曹禺创作生活的新发展——评话剧〈明朗的天〉》,《剧本》1955 年 3 月号。
② 参看《雷雨·序》,文化生活出版社,1947 年。

识",便让她大骂周朴园是"杀人不偿命的强盗",甚至使她认识到周萍是周朴园教育的结果,"有你这样的父亲就教出这样的孩子"。看来,这些更动似乎增强了人物的阶级爱憎,但却失去了一个善良无辜的普通妇女对黑暗制度的控诉力量。又如鲁大海,这本是作家在当时思想水平下所描写的一个普通的工人形象;但是,作家也不公正地责备自己是"卖过一次狗皮膏药,很得意地抬出一个叫鲁大海的工人"①。为了写出鲁大海"应有的工人阶级的品质",便把鲁大海改成一个"有团结,有组织"的罢工领导者,同时,把鲁大海的"觉悟"也"提高"起来:他不但揭露周朴园背后有帝国主义的支持,而且指出周朴园同官府相勾结(为此还增添了省政府参议乔松生这个人物)。这样修改,反而损害人物性格的真实性。正如周恩来同志所说,"因为当时工人只有那样的觉悟程度",改动后的鲁大海的性格同《雷雨》的典型环境是不相协调的。《雷雨》中的人物性格的复杂性都是真实而复杂的现实关系的产物。周萍同继母私通,同四凤的乱伦关系,深刻揭示着封建家庭的罪恶。但是修改本却把周萍改成为一个玩弄女性的纨绔子弟。他先是同繁漪私通,又玩弄四凤,后来又要和繁漪私奔,这个改动似乎使他面目可憎,"阶级性"更鲜明了,而结果却损害了对封建家庭制度揭露的深刻性。正如我们在《〈雷雨〉论》中揭示的,尽管曹禺当时还不是一个马克思主义的阶级论者,但由于他怀着鲜明的爱憎,真实地刻画人物以及人物关系,就揭示了这些人物性格的阶级内容,也揭示了血缘关系掩盖下的阶级关系。而当曹禺硬是用"阶级观点"来改动人物性格时,反而失去了人物性格的真实性,而所谓增强"阶级观点"也就落空了。

其次,它任意更动、增添情节或者改变原有的艺术结构,以契合"历史唯物论"的要求,结果却损害了原作的思想和艺术的统一完整性。

《雷雨》《日出》的情节、结构都是作家在特定的条件下根据当时的思想水平设计出来的,体现着作家现实主义的完整的艺术构思。它们的情节发展都是现实生活事件戏剧化的结晶,它们的结构也渗透着作家的思想评价。当作家把情节、场面组织在一个完整的艺术结构之中时,就像一串联结紧密的锁链,一环紧扣一环。而帮助作家把这些人物、事件联结在一起的就是作家对生活的独特而完整的思想态度。但是,作家在修改《日出》时,为了不致"将帝国主义这个罪大恶极的元凶放过",揭示"造成这些罪恶的基本根源",突出"向敌人做生死斗争的正面力量",就按照"历史唯物论"的概念图解生活,生硬地更动情节,改变结构,拔高人物。如环绕着小东西的命运,几乎是另外增设了一条情节线索。小东西的父亲成为仁丰纱厂的工人,而仁丰纱厂的后台是日本帝国主义,金八就是这个厂的总经理。小东西的父亲是被金八杀害的烈士。而纱厂工人为此开展罢工,反对日本帝国主义。小东西被金八送进宝和下处后,方达生寻找她的下落。但是,方达生不再是个具有正义感的寻找光明的人物,而改成一个从事革命斗争的地下工作者。方达生同仁丰纱厂的工人进行了联系,把小东西从虎口里救了出来。为此,作家又增添了田振洪和郭玉山两个工人形象。这样重大的更动,虽然表现了作家良好的愿望,却破坏了原作艺术构思的内

① 曹禺:《我对今后创作的初步认识》,《文艺报》1950年第3卷第1期。

在统一性。这些修改生硬地嵌入原来的艺术结构里,成为同原有的艺术氛围和情节发展都不相协调的赘物了。特别是对小东西命运的改变,全然失掉了她悲剧的揭露和控诉力量。这些修改,完全是图解的,毫无艺术的生动性。再没有对《雷雨》结局的修改更简单化的了。不但周萍没有自杀,周冲没有死,而且四凤也没有死,这就把原有的悲剧结局改得不伦不类了。无论是人物的结局还是作品的结局,乃是人物性格发展和人物性格冲突的必然结果。结局,是为一系列冲突不断强化过程中准备起来的,一切都为结局积蓄着力量,孕育着爆发,以便最后来一个有力的收缩。结局体现着作家的预期的思想企图和美学目的。艾亨堡说,文学作品"把它的全部重量集中在结尾部分",以便像箭似的"拿它的箭头全力射击出去"[1]。而作家任意改变人物和作品的结局,便丧失了它原有的"全部重量"。

作家原以为他的修改是会更"合情合理","比原来接近于真实",对"读者和观众还能产生一些有益的效用",而结果却是失败的。这是作家始料不及的。后来,作家也不得不承认:"在《日出》所描写的特定环境里,不宜于硬生生地插进去代表光明的先进人物","其结果必然写得不真实,以至于成为反历史的"[2]。我们并不想全面论述这次修改,但是,它的失败却提出一些引人深思的课题。

如果只就《雷雨》《日出》修改的理性认识来说,的确都大体上接近和符合马克思主义对半封建半殖民地社会的概括。无论是对帝国主义的揭露,对周朴园和金八同帝国主义勾结的描绘,以及对鲁大海和方达生的性格改动等,都意味着作家的政治水平提高了。但是作家这些正确的理论观念毕竟没有化成现实主义的形象血肉,政治水平的提高也未能形成生动的艺术构思。这样的图解思想就成为外加的东西,而不能有机地融入作品的主题之中。这个事实就表明,如毛泽东同志说的"政治并不等于艺术,一般的宇宙观也并不等于艺术创作和艺术批评的方法"。"马克思主义只能包括而不能代替文艺创作中的现实主义。"[3]而曹禺的创作思想正是在这样一个问题上陷入了矛盾之中。

现实主义是有着它自身的规律的,作为一种创作方法有它的独立性。不能否认世界观和创作方法的深刻联系,进步的世界观可以指导作家更深刻更锐敏地观察生活研究生活,但是它不能代替作家深入生活斗争的实践,也不能代替作家对生活的独特感受和艺术发现。现实主义创作方法的优越性在于,它总是从现实生活出发,严格遵循着现实生活的发展逻辑,并且在创作中始终把客观的现实生活作为它的坚实基础。像曹禺这样杰出的现实主义作家,在他解放前的剧作中,无论是《雷雨》《日出》还是《北京人》,都显示他是忠实于现实生活的。他虽然还不具备马克思主义的世界观,但却从艺术形象的描绘中表现出对现实生活的真知灼见,揭示了前人所未曾揭示的现实的真实关系,提出一些前人所未提出过的生活课题。他把他自己的生活发现和艺术发现贡献给人们,就使读者感到兴趣得到教益。就这些具有现实主义独创性的作品的独特的思想感情个性和独特的艺术风格来说,都是不可重复的。因为这些都是作家在具体历史条件下,他自己对生活的思想感

① 转引自多宾:《情节结构和作品思想》,《世界文学》1959 年第 4 期。
② 曹禺:《迎春集》,第 135—137 页。
③ 毛泽东:《在延安文艺座谈会上的讲话》,《毛泽东选集》第 3 卷,1953 年,第 870、875 页。

受、情感激荡和审美情趣的产物。他从当时的思想水平出发观察生活反映生活，不但把他对生活的发现熔铸在作品之中，而且把他的偏颇局限也都融入其中了。因之，他的每一部现实主义作品，都有它的特点，都有它具体的历史的辩证统一的不可重复的性质。周恩来同志曾说："我在重庆时对曹禺说过，我欣赏你的，就是你的剧本是合乎你的思想水平的。"[①]这是极为耐人寻味的深刻见地。一个优秀的现实主义作家，既不能脱离自己的思想故作高深，说些虚浮的饰语来装潢自己，又不能降低其艺术水平。只要他实事求是地去描写现实，从中发现生活的隐秘，哪怕思想水平不那么高，也会使人"欣赏"。正确的思想不能破坏创作的规律，只能引导人们去更好地认识生活。修改《雷雨》《日出》的失败，说明即使作家已经获得马克思主义的理性认识，但只要违反了现实主义的创作规律，也可能导致相反的效果。

与此相联系的，是作家对待自己的旧作的不公正的态度，还提出一个具有多年现实主义创作实践的作家如何对待自己的现实主义传统的课题。这不仅是曹禺个人的作品评价问题，实际上是如何评价"五四"以来新文学现实主义传统的重大问题。在中华人民共和国成立初期的革命浪潮中，有些评论文章把巴金、曹禺、老舍这样的现实主义作家都贴上"小资产阶级作家"的标签，看不到他们作品同革命现实之间或强或弱的联系；同时，在政治标准第一艺术标准第二的机械理解中，似乎既然是小资产阶级作家的作品，也就同工农兵方向不够协调了，从而忽视他们的作品同人民的革命方向的内在关联，对于他们的艺术成就也就不能给予充分肯定了。所以，曹禺修改《雷雨》《日出》是有着舆论的影响的。如果作家把不公正地否定自己现实主义的旧作作为寻求新的创作方法的起步，就未免简单地割断了历史。的确，社会主义现实主义同一般的现实主义是有区别的，但是二者之间也有着历史的联系，社会主义现实主义应当批判地继承过去现实主义的优秀传统，当曹禺对自己的现实主义创作经验当作"疮脓"加以否定时，就难免不影响他更好地反映社会主义时代的生活斗争。在我们看来，虽然作家于一九五二年又恢复了《雷雨》《日出》的原来样子，并看到他修改的失败。但是，作为创作思想，他仍然未能解决正确对待自己的历史经验，未能较好处理马克思主义和现实主义的关系，这在他《明朗的天》的创作中时隐时显地透露出来。这正是我们需要在探讨《明朗的天》创作得失中进一步研究的课题。

二、探索表现新的生活

《明朗的天》作为曹禺在新中国成立后的第一部剧作，在探索表现新的时代、新的主题、新的人物上，无疑是一次大胆的尝试，取得了初步的成功。

曹禺从发表《雷雨》到完成《北京人》的创作，他的现实主义的剧作取得了巨大的成就。在长夜漫漫中，他探索着生活的真理，探索着寻求着推翻旧制度的道路。在他的作品中不断积累着革命的因素，渗透着党的影响，使它呈现出新民主主义革命时代的亮色。他批判着私有制社会的罪恶，但并不知道改变这种社会现实的途径；他看到了希望看到了革命，

---

① 周恩来：《对在京的话剧、歌剧、儿童剧作家的讲话》，1962 年 2 月 17 日于紫光阁。

但又对现实的革命发展缺乏科学的认识。因此,在他的作品中总是摆脱不掉苦闷的印痕。虽然他忠实于现实生活,但毕竟因为没有一个科学世界观的指导,就在他描绘的现实关系中暴露出思想的局限。《明朗的天》在作家创作道路上的转折意义,就在于他努力用科学的世界观来观察现实描写现实,并且力求站在工人阶级立场上表现他的爱憎之情和是非观念。如果说曹禺过去对政治还多少带有某些清高的态度,而他创作《明朗的天》则是以饱满的政治热情和高度的政治自觉为革命事业服务。而这些对曹禺的创作来说都意味着带来新的变化,并且决定着《明朗的天》创作的面貌。

　　作家创作上这种新的变化,首先表现在艺术构思中具有明确的创作企图。在题材的选择,情节的提取,主题的提炼上,作家都力图以理性的观点加以分析、衡量和判断。作家曾说:《明朗的天》在创作方法上同过去写的剧本是有些不同的,"过去他写剧本时,虽然也企图发表某些见解或者宣传某种思想,但是对这些见解和思想常常自己也不是想得很明确,很深刻的"①。而在创作《明朗的天》的过程中,则是在深入生活的深切感受中首先明确了写作的思想企图。这些,都反映了作家迫切要求思想进步的积极性。例如,他选择知识分子改造作为他的创作题材就不是偶然的。自然,曹禺熟悉知识分子是个重要原因,而尤为重要的原因,是作家从自己的斗争经历中深切感到知识分子改造的必要性和迫切性。当他深入协和医学院的知识分子自我教育和改造的运动以后,从种种惊人的事实中,"明确地认识到知识分子必须在党的教育下进行思想改造"。因之,《明朗的天》的创作反映着作家追求新的世界观的强烈愿望。同时,也使得他的创作企图更为明确了。

　　当作家以明确的思想意图投入创作过程时,他不但对自己掌握的素材做出选择,而且在选择过程中,他尽可能以马克思主义观点来判断材料的价值以及他选择的人物、事件的潜在的意义。同时,他还努力揭示全部事件发展的必然性以及它的种种内在联系。《明朗的天》选择一个美帝国主义经营的燕仁医学院作为典型,并且选取一些受美帝国主义毒害很深的高级知识分子作为剧中人物,颇能看出作家的用心。而他又把整个剧情安放在从一九四八年北平解放前夕到抗美援朝斗争的高潮这一时代背景上,显然是要凸显中国人民同美帝国主义的尖锐斗争中,知识分子改造的严重的社会意义。燕仁医学院本来就是美帝国主义文化侵略的产物,同时,又是美帝国主义文化侵略的工具。在第一幕中,作家明确地揭示了这所医学院的反动性质,它不是什么"慈善机关",更不是单纯的"学术机构"。贾克逊名为学者,大夫,实际上是文化特务。当他仓皇逃走时,还指示他的代理人江道宗等,要"保护医院的美国标准"和"学术传统",决不允许"别的力量"来"破坏"它的"秩序"②。正是在这个高等学府中,知识分子长期受到美帝国主义的反动文化的熏陶,深受其毒。不但有像江道宗那样的奴才,忠实效劳于贾克逊,还有孙荣、尤晓峰那样崇拜诌媚贾克逊的人物。而像凌士湘那样热爱学术甚至抱着科学救国思想的细菌学家,也看不清美帝国主义的反动面目。如毛泽东同志所说,全国解放前夕,在中国"有一部分知识分子还

　　① 《曹禺谈〈明朗的天〉的创作》,《文艺报》1955 年第 17 期。
　　② 凡引《明朗的天》中文字,均出自人民文学出版社 1959 年版。

要看一看。他们想,国民党是不好的,共产党也不见得好,看一看再说"①。正是这些人还"存有糊涂思想,对美国存有幻想,因此应当对他们进行说服、争取、教育和团结的工作,使他们站到人民方面来,不上帝国主义的当"②。作家比较真实地描绘了这些深受美帝国主义影响的知识分子的思想动态。随着北平的解放,特别是抗美援朝的斗争到来,在这一部分知识分子中间所表现出来的崇美甚至恐美的情绪就尖锐地暴露出来。当作家明确地把知识分子改造的主题同清除美帝国主义影响的斗争,同保卫伟大的社会主义祖国的目标联系起来,就使得作品的思想主题具有强烈的时代感和战斗性。在曹禺过去的剧作中,从来没有像《明朗的天》这样把人物和事件同时代如此紧密地联系起来,使人物在历史的漩涡中得到展现,使事件具有明确的历史价值和社会意义。就作家反映解放前后这一特定历史阶段中,我们党清除美帝国主义"在中国还有一层薄薄的社会基础"的斗争来说,《明朗的天》是唯一的一部形象的历史记录。周扬曾说:"知识分子在解放前后的思想变化和进步在我们的作品中被反映得太少了。曹禺的《明朗的天》多少弥补了这一方面的缺陷。"③

其次,作家创作上的新的变化也表现在戏剧冲突的提出、发展和解决的整个过程中,作家都能根据现实的革命发展,给以明确的解决和正确的答案。如果说,一个现实主义的剧作家总是要面对尖锐的生活冲突和社会矛盾,那么,他也就总是不可避免地要反映他自己在和社会环境之间的冲突中的深刻感受。而这种冲突的性质和状况,又不能不透露在剧中人物同社会环境的冲突的性质和状况上。在曹禺的旧作中,他的现实主义的戏剧冲突,一般都处在个人和社会环境难以解决的矛盾之中,无论个人如何反抗都不能冲出社会环境的重围。即使有了某种希望和光明,也不能找到一条正确解决矛盾的途径。而在《明朗的天》的创作中,由于社会制度变了,作家个人同社会环境的矛盾性质和状况变了。当他在处理人物和社会环境的矛盾时,无论在提出矛盾还是解决矛盾上都产生了根本的变化。不再是表现个人和社会环境之间不可调和的冲突,而是表现个人和社会环境的适应协调,使矛盾找到正确解决的途径。描写对人的改造是旧现实主义不可能做到的事情,歌颂对人的改造的成功则是社会主义创作的课题。

《明朗的天》的矛盾冲突是错综复杂的。敌我矛盾和人民内部矛盾、政治问题和思想问题交织在一起。作家面对这些尖锐复杂的矛盾冲突,在结构组织情节场面中,都作了认真的分析,对于事件发展的因果关系都有着明确的判断。如环绕着赵王氏被贾克逊当作实验品惨害致死的事件,斗争的确十分尖锐复杂。解放后,赵铁生为母亲的屈死提出追究,这表现了工人阶级当家作主的合法权利。但是,当事人孙荣却顾虑重重,害怕说出事实真相,而江道宗明知隐情,却竭力掩盖并阻挠调查工作。凌士湘等人不相信贾克逊会杀害赵王氏,甚至为贾克逊进行辩护。作家在提出这个矛盾时,既明确地指出造成这严重事件的祸首是贾克逊,并把它同美帝国主义的文化侵略联系起来,从而揭示了事件的社会根

① 毛泽东:《丢掉幻想,准备斗争》,《毛泽东选集》第 4 卷,人民出版社 1953 年版,第 1489 页。
② 毛泽东:《别了,司徒雷登》,《毛泽东选集》第 4 卷,人民出版社 1953 年版,第 1500 页。
③ 周扬:《建设社会主义文学的任务》。

源,同时,作家也明确地把凌士湘等人敌我不分,判断为是深受美帝国主义思想毒害的表现。齐观山作为党的领导者的形象虽然刻画得不够理想,但是作家却把他放到解决矛盾的主导地位上,努力表现出党的领导作用。齐观山满怀阶级深情受理了赵铁生的申诉,但是,他没有用感情代替政策。他既表示"把问题调查清楚",又引导赵铁生认清谁是真正的敌人。他抓住这一典型事件来推动知识分子改造,通过说服教育和调查研究,揭露了事件真相,终于"打开"了贾克逊之流给那些知识分子"盖上了"的"眼睛",使他们看清了美帝国主义的反动面目,从而觉醒起来。作家在描写这一事件中,条分缕析,分寸得体,把复杂的矛盾冲突推向胜利的结局,具有一定说服力。

凌士湘的形象是作家倾力塑造的主要人物,也是作家刻画得比较成功的形象。这个人物的思想转变过程有它的典型意义。在揭示凌士湘的思想转变的描写中,表现了作家努力以马克思主义的阶级观点来透视人物,由此反映了作家的思想立场的深刻变化。

凌士湘是一位细菌学家,他早年抱着科学救国的幻想留学美国,几十年来在细菌学的研究上很有成就。他为人正直诚实,富有正义感。当北平解放前夕,他依然钻进实验室里,埋头搞他的研究。但是,对国民党特务逮捕他的学生,他又表现出极大的愤慨。在他看来,那个世界"黑暗极了!乱极了",没有"人道"。他看不见一点前途,但是中国再坏,他死要死在祖国:"做一个科学家,我也是中国的。"他不喜欢政治,他憎恶国民党,但也并不喜欢共产党,就这样迎来了解放。随着抗美援朝高潮的到来,他所受美帝国主义的思想毒害便日益暴露出来,使他陷入深刻的思想矛盾之中。作家集中剖析了他超政治超阶级的人道主义思想。凌士湘把政治和科学对立起来,他反对他的学生参加政治活动。他认为赵王氏死得不幸,但又认为这不是贾克逊害的。在他看来,贾克逊是个"学者"。他说,世界上只有杀人的科学,而没有杀人的科学家。他认为医学是救人的,而"救人就只有好好地研究"。他坚决反对把赵王氏被害事件同美帝国主义联系起来,他甚至为贾克逊辩护。这种超阶级超政治的人道主义,使他看不清美帝国主义文化侵略的本来面目,也弄不清学术和政治的关系。作家为凌士湘的思想转变所安排的情节是有说服力的。首先是写党的团结、教育、使用知识分子的政策,为他创造研究条件,发挥他的才干;主动安排他参加细菌战展览会的工作,使他看到美帝国主义利用科学杀人的真相。而他听到庄政委对自己女儿凌木兰的谈话,更使他从庄政委的高尚的共产主义精神境界中受到教育。而最根本的因素,是他看到贾克逊残害赵王氏的铁的事实后,不得不承认世界上有"杀人的科学家"。他更从美帝国主义在细菌战中空投下感染鼠疫的中国田鼠身上看到,敌人正是利用了他的研究成果在杀人,他自己也成为"杀人的科学家"。这些,就深深击中了他的超阶级超政治的人道主义的要害,终于认清了贾克逊这个文化特务的反动嘴脸。凌士湘的错误思想是"美帝文化侵略的结果"。党并没有因为他的错误而厌弃他,而是爱护他,相信他,欢送他到朝鲜前线去参加反细菌战的工作。临走时,他自豪地说,"我高兴我是中国的科学家,完全站在正义人道一边的科学家"。此刻.他主张的正义是革命的正义,而人道也是革命的人道了。在曹禺解放前的剧作中,是时而流露着人性论或者人道主义的思想影响的。而在对凌士湘的错误思想的剖析中,显示着作家鲜明的阶级观点,他努力运用阶级分析的方法揭示出凌士湘资产阶级思想的实质。作家真实地描写了他的转变过程,就使这一形象产生了教育意义。

《明朗的天》较之作家过去的剧作,在风格、基调上也有了明显的变化。正如标题所显示的,它的风格是明朗的,基调是乐观的。

曹禺是带着对新社会的无限欢欣的心情,带着对党对祖国的满腔热爱从事创作的,而这些,自然反映到他的作品中来。他曾说,"英勇伟大的中国人民终于站起来,历史在飞快地发展,我们时时刻刻有一种创作的渴望。我们经常有一种新鲜的,明朗的,永远像是有一种出色的美丽的东西等待着我们的感觉。"①《明朗的天》就给人这样一种新鲜而明朗的感觉。他抱着一种崇敬的心情,去描写那些新的人物,尽管他还不够熟悉他们,但却以他的新鲜感勾勒出这些新的人物的身影。无论是齐观山、庄政委,还是赵铁生、赵树德,他描绘出他们身上所具有的新的道德风貌和新的工作作风,努力开掘他们明朗而崇高的精神世界,展示出他们是新生活中的朝气蓬勃的革命力量。在整个剧情的安排中,始终昂扬着一种胜利前进的节奏。第一幕第一场,尽管是解放前夕的北平,但作家在解放军围城的炮声中,描绘出燕仁医学院里的敌人岌岌不可终日的崩败景象,显示出胜利不可阻挡的趋势。第二场北平解放,在一片阳光中,天空湛蓝,到处是欢乐的舞蹈和欢快的锣鼓声。尽管斗争在激烈进行,但是,这种乐观前进的基调在整个剧情的跌宕中贯串着。而在剧终时,雨后北京的早晨更是明朗而清新,庄严美丽的天安门在透明的空气中闪着光辉。就在这样的背景上,凌士湘身着军装,把显微镜当作了他的武器,和庄政委奔向前方。在艺术上,作家也绝少运用象征含蓄的手法。即使写贾克逊这样一个不出场的人物,也和《日出》中刻画金八的手法不同了。贾克逊绝不是象征的人物,在燕仁医学院的某些人物身上,我们看到他的具体的影响和活动,也看到美帝国主义文化侵略的罪行。当作家以明确的认识和明朗的心情来观察现实、描绘现实时,他采取的艺术手段也为之变化了。

三、值得探讨的经验教训

正如我们已经指出的,《明朗的天》的创作,标志着作家在新的时代条件下迈出了可喜的第一步。但是,也如他自己所说,他对这个创作方法还是"比较生疏"的。因此,这就不可避免地带来一些不足之处。在我们看来,《明朗的天》根本弱点是:它的现实主义不够充分,不够深刻,在艺术上缺乏感人的力量。甚至有人认为,"它的艺术成就还没有达到作者以前所已经达到的水平"。反映在他的创作思想上,他还没有完全解决在《雷雨》《日出》修改中所暴露的矛盾。

在对待马克思主义和现实主义的关系上,他重视了运用马克思主义观点观察现实反映现实,但却忽略了现实主义创作方法的自身的规律,甚至把自己的现实主义的传统和经验也搁置起来。在对待政治和艺术的关系上,重视了加强作品的政治思想倾向性,而多少忽视了艺术的生动性,甚至不能发挥自己创作的优长。我们并不是苛求作家,但作为作家

---

① 曹禺:《迎春集》,第100页。

创作道路上的历史现象是值得我们深入地加以探讨的。

戏剧，是描写冲突的艺术。曹禺作为一个杰出的戏剧家，他善于把生活的矛盾提炼为戏剧的冲突。即使是一些日常的生活中的矛盾，他也善于把它戏剧化，写出有声有色、动人心弦的戏来。他特别擅长描写家庭生活中的戏剧冲突，并以此反映出深刻的社会矛盾。但是，在《明朗的天》中却看不到格外动人的戏剧冲突的场景，更没有像《雷雨》《日出》等那样跌宕起伏的戏剧情节。如果说，只有矛盾斗争的强度足以导致危机的顶峰才能构成戏剧冲突的话，那么，在《明朗的天》中，我们看到作家有时不是避开尖锐的矛盾，就是在矛盾冲突刚刚接近危机时就退缩了。董观山在全剧的错综复杂的矛盾冲突中处于主导地位，但是，他同江道宗、凌士湘等人很少有"正面的交锋"。作家承认，"由于他没有把握应该怎样处理董观山对待江道宗的态度，所以在整个剧本里，他一直避开了让他们两个人直接碰面"[①]。而在一些可以使矛盾冲突得以发挥的地方，作家也使之软化起来。第二幕第一场，整个剧情已进入开展矛盾的阶段，赵王氏的被害事件已引起激烈的反响。此时，凌士湘公然为贾克逊辩护。女儿凌木兰在会上激烈地反对爸爸的行为，宋洁方也很为老朋友担心。但是，凌士湘来了，宋洁方刚刚和他"接火"，便被作家调动下场了。凌士湘和凌木兰的冲突还写得比较充分，但是，正当他们争执得难解难分时，董观山来了。这本是董观山和凌士湘"直接碰面"展开冲突的好机会，可是，作家又绕开了矛盾，只是让董观山请凌士湘参加反细菌战展览会，使一个可能深化矛盾冲突的场面变成了过场戏。一个革命现实主义作家，不应当回避现实生活中的矛盾斗争；即使歌颂新社会，也应该敢于揭露矛盾，正视革命现实中的矛盾斗争，把它大胆地提炼为尖锐的戏剧冲突。作家也知道，《明朗的天》的"题材所包含的问题是非常尖锐的"。他深知"避开了生活中尖锐的冲突，其结果就必然会削弱人物性格的鲜明性，降低作品的思想深度"[②]。实际情况也表明，没有尖锐的戏剧冲突，就很难塑造出鲜明的人物性格。凌士湘作为全剧的主要人物，他所面临的矛盾冲突应该是比较尖锐的，他的复杂的性格应该在错综的人物纠葛中得以展现。但是，作家并没有把他放到斗争的漩涡中。赵王氏被害事件是贯串全剧的主要情节，但是凌士湘在这个主要情节的发展中，并不是处于事件中心的人物。在围绕这场事件的矛盾斗争中，我们只能看到他的看法、反应，而看不到他被情节推动的强烈的性格动作。这样，他实际上成为一个游离于矛盾漩涡之外的中心人物，这就势必削弱他性格的鲜明性和深刻性。有人曾说：作家原来"具有现实主义素质的特色，在《明朗的天》里也有了进一步发展；它力求契合真实的现实，而不是仅仅追求戏剧性的构图"[③]。而在我们看来，在透过戏剧冲突刻画人物性格上，作家没有达到其原来现实主义创作的水平，既没有在"契合真实的现实"上表现得很大胆，也没有很好地"追求戏剧性"。他唯恐把"现实生活中的旧的丑恶的事实揭露得太多太露骨"，以致可能歪曲生活，这正是《明朗的天》现实主义不够充分的地方。马克思主义只能帮助我们揭露和认识生活中的矛盾斗争；现实主义的戏剧创作规律也要求把这些矛

---

① 《曹禺谈〈明朗的天〉的创作》，《文艺报》1955 年第 17 期。

② 《曹禺谈〈明朗的天〉的创作》，《文艺报》1955 年第 17 期。

③ 吕荧：《评〈明朗的天〉》，1955 年 5 月 20 日《人民日报》。

盾斗争戏剧化,这两者之间并不是截然对立的。但是,当作家进入创作过程时,为了表现出生活斗争的强烈社会意义,甚至"对作品中的每一个人物和情节都加以仔细的思考和推敲,尝试着用马克思主义的观点去分析它们",这就忽视了现实主义的剧作只有把生活的矛盾斗争概括为生动而真实的"戏剧性的构图",才能更好地表现这种社会意义。不可否认,作家的社会意识是增强了,创作的思想意图也更明确了;但是,如果不能对题材进行咀嚼消化,急于去扩大人物和事件所体现的社会观念的深度和强度,反而会走向另外一个极端,导致忽视了戏剧化。如凌士湘和他的学生何昌荃的关系,本来是有可挖掘的戏剧冲突的内容的。那么亲密的师生关系,解放后由于政治思想观点的分歧,可能带来复杂的情感上的深刻纠葛。但是,似乎作家只是让他们展开一场抽象的政治和科学的辩论。这样写,矛盾的社会意义的确是增强了,但这并不是戏剧冲突,而多少像讨论会了。凌士湘和女儿凌木兰的冲突也大都是类似的抽象争论。本来曹禺是很善于从塑造人物性格出发来描写戏剧冲突的,而现在他面对着自己人物性格的复杂性却不能放手描写。他明知笔下人物的内心世界是纠集着矛盾的,却不能给予深刻揭示。他说:"在揭露这些人物的丑恶时心怀顾虑,不敢放手地让人物生活在自己的生活里,让他们按照自己的发展规律去思想、行动,却由作家来支配,指使和限制他们,使他们过着四平八稳的生活。"①如果把作家这些宝贵的教训同他过去创作的经验加以比较分析,是很能令人深思的。曹禺谈道:"过去他写剧本时,虽然也企图发表某些见解或者宣传某种思想,但是对这些见解和思想常常自己也不是想得很明确、很深刻的。"他说这些话是证明《明朗的天》的创作方法是和过去不同的。他紧接着说:"就以《雷雨》中的周朴园来作例子吧,剧本描写他时常怀念侍萍,甚至把她过去用过的东西都原样不动地保存起来,不让挪动;可是当他真正见到侍萍时,却又非常惶恐,极力要打发她走开,不让她再见到自己。"他最后得出了这样的结论:"当时认为周朴园这个人物性格就是这样矛盾的,至于为什么是这样矛盾的,他却不大弄得清楚,也没有想到应该找到正确的答案,也正因为这样,就必然影响了作品的思想深刻性和明确性。"②这里,恰好暴露了作家创作思想的紊乱。的确,他创作《雷雨》时,不像写《明朗的天》这样具有明确的思想,但是,他只是没有那种"明确的"概念式的东西。没有那种明确的社会学的概念,并不等于作家没有自己的思想倾向,只不过它是渗透在人物形象和情节场面之中罢了。像周朴园的性格矛盾,他是从现实生活中提取来的,他是按照他的性格发展逻辑描写的,他可能"不大弄得清楚",只不过是没有从理性认识上"找到正确的答案",但是,正因为他忠实于现实,从性格的真实出发,在刻画周朴园这种性格矛盾中,才揭示了人物性格的深刻性。在我们看来,由于作家真实地揭示了周朴园性格的复杂性,才把周朴园的虚伪冷酷的性格深刻地刻画出来。这个事实生动地证明,现实主义的创作有它自身的规律,马克思主义不能代替作家对生活的观察和研究,也不能代替艺术的创造。

与上述问题相联系的,不管作家在理性思维上多么明确多么深刻,并不等于有了深刻而明确的作品主题;不管作家如何"企图发表某些见解或者宣传某种思想",都不能离开生

---

① 《曹禺谈〈明朗的天〉的创作》,《文艺报》1955 年第 17 期。
② 《曹禺谈〈明朗的天〉的创作》,《文艺报》1955 年第 17 期。

动的艺术形象。明确的创作思想意图,只有透过作家对现实生活的独特的感受和艺术发现,才能跃动着动人的思想力量。马克思主义只能帮助作家去发现和挖掘生活中的新鲜诗意,形成作品主题的独具的生命。而《明朗的天》却缺乏这种对生活的诗意发现。它的主题,在某种意义上说,还停留在马克思主义的一般结论或者党的政策观念上。他曾说,他把《明朗的天》的创作意图明确地概括为"知识分子必须在党的教育下进行思想改造",这就未免显得过于一般化了。这个作品的情节也不够生动,整个剧情虽然避免了当时许多作品按照开展运动的工作过程来描写生活的程式,但也没有完全跳出这样的一个框子。似乎,作家又太拘泥于生活的样子,而缺乏创造性的想象和高度的艺术概括。现实主义就其本质来说,既是真实的又是典型的,更是独创的。它开始于对生活真实的独特感受,在创作过程中又执着于对艺术真实的追求。像《雷雨》《日出》《北京人》等,每一部作品都有着作家独具慧眼的艺术发现,都为人打开一个新鲜的生活天地。我们听到的是属于作家自己的主题颤音,我们看到的是属于作家自己的艺术形象。一个杰出的现实主义作家,他同现实生活的关系,并不在于他描写了人们司空见惯的现实特征,或者说出了人云亦云的真理。恰恰相反,他和现实生活的深刻联系,应表现在他对现实生活的真知灼见,对于他生活着的世界的独具的艺术发现。马克思主义决不能代替作家这种艺术发现,马克思主义的观点也不能代替作品的主题。曹禺后来对青年剧作家的一次谈话中曾深刻指出:"问题是在我们对于主题和现实关系的认识。主题永远不能像一个招贴,能黏在现实上面。每一个戏的主题都有它的独特性,那是根据那个戏的具体发生的内容而发展出来的。主题是个有生命的东西,它是从我们所十分熟悉的,并且日夜思考着的现实的土壤里生出来的。"①这里凝结着作家的宝贵的经验教训。

在曹禺探索以新的创作方法来表现新的时代的过程中,产生这些现象是可以理解的。特别是把它放到当时的历史条件下来加以考察,就可看到,那种在文艺批评中强调政治思想倾向而忽视艺术性,强调文艺为政治服务而多少忽视艺术创作规律的做法;这些现象,就更不难理解了。周恩来同志曾说:"《明朗的天》好像还活泼些。有人说它不深刻,但这是解放后不久写的,写在一九五三年。这个戏把帝国主义办医学院的反面的东西揭露出来了,我看过几次,每次都受感动。"②所以说,《明朗的天》仍不失为一部比较好的作品。

《曹禺剧作论》,中国戏剧出版社 1981 年版,第 269—297 页

---

① 曹禺:《迎春集》,第 109 页。
② 周恩来:《对在京的话剧、歌剧、儿童剧作家的讲话》,1962 年 12 月 17 日于紫光阁。

《明朗的天》的一种解读

钱亦蕉

曹禺是中国 20 世纪话剧史上的一代宗师,他的名作《雷雨》等享誉国内外,至今仍能得到青年人的共鸣。然而对于他四十岁以后的创作(即中华人民共和国成立后的创作),评论界普遍认为不如以前,他自己生前也意识到后期创作的滑坡。后期他的主要作品只有三部,即《明朗的天》《胆剑篇》《王昭君》,其中中华人民共和国成立后他的第一部作品《明朗的天》无疑在他的创作转折中起到了重要的作用,外界公认这是曹禺创作最不成功的一部作品,因此这实际上也成了解读得最不够的一部作品。如果我们不带偏见地看这个剧本的话,就会发现,比起以后的两个历史剧来,《明朗的天》创作时剧作家还不能熟练地运用新的文艺政策和艺术方法来进行创作,它不自觉地保留了他原来的创作特色和艺术手法,但那些因素又是那么脆弱而且随时都会遭到破坏。所以,用现在的眼光来看,《明朗的天》的写作和文本给我们提供了一个有才华有天赋的艺术家在政治压力下如何一步步磨去棱角囿于规范,又是如何在强烈的艺术直觉下还是留下了历史真相的痕迹。特别是当我们把《明》剧的两个版本——《人民文学》1954 年 9 月号、10 月号上的初版本和人民文学出版社 1956 年 11 月初版的修改后单行本(即我们后来一般用的本子)对照起来读之后,会进一步意识到这样一个文本对艺术家本身的创作定位、对解释曹禺创作转折、对后代理解历史的重要意义。

在分析《明朗的天》之前,首先想谈一下曹禺是个怎样的人。从许多传记资料来看,这个剧作家的独特之处在于艺术世界的非凡天才与现实世界的非凡天真之间的强烈对照。曹禺是个感情丰富、具有诗人气质的作家,他的这种才气和艺术灵感在现实生活中就处处变得傻气可笑。早年在清华园中他就有谈话谈得忘情把自己的眼镜挂在树枝上的逸事;后来国立剧专的学生们很多都回忆起他当时眼睛又大又亮,说话好激动,上课给学生们念戏常常会投入得泪流满面的情景。他的女儿万方也曾回忆爸爸在生活中的灵光一闪,比如钢笔没墨水了,他会冒出一句:"这灯儿,不亮了!"当然是钢笔不亮了。如果真要人帮他关灯的话,他会冒出一句:"把这个,取消!"这些似乎未经思考就冒出来的话却更能说明他对生活的特殊灵感。曹禺不仅是个感性的人,而且还是个天真的人,处处露出他的"童心",甚至他上了年纪之后,如果遇上什么愉快得意的事,会"突然扭动胖肚子,两只胳膊举起来伸直,小而柔软的手灵活地上下翻动,跳起舞来"[①]。用手舞足蹈来表达自己的感情,

---

① 万方谈曹禺生活场景的文字见《看重真实感觉》,《英才》1997 年 7 月号。

这丝毫也不像一个文艺领导的样子,而更像个老顽童。但这样个性的人面对严酷的政治斗争漩涡和瞬息万变的政治权力,是毫无自觉抵御能力可言的。从创作上看,曹禺也是个非常敏感非常情绪化的艺术家,这注定了他的作品没有清晰的逻辑脉络,却时不时会闪烁出超前的意识,对人性的洞察、对语言的驾驭都建立在他的艺术感觉之上。曹禺作品的深刻性不是来自于理论,而是意象的丰富性,他是从具体生活的感受中酝酿人物和情节的,把自己的混沌感受与人物生命的意蕴融为一体。这种混乱而又神秘的艺术张力在他旧作《雷雨》《原野》中表露无遗。因此,要曹禺理性地分析自己的作品所反映的思想,所揭示的本质,不但创作之前是不可能的,完成之后他也还是混沌一片,他所能做的就只有人云亦云或者说“追认”;同时评论者若按当时的逻辑对他的作品进行图解,也常常会发生差错。

一

开始就说了,曹禺的艺术是混乱的艺术,但在充满感性的“混乱”中却蕴含着饱满的生命力。要他创作明朗化、逻辑化的作品几乎是不可能的。如果逻辑清晰了,理论明确了,作品的艺术性反而会降低,这就是《日出》不如《雷雨》,《蜕变》不如《原野》的原因。然而中华人民共和国成立后,他作为一个新任的文艺领导者,却必须为国家、为政府写作品,这样的作品是用来宣传、教育民众的,必须是思路清晰、是非明确的,《明朗的天》就是最初的尝试。

《明朗的天》完成于 1954 年,而曹禺到协和医院下生活找素材则更早一些,那么当时的曹禺是处于怎样一种创作状态呢? 作为一个来自国统区的非左翼的知识分子,可能是由于他和周恩来的特殊关系,也可能是由于新政权想树立几个这样的知识分子代表,曹禺很荣幸,他从中华人民共和国成立初期就获得了领导的信任,赋予了许多职务或者说“头衔”,而在 1949 年以前他是一向与政治不沾边的。这种身份的变化让曹禺有点受宠若惊的感觉。说他受宠若惊不仅因为这种高人一等的身份使不擅管理的他难以适应,更因为他内心的隐忧。第一次文代会以后,已经明确中国文学新阶段将以解放区的文艺路线为正确方向,比起那些自然而然流露出胜利者自豪感的来自解放区的革命作家来,来自国统区的他就算再著名再积极也是“落后”的。所以曹禺采取了积极追随紧跟的自觉改造态度,从一开始就全面否定自己。他撰文《我对今后创作的初步认识》否定以前的作品,把自己定位为一个脱离实际斗争、不懂阶级观点的小资产阶级知识分子,随后在开明版的选集中对自己的名作进行令人痛心的删改,后来又在纪念《讲话》发表十周年所写的文章中进一步说自己的思想意识受了相当深的资产阶级思想的影响,有一大堆不见阳光的破铜烂铁,一堆发了霉味的朽木。但是否定自己并不等于找到新的艺术道路,中华人民共和国成立初期随着他的地位逐步提高,他的创作危机也逐步严重,像他这样的老作家在当时很羡慕年轻一辈,他们能按新规范、新方式创作,而对于老作家却很困难,以前那一套他们擅长的熟悉的东西都行不通了。更有甚者,他的时间、热情都投入到各种会议、各种社会活动中去,他的思维在新事物的强力冲击下出现了真空。就是在这样的背景下,曹禺接受了彭真的委托,要他配合知识分子改造的形势写一个剧本,此时他自己本身也太需要这么一个新戏来证明自己了。

曹禺以知识分子为对象来创作他在中华人民共和国成立后的第一个剧本，是必然也是无可奈何的选择。因为曹禺既缺乏像茅盾这样的理性构思布局创作的才能，也缺乏像赵树理、柳青、吴强等作家与农村的天然融合，或战争中血雨腥风的经历，当时比较流行的革命历史题材、战争题材、农村政策题材等等他都无法介入，所以定位写他比较熟悉的知识分子是最好的选择了。可即使如此，他在创作过程中还是困难重重，他构思了很长时间直到 1954 年 4 月才开始真正动笔写剧，然而刚在《剧本》和《人民文学》发表了前半部分（两幕），他就不满意，后半部分（两幕）发表时已缩减了一场戏①；所以实际上我们现在看到的最早的版本也已经不是他原始的写作构思了。发表后，来自各界都有不同的声音，曹禺又试图修改，边修改边排演，演出后在听取了各界的意见后，他再次作了较大幅度的修改，最后的定稿就是人民文学出版社 1956 年出版的单行本，也是现在一般通用的本子。在从第一稿到定稿的过程中，曹禺才真正体会到了新的创作道路的艰难，要把一项还在实验阶段的政治运动按发动者的意图阐释清楚对于他来说已经很难，何况还有来自外界的意见直截干预到他的艺术创作的文本中来。对照前后的两个本子，可以看到一个保留了许多自我艺术风格的作品如何完全成为一个干净规范的宣传读物。

从幕次看，初稿是四幕七场，定稿是三幕六场，删去了在病房"大团圆"庆国庆的最后一幕。在人物方面，定稿删去的主要有凌士湘的妻子容丽章，陈洪友的妻子戴美贞和子女陈亮、陈亭、丈人戴鹤飞、内弟 CC 戴，其他还有一些次要的人物，如来医院进修的高有田、病人郭欣、赵树德女儿赵凤英和儿媳、护士小姚、老沈、小朱等。另外又增加了江道宗的妻子徐慕美，与凌家关系特殊的外科医生宋洁方。角色发生变化的有刘玛丽，她在初稿中只是一个洋化的打字员，定稿中合并了 Marry 和 Nancy（贾克逊的秘书），而且玛丽还成了特务；凌士湘的女儿木兰的性格发生了变化，初稿中她的性格沉稳，而定稿中成了热情有余的积极分子；袁仁辉的角色有出入，原来只是一个有点笨、与医院习惯格格不入的护士，在定稿中的主要身份是江家的养女，受徐慕美折磨；还有共产党员何昌荃在定稿中也和江家发生了关系，是他们的外甥。

总结起来，定稿主要的改变在于曹禺瓦解了凌士湘和陈洪友两个家庭，而重新组合了江道宗的家庭，基本上都不成功。凌士湘是细菌系很有威望的专家，享有国际声誉，对科学对真理有深深的信念。取消了凌妻容丽章，改变了凌木兰的性格，充分说明曹禺无法处理主要人物和其家庭成员在一起的生活细节。按理说在知识分子思想改造运动中，作为一个有自己独立立场的知识分子内心肯定有很多矛盾和痛苦，这是该在妻儿面前吐露的心声，可是曹禺不能也不敢写出这样的知识分子的真实想法，结果初稿第二幕第二场在凌家客厅里发生的家庭戏写得像群众批斗会，贤淑妻子的形象没有丰满起来，女儿更是可有可无。到了定稿中，他索性把凌妻的形象删除了，根据后来样板戏的经验，表现主要正面人物是不能有自己小家庭的，这个戏已经出现了这种因素的萌芽。定稿里批斗教育凌士湘的"任务"就落在了积极活跃的女儿身上，加入的与容丽章相对应的人物宋洁方，由于不是凌士湘的妻子而是"朋友"，就可以更"大胆"地批判他，而且很快就让她在戏中消失了

---

① 原第四幕两场，删了一场，时间也由 1954 年改为 1952 年。

（去了朝鲜前线）。

　　陈洪友在初稿中是个着墨很多的立体型的人物。他是眼科主任兼医务主任，他的家庭是个典型的知识分子家庭，丈人戴鹤飞是个买办——一个满身是戏的滑稽可爱的人物。陈洪友是个规规矩矩、谨小慎微的平庸的知识分子，妻子戴美贞是个活跃的阔气小姐，不管是旧时代还是新社会她都能大出风头，内弟 CC 戴根本上是个纨绔子弟，儿女们是代表着新一代的少先队员红领巾。这样的家庭在当时知识分子中间是相当真实普遍的，然而在定稿中这些有生气的人物特别是体现着旧市民形象的戴鹤飞被删除了，可能是怕抢了主要人物凌士湘的戏，陈洪友就成了个孤家寡人，胆小滑头，人物形象很单薄，这个体现着生活意趣的家庭也随着教条的进一步加强而崩溃了。

　　江道宗是医学院的教务长，实权人物，被称作"阴间秀才"，在初稿中是个比较顽固、坚持自己的立场、违背潮流的人物。这样的人物在当时狂热的政治潮流中肯定是少数，应该是孤独寂寞的，所以初稿不写他的家庭很有理由，也有助于这一形象的树立。从今天经过了种种历史教训以后的眼光来看，江道宗这样的人物可能具有不同寻常的意义，因为在那样的潮流席卷而过的时候，只留下他这样坚持独立主张、坚持现代知识分子价值传统的孤独身影。当然曹禺创作时并没有看到这一面，他只是比较如实地记录了这类人的言论。然而在定稿中，为了强调他的反动身份，曹禺给他配了一个俗气的矫揉造作的太太徐慕美，至于袁仁辉成了他们的养女每天遭徐慕美的嘲讽谩骂更是为了体现阶级压迫的败笔。江道宗在里面成了个虚伪、两面三刀的人物，地下党员何昌荃被安排成他们家的外甥也纯粹是蛇足。

　　其他的改变还在情节细节上，总体上说初稿更富有戏剧性、艺术性和曹禺的风格，而定稿把很多有意思的东西都抹平了，把混乱的艺术都改成了清晰的教条。比如初稿的第一幕人物庞杂，意蕴丰富，描写了解放前夕北平的混乱场面，像尤晓峰抢购，提着牙刷、毛巾、化妆品、头发夹子等各种东西上场，袁仁辉急着换大头，刘玛丽换美钞等场面都很生动真实，很多在定稿中都没有了；还有内科孙荣和眼科尤晓峰为发现贾克逊需要的病人两人抢功的场面也写得生动活泼，人物的漫画般的性格更加鲜活。还有其他情节上的改变在后文分析中也会提到。

　　《明朗的天》后一个版本对前一个版本的改变可以清晰地看到意识形态的介入，初稿还是个印象式的充满丰富性的文本，而定稿中是非黑白、正反对立就显得非常明确了。曹禺自己也说，很多领导同志就这个剧本的创作和他谈过话，给过他政治思想上不少帮助，据此他认为自己写得还不够尖锐，对江道宗在政治上反动活动的严重性估计不足，想把他改为暗藏的反革命分子。他还说这次创作使他认识到《明朗的天》实际上是一个集体的创作，他只是集体的一分子，只是代言而已。[①] 这都说明外界的意见和干预对他此次创作特别是修改起了决定性的影响。

---

　　① 以上见《曹禺谈〈明朗的天〉的创作》，原载《文艺报》1955 年第 17 期，转引自《曹禺全集》第七卷，第 267 页。

二

这部戏叙述了在一个 1949 年以前由美国人创办支持的医院里,各种各样的医生(知识分子)在五十年代初的思想改造运动中的表现和在运动中开展的斗争,试图以细菌专家凌士湘在运动中的思想转变过程为主线,来揭露"美帝"的文化侵略,颂扬这场运动的正确成功。曹禺在实际创作过程中虽然意识上是想根据政策来组织情节的,但由于他本身既不具备政治理性的思维方法,又具有敏锐地捕捉生活细节的感性的觉悟能力,所以往往很真实地抓住了整个运动的实质性意图。从这个意义上说,《明朗的天》事实上是按曹禺理解和感悟的思想改造运动过程的真实记录,他的艺术敏感使他留给我们这样一个符合艺术真实的可以透过表面洞察底下真相的文本①。

　　首先让我们重新审视一下曹禺努力想体现的思想改造是怎样的一个运动。1949 年后,中国的知识分子大多都留在了祖国大陆,按照他们的"革命程度"被分为小资产阶级知识分子(如来自延安的丁玲、冯雪峰)和资产阶级知识分子(如沈从文、萧乾),五十年代初的思想改造就是针对后者发起的。这群知识分子的共同特点是他们并不支持国民党,但对共产党也不了解(或敌对、或怀疑、或看不起),同时他们又是爱国的,更重要的是他们的知识背景、文化教养等与新政权领导阶层完全不同,这使得当时的执政者产生了警惕,一种对不熟悉的事物不能控制的恐慌。但是他们也清醒地认识到要完成现代化的目标就必须借重、依靠这批代表着现代知识结构力量的知识分子。在"五四"精神影响下成长起来的新一代知识分子,他们大多留过洋,建立了以西方现代化科学对真理的追求为主导的新的价值观念,他们不同于传统的惟庙堂为大的士大夫,他们拥有一份知识技能,在自己的民间岗位上坚守人文理想,不再以"庙堂"作为惟一的安身立命之所,他们中的一些人坚持自己各行各业的专业标准、知识价值体系,不以官方的权力而左右,这种立场正如陈寅恪先生所归纳的"独立之精神,自由之思想"十个大字。② 思想改造要想在民间岗位上也打上政治烙印,目的是要摧毁这种知识价值体系和建筑其上的现代知识分子的独立自由传统;填平工农与知识分子之间的精神鸿沟;加强执政者对知识分子的控制与驾驭的能力。《明朗的天》就如实反映了权力如何控制知识分子、摧毁知识分子知识价值体系的过程。

　　第一幕开场时是 1948 年解放前夕,时局紧张混乱,很多场面对话都挺真实,如刘玛丽说:"反正一进城,共妻共产,谁也舒服不了。"③袁仁辉上街回来说:"要死守,要守上三个月。这才几天,就受不了啦! 要真那样,那还不得把老百姓都饿死呀?"(第 5 页)而地下党正在想方设法把教授们留下来,何昌荃和陈亮很简单地按愿不愿意留下来把教授分成进步和落后两种,完全是政治标准。④ 在燕仁医院,知识分子的确对国民党已没什么好感,比

---

① 第二节开始的文本分析以初稿为主要分析对象,定稿(修改本)为对照。

② 以上关于现代知识分子民间岗位的论述参考陈思和的《知识分子在现代社会转型期的三种价值取向》,见《犬耕集》,第 1 页;《读〈陈寅恪最后二十年〉》,见《豕突集》,第 145 页。

③ 见《明朗的天》,第 4 页,人民文学出版社 1956 年 11 月初版。以下凡引自本书的只注明页码。

④ 陈亮说"细菌系的教授一向是最落后的",很多人在动摇;何昌荃又说凌士湘"认识很模糊",他的太太容大夫"比较进步,也不会同意他走"。两个人很神秘地在那儿会面讨论。见《明朗的天》,第 7 页。

如江道宗说:"国民党这帮不成材的东西,把大局弄到这样的地步。现在只懂得杀人了。"(第17页)同时他们对于共产党也不了解,顾虑很多,但又觉得共产党要建立政权总也是需要科学家的,陈洪友的一段话反映了一般知识分子的普遍心态。他说:"什么房子汽车!他们来了呢,当然是奉送啰!共产党嘛,共一下子,还是说得过去的。可是我们这些知识分子也要跟着劳动,受罪,这个就未免过分了吧?(踌躇地)可我想,也不至于。我们是医生嘛,就是共产党,也免不了要生病啊!生了病,不找我们找谁呢?可见还是有用的。"(第9页)可见现代知识分子的价值已经不再依附于某一个政权,他们有自己的技能,有新的价值标准。这就如江道宗说的:"这个局面完了!但是做学问的人,总不应该放弃希望,你看这几十年的历史,无论怎么变,有一种力量从来没有倒过。""我们教育家应该有我们的岗位。我们还要维持医院的国际标准,历来的学术传统。"(第18页)如果不硬按形势把美国背景当成反动的标志,那么实际上江所强调的国际标准、学术传统在当时是代表着世界共通的现代知识的力量,今天看来没有什么不正确的地方。主人公凌士湘一开始也是持这种态度的,他爱国但不信任任何政治力量,他坚信的是科学的力量。"黑暗极了!乱极了……我看不见一点点前途。……连最低限度的研究都做不成的时候,我真是要离开!……可是我到哪里去?我们是中国人。……这个鬼政府要倒,……我一点也不喜欢共产党……可是我也没有这样的成见,它在的地方,就一定要走。我觉得只要是个人,人就要进步,进步就离不开科学。"(第19页)他对弟子何昌荃参与政治很有意见,"叫他不要多管事情,不要参加我们这些科学家管不了也不需要管的事情!我们一辈子就是为实验,实验的目的就是救人,还有比这个对人类有更大益处的事情吗?"(第20页)凌士湘的大段独白往往带着曹禺自己思想的痕迹,曹禺善写不"参与政治"坚守专业岗位的角色,可以说是他的内心的良知的呼声,在以前的《桥》中他就塑造过一个类似的人物沈蛰夫。

从第二幕开始,新的支书来到医院,权力开始渗透到专业中来,开始动摇了知识分子的这种独立的价值体系。知识分子的精神传统在外部权力和内部蜕变的双重压力下面临内外交困的局面。这时一部分投机分子中间已开始惶惑动摇,如陈洪友;一部分知识分子仍坚持自己的专业研究,如凌士湘;而更少数知识分子对自己的民间岗位、价值标准和政治形势都有清醒的认识,坚信现代化力量、学术力量不会倒,在被冷落怀疑的孤立状态中保留了知识分子文化传统的精神信息,如江道宗。这很正常,在新势力来临的时候,原本没有地位的或者没有信念的人是会最先改变的,所以医院里一批小护士、小医生最先"革命"起来,然后是意志不坚定见风使舵的人。主人公凌士湘不是这样的人,这个在何昌荃被捕时还要坚持做实验,说"这就是到了真正考验科学家的时候!……怎么困难都要实验"(第20页)的知识分子,当然是有操守有信念的,这信念就是对科学的信念。他刚开始时不理会新的势力,他不参加政治学习,要注意的是当初贾克逊让他去开会他也没去,可见他是一贯不理会权力坚持专业研究的。他告诫何昌荃说:"一个人一生只能选择一条路,你要好好的想一想,是政治呢?还是科学?"(第28页)实际上他也知道这是两个不同的价值评判。但是他不管"政治","政治"还要管他,他不跟着表态就要被认为"落后",遭到家庭、单位的整个环境的批判式的帮助。这时如果还要维持原来的秩序就是"反动"了。

为了要控制这个医院的知识分子,让他们"为我所用",董观山代表的领导就要打破这个"学术王国"的体系。首先要打倒的就是可以算作知识分子精神领袖的贾克逊大夫,因为他直接代表了西方的价值衡量标准,再加上美帝的背景,他更非被推倒不可。他在医院的影响也要肃清。于是就有了赵王氏这个案例。从剧中就可看出一开始定这个案子是根本没有什么凭据的,是何昌荃和董观山预先设定了赵王氏是贾克逊害死的(在他们的心里早就定案了),然后在这个定论下再去找依据的。他们逼所谓知情人孙荣提供贾克逊的"罪行",而且保证只要他讲出来,责任就算在贾克逊身上(第27页);另外他们一直用很煽情的方法来描述死了的妇女一家的惨状,以博得大部分群众的同情,从而以群众的声势来对凌士湘等坚持科学证据的知识分子造成压力。剧中有一段何昌荃和董观山的对白:

> 何昌荃:……必须通过这个事件,教育群众,让大家认清敌人。首先就要揭露孙大夫袒护,包庇,毫无立场的行为,要他自动地谈出来贾克逊杀人的罪恶,目的不止是为了教育群众,也是帮助他。

> 董观山:……而且一直到现在,我们还没能够查得出来他们认为的科学的证据。我们看得见的,这批人现在就看不见。可是所谓科学的证据就在孙荣的肚子里。

> 何昌荃(激动地):但是这是杀人! 这是拿病人做实验! 我们的劳动妇女,有四个孩子的母亲。

> 董观山(考虑着):你这样的话,就在你那个小组里头,能接受得了吗?

> 何昌荃:一时当然不接受。

> 董观山:那么在整个的医学院呢?

> 何昌荃:自然也只有接近我们的那几个人可以接受。

> 董观山(思考着):江道宗呢? 他的那批群众呢?

> 何昌荃(被问短了):可是,这是真理,观山同志,这是事实。

> 董观山(诚挚地):我也是很急,我在摸索。我只知道,方法常常是从斗争中慢慢摸索出来的,而在没有绝对把握的时候,不可以随便开火。……
> (第30页)

可见他们是如何在缺乏证据的情况下通过群众斗争来处理这个体现了帝国主义的罪行的大案的。董观山跟赵铁生(赵树德和赵王氏的儿子)谈话时问:"学校、医院,什么都是我们的,中国的。这个医院的大夫、专家、知识分子也是中国的。你是主人,你说,我们该怎么办? 要他们、教育他们? 还是不要他们、重重地打击他们?"(第31页)虽然答案是"要"他们,但必须先改造他们,"主人"并没有把知识分子当做自己人,改造好了,就"要",改造不好或不服控制的,当然可以"不要"的,这就是当时对知识分子的态度。而这些描写,在定稿中都被删除或大量修改了。

虽然在狂热的群众运动下,很多知识分子或者真心或者假意倒向了权力这一边,比如陈洪友"观点改了,立场变了,从前看着是对的,现在看就明明是错了"(第34页),但是对于像凌士湘这样相信科学的知识分子,外界的压力并没有起到作用,凌士湘还是说"在科学上我允许一个人大胆的怀疑,但是在个人是非上,我不喜欢一个人偏见,主观,失掉了一个科学家应该有的冷静的态度"(第28页),在凌家客厅发生的一场戏更体现了他与"革命青年"思维方式、价值标准的不同:

> 陈　亮(立刻鼓励):这就对了! 凌伯伯。您想想看,一个劳动妇女,在过去,
> 　　　　反动统治的下面,——
>
> 凌士湘(有点烦):这个我懂,我很同情,你毋须拿这个来打通我的思想。我
> 　　　　们先把事实搞清楚。何大夫,你把病历再讲一讲。
>
> 何昌荃(仔细地):开始,病人患的是严重的贫血病,进来的时候,血红素已经
> 　　　　到了七克。在医院,经过了八个月,最后得了肺炎死的。
>
> 陈　亮(插进来):您想,她一直住在医院里,怎么可能得肺炎?
>
> 何昌荃(尽量冷静地):我想这一点就很值得怀疑。并且死后,贾克逊也没有
> 　　　　向病理科要求做尸体解剖,而往常他总是提的。如果这里面没有毛
> 　　　　病,以他的脾气,他会借这个机会好好地研究这个病变。
>
> 陈　亮(急切地):凌伯伯,您想明白了没有?
>
> 凌士湘(一直徘徊着):我还没有想明白。这个情况不能证明他在病人身上
> 　　　　做实验,他可能对这个病变没有兴趣。我们应该从一个科学家的角
> 　　　　度想一想。
>
> 陈　亮(开始有些火):您应该从人民的角度,从一个中国人的角度想一想。
> 　　　　不然的话,凌伯伯,您永远想不明白!(第36页)

我们可以看到陈亮这样的积极分子完全是用政治标准来衡量一切的;但凌士湘却坚持科学的标准,这个标准在很多人眼里是等同于美帝的,不放弃标准就是"对美帝国主义还没有认识"(凌木兰语);何昌荃毕竟也受过科学传统的培养,所以他在凌的面前只能用"怀疑"、"如果"这样推测的字眼,这当然是没有说服力的。但是他们却非要把凌士湘的思想做通不可,因为正如陈洪友说的,"政府很重视你,所以你的话很重要。如果现在你对美帝国主义文化侵略有个彻底的认识,那就会影响很大"(第35页),他的转变将对整个运动起到决定性的作用,除了江道宗这样的少数派,大多数人都会因信任他的认识而转变。所以后来有了据说是病人临死前发高烧时对儿子说的话——手上绑着虱子,到最后是孙荣的终于屈服说出"隐情",但是这些到底是否真实呢? 还是外界压力下的被逼无奈呢? 孙荣的证词就很值得怀疑,说是贾克逊要赶完斑疹伤寒的论文临时抓了病人做实验,又说是一个冯护士告诉他病人身上绑过跳蚤,而这个冯护士一直没有出现(第113页)。我们后来在历次政治运动中看到太多这一类不经司法机关审查就随便定罪定案的例子了,曹禺无疑是提供了最早的文本。而且他是以赞同的态度来写这个过程的,随意定案这种做法的真实性毋须怀疑。不过可能后来他自己和旁人都觉得写得有点不明不白,所以修改稿把以上的对白连同整个病例都改掉了,改得不那么让人怀疑,但依然是不通过法律程序的。

实际上,真正使凌士湘的思想发生改变的也的确不是这件模模糊糊的案子,对他的信

念真正造成打击的是细菌战事件。在尤晓峰发表"我们要治的是病,不是病人!技术不是靠成天对病人同情学来的!"(第105页)之类的话时,凌士湘爆发了,当然实际上他也不完全是冲着尤晓峰的,因为尤晓峰虽然把科学价值标准曲解了,但他说的话的原意正是凌自己一直坚持着的。凌士湘爆发道:"我们臭了!我们这种专家臭透了!人民看我们都发了霉了!人民就要不要我们了!""为了学技术,就可以不是人么?为了研究科学,就可以忘记首先是治病救人的大夫么?(对尤晓峰,不知哪里来的一腔愤恨)我现在看见了,有杀人的科学家!你也去杀人吧!"(第105页)他说这些话的原因是他发现细菌战是有的,科学成果是可以被坏人利用的,特别是他自己的成果——关于田鼠对鼠疫的传染,也被利用了,他一下子觉得自己就是杀人的科学家,所以他的信念崩溃了,以前相信的一切他都怀疑了。他口中的"我们"是知识分子的代表,他也提到了"要不要"的问题,说明他已对知识独立的价值观念动摇了,对科学的纯粹性动摇了。实际上如果撇开医学与伦理这个至今无法有定论的问题,凌士湘主要在激动的情绪下混淆了一个问题,即科学家是有阶级性的,科学是无阶级性的,在强烈的震撼下他对科学本身产生了怀疑,否定了超阶级的价值标准。这样他的精神彻底崩溃了,觉得自己是有罪的,要得到人民的宽容。这种原罪感使他丧失了理性判断是非的能力,他也终从不与政府合作(国民党时代也不合作的)"改造"成了为政府服务的科学家。一旦他将自己纳入了政治体制,他的思维方式也随之改变,完全否定了自我。他对董观山说:"现在我懂了,没有党,我不能工作!我需要你帮助我,领导我。"(第116页)有了新的依附,他就与以前的"盟友"江道宗翻脸了,"你说你是我的朋友,我没有你这样的朋友!"(第114页)为了划清界线甚至去揭发他,对董观山说:"江道宗这个人很不好,我觉得他做教务长是很不合适的。"(第116页)丧失了信念之后人格的卑劣性也就自然显现出来。

另外有两个分支情节。第三幕第一场有一段描写工农出身的在战争中成长起来的医务人员高有田到燕仁来进修,得不到大夫们的重视,互相之间很有成见,这也体现出代表工农的价值观和知识分子的价值观的差异以及他们之间的鸿沟。陈洪友说的是:"可是要按正规化,就得学习八年。而且,总要懂点外国文字吧。"高有田说的是:"我们从哈尔滨一直打到海南岛,什么仗没打过?什么困难没克服过?吃了多少苦,好容易全国解放了。可到了这个医院,还受这份洋罪!"董观山说的是:"他们现在不肯很好地教我们,可我们不能着急。我们在此地有双重任务,我们一面是学生,一面又是先生。我们有责任教育他们,叫他们自觉自愿地教我们。"(第103页)看董观山的话就知道他把阶级划分得多清楚,知识分子只是利用的对象,总归不是自己人;鸿沟的填平不主要是工农学习技术,而是知识分子改造思想。可惜这一段真实的描写在修改本中也不见了。再有治眼病,且不说赵树德本来已瞎了的眼睛一下子奇迹般地治好,就说庄政委吧,为什么大家这么着急于他的眼睛呢?陈洪友说得很清楚,"他是志愿军!出了问题,群众能答应我们吗?"(第104页)凌木兰也强调了"可那是庄政委的眼睛!志愿军的眼睛!"(第105页)这说明医院对于病人仍不是平等的,如果以前是按金钱标准治病的话,那现在就是按政治标准治病;而以前大家都知道金钱标准是不对的,如马副官照顾那个官太太,大家都冷淡他,现在大家却都认为政治标准是对的，人人出谋划策。最后的几场戏说明这个医院最终纳入了整个政治体系，算是改造成功了。

曹禺在《明朗的天》初稿中把这整个运动过程印象式地展现在我们面前，像教科书般地重现了那个历史时间，这完全是来自于他的艺术直觉，艺术直觉给了他清醒的意识。曹禺不是有思想的人，无独立的见解，但他有艺术天赋，所以在精彩的艺术画面中反而如实地反映了当时的客观，保留了当时统治者的声音，也传达出了知识分子对运动的理解，他们的思想轨迹。惟一的缺憾是他不能进一步挖掘人的内心世界，不能触摸知识分子的灵魂。当然，如果他能做到这一点，也就没有这个戏和这个剧作家了。

三

最后想谈谈《明朗的天》的人物塑造。前面已经谈到了《明朗的天》的初稿是一个艺术直觉占主导的本子，很多东西连作者自己都没有搞清楚，所以它的情节和人物都具有特殊的丰富性。

首先要说的是江道宗，这个人物曹禺原先想塑造的肯定不是我们现在看到的这样，所以到修改本里这个人物的改动篇幅相对其他主要人物是最大的。在初稿中，他的很多言行都证明他是个不跟随潮流、坚守民间岗位、有自己独立意志的人物。前文已经引过在新老交替最混乱的时刻，别人想着怎么保存自己的时候，他说过要"维持医院的国际标准，历来的学术传统"。后来董观山代表政权来接管医院开始做工作之后，他又说："我们要好好的帮他们。我想中美邦交总是要恢复的，卫生事业还需要大大发展。"（第27页）曹禺在写这些话的时候可能没想到中美邦交真的恢复了，卫生事业也确实需要发展，江道宗是有科学远见的人。他还说过："他们对我们是要借重的。不过真要请我出来的话，那是要按照我们的条件，我们的标准的。"（第27页）这让人想起现今广为推崇的陈寅恪先生，他偏居岭南，坚持"独立思想，自由精神"，当北京要求他去中科院历史所任职，他不是也提出了三个冒天下之大不韪的条件吗？那么看来江道宗这样的艺术形象是相当有典型意义的，他代表了当时一代有独立思想的自由主义知识分子。但是等到群众运动把大多数知识分子都带动起来的时候，像江道宗这样的人就显得很孤独了，他们能做的只有保持沉默，下面摘录他沉默之前的最后一段话："过去我们所处的是乱世，今天还是在新旧交替的时候。（满腔抱负，充满内在热情的样子）我一生就有一个理想，我永远把自己当做一座桥，叫旧的通过我变成新的，叫那愚蠢自私的通过我，变成智慧公正的。（为自己的崇高所感动，流下一滴眼泪）多少年来风风雨雨，我是半身插在水里，叫众多人的脚踩在我的头上，达到幸福，达到文明的彼岸，而我自己，一无所求。"（第113—114页）这可以代表他这样的知识分子的精神追求吧。

相对于江道宗，凌士湘虽花费了作者很多笔墨，却单薄得多。如前文说的他很坚持"研究科学"，他说："你们总说为人民服务，服务对你我来说，就是放弃一切，努力研究。人是可以不死的！病是可以治好的！只要我们老老实实地工作，而不是成天谈话，谈话！宣传，宣传！"（第28页）虽然这样的话重复强调了好几次，然而却没有明确的思想基石，所以他的言行反而浮在了表面,应该说是个技术型的知识分子。比如说他的论文发表在美国杂志,看上去像被江道宗骗去似的,实际上当时(现在也是)以能得到国际科学界的肯定为学者的荣誉,凌能在国际学术刊物发表论文应该是他自己的愿望。由于曹禺一直不敢触及这个人物的内心真实想法,怕把他写成了"坏人",所以始终不能把这个人物写深刻;写他的妻子容丽章也较简单,她说过:"革命是件好事情,我就觉得不一定要革得这么苦"(第23页),却没有具体展现她的内心世界,还有在运动中她与凌的思想的碰撞也没体现出来。我们知道通过心灵辩证法写一个人思想的一步步转变,并不是曹禺的擅长,曹禺以前的人物也很少经历时间性的性格转变,而如果是空间性的复杂性格(即同时并呈几种性格),如繁漪、金子,他就能把握得较好,能展示其内在的无限丰富性。

所以相对而言,陈洪友一家就写得比较精彩,特别是他的老丈人戴鹤飞。曹禺描写陈洪友"这个人小心谨慎,心肠狭窄。多少年来,学了一种尽量与人无争,却又想处处讨便宜,而又不失身份的处世哲学。他没有什么理想,对于妻子家庭看得很重。一件事情在他心里,总要盘算来盘算去,皱着眉头严肃地想个没完,但是给人的感觉是一个十分平庸的人"(第8页)。这是个普通的知识分子,没有坚定的信念,很容易就随风倒,就算说点违心话也无所谓。比如他劝凌士湘:"尽管现在还没有啊,十分明了,不能达到年青大夫们的要求,我想一样地也可以表示一个鲜明的态度。""何昌荃他们所说的那些话,你也找几句比较突出的,讲一讲,这准会得到群众的欢迎。"(第35页)这就很虚伪了,他也未必想通,可已跟着一起叫了。后来对于曾经把田鼠送美国的事,他又紧张得很,一副早请示、晚汇报的样子,他说:"我们把田鼠送到纽约,这不是跟美帝国主义发生关系的事情吗?自然,当时谁也没想到今天还有个美帝国主义的问题。可是我觉得为着稳定起见,还是把这事情向组织上声明一下好,说清楚,备个案"(第39页),这是明哲保身的态度,而且还发展到了打小报告的程度。可偏是这样的人比耿直的人更受欢迎,更令组织上放心,虽然组织上也掌握了他的情况,可不到要打击他的时候,也就备个案而已。他的妻子也照样可以"妇女会"、"小组长"地参加各种社交活动,反正这样的活跃分子在任何时代都是吃得开的。这个平庸的投机者陈洪友在曹禺笔下还是塑造得成功的,大概因为他不用肩负思想转变或落后保守这两重任务吧,可惜在定稿中删了很多关于他的戏。

最有意思的人物还是戴鹤飞,他是凌士湘的同学,"在前清的时候,他是一个大绅宦兼大地主的少爷,吃喝玩乐,无所不通。"他后来去留学,只学了一些下流的美国话,回来后在上海先玩了五年,"以后他忽然说他要改邪归正,那就是说,一边玩一边干起买办的生意。做生意,尤其是投机,他是不糊涂的,他算计得很巧。……解放以后,他最得意的是他早已把祖先遗下来的田地卖掉,同时,他也把一两个引人注目的生意设法歇业了……实际上他并没有歇手,抓住机会,他就做一批临时的买卖。""从外面看,他像是个落拓不羁的老了的大少爷。他自己也知道这一点十分引人注意,甚至于'可爱',尤其是在上海那些女人们面前。他像是糊涂,有时他是装的,有时他觉得自己糊涂得好玩,有时他就以他的糊涂自傲。……实际上他很精明,他永远吃得好,穿得好,使他的孩子们过最舒服的生活。"他的穿着更讲究,"穿一身夏季的西装,雪白的嘎白丁料子的短裤,长统米色的织着花纹的英国羊毛袜,和一双柔软舒适的黄皮鞋,露着一段白白的膝盖。上身穿着淡青色的上衣,和极讲究的纺绸衬衫,打着领带。从上到下,一尘不染。""他是那种'老而不死的东西',是商人,是买办,是花花公子,是个老光棍"(第25—26页)。只看曹禺的人物介绍,就可以知道他是个多么精彩生动的人物了。他说起话来嘻嘻哈哈,谈谈相学,自己做冰淇淋,烧咖啡要加白兰地等等,一副没落贵族的生活方式,就是在今天的舞台上也一定是个受欢迎的人物。他代表着来自市民生活的气息,是个小丑式的人物,很有光彩,抢了很多人的戏。有一场戏很有意思,凌士湘正在与陈洪友谈有没有细菌战的问题,戴鹤飞参与进来:

> 戴鹤飞(高声插进):有没有细菌战?(哗啷一声把杯子放在桌上)当然没有!因为根本就没有细菌!(大家愕然,全望着他,戴鹤飞立刻得意起来)你们主张有细菌,我主张没有。你们认为病是由细菌来的,我认为病是由于阴阳不调来的。
>
> 陈洪友(想拦住他):爹!
>
> 戴鹤飞(已拦不住,滔滔地):我就能治病。我跟你们不同,我用的,(很机密地)是一种太乙的真气。(探头对凌士湘)你要不要试一试?对心脏病有特殊的功用。(忽然手一伸)你看这是什么?
>
> CC 戴:这是手。
>
> 戴鹤飞(很得意地):不对,这是气!
>
> 凌士湘(站起来):我想走了。
>
> 戴鹤飞(拦住凌士湘):等等!(把头冷不丁地一摇)你看头上是什么?(没人理他)这又有气,纯阳正气。你看我摇头,(翻着白眼,周身乱抖)看见了吗?亮极了,眼睛都睁不开了!(指着凌士湘,十分高兴)你看见了!
>
> CC 戴(有兴趣地):看见什么了,爸爸?
>
> 陈洪友:爹!爹!(跑到阳台上对楼下)美贞!
>
> 戴鹤飞(对其子):红日啊,就是太阳!(对凌士湘逼过去)五彩的,热极了,你看我把太阳过到你头上。(把头一颠)
>
> 凌士湘(烦躁地):你下去!
>
> 戴鹤飞:你就热,热,这对你就补,从头到脚都补。一直热,热到穀道,穀道就是屁股眼儿。
>
> (戴美贞从楼下匆匆跑上。)
>
> 戴美贞:爹!爹!
>
> 凌士湘(喊):下去!把他弄下去!请都走吧!
>
> (戴美贞、陈洪友等拉戴鹤飞下楼。)
>
> 戴鹤飞(一面被人拉着劝着,一面和颜悦色地说着走着):好了,你的心脏病已经好了,可以量血压,立刻降低。……(第39—40页)

多么精彩的描写呀,只有在这样的人物身上曹禺的艺术天赋才得以完全的发挥,抓住

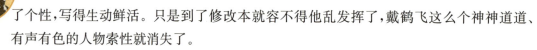

了个性,写得生动鲜活。只是到了修改本就容不得他乱发挥了,戴鹤飞这么个神神道道、有声有色的人物索性就消失了。

　　除此之外,还比较重要的人物有尤晓峰和孙荣。尤晓峰是个溜须拍马的人物,他坚持江道宗的一套理论,不是为了理想信念,而只是因为趋炎附势。而且他也没有真正理解老一辈所坚持的科学价值标准,所以从他嘴里出来的就是歪曲了的,错误的,他是这个知识分子价值传统的蛀虫。孙荣是个性格形象都没有完全展开的人物,因为他的作用似乎仅仅停留在作供、揭发贾克逊上面,只是个符号式的人物。至于正面形象董观山和何昌荃,正如曹禺自己承认的,由于他对他们根本不熟悉,所以塑造得都很表面化。

　　总之,这个戏体现了艺术的真实性,把历史场景记录了下来,给现在我们提供了重新思考的文本。作家的思想完全是代表着权力的声音,却能留下这样真实的文本,亦证明了现实主义艺术本身的成功。在《明朗的天》的定稿中,由于权力的进一步渗入,可以看到曹禺的这种艺术才华的萎缩。

《当代作家评论》1999 年第 6 期

苦闷的灵魂与消逝的知识分子
——《明朗的天》重读

阮南燕

  《明朗的天》是曹禺中华人民共和国成立后创作的第一部戏剧作品,也是剧作家最不愿谈及的作品之一。[①] 经历着思想改造的知识分子曹禺来创作知识分子改造思想的剧本,这种创作本身就以一种诡谲的方式陷入了重重危机。

  曹禺是以一名被改造的知识分子的身份进行创作的。以"带罪之身"为统治者服务,为政治目标和行政决策服务,必然会使创作者在巨大的原罪感中以强烈的感恩戴德的赎罪意识压抑自己的原初个性,调动自身的所有创作因素为主流意识形态张目。如此一来,知识分子最宝贵的独立思考和价值批判禀性将无从施展,最特立独行的反叛个性也将被悬置,剩下的只是一具诚惶诚恐、言听计从的躯壳,在臣服的姿态中传递他者的思想和言论。一旦丧失创作的主体性,或者说,一旦主体性被强烈压制,创作者自然无法以作品表达自己对人生、命运、人性的本真思考,只能将创作异变为演绎和阐释高悬于主体之上的各种被伪装的"指令"。

  从创作方式来看,这种焦点式的集体创作方式,对曹禺而言也是陌生的。[②] 剧作家曾经多次表述自己在创作《雷雨》《日出》《原野》《北京人》《家》等剧的那种源自心灵深处的冲动和创作意念,那种既模糊又清晰的试图从熟悉的生活中揭示某种未知而神秘的命运走向和人生哲理的强烈欲望。然而,这一切在创作《明朗的天》的时候,都转化为剧作家在外力作用下的"激动"之举:在某位领导者的"启蒙"之下,曹禺开始形成创作主题——知识分子的思想改造;肩负这一光荣的创作任务,带着明确的写作意图,曹禺参加了关于思想改造运动的工作,积累素材。创作中,剧作家努力尝试以马克思主义的观点指导创作,仔细推敲剧中人物、情节等的组织和安排,以便达到用社会主义精神教育读者的目的:剧本成形之后,听取多方意见,多次修改作品,最后定稿。这种主题先行的集体创作模式,使得作

---

  ① "'至于我解放后写的这三部戏,就不必谈了,本相! 你会看得很明白的,实在没有什么可说的。'其实,我几次希望他能够谈谈这三部戏,但是每提到这三部戏时,他就摇头,同我摆手,似乎是不值得一谈的样子。"见田本相、刘一军编著:《苦闷的灵魂:曹禺访谈录》,南京:江苏教育出版社 2001 年版,第 48 页。

  ② "曹禺同志告诉记者,《明朗的天》在创作方法上和他过去写的剧本是有些不同的。过去他写剧本时,虽然也企图发表某些见解或者宣传某种思想,但是对这些见解和思想常常自己也不是想得很明确、很深刻的。"——见田本相、胡叔和编《曹禺研究资料》(上下),北京:中国戏剧出版社 1991 年版,第 193 页。

者更像一个傀儡,幕后人指向哪儿,他就将笔运用到哪儿。虽然剧作家调动了各种戏剧创作技巧,然而,一旦创作的灵动消失殆尽,一旦创作成为为他者代言,而非自我情感和智慧的奔涌和凝聚,创作就不再是创作,剧作家也因之丧失了最弥足珍贵的知识分子写作姿态。如此我们自可理解何以《明朗的天》较之剧作家以往的作品有如此大的差异,不仅剧本的主题清晰明朗,浅显直白,不具有多重阐释的可能性;而且人物性格单薄,几乎是各种观念的符号演示;至于曹禺剧本中一贯具有的源自剧本深层的诗意,则荡然无存。

然而,哪怕最明智的作家都会在不经意间泄露自已潜意识中的想法。曹禺在创作《明朗的天》的时候,激动中透着隐忧,虔诚中透着疑惑,如此,才会在剧本中留下众多的话语"裂缝"。而这些"裂缝",或者说是作者潜意识的碎片,却恰恰隐藏了最值得我们探究的内涵。当时的主流意识形态要求作家必须表达什么?作家在努力迎合中想说什么?实际上说了什么?无意间说出了哪些思想深处与主流意识形态相差异的内容?因此,重读《明朗的天》并非想挖掘剧本的魅力,而是将其作为一个独立的文本,解析文本间隙中隐藏的作者的矛盾、困惑和苦闷,即人物自身、人物与人物之间、人物与作家之间、作家自身以及作家与社会之间的潜对话,从而远距离透视那个时期知识分子的生存状态。

《明朗的天》基本上为我们展示了一幅知识分子的思想转变谱系图:1.无须做思想工作,自动转变者——何昌荃,宋洁芳,凌木兰。2.埋头科研,极不关心政治,也是最需要转变的人物——凌士湘。3.处于转变状态中,应该可以转变过来的形象——陈洪友,孙荣,尤晓峰;4.顽固不化的反面形象——江道宗。其中最重要的自然是主人公凌士湘。

曹禺对"凌士湘"的原初预设是:凌士湘是热爱祖国的,问题在于他在思想上严重脱离了政治,只将目光聚焦在实验上,加之美帝国主义的欺骗,使得他对许多重大问题认识不清。[①] 创作结果的呈现,以曹禺的话来说,"凌士湘这个人物的根本问题是被写得太理想化了,和他所生活的环境不大协调,似乎是个'出污泥而不染'的人物。"[②]剧作家不满意的是,作为戏剧冲突的结构中心,凌士湘却始终游移在各种冲突之外,没有与各种矛盾形成有力的交锋,因而批判的力度不够,未能最大程度满足思想教育的目的。

何以曹禺对凌士湘这个人物的处理会在不经意间偏离了原初的构想?实际上这种偏离恰恰透射出剧作家思考某些问题时的困惑。最让作家困惑的是:何谓真正的知识分子?科学精神、科学研究与政治热情、爱国主义之间是否存在矛盾?按照当时主流意识形态的说法,政治具有压倒一切的属性,凌士湘所需要承载的理念是:知识分子只有改造政治思想,驱除资产阶级意识形态,才能发挥专业特长,才是具有爱国思想的真正的知识分子。然而,曹禺并没有将凌士湘处理成大是大非的人物,他当时考虑到,如果把凌士湘写得"太坏",把现实生活中的丑恶的事实揭露得太多太露骨,到后来要写出他们思想转变的令人信服的过程就会感到非常棘手。[③] 这里实际揭示的是艺术自律和政治要求之间的矛盾。

---

① 《文艺报》记者:《曹禺谈〈明朗的天〉的创作》,见《文艺报》1955年第17号。
② 《文艺报》记者:《曹禺谈〈明朗的天〉的创作》,见《文艺报》1955年第17号。
③ 《文艺报》记者:《曹禺谈〈明朗的天〉的创作》,见《文艺报》1955年第17号。

戏剧创作必须遵循艺术的发展规律,让人物遵循自身的发展逻辑和行为准则,否则就会在夸大的事实中失去逻辑演进的可行性,成为失真的荒诞言说。面对艺术和政治的矛盾,曹禺并没有按照主流意识形态的要求夸大凌士湘的"罪行",应该说还是遵循了艺术的自律原则。只要我们仔细考察一下凌士湘在各组矛盾冲突中的表现,就能够看出作者的偏斜。

凌士湘与凌木兰的冲突:科学精神与政治热情之间的矛盾冲突。凌木兰指责父亲没有认识到贾克逊是美帝的文化特务,在她陈述一大堆贾克逊杀人的理由后,凌士湘说:"这几个理由充分说明病人死得可疑,不正常,但是不能够证明贾克逊拿病人做了实验:除非有科学上的证据,我们就不能这样怀疑一个学者。""我对贾克逊并没有什么特殊的好感,不过对我来说,他代表了美国的科学。他是学者,他培养人才,他对学术有贡献。我一辈子对科学的认识,就跟他一样。"从凌氏父女关于"科学"之争来看,作家想将凌士湘放在批判的角度来写,然而,凌士湘对证据的索要,并不能说明他在感情上,或者在政治上,对贾克逊有任何偏袒;他只是本着科学的求实精神,客观地评价一个事实:至于贾克逊在学术上的优秀,他也没有否认,并认为"学者",原本就不是一个以政治、或者以道德良心来区分的概念。因此,对凌士湘的批判,客观上却透露出作者对他的观点的认同,也即对知识分子价值立场的坚守。

凌士湘与宋洁芳的冲突:科学研究与政治事务之间的矛盾冲突。宋洁芳是作为凌士湘的改造范本出现的。她既是专家,有严谨的科学研究态度;也是社会事物的积极参与者,有强烈的政治服从意识。宋洁芳认为,只有在普通大众那里,她才"第一次感觉到医生是真正被人需要的,被人爱的,不是一个高级学府的点缀品。"无可否认,治病救人是医生的天职,然而,如果模糊医生在专业能力上的高低,抹煞专业研究与基层工作之间的差异,那么,扼杀的恰恰是专业研究中必需的智慧和创造,从长远来看,恰恰是对人才的浪费。凌士湘对何昌荃的不满就在于,他认为何昌荃被政治事物霸占,荒废了专业研究,是对智力的极大浪费。对专业精神的坚持,始终是凌士湘难能可贵的禀性,即便剧终时他的思想转变,也不过是认识到科学研究也可以被政治利用,但是政治并没有消泯他对知识分子必须专于自己的研究领域的一贯看法。从主人公凌士湘始终坚持科学研究的重要性来看,作家还是坚持了自己对专业精神的领悟和看法的。

凌士湘和陈洪友:二人关于"学者"标准的讨论,实际上是思想改造的存在方式和价值立场之间的矛盾冲突。一种是陈式的,以臣服政治的压力、扭曲自身的价值标准为继续存在的方式;一种是凌式的,始终坚持自己的价值立场,只服膺科学证据,力主自我对是非的独立判断。这种张扬自我的知识分子禀性,自然成为曹禺在书写中暗自流露的赞赏。

凌士湘与江道宗。按理说,这是最能够形成冲突的一组关系,但是,剧作家却没有让他们形成面对面的冲突,也没有丑化江道宗。相反,二者对学术规范、学术传统和学术秩序等问题的看法却始终是一致的。也就是说,如果排除二人在政治转化上的不同,他们实际上是最为相似的知识分子。这里作家的困惑在于,对殖民意识的驱除,对文化侵略的抵制,并不能将学术研究与政治热情人为对立,不能因为研究被利用而贬低研究的价值。当我们将各种学术规范、学术传统和学术秩序作为洪水猛兽从我们的文化肌理中清除出去时，一并清除的还有最基本的规范和秩序。而这种情况将会立即导致研究失范，并以政治要求作为研究的最高准则，这样必将导致政治对科学的侵蚀和腐化。剧本中对江道宗的宽容处理，透露的恰是曹禺对原本应该写成"恶人"的剧中人物的谅解。

已经无须再多言，曹禺对知识分子思想改造中出现的问题和困惑溢于言表，随处可见。当我们将各种潜意识的碎片聚积起来，剧本的潜对话层面也就立即呈现出来。

首先是剧本内的潜对话：①知识分子与政治要求之间的对话。政治意识形态试图将知识分子的灵魂格式化，但是，从作者的抒写来看，这一目的并没有完全实现。最后凌士湘的大彻大悟也不过就是认识到科学有可能被政治利用而已，但是，政治并不能凌驾于科学之上，也不能取代科学研究的合法地位。②知识分子和工农兵大众的人格对话。董观山曾经说："徐主任，你说工人没有知识吗？我看，很多大问题，他们比我们有知识的人看得清楚得多呢。"作者试图以工人和军人的朴实而伟岸的人格来凸显知识分子卑琐的人格，不过，这个目的在凌士湘的执着的科学精神面前同样崩溃。③知识分子与文化侵略的对话。这个话题相对来说隐晦一些，作者只是意识到文化侵略已经影响了知识分子的思维方式，但是这种思维方式是否就会构成对政治的侵害，是否就一定是非爱国主义的，却是作者极为困惑的。

其次是曹禺与剧本之间的潜对话：①与知识分子思想改造运动的对话。在调动所有戏剧因素完成这个主题的时候，曹禺心中对政治思想主宰一切的怀疑始终存在，如此我们才会看到实际上塑造得并不成功的被改造的知识分子形象，他们并没有完全服膺政治的要求。②与知识分子独立精神的对话。对独立精神的向往和追求，对自身价值立场的坚守，远比各知识分子的思想转变更具人格魅力，这一潜在的主题呈现，也是曹禺潜意识的火花闪现。

最后是曹禺等一代知识分子与时代的潜对话。也许，还原历史场景，我们才能更清楚地看到"十七年"那个时期中知识分子的普遍生存状态，而这个问题才是最值得我们关注的。

1.知识分子"公共性"的得与失。

"十七年"中的知识分子，在某种程度上可被视为是一种"被迫"的"公共知识分子"。[①]当一个艺术家以公共知识分子的身份出现时，他实际上是作为一个社会中负责任的知识公民，在做着与社会公共领域的事务密切相关的工作。所有的人，尤其是有身份和地位的知识分子，都必须对国家的政治和意识形态等诸问题公开发表自己的言论主张，以表明自己的态度。而此种"言说"又成为公众唯马首是瞻的范本，可以说，"十七年"是知识分子的公共性被高度张扬的时期，但是，这种"公共性"，或者说当时的"公共知识分子"，又存在一种"伪公共性"，缺乏作为公共知识分子的主体性，即不是知识分子自觉自愿，以一种高度

---

① 就公共知识分子的概念来说，"是指知识分子在自己的专业活动之外，同时把专业知识运用于公众活动之中，或者以其专业知识为背景参与公共活动。这些公众活动包括政治、社会、文化等各个方面"。见陈来，《公共性与公共知识分子》，江苏人民出版社2003年版，第10页。

自我意识为前提的思考和参与,其公共言论是在缺乏主体意识之下所发出的傀儡之音,是对主流意识形态的迎合、解释和巩固,是一体化政治的要求,因而并不具备公共知识分子所具备的形态纷呈的意识形态和理论主张。多元的政治立场、文化观点和价值立场。"十七年"中知识分子的"公共性"以一种显性存在遮蔽了其"主体性"的丧失,即,"公共性"成为一种一元的"政治公共性",知识分子成为"伪公共知识分子",并未发出属于知识分子的声音。

2."伪公共领域"或"剧场国家"的呈现。

"十七年"从某种程度上说具有一种"伪公共领域性",即,私人感情、家庭生活、个人问题等均不是私人性的,而具有公开性。人,无论在家庭、工作单位还是社会中的言论,均是公共的,有目共睹的,也是必须为他人所知晓的。任何场合,都是个人发表公开言论的场所,都是一种"公共领域"下的自我表现。不过,此"公共领域"绝非哈贝马斯所言的"公共领域",而更似一个公共舞台。在这个没有第四堵墙的舞台上,家庭环境、工作环境没有本质上的区别,只是演绎人的效忠思想的场所。也可以说"十七年"时期具有"剧场国家"①的属性。国家成为剧场的前提,是家庭成为剧场,社会成为剧场,人成为戴着面具的"剧中人"。国家成为剧场,意味着国家意识形态是每出戏的总导演,无论何种风格、题材、主题的演出,都是对主流意识形态的彰显。"十七年"的戏剧演出类似于一种朝圣仪式,剧场是聆听圣言的圣殿,而知识分子则是仪式的组织者和参与者。每一场演出,都是对国家政治意识形态的传达和演绎,不同之处只在于参与演出者的数量多寡,恒常不变的主题得以扮演的精美程度,以及所表现的事件对国民整体生活流程以及意识形态一体化的实际影响。总体上看,生活空间、剧场空间、意识形态空间交织在一起。剧本上演的"真实"是为了让它在生活中成为"真实"。每一场话剧演出,只是在国家剧场上演的一出"剧中剧",这种上演,是一种国家认同仪式,以形象的方式演绎国家的演进历程。

3.消逝的知识分子。

"十七年"中,知识分子的精英意识、启蒙使命被彻底摧毁,他们完全以一种仰视的目光关注政治,匍匐在大众的"需求"之下,不敢有自己的声音。可以说,他们的视阈无法超越也不被允许超越大众视野所及,如此,知识分子和大众之间已经不再具有无法逾越的鸿沟。而实际上,"十七年"中群众文化的繁荣只是一种表层的喧哗,被历史之剑刺破后,立即显现出空虚外壳包裹下的贫乏与浅俗、单调与乏味。当知识分子已经消逝在历史的主潮中,当知识分子的独特属性已经不再成为社会的财富,文化活力的衰竭和贫困就成为不

① "剧场国家"的概念参见克利福德·格尔兹著,赵丙祥译:《尼加拉:十九世纪巴厘剧场国家》,上海人民出版社 1999 年版,第 12 页。作者认为,19 世纪的巴厘是一个剧场国家,国王和王公们乃是主持人,祭司乃是导演,而农民则是支持表演的演员、跑龙套者和观众……王室庆典主义是王室政治的驱动力:公众仪式并不是巩固国家的谋术,而正是国家本身,甚至在其最终命运降临之际,它也仍然是搬演公众仪式的策略。

《家》与其他作品　研究资料

争的事实,"十七年"也成为知识分子缺席与让位的可悲时代。

　　总而言之,"十七年"时期,丧失了话语权的知识分子人格萎缩、精神迷失。知识分子惯有的写作方式被扼制和颠覆,剧本的叙事逻辑与作家主观意图的错位所形成的话语裂缝,使得个人的无意识以碎片化的方式存在着。重新审视这些"裂缝"与"碎片",将为我们提供更多阐释文本的空间。

(《戏剧文学》2006 年第 6 期)

《明朗的天》与知识分子的思想改造

高 音

  《明朗的天》是曹禺解放后创作的第一部话剧作品，是晚年曹禺不愿再提的作品，也是一些研究者常常对其进行道义上文法上批判的作品。而在论述的过程中，因为急于得出文化专制扼杀创作自由的结论，大多不尊崇不分析原始文本，忽视此剧作产生的特殊历史语境。这使戏剧史研究陷入了为批判而批判的另一种误区。这样的做法不仅仅是对作家作品的不公正，也失去了一个研究者站在舞台与现实之间应该具备的对历史客观的辩证的立场。我们不能把《明朗的天》和《雷雨》这两种产生于不同时代的截然不同的文本放在一起去进行生硬的脱离现实的孰是孰非的比较。这好像是脱离政治的纯艺术比较，其实这也是另一种政治，另一种立场罢了。

  在解放初期的戏剧环境中，曹禺受到的器重在他以往的戏剧人生中从未有过。他逐渐从一个有正义感的知识分子转身为一名参与新政权文化建设的重要文臣。如此风云际会的人生让他既有满志的踌躇，又有云深不知处的迷糊。新的生活在他的面前展开，在知识分子面临思想改造、工农兵成为主人公的时代，人到中年的剧作家将为这个新社会的舞台贡献一份什么样的舞台现实与舞台想象。新的社会改变着剧作家、改变着剧作家的创作方式，也催生出新时代的戏剧。曹禺在实践社会主义现实主义戏剧的创作经历中同时扮演产婆和掘墓人两种角色。

  我们不难体会曹禺这个旧中国的自由知识分子经历改朝换代的特殊心态。解放后有一段时间对"第三种人"的集中清算，可能让曹禺忐忑不安。在全国人民代表大会第二次会议上警惕自己的个人主义和自由主义，必须对共产党和人民政府做到绝对的忠诚老实的发言，应该是曹禺跟过去划清界限的重要表态。中华人民共和国成立初期在抗美援朝保家卫国的大潮下，特别是思想改造运动在 1952 年的全面展开，公正地说，大多数知识分子普遍认同新政权，对新政权逐渐产生出强烈的政治归属感。知识分子的思想改造成为曹禺身边直接感受到的巨大现实，而知识分子的思想和生活在他也是再熟悉不过的。他决定把这个无法回避的巨大现实通过一种集中的叙事搬上舞台。

  协和医学院知识分子云集，那里的知识分子大多接受了系统的美国教育和文化熏陶，是美国在华文化与技术输出的一个重要现场。按当时的说法，协和的制度、教学方法、工作作风和生活方式都是从美国原封不动地搬来的。在短短三十年中，在医药卫生工作者中造成了一批"民主自由"分子。关于"民主自由"分子，这倒不是无中生有的提法。之前美国驻华文化官员们就认为："这些受过美国训练的知识分子，其所思、所言、所教都与我们颇为一致，他们是美国在华利益的非常实在的一部分，他们在这场争夺战中决不是无足轻重的因素。"如《中国知识分子的美国观》一书所说：美国的新殖民主义形象与现代民主政治"领袖"形象就在中国知识分子心中不断冲突。由于政党、政见、意识形态的不同，对这两种形象的价值认定是有差异的。这是围绕着战后中国后殖民政治特征而展开的一个基本话题。在抗美援朝的大趋势下，在高校逐渐展开的思想改造运动中，集中对知识分子进行"亲美、崇美、恐美"的批判，清理与美国有渊源关系的所谓"民主个人主义"是其中一项重要内容。在《明朗的天》里，曹禺塑造的医学院教务长江道宗就是这类人物的典型。

　　曹禺为江道宗的出场写了长达五百多字的人物小传，对这个在外国人圈子里很红，人称"阴间秀才"的实权人物进行了生动的描摹。对于江道宗这类"极端崇拜美国，几乎忘了自己是中国人"[1]的洋派人物，曹禺是熟悉的，是有他冷静的观察、细致的理解和准确的判断的。从第一版文本和最初的演出上看，江道宗这个人物是有他的现实根据和典型意义的。在剧本的第三幕，在孙荣当着众人坦白真相后，曹禺为陷入左右夹击的江道宗准备了一段表明心迹的独白："我没有什么可谈的，许多心情只有老朋友可以谅解。大家都知道我一直是拥护共产党的，这是肺腑之言，也无须我再找什么证明。过去我们所处的是乱世，今天还是在新旧交替的时候。（满腔抱负地、充满内在热情的样子）我一生就有一个理想，我永远把自己当作一座桥，叫旧的通过我变成新的，叫那愚蠢自私的通过我变成智慧公正的。（为自己的崇高而感动，流下一滴眼泪）多少年来风风雨雨，我是半身插在水里，叫众人的脚踩在我的头上，达到幸福，达到文明的彼岸。而我自己，一无所求。（慨然地）可是结果呢，我做了墙！大家都说我隔绝了进步和落后，还说我是贾大夫的什么什么，还居然有人说我走第三条路线。"蓝天野在一篇回忆文章中写道："演曹禺的戏在我也不总是顺利的，五十年代他写了《明朗的天》，我获得了剧中最有特色的角色，绰号'阴间秀才'的医学院教务长江道宗，我太想演好这个戏了，却始终不对，曹禺笔下这个人物太精彩，而我当时对这种人物生活不熟悉，这正是演曹禺作品的大忌。"

　　《〈明朗的天〉中几个演员的创造》这篇当时发表在《戏剧报》上，后来几乎被研究者遗忘的文章，专辟了一段谈了舞台上这个人物的成功塑造。作者左莱是初出茅庐的年轻人。他的观点不免偏激，但是也代表了当时的一类普遍的思潮和情绪。左莱认为张福骈扮演的江道宗把握了角色的基本思想逻辑，并且随着事件的变化而体现出角色的基本性格："这是一个整个灵魂都倾倒在资产阶级思想体系里，衷心为资产阶级思想而奋斗的奴才。"曹禺是长于通过人物社会关系的错综复杂来揭示人物心理的错综，对江道宗的塑造就充分利用了这一优势。

　　至于后来的版本对这个人物的大幅度调整，"其中最主要的一点，就是要把江道宗改为暗藏的反革命分子，描写他在解放后仍一直和美帝国主义保持密切联系，进行反革命活

---

① 《曹禺谈〈明朗的天〉的创作》，《文艺报》1955 年第 17 号。

动。"①那是识时务的或者说被时代潮流裹胁的剧作家的一种现实的选择和妥协。

在初版《明朗的天》中,曹禺为还原历史,不惜笔墨,为发生在 1948 年底解放军围城北平时主要人物上场写了大段交代背景——"有些人在准备着,在可怖的黑暗中怀着信心勇敢地做各种准备来欢迎黎明,但是也有些人是怀着另外一种心思的,在美帝国主义多年来文化侵略下,这些人们早已和真正的中国人民脱离了关系。在他们的思想里,藏着不曾见过天日的污垢。另外一些人,对于即将到来的人民的社会还没有一点感觉。然而这些人当中有专家,有高级知识分子,是我们在来日的建设中需要的人才。"

文字中的"也有些人"自然是眼科大夫尤晓峰、内科大夫孙荣、医学院教务长江道宗,"有些人",主要是燕仁医学院年轻的一代学子,何昌荃、陈亮、凌木兰,而另外一些人则是眼科主任陈洪友,当然更主要是那个贯彻剧本主题的核心人物燕仁医学院细菌系主任凌士湘。曹禺笔下的凌士湘,是一个沉溺于科学研究中不问政治的知识分子。北平解放,凌士湘对时局是满意的,但是他不能接受把美帝国主义同燕仁医学院联系起来,更不能容忍大家把他的思想当作问题来讨论,面对新社会,有疑虑、有困惑。他不怕女儿嫌他落后,思想顽固,他就是要不顺潮流,要以他独有的方式验证事物的对错。通过参加反细菌战展览会,在铁的事实面前,他开始对自己一向奉为真理的远离具体社会的抽象的科学至上主义产生了怀疑。特别是看到自己多年来的研究成果被帝国主义利用作为杀人的武器,看到为了得到一个软骨病人的骨头作标本,自己一向敬重的美国学者贾克逊居然用了惨无人道的手段,他的西方人道主义思想彻底崩溃。他反省自己,自觉地和人民站在一起,努力挣脱旧我,投身到朝鲜参加反细菌战的斗争中去。应该说,凌士湘这个形象在当时的知识分子中有他的典型性,曹禺还是相当准确地把握住这个旧知识分子在思想改造过程中的精神状态的。我们通过鲜活的舞台,看到了"他怎样在想认识却一时认识不到,而又非认识不可的新的现实面前,怀着极大的困惑、疑问、苦恼和悔恨,度过几年的不再宁静的岁月,在思想中进行着'新我'跟'旧我'的斗争。"身为知识分子一员的曹禺深知思想改造的艰巨,特别是对已经成型的世界观,他有顾虑,有戒心,无法集中笔墨挖掘人物的矛盾心理,于是只好回避棘手尖锐的内心冲突,绕道而行。从第三幕开始,他的重心偏离,去写他不熟悉的工农兵代表,写这些人物大公无私的行动和思想对凌士湘的影响。这种结构上致命的偏离,是不应该发生在戏剧大师身上的,这只能说明一个问题——曹禺在回避,回避冲突这一戏剧本质的东西。他不愿、也不敢把他的主人公艰难的思想改造中灵魂最真实的撞击、迷惑展示到舞台这个具象的世界中去。外在的压力和内心的波澜在人物思想的转变过程中谁更有力,懂戏的曹禺比谁都明晓、清醒。但是他止步了。显然,在这个人物上作者的创作并不流畅,他遇到了障碍。

通过《明朗的天》,想在舞台上描写知识分子思想转变轨迹的曹禺,是格外看中凌士湘这个人物的。在曹禺的笔下,凌士湘是个有一些人道主义思想的老美国留学生:靠近他的朋友都认为他诚实、忠厚、可靠,但是钻牛角,难于说服。在学生中他有很高的威信,美国人贾克逊也倚重他,利用他。因为他在细菌学方面确有成就。他整日成年地在实验室工作,简直不知外面是什么世界。从整个剧本的结构和情节走向来看,凌士湘肯定是舞台上的核心人物。在解放后燕仁医学院开展的反帝爱国和思想改造运动中,他苦恼于这些现实斗争中出现的问题:"美国在中国办医院办大学有进行文化侵略的目的吗? 美国大夫贾克逊是文化特务吗? 科学家有阶级性吗? 科学要同政治结合吗?"[1]被这些思想问题困扰的凌士湘自然是迈着沉重步伐走进新生活的。剧作家实在太想急于在舞台上完成这个人物的思想改造,于是就集中展示这个人物正在经历的急风暴雨式的思想冲突,"许多人一个接一个地来说服他,而且都表现得那样急躁,似乎是负有某种使命,要当场等着他马上转变"。[2] 应该说,舞台上对凌士湘思想问题的化解主要靠外界的压力,"过分强调外力推动的作用",还都流于表面,失之简略。晚年的曹禺对此也有一番辩白:"当时我也是要思想改造的,我也是个未改造好的知识分子。那么,我写别的知识分子怎么改造好也实在是捉摸不透彻。有人说凌士湘、尤晓峰的思想转变都没有写好,写得不深刻。……这我自己都没有体验过这样一个思想转变的过程,要想写得很深刻,那怎么能行呢。"[3]这当然是一种合理的托词。很明显,在剧作家的主观解释和我们接受的客观内容之间存在着距离。曹禺是一个极其敏感的艺术家,极容易怀疑自己否定自己的艺术家,如果联系曹禺晚年所接受的访谈中对这出戏的问责和辩白,就得出关于这出戏的太多否定性的判断,我以为对作家和作品本身并不公正客观。作家的反思当然是重要的借鉴,但决不能替代辩证的历史的观点。《明朗的天》中对知识分子的群像塑造、对知识分子的深刻的自我批判是有其历史依据的,说他不具备艺术生命力是没有根据的。我同意一些学者的私下看法,知识分子要不要改造是评价这部剧作的前提。此剧之所以会得到不具备艺术生命力的评价是在于:政治生命力不行,违反了"文革"后部分知识分子的"政治正确",所以不能入其法眼。如果说剧作有局限,那么关键就在于任何人都需要改造,不只是知识分子,也包括党员、干部和其他行业的普通人,而这一点当年确实比较忽略,这是出身论、唯成分论的负面影响的结果。

有人说《明朗的天》如实反映了权力如何控制知识分子、摧毁知识分子知识价值体系的过程。有人说《明朗的天》让我们可以看到一个作家的艺术直觉与政治规范的抗衡,以及一个知识分子的自由意志在意识形态强权下的式微。也就是说,今天的一些研究者把天才的沦落归结为"社会""制度"以及"政治"等,说是时代"毁灭"了他[4]。就一定是得出这样的结论吗? 对待新世界有"周冲般"纯真的曹禺真是遭遇到了一个远比他戏中复杂的时代与人生。曹禺是一个有使命感的作家,从来不是为艺术而艺术的剧作家。借用他女儿万方的话,"他们从来无缘体味'为艺术而艺术'的闲情逸致,这才是他们的情结。"[5]

---

① 吕荧:《评〈明朗的天〉》,《人民日报》1955 年 5 月 20 日。

② 光年:《曹禺的创作生活的新进展——评话剧〈明朗的天〉》,《剧本》1955 年 3 月号。

③ 《苦闷的灵魂——曹禺访谈录》,江苏教育出版社 2001 年版。

④ 转引自《焦虑、残废、苦闷——对曹禺晚年悲剧性的探寻》,《绍兴文理学院学报》2008 年第 2 期。

⑤ 《灵魂的石头》,《倾听雷雨》,上海文艺出版社 2000 年。

曹禺不是一个时代的慧眼的观察者,而是一个积极的入世者,《明朗的天》是那个过渡时代的舞台上的纪念碑。当现实生活还没有提供出一个结局的时候,当问题还在发展,当我们还处于未完成的时代,对那个阶段的历史还难以盖棺定论的时候,以社会主义经历的历史为基础,以知识分子思想改造为主题的《明朗的天》的创作所带来的戏剧现实必然会遭遇林林总总的困境。我在此只力求"用时代本身的声音来讲述时代的历史"①。曹禺不是一个神话,他不过是一个与时俱进的杰出的剧作家。

　　无论从什么角度,速写新时代的《明朗的天》都是一部耐人寻味的舞台作品。曹禺让我们看到了震撼旧生活基础的各种深刻的社会变动。他"达到了他那时候的现实所允许他达到的顶点。"1956 年初,北京人民艺术剧院带着这部在舞台上反映新中国旧知识分子思想改造问题的话剧参加了新中国第一届全国话剧观摩大会,囊括了编、导、演等所有的一等奖。从现在看,它依旧是那个时期中国话剧反映现实传统不可替代的活的见证。它以舞台艺术的方式和手段记录了那段让中国知识分子刻骨铭心的往事。用戏剧场面揭示思想改造运动的某些侧面,在舞台上最直接、最生动展现了新旧交替时期自愿改造和接受改造的知识分子群像。这就构成了那段历史的不可多得的、一个相对艺术层面的珍贵文献。为我们在历史语境中研究文学形式和意识形态的关系提供了一个绝好的文本。从某种意义上构成了戏剧化的社会中的戏剧景观。

　　面对纷扰的现实,向那个不愿意写旧东西,在共和国万事纷扰、百废待兴时期努力写新生活的曹禺致敬,向那个为迎接全国六次文代会在病房不断练唱国歌的文联主席致敬。

《中国戏剧》2011 年第 2 期

---

① 　卢纳察尔斯基:《论文学》,《苏联作家论社会主义现实主义》,人民文学出版社 1960 年。

曹禺《明朗的天》与 1950 年代初期知识分子的"改造"

刘卫东

与其他"国统区"的作家并无不同,1949 年前后的曹禺也经历了一个"改造"的过程,并于 1954 年推出了《明朗的天》,可谓一份"答卷"。这部可称曹禺创作分水岭的作品显然带着一定的与当时政治形势"保持一致"的成分,但是,也保留着曹禺"改造"过程中的一些需要仔细发掘的思考和实践。曹禺此后再未创作过"反映现实"的作品,与此次"经历"不无关系。晚年的曹禺也不看好这部戏,更加深了关于《明朗的天》"没有什么好谈的"①的印象。此前的研究成果有一个问题,就是大多数研究者将曹禺的"改造"及其结果归结为外部因素,忽略了曹禺本身在艺术逻辑上的主动"追求"。

一、事与愿违

写作《明朗的天》,不是出自曹禺自己的需要,而是源于一位"领导"的"指示"。在 1955 年接受记者采访的时候,曹禺讲了选题的由来。按照记者转述,"曹禺同志曾经参加过治淮工程,参加过土改斗争,一直到 1952 年初他和党的一位领导同志谈过话以后,他才决定要写一个以知识分子思想改造为主题的剧本。这位领导同志认为这个主题很重要,很值得写,同时他也知道曹禺同志对知识分子的生活一向比较熟悉,写起来有驾轻就熟的方便"。② 不仅如此,"曹禺同志列举了很多党的领导同志的名字,他们都曾就这个剧本的创作和他谈过话,给过他政治思想上和艺术表现上不少帮助"。③ 当年曹禺这么说,可能有一定的借此说明领导对自己关怀和爱护的意思,但是暴露了他这部作品的明显缺陷:命题作文且束缚太多。"曹禺现象"后来被反思,研究者多从这一角度入手。一旦此问题被落实,曹禺的《明朗的天》似乎就不足观了。实际上,这不是只发生在曹禺身上的个别现象。当然,曹禺并未表示对这种行为的不满,即便有不满,他也不能说出来。但是需要着重说明的是,曹禺不是"傀儡",此时已经是一个有充分写作经验的作家,他是不可能任由"领导"摆布的。因此,"改造"过程就意味深长了。

曹禺能够说出来的,是他"改造"的决心。1949 年,他在参加第一次文代会时说:"我们是在毛泽东思想领导与新民主主义旗帜之下团结起来的。这是我们的原则。我们要努力

① 田本相、刘一军编:《苦闷的灵魂:曹禺访谈录》,江苏教育出版社 2001 年版,第 48 页。
② 《曹禺谈〈明朗的天〉的创作》,《文艺报》1955 年第 17 期。
③ 《曹禺谈〈明朗的天〉的创作》,《文艺报》1955 年第 17 期。

学习毛泽东思想，研究、认识新民主主义与今后文艺路线的关系。从思想上改造自己，根据原则发挥文艺的力量，为工农兵服务，为新中国文化建设服务，这是我们每个人应该解答的课题。"①对于曹禺来说，这些并非套话。曹禺没有流露出任何质疑或者犹豫，他是驯服的，也是配合的。但是，有些问题他不是没有想到。在《明朗的天》中，凌士湘表示了对"共产党"的宣传的反感："人是可以不死的，病也是可以治好的，而不是成天谈话，谈话，宣传，宣传！""我告诉你，我满意现在的政府，我也拥护共产党，可是我实在不愿听你的宣传！"曹禺借凌士湘之口，表达了知识分子的普遍疑问，同时，需要找到"驳斥"这种观点的根据。但是这"根据"又何尝不是自己也很想得到的呢？肯定需要"改造"。曹禺想的是，自己能够"改造"成功，写出来他认为更好的，能够配得上时代潮流的作品。

问题是，怎么"改造自己"？早熟的曹禺在1949年前就已经是一位艺术修养上几近炉火纯青的剧作家了，但是，按照"讲话"的要求，他仍然需要"改造"。他认为自己的缺点是："没有历史唯物论的基础，不明了祖国的革命动力，不分析社会的阶级性质，而贸然以所谓的'正义感'当作自己的思想支柱，这自然是非常幼稚，非常荒谬。"②除了一些大帽子外，从"非常幼稚""非常荒谬"的用语来看，曹禺对自己的旧作基本是全盘否定。他几乎是从头开始，以蹒跚学步的姿态来重新创作。是一种什么样的力量，把曹禺几十年积累起来的艺术观念和创作自信毁于一旦，而且让他如此心服口服？"新"观念。在"新"观念的促使下，曹禺在20世纪50年代初的主要工作是修改自己以前的作品，他对自己作品下手之"狠"令人震惊，但是结果并不成功。③曹禺空有改造自己的热情，但是，却没有找到合适的"点"，因此，盲目否定旧作，试图跟上形势，却成为艺术上的不大不小的败笔。

"修改旧作"仅仅是曹禺"改造"的一面，曹禺是把"改造自己"和《明朗的天》的创作结合在一起的，二者之间几乎可以互换。《明朗的天》直指知识分子的要害：专业重要还是思想改造重要。曹禺没有选择"改造"的主要对象人文知识分子，而是独辟蹊径选择了技术知识分子，可谓"创新"。如此这般，却凸显了专业知识分子思想改造中的尴尬：医生与病人之间的关系与阶级斗争思想无关。虽然剧中想说的是，即便是医生（非常去政治化的职业）也应该进行思想"改造"，否则就沦为"人民的罪人"。但是，在剧本的结尾，曹禺还是让凌士湘拿起显微镜去战斗，显示了知识分子的"特殊性"。为了将这个道理讲圆满，曹禺设计了帝国主义国家的"文化特务"，可谓煞费苦心。因为事件没有普遍性，所以凌士湘的"改造"并无多少说服力。曹禺认为，自己的"改造"是不成功的，因此，凌士湘的"改造"也无从谈起："我写《明朗的天》的时候觉得很难写，我在协和收集了不少素材，但是怎样提炼

① 曹禺：《我对于大会的一点意见》，《曹禺全集》第5卷，花山文艺出版社1985年版，第505页。

② 曹禺：《我对今后创作的初步认识》，《曹禺全集》第5卷，花山文艺出版社1985年版，第45页。

③ 研究者对曹禺的"修改旧作"的评价是："这种大删大改基本上使作品偏离了原来的轨道，由一种具有深刻内蕴的象征型艺术转化为仅具宣传教化功能的社会问题剧，而惟一得到'提高'的是作家的思想认识水平。"李扬：《现代性视野中的曹禺》，人民文学出版社2002年版，第172页。曹禺很快（1954年）也认识到改动的害处，说"还是保持原来的面貌好些"。曹禺：《〈曹禺剧本选〉前言》，《曹禺全集》第5卷，花山文艺出版社1985年版，第51页。

这一大堆材料,很吃力。你要知道,我也是要思想改造的,我也是'未改造好的知识分子'喽。那么,我写别的知识分子怎么改造好了,实在是琢磨不透彻。有人说凌士湘、尤晓峰的思想转变没有写好,写得不深刻。你想,连我自己都没有体验过这样一个思想转变的过程,要想写得很深刻,那怎么能行呢!"①完全是无奈的感觉。说到底,《明朗的天》意在写知识分子的"改造",却成为一个在外部操作和内部逻辑上都"事与愿违"的作品。

二、凌士湘的塑造问题

《明朗的天》从题材上说并不讨巧,甚至有些棘手。曹禺《明朗的天》发表于1954年,正是戏剧创作轰轰烈烈的时候。粗看一下,写"工业建设"和"工人斗争"的作品有《在新事物的面前》《不是蝉》《考验》《幸福》《刘莲英》等,写"农村的生活和斗争"的有《春风吹到诺敏河》《春暖花开》《妇女代表》等,写"革命历史"的有《战斗里成长》《战线南移》《万水千山》《钢铁运输兵》等。很少有知识分子题材的作品,《明朗的天》堪称凤毛麟角。如何写知识分子? 大家都不知道。可以说,直到杨沫的《青春之歌》,才找到了"完美"的书写知识分子命运的模式,即首先意识到"半封建半殖民地的中国知识分子有什么出路? 今天,我们首先就要求得中华民族的解放,然后才有我们个人的出路和解放"②,而唯一的方式就是"与工农相结合"。曹禺没有参加过"革命工作",没有经历过党的"培养",因此,是无法找到《青春之歌》这样的路径的。他只能凭自己的感觉摸索。

与具有较强自传色彩的《青春之歌》不同,曹禺《明朗的天》更多带有理论探索的性质。曹禺是敏锐的:需要"被改造"的知识分子在思考自己的方向和道路。《明朗的天》就是针对这一非常难缠却不得不面对的问题。《明朗的天》以1949年前后一所医院的变化为舞台,推出了凌士湘这样一位学者型的医生,表现他从"两耳不闻窗外事"到投入反对细菌战的战斗中去的过程。在这部人物杂乱但是情节简单的戏中,凌士湘的戏份并不多,性格也不鲜明,人物不出彩,更重要的是,没有能够提供知识分子改造的"道路"。在知识分子"如何改造"这个核心问题上没有"创新"和"突破",《明朗的天》基本被评论认为是一部失败之作。在曹禺为数众多的回顾自己写作生涯的场合,也基本不谈论这部作品。

问题出自凌士湘的"转变"上。曹禺在第一幕第一场中明确地说:"这个戏就是企图讲一讲中国的知识分子在这场大变动的时代中如何改造思想,逐渐放下旧思想的桎梏,终于开始向新知识分子的道路上变化着。"③毫无疑问,比起"现实主义"和"革命历史"题材的作品来,曹禺选择了一个"硬骨头"。"旧思想"是什么? 如何"改造"? 何为"新知识分子"?可以说,曹禺是当时为数不多的敢于碰触这个题材的作家。虽然毛泽东已经就此有过阐述,但是曹禺能在何种程度上接受?"终于开始向……的道路上变化着"这个句式反映了曹禺的疑虑和不确定。剧本体现着这种疑虑和不确定。既然是"改造",就要写"改造前"

① 梁秉坤:《在曹禺身边》,中国戏剧出版社1999年版,第18页。
② 杨沫:《青春之歌》,人民文学出版社1961年版,第114页。
③ 曹禺:《明朗的天》,《曹禺全集》第4卷,花山文艺出版社1996年版,第9页。

是多么不好,对比"改造后"是多么的好——曹禺也是这样做的。但是,他无法把"改造前"的凌士湘写得更"差",也无力把改造后的凌士湘写得更"好",因此,这场"改造"就是"识破了暗藏的坏蛋",显得不痛不痒,缺乏力度。评论和曹禺自己都不能满意。

曹禺当年对《明朗的天》说了一些话,基本属于自我批评,从中可以看到他的"心结"在什么地方。《明朗的天》的选题和写作的详细过程,经过记者的采访,以《曹禺谈〈明朗的天〉的创作》为题,发表在1955年的《文艺报》上。除了一些不得不说的应景的话外,值得注意的是,曹禺对记者说到了自己写作过程中因为"马克思主义修养和生活经验不够"而出现的"困惑"。文章这样说:"曹禺同志说,许多剧作家,包括他自己在内,都在处理人物的思想转变时感到困惑,认为这是剧本创作中最难解决,但是又必须很好地解决的问题。"①说"必须解决",是因为人物的转变是作品的主要目的,而"最难解决",就暴露出政治要求和艺术实践之间的冲突。曹禺明白,"只有充分地揭露了这些人物在旧社会里的丑恶,一旦他们在新社会在党的教育下得到思想转变,这才能更有力地说明新旧社会的不同,说明党的英明伟大。"②但是,他们是怎样转变的,或者说,思想有何内在逻辑?曹禺并不能解决。实际上,曹禺必须要搞清楚:新旧社会究竟区别在什么地方?虽然有理论作支撑,但是毕竟还无法从实践上给出"答案"。谈论"思想改造"是困难的,相对来说,写"社会改造"就容易得多(比如《龙须沟》)。问题也有解决的办法:把凌士湘塑造为一个"社会主义新人"。周扬在第一次文代会上的报告《新的人民的文艺》中指出:"我们是处在这样一个充满了斗争和行动的时代,我们亲眼看见了人民中的各种英雄模范人物,他们是如此平凡,而又如此伟大,他们正凭着自己的血和汗英勇地勤恳地创造着历史的奇迹。对于他们,这些世界历史的真正主人,我们除了以全副热情去歌颂去表扬之外,还能有什么别的表示呢?"③党在文艺界的"领导"周扬作报告的时候,曹禺在场。

如前所述,曹禺的"困惑"是真实而具体的,他怎么做都是错。应该说,这是曹禺"改造"过程中的"软肋"。曹禺是如何处理的?在《明朗的天》中,与其他当时的流行作品也没有什么区别,曹禺塑造了一位"闯入者"党委书记董观山。曹禺对这个人物并不满意,他认为自己没有写出董观山在恶劣环境中是如何完成"任务"的,他自己批评自己说:"我们所看到的主要只是:董观山如何来往在大夫们中间,温和地劝导他们,帮助解决思想上的某些问题,批判一下运动中某些党员的急躁冒进情绪;他的言谈多于行动,待人处世四平八稳,既没有非常强烈的爱,也没有非常强烈的恨。"④刚刚写完,就自我检讨。不过,如果让曹禺重写,他也不一定能够完成任务。塑造"新人"和"英雄"的问题,是社会主义文艺理论中的核心问题。曹禺在这方面"先天不足",但是也并未努力去弥补,这本身就是一种对"改造"的暧昧态度了。

---

① 《曹禺谈〈明朗的天〉的创作》,《文艺报》1955年第17期。
② 《曹禺谈〈明朗的天〉的创作》,《文艺报》1955年第17期。
③ 周扬:《新的人民的文艺》,《人民文学》创刊号。
④ 《曹禺谈〈明朗的天〉的创作》,《文艺报》1955年第17期。

三、"初版"与"修改版"之间的不同

《明朗的天》有两个版本,相隔两年,对照一下,可以看出曹禺在风云激荡的 1954 年到 1956 年之间的"改造"成果。1954 年,《人民文学》和《剧本》发表的四幕七场剧《明朗的天》,到了 1956 年被改为三幕六场。曹禺在"改造"剧本,同时也是"改造"自己。曹禺一直在拿捏着分寸,试图找到艺术表现和现实宣传之间的平衡。曹禺认真地歌颂新政权,但是难免有"不到位"和"过火"的地方,这从他对《明朗的天》的修改中就可以看出来。

曹禺的"大局观"显然加强了。1956 年版本在第一幕开始就有一段很长的时局描述。① 这段舞台提示与戏剧几乎毫不相干,在 1954 年版本中也没有,是曹禺后来修改时加上去的。不难知道,这段与《新民主主义论》论调一致的话正是曹禺加强"学习"的结果。从中可以看到,曹禺的"政治意识"增强了。应该说,虽然显得有些生硬,但是这段增加的提示是必要的,因为非如此不能让读者理解这场发生在医院这个远离政治的场所的激烈斗争。或者干脆说,这也是曹禺在当年能够表现出的最高"思想觉悟"了。一些不恰当的议论也被删掉了。比如第一幕中刘玛丽对共产党的议论:"反正一进城,共产共妻,谁也舒服不了。"虽然是反面人物说的,但是比较"恶毒",有"借他人之口诋毁"之嫌,所以删去。还有凌士湘对何昌荃参加共产党的议论:"我告诉他,叫他不要多管事情,不要参加我们这些科学家管不了也不需要管的事情!我们一辈子就是为实验,实验的目的就是救人,还有比这个对人类有更大益处的事情吗?"这是凌士湘在"改造"前的真实想法。什么是对人类更有益的事情? 就此来说,反驳起来也很困难,甚至还会产生理论上的混乱,所以也删去了。可以说,这些删减基本不是基于艺术上的考虑,而是服从于"政治标准第一"的时代号召。曹禺在政治上越来越谨小慎微不是没有道理。查 1954 年发表《明朗的天》的《人民文学》,"编委"里胡风的名字赫然在列,但是 1956 年,作为"反革命集团首犯"的他已经成为阶下囚了。

值得注意,同时让人纳闷的是,曹禺在 1956 年删除了一些人物的"进步"的语言和行动。不是越"进步"越好吗? 1954 年版本中,曹禺完全是以主题先行、个人思考"缴械投降"的态度来写《明朗的天》的。他明白,这是自己"改造"后的答卷,文坛看着哩。在塑造凌士湘的形象的时候,为了让他在解放后显得进步些,曹禺安排他去了朝鲜战场。既然不能与工农结合,去朝鲜锻炼也是不错的选择,而且当时许多知识分子的确去过朝鲜战场采风。凌士湘回国后激动万分地说:"前天夜晚,车过了鸭绿江,我看见祖国的灯光,那和平繁荣,我恨不得就穿了这件军装,再回到前线保卫我的国家!"凌士湘是进步了,但是却不再是科

---

① 1956 年版本《明朗的天》中这段提示抄录如下:"自从抗日战争结束以后,美帝国主义继续同国民党勾结起来,想把中国变为美国的殖民地。他们便下了决心,进行反共内战,不顾人民对和平民主的愿望,撕毁了保障国内和平的协议,向全国人民寄托着最大希望的解放区发动全面的进攻。在战争期间,全国人民逐渐觉悟到,从被美帝国主义控制的蒋介石政权手里,是得不到和平、民主和独立的。在中国共产党用了极大的努力和耐心使人民认清这一点后,大家才彻底了解必须打倒蒋介石,驱逐美帝国主义,并且完全依靠一直正确地为和平努力的中国共产党,才能得到生存。"

学家凌士湘了。这么写,同行会暗中笑话的。凌士湘可以"进步",但是这么进步似乎太"过",可以抒情,但是这么矫揉造作也没有必要,这几句,在 1956 年版本中被删除了。同样地,在 1954 年版本的结尾,赵树德的眼睛被治好了,恢复了光明,他睁开眼,大声喊"看到了",大家以为他是说眼睛好了,没料到会错了意——他说的是"看到了"毛主席的画像。接着耳边出现了工农群众高亢的歌声。1956 年,曹禺没有继续使用这个结尾。

能够想象得到的是,1956 年版本加强了对董观山这个人物的塑造。在 1954 年版本中,曹禺对董观山有一段很长的"人物提示",董观山被描述为一个带有传奇色彩的人物:他是知识分子出身,领导学生运动被捕入狱,出狱后参加了游击战争,解放后做过地委书记和宣传部长。但是,董观山在戏中的出场次数较少,解决问题的能力没有被突出出来。显然,作为党代表,董观山发挥的作用需要加强。在 1956 年版本中,曹禺删去了初版中两个比较活跃的人物。一是凌士湘的妻子、妇产科主任容立章;二是进步的知识分子陈亮。他们的戏份和作用,都给了董观山。但是,令人惊奇的是,1956 年版本的《明朗的天》中竟然删去了对董观山的人物提示。连刘玛丽、徐慕美、袁仁辉这样的次要人物都有,却偏删去了主要人物董观山的,着实是个值得追问的问题。曹禺为什么这么做? 即便 1954 年版本的董观山的人物提示有地方不合适,他怎么不修改一下或者换一个呢? 必有玄机。他自己没有说过,也不便妄加猜测。但是,有一点可以肯定,对自己作品精益求精的曹禺当然不是遗漏了,而是经过一番应该是绞尽脑汁一样的思考后,才决定不要了。

曹禺还有一些比较大胆的"设想"没有实施。1955 年,他修改《明朗的天》的时候,记者转述曹禺的想法说:"曹禺同志最近正在准备着手修改《明朗的天》,其中最重要的一点,就是要把江道宗改为暗藏的反革命分子,描写他在解放后一直和美帝国主义保持密切联系,进行反革命活动。曹禺同志所以要这样修改,他倒不是由于主观愿望硬要这样来改造江道宗,以配合今天的斗争,而主要还是由于人物本身的性格规律这样规定了的。"[①]设想归设想,曹禺也知道怎么"配合",但是,在 1956 年推出的新版本中,曹禺还是保留了以前的江道宗的原貌,并没有像设想那样将其写成"暗藏的反革命分子"。如果真是这样,《明朗的天》固然矛盾更尖锐刺激了,但是"知识分子改造"就成闹剧了。曹禺还是有自己的谱的。

《明朗的天》的写作及其修改过程明确反映出曹禺一方面考虑到政治标准,另一方面又考虑到艺术标准,而对于两个标准的把握,他却始终摇摆不定。他总是在否定自己。写完《明朗的天》,曹禺并没有"改造"后的轻松,写作道路也并不"明朗",而是背上了更多的"困惑",进入了长久的停笔阶段。

《扬子江评论》2013 年第 3 期

---

① 《曹禺谈〈明朗的天〉的创作》,《文艺报》1955 年第 17 期。

曹禺研究

资料长编

《胆剑篇》 研究资料

《胆剑篇》和历史剧

——漫谈《胆剑篇》的艺术处理和形象创造

李希凡

一

最近从七八月号《人民文学》合刊上读到了曹禺、梅阡、于是之同志的《胆剑篇》，我觉得这是当前历史剧创作的一部好的作品，它有助于历史剧问题的讨论。

活的历史总有一些活的教训，值得后来人学习和借鉴。历史学家善于科学地总结这些教训，传播历史发展的真理；文学艺术家则善于运用这些教训再创造生动的历史形象以影响、教育读者和观众。它们中间在目的和效果上有一致的地方，但由于手段和作用的不同，因而，在对待和处理历史真实问题上，也自有其差别。历史学家必须严格地从历史事实的真实出发，总结教训，而文学艺术家在创造历史文学作品的时候，却不一定能完全再现历史事实的真实，而只能在不违背重大历史事实的原则下进行创作，否则，就很难发挥文学艺术的特性。譬如写历史剧，如果完全拘囿于历史事实，那就不必写戏，也不可能有戏。因为在戏里，事实就是情节，而并不是所有的历史事实都能构成戏剧的情节。情节，这是剧作者基于自己的思想认识和创作要求而加以重新组织和创造的。

这当然不是说创作历史剧可以反历史主义地"以古喻今"，庸俗化地联系今天；更不是说，给现代的思想穿上古代服装，就是创作历史剧。历史剧必须以历史唯物主义精神反映历史时代的生活，创造历史形象以表达剧作者对历史认识的新思想，通过借鉴作用唤起群众的思索，而这一切又必须通过戏剧形象、戏剧情节来进行。所以它绝不能是纯客观地描写历史，也不可能在人物、事件上完全受历史事实的约束，因为剧作者是从历史生发出戏来，并不是用戏来演绎历史。

《胆剑篇》是写春秋时代越王勾践兴国复仇的历史故事，近年来我们在不少剧种里看到过它。但是，能够使这样一个陈旧的历史故事不落窠臼，不袭陈套，却显然是《胆剑篇》作者的思想照亮了这个题材，使这个历史故事得到了独创的艺术处理的成果。可以说它忠实于这个历史事件的本质真实，却又不能说是这个历史事件、历史人物的翻版，而是艺术上的新创造。吴越战争、勾践复国的基本史实并不复杂，而且几乎是人所共知的。如果剧作者拘囿于历史事实，没有大胆的丰富的构思，没有活的生命形象的补充，没有作家对于这个历史事件的独到的认识和体会，是很难写成一出好戏的。在我国的传统戏曲剧目中,也有这个剧目(最早的剧本是明梁辰鱼的《浣纱纪》传奇,梅兰芳同志曾演出过。各地方剧种也有过这个剧目,像汉剧、越剧、秦腔、滇剧都有过《卧薪尝胆》的剧目,川剧有《吴越春秋》——包括《会稽山》《姑苏台》《尝粪疗疾》《战石山》)。以对后来地方戏剧目有很大影响的梁辰鱼的《浣纱纪》来说,虽有独创的艺术处理,通过范蠡、西施悲欢离合的爱情线索,描写吴越国的兴亡史,歌颂这两个男女主人公为国家利益牺牲个人幸福的品质,并写出了他们和勾践的矛盾,但它实质上是写西施的翻案戏。比之当时宣传愚忠愚孝的戏,《浣纱纪》有进步的思想内容,不过仍然没有脱离"美人计"的窠臼,而且也不能说是对于这个历史事件作了全面、正确的艺术概括。

《胆剑篇》作者在这个历史题材的艺术处理上,首先就遇到一个"春秋无义战"的难题。根据史实的记载,吴越战争是一个互相复仇性质的战争。夫差是为了复父仇而伐越,勾践是为了雪会稽之耻而"苦心焦虑,终灭强吴",很难确定谁是义战。所以有的同志就主张,可以纯客观地写。但这实际上却是做不到的。剧作者要写一个戏,而对处于戏剧情节中心的事件和人物,没有作者自己的态度,是很难想象的。然而,交织在这个历史事件里的又确实有双重的历史教训——越国终于取得胜利的教训和吴国终于走向失败的教训,如何能在作者的态度和艺术形象里取得并不互相削弱的真实反映,这也是创作上的难题。《胆剑篇》的作者巧妙而又令人信服地绕过了这个暗礁。他们没有采取纯客观的态度来构造这个历史故事的戏剧情节,而是明确地写出正义在受侵略的弱越的一边,热烈地歌颂了受到强吴侵略的越国君民同仇敌忾、奋发图强的英雄气概,而这又并没有妨碍作者同样地创造了生动的历史形象,写出了强吴由胜利到失败的历史教训。

《胆剑篇》舍弃了吴越战争"相怨伐"的某些事实,甚至把吴王夫差伐越前的一些富有戏剧性的生活细节,移植到勾践的形象塑造里(譬如现在剧本中写到的勾践在宫中设卫士经常提醒他勿忘会稽之耻,史实上就是属于夫差的:"夫差使人立于庭,苟出入必谓己曰:夫差,而(尔)忘越王之杀而父乎?则对曰:唯,不敢忘。"(《左传》)——当然《浣纱记》已先做了这样的移植),突出地暴露了吴军大举侵越的掠夺、抢劫、烧杀的残暴,并且把史实上的勾践诈降改成了被俘,虚构了王孙雄镇守越国的事件,通过这样的情节构造以展开越国君民的反抗斗争的场面。

剧作者这样的选择和处理,是否符合历史真实性呢?我们只能说它基本上符合历史真实,却又不完全拘囿历史事实。从"春秋无义战"这种角度来看,吴越的世仇并不开始于吴王阖闾"以越不从伐楚,南伐越"而被勾践射死的事件,是早在越允常之时,就"与吴王阖闾战,而相怨伐"了[①],根据《东周列国志》的描写,吴国夫概之乱,也曾有过和越的联合——"夫概乃遣使由三江通越,说其进兵,夹攻吴国,事成割五城为谢。"因此,吴越统治者的互相复仇的战争,确实是无所谓义战。然而,从夫差伐越,蹂躏越土,奴役、掠夺、烧杀越国人民的角度上看,却又显然是使勾践卧薪悬胆、发愤图强的复国计划得到越国人民广泛支持的根本原因。所以,剧作者从越国人民受侵略、受侮辱的立场上来改造某些"事实",这样

---

① 《史记·越王勾践世家》。

概括吴越战争的性质，又可以说是符合历史真实的。历代人民就并没有重视夫差的三年报越之志，却记住了勾践"十年生聚，十年教训"的艰苦奋斗的故事，因为勾践的复国依靠了人民的力量，取得了人民的支持。

不过，如上所说，作者的这种概括史实的态度，又并没有妨碍他真实地、形象地表现这个历史事件的敌对双方的教训。《胆剑篇》的戏剧情节、艺术形象一直是围绕着两个主题线索在展开着，发展着。一个是遭受侵略的弱小的越国，怎样君民奋起举国一致地艰苦奋斗，自强不息，用人力挽回危局，终于灭吴雪耻。它启示人们，不要为暂时强大的敌人、暂时存在的困难所吓倒，只要依靠人民踏踏实实，埋头苦干，就一定能取得最后胜利；另一个却是从敌对双方历史教训里照耀出来的更为深刻的思想：从吴转胜为败、越转败为胜的戏剧情节和艺术形象的矛盾冲突里，生动地展示了一个胜败之后的相互转化的真理，即伍子胥所说的："……吉常常是凶的开端，福常常是祸的根芽"，翻转来凶也可以成为吉的开端，祸也可以成为福的根芽。这也就是说，胜利之后如果骄傲，就会走向它的反面——失败；失败之后，如果能够发愤图强，也会走向它的反面——胜利。在吴越战争中，勾践吸取了失败的教训，卧薪尝胆，任贤使能，肯于听取下面的意见，生聚教训，恭俭恤民，于是终得强盛起来，报仇雪耻，奋灭强吴。而胜利者的吴王夫差，却骄横自恃，有伍子胥的忠言谏诤而不能用，反置之于死地；太宰伯嚭的谄媚、奉承的语言，听来却很顺耳，醉心于争霸的狂热，自命豪强，轻视弱小，终致灭国。

很明显，无论是前一种思想或后一种思想，如果作者不淘汰一些驳杂的史料（如历来传统文艺据《吴越春秋》而敷演出来的勾践的尝粪疗疾，文种的"贵籴粟槁""遗美女""遗之巧工良材""以虚其国""以惑其心""以尽其财"的所谓破吴阴谋九术等），突出那历史精神的主要方面，都将有损于他所创造的历史形象，都将不能像现在的剧本这样，把这个历史教训如此深刻地照耀给观众。

二

《胆剑篇》的成功，首先在于它是戏，而不是历史的图解——富于戏剧性，有情节，有成功的人物形象，有生动的语言。一个文学剧本有没有戏，主要决定于戏剧情节所概括的矛盾是否丰富、尖锐和生动，这是分散的史实所提供不出来的，而必须经过剧作者在历史真实的基础上加以集中、概括和组织。《胆剑篇》像曹禺同志的其他作品一样，它的突出的成就，就是通过戏剧情节的精心构造，展示了他所要反映的历史生活的尖锐的冲突。

《胆剑篇》是五幕剧，但几乎从一上场就展开了尖锐而复杂的生活矛盾。作者不是从勾践返国写起（有些剧本是这样写的），而是从勾践战败被俘写起，这是一种不回避矛盾把紧要的情节冲突搬上舞台的写法，使观众目睹了这段历史生活矛盾的发生、发展和解决的过程。虽然二、三幕差一些，但整个说来，却是紧凑生动、当场出彩，震动心弦。特别是第一幕和第四幕，戏剧矛盾的丰富性和尖锐性都得到了很好的表现。

幕一揭开，就是一场尖锐的斗争，越国的土地在燃烧，战胜的吴兵在抢掠，残暴的夫差在欣赏这场"美丽的大火"，被俘的勾践正辞别祖庙，而越国的不屈的百姓却沉默地聚集在禹庙外……这是吴国君臣欢庆胜利的时刻,也是越国存亡的千钧一发之秋——越国的五城三镇被杀光烧光了,勾践被俘了,五千壮士被围在会稽山上,吴越战争的胜负似乎走到终局了!然而,"千古的胜负在于理",正像勾践所说的,"国不分强弱,有义才能立;人不分智愚,有勇才能存。……不义不勇的国家可以出兵遍天下,杀人遍天下,但它是断难立足于天下的。"剧作者就是在这活生生的历史辩证法里构造了这个历史故事的耐人寻味的戏剧冲突。傲娇的强吴虽然是个战胜者貌似强大,但它的内部却四分五裂,矛盾重重。老谋深算、骄矜耿直的伍子胥虽然看出了越国不屈的气概,是吴国未来的心腹大患,但在险恶的政敌伯嚭和比他更刚愎自用的吴王夫差面前,他无力左右政局,既杀不了勾践,也灭不了越国。伯嚭是收了越国的大贿赂,夫差则为了显示他四海霸主的威风,在欣赏他"不杀勾践,却灭了越国"的杰作……吴国灭亡的危机也恰恰是埋伏在这胜利的场面里。

而战败者的越国,却激荡着上下一心永不屈服的仇恨和勇气。那大禹庙里一阵阵沉重的钟声、磬声敲打着每一个越国人的心。五千壮士终于突围而出,给越国的复兴保存了希望和力量;坚毅的百姓们为了使勾践记住这会稽之耻,冒着死命去献那耻辱的象征——被烧焦了的稻子。父亲死了,女儿接过来,最后终于由苦成老人的手递到了勾践的手里,敌人砍伤了他这条臂,他就换另一只手去献;被俘的范蠡在勾践的生死关头也居然能使胜利的强敌措手不及,拔剑而挟持伍子胥慷慨陈词……这一切仅仅使伍子胥"睁开了眼睛",连那个不知名的吴国卫士也脱口赞叹这些"杀不怕的越国人"。夫差前脚走了,苦成立刻就拔下了他的"镇越宝剑"。"越国是镇不住的",这就是战败者越国人民的第一个回声。

在这第一幕的场面里,作者几乎集中了全剧的各种矛盾的端倪,像开了闸口的浪涛一样奔腾而出,一个紧接一个,一个交错一个,但又入情入理地把它们汇入整个情节的轨道上,为全剧主要冲突的错综发展,立下了基石。

如果说,第一幕只是揭开了吴越胜负矛盾转化的端倪,它埋下了胜利的强吴枯竭、失败的伏线,展示了几乎覆灭了的越国命运的壮烈不屈的序幕,那么,第二、三、四幕和第五幕前半场则是这种矛盾转化更深入、更剧烈的发展。这个历史事件本身所展示的矛盾,就是一个长期的艰苦的斗争过程。《胆剑篇》更集中、更概括地表现了这段历史生活矛盾的尖锐性和曲折性。

越国人民用三年的血汗、无数的珠宝,换回了被俘的勾践,但越国却仍然面临着重重的困难:越国君民咬紧牙关在艰苦斗争中默默地实践着复国的宏愿,而敌我矛盾并未因勾践返国而停止发展。虽然骄横的夫差和贪赃的伯嚭只注意贪婪的掠夺,机警的伍子胥却还是把他的专横的手伸张到越国的土地上来。新建的王城要拆平,报警的大鼓不许装,下田的耕牛被拉走……有多少难题摆在越国君民的面前,要求他们决策,要求他们这样或那样的行动。剧作者大胆地在戏剧情节里揭露了这些矛盾的错综复杂的面貌,有对比,有层次,有交错,一步步、一层层展示着越国君民用自己的双手进行着复国斗争的生活。"千古的胜负在于理,然而要多少今天这样的日子才能赢得胜负啊!""宁肯作那笔直折断的剑,不作那弯腰屈存的钩",剧作者不仅用尖锐冲突的场面表现了越国君民的"十年生聚,十年教训"的发愤图强的精神,而且以抒情的笔调热烈地歌颂了这些大禹后代的顽强性格。戏的第四幕的错综尖锐的戏剧冲突是展现在热烈的诗情基础里。第五幕当然是戏的情节冲突的高峰——前半场是吴越矛盾转化的焦点，也是吴的纸老虎的大显形。勾践、夫差会猎的场面，夫差、伍子胥尖锐的性格冲突，都是写得深刻感人的。只是可惜第二幕和第三幕写得弱了一些，第五幕的后半场的胜利结局也转换得太快了，不容易使观众理解。

如果说《胆剑篇》的戏剧冲突构成的特点，是善于把紧要的情节活动搬到舞台上来，以其激烈、真实的画面出现在观众面前，当场出彩；那么，应该说，含蓄的笔法，侧面的描写比较缺乏，实写多，虚写少，却是这个剧本的弱点。譬如第二幕，本来是一场虚写的戏。决定勾践命运的戏是在幕后演出的——这幕戏主要是写越国赎取勾践回国的斗争。假使能以虚见实，虚实相映，戏剧矛盾发展变化的效果会更强烈些。现在看来，第二幕本来是虚写的戏却用了实写的手法，矛盾、冲突的发展大多是借助于范蠡、王妃对白中的叙述，而缺少生动形象的表现，这就削弱了舞台形象的戏剧性。幕后发生在吴宫内的尖锐的冲突，没有能引导观众从舞台形象的感受中涌到台前来，构成想象中的艺术境界。像曹禺同志的《日出》中虚实相映的戏，就写得很有魅力，仅仅那不出场的主角金八的魔影，从戏剧冲突中诉诸观众的想象，就是非常丰富的。

第三幕戏，是勾践回国后第一次展开的越国人民艰苦斗争的场景，其中求雨的场面是写得很动人的。但整个说来，由于出场的人物太多，而戏的矛盾的表现又不够丰富多彩，和第四幕戏的矛盾性质也没有明显的差别，不免使人产生繁杂的遗憾。

三

《胆剑篇》的戏剧矛盾的魅力，尖锐地集中在人物形象和性格冲突里。但很显然，这也同样是剧作者在历史真实的基础上的艺术的再创造，而并非历史人物、历史事件的翻版。

剧本里最有意思、性格创造最成功的，是范蠡和伍子胥，这是敌对双方起着不同作用、有着不同命运的两个主要谋臣，也是最富有戏剧性的人物。但是，在这段历史生活里，特别是在剧作者肯定吴国伐越是不义的战争的前提下，能把这两个负有盛名的历史人物的性格不偏不倚、不失光彩地塑造出来，也不是很容易的。因为范蠡和伍子胥在人们的想象中当然也是在实际的历史生活里（只是史实上没有详细记载），曾经是周旋在夫差面前为越国存亡而进行过曲折斗争的对头。我看过几个不同剧种的《卧薪尝胆》的剧本和演出，对这两个人物的处理都有新的探索（像京剧《卧薪尝胆》——中国京剧院的本子——处理伍子胥迎范蠡的场面，也有精彩之处），但在艺术效果上，似乎都存在着有意无意地贬低伍子胥形象的倾向。《胆剑篇》的作者则突破了这个难关，成功地塑造了这两个对立的形象。

强毅果敢、料事如神的范蠡，在《胆剑篇》里被塑造成一个善于应变、有勇有智的谋臣性格，可以说这是历史人物范蠡性格在艺术形象上的第一次丰满的体现。历史上的范蠡，在勾践复国称霸中虽然起过很大的作用（有关春秋时代的史书和杂记——《国语》《左传》《史记》《吴越春秋》《越绝书》里，都有过详细的记载），可是，这个智勇兼备的人物，在传统的文艺作品里，却一直没有放射出他应有的光彩。在《东周列国志》里，对范蠡的描写不多；在传统的戏曲舞台上，范蠡的形象也多半是巧文辩慧的书生——他是献西施美人计的策划者,又是弃官与西施同泛五湖的"隐士"(上面谈到的一些传统戏曲中的《卧薪尝胆》的剧本中,他就是这样的性格内容)。然而,这是和史实中的"辅危主,存亡国,不耻屈厄之难,安守被辱之地,往而必返,与君复仇"的范蠡,不甚一致的。史实中范蠡的形象有丰富的性格特征可以挖掘。《胆剑篇》作者着力突出了这个有勇有智的英雄性格。第一幕就把他安排在尖锐的戏剧冲突的中心,在吴兵重重包围、众目睽睽之下,为了阻止吴兵谋杀勾践,范蠡英勇地仗剑挟持伍子胥,揭穿他的阴谋,用大义凛然、忠勇不屈的英雄气魄,折服了专横的伍子胥。在复国的斗争中,虽然对他的性格刻画较少了,但在第四幕写他对付吴国的善于应变、坚忍奋发的性格,仍然是很有光彩的。不过,我觉得这个性格还可以进行深入的挖掘,塑造得更丰满些。像他和伍子胥的矛盾,就还可以生发出一些好戏来。第二幕在吴宫的斗争,也是有更广泛地描绘他的机智英勇性格的基础。可惜,这一幕写他和吴太宰伯嚭的斗争,只是通过他个人的叙述来描绘,缺乏舞台形象的动作性,就未免减色了。

伍子胥的形象和范蠡不同,不仅在史书上有详细的记载,就是在传统的艺术遗产中也有相当丰富的创造。《东周列国志》对于他的身世遭遇、性格发展,就有极详尽的描写,刚正忠直而又燃烧着复仇怒火的伍子胥的形象,更是传统戏曲遗产创造出来的一个成功的英雄人物。仅仅京剧就有九个剧目专写伍子胥的身世和性格(《乱楚宫》《战樊城》《长亭会》《文昭关》《浣纱记》《出棠邑》《武昭关》《卧虎关》《战郢城》),其中《文昭关》更是经常演出的优秀传统剧目。《胆剑篇》里的伍子胥虽然保存了传统文艺中的基本性格,却仍然是一个新的创造。如果说传统的伍子胥的艺术形象是被歌颂的忠孝的完人——如《浣纱记》所描写的"一生孝子,半世忠臣";那么,《胆剑篇》里的伍子胥则是一个有着丰富的性格特征的吴国统治者的英雄。他刚正忠直而又专横残暴,老谋深算而又骄矜自负,虽然只有两次出场,但它的形象却是鲜明、丰满的。两次出场都被作者编织在尖锐的戏剧冲突的中心,透过强烈的性格对比、性格冲突,深刻揭示了伍子胥历史形象的复杂内容。如上所说,在第一幕里作者虽然直接描写了他和范蠡的交手,却是既表现了范蠡的忠勇,又不失光采地刻画了他的忠心为吴、老谋深算的性格。他和夫差的矛盾,也不简单是忠臣昏君的陈套,而是生动地展示在强烈的性格冲突里,既表现了夫差的专横狂妄,听不进逆耳忠言,又显示了他的骄矜自负,和吴王夫差尖锐对立、不可调和的悲剧性格,使这个富有性格特征的传统形象在《胆剑篇》戏剧冲突的特殊构成里,进一步揭示出新的思想意义。

勾践是《胆剑篇》的中心人物。在他的形象创造上,作者并未拘泥于历史事实,而是大胆地剪裁枝蔓芜杂的材料,沿着司马迁所说的"禹之遗烈"的性格线索,也适应着《胆剑篇》的情节需要,集中突出了他性格中主导的坚忍不屈的特征。像第一幕通过他被俘后据理力驳夫差险些被处死的情节,突出了他的刚强性格。第二幕、第三幕、第四幕,则丰富地表现了他的善于吸取教训、听从忠言,为了复仇而刻苦努力的顽强意志,首尾一贯地从坚忍不屈的特征中显示了他的性格力量。着重地从忍中表现他的不能忍、不可忍,像第四幕的长篇抒情独白,就非常富有光彩地描绘了他的矛盾的精神状态和在矛盾中发展着的性格,拂去了某些史书上的过分渲染卑屈的灰尘,使他的历史形象更加鲜明、更加真实可信了。但是,《胆剑篇》中的勾践,又很鲜明地显示出他是一个统治阶级的英雄,剧作者是有分寸地在他所处的典型环境里刻画他的性格的。勾践曾经吸取了失败的教训而听纳忠言,可是,当苦成的讽谏伤害了他的君王"尊严"时,他也要怒其"无礼",命令卫士去抓苦成——"一个百姓竟然说我没有骨气,这真是难以耐下啊!"就是对于他的忠心能干的臣子范蠡和文种,他也时常怀着警惕和敌意。《胆剑篇》体察入微地描绘了他这种心理矛盾。作为一个王国的统治者,他并不满意范蠡、文种的过分能干。耿直的文种往往使他感到"不驯顺",机警的范蠡也时常使他有"难驾驭,不能长居人下"的感慨。这就清楚地表现了他毕竟是一个君王,和苦成固然不同,和范蠡、文种也有很大距离,他只是"在患难中才有容人之量啊!"写勾践夫妇的耕织,也是有分寸地表现了它最终的目的,无非为了利用人民努力发展生产、富强越国。当然,在客观上也是符合越国人民利益的,就比较确切地反映了当时条件下的历史面目。我以为,勾践性格的使人不够满足之处,倒不是像其他作品那样过分美化了古代统治者的问题,而是对他的个人作为还表现得不足。史实上的勾践,虽然以听纳忠言取得了复仇称霸的胜利,但是,听纳意见,分辨是非,作出判断,身体力行,卧薪悬胆,这却是勾践自己的努力、自己的作为。《胆剑篇》太着重于前者的描写,而没有很好地突出后者,这就不能不对这个处于戏剧情节中心的形象和性格的表现有所削弱。

《胆剑篇》中的其他一些历史人物的形象,像夫差、伯嚭、文种,也是塑造得比较成功的。特别是朴实的文种,活画出一个接近人民的沉默有力的性格,和机智的范蠡恰好是鲜明的对照。在虚构的人民群众的形象中间,像无霸、鸟雍、黑肩,也还是写得有声有色的,他们都是活跃在戏剧情节的中心,而不像有些戏那样,创造古代人民的形象总像是硬贴上去的。最突出的自然是苦成老人的形象。苦成这个名字,见之于史实,本来是越国有名的五大夫之一。他的明志自述里有这样的话:"发君之令,明君之德,穷与俱厄,进与俱霸,统烦理乱;使民知分,臣之事也。"看来是一个管理民政的官吏。剧作者大概是从"苦成"二字上顾名思义,用它来创造一个越国人民的代表形象的。作者在这个人物身上所花的笔墨甚至是超过文种、范蠡的,多方面地刻画了他的英雄性格和富于智慧的精神面貌。作者也是从大禹的精神里照耀出这个古代人民的英雄形象,并且在他的形象里集中体现了《胆剑篇》的主题——悬胆持剑,艰苦奋斗,同仇敌忾,英勇不屈。冒着吴兵的刀剑把烧焦了的稻穗献给勾践的是他,拔下夫差的镇越宝剑的是他,宁可饿死不吃吴米,大胆地责备勾践没有骨气的是他,献辟荒兴农复国良策的是他,献苦胆要勾践自励的也是他,最后这个老人是为了保住复仇的刀剑挺身而出壮烈殉国了。就这个艺术形象来看,它确实是概括地表现了越国人民的顽强不屈的性格,虽非史实所载,在当时的越国人民中间,是有虚构这样一个人物的生活基础的。只是作者在他的身上集中了过多的重要的行动,因而,使得这个人物未免过分地理想化,而相对地压低了勾践、范蠡、文种形象的作用。在群众的代表人物中,作者还着重地描写了一个挺身救难而被掳走成为夫差王妃的西村施姑娘,使人很容易就联想到她是史实上的西施的翻案的形象。这个翻案的艺术处理是比较巧妙的,它既脱出了"美人计"的窠臼,又写出了她的爱国行为。但是,这个翻案还不能说是成功的,因为她的形象和整个戏剧情节的构成没有取得内在必然联系。当然,从不足为训的"美人计"的传说来看,是可以重写一下这个人物(梁辰鱼的《浣纱记》有过翻案的写法,虽然没有

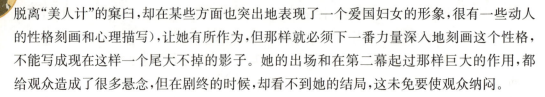

脱离"美人计"的窠臼,却在某些方面也突出地表现了一个爱国妇女的形象,很有一些动人的性格刻画和心理描写),让她有所作为,但那样就必须下一番力量深入地刻画这个性格,不能写成现在这样一个尾大不掉的影子。她的出场和在第二幕起过那样巨大的作用,都给观众造成了很多悬念,但在剧终的时候,却看不到她的结局,这未免要使观众纳闷。

作为一个文学剧本,《胆剑篇》的成功,也不能不归功于有些场面里的铿锵有力、富有诗情的对白,像第一幕范蠡和伍子胥的对白,勾践和夫差的对白,第四幕里苦成和勾践的抒情独白,它们是那样的感情充沛而又富于表现力!我不知道它的演出效果如何,它却使文学剧本的读者得到了一次很好的艺术享受,这在我们的戏剧创作中特别是在话剧创作中,应该说不是能经常得到的东西。而且可以看出,作者所运用的语言很富有时代的特色,其结构、规律、表达思想的形式,都接近于他所描绘的历史生活和历史人物的特点,对于历史剧创作来说,这真是作者的独到的功力。

对于《胆剑篇》,我虽也有一些不满足之处,但它所给予读者和观众的东西,却毫无疑问是目前戏剧创作中很少能达到的。(我们热烈地期待着它在舞台剧的演出中,能够得到导演和演员的更丰富的创造),就从历史剧创作的这种角度看,它也是取得了独创的成就,很值得人们来讨论研究。譬如说在有关历史剧和故事剧的分法里,《胆剑篇》究竟算做历史剧还是故事剧呢?说它是历史剧,它的情节——事实——却是剧作者重新组织和创造的;说它是故事剧,它又有这段历史生活的基本面貌,反映了这个历史事件的基本精神。我想《胆剑篇》至少提供了这样一个例证——即历史剧和故事剧的这种划分方法,在创作实践上恐怕是难以行得通的,因为每一个反映历史生活的戏,都必须在历史真实的基础上进行创作,而作为艺术品,它又必然允许艺术上的虚构,没有故事情节和艺术形象的虚构,也就不会有戏,因而,把历史剧的"历史性"和"故事性"——即历史的真实性和艺术上的虚构和创造完全对立起来,就未必是确当的了。

《人民日报》1961 年 9 月 6 日

弦外音响

——略论《胆剑篇》的两场戏

邱　扬

平日读到嵇康诗"目送归鸿,手挥五弦"的时候,总会想象起弹琴的人民眼睨云汉,信手任挥洒的舒展境象。作为一种比喻,也常常把这去形容精到的艺术品所给予的那种从容不迫的感觉。然而我又在想,如果真的有人听到过像嵇康所描绘的那样一位有造诣的抚琴家的弹奏的话,那么,从清冷的弦音当中,一定会感到秋空苍远雁鸣云间的肃杀景象。因为,正是由于创作者和嵇康同诗所说有着"游心泰玄"的广阔胸襟,把广泛的认识和联想,集中在一个具体的细部描绘上,才有可能使得万里长空的情境,得能从容地集汇于腕底。弦外音响得来原非易易。

最近,读曹禺同志等创作的《胆剑篇》,就很有几场戏,给予自己这种聆之欲绝思之无穷的感觉。在这篇东西中,我只想约略探索一下第一幕和第五幕勾践和夫差两个主要对手见面的两场戏。

几次读剧本,我都在想:曹禺同志的这部新作,正如他过去的作品一样,颇不一般化地刻画了几个特异的性格。离开了像勾践、夫差、伯嚭、伍子胥、范蠡……几个有血有肉的独特性格,就颇不容易理解和咀嚼戏里那种奇峰突起变化开阖的巨大戏剧冲突的产生和解决,看起来像是只有这样的性格才有可能做出这样一些事情,然而,性格的描绘不是为了炫奇,戏剧作品中的人物性格,总是在和人物衷心的愿望相联系起来的一些性格才会真的发出光彩;另外,强调戏剧冲突的巨大,也并不是把戏剧的偶然性强调到绝对化的地步,情节的巧合和局面的紧张,总是要符合着事物发展的必然规律时,才会使人信服。这出戏里,几个性格之所以那样可信地制约和决定着场上戏剧冲突的发展,正是由于在眼前舞台上能见的性格展示中,可以使人很自然地联想起在台后、在其他更广阔的天地里,吴、越双方整个战局的变化和发展。也可以这样说,只有这样的一些事情,才有可能衬出这样一些性格来。这样说,是不是过分了呢? 我想,只消稍稍注意一下剧本,就可以看得出,如果作者不是对于当时当地吴越双方在军事上、在各自的联盟的组成或解体上的通盘情况,先烂然于胸中,那么,几个有血有肉的生动性格,许多硬碰硬的尖锐戏剧冲突、字字有骨头的响亮舞台语言不可能那样使人震动;另一方面,也正因为作者牢牢地握住了刻画性格这一创作特色,琢句炼字,不放松哪怕是一个眼神、一个细微的动作的细致刻划,使得整个舞台上,发生的每一个细小的变化都具有很强烈的吸引力,使得观众愿意听、喜欢看,进而和人物(不管他是吴国的还是越国的)同忧喜共张弛,结果是很具体也很生动地感受到了吴越双方在这场政治斗争中之所以会兴亡盛衰的巨大内容,而且,举重若轻,从容自在。

这正是曹禺同志创作中一个很触目的特色,看这两场戏,不由得不联想起他在《雷雨》第二幕中,同样卓越的艺术处理。在那一幕戏里,人物的关系错综复杂极了:周朴园怀着多少是真实的悔疚,在自己的客厅里重逢了三十年前遗弃过的鲁侍萍,一腔愤懑的侍萍,在这里看到了他也看到和他走着同样道路的亲生儿子周萍;想到了自己已逝的悲惨命运,更怵然于自己的女儿四凤也踏上这条险途。周萍为了保卫父亲的体面,打了自己的同母兄弟鲁大海;大海为了工人的利益勇敢地反击和揭露着曾是自己父亲的周朴园。诸种复杂的社会力量和道德观念又使得深知内情的周朴园和侍萍不能揭开这些真相。在这场戏里,复杂的亲子关系,复杂的情感纠葛都为人物性格的展示提供着无限丰富的基础,也制约着场上冲突的进行。然而,看到最后,真正决定着场上的纠葛的仍是最本质的事物——阶级的、不可调和的斗争。但这结论来得又不是那么简单直接,性格的描绘越具体,本质的事物揭发的也就越有力,人们看到了一场怵目惊心的好戏,同时也领会了一次严峻深刻的阶级斗争。正如嵇康所描绘的那境象:弦音泠泠,但气象无穷,神态从容但构思严苦。惟其是以无尽之思汇于一点,遂可使一弦微响激发全局。

戏,是要如此写法。《胆剑篇》也正是这种写法。

历史戏,特别像卧薪尝胆这样有名的历史故事,不写其代表人物勾践,难;写勾践不写其对立的夫差,更难。但是,历史的进程从其本质上讲,从来都不全然决定于个别领导人物的作用,因此,这出戏不可能不写到双方有生力量特别是人民群众战斗意旨的复杂对比和变化,从戏要集中精练的要求上来看,这就更不易。然而,甲兵在胸的作者,就有本事在特定性格背后竖起一片锐利的戈矛,让舞台上的唇枪舌剑之中,具有了真正的硝烟炮火之气。

第一幕,在吴是乘攻鲁、陈、楚三国的余威,兵临越国城下;在越是王俘将死,国破家亡。胜败的局面已经大定,再起波澜确实很难了。但是作者在描写夫差、勾践以及双方谋士们的性格时,却让他们具有了与这种胜负局面的表象并不完全协调的精神状态:胜者夫差,有着使局面缓和下来的宽容表示,而败者勾践却有着使局面更为僵持的强硬态度。这并不是那种故意化简单为复杂、欲擒故纵的老技法所能说明的,这首先是准确地剖析了人物在当时当地的心理状态以及他们对未来局面分析和估计的结果,也是着手于局部,着眼于整体的结果。试着具体分析一下。

先讲点多少像是题外的话。从史料上讲,今天吴之灭越是昔年越之攻吴的结果,有的同志据此指出,躲开了所谓"春秋无义战"的难关是作者的成就之一,但我总觉得,戏获有成就并不是仅仅由于"躲开"这重难关的结果。因为,从戏所要阐述的卧薪尝胆发愤图强这一主题来说,过分地着眼战争的正义与非正义性质,必要性是不是那么大是颇可研究的。并不是说写这样的历史戏可以不讲是非,而是说,重要的不在于研讨吴越互相战伐的历史中正义究竟属于哪一方的问题,而在于在战斗经历了一个阶段之后,战败者的越国如何取得教训最后终于战胜昔年的胜者吴国这一内容。因之,除却从正面很着力地刻画了生聚教训的许多动人境象而外,单就吴越双方的关系的描写来说,与其说是作者"躲开"了一重难关,毋宁说作者是积极地刻画了一种比战伐是非要更宽广深刻些的思想,充实了吴越间的斗争。这就是剧中常提起的"一时强弱在于力,千古胜负在于理"这层意思。这并不是把这场战斗抽象化了,而是说,基于上述的这种创作构思,作者赋予他的人物以颇不一般化的性格,让这些很具体的性格冲突演绎出一大片道理来。

首先是夫差。作者强调了或者说赋予了他性格中一个主导的因素——要成为中原的霸主。这一点是贯穿于他从第一幕到五幕二三十年的时光当中的,性格中的其他因素都是围绕着这个主导的因素发展变化着。第一幕中他与勾践见面的戏那样具有波澜,也正是这种性格的呈现。他赦免了勾践,不杀他,而且保其宗庙社稷。多少知道一些吴之灭越是为了报父仇的人,就会看得出这是一件多么不平常的行为。而这"不平常"恰好正是夫差在攻越这场战伐中所企图获得的主要政治资本。因为这位还没成为霸主已经追慕模拟霸主德威的野心家,正准备把活着的勾践作为宣扬自己武功仁义二者兼备的标本。这一点作者在他上场不久的独白中,就让他自己说了个彻底明白:

……夫差将是四海的霸主;一个四海的霸主应该既有军威,也有仁义,我要天下人知道我能严能宽,能收能放,能擒能纵,能暴能忍,不杀勾践却灭了越国,行了仁义!……

而且,为了使这种得意之感能发挥到连夫差自己都要因为自己的伟大而战栗的地步,紧接着又让他在指名道姓地点齐了越国君臣之后,亲自宣布了一遍。观众不能不随着这位年轻的枭雄一道,感受他那种俨然已经是霸主的自我感觉。戏剧的波澜已经和这个"不平常"的性格一齐被观众接受下来了。然而,夫差遇到的却是一位也许是更加"不平常"的亢龙——勾践。

也许是羞愧于败于昔年的手下败将,也许是悔痛于没有及早地接纳忠言,也许是感到山河破碎前途茫然……勾践一上来,就表现出了宁死不屈,甚至是急于求死的神情。夫差那种夹杂着无情嘲笑的宽容,使得勾践更加加强了急于求死以求免辱的心理,因而一上来就没说软话,相反一不做二不休地把夫差的底给挖了个透。观众对这位战败者的不屈表现,感到可同情可尊敬的同时,也进而巡视了人物的性格,经历了他的苦恼。

胜者不骄,败者不馁,在交战者的一方说来是好的战斗品质,但从吴越这样两个具体的交战双方说来,却不是好兆头:不骄的胜者为的是更彻底地战胜对方;不馁的败者却是为着更彻底地走向败亡——死。两位主将的态度是如此的不平常,已经可以构成很热闹的戏剧冲突了。然而,作者的精深处也正在这里:围绕着这两个主要性格,作者让他们和各自谋臣们的性格之间又产生了一系列复杂的矛盾,因而又带起了一串错综的人物关系。这关系不但制约眼前局面,也影响着二十几年以后的局面。

在吴一方面,要宽容的夫差,面对的主要反对者是他的主将伍子胥,反对者的意见是正确的,这一点观众也相信夫差是知道的。但是,这里也存在着另一个赞同者伯嚭,却使得情况复杂了起来。由于受了越国的贿赂,由于怀有对伍子胥的忌妒之心,伯嚭一直在强调应该赦免越王,这种意见的由来,其中不无可疑的蛛丝马迹,聪明雄猜如夫差,也是知道的。但是,由于伍子胥总是倨傲地宣传自己是立夫差为太子的老臣,使得以霸主自居的夫差深深地受了伤害,简直不能冷静地吸收他的意见;由于伯嚭创造出一整套似是而非的羁縻理论,恰好满足了夫差企图达到的"不平常"的政治效果,因而不动声色地原谅了他的贪财好货。就这样,有可能正确的反面意见,和有可能强词夺理的赞同意见,就都在夫差渴望能够成为而且也坚信能够成为中原霸主的衷心愿望面前,遭到了不相称的命运。一切都是"合理的反常",这就是作者所勾勒的吴国君臣们的主要精神面貌。

在越的一方面,不想活的勾践,在其谋臣内部也遇到两种意见:老年而不大成材的泄皋出于大约是光棍不吃眼前亏或知足者常乐的思想,奉劝勾践向夫差谢恩,不希望他如此强项,其结果却是必然增加勾践在当时所无法忍受的屈辱之感,有可能加速勾践不欲生的念头。另方面,分析过敌人,也向敌人做过一定工作的范蠡却不是如此的,他没有正面地劝阻勾践的强硬表示,而是沿着勾践造成的僵持局面,进一步地指出吴国的不守信用,话是讲给夫差听的,真正的作用却在于提醒勾践更冷静地估计眼前形势,估计到越国的贿赂(一定意义上这也是战斗)在敌人内部所起的分化作用,话讲得虽然硬,却可以使夫差想起自己要做霸主的舆论需要,为勾践的处境打开了僵局。

就这样,双方的矛盾,从一开始就处于一种十分尖锐,但双方内部意见又颇不统一的复杂状况底下,剑拔弩张,但就是引而不发。就在这么一场戏中,写了制约矛盾发展的生动的人物性格,写了构成这些性格的历史因素,也写了作者所一再强调的"一时强弱在于力、千古胜负在于理"在双方不同的君臣关系中的反映,从而很自然地照应了主题。但是作者是并不满足于只介绍这样几个生动的性格的,为了使这场纠葛能够建基于更踏实的现实斗争的基础之上,为了使这场纠葛能够更本质地反映历史,作者在正视性格矛盾并毫不迟疑地把它推向顶点的同时,把解决矛盾的钥匙交给了真正有力的强者——未出场的五千越军。

这一锤是在铁烧得通红透亮的关键当口打下去的。

实际上是刚愎偏狭的夫差,对勾践的宽容有其极限:骨子里不服气的勾践,抵死也想要在是非上和夫差一争高下。硬碰硬的结果,产生了这样一种看来是无可挽回的局面。

夫差:(愤怒地)拉下去,一起给我砍了!

不错,如前所说,在这个千钧一发的时机里,写了不畏豪横的范蠡,也含蓄地交代了受贿的伯嚭的暧昧态度,夫差为了显示宽大,一时也为之稍霁,但是,光是范蠡和伯嚭的只言片语,能否扭转这么重大的局面,连在场的人物也未必有绝对的信心。而且,这个场面的戏剧性太强了,搞得不好,会使观众在由极度的紧张急转为松弛的情节发展中,反而察觉出其中斧的痕迹,有可能对这场冲突的可信性产生动摇。然而作家的本事也就在这里,紧接着夫差的略示宏大——

伯嚭:(走进夫差低声)启禀大王,那五千越兵并没有截住,他们又杀出重围,
引兵南去了,勾践的性命还是保存下来好啊!

行空天马落地食草,观众也不能不和夫差同时仔细地掂掂分量! 也只有这个严酷的现实,才能真正挽回眼前的这一片危局,让夫差不得不又气又恨地拔剑砍石,发作了一阵无抵于事的脾气之后,悻悻而去! 性格的冲突、尖锐的戏剧性情节,一下都因而具备了十

分合乎逻辑的坚实内容。大哉五千越军！在作者的笔下，虽然没见你们出面，但观众是多么清楚地看到你们浴血苦战的英雄姿态，听到你们的厮杀叫喊啊！而且，又来得多么是时候啊！

这不是神来之笔，正像《雷雨》中那根走火的电线一样，这五千越军的行踪，从幕一拉开就通过吴越双方反复交代过；范蠡曾为之镇定、百姓曾为之鼓舞、子胥为之获遣、夫差为之丧气。层层的铺叙，为的就是让最后的这一击迸出火花，而从这火花中又清楚照亮了前边那许多铺叙是多么必要。

《雷雨》那根电线，解决的是当时不可能解决的一个矛盾，多少带给人一些生理的震动，让偶然结束了必然。然而这里却不然了，他是让人在激越的顶点留住了脚步，清醒下来，让必然充实了偶然。

如果说第一幕夫差和勾践的会面，像是火链碰上了火石，虽然石火电光耀人眼目，但终究可以看到其极限的话，那么，第五幕却不然了，这像是两座相邻的火山，久矣夫它们已经不再爆发了，如今在一种合适的气候底下，它们各自冒出了一点看似轻柔的暖气，互相试探、游嬉，然而明眼人自会看出，这却正是一腔烈烈的岩浆即将喷薄欲出的先兆。那暖气愈是轻柔，愈见其内蕴的饱满炽烈。

二十几年的光阴非短，勾践度过了艰难，夫差却也不易；一个求复国，一个图霸业，愈是接近自己毕生梦寐以求的愿望，就愈显示他们在性格上的变化。昔年由于自信而宽容的夫差，开始流露出疑惧和偏狭的本性；昔年由于绝望而拼死的勾践，如今一变而为阴柔恭顺的面貌。然而，表面上的变化恰好是更加深刻地反映了他们所要隐藏的热烈愿望。这已经不是二十年前两个青年的君主以力取胜的肉搏对垒，而是两个成熟的、经过磨炼的政治家考验策略考验耐心的攻心之战。在这次实际上是吴越决胜负的最后一次会面中，谁表现得最有克制，愈能说明谁最有把握，在具体的接触上，谦虚是为了窥敌破绽死命突击；礼让是为了引敌先发攻其弱处，煦煦和气恰是为了遮掩重重杀机。

而时间，则是勾践和夫差两个复杂性格的一副重要显影剂。

还是先从夫差说起。二十几年的征伐，才得到四国诸侯黄池等候的会盟称霸机会。会盟日期在他已经成了毕生中一个神圣的时刻，绝对地不能更易。另外，惟其得来十分不易，所以容不得别人的一点点微词。由于有了第一幕充分的铺叙，观众对于他这一愿望的势必达到是十分相信的。也正因为充分地估计了这一心理因素，作者在这里设下一个乍看起来十分奇特的情节安排：就在会盟之前，正需要充分保持自己实力的时候，夫差却杀了自己的宰辅大臣伍子胥。这是一场令人激动的好戏，性格的冲突发展到了极致，然而这场冲突之所以可信，正像在第一幕中我们曾经见识过的手法一样，作者同样是把它植根于吴、越双方实力斗争之上。因之，性格的冲突越引人，也就越益能使人察觉出双方实力的对比和变化。

我总在想，在《胆剑篇》所描写的具体情境中，伍子胥的性格描绘最有意思。从吴、越双方的对垒来说，观众无疑同情的是越国；在吴国内部的矛盾中，观众却总不自主地同情伍子胥——然而也正是他，是坚决地主张杀勾践灭越国的代表人物。这笔账像是不好算，但是,作者正是充分地利用伍子胥的这种特殊地位,让他在吴越兴亡的关键性问题上,发挥了作用。一定意义上,伍子胥无妨说是夫差血的祭坛上越王勾践的替罪羊。第一幕中伍的获遣是因为他对勾践的态度不符合夫差在当时当地的具体政策要求,这一点前边提过了,第五幕中伍的伏剑也无妨解释为是因为夫差欲杀勾践而不得的结果。从表面的因果看来,夫差赐伍死,是因为后者顽强地阻止他北上会盟;导火线是伍把自己的儿子寄养在对吴不友好的齐国,从而显示了伍的不忠诚。但,这件事并不是等到伯嚭提醒后夫差才知道,多少年来夫差就知道这件事,何以偏偏到今天才发作? 何以到了会盟的前夜处以这样严酷的刑罚? 本质的原因在于夫差看到了越国的强大和不逊,虽然夫差自己力持镇静以为越国不过尔尔,难成大事,然而,目睹"镇越神剑"徒余一道砍痕,大江上下尽是越国的艨艟战舰,夫差知道这步棋是走大意了。就这一点而言,他和伍子胥之间,意见其实是一致的。尽管如此,但是精锐之师俱已北调,即施挞伐已经莫及,夫差恨勾践可以说是达到了极点。但是,伍的意见又是那么绝对,不但解决不了目前的危局,又要牺牲图霸的大业,这是夫差怎么都不肯走的一招,为了求取指挥机关的步调一致,为了杜绝可能发生的叛变,为了便于对越国再施最后一次的绝对策略性的羁縻,以求彻底消灭之,夫差把对勾践的一腔怒火全都撒在伍子胥头上。伍的死,实际上是替夫差的灭越祭了刀,换取来的是时间——会盟称霸的时间,称霸之后挥兵南下一举灭越的时间。

由此可以看出,作者把这场戏安排在二王会面之前,无论对于夫差、子胥等人的性格介绍来说,无论对于从旁勾勒吴越双方的斗争来说,都是个多么有力的照应。

从勾践来说,二十年来生聚教训的情境,观众在第三、四幕中是已经看到的了。在面临决战的现在,所谓灭吴三策(结连齐、晋;乘虚进兵;海道攻吴)哪一样也离不开时间,正如文种劝告勾践的"时机微妙,越国的生死安危在于呼吸之间",如何把夫差好好哄弄走了,不能不是勾践所要全力以赴的艰巨任务,因之,愈示虚恭则杀机愈切。

表面上的松散,这就是作者为吴越双方君王会猎这个刀光剑影的紧张局面,所选取的不平凡的色调。

果然是一见面就显示了这种颇不一般的"平静":

勾践:臣等避居海滨,蒙大王不弃,亲来下国会猎,不胜惶恐。

夫差:(语意深长地)姑苏一别二十年了。

勾践:勾践获释返国,一直战战兢兢奉侍大王,不敢怠慢。

夫差:你不忘本就好,吴越一水之隔,朝发可以夕至啊!

双方都了解对方的心思,都没说真话,但话里都有骨头,谁也没有让谁,同时也都暗暗怀着一定的相互敬佩之感,增加了警惕。写到这里,我愿意介绍一下演出中在这里的一个精彩的细节处理,我觉得这是能够道出神髓的:两个人在说这几句话的时候,互相先看看自己的胡须,而后互相对视着呵呵地笑了起来……弦外音响,冷然可闻,带有多大的刀兵气啊!

最近,大家都十分讲求艺术作品的含蓄,这个会面,该是够含蓄的了,但是,含蓄从来都不等于含糊,作者并不停止于这个外弛内张的静止局面,就在这个调上,作者迅速地把这不明朗的局面推向它的反面：紧跟着就让夫差提出了要勾践的女儿为质，一下子打破了这个表面上的平静，突出了几个隐藏着的真实性格：夫差要显颜色了，讲斥头了；勾践开始忍耐不住了，要发火了。一个逼了上来，一个尽可能地退了下去，哪里是尽头，哪里就是一场厮杀的开始。这里最值得称道的是作者把这一切复杂而又尖锐的内心冲突，都归结在一件视而能见的道具上表现了出来——那支折断了的玉圭。

戏，讲究线索清楚，精彩的道具往往就是那引线的针，这道理作者自然是深知而巧用的。就在这出戏里，像贯串着吴越兴亡的"镇越神剑"；像直接地阐发着主题的苦胆；像纪念着历史的烧焦了的稻禾等，作者都充分地发挥了道具的效能。然而，串连起一台戏，剖析着许多人的心的，我仍愿推崇这支玉圭。

夫差要季婴为质，醉翁之意原是要激起勾践的反抗，以便借机杀之，这个是双方都心里明白的。最初是勾践一震，夫人撑不住了，被勾践劝住；接着又逼紧一步，"今天就要带走！"文种也撑不住了，又被勾践劝住；夫差的策略好像没有达到，然而就在这时，勾践手中的玉圭断了。这个突如其来的动作，一下子就泄露了勾践心中燃烧的怒火有多么强烈。且不言这一笔写得多么遒劲，多么简而启人深思。好处还在于通过这件事作者又勾勒了另一个重要的性格——伯嚭。勾践这个明显的愤怒表示，是伯嚭首先发现的。在这种情境下，提醒这么件包藏祸心的事情，自然难于再说伯嚭仍然像过去那样，是在掩护勾践了，然而为什么这个一向受贿于越、为勾践一直打圆场的伯嚭，突然变得对夫差忠心耿耿起来？这里不能不使人联想起一个很重要的因素：伍子胥死了。伍的死大半由于伯嚭的进谗，这一点观众是看到了的，但，他的这种行为是不是只是为了争宠呢？伍未死之前大约是如此，但是伍的惨死却不能不使伯嚭怵目惊心，不能不尽快地做些能够表现自己忠贞的事情，以在夫差前洗刷自己过去对越国君臣的包庇。因之，指出玉圭断了这件行为，与其说是表现了伯嚭对夫差的忠实与靠拢，反而不如说这正是吴国君臣间彼此怀有戒心更以功利相待的一个说明。也许这解释太穿凿了些，但是对照伯嚭一向的行为来看，这个行为中的含义绝不像表面上那么易知。这位一向贪财好货为吴家掘墓的太宰公，什么坏事都作了。单单在这个时候变得忠心耿耿起来，这是为了什么呢？

我并不是过分热衷于伯嚭的心理分析，而是想说明，只是这么一支玉圭，不但把隐藏在平静的表面下边一片不平静的真实给揭发出来了，而且一石二鸟，又借此把吴家君臣间相处以利害的不稳妥关系，描了一笔，而且在这个当口，描这么一笔，远不只是为了介绍，事实上，胜负之理已见端倪，玉圭折断的响声，已打响了越胜吴负的第一枪！

这些场面自然是吸引人的，但是作者仍旧不以这些表面上紧张的情节所满足，也依然严冷地按照事物发展的逻辑，把矛盾推向顶点；为着强迫征用战船的事，吴越之间谈僵了，勾践明白地表示出了如果要打愿意奉陪的不屈态度，弓不但拉得很满，而且也让人听到了弓弦即将迸裂的响声。然而就在这一场武戏文唱即将转入开打的时候，作者从容地将弓又松下来：王孙雄持简来报，齐晋已发兵攻吴。陡然之间站在夫差面前的勾践已经不再是孤孤零零的一个人，而是有着上万同盟军的一方统帅，夫差不得不面色惨变，拔营而去。引人入胜的性格冲突、尖锐的情节，依然是一下子归结到能够彻底地说服人的现实斗争中来,让观众从合乎逻辑的结论中,反回头来再去咀嚼前边那些戏剧性极强的冲突中,内涵的必然规律。而且,同样地为事先有照应,这结论出现得也并不突兀。

铺叙和照应原是写戏常用的技法,但是如何使得预先的铺叙在绝对需要的场合发挥作用,把场上许多偶然性的斗争组合成为必然性的结论,所谓把好钢用在刀刃上,却要看作者手段的高下了。夫差和勾践会面的两场戏正好可以说明作者的功力。若非成竹在胸,哪能如此目无全牛?

《胆剑篇》值得学习的地方,自然远不止这两场戏,这两场戏的好处也远不止我所体会到的这几点,然而我之愿意多从这两场戏上叙说着,是因为这使我重温了曹禺同志的一个教益:写戏不要浅尝辄止。我体会,浅的对立面是深;止的对立面是动。只有更广更深地研究了生活、研究了历史、研究了斗争的诸方面的复杂因素,才有可能把广泛的本质斗争组织到具体的戏剧冲突和性格冲突中来,只有充分地让许多活着的情境在脑子中动作起来,才有可能获得含蓄隽永的场面,离开了这,陡自去追求紧张或者含蓄,即或有所得也必然是浅陋的。

真是:若非神游泰玄,哪里会弦底有秋空雁鸣!

《文汇报》1961 年 12 月 7 日

关于历史和历史剧(节录)

茅　盾

　　最后,我打算谈谈我对于《胆剑篇》的意见。这个作品,在所有的以卧薪尝胆为题材的剧本中,不但最后出,而且也是唯一的话剧。作为最后的一部,它总结它以前的一些剧本的编写经验而提高了一步。这就是我认为值得提出来专门谈一谈的缘故。

　　许多剧本对于吴越战争的性质分析不深,而且避免提出"复仇"的号召;为什么对越国报会稽之仇的事实不敢响响亮亮地讲出来呢?我没有听到谁公开地说过理由何在。但是弦外之音是这样的:为美帝起用的西德希特勒余孽正在以复仇主义号召西德人民企图发动第三次世界大战,日本的死硬反动派也有同样的心事,而为了这个古为今用的历史故事不至于同这些复仇主义发生混淆,最好能避免这个战争的复仇性质。其所以会有这种顾虑,由于不熟悉历史,不知道檇李之战以前,越国一向为吴国所侵凌,成为吴国的附属国,檇李之战使越国暂时摆脱了臣属的屈辱地位,然而不旋踵,吴国(这回是夫差当国)又以重兵侵越,此时勾践沉不住气,不听范蠡之谏,仓促应战,夫椒一仗,越兵大败,仅能以甲士五千人栖于会稽。此后,为了复仇,勾践忍辱入臣于吴,三年而归,发愤图强,埋首苦干,自力更生,二十年乃得报会稽之耻,复为独立自主的国家。这样的战争,在勾践是复仇,在越国人民就是解放战争,与西德的复仇主义风马牛不相及。这样的复仇战争的旗号是可以堂堂正正挑出来的。有些剧本不明此中前因后果,从字面上忌讳"复仇"二字,可又要替勾践找个堂而皇之的题目,于是乎就把勾践装扮成现代的殖民地解放战争的民族英雄;而另外一些剧本走了对面,把勾践在当时的历史条件下一个小国的有为之主所能起的作用完全抹杀,把它写成了意志薄弱的无能之人,什么都是人民在推动他,在教导他,越国人民好像是在直接当家作主了,他们领导了(不仅在思想上,而且也在行动上)勾践,过犹不及,两者都进退失据。《胆剑篇》在这一点上,纠正了过与不及,越勾践的话就说得响亮,情绪就格外沉痛。这个人物性格的刻画,我以为是成功的;他确是春秋末期(越国当时还在奴隶阶段)的一个有为之主,分寸恰当。虽然写他自己没有提出什么惊人的计划,他只是善用他人之所长,从善如流,然而领导越国复兴的,确是他。这是符合于当时历史事实的。

　　夫差在一般剧本中都以昏君(而且是一般化了的昏君)面目出现。这个昏君像个傻瓜,完全听伯嚭摆布,而伯嚭也是个一般化了的奸臣,贪财、害人、好色,活像个小地主(还不是大地主),一点大臣的风度也没有。这样太丑化了夫差和伯嚭,大概想造成强烈的对照,衬出勾践君臣的英明能干。但效果适得其反,读者会觉得奇怪:对付这样腐化、无道、

《家》与其他作品

研究资料

无能的对手,也要花二十年的时间么?更不用说,这是歪曲了历史人物的真面目的,而歪曲了历史人物的面目,也就歪曲了历史。《胆剑篇》在这一点上也能吸取众多的经验,而作出恰当的结论。夫差和伯嚭就不是舞台上常见的一般花脸,而是有个性的人物;他们不是没有能耐的人,但是他们所走的路是一条死路,所以终于不能免于死亡。范蠡的个性也很鲜明,但相形之下,文种稍觉逊色。

有些剧本没有西施,原因是不愿写美人计,同时又觉得不写美人计,则西施没有戏了,不如干脆不要这个传说中的人物。有一个京剧有西施,但不是受命到吴宫做反间,而是她心向祖国,在吴宫时留心越事,当机会到来时她救了入质于吴的越国太子夷舆。(查越国世子入质于吴,不见于先秦典籍,亦不见于《史记》,仅见于后出之《吴越春秋》与《越绝书》,一作“与夷”,舆,与形近而讹。)《胆剑篇》也许从这里得到启发,它写西施当吴兵攻入会稽时被掳,后进吴宫,为夫差所宠幸,在勾践入臣之第三年,西施得知,由于伍子胥力争,夫差要斩勾践夫妇,于是西施冒险至勾践被囚之石室见勾践夫人,告以情况,并以偷来的出关金符授勾践夫人,唤壮士无霸(越国壮士,此时随文种聘吴,文种是来运动伯嚭使为释放勾践在夫差面前说好话的),保卫勾践等脱险,勾践心动不决,但范蠡以为不可,勾践从之;此时夫差听伯嚭之言已收回杀勾践的成命,但伍子胥情急走险,私命部将来杀勾践,要以既成事实强加于夫差,西施斥退伍子胥部将,保全了勾践,恰好那时伯嚭也亲自把夫差释放勾践回国的命令带来了。这一场,很富于戏剧性,但尤其值得注意的,是西施的性格是刻画得颇有分寸的;西施是爱国者,是有心人,并且还有胆量,然而究竟只是个西施,她以为窃符使勾践逃出吴国,就有了安全,她只看到一二人之“生”或“死”,没有考虑到越国的复兴和安全。

伍子胥有一个传统的形象,——一条好汉,性情耿直、忠贞不二。我们很难说,这个形象是不是伍子胥的真面目;我们只能说,司马迁为伍子胥专传(管仲未有专传,只与晏婴合传),着力描画了伍子胥的形象,此中虽有司马迁的主观成分,但亦当认为不是完全出于臆撰。后来的许多文学作品中的伍子胥形象大抵不出司马迁《伍子胥列传》的范围。在我们的许多新编《卧薪尝胆》中,伍子胥的形象也还是传统的形象。但也有一二剧本不提伍子胥,或者把伍子胥作为反面人物(扩张主义者)。不提伍子胥,也就是不写吴国统治集团的内部矛盾,而将越国的埋头苦干、自力更生作为剧情发展的唯一主线;这是不符合于历史事实的。把子胥处理为反面人物、扩张主义者,这是很大胆的想法,从我们的观点看来,伍子胥也确是这样一个人物。可是,既然伍子胥是扩张主义者,而夫差当然也是个扩张主义者,两个扩张主义者为什么又发生矛盾呢?伯嚭又是什么“主义”的人呢?历史本来给了我们回答:夫差、伯嚭、子胥三个扩张主义者的对越政策之所以不同,由于前二人从更大的扩张计划(争霸中原)考虑有必要保留勾践一命以羁縻其他小国,而后者只是从眼前的利害着想(参看本文第三章)。许多剧本都没有指出伯嚭与子胥意见分歧的历史背景,把子胥处理为扩张主义者的剧本,也没有指出。这是大多数(或者几乎所有)剧本中的伍子胥形象不能比传统的伍子胥形象更丰富些的原因。《胆剑篇》中的伍子胥却有了新的眉眼。伍子胥的性格在剧本的第一幕和第二幕中写得相当鲜明;这些虚构的事实,可以说是《伍子胥列传》所描画的伍员形象的令人信服的发展。《伍子胥列传》中有两句伍子胥的自白："吾日暮途远，吾故倒行而逆施之。"这是伍子胥的个性，《胆剑篇》关于伍子胥要杀勾践的两个虚构插曲（见于第一、二两幕），正是这种个性的写照。该剧第一幕伍子胥上场时剧作者有这样的说明："他为人精诚廉明，但又专横残暴；倔强忠直，却又骄傲自负，不能忘怀他为吴国立下的丰功伟业。"可见剧作者明白地看到伍子胥性格的复杂性。而这是司马迁以后塑造伍子胥形象的人们未曾看得那样的清楚的。但是可惜，《胆剑篇》不能为伍子胥安排更多的好戏，第五幕的伍子胥就不过尔尔。可以表现伍子胥性格的历史记载还有的是，但是《胆剑篇》的人物太多了，不能不把伍子胥的戏挤掉一些。

人物性格的描写，是《胆剑篇》的优点之一。但是可惜，夫差的性格还稍嫌片面些，虽然已经不把他写成一个糊涂蛋。虚构的人民英雄大都是在当时历史条件下可能产生的，虽然这些英雄人物还缺少个性；苦成的戏不少，也很动人，可是不知为什么，他给我的印象不深，没有特点。也就是说，他的个性不明显。保守分子（或者说是投降主义者、恐吴病者）泄皋也只平平。作者不想强调越国也有多么大的内部矛盾，因而泄皋这个人物，不过聊备一格而已。

剧本的文学语言是十分出色的。它是散文，然而声调铿锵，剧中人物的对白，没有夹杂着我们的新词汇，没有我们的"干部腔"；它很注意不让时代错误的典故、成语滑了出来。特别是写环境，写人物的派头，颇有历史的气氛。

总而言之，《胆剑篇》的真人假事，假人假事，——即凡虚构部分，不论是吴国的内部矛盾，越国的人民力量的代表人物，越国的保守分子，或是越国人民埋头苦干，勾践的与民共甘苦等等，都写得颇有分寸，尽力避免以今变古的毛病。

作者有些地方谨守历史事实的范围，有些地方则对历史事实作了改动，大都是为了取得更大的戏剧效果，然而也有一二处的改动，我以为不必要，或者效果适得其反，请毕其说，以供参考。

一、勾践之终于得释，作者把栖于会稽而后来又突围南去的五千甲士的活动，作为一个关键，而五千甲士之行动又是范蠡事先策划好的。这是修改了历史，这个假想，同有些剧本把越国人民的不断地武装反抗作为勾践被释放的原因，是相似的，当然这比旧说尝粪，要高明得多。但是，我以为没有必要这样来虚构历史。夫差欲争霸中原，不能不羁縻小国；释放勾践，所以示"信"，所以示"仁"，这正是伍子胥所不了解的，而也正是夫差之所以听信伯嚭。如果这样落笔，指出夫差释放勾践的动机和打算，则既不改动历史，也可以把夫差的性格深化些，同时，伍子胥与伯嚭的矛盾就更有内容，伯嚭的性格也不会一般化了。

二、第五幕改写历史最多。黄池会前，夫差未至会稽，此其一。艾陵战后，伍子胥即赐死（按《史记·伍子胥传》谓：夫差败齐于艾陵之后四年又将伐齐，伍子胥苦谏云云，年代事实都与《左传》《国语》不合，史公有误，应从《左传》《国语》），不应黄池会盟之前夕伍尚健在，此其二。黄池会前，越来与晋、齐有约，且黄池之会主要是玉帛之会，夫差带了兵去是以武力为后盾，争个盟主做做，齐、晋初无用兵之意，此其三。正当黄池盟会之时，越袭吴，俘太子友,而未占吴地,其后三年越兵入吴,战于签泽,吴兵大败,然而围姑苏三年始拔之,乃俘夫差。剧本把七年之事写成了三年,此其四。自然,这些改动,在作者都有目的——加强戏剧性。可是我觉得效果并不太好。我觉得第五幕虽然险笔甚多,有步步急转之观,但是惊险场面多,反落得调子急促,格局狭小,不如前四幕气派恢宏、节奏沉着。同时,这样一改,有一个老大毛病,即虚构之事如齐、晋兴兵伐吴,在当时的历史条件下是不可能的。齐、晋与吴相距千里,当时齐、晋皆以车战,千里袭吴,何能仓促举事,而剧本所写,好像是现代的行军,夫差在姑苏时还不知齐、晋动员,才到会稽就得急报,此虽富于戏剧性,但也损害了历史真实。

三、《胆剑篇》中的描写和叙述不符合历史的,还有不少,例如第一幕写勾践辞庙之时已然是俘虏身份,但据《左传》《国语》和《史记》,则勾践以甲士五千栖于会稽,而命文种求和,提出两个方案让夫差自择其一。这两个方案一是签订和约,保存越国宗社,越国为附属国,年年进贡,而且,为了表示忠诚,勾践将入臣于吴,三年为期;二是夫差如不许和,勾践就将实行焦土抗战,五千甲兵虽不能挽回颓势然而仍可给吴军以重大的杀伤,那时候,夫差所得的将是元气大伤的吴军和一片焦土的越国,越虽残破,吴亦未为得也。于是,现实主义的吴夫差许和纳降。第一幕夫差上场时剧作者介绍夫差有这样的话:"他狡而贪,如他祖父阖闾说的愚而不仁"云云。[1] 祖父阖闾是弄错了。夫差是阖闾的次子,他的哥哥名终累,见《左传》定公六年。同幕夫差台词,"寡人不德,前年用兵攻打鲁国,去年攻打陈国,今年打了楚国;又打越国。"此亦不合史实,夫差未即位时,史书没有记载他攻鲁、攻陈及攻楚;夫差即位后三年伐越,报檇李之仇,此为夫差第一次对外用兵。第二幕说夫差将伐陈,因拟释放勾践返国,使他安抚五千壮士不再抗吴,以解后顾之忧;查夫差第一次伐陈在打败越国那一年的八月,第二次伐陈在其后五年,而勾践入臣于吴三年期满即归,夫差二次伐陈时,勾践早已释放。第三幕中会稽是当时的地名,义乌却又用了后来的地名,不一致。第三幕被离的台词:"前日,夫差大王兴师伐齐,大破齐兵于艾陵"云云,然则第三幕的时间当在周敬王三十六年(公元前484年),但第三幕开头说明时间为第二幕之后四年,第二幕的时间为勾践入臣于吴之第三年,即依剧本则勾践入臣至艾陵会战相距七年,但依历史记载,勾践入臣在周敬王二十六年(公元前494年),下距艾陵之战,整整十年。第四幕勾践台词:"人人执剑,人人扶犁,就在这方圆不满百里的疆土上,也要兴一片腾腾的王气。"(见《人民文学》1961年7—8月号第155页)查第四幕时间,据注明为勾践返国后之七年,此时勾践所统治的,已非方圆百里之地。《国语·越语》上,在叙述勾践入臣于吴后,紧接着说:"勾践之地,南至于句无(韦昭注,今诸暨有句无亭是也)。北至于御儿(韦昭注,今嘉兴语儿乡是也),东至于鄞(韦昭注,今鄞县是电),西至于姑篾(韦昭注,姑篾今太湖是也),广运百里。"其实这块地方广运不止百里。又韦昭谓姑篾即太湖,非是,姑篾(即姑末)当今龙游县境,而且方位在西南,不在西,疑《国语》此处亦有误。《吴越春秋·勾践归国外传第八》记载"吴封地百里于越,东至炭渎(注谓炭渎在会稽县东六十里),西止周宗,南造

---

[1] 见《人民文学》1961年7—8月号第133页。

于山,北薄于海",地向含糊其辞,但《吴越春秋》同篇又载:"吴王闻越王尽心自守……增之以封,东至于勾甬,西至于檇李,南至于姑末,北至于平原(今海盐县),纵横八百余里。"查《归国外传》记载起自勾践七年,迄于勾践九年,然则吴夫差增封越为八百里,当在此三年之内。而剧本则云归国七年尚只百里之地,与《吴越春秋》不合,《吴越春秋》的记载,未必完全可信,但《吴越春秋》所记越国此时的疆界与《国语》所载大体相当,可知勾践归国以后作为复兴根据地的国界实不止百里。

以上所举剧本与历史不合各点,皆无关宏旨。不过,我以为历史剧既应虚构,亦应遵守史实;虚构而外的事实,应尽量遵照历史,不宜随便改动。当然,为了某种目的而有意改动史实,自当别论。如果并无特定目的,对于史实(即使是小节)也还是应当查考核实。因为历史剧的附带目的是给观众以正确的历史知识。历史剧非为传布对历史知识而作,但无论如何,历史剧不应当传布错误的历史知识。

《文学评论》1961 年第 5、6 期

漫谈《胆剑篇》

刘有宽

　　曹禺等同志的《胆剑篇》（载《人民文学》1961年第7、8期合刊号），经过北京人民艺术剧院进行了相当长时间的排练，于国庆节期间和首都观众见面了。这是一出很有意义的戏，它表现了春秋时代"越王勾践，……躬而自苦，任用贤臣，转死为生，以败为成，越伐彊（强）吴，……始微终能以霸"①的故事。近年来，不少剧作者和剧团都在编演这一题材，就我看过的几种剧本和演出，我觉得《胆剑篇》是其中较好的一个。这样的戏，给今天我国的观众看了，无疑是会起到很大的启发和鼓舞作用的。

一

　　剧中有几个主要人物是塑造得很成功的。

　　夫差的性格，在作者的笔下，被刻画得很鲜明；童超同志的表演也体现得好。他自恃强大，野心勃勃，时刻想与当时的晋国争夺霸主的权位；他因胜而骄，刚愎自用，远贤近佞，终于灭亡。这个人物形象，给人印象很深，发人深思，起到了一定的"反面教员"的作用。不过我还觉得，这一人物的出场和死去，倒还可以再描写两笔。剧中，夫差一出场，有几句得意的自白，表述他"将是四海的霸主"。我想，此刻他俘虏了勾践，第一件事按理要想到他的先王阖闾（庐）。《左传》中说，阖闾被勾践战败于檇李，负伤死后，"夫差使人立于庭，苟出入必谓于己曰：'夫差！而（尔）忘越王杀而（尔）父乎？'（按：其实夫差是阖闾之孙。）则对曰：'唯，不敢忘。'三年，乃报越。"此刻，越王勾践已经成了阶下之囚，夫差怀抱三年的复仇之志方酬，岂不要自然而然地觉得一方面可以告慰先王于九泉之下，一方面自己也感到很大的安慰吗？于这种心理活动之上，再进一步想到要称霸中原，不是更加合情合理吗？那样，就可以使舞台上所表现的情节和这段历史以前的头绪衔接起来，从而使熟悉这段历史的人更觉符合史实，不嫌断截；使不熟悉这段历史的人看了也可以增长一点历史知识。并且，于演员的表演创造说来，想必也更便于把握"角色自传"。说到夫差的死，史书中有这样的描述："吴王临欲伏剑顾谓左右曰：'吾生既惭，死亦愧矣！……地下不忍睹忠臣伍子胥，……死必连绵结组以罩吾目；恐其不蔽，愿复重罗……。'"②临死之前，要求把眼睛蒙蔽起来，以示于九泉之下也不愿再见伍子胥，这一情节，倘若变为舞台行动，我想会有助于

---

①　《越绝书·外传本事》。
②　《吴越春秋·夫差内传》。

表现夫差到了此种地步才觉悟、然而已经"悔之晚矣"的懊丧心情,使这人物的性格色彩更加鲜明。

在《吴越春秋》和《史记》当中,关于伍子胥有着异常的鲜明、生动、丰富的记述。《胆剑篇》中的伍子胥,已经到了他的晚年,这时,在夫差的眼里,他"已经老了",多余了,就像罩在头上的一片乌云。剧中的伍子胥,是符合史实,真实可信的。他的这一段行为,是这个人物前此的一系列行为发展的结果。剧中一方面描写了他对吴国忠心耿耿,很有远见,看清了越国虽小、虽败,但是民性强悍,君臣都能忍辱负重,如果不彻底灭越,吴国将来必为越国所灭;因而他向吴王夫差直言忠告,同时坚持与佞臣伯嚭进行不协调的斗争;他忠于先王阖闾的嘱托,要使吴国永久立于不败之地。另一方面,又描写了他居功自傲,摆老资格,处处教训夫差;这使夫差处处对他反感,不能容忍和接受。他本意是为了挽救夫差的悲剧命运,而未能挽救得了,却使自己陷于悲剧的结局! 所以,我认为这个人物基本上是写得好的。郑榕同志的表演也好。对越国和伯嚭,表现出了不同的恨;对夫差,既表现出了老大自居的神气,又表现出了老态龙钟、屈膝称臣的仪态;对于夫差的赐死,表现出了遗憾、遗恨,死不瞑目,给人印象很深。

伯嚭是个奸佞,他对外贪赃受贿,私通越国,竭力保护勾践君臣;对内嫉贤妒能,谗陷忠臣,一面逢迎夫差,一面乘机离间夫差和伍子胥的关系。在史册里,伯嚭"为人鹰视虎步,专功擅杀之性"[1]。在传统戏曲中,他"奴颜婢膝","屈身之际疑无骨";"舌枪唇战","谈笑之中若有刀"[2]。然而在《胆剑篇》中,伯嚭并不是一个鼻梁上涂了白方块、漫画式的小丑,而是一个行为阴险、巧语言辞的太宰。他对吴王发表议论,总能言之成理,娓娓动听,使夫差不能觉察他那漂亮的言辞后所隐藏的不可告人的目的。当夫差被勾践的义正词严的语言所激恼,怒不可遏,喝令把勾践拉下去砍了的时候,他立即上前,侃侃而谈,说服了夫差撤回了成命。当夫差一度犹豫不决的时候,他得寸进尺,诡辩力争,不给伍子胥以一丝插言的空隙:

> ……大王不杀勾践,正是杀了勾践;你杀了勾践,才是保护勾践! ——大王的圣明,就在这里!

从这里,我们可以看出,这个人物刻画得相当出色。我觉得,如果把梁辰鱼笔下的《浣纱记》中那个低级庸俗的丑角——伯嚭比作"影人"或木偶的话,那么《胆剑篇》中的伯嚭就确是有血有肉的形象了。

范蠡是个机智灵活,善于应变的人物。他一出场,就给人留下了突出的印象。当夫差说:"拉下去,一起给我砍了!"登时许多武士把勾践、勾践夫人、范蠡、文种一起架住。在这千钧一发之际,范蠡挺身而出,大喊一声:"大王,你要示信于天下! 你的信义在哪里?"话极简练,涵义却十分深。苏民同志的表演,在这里,话是对着伯嚭讲的。这就向观众表明:这话对夫差说来,是"激将法";对伯嚭则是提示、质问和威胁。伯嚭受过越国的贿赂,心里自然明白:此刻可得出力效劳了;倘若龟缩不前,事被范蠡揭发,于己不利。我特别欣赏在

---

① 《吴越春秋·阖闾内传》。
② 明·梁辰鱼:《浣纱记》。

这种种冲突关系中范蠡所说出的这句话。这是戏剧所要求的,然而又是不易多见的性格化的台词。

文种,据史书中记述,他不仅是治理国家的能手,而且也有像范蠡一样的善于交涉的才干。但在《胆剑篇》中,作者却赋予他与范蠡不同的性格,是一个踏实、持重的人物。他面向困难,承担困难,有信心,有办法,二十年如一日,辅佐着勾践,脚踏实地,一步步地前进。

二

《胆剑篇》中,有两个人物——西村施姑娘和苦成——可以说完全是虚构的。这种虚构,是完全可以允许的,而且是创作历史剧中所需要的。剧作家写作历史剧,必须以历史唯物主义的观点来对待和处理历史题材;但这决不要求剧作家只能囿于史料之中而不能有所虚构。恰恰相反,创作实践证明,任何历史剧中,几乎都有虚构的情节,以至人物;只是有符合历史真实和违反历史真实之分罢了。我们所要求的,是符合历史真实的虚构,是艺术真实和历史真实的统一。也就是说,虚构的人物、情节虽然是史料中没有的,但必须是那个时代里所可能发生和存在的。这种虚构,是由主、客观两方面所决定的。主观方面,是剧作家有"用创造的想象自己去另外创造……形象"的欲望;哪怕是他有时在担心着这样的虚构会与历史上的情节发生矛盾,他也仍然不肯放弃这种虚构的权利。客观方面,则是历史剧本身的特性的要求。而这主、客观的两个方面,又是互为因果、辩证统一的。所谓历史剧本身的特性,一是史;二是剧。关于史,恩格斯说过这样的话:"许多按不同方向动作的意向及其对外界发生的各种影响总结起来,就是历史。"[①]那么,史料不过就是一些关于一定时间和一定空间内的人们"按不同方向动作的意向及其对外界发生的各种影响"的总和的记述;就中包括时间、地点、人物、事件等以及关于这各方面的正确的或者是谬误的评论。剧作家面对着这种史料,就会发现它们有的是文学性的描写,读了可以构成"意象";有的则只能构成抽象的概念,还要把文学作品中的"意象"变为舞台上的"具象"。可见,由史到剧,需要经过一番改造的过程。这过程表现为:舍弃史料中概念化的和与创作目的无关的记述,取用"和我们现代的情况,生活和存在密切相关"[②]的、能够"古为今用"的"意象化"的某些部分;再把那"意象化"的描写,变为"具象化"的舞台艺术。这就规定了剧作家一定要发挥想象,虚构一些人物、情节,才能把那些片段的史料变为人物生动、情节丰富、结构完整的戏剧作品。贯串于这全部过程当中的最为重要的,是历史唯物主义的指导作用。而剧作家对于历史唯物主义掌握和运用得如何,则要看他的剧作中所体现的艺术真实和历史真实统一的程度如何。在《胆剑篇》中,剧作家所创造的西村施姑娘和苦成这两个人物,我认为,基本上是符合历史真实,达到了艺术真实和历史真实的统一的。

西村的施姑娘,我们一看到或者听到这个名字,就会立刻想到她是中国历史上著名的美女西施。但《胆剑篇》中的这个角色,却与史志及传统戏曲中的西施大不相同。在《吴越春秋·勾践阴谋外传》中,关于西施的记述是这样的:

---

① 恩格斯:《费尔巴哈与德国古典哲学的终结》(《马克思恩格斯文选》第二卷,390 页)。
② 黑格尔:《美学》第一卷,朱光潜译,人民文学出版社 1958 年版,第 337 页。

越王谓大夫种曰："孤闻吴王淫而好色,惑乱沉湎,不领政事。因此而谋可乎?"种曰:"可破。夫吴王淫而好色,……往献美女,其必受之。惟王选择美女二人而进之。"越王曰:"善。"乃使相者国中,得苎萝山鬻薪之女,曰西施、郑旦。饰以罗縠,教以容步,习于土城,临于都巷,三年学服而献于吴。……

在《东周列国志》中,关于西施的叙述,大抵与上述相同,但其中还有这样的情节:

……国人慕美人之名,争欲识认,都出郊外迎候;道路为之壅塞。范蠡乃停西施、郑旦于别馆;传谕欲见美人者,先输金钱一文。设柜取钱,顷刻而满。美人登朱楼凭栏而立,自下望之,飘飘乎天仙之步虚矣! 美人留郊外三日,所得金钱无算,悉辇于府库,以充国用。……

可见,她完全是个牺牲品!

到了明人梁辰鱼的《浣纱记》中,则写西施与范蠡邂逅于苎萝西村的溪边,二人一见钟情,互订了终身。然而范蠡为了实行勾践和文种的美人计,却劝说西施赴吴去侍奉夫差;而西施居然也就同意。勾践遂把西施当作"姑母"拜托。后来越国灭了吴国,西施与范蠡破镜重"圆",泛舟湖上,往齐国去了。……看得出,梁辰鱼是要为西施翻案的。但这案翻得实在不妙,不惟写西施与范蠡的关系不在情理之中,而且表现西施这个人物在历史上的作用也失之过分。

《胆剑篇》中的西村施姑娘,是又一个西施。她的戏不多,只出场两次,却给人留下了很深的印象。第一次出场,是当吴兵要杀害一个越民小女孩的时候,她挺身而出,去护救那小女孩,吴王看她姿色出众,把她劫掳到吴国去了。再一次出场时,已经作了吴国王妃,她利用了这个身份的方便,给勾践传递消息并且亲身去石室保护勾践夫妇。通过这两次出场,表现她是一个善良的、美丽的、勇敢的、爱国的女子。这是曹禺等同志创造出来的又一个西施! 虽然她来也匆匆,去也匆匆,来龙去脉还嫌不够清楚。但是,我仍然认为,这个人物处理得基本上是合于历史真实的。她的两次出场所给予我的印象,使我得出了这样一个概念:西施,不过是在"吴越春秋"历史潮流的浪头与漩涡之中涌现了两个照面的一个人物而已。照我看,西施在历史上的作用和位置,也大抵如此。所以我很佩服作者对于这一历史人物的判断,以及具体表现这种判断的笔力和才能。

苦成这个名字,也见之于史志,但是关于他的事迹记载的极少,只是在勾践"入臣于吴",群臣践行并向勾践提出保证时,有一点儿关于苦成的记叙:

大夫(《东周列国志》中为太宰)苦成曰:"发君之令,明君之德;穷与俱厄,进与俱霸;统烦理乱,使民知分。臣之事也。"①

他原是以勾践为首的越国统治集团当中的一员。在《胆剑篇》中,作者却只借用了这个与剧本主题思想很贴切的、意味深长的名字,塑造了另外一个人物形象。在剧中,他不是大夫或太宰,而是一个庶民。他爱国,勇敢有骨气。他敢于冒着敌人的刀剑把被侵略者

---

① 《吴越春秋·勾践入臣外传》。

烧焦了的稻穗献给勾践；他不怕株连九族，英勇地拔掉夫差刺在禹庙前边的岩石上的"镇越神剑"；他坚决不吃吴国的大米，主张自耕自食；他把苦胆献给越王，要他永记国仇，发愤图强；他为了保全越国的刀剑兵器，不致被人搜出，壮烈殉难。他是越国民气的集中表现。作者以充沛的热情创造了这个人物，很明显，是想要表现出人民群众在历史上的作用，通过他来概括当时人民群众的精神面貌的。这意图是达到了的。在肯定这一创造之余，我觉得这一人物多少有些过于理想化了。这主要表现在那样的时代，一个庶民跟统治阶级的关系上，像剧中的描写，这不能令人那么信服。甫说他向越王献胆，即与文种的关系，也应有相当的距离。说到如何表现人民群众在历史上的作用问题，除了史册中所记载的采葛、伐木、铸剑等可供参考之外，我觉得，关于勾践与阖闾战于檇李的一段记载，对我们也不无启示。现在拣文字最简略的一种记述引录于下：

> 吴伐越，越子勾践御之，陈（阵）于檇李。勾践患吴之整也（吴军严阵以待，勾践难以对付）。使死士再禽焉，不动。使罪人三行，属剑于颈，而辞曰："二军有治，臣奸旗鼓（违反了军令），不敏于君之行前。不敢逃刑，敢归死。"遂自刭也。师属之目（吴阵中士兵都诧异地看）。越子因而伐之。……阖庐伤，……卒于陉。①

从这简略的记叙中可以看出，勾践第一次率兵与阖闾作战之所以能够打了胜仗，乃是那些"罪人"对于这一战役的胜负起了关键性的作用。而那些"罪人"，我想大概极少属于"王国贵族""诸侯""卿大夫""士""大商人"等当时的统治阶级，而绝大多数该是"奴隶"、"庶民"等被统治阶级当中的人。他们的地位，他们同统治阶级的关系，他们在民族矛盾中的命运和作用，都很清楚。我觉得，这一段史料对于我们探讨如何表现人民群众在历史中的作用问题，多少有些参考价值。

三

关于勾践这个人物，我想提出一些商榷的意见。

勾践这个人物，基本上也是刻画得好的。他能够听取臣民的建议、忠告，乃至讽谏；他躬耕于野，发愤图强。由于他善于听取意见，能够"躬而自苦"，又是因为他作了三年的奴隶，已经大大地煞了他那"王者"的威风。所以看来都能使人感到真实可信。作者没有把他描写成为一个类似今天的"四同"干部式的人物，而仍然是个国王。例如，写他最初听到苦成这样的庶民的讽谏时，就觉得伤害了他的尊严，一怒之下，竟要加以处治；又如，写他虽然采纳了文种的很多计策，听取了文种的很多忠告，但同时又总是觉得文种还不那么驯服。这就处处揭示了越王勾践与他的臣民的关系，使人看得很清楚，他在越国，仍然是最高的统治者。从这些方面看来，他很像勾践，不是别的国王。

但是，在全剧中，他是前述几个主要人物中的更主要的人物。从这一点出发来要求，

---

① 《左传》。

就还觉得这一形象需要作者花费更多的心血,来着意地雕琢一番。

作者和演员(我看的是刁光覃同志扮演的)都赋予了勾践以刚强的性格,并且是从他一出场的第一个动作起,就突出了这种性格特征,一直贯串到底。这一点,我觉得作者和演员在把握角色性格上还不十分对头。历史上的勾践,有时急躁,有时迟疑;有时气盛,有时气馁;有时自信心很强,有时又灰心丧志;然其基本性格特征,则可以阴、狠二字概之。他是一个很"绝"的人,所以才有人专门为他写了《越绝书》。我以为,写勾践,他的"贯串动作"中应该具有谋生,谋返,谋富,谋强,谋吴,乃至谋霸这样一些步骤和目的。

谋生,是关键性的步骤。试想,当他被围困在会稽山上的时候,他若不谋求保住生命,哪儿还有像黑格尔所说的"这一个"勾践呢? 那么,戏自然也就无从说起了。史实上,勾践被围困在会稽山上时,他是准备了"两手"的。一手是投降;另一手是如果夫差不允许他投降,他"将尽杀其妻子,燔其宝器,悉五千人触战"[1],决个你死我活。夫差允许他投降了,他便屈辱贪生了。戏中勾践刚出场的时候,是夫差受降之后,正要把勾践带回吴国去;勾践的性命还不保险。我想,勾践既求生存,以图未来,又明明知道自己的性命此刻就在夫差手里攥着,却还在夫差的淫威之下,毫不屈服,言词激越,据理反驳,表现得十分顽强,这怎能使人觉得合理可信呢? 我就怀疑剧中的勾践是否想要活下去。如果是想活下去的话,那么还是少说话为妙;应该使人觉得他的"报人之志"怀于内心,不要形于声色。

勾践到了吴国,在石室养马的三年期间,朝朝暮暮所苦心焦虑的,就是要千方百计,想方设法争取返回越国。为了这个目的,勾践君臣、夫妇必要采取三种对策:对夫差,是阳奉阴违,表面装作十分的驯顺;对伯嚭,则施行贿赂、利用;对伍子胥,则时刻提防,保持警惕。而于分别对待之中,又时刻注意对方的态度,并观察和利用对方内部的矛盾关系。这一场,照我想,是颇能出"戏"的。

勾践一经被释放回国,谋吴复仇之心乃萌、乃决。为此,他首先必须谋富、谋强。谋富、谋强本身是目的,但也是为了实现谋吴复仇的目的之必要手段。这段戏,应该是全剧的重心,因为,"十年生聚,十年教训",是越王勾践大有作为的二十年,是决定了(或说造成了)"这一个"勾践的二十年。但这段戏极不好写。因为史料中很少提供了足以构成戏剧性的矛盾冲突的题材,要写出"戏",就需要作者大大施展创造的才力。《胆剑篇》的作者,写出了两幕戏,实在已经是难能可贵的了。只是如何具体地展示出勾践的性格特征,还有待作进一步的推敲。

据我所知,有不少编写《卧薪尝胆》或《吴越春秋》的剧作者,担心把勾践写成了一个阴谋家,从而会有损这一英雄人物形象。我则认为,其实勾践是个地地道道的阴谋家。请想想看,他经过二十年的蓄谋,才把败弱的小国"转死为生",而终于灭吴称霸。这二十年的蓄谋,在吴国的控制之下,若非阴谋,难道是阳谋可以成功的吗? 所谓"鸷鸟之击也,必匿

---

① 《史记·越王勾践世家》。

其形"①。正是勾践的哲学行动的基本表现形式。我以为,硬是要让观众从他的沉默寡言的阴谋行动中,看出他的那股"绝"劲儿。

当然,勾践也有阳谋,那就是经过长期的阴谋活动,创造了成熟的伐吴的条件,他安排内政、整饬军纪,便明目张胆地进行了。例如,当他认为有把握灭吴,经过跟众臣商议之后,他决定要出兵的时候——

乃命有司大令于国曰:苟在戎者,皆造于国门之外。

乃命于国曰:国人欲告(不能任兵事)者来告,告孤不审(欺诈不实),将为戮不利。……

乃入命夫人,……曰:"自今日以后,内政无出,外政无入。内有辱,是子(你)也;外有辱,是我也!吾见子(你)于此,止矣。"

(乃)命大夫曰:"食土不均,土地之不修,内有辱于国,是子(你)也;军士不死(贪生),外有辱,是我也!自今日以后,内政无出,外政无入,吾见子(你)于此,止矣。……"

乃之(至)坛列(誓告之处),鼓而行之,至于军,斩有罪者,以徇曰:"莫如此,以环瑱通相问也(行贿乱军)。"明日徙舍(转移),斩有罪者以徇曰:"莫如此,不从其伍之命。"明日徙舍,斩有罪者以徇曰:"莫如此,不用王命。"明日徙舍,至于御儿,斩有罪者以徇曰:"莫如此,淫逸不可禁也。"……②

但,我们可以很清楚地看出,这短暂而急促的阳谋活动,不过是他长期阴谋活动的结果。并且,这阳谋活动所展示出的勾践的性格,和那阴谋活动所展示出的性格也是统一的,我们从这种"破釜沉舟",雷厉风行,气势汹汹,势不可挡的行动中,不是同样也可以见其"绝"劲儿之一斑吗?

四

我在一开头就概略地谈了我认为的《胆剑篇》的好的一面,有意义的一面,也是它主要的和基本的一面。现在,我想再回过头来,总览一下全剧,谈谈我所认为的它的次要的、枝节性的不足的一面。

通篇看来,第一、二幕很集中,很清晰,第一幕写勾践被俘;第二幕写勾践受辱。但第二幕内容显得单薄一些。第三幕以后,给人的印象比较松散,勾践的行动,还没有构成一条贯串的线;整个剧情的进展,还未能使人鲜明地看出动作和反动作的贯穿线;矛盾冲突的展开,还未能达到一浪逐一浪,波澜起伏,而最后形成高潮的理想程度。勾践回国以后的"戏",确是难写的。但,这部分戏是"胆",写什么?如何写?确是需要剧作家们呕心沥血了!

---

① 《史记·越王勾践世家》。

② 《国语》卷十九《吴语》。

演出的每个群众场面,都很简洁,有组织,有层次,主次分明,浑然一体。特别是第一幕大禹庙前的场面,一方面是吴兵抢劫越国的财宝,纷纷扰扰,肆意横行;另一方面是越国百姓,老弱妇孺,望着那烧杀抢掠的情景,听着禹庙里传出来的沉重的钟声,沉痛地跪在禹庙门前,充分地展现出国破家亡之惨。及至越国臣民拜送越王勾践君臣、夫妇上船赴吴的场面,舞台上更充满了沉痛惜别、忍辱负重的悲壮气氛。其实导演才只安排了十几个百姓。从这儿,我们就可以见出导演焦菊隐同志的艺术处理的功力! 但是,从剧本方面说来,我觉得,群众角色似嫌多了一些,有名的,无名的,大概要有几十个,是否"精简"一些,以便腾出手来,在几个主要角色身上更多花些工力呢?

《戏剧报》1961 年第 Z8 期

《家》与其他作品

研究资料

略谈《胆剑篇》

吴　晗

　　《胆剑篇》(载《人民文学》1961年第7—8期)是一出写得十分成功的历史剧。剧作者曹禺等同志根据春秋时代越王勾践卧薪尝胆、发愤图强终于战胜强大的吴国侵略的史实,通过艺术加工、丰富和提高,从而创造出动人的故事情节和鲜明的人物形象,再现了2400多年前吴越之战的历史教训。如果说,卧薪尝胆这个流传已久的故事,已经对我们有所借鉴的话,那么,话剧《胆剑篇》所给我们的启发就更为丰富,它的艺术感染力量更为强烈。我觉得这出戏深刻地表现了这样一个历史教训:表面上强大的国家,如果豪强霸道,欺凌弱小,那么,它也可能转化为弱小,甚至灭亡;相反,弱小的国家,只要举国一致,上下一心,努力发展生产,发愤图强,就可以变为富强的国家。强与不强,不是地理条件所决定,更不是来自上帝的恩赐,起决定因素的还是人。横遭吴国侵略、生产落后的越国,经过"十年生聚,十年教训",终于灭吴雪耻,这一振奋人心的戏剧情节,生动地告诉我们:不要为表面强大的敌人所吓倒,也不要向暂时的困难低头,踏踏实实,埋头苦干,勇往直前,就一定会取得最后胜利。

　　《胆剑篇》的作者,以生动的笔触描绘了吴国大军侵占越国的疆土,掠夺了他们的财富,抢劫和烧毁了越国的稻子,掳走了越国的君臣和百姓,并且派遣大夫王孙雄镇守越国,用高压屠杀的手段,奴役越国人民。因此,吴国不义之师的强暴行为,就激起了越国君民的强烈反抗。应该肯定这样描写是有历史根据的,既符合当时历史的真实,又没有拘泥于史实,而且比历史实际更为集中更为概括。

　　为了说明这一点,在这里有必要回顾和探讨一下历史——吴越两国的实际情况,以及吴越战争的性质。

　　在2400多年以前的春秋时代,我国不是一个统一的国家,许许多多的小国,星罗棋布,而且国与国之间也没有明确的疆界。在那个时代,所谓国家也还没有形成我们今天这样的概念。国与国之间,常常为了争水,或因这一国家的耕牛越界吃了另一国家的庄稼就引起了两国之间的战争,这在历史记载上是屡见不鲜的。这样的战争,就很难分辨谁是侵略者,当然也说不上正义或非正义。所以,人们常说"春秋无义战",也就是这个缘故。但是,在当时也有发展强大了的国家,欺侮弱小的国家,掠夺其财富,破坏其生产,奴役其人民的史实。在这种情况下,我们就可以区分战争的正义和非正义了。从历史上的记载来看,吴国是生产水平较高的大国,越国则是生产水平较低的小国。战争的发生,是先由吴国侵略越国开始的。吴王阖闾因攻打越国负伤而死,其子夫差继位后,为了报仇又兴师灭越,俘掳了越王勾践,抢掠越国的财富,破坏越国的生产,奴役越国人民。因此,对于历史上的吴越之战,我们可以这样说,吴国是侵略者,越国是被侵略者。剧作者在越国被侵略的历史背景下,精心地展开了故事情节和人物性格,从而更加集中地突出了越国君民反抗强暴的坚韧不拔的精神,这是值得称道的。

当时的生产关系,究竟是奴隶制度还是封建制度?目前在历史研究上是有争论的。剧本没有正面接触这个问题,没有拘泥于具体的历史事实,明确交代是奴隶社会还是封建社会,剧中既有庶民又有奴隶,这样处理很巧妙,也很妥当。说它是奴隶制的末期也可以,说它是封建制的初期也行。这样既不违反历史实际,又避免了在具体历史事实上纠缠不清。在生产水平上,剧本以使用铁犁来象征吴国的生产力水平,用得很贴切,也符合历史实际。因为铁器的使用的确是从那时开始的。同时剧中也描述当时越国用木犁耕种的情况,这样就巧妙地反映了吴越两国生产水平高低的差别。

剧中的主要人物塑造得很好。几个历史上知名的人物既具有历史的时代特征,又有自己独特的鲜明性格。吴王夫差,年富气盛,野心勃勃,一心一意想当中原的霸王,骄矜狂妄,听不进逆耳的忠言,特别是听不进伍子胥的直言忠告。伍子胥是先朝有功之臣,一方面他对吴国忠心耿耿,而且有远见,看清了吴国的骄横,而越国虽小,人民不肯屈服,越国虽败,君臣却都能忍辱负重,如果吴不彻底灭越,将来吴国势必为越国所灭。另一方面,他又居功自傲,以老前辈自居,处处教训夫差。所以,尽管他的主张对吴国有利,但他这种矜持的态度和简单化的方式,却是吴王夫差所不能容忍和接受的。这些都是在历史上有所记载,而为人们所熟悉的。剧作者紧紧地把住了这两个人物性格上的特点,通过他们之间的矛盾,把这两个人的性格刻画得淋漓尽致、栩栩如生。太宰伯嚭也是一个塑造得相当成功的人物。本来写好这个人物是不容易的。伯嚭这人是两面派,如果把他简单地描写成为一个道地的坏蛋,而且坏在表面上,那么,吴王夫差对他那样言听计从,势必显得夫差太愚蠢。剧作者在处理这个人物时颇具匠心,通过伯嚭几次反对伍子胥的主张,劝阻吴王夫差不杀勾践的情节,比较细致深入地描绘了这个人物的两面派手法。他劝阻吴王时所发的议论,都讲得冠冕堂皇,头头是道,入情入理,使吴王一下子不容易察觉隐藏在漂亮言词背后的不可告人的目的。比如,他对吴王说:"……大王的王道霸业是要攻服四海,如果听从老相国的话,到处灭国灭宗,杀尽百姓,那么中原诸侯,就会把吴国看成灾星,把大王看成仇敌,用兵之道,攻心为上。……"这些理由表面上看来,都站得住脚,能够令人信服。而事实上,却是伯嚭受了越国的贿赂有意去维护越王的生命。同时,在夫差与伍子胥发生争执时,他又善于说伍子胥的坏话,扩大吴王夫差与伍子胥之间的裂痕。如说,伍子胥到处宣扬立夫差为太子是他一个人的功劳,说伍子胥把儿子寄在齐国怀有异心,话虽不多,其用心却是非常恶毒的。这样就勾划出这个巧于言词、嫉贤妒能、谋险诡谲的两面派的嘴脸。

越王勾践是写得很好的,虽然他由于没有听从范蠡的劝告,在军事上遭到了失败,但在失败以后,他并没有屈服,表现得十分顽强。剧中通过勾践在吴王夫差的淫威下,毫不屈服，据理驳斥，甚至险些被夫差处死的情节，突出了勾践的刚强性格，这一性格自始至终一直贯穿下来。对于历史记载中关于勾践忍辱负重的一面则舍弃或削弱了。这样处理，既使得勾践这个人物形象更为鲜明，而又真实可信。勾践虽然有着不屈服于强敌的刚强性格，但却缺乏正确的斗争策略和办法。大夫范蠡、文种和老百姓都为他出主意献计策，勾践的长处就是能够接受别人的忠言。作者对这方面的描写也颇有分寸，如对于苦成的讽谏，最初怒其无礼，继而经文种的劝阻勉强接见，最后终于高兴地采纳了苦成的辟荒兴农、自强不息的主张。这场戏写得很动人，既写出勾践能够听取逆耳忠言，又暗示了勾践毕竟是个国王，和庶民之间还有相当的距离。剧本通过勾践躬耕下田野和勾践夫人深夜织布（这是历史上有记载的），来描写勾践的刻苦及与庶民的关系，也比较恰如其分。不像有的剧本把勾践描绘成与老百姓同甘共苦、共同劳动的"四同干部"。显然要 2400 年前的国王懂得今天我们所理解的劳动意义，是不可能的，也是错误的。勾践夫妇的耕织，只是为了鼓励全国上下，努力发展生产尽快使越国富强起来的一种以身作则的行为，同时也表现了勾践夫妇的刻苦，这样描绘既真实可信，又很感动人。

大夫范蠡和文种，是越王勾践的左右手，他们的政治主张是一致的，但是两人的性格又迥然不同，范蠡很灵活，善于随机应变，文种踏实、持重。这些性格都生动地刻画出来了。

剧中所虚构的几个人物，都写得很有声色。特别给人印象深刻的是苦成老汉。剧作者从多方面来描绘这个英雄人物的精神面貌：冒着吴兵刀剑，把烧焦了的稻穗交给勾践，要勾践别忘了为越国人民报仇的是他；不怕被夷九族，英勇地拔掉"镇越神剑"的是他；宁可饿死，带头不吃吴国之米的是他；责备越王没骨气，主张辟荒兴农，自耕自给的是他；向勾践献苦胆，要他永远不忘国仇的是他；为了保全越国的刀剑兵器库，挺身而出，英勇殉难的也是他。苦成老汉，从始至终都表现了威武不能屈贫贱不能移的精神。他能忍耐而又有灭吴雪耻的大志，他刚毅果敢而又有远见和智慧。当然，作为人民群众的代表人物——苦成老汉，历史上并无其人，是剧作者虚构的，但是，在他身上体现了和概括了当时人民群众的精神面貌，所以这个人物是令人信服的。然而我也感到，这个人物也有某些过于理想化之处，正因为过多地渲染描绘苦成老汉，就相对地削弱了勾践这一人物形象（这一点我在后面还要谈）。

西施这个人物处理得很好。既没有夸大她的作用，也给了她恰当的位置。剧本在紧急关头，通过西施冒死盗出了夫差验关金符去拯救勾践出宫的情节，充分地体现了这个善良而美丽的女子的爱国精神。特别是关于西施如何去吴国的这一情节的处理，这一剧本是很有特色的。过去有些剧作者，对这一情节的处理很感辣手，有的剧本把西施写成越国派到吴国的"内奸"，这样就容易夸大西施的作用，又有损勾践发愤图强的形象。还有的剧本把西施改为郑旦，因刺杀夫差被押监牢，后被越国大军解救回国。有的作者开始想写献西施，但又感到"美人计"不足为训，这样将会降低勾践的人物形象。于是由"献"改为"抢"，写了吴国抢掳西施的情节，这样写，也容易冲淡越国的"发愤图强"，对于主题阐发不利，有的剧本干脆把西施这个人物去掉。《胆剑篇》里的西施是因为挺身拯救一个将被吴王杀害的小女孩而被押解到吴国。我感到这样处理比较好，既可避免上述那些缺陷，又能使西施的形象更加完美。

此外，我感到剧本中对于某些情节和人物处理尚有美中不足之处。比如越王勾践"卧薪尝胆"的苦胆，剧中描写是庶民苦成送给勾践的。这样安排也不是不可以，使我奇怪的是在同一题材的戏剧里，这个"胆"差不多是写成老百姓送。问题不在于当时的老百姓不可以向勾践献胆，因为我还联想到不少历史剧写到某某统治者做一件值得称道的事时，差不多是采取这样手法处理——即老百姓出的主意。所以，我想，有的同志是不是有这样一种顾虑，在写历史上统治阶级的人物时，不敢写他们的才能本事，他们任何好的措施都只能是老百姓出的主意，而统治者本人是拿不出什么办法来的。我以为这样处理不尽符合历史真实，把统治阶级的人物看得太简单了，看得太无能了，也是把他们看得太容易接受群众意见，太听话了。如果旧社会的统治者都是这么窝窝囊囊的人物，他们只能由老百姓牵着鼻子走，那么他们和人民群众的矛盾也就无从产生了，至少矛盾也不会有那么尖锐，这样反而模糊了阶级界限。再者，我们说人民群众是最有智慧的，不等于说历史上的统治阶级人物都没有智慧。他们之中曾经出现不少有智慧有才能的人，特别是当这些统治阶级刚刚兴起时(不论是奴隶主、地主或是资产阶级)在历史上曾经起了一定的进步作用，他们中间自然会出现一些杰出的代表人物，对当时社会的进步作出一定的贡献。这些人物的某些行为是由于受了群众影响而产生的，但也有出自他们自己的聪明才智。所以，我们对于历史上的帝王将相不能一概否定，或不加分析地抹杀他们的个人作用，那都是不恰当的。当然，我并不认为《胆剑篇》中关于越王勾践的描写，已经有这么严重的缺陷，只不过想指出它还残留有这种倾向的一点痕迹罢了，在剧本中写越王勾践听取和采纳大臣和百姓的意见多，而自己想出或提出的办法写得似乎少了些。"卧薪尝胆"是勾践不忘会稽之耻、刻苦自励的办法，应该是剧中的重要情节之一。剧本中把"胆"写作苦成老汉送的，"卧薪"这一事实也没有表达出来，至于每天有卫士敲竹壁大声高呼："勾践，你忘了会稽之耻吗？"究竟是勾践让卫士这样呼叫的，还是卫士们自发地这样做，剧本也没有明确交代。剧作者是觉得没有必要交代，还是有意回避？不好妄加推断。不过，我觉得，凡是勾践已经做到或能做到的事，应该挂在他的账上，不必有什么顾忌。

剧本中描述越国是百里之国，其实，越国并不是只有百里那么大。当然，作为戏剧、为了突出吴强越弱，这样写也是可以的。可是，剧中一方面说越国是百里之国，一方面泄皋又主张迁都义乌。从会稽(今绍兴)到义乌何止百里？这里有点自相矛盾，如果是百里之国，就不可能从会稽迁都义乌了。还有，吴国将领被离嘲笑"越国以前是打渔打猎的小邦"，吴国士兵牙将也嘲笑越民不能生产粮食，是"连田都不懂得种的东西"。实际上，当时以打猎为主要生活手段的多是北方的国家；越国虽然也有些渔业，但农业毕竟是主要的，只不过是生产技术比吴国落后罢了。这些细小的地方，如果写得更加确切些，就会更真实地反映历史面貌。

《胆剑篇》的语言，应当说是运用得比较成功的，它避免了现代化的语言，但还有个别地方应用了不同历史时期的语言，而显得不够真实。比如在第一幕里，伍子胥说范蠡是

"圣贤之臣"，像这样的说法，是在春秋战国以后才出现的。春秋时代的人物说出这样的话，未免有些牵强。当然历史剧里的人物，也不能完全按照当时的语言习惯来讲话，那样恐怕观众也听不懂。但是，所用的语言要尽可能符合当时的历史情况。不仅不能用今天的语言，也不可以以不同历史时期的语言用在一定的历史时期。

此外，第五幕的末尾的处理，似乎结束得过于匆忙些，使人感到三年伐吴的战争，写得太简单了，总觉得应该再加几笔。由于结束得过于匆促，可能使得观众不易理解。

以上这些不足之处，是容易弥补的，有的在排演戏时，就可以通过导演的手法做到弥补，所以这并不影响整个剧本的成就。总之，这是一个好剧本，我希望青年朋友们有机会都能读读这个剧本或去看看这个话剧。

（对《中国青年》记者的谈话记录）

《中国青年》1961 年 16 期

《胆剑篇》印象

何其芳

我没有研究过越王勾践和吴王夫差之间的战争这一段历史,也没有研究过以前的和现在的许多以这个历史故事为题材的戏剧。《文艺报》的编者要我参加关于《胆剑篇》的笔谈,我只有就作品论作品,讲一点印象式的意见。

《胆剑篇》是曹禺、梅阡、于是之三人的集体创作。但它是曹禺同志执笔的,因此我读了它,就自然会联想起他的其他作品。我觉得从这个戏也可以明显地看到曹禺同志的创作的特色。曹禺同志不是一个多产的作家,也不是一个写得很快的作家,然而他却是严肃的认真的而且有魄力的作家,他的多幕剧都是经过了大量的劳动的,都是有分量的。《胆剑篇》也首先给了我这样的印象。

在文学里面,似乎短小的抒情诗和散文是最容易掌握的样式。它们偏于直抒胸臆或者偏于写真实的生活。小说就比较困难了。没有写过小说的人大概是不大知道虚构之难的。真实的生活本来就有它的合理性,本来就有它的发展的逻辑。至于虚构,以真实的生活为基础而又加以改变,常常会引起情节或人物性格的矛盾,常常会出现漏洞。比起小说来,戏剧是更为困难的。限制于主要通过对话来表现社会生活,来塑造人物性格;又必须有比小说更为集中的矛盾冲突,更富于戏剧性的情节,才能紧紧地抓住读者和观众;而且还只能占据舞台上的三四个钟头的时间。不少小说的巨著常常有比较沉闷的章节,而戏剧却不容许在观众面前作大段大段的平淡无味的对话。因此,我很喜欢戏剧而又一直认为它是最困难的文学样式。曹禺同志的多幕剧很多都是掌握了戏剧的特点而又结构比较复杂的建筑物。解放后写的《明朗的天》和这个担任执笔的集体创作,一是主要写新社会的生活,一是写历史的题材,对于他来说都是新的尝试。即使是一个有才能有修养的作家,当他的工作扩大到新的领域的时候,也常常是要遇到许多困难的,而且未必一定每次都是成功的。然而曹禺同志解放后的两部新作都保持了他的创作的特色,保持了他已经达到的艺术水平,这就说明他不但是一个严肃的认真的有魄力的作家,而且是艺术上已经成熟的作家。

《胆剑篇》是富有戏剧性的。第一幕戏从越国战败、勾践被俘这样一个紧张的场面开始,一下子就展开了吴国的侵略和越国人民的矛盾,也展开了吴国内部的伍子胥和伯嚭的矛盾,并且从这些矛盾中写出了勾践和夫差等人的性格。第二幕戏是写勾践在吴国已经囚禁三年,临到了最后的命运到底是被杀害还是被释放的关头。虽然西施盗符有些蹈袭

《家》与其他作品

研究资料

如姬的故事,整幕戏也是写得紧张而又有变化。第三幕第四幕戏是写勾践回到越国以后,吴国和越国人民的矛盾更加深化,勾践怎样和人民一起发愤图强,准备复仇。这两幕戏的紧张和集中的程度也许比较弱一些,第四幕的内容好像更不集中;但这一幕"暗转"以后的有些场面却写得有抒情的味道,以至写勾践的某些独白,作者自己也忍不住有时要用一些分行写的诗一样的句子。在夜里,披甲执戈的卫士先后三次用戈敲着勾践所住的竹阁,并且高呼:"勾践,你忘了会稽之耻吗?"勾践回答:"没有忘记。"这虽然在史书上也有一点影子,但加以这样的突出的描写,却是很有戏剧效果的。总之,这个历史剧写得很有气氛,不少场面都能够造成一种壮丽的景象。

《胆剑篇》的许多人物都是写得有性格的,而且值得注意的是作者力求按照古代人物的面貌来塑造他的剧中角色。他既不像有一些历史剧的作者那样,要发扬历史上的某些统治阶级的杰出的人物的优点和积极的精神,就把他们加以"拔高",以至写得很像我们今天的先进人物;也不像另一些历史剧的作者那样,要强调历史上的人民群众的作用,就把当时的一些统治阶级的杰出的人物加以"压低",以至又从另一方面违背了历史的真实。勾践应该是《胆剑篇》里面的一个最重要的人物,然而作者并没有对他加以一味歌颂,一味美化,而是写出了他虽然基本上代表了当时越国人民的要求,仍然有许多弱点,仍然可以看得出他是一个统治者。这个人物也许还写得不够突出,但那是另外的问题,并不能因此就否定作者的这个优点。对夫差也写出了他的性格的一定的复杂性,并不是一个漫画化的人物。总之,这个戏对于古代人物和古代事件的描写是合情合理的,令人相信那是在古代可能有的,可能发生的。

《胆剑篇》的优点不止于此。一个严肃的认真的作家,而且当他在向新的领域开拓他的工作的时候,我想他希望从读者听到的并不仅仅是对他的努力的肯定和赞扬,或许更关心的是他们还有什么不满足的地方。因此,我就不一一列举《胆剑篇》的优点和成功之处,也不一一谈到它里面的那些人物,却来说一点很可能是近乎苛求的意见。

写戏是一个困难的工作。写历史剧,写越王勾践故事这样一个材料不多而且又有许多人已经写过的历史剧,是一个更加困难的工作。写得像《胆剑篇》这样,实在已是难能可贵了。而且当我读到其中的一些惨淡经营之处,读到其中的一些神来之笔,我是曾经分享到作者的创造的快乐的。然而在我第一次读完以后,又的确曾有过一点不足之感。很抱歉的是我当时和现在都还说不很清楚这点不足之感到底是由于什么。这说明科学的探讨和艺术的创造是同样不容易的。我曾考虑过,这或许是由于这个剧本虽然有许多出色的场面,却似乎缺乏一个贯串全剧的深厚的思想。我是这样设想的:一个作品要能震动人的心魄,给人以强有力的教育,恐怕并不能满足于仅仅有对于生活的逼真的描绘,仅仅有许多精彩的片段,更重要的是它必须通过这些显示出一种高出于一般的见解之上的深刻动人的思想。这种思想或者从其中的人物身上表现出来,这就是通过我们常说的人物的典型性;或者从其中的重要情节表现出来,这就是说有些作品虽然没有创造出有很高的典型性的人物,也仍然可以有很高的思想性。当然,任何杰出的作品,它的内容总是丰富的,它绝不会仅仅是这种深刻动人的思想的解说;然而不管它的枝叶是多么繁茂,不管它是多么富有难于用几句理论的语言来概括的形状、色彩和欣欣向荣的生意,它总必须有这样一个主干。

对我的考虑不敢自信,我把《胆剑篇》又读了一遍。我发现它是有一个贯串全剧的思想的。不管作者的主观意图是怎样,这个作品自己说明了它最主要的思想内容是这样:一个国家用武力来侵略别的国家,压迫别的国家的人民,它总是要遭到顽强的反抗的;而一个被侵略的国家的首领,只要他能够和人民一起,依靠人民,艰苦奋斗,不管他会碰到什么样的屈辱和困难,他最后总能够战胜侵略者。这样的思想是贯串着整个五幕戏的。然而作者似乎又不满足于仅仅表现这样的思想内容,也许是觉得这比较一般一些吧,于是在第三幕又写到了"靠自己,图自强,自强不息"的思想;在第四幕又写到"一时强弱在于力,千古胜负在于理"的思想;而且通过勾践对苦成所献的胆的独白,第四幕还写到了胆有这样许多意义:

你苦啊,胆!可你是清心明目的,你叫我们眼亮耳明,看得见希望,听得进一切忠言善语。

你苦啊,胆!然而你是退热的,定神的,使人镇定,你叫我不焦躁,不慌张。在敌人面前,深思熟虑,知机观变,要沉静。

胆,你是多么苦啊。但是你能教人胆壮,叫人勇敢,敢于面对一切残暴和不平。

胆,你苦啊。但你是驱毒的,除不洁的。你教我们把一切懒惰、苟安的毛病都一起抛却,教我们敢于把这肮脏的世界洗得干干净净。

胆哪,你不巧言令色,你外面那样的不动人,你心中却藏了这么多的治国治人的道理!……

然而所有这些思想都并未能贯串全剧,并未能成为全剧的主干,而且也不可能许多思想同时成为主干。

我们现在许多以越王勾践故事为题材的剧本大概并不是看重它含有反侵略的意义,而是主要着眼在"卧薪尝胆"这样一种艰苦奋斗的精神。"自强不息"更显然是用这样一个古代的成语来表现我们今天的自力更生的思想。然而过去的史书并没有留下多少越国君民自力更生的材料,作者的虚构也止于越国人民不吃吴国的白米、没有牛用人拉、没有犁用手刨这样一些情节。结果这个思想就表现得不够突出,并不能成为全剧的主题。苦成对勾践所讲的"千古胜负在于理"这个格言式的话,虽然在剧中出现过两次,其实是并不明确的。"千古胜负"到底是什么样的"胜负"呢?是指是非曲直吗?而且"在于理"的"理"又是什么呢?在这个剧本中就是指侵略和反侵略吗?这个并不明确的思想就更只能成为剧中的一种穿插,更无法成为全剧的主题了。古代的史书所记载的勾践"置胆于坐,坐卧则仰胆,饮食亦尝胆",原来的意思是很单纯的,不过是表现一种不怕吃苦的精神而已。作者把胆的含义加以过多的扩大,目的是想丰富它的思想内容,结果却反而分散了它的意义,这或许是非作者始料所及的。作者企图赋予越王勾践故事以这样一些新的思想意义,但都并未能成为贯串全剧的主题,反而带来了全剧的思想内容不集中,第三第四两幕虽然在主要情节上是第一第二两幕的自然发展,但在思想线索上却联结得并不紧,结果比较能贯串全剧的反而是我在上面作了那样的概括、而似乎作者并不满足的反侵略的思想。这或许就是我感到这个剧本还有不足之处的一个主要原因吧。

以历史故事为题材也好,以传说故事为题材也好,我们总是从其中感到了很有意义并且能够打动人的东西,然后才会形成创作冲动,然后才会驱使我们夜以继日地用大量的劳动去把它写出来,并且从劳动中不只是感到艰辛,同时也感到创造的快乐。正常的创作过程本来就是这样的。无论是从历史、传说提供出来的还是从现实生活提供出来的题材,我们都必须对它有真知灼见。我们必须从隐蔽之处找到深刻动人的东西,从复杂之处找到主要的应该加以突出的东西。这样,才可能超越出一般的认识和见解,赋予历史故事、传说故事、现实生活故事以及这些故事中的人物以一种新的思想的光辉。当然,这并不是生硬地从外部加上去的,而是它们里面本来有的,不过是为我们所发掘出来,或者为我们所突出和强调而已。

《三国志演义》的杰出之处正在于它并不仅仅是《三国志》的演义,正在于它有许多新的创造。它里面的两个写得最成功最有思想意义的人物,诸葛亮和曹操,都是和陈寿的《三国志》不大吻合的。然而它把诸葛亮描写为一个富有预见性的人物,把曹操描写为一个奸雄,也仍然有它的根据。诸葛亮未出茅庐,已知天下可以三分,后来的局势的发展基本上是符合他最初向刘备所作的建议的。曹操本来有奸雄的一面。《三国志演义》在这两个人物上的创造在于它特别突出了诸葛亮富有预见性这个特点,以至远远超过了他仅仅是一个"鞠躬尽瘁、死而后已"为刘备父子尽忠的人物;在于它特别突出了曹操的奸雄的一面,以至压倒了和抹杀了他的雄才大略和其他优点。陈寿是晋代的臣子,晋承魏统,他对诸葛亮和曹操所作的叙述也未必是客观的,全面的。和历史上的记载发生若干差异,诸葛亮主要成为一个富有预见性的人物,曹操主要成为一个奸雄,这是三国故事在人民的传说中的演变的结果。人民群众要求预见未来,并且深信人的智慧能够预见未来。人民群众反对和憎恶奸诈阴险、自私自利的人。他们把这样的愿望和憎恨寄寓在这两个历史人物身上,《三国志演义》的作者采取了这种传说中的演变的结果,并且又给予了很好的发展和艺术加工,诸葛亮和曹操就成为两个具有很大的创造性和深刻的思想性的文学上的典型人物。这也正是这部小说的人民性的一个十分重要的所在。我们是不能因为这两个人物不完全吻合史书的记载就加以非难的。《窦娥冤》里面的窦娥,如果单就性格来说,也许并不能说是一个典型性很高的人物。这个作品的深刻动人的思想意义在于它描写窦娥临死的时候表现出来了强烈的反抗性,她对天地都敢于高声呵责:"地也,你不分好坏何为地!天也,你错勘贤愚枉做天!"而且更加令人惊心动魄的是描写她的屈死可以引起自然界的巨大变化,六月飞雪和三年大旱。这样,封建社会里面长期被压迫的人民群众的不满情绪和反抗情绪就在这个戏里得到了集中的强有力的表现。匹夫匹妇含冤可以引起六月飞雪或者三年亢旱,这是我国古代的传说中早就有了的,甚至连窦娥被杀死后的热血不流到地下、都飞溅到挂在旗枪上的白练上这样的情节也并非关汉卿的创造。然而关汉卿把这些传说中的情节集中起来,写在一个戏里,并且表现得十分强烈动人,这仍然可以看出他对于他所采取的题材抱有真知灼见。他把这个戏题为《感天动地窦娥冤》，就证明他是明确地意识到这个悲剧所具有的思想意义。文学作品的思想性的情况是较为复杂的。由于真实地描写了生活，有些作品的客观的思想意义还可以超过作者的主观的认识和意图。然而，我们对于我们所采取的题材必须有真知灼见，然后我们的作品才可能有集中的强有力的思想上的主干，这却是无可怀疑的。

我完全不了解曹禺、梅阡、于是之三位同志的集体创作的过程。但是我想，他们在决心从事这个工作的时候，总是从这个题材感到了一种很有意义并且能够打动人的东西的，总是有一种强有力的思想在驱使他们从事这个复杂的艰辛的劳动的，不会仅仅是这个故事本来有的和他们所虚构的一些情节和场面在吸引着他们（虽然对于创作家说来，这种情节和场面的吸引也是非常必要的，这样才可能写得血肉饱满，兴味盎然）。或许是他们对于这个题材的思想意义还没有讨论得足够明确，也或许是虽然讨论明确了，剧本却表现得还不够充分，不够集中，这就给予了像我这样的读者以一种不足之感。还有一种可能，就是由于我的粗心大意，虽然我把《胆剑篇》读了一遍又一遍，还是没有能够较好地了解作者的意图。有些时候创作家的匠心本来是不容易一下子就为读者所很好地理解的。所以我说，我这很可能是一些近乎苛刻的意见。

1962 年 1 月 3 日

《文艺报》1962 年第 1 期

《胆剑篇》枝谈

张光年

火

大幕拉开，舞台上一片火光。

"火光烧红了半边天"。"远处不时有杀声、哭声传来。"

火中的大禹庙。"已经被俘的越王勾践正在大禹庙里辞别祖宗。沉重的钟声、磐声一阵阵响着。"

"大禹庙外，跪着一群越国百姓，都是老弱妇孺。""她们呆呆地望着对岸熊熊燃烧着的田里的稻子和村落。"

"灭了，完了。抢光了，烧干净了。"这是开幕后群众中有人低声说出的第一句话；大概观众是听不见的。

这是怎样的一幅大悲剧的场面！怎样的一种亡国之痛啊！

"发兵的时候，吴国三军立下誓言：攻下越国，要烧尽越国的田地，杀尽越国的人民，抓住越王勾践，定要割下他的头颅，快马轻车带回姑苏……"

当时战败国的命运就是这样的。通过舞台上正在形成的特有的历史气氛，剧作者一下子把我们带到了 2400 多年以前的那个奇怪的年代。

不过，越国人并没有被斩尽杀绝。那是吴王夫差为了争霸中原的政治目的，终于改变了主意。于是，越国君臣面临着另一种难堪的命运。

也是因此之故，在大火的背景下，出现了刀光剑影，吴国的左军士兵同右军士兵在大禹庙前格杀起来。

灭越，还是存越？尖锐的矛盾冲突，把吴国的两派人物一个个地带到舞台上。每个人脸上一团火。

越国忠勇的君臣也被一个个地推到舞台前沿。每个人胸中一团火。

有人要搜庙，有人不准搜，有人要杀进去，有人就挡过来。有人怒气冲冲，有人杀气腾腾，有人瞋目相对，有人目眦尽裂——这样登场的是被离、希虎、王孙雄、范蠡、伍子胥。

有人立碑，有人反对，有人夸耀自己的威武，有人诅咒对方的残暴。有人险言恶语，有人愤怒填膺，有人强行抑制，有人目若耀火——这样登场的是夫差、伯嚭、伍子胥、范蠡、文种、勾践。

有人制止群众诉苦，有人痛恨吴兵屠城，有人舍命救护幼女，有人申请决一死战。有人沉痛,有人激愤,有人大声疾呼,有的低声请命——这样登场的是苦成、岛雍、西施、无霸。

剧作家一下子把人物推到矛盾的尖端、情绪的顶点,推到烈火般的悲剧气氛中。

可以说,就在这第一幕的大禹庙前,在层出不穷的矛盾斗争中,在人与人,火与火的相激相荡中,《胆剑篇》好几个重要人物的性格基本上矗立起来了。凡是置身在冲突的火焰中心的,就得到更多的刻画自己的机会。

火,烧炼着失败者的复仇决心,预示着来日的火山爆发。

火,助长了胜利者的骄横气焰,使得夫差情不自禁地唱出了火的礼赞。"好一片大火啊! 烧得多么畅快! 就像我心中的大火一样!……"

骄兵必败;何况内部的矛盾是不可调和的。

就在人物开始登场的时候,潜伏着强弱转化的契机。

所以,到第五幕,会稽江边再一次出现黑烟冲天、一片火海的时候,双方的形势完全改观了。

搜庙,杀庙,辞庙。远处的火,近处的火,心中的火。性格,造成了气氛。气氛,烘托了性格。《胆剑篇》第一幕渲染出一幅悲壮、雄强的历史画面。

剑

舞台上多少回剑拔弩张,我特别要说的,是第一幕里吴王夫差刺进石崖的那一剑。

我到过苏州,访过剑池。相传那是秦始皇为求专诸的鱼肠剑,求之不得,反把自己的宝剑刺进石中、陷而成池的。记得在附近的道旁,另有顽石一块,当地同志指着石头的裂缝说:"看,这是吴王的试剑石。"

我同曹禺同志谈起他的剧本。我说:"真亏你想得出来! 你把姑苏的试剑石搬到会稽的大禹庙前了。"

他说:"真有这样一个试剑石吗? 我没有看到过。我只觉得在当时的情况下,夫差一肚子火要发泄,他必定会一剑砍在崖石上。"

于是,我重新打开剧本。

要知道,当夫差做出这个惊人动作之前,他心里至少憋了三把火。一把火:伍子胥打击了他立碑纪功的豪兴,还当着众人教训他。二把火:勾践不但不谢恩,反骂他不义不勇。三把火:消息传来,已被团团围住的越国五千壮士居然杀出重围;这特别是不能容忍的!

于是,他"顿时心中恼怒起来,忽然立起,拔出了剑"——

剑已出鞘,杀气腾腾,谁是他发泄的对象呢?

难道要除掉那刚愎自用的老相国? 这还不是时候,何况:那人一怒而去了。

难道要诛灭这"大禹的末代子孙"? 不行,这等于向伍子胥投降;何况刚刚说了"寡人愿以仁义服天下……"

难道要惩罚那报忧不报喜的使者? 后来被离曾因此受到惩罚,但这次低声道出真相的是伯嚭。

恨不得把这耸入云霄的大石碑一剑劈为两段！但这恰恰是为自己立下的纪功碑，应当传之千秋万世的。

石碑旁边的崖石昂起头来望着他。

要知道，这是一位骄横恣肆、好大喜功、孔武有力的青年君王啊！

所以，在当时的情况下，"他必定会一剑砍在崖石上"。"谁敢不听吴国号令的，就如同这顽石一样！"他挥剑刺进石崖里。

他听到大臣歌颂他的"神力惊人"。他看到武士们相顾失色，大家簇拥着他扬长而去。

这就是所谓"镇越宝剑"，任何人都不准碰它一碰的。

到底有不怕诛灭九族的人，这就是苦成。他被吴兵砍伤了臂膀，还是奋力拔下剑来，并且执剑高呼："越国是镇不住的！"几年以后，他把这剑献给了越王。

刺剑、拔剑、献剑而后，产生了一系列文章：有吴兵的搜剑，苦成的殉剑，越王的舞剑，鸟雍的磨剑，而最后，吴王夫差用自己的这把"镇越神剑"结束了自己的性命。

一个灵感产生了另一个灵感。一个波澜产生了另一个波澜。一个动作产生了另一个动作。一环扣一环。每一环都是有声有色的。

这是艺术家深入形象世界的结果。他得到了一个好的意念，跟踪追击下去，由此浮想联翩，连类而及地发现很多有价值的东西。

这当然不是凭空的胡思乱想。这是以丰富的生活知识、艺术知识、文献知识为后盾，根据生活逻辑、性格逻辑、艺术逻辑的指引，经过深思熟虑而得到的，正像地质学家从地面的矿苗发现地下的矿藏一样。

这是不是玩弄戏剧性？不能这样说。难道吴王的刺剑，越王的舞剑，苦成的殉剑，鸟雍的磨剑，不是因此而突出了这些人物的思想和性格吗？

说到这里，顺便举出另外两个有关于剑的小插曲：其一，吴兵抢牛，青年们要冲杀过去，范蠡大喝一声："刀剑收起，仇恨记下。"其二，越王发兵，泄皋问卜，范蠡拔剑而起，一剑将龟甲砍成两半。这两个小插曲，不也有助于突出人物的思想和性格吗？

艺术的想象继续伸展开去，剧本的思想内容更加丰富起来。你看，当年夫差插剑的顽石，现在变成了"苦成崖"，变成了青年战士们磨砺武器、磨砺斗志的地方。你听，鸟雍率众在崖前祷告：——

"这十五年，越国人每年都要在你的苦成崖上磨一次刀剑。你看崖石都磨了深沟。崖石啊，你好比苦成老爹铁硬的骨头！这剑上的钢锋啊，你好比苦成老爹望着我们的眼睛！……"

剑和石头，成了英雄的化身，复仇意志的化身。

可以说，吴越双方围绕着"镇越宝剑"形成的一系列戏剧情节，帮助扩大和加深了剧本的主题思想：大国因胜利而骄横恣肆，小国因失败而发愤图强，最后是对立面的互相转化。

能够说情节是不重要的吗？生活冲突变成戏剧冲突，要通过情节来实现。情节，是性格矛盾的艺术体现，是对于生活现象的一种艺术加工。剧本的思想内容，经过情节和语言，得到确定的艺术形式的表现。

胆

《史记·越王勾践世家》说勾践从姑苏返国后，"乃苦身焦思，置胆于坐（座），坐卧即仰胆，饮食亦尝胆也。曰：女（汝）忘会稽之耻邪（耶）？"

"卧薪尝胆"，说明勾践是如何地刻苦自励，不忘雪耻。重要的是充分表现这种刻苦自励的精神，当然不要死抱着"仰胆""尝胆"来做文章，就像小学教科书上的一幅插图那样。

在剧本里，胆是苦成献给越王的。这胆成为苦成老爹人格的化身，又成为越王刻苦自励的警钟，起了让卫士不时提醒自己"你忘了会稽之耻吗"的同样作用。

第四幕，苦成殉难后，有一大段勾践仰胆的独白。这是胆的颂歌，苦成精神的颂歌，从各方面颂扬了胆的美德："你性寒，你苦而涩"；"可你是清心明目的，你叫我们眼亮耳明"；"你叫我不焦躁，不慌张"，"但是你能教人胆壮，叫人勇敢"，"你是驱毒的，除不洁的。你教我们把一切懒惰、苟安的毛病都一起抛却……"

要知道，胆的这些特性和美德都是有医学、药物学上的根据的。《本草纲目》列举各种动物胆的特点和作用说它们"苦入心，寒胜热，滑润燥，泻肝胆之火，明目杀疳"；"苦寒，凉心平肝，明目杀虫，……性善辟尘"，"治二十年老聋"……《素问·灵兰秘典论》说："胆者，中正之官，决断出焉。"细心的读者如果把这些资料同上述那一段抒情独白加以对照，定会叹服于剧作家需要何等广博的知识！需要何等的慧眼从这些枯燥、零散的古代医药文献资料中发现诗意！需要何等的手腕把它们转化为文学的语言！

要知道，《胆剑篇》中许多重要情节、人物性格乃至某些细节、某些语言、语汇，都是有古代文献资料的根据，通过复杂的挑选、改造、酿制过程而出现在剧本中的。上面所举的不过是一个不重要的小例子而已。

现在我们看看，《胆剑篇》怎样突出了胆的美德，特别是勇敢决断、清心明目、润燥泻火、含辛茹苦这几个方面。

在吴主的刀斧前面，不肯低头谢恩，反责其"不义不勇"，"断难立足于天下"。——这是勾践的胆。一身抵挡住伍子胥搜庙的暴行，大喝一声："谁敢进去？""不然，五步之内，……二人同尽！"——这是范蠡的胆冒死拔剑，临危献胆，生为人杰，死为鬼雄。——这是苦成的胆。赤手抗吴兵，窃符救勾践。——这是西施的胆。

所有这些，都是"教人胆壮，叫人勇敢，敢于面对一切残暴和不平"。

听逆耳的忠言，用谋臣的良策；强弱悬殊，利在智取；促成夫差的骄狂，麻痹敌人的戒心；待其空虚，攻其后背；联结齐晋，动员人民；"个个执剑，人人扶犁，就在这方圆不满百里的疆土上，也要兴起一片腾腾的王气。"

这都是眼亮耳明、胆大心细、有胆有识、有勇有谋的方面。

"刀剑收起，仇恨记下。""我们要打，但不是现在；要动，但不是今天。"图大事的人，应该山崩于前不动色,海啸于后不变声。"看他痛心疾首,捧出了木简;忍辱饮恨,握断了玉圭! 因为"猛虎是不把牙齿露在外面的。""你要衔枚疾走啊。""快快做,莫作声。"

这就收到退热、定神、润燥、泻火的功效。

"我要天天尝它,夜夜尝它,日夜不离它。""勾践,你忘了会稽之耻吗?""这一鞭一道血痕,打在我的心上。"夫人星夜纺织,越王闻鸡起舞。没有犁,用手刨! 没有牛,用人拉!"我们定会苦尽甘来,我们要赢得这千古的胜负。"

这就是卧薪尝胆、茹苦含辛、苦身焦志、刻苦自励的突出表现。

一部《胆剑篇》,就是这样在"胆"字上做文章的。文章做得有虚有实,有擒有纵。它多方面地突出了胆的美德,也多方面地突出了剧本的思想。

马

写马,自然是为了写人,写人的思想、情、性格。

这里谈谈第二幕。这幕戏以马始,以马终。其实并没有着重写马,写马也是虚笔而非实笔。不过许多戏是由马引起、与马有关,或者以马为线索而贯串起来的。

勾践在吴宫养马三年。马肥了,人瘦了。馆娃宫畔三间矮矮的石室,是勾践君臣三人的栖息之所,跟前就是马槽。其实这石室本身也就是马槽,其中拴着三匹千里马。或者说,人不如马,比起马来,他们更难得到纵横驰骋的机会。

正是江南初春的破晓,遥望着南方的晓星,怎会不引起思归的梦想呢? 所以戏的开始,就是夫人说梦:"我梦见大王骑着一匹高大的骏马飞奔。"越王的回答是:"我也真想骑着一匹骏马回去啊!"

可是他并没有沉醉在梦想中。他机械地把饲料倒进马槽里。他整夜未能入梦。他焦虑的是"这一夜吴宫外面马声不断,过了一夜的战车",不知道又会有什么新的厄运临头。

果然,范蠡带回消息,越国君臣三人面临着严重关头。他们的生死存亡,正决定于吴国两派斗争的结果。事情很危急。西施盗来验关金符,元霸备有快马三匹,可以实现骑着骏马飞奔的梦想了。这其间,西施叩拜越王的一段戏,范蠡、勾践考虑生死去留如何更有利于越国的一段对话,都是动人的。

事情急转直下,伯嚭宣布了释放越国君臣的诏命。但释放前还要羞辱勾践一番:"大王移时就要召请各国使臣一同打猎,着令越王勾践前去谢恩,并作前马。"

幕落以前,我们看到:"伯嚭给勾践披上王服,范蠡把马鞭献与勾践。勾践迟疑了一下,庄严地接着马鞭走下。"

这一幕戏,着重写勾践的忍辱负重。心在越国,身在马槽,而且"三年了,三个春夏秋冬,三个三百六十个痛心切骨的日子!"每一天都是"在夫差的骄狂和轻视当中"度过的。

这一天,他受到王孙雄和各国使臣的嘲笑,"让这些鸡狗猴子观看赏玩",真教他痛心疾首,愤不欲生,无怪乎他"压抑不住的躁怒,止不住地在石磴上猛抽着马鞭,高声疾呼"起来。

而最后，为吴王行猎作前马，"庄严地接着马鞭走下"，这又是何等心情？我们可以设想：这时候，他当然感到极大的屈辱，同时也看到更大的希望；因为纵马回国的日子已经不远，复仇的火焰在胸中燃烧，他满可以把这些骄狂的敌人和势利眼的各国使臣们，看做一群暂时得意的"鸡狗猴子"，从而保持着"山崩于前不动色，海啸于后不变声"的庄严情绪。

但这是很不容易的。如果若干年后，他曾强抑怒火，握断了玉圭，像第五幕所描写的，那么，披着王服的仇人马蹄前左右奔走的这一天，焉知道他不曾几度握断了马鞭呢？

这一天，直到伯嚭宣布吴王诏命之前，勾践几度面临着死亡的威胁。夜来的马嘶，范蠡的回报，西施的告警，被离的冲杀，每一回都把这个人物的神经刺激到极端紧张的程度。这样的日子也过了三年。

忍辱负重的描写，是发愤图强的衬托。古人说："越王勾践霸心生于会稽"①。我们也可以说，越王勾践霸心生于石室，生于马槽。可以设想，三年的日子不是白过的，越国君臣三人天天在看，夜夜在听。他们看清了敌人的虚实，看透了吴国的主骄、民疲、上上下下不团结，从而看出了希望，找到了对策。

越是羞辱，越是嘲笑，越是激起了发愤图强的志气。"哦，我要回去！摩顶放踵，粉身碎骨，我也要越国成为富强之邦，天下景仰！"这岂不是勾践的霸心吗？

"我是在想，时常在想，我昼夜地想！"从王孙雄的笑骂，想到了"十年生聚、十年教训"的木简。从这片木简，想到了未来广阔的前程。从布谷鸟的叫声，想起越国烧焦了的田地。从吴国的一把铁犁，想起越国他日五谷丰登。

可以设想，越国君臣在吴宫养马三年中间，已经千百次地想定了兴越灭吴的大计。

米

这一则谈米，想借此挑一挑剧本的缺点和弱点。

剧本的第三幕，写了越国的大旱，吴兵的填井、群众的饥饿，求雨，越王的运米，赈饥，着重写了群众拒绝吃吴米，苦成指责越王饮鸩止渴，主张"非自耕者不食"，总之在"米"字做了一大篇文章。固然群众求雨的场面，越王祈雨的台词，是动人的，但是我以为这幕戏可能是全剧中的败笔。

"寡人怜恤百姓困苦，用宫中珍宝籴来白米……"越王听到百姓指责时的委屈情绪，可能是有道理的。群众责备越王运来了"仇人的米"，批评他"没有骨气"，可能是过当的。

第二幕无霸告诉越王：越国"连年饥荒，只靠吴国运来的烂米活着，吃得人都生了病，不吃又不成。"可见这样的米已经吃了几年。

为了写米，远在第一、二幕就埋下了伏线，这就是那一束烧焦了的稻穗，可是并没有产生很大作用。

不错，第三幕写米，是为了写百姓的骨气，写自强不息的精神。我以为，在第四幕里，

---

① 《荀子·宥坐篇》。

也有充分的机会突出这种精神。

比起第一、二幕,第三幕是缺乏戏剧性的。虽然许多事情以米为线索而贯串起来,但是求雨、运米、填井、谏米、迁都、献剑……仍然显得是一小块、一小块的,没有融为一体,扭成一根绳,形成真正戏剧性的情节。看戏的时候,观众容易看出某一段文章正在说明某一个问题。

但是其他几幕里面很多好戏,观众都是不知不觉地投入情况之中,与剧中人物同枕共乐,只是事后才发现作者深刻的用意和艺术上的苦心。

这一幕,登场的人物也嫌多一些。观众还来不及记住他们的名字,摸清他们的脾气,对他们的命运也就难以产生深厚的同情。

当然,其中突出了苦成。我对此也有点小意见。

苦成这个人物,是《胆剑篇》中突出的创造之一。他在我们头脑里留下了深刻的印象。但是,为了突出苦成,过多地抢去了主人公的戏,掩盖了主人公的光彩,这合适吗?

在《胆剑篇》里,胆,是苦成的化身。胆是苦成献的。是苦成启发勾践认识了胆的美德。没有苦成就没有这个胆。剑,也几乎是苦成的化身。剑是苦成拔的,苦成献的,用苦成的性命保住的,所以插剑、拔剑的地方叫做苦成崖。没有苦成就没有这把剑。而"自强不息"("这四个字真像天上的响雷一样")的精神,照第三幕所描写的,似乎也出于苦成的启发。

如果想到范蠡的性格也在某种程度上掩盖了勾践(他们本来应当是互相映发的),以至越王勾践卧薪尝胆、发愤图强的精神似乎不是出于本人强烈的、内心的要求,这就不能不减低了观众对于主人公命运的同情,减低了艺术形象的感人力量。剧作家完全正当地避免了对于古代英雄人物的过分美化和现代化,可是产生了另一方面的缺点。这多少给演员的表演造成困难,使他不容易从勾践这个人物性格的全部复杂性中清理出一条明朗的线索来。

我觉得,无需乎在勾践作为古代英雄人物这一点上表现任何踌躇。勾践是春秋时代的英雄人物。一切英雄都属于自己的时代。无妨描写这个人物的缺点。他的倔强自负、刻薄寡恩本来不下于伍子胥。周秦诸子介绍他那残忍的练兵方法,是可信的。可是无论如何,卧薪尝胆,发愤图强的精神,是这个英雄性格的主要内容。

但是我们再回到米的题目上来吧。关于米,有一段有趣的史料。《史记·越王勾践世家》说勾践归国九年后,吴王夫差伐齐大胜,俘虏了齐国的两员大将。这年轻的君王越发骄傲起来。伍子胥事前曾力谏吴王不可伐齐,因此这时受到吴王的责难。伍愤不欲生。吴国的内部矛盾越发尖锐了。文种看出了吴王的骄气,建议向吴国贷粟,以麻痹敌人,助长他的骄狂。"请贷。吴王欲与。子胥谏勿与。王遂与之,越乃私喜。"《吕氏春秋》《吴越春秋》,关于这件事也有大同小异的记载。

如果写米,这段材料可能是有参考价值的。吴王之败,跟他的骄横、麻痹,很有关系。通过借米,写越人如何伺其骄,试其骄,促其骄,成其骄而乘其骄,对于丰富剧本的思想内容,吸取历史上的经验,教训和智慧,也许有些好处。至于吴王借或不借,那倒是次要问题,反正错误的估计定会产生错误的结果。

但是,我怎么在这里指手画脚起来? 我所接触的史料,比起剧作家所掌握的大量材料,不过是很少一部分而已! 我所认为有趣的,很可能是剧作家经过全面而深刻的考虑以后,看出是一堆烂米,或者虽非烂米,却塞不进去,才断然予以抛弃的。

而且,在写米的问题上借题发挥,挑出了这样那样的缺点,对于长年为脑病所苦、仍然以卧薪尝胆的精神执笔献出了《胆剑篇》的曹禺同志,岂不是太不公平了吗? 可是你要知道,曹禺谈起自己的剧本的时候,对于其中的部分缺点,常常做了夸大的描写,而对于其中的生花之笔,却很少涉及。这个人啊,对自己的要求是严格的。

1961 年除夕
《戏剧报》1962 年第 1 期

《家》与其他作品

研究资料

《胆剑篇》的思想性

张光年

我想谈谈《胆剑篇》的思想性。

在历史剧的创作上,怎样正确地处理历史题材,艺术地总结历史经验,既忠实于历史真实,又富于思想教育作用,使今天的观众从中得到新的启发,收到温故而知新的效果,这的确是一个难题。针对这个问题,不久以前戏剧界曾经展开了"古为今用"的讨论,不少同志发表了很好的见解。在创作实践上,我们也取得了一些成功的经验。不仅是描写近代革命史方面,曾经产生过一些好剧本,就是处理古代题材的剧本,有些也成功地表达了具有重大意义的主题。

京剧《三打祝家庄》的出现,曾使人耳目为之一新。记得新中国成立后不久,我第一次看到李少春、袁世海主演的京剧《将相和》。整个戏都很吸引人,特别是看到廉颇负荆请罪的那一段,深受感动。京戏,花脸的戏,演的是2000年以前的故事,舞台上能够迸发出那样强烈的思想感染力量,是难能可贵的。1956年,昆曲《十五贯》来京演出,又一次打开了人们的眼界。那样古老的剧种,古老的剧目,经过推陈出新,能够表现出那样尖锐的、发人深省的主题,这增强了我们对于戏曲改革的信心。这两个戏的特点,都是主题集中,人物集中,情节集中,语言好,真实感很强,主题思想是靠演出来的,不是靠说出来的。此外,近年来历史剧的佳作还有不少,例如话剧和粤剧的《关汉卿》,都是以舞台上的热情和真实感打动了观众,收到启发、鼓舞人的思想效果。

我以为,《胆剑篇》的可贵之处,正是通过历史真实的艺术描写,表现了尖锐的、重大的政治主题,从而为历史剧的创作提供了新的经验。

越王勾践卧薪尝胆、发愤图强的故事,曾经一代一代地激励了很多奋发有为的人,对今天的人们仍然有参考借鉴的作用。我们知道,好些戏曲剧团把它编写为剧本,好些同志在这个题材上发挥了创造,可也有不少同志走了弯路。《胆剑篇》的创作态度是严肃的。作家在遵循历史逻辑、人物性格逻辑的基础上驰骋自己的艺术想象。在剧本里,许多重要情节乃至若干细节都是有史料根据的。这倒不是拘谨,作家正是凭借这些材料进入形象思维,从每一个材料看到一片广阔的空间,经过调整、补充和伸展,合起来构成一个完整的形象世界。通过人物的性格、风貌、言谈、行动、关系、冲突,共同形成一种特定的古代历史的气氛。这些都是真实的,或者说,能够让你信以为真的;因为它们已经形成这样一个生活整体，其中有自己的秩序，自己的规律、规矩、法度，自己的内部联系，而不是凭空的、主观随意性的编造。虽然不是毫无疏失（例如群众的觉悟程度略高一些），但是总起来说，舞台上再现出来的历史画面，能够使你相信具有春秋时代的历史特点，它不像是汉代的、唐代的，更不会同汉、唐以后的社会风习相混淆。即此一端，可以看到《胆剑篇》的作者在保持历史真实方面，的确花了很大工夫。

《胆剑篇》的思想性，正是通过历史真实的艺术描写而实现的。剧作家无需乎乞灵于廉价的影射，借助于空泛的说教，也不要任意地"拔高主题"或"拔高人物"；而是经过尖锐的戏剧冲突和冲突的解决，把历史的经验教训突现出来，把英雄人物的美德刻画出来，把古人在政治斗争中的智慧表现出来，由此帮助观众对舞台上的历史事件得出正确的认识和评价，从中吸取有用的东西。这就有了思想教育作用，并且间接地闪耀出新的时代精神的光彩。对于历史剧，时代精神不是外加的；时代精神首先表现在剧作家根据当前的时代需要，阶级需要，正确地选择题材，处理题材。我们的话剧舞台，自然是要着重描写当代的革命、建设的题材，表现出强烈的时代气息。同时，如果剧作家自己身上充溢着时代精神，掌握了正确的观点、方法，那么当他处理历史题材的时候，也会刻上时代精神的烙印。

被压迫的小国，因失败而发愤图强，能够转弱为强；压迫者的大国，因胜利而骄傲麻痹，必定一败涂地。——照我看来，《胆剑篇》通过艺术的描绘，正是这样总结了吴越两国那一段兴亡成败的经验教训，而这，也就构成了这个剧本的主题思想。《胆剑篇》固然也是着重表现了小国的发愤图强，那是作为这一段历史经验的正面，是在同反面经验的相比较、相对立的过程中表现出来的，这就使得剧本的思想内容得到扩大和加深，剧本的现实意义更加突出了。范钧宏同志曾经写过京剧《卧薪尝胆》，颇不自满，写了一篇文章总结自己的创作经验。他说："《卧薪尝胆》的确相当突出地体现了发愤图强的精神"，但是他引为遗憾的是，当初没有考虑另一个写法："从吴越两国强弱、胜败矛盾转化的过程中，给人以相当深刻的双重历史教训。"他说，如果那样写，"它告诉人们，越王勾践吸取了失败的教训，不为暂时性的困难所吓倒，下定长期建设的决心，激励意志，排除万难，动员群众，生聚教训，终于由弱转强，雪耻兴国。这是一个正面教材。那个反面教材——吴王夫差，胜利冲昏头脑，穷兵黩武，恃强凌弱，骄奢淫逸，拒忠谏，近谗佞，上下交怨而不知警，众叛亲离而不自觉，于是一战而亡，终致覆灭。这个强烈的对比，正是一幅'生于忧患，死于安乐'的鲜明写照。"他认为这样写法，比之他原来的主题，"概括生活的幅度就更为广阔"①。固然同样的题材可以表现各种不同的主题，写得好都有价值，但是范钧宏同志的说法是很有道理的。

谈到正面英雄人物优良的精神品质的刻画，那么最重要的，当然是那种不畏强御、敢于斗争、特别是刻苦自励、发愤图强的精神。这都是值得后人继承和光大的。

① 《剧本》1961年9月号。

照吴王夫差看来："越国不过巴掌大的地方，几只蛤蟆一样的人。你竟敢不听大国君王的号令，还不是罪有应得吗？"可是勾践不但不知"罪"，而且不知"恩"，偏要以卧薪尝胆的决心，为雪耻兴国而奋斗。当年的这种精神，是感天地而动鬼神的。除此而外，剧本还写了范蠡同伍子胥、夫差面对面的斗争，写了苦成的生为人杰、死为鬼雄的牺牲精神，都是可信而且动人的。可惜的是，关于越王勾践刻苦自励、发愤图强的描写，显得过于分散、零碎，缺乏动作性，比起表现越国臣民勇敢精神的拔剑、献剑、护剑、磨剑的戏，就不那么鲜明有力。一个非常好的设计是，把越王自警自励的话"汝忘会稽之耻耶"改为勾践让卫士用戈矛敲打竹阁高声提醒他。可是剧本没有交代清楚，容易使人误认为是勾践善忘，卫士呵责，那就无助而有损于人物的精神品质的描写了。

在敌大我小、敌强我弱的条件下进行生死存亡的斗争，越国君王运用了一套斗争的策略和智慧。《史记》谈到文种的"伐吴七术"（《越绝书》说是九术）；谈到逢同主张越人不可轻举妄动，要学那"鸷鸟之击也，必匿其形"；主张"结齐、亲楚、附晋"；利用吴国的"名高""怨深""志广""轻战"而"承其弊"。[①]《史记》还谈到子贡说勾践："无报人之志而使人疑之，拙也；有报人之意使人知之，殆也；事未发而先闻，危也；三者举事之大患。"他劝勾践利用吴国的内部矛盾，助长它的主骄、兵疲而制其弊[②]。剧本里的灭吴三计，以及"不可硬拼，利在智取""猛虎是不把牙齿露在外面的""在敌人面前，深思熟虑，知机观变，要沉静"……很可能是从这类史料得到启发。此外，第二幕西施劝勾践逃跑的时候，范蠡同勾践考虑他们的生死去留怎样才能"大有用于越国"；第四幕被离要求越国拆城的时候，范蠡主张拆去城门，说是"不死不生，不断不成，这是置之死地而后生的道理。拆去城门，叫夫差不生疑虑，不把越国看成眼中钉、肉中刺。拆去城门，才更叫我们君臣上下不能高枕无忧，知道吴兵随时打得进来。……"这些都充满了斗争的勇气和智慧，说明范蠡不愧为智勇双全的人。

《胆剑篇》用新的观点来评判历史；通过历史真实的具体描绘，帮助我们认识 2400 多年以前的那个千奇百怪的时代。它艺术地总结了那一段可资借鉴的历史经验，描绘了历史人物的可资继承、发扬的英勇精神和发愤图强的精神，再现了古人在政治斗争中创造出来的、值得今人参考、吸取的谋略和智慧。这个剧本表现了尖锐的思想内容，对于今天正在坚持反对帝国主义、为崇高的目的发愤图强、建设祖国的人们，是有启发和鼓舞作用的。因此之故，这个描写古代题材的剧本，同当前的时代精神有了密切联系。

重大的主题，丰富的内容，强烈的冲突，悲壮的画面，应当产生何等的征服观众的力量啊！看戏的时候，尽管许多地方是动人的，许多地方是引人深思的，可是没有感到那种震撼人心的强大力量，这是什么原因呢？我以为，并不是剧作家缺乏热情，而是吃了笔力分散的亏。首先，作者在把勾践作为历史上的发愤图强的英雄人物加以歌颂的时候，表现了某种踌躇，使得观众对主人公的命运未能引起充分的关怀和同情。与此有关的是，人物不

---

① 《史记·越王勾践世家》。
② 《史记·仲尼弟子列传》。

集中,情节不集中,损害了对主题思想的集中描写。第三幕、第四幕都有这个弱点,第三幕尤其如此。台上的感情线索一经打断,台下的注意力一经分散,再把它连贯起来,就不大容易了。我感觉,作者约束了自己的感情,没有放开笔来写;同时想得太多,又没有大力割爱,这就影响了这个剧本的首尾一贯的完整性和强大的感染力量。关于这个问题,何其芳、张庚同志的文章已经做了深入的分析,我在为《戏剧报》所写的一篇文章里也曾有所涉及,这里就不再重复了。

1961 年 12 月 25 日

《文艺报》1962 年第 1 期

《家》与其他作品 研究资料

《胆剑篇》随想

张 庚

　　我是曹禺同志热心的读者和观众中的一个,自从他第一次发表作品《雷雨》的时候就是这样了。他的每一个戏,我都读过不止一遍,许多戏我也看过不止一次的演出,他所创造的许多人物都在我脑子里留下了很深的印象。我说这些话并非夸耀自己对于曹禺同志的创作特别熟悉,我只是想说在话剧的读者和观众之中,像我这样的人是不在少数的。

　　曹禺同志对于他的读者和观众具有这样大的吸引力,原因当然很多,如描写细致入微,就是人所共同称道的。但我觉得他笔底下的人物一个个都是鲜明强烈,当还未曾立到舞台上之前,早已活跃在报纸上,这一点恐怕是十分重要的。他笔底下的人物总是有富于特性的语言,有些剧本里的对话竟成了观众一时流传在口头的语言。他的人物的行动总是很典型的,是这个人的行动,决不能安到另一个人身上去,这一点,从《日出》《北京人》等剧本中最容易找到突出的例证。我国的剧作传统中间有一个富有特性的品质,那就是剧作者对于剧中人的爱憎之情总是明确而又强烈地表露在作品中,这使得作品呈现鲜明的倾向性,并因此而牢牢地抓住了观众,使得他们的情绪激动起来。曹禺同志的作品就有这种特色,他的那些特别为观众所热爱的作品,如《雷雨》《日出》《北京人》《家》等等,这个特色尤其明显:对于所爱的人物常常给予热情的歌颂;对于所厌恶的人物,又冷酷地加以嘲讽,或者痛痛快快地给予热骂;对于弱小受压迫的人物又给予极大的同情、支持,并为之申诉,抱不平。正因为以上的原因,使得曹禺同志的作品无论在舞台上或在书桌上都更容易为人们所接受、所热爱。

　　曹禺同志在创作上还有一个特点,就是不安于老一套的表现,而在每一次的新作品中都要对形式做新的探求,力图用最适宜的语言、结构和细节来表达他对于不同题材、不同人物的明确态度和热烈的感情。

　　曹禺同志以前没有写过历史剧,《胆剑篇》是他的新尝试。在这里我们看到他许多新的成就。比方他做到了尽量忠于史实;选用材料也十分严格,虽有虚构,但主要的都是有历史根据的,就像黑肩所唱的一首短歌也都是从《诗经》上选来的。应当说,这都给剧作者带来许多难题、许多限制,但曹禺同志并没有被束缚住,反而从它们中间开辟了新的道路,创造了新的表现,首先是创造了新的舞台语言。

　　我们现代历史剧作者,像郭老、田老都创造了和创造着自己风格的历史剧语言,曹禺同志也创造了自己的一种。他的历史人物口中的语言,叫人听来既没有现代化的感觉,却又平易好懂。他有非常富于戏剧性的警策简练的语言,如当众人忍无可忍,拔出刀来要和吴兵干的时候,范蠡有力地说出来的八个字:"刀剑收起,仇恨记下。"又有好多台词,既古朴又口语化,既凝重又热烈,像苦成的带韵独白:

> 是我拔下这"镇越剑",
>
> 我就去当头劈面,
>
> 喝住这横行的鸱鸮。
>
> 告诉他们:
>
> "我早将它沉在万丈的剑湖底,
>
> 它化成了越国的龙蛟。
>
> 正气难摇。你不用找!"

这样的台词多么富于诗意,但它既不同于抒情诗,也不是叙事诗,而是真正的剧诗。

《胆剑篇》里的语言不仅具有上述的特点,它也像所有曹禺同志的舞台语言一样是性格化的。我们从夫差简短的几句话里就听出了他那副不知天多高地多厚却以征服者自居的神气。试听:"越国不过巴掌大的地方,几只蛤蟆一样的人。你竟敢不听大国君王的号令,还不是罪有应得吗?"有的同志说,曹禺同志能够把类似"蛤蟆"这样的现代俗语糅在带着文言的比较凝练的语言中间而不令人感到不调和,这是他的本事。我也同意这点。我想,其所以能有这样的效果,乃是因为这样的语言准确地表现了人物的缘故。夫差在《胆剑篇》中间是一个塑造得成功的人物。在第一幕里对勾践说的那一篇话写得真是精彩。他满以为勾践必定诚惶诚恐地谢恩,结果大出他意料之外,他始终不懂这件事情的意义,直到二十几年之后,他才感到事情的不简单、不妙,他沉吟自语起来:"想不到巴掌大的地方,蛤蟆样的几个人,却成了这样的局面了。"他认识到事情的严重性,却不肯公开承认,这不只是由于他不肯认错,而且是由于他刚愎自用,一心要做霸主,不惜冒着极大的危险去达到自己的目的。这个人物写得好、写得深,二十多年的经历,他有了很大的发展,而那称霸中原的梦想却并未变化。为了写出夫差,曹禺同志成功地刻画了两个不同的人物伍子胥和伯嚭。这是两个对立的人物,从地位上、性格上、品质上,各方面都鲜明地对照着,而这些又集中地表现在他们和夫差的关系上。每当这些人物同场的时候,就构成了惊心动魄的好戏,尤其是夫差最后杀伍子胥的时候,戏更是非常精彩:伍子胥的话真是锋利之极,句句像刀子一样刺着夫差心里的最痛处,夫差就越是在心中承认了伍子胥的远见,越是在伍子胥对于残酷的现实所做的分析面前暗暗惊悸发抖,却又越是怒不可遏。这个怒,有真的一面又有假的一面。真的一面是感到伍子胥总是凌驾在他头上,把他当作没有经验的"少主"看待;不幸的是到了最后竟证明伍子胥的看法是完全对了,这大大伤害了他的自尊心,他不能不勃然大怒了。假的一面呢? 是他已经走到这一步了,在他看来决不能再回头,只有冒险前进,因此不得不一错到底,索性将伍子胥杀了。

夫差到了此时,对于伯嚭是已经看透,但这个人抓着他的短处,他不能拿此人怎么样,否则等于承认自己错了,输了!

在围绕着夫差的这一个矛盾斗争方面,人物的安排,斗争的隐、显、起、伏,真像是"一棵菜"一样,不仅仅主要人物安排得十分有机,就是那些次要角色如被离、希虎、王孙雄等都是紧紧地围绕着这个矛盾而行动、发展,而建立起人物的性格来。

作为吴国这一集团的对立面,而且是主要的一面,越国君臣人民这个集团,其中的人物也是写得好的。像勾践在夫差面前的两场戏也是写得惊心动魄,倔强的性格也是跃然纸上。勾践周围的主要人物范蠡也写得很好,很突出。

感到不足的是勾践这个人物。作为一个全剧中间头等重要的人物(这也许是我的理解),总觉得他不够突出,不够吸引人。你看,他周围的人似乎都比他高,范蠡机警多智,有勇有略;文种沉着踏实,老成坚毅;苦成更是大智大勇,能够从容不迫地杀身成仁,兼有哲人和侠士的风度。相形之下,勾践就显得渺小多了,他的好处是有着复国雪耻的决心,有一副倔强的性格;但他太浮躁,太不懂事,他的一切都是周围的人教给他的,连尝胆的事,也是苦成教给他的。这个人太平凡了。

我这么说,难道是想否定这样的真理:即群众是英雄,而个人,特别是作为统治阶级头子的个人,乃是渺小的吗?不是,这条真理是驳不倒的。但是从艺术表现上来说,无论是范蠡、文种、苦成,他们的形象都有一定的光彩,都比勾践高大,甚至高大得多,这样一来,勾践就不容易立起来了。如果说,勾践的一切都必须清楚地表现出是从群众中学来的,那么范蠡、文种等人为什么又可以例外呢?这实际上存在一个问题,是不是统治阶级人物的每一点智慧,每一件好事都必须在舞台上交代明白,是从群众中来的呢?或者某些方面也可以不一一交代呢?

还有一个问题,古代统治阶级、帝王将相们的局限性到底如何表现?《胆剑篇》中的勾践,作者对于他的热情、兴趣究竟在什么地方,我们感受得不切实。似乎作者对于这个人物比较理智,他有多少好处、多少缺点都一一客观地摆出来,不肯多加赞辞,这使观众和读者摸不清作者对他的态度。从这里我不禁想起曹禺同志另一个剧本《北京人》中间的曾文清来,作者对这个人物说了多少缺点,做了多少批判,但观众总是同情他,这是为什么呢?恐怕其中的奥妙就是在于作者同情他,对他有深厚的感情。这里的勾践,情形很不同,作者在创造这个形象的时候和他保持了一定的距离。作者对这个人物的热情是有的,从他与夫差面对面的两场戏中间我们是感觉得出来的,但十分控制地没有尽情表达出来。我觉得,当作者的热情(不论是爱还是憎)不能够充分贯注到人物中去的时候,正面人物就会失去光辉,而反面人物就难于给人留下深刻的印象。曹禺同志对于他所创造的人物素来有着热烈的爱憎,而且这是他风格上的一大特色,我觉得不是他不能爱,不能恨,而是在于如何评价历史人物、如何写出他们的局限性来,在今天还是一个十分新颖的问题,我们的剧作家,包括富有经验的老剧作家,在这方面都还经验不丰富。曹禺同志写历史题材这还是第一次,当然也存在经验不足的问题,这是不难理解的。但有一点是不是也可以肯定呢?即对于人物倾注热情和写出他的局限性来,原不是不可调和的矛盾。

《胆剑篇》中间还提出了一个如何写历史上的人民群众的问题。这个剧本中间群众比较多,既在戏剧中占着重要的地位,但又有比较分散的感觉。戏的第三幕、第四幕因之感觉得比较松散些,尤其第四幕事件也不甚集中,显得更散,这有损于戏的鲜明强烈。尤其对于历史戏来说,总希望能凝练集中一些,使得它具有更多的雄浑古朴之美,一散,力量也就随之减弱了。当然,这也是个矛盾,历史是人民群众创造的,我们来写历史戏,必然会贯穿这个观点。但如何表现群众? 除了群众直接上场之外,还有没有更巧妙的表现方法? 或者我们就是需要群众直接上场,这样的表现可能造成更其雄伟的气氛,但如何运用它? 这些问题,同样也是须待积累更多的经验才能够解决得更好的。

剧本创作上存在着许多需要解决的问题,作为历史剧又有许多特殊的问题,所以写历史剧很不容易。曹禺同志这次的新作有许多特别值得学习的地方,除了前面所提出来的语言、人物上的创造之外,我觉得整个戏中间的那种发愤图强、自力更生的热情力量渗透着全剧,感动了观众和读者。我们在出了剧场,掩了书卷之后,这一点感情在心中久久地颤动不息,这乃是《胆剑篇》最可贵的成功之处,正是我们写一个剧本所努力追求而难得达到之处。

《文艺报》1962 年第 1 期

虚实照映

——浅探《胆剑篇》第二幕

范钧宏

　　《胆剑篇》的第二幕,并不是全剧最精彩的高潮,然而我很喜爱它。我觉得从创作技巧来讲,这一幕有比其他四幕更多值得学习的地方。探讨一下这种表现手法,对于戏曲写作,会有许多有益的启发。

　　第二幕与第一幕,时间上前后距离三年之久,写的是越王勾践被释归国的一日。从全剧看来,这是吴越斗争中矛盾转化的重大关键。要写具体冲突,也要补足幕与幕之间的空白,同时又要为以后几幕安排伏线,因之就要求从事件发展、人物关系种种方面,有幅度、有纵横地反映出来。必须写出勾践被俘三年以来吴越两国的变化;必须写出当时吴国与其他各国之间的关系;必须写出吴国内部伍子胥与伯嚭在处置勾践问题上的矛盾和夫差在两者之间的倾向;必须写出越国君臣的坚忍负重争取回国。写出他们三年来的生活、长远的打算和度过当前艰危的思想与行动。这一系列的问题,都必须交代清楚,写得深透。一笔不到,必致影响全局,破坏艺术境界的完整。而在这一系列"必须"当中,最主要的又是通过生死安危的戏剧冲突来突出勾践坚忍不屈的性格。假如分散平均地写来,尽管般般具备,而最主要方面未得突出,则必将降低作品的思想性和艺术性。反之,如果主要人物得到突出,而其他方面描绘不足,则又将影响这一重大关键发展过程的可信性。正由于此,这一幕戏给作者提出了难题;也正由于此,作者丰富的艺术经验和表现技巧,又为这一幕戏增加了更大的光彩。

　　首先,作者把勾践石室牧属的生活作为规定情景,让勾践蒙受着难忍的屈辱,经历着生死的威胁,显示着惊人的勇气,而最后争取到被释归国。这样,就形成了一根在生死关头突现勾践性格的主线。这个构思是独具匠心的,它使全幕最主要的描写对象得到幕前的正面突现,给观众以强烈的感染。尽管要反映的情节很多,但作者从未因此而分散、打乱这根主线,而且不断以幕后虚笔来充实、烘托它。另一方面,尽管这一根主线是何等重要,作者也从未只抓主线不顾其他,而是掌握"以明导暗""虚实照映"的手法,从实写的主线发展中带出了很多虚笔。精练而饱满,波澜壮阔而险象环生,从这里显出作者构思的功力。

　　幕启后,身穿囚服的勾践正在打扫马粪,第一句低沉的独白就是:"三年了,三个春夏秋冬……"接着,勾践夫人很快上场,谈话之间马上提到了范蠡,提到了昨夜的情景:"昨天半夜,夫差派人把他带去了","这一夜吴宫外面马声不断,过了一夜战车"。这一对患难夫妇并以此作出判断:"看来夫差又要征伐什么国家","每次出征之前夫差总要在我们君巨身上作一些文章"。对白仅仅几句,但是一些必要的情节和当时的幕后活动都被交代和勾划出来了:表明了三年来勾践的囚居生活,表明了三年来吴国在不断南征北讨,每次征伐又总要对着越国作上一番文章。而更突出的是向观众揭示出幕后在发生的事:风云将变,战争将起,范蠡正在敌人面前进行着斗争,而这一斗争又关系着勾践君臣的生死命运。把幕后的戏交代清楚,幕前的戏立刻紧张起来。舞台气氛表明了这不是平常的囚居一日,而是变化莫测的一天,这一天可能发生许多意料之外的事。幕后的"密云不雨",造成了幕前"山雨欲来风满楼"的气势。"虚""实"之间,着墨不多,但开门见山,立刻扣住了观众的心弦。

紧接着范蠡上场,通过他向勾践的汇报,幕后的戏就更清楚地点出来了:夫差正要大举伐陈,越国百姓对吴国的反抗也正在加剧,因此夫差在用兵之前要先解除后顾之忧。力主释放勾践、对越国实行怀柔政策的伯嚭,召来了范蠡作了忽而威胁、忽而诱抚的多方拭探,从而让范蠡估计出越国君臣或能从中挣出一条生路。但与此同时,范蠡又说出了伍子胥和夫差满面杀气的情况,这预兆着事情仍有瞬息激变的可能。就这样,由远及近地把两种不同环境更具体地描绘出来。幕后是伯嚭与伍子胥的"怀柔"和"屠杀"两种政见的激烈斗争,而这个斗争的结果马上即将揭晓,从而把幕前的几个人物推向了生死的紧急关头。在这一段有声有色的对话中,不仅是交代情节,渲染气氛而已,更主要的是通过这种艺术手段,更鲜明地刻画了幕前、幕后的人物性格。范蠡的一句括:"越国君臣随时准备就义",可以想见他在伯嚭面前威武不屈、凛然大节的英雄气概;也可以想见他的机智多谋、从容沉着。同时面对着伯嚭的多方拭探,范蠡始终不肯吐露"一旦勾践被释回国,五千壮士可以解甲归田"的诺言。深谋远虑的对敌斗争方式,招致了勾践夫人的疑问,同时却赢得了勾践的赞扬,这就显示了他俩夫妻之间性格和认识上的差别。最生动的要算是那个"智而愚,强而弱"的伯嚭了,虽然他并未出场,但是他的性格特征,却栩栩如生地体现在幕后活动的一言一行、一静一动、一喜一怒、一拉一打之中,使得台下观众,如见其面,如闻其声。这就不单是"虚""实"照映的表现手法所能达到的境界,而更多的是依靠作者对于人物性格的掌握和精彩生动的语言了。

到此为止,这幕戏的幕前和幕后的典型环境和主要人物的典型性格,已经逐渐揭示出来,而戏剧冲突的具体性和尖锐性也被观众所充分意识到了。在这种情况下,戏可以有两种写法,一种是让伍子胥和伯嚭之间的幕后斗争转入幕前,让幕前人物退到幕后,从舞台上两种政见的正面冲突来决定勾践的命运。无可否认,这种写法可以出现一些剑拔弩张的戏。但也无可否认,作者必然会因此失去了充分、集中揭示勾践内心世界的机会。另一种则是目前作者所采取的写法。一面毫不放松并且逐渐扩大幕后的活动,一面抓住这个生死安危的激烈冲突来刻画勾践。为了更饱满地实现这一点,作者继续安排了王孙雄陪同各国使臣到来像观赏猴子一样地观赏勾践;安排了文种到来,让越国君臣在王孙雄面前只能深长而悲切地相对一礼,并无任何交谈的机会。寥寥几笔,就表现出舞台上的人物是在怎样屈辱和不自由的环境下过了三年,从而使观众感觉到勾践摆脱囚徒生活的艰巨和必要。另一方面,则又虚写一笔,把夫差的骄狂横暴和扬威显武更清楚地点画出来。于是敌对双方的性格就更具体更鲜明地对立在观众面前,因此幕前的事件进展就进一步深透到人物内心世界的揭示了。

勾践在夫差狂暴的凌辱之下激怒起来,三年来的折磨在舞台上一度爆发。他要冲决牢狱似的高墙,要毁断无形的枷锁,要拼着粉身碎骨回到越国。这种激情勃发的心理描写,与第一幕他要拔下"镇越宝剑"的情景遥遥呼应,再一次地展示了勾践性格中坚强不屈的意志和浮躁冲动的弱点。正是在这种情况下,范蠡的忠言劝导,勾践夫人的深切提醒,使他冷静下来,忍耐下来。作者画龙点睛地描写了勾践在生死关头受到一次严重的考验。紧张的气氛也得到暂时的平静。

突然间,来了个观众陌生的盼子,可是由于勾践夫人一语点明,观众立刻就会通过盼子浮起了第一幕出现在夫差面前、挺立在吴兵刀斧之下而终于被掠的那个"西村的施姑娘"的影子,而且也会联想到三年来她作了多少"暗通消息"的幕后活动。紧接着,这位仪态万方的王妃,驾临到牧马的石室。她向勾践表明了身世,并透露了伍子胥的屠杀政策已在夫差面前取得胜利,吴宫的杀人将令已将传下,勾践君臣就要被推出蛇门斩首。她为报答故国,盗出了吴王的验关金符,要勾践快快逃走。此时暗场的斗争结果已见揭晓,虚笔写出杀声,已经像一把利刃一样逼向勾践的胸膛。生死安危的矛盾已如眉睫之火。在这一刹那,勾践几乎要接过金符夺门而出,但也在这一刹那,勾践的生命中闪烁出英雄的火花。他考虑到:"今日的生和死都是为了复兴越国","这样逃走,吴国君臣必不甘心,越国的处境就更加危险"。

他决定留下不走,争取释放,否则"宁可死在此处,勾践君臣的死也可以激扬越国军民的正气"。这一段急剧变化的场景,舞台上没有夫差,没有伍子胥,甚至没有一个吴国兵将,但就在这生死去留的刹那,通过对勾践临危不惧、临难不苟的刻画,不仅尖锐地写出了矛盾双方的短兵搏斗,而且更主要的是从人物性格冲突中,体现了一种强烈的精神力量。"虚""实"相映的手法和选择细节的精确,在这里达到了最大的成功。

就在这个饱和点上,幕后的戏水到渠成地转到了幕前,杀勾践的被离与捧着放勾践归国诏书的伯嚭先后到来。于是观众很清楚地看出,伯嚭和伍子胥在幕后的斗争,经过了几个起伏之后,伯嚭的怀柔政策终于取胜,勾践君臣终于死中得生被释归国。此时在舞台上所突出呈现的是勾践的胜利,是他坚强性格的光辉。最妙的是作者轻轻一笔写出了伍子胥"先斩后奏"的幕后行动,加深了他和夫差的矛盾,为以后的"伏剑",安排下可信的伏线。

第二幕,是一幕戏,又是两幕戏。一幕在幕前揭开;另一幕在幕后进行。幕前的戏交代清楚,起伏跌宕;幕后的戏有条不紊,变化万千。明暗交错、虚实照映,承先启后,彼此呼应。虚实双方同时酝酿着一个冲突,而又把冲突由情节的变化深透到性格的斗争,从而在繁多的头绪、复杂的层次、各式各样的人物、各个方面的矛盾当中,烘托出戏剧里最主要的因素——英雄人物的舞台形象,使《胆剑篇》的第二幕达到了圆满的成功。

"虚实照映"是根据艺术集中的法则所产生的一种表现手法。话剧和戏曲都很需要它。尽管话剧和戏曲各有其结构上的特点，因之在具体运用上有着很大差别，但是，《胆剑篇》第二幕对于戏曲创作仍然提供了极为可贵的经验。它告诉我们："虚实照映"必须有一个完整的艺术构思；"实"要具体，"虚"同样要具体；"实"要有矛盾冲突，"虚"同样要有矛盾冲突；"虚"的部分具体而又"有戏"，"实"的部分也就会更具体，更"有戏"。"虚实照映"，"虚"的幅度越大，"实"的主线就更要清晰分明。而"虚""实"之间，也必须紧紧地拧在一起。"虚实照映"不仅是为了介绍情节，更主要的是以集中的笔法、腾出手来淋漓尽致地刻画人物。

《剧本》1962 年第 21 期

漫谈《胆剑篇》艺术上的得与失

刘延年

在六十年代初我国戏剧舞台上，五幕历史话剧《胆剑篇》是很有影响的一个剧目。在那我国人民承受严峻考验的年代，剧作者满怀高昂的政治热情，用这个古老的故事去拨动人民的心弦，砥砺人民的斗志，曲折地表达了群众的情绪和愿望，赢得了肯定和赞许。二十年后，这个剧本的艺术生命怎么样？它在文艺创作领域中提供了什么样的经验和教训？对于这些问题的探讨和研究，有助于我们了解当代文学发展的历史，也有助于繁荣创作。鉴于此，本文拟就《胆剑篇》艺术创作的得失，加以探讨。

一

《胆剑篇》取材于春秋末期越王勾践卧薪尝胆的历史事件。以卧薪尝胆为题材的剧作，当然不是始于《胆剑篇》。远的不说，仅在一九六〇年下半年，据不完全统计，此类剧本就有七十一个之多。当时全国数以百计的剧团上演此类剧目。用茅盾同志的话来说，是形成了一股"卧薪尝胆风"，《胆剑篇》是其后出现的唯一的话剧剧本。这样众多的作者、剧团争相编演同类题材的作品，显而易见是看中了它可借以反映"自力更生，愤发图强"的时代精神。问题在于怎样把历史事件同时代精神联结起来。有的剧本从政治概念出发，背离历史唯物主义的观点，去搞"以今变古"的把戏，简单地错误地用历史来影射现实，这种做法是对古为今用的严重歪曲。

人们对于历史剧的要求，并不是想从古人的嘴里得到对现实生活中提出的问题的直接的、具体的回答，而是期望从历史生活的艺术的再现中，唤起对现实生活的思索。《胆剑篇》的作者，既忠实于历史，从历史事实出发，又不拘泥于历史，运用艺术手段创造出生动的历史人物形象，在色彩斑斓的历史剧中让读者（观众）去领悟可资借鉴的历史教训。《胆剑篇》为历史剧如何处理历史真实和艺术真实的关系提供了生动的例证。

写历史剧要贯彻"古为今用"的精神。对历史题材，既要以历史唯物主义的态度加以对待，又要高瞻远瞩地进行深入的开掘，求得推陈出新。过去不少关于卧薪尝胆的剧本把着眼点放在"发愤图强"上，这无疑是对的。但应该说，"发愤图强"并非是卧薪尝胆这个古老故事的全部涵义。而且，文学艺术创作贵在创新，如果只是"老调重弹"，那还会有什么新意呢？《胆剑篇》虽然没有舍弃"发愤图强"这层意思，但是它所概括的生活幅度则比起单纯从"发愤图强"立意就广阔多了。从《胆剑篇》的全部情节安排可以看出，剧作者找到了提炼主题的新的角度,把着眼点移向了对于历史教训的总结。作者通过吴越两国强弱、胜败矛盾转化过程的描绘,从正反两个方面给人们提供了相当深刻的历史教训。越国战败,越王被俘,但勾践记取了失败的教训,不为一时受辱而颓丧,不为困难重重所吓倒。他下定长期建设、雪耻兴国的决心,博采众议,发动百姓,终于由弱变强,由败转胜。吴国战胜,夫差被胜利冲昏头脑。他称霸心切,对外穷兵黩武,恃强凌弱;对内骄奢淫逸,拒忠谏,近谗佞,终因积怨过深,树敌过众,招致了覆没的命运。作者把这个历史过程,用一句具有哲理性的台词予以概括,即:"一时强弱在于力,千古胜负在于理。"应该说,《胆剑篇》通过其人物、情节、语言所深刻揭示和反复渲染的这个主题思想,是有分量的,是令人深思的。广大读者(观众)从这个谙熟的历史故事中获得了新意,得到了耳目一新的艺术享受。《胆剑篇》的作者对于题材的开掘、对主题的提炼,确是颇具匠心的。

二

《胆剑篇》的戏剧冲突和人物性格紧紧围绕主题加以设置和刻画。剧本一步步展现矛盾斗争的演变和转化过程,并在这个过程中不断加强矛盾冲突和人物性格的戏剧性。

《胆剑篇》的戏开始于越国战败、越王被俘,不采取从勾践返国、卧薪尝胆、励精图强开场的路数。这样写法,便于突现矛盾冲突的尖锐性和复杂性。戏一开始,作者就把矛盾线索错落交织,斗争弓弦拉得绷紧,在艺术上产生先声夺人的效果。大幕拉开,在舞台上呈现的画面是:火舌吞噬着成熟的稻谷,锋刃砍伐着老弱妇孺,国家的宝器被劫夺,一国之主成俘虏。火光冲天,乌云盖野,杀声、哭声、钟声、磬声,渲染着越国山河破碎、君民受辱罹难的悲壮的氛围。吴越冲突的历史,到了一个新的关口,双方都经受着严峻的考验。在越,是俯首就范、永做他人牛羊,还是记下国恨家仇,含辛茹苦,雪耻兴国;在吴,是杀勾践、灭越国、永除后患,还是示"信义"、霸中原、终遭覆没。围绕着你死我活的斗争,在吴越双方的内部,展开着两种对立的政治路线的较量。

在这国难当头、人生惨淡的严酷现实面前,越国上下,同仇敌忾,表现了殊死斗争的精神。作者在第一幕描写了几个动作性很强的细节,给人的印象很深。例如,越国百姓送别勾践的场面。吴军的烧杀并没有吓住越国百姓,在大禹庙前"倒是越跪越多",连吴军士兵也惊呼:"真是杀不怕的越国人!"那个中年汉子,为把被吴军烧焦的稻子献给勾践而牺牲了性命。临死时,他嘱咐女儿一定把稻子献给大王。这个遗愿由苦成以臂伤的代价实现了。"献稻子"这个细节,凝聚着越国百姓多么崇高的骨气,深藏着他们多么强烈的仇恨,寄托着他们对越王多么殷切的期望。这个细节显示了越国上下同仇敌忾,显示了他们必将反败为胜的力量所在。再如,范蠡与伍子胥"决斗"的场面。伍子胥背信弃义,欲加害勾践,范蠡挺身而出,仗"剑"执言,慷慨陈词,要拼个鱼死网破。伍子胥在这忠勇的凛然正气面前,不得不退避三舍了。诸如此类的细节,作者不仅注入了浓郁的情感,使之富于色彩,而且都是精雕细刻,既省俭地刻画了人物,又很有戏剧性。在这些地方很能体现执笔者曹禺的风格。对于越国内部的斗争,作者没有多写,只是在泄皋的身上写了一两笔,勾画了一个在淫威面前充当软壳蟹的角色,在第三幕又写了黑肩夫妻在困苦中的一时的动摇。

这样的处理可能是出于作者强调越国精诚团结的考虑。

对吴国内部斗争的描写,是相当精彩的。因为,写吴国不是作为陪衬,而是从反面提供历史教训,去深化剧本的主题,所以作者丝毫没有放松笔力。以夫差、伯嚭为一方,以伍子胥为另一方的矛盾斗争,其焦点在杀和不杀勾践,而问题的实质则是建立吴国霸业的两种对立的政治主张的较量。吴王夫差是以胜利者的姿态登场的。他醉心地欣赏着"美丽的大火",夸赞自家的军威武功,抒发着称霸九域四方的畅想。在他看来,杀进越国俘获勾践,事情就是这般终结了——他要立"丰功碑"了。伍子胥看到的是问题的另一面。他不认为"越国,不过巴掌大的地方,蛤蟆一样的几个人",可以任人宰割。他在越国人不怕死的气概中得到了启发。"吉常常是凶的开端,福常常是祸的根芽。如果不能及早消除这个致命的祸根,我怕今天吴国这场轰轰烈烈,未必不是来日一场凄凄惨惨的开头啊!"伍子胥这段感慨之词,为吴越矛盾斗争的演变、转化,作了深刻的预言。这里值得称道的是,夫差、伯嚭同伍子胥的斗争,并不是吴国历史的演绎,而是把历史情节的演变和人物性格的发展统一起来,再现了典型环境中的典型人物,在读者(观众)的眼前是有声有色的戏,不是历史的说教。夫差和伍子胥除政见不合外,作者还突出写了他们之间的恩怨。伍子胥是吴国先王的老臣,立过战功,特别是立夫差为太子又有他的功劳,因此他在夫差面前自觉不自觉地以功臣、长辈自居,时不时地还要对夫差加以"监护"。这对骄横专断的夫差来说是难以忍受的。伯嚭则善于利用矛盾,投夫差所好,像游蛇一样活动在夫差与伍子胥之间谋取一己的私利。这样尖锐复杂的明争暗斗,交织于同越国的冲突之中,可以想见,这一幕戏定然是满台出彩了。

《胆剑篇》的第一幕揭开了吴越之争的序幕,并颇具匠心地为情节进展埋下了条条伏线。蕴藏在戏剧冲突中的逻辑力量,像磁石一样把人物和事件纳入了情节发展的总的渠道。第二、三、四幕和第五幕前半场写了吴越矛盾斗争发展、激化和转化的过程。第二幕的戏是在勾践君臣在吴被囚三年之后,其内容主要是写"杀和放"的冲突。这就使人感到与前幕戏略有重复,情节没有明显的进展。因此,第二幕戏在全剧的配置上看,就有些单薄平淡了。不过,关于施姑娘(王妃)的一场戏还是好的。作者别出心裁,摒弃了传统剧"美人计"的老套,恰当地写了爱国的女性,她利用自己的地位尽了一点爱国之心,这就为历史人物西施留下一帧新的剪影。

后三幕,作者通过生动的艺术形象,绘出了越国"十年生聚,十年教训"这个艰苦卓绝的战斗历程,以饱含诗情的笔调,深挚地歌颂了大禹的子孙前仆后继、自强不息的精神。勾践怀着"重整江山"的宏愿获释回国了,可他面临的处境却是十分严峻的。被洗劫过的大地已是田野荒芜,十室九空,加上为赎回勾践付出的高昂代价,越国的膏血被榨干了。难怪勾践面对"千头万绪,纷乱如麻"的事情,慨叹:"这'十年生聚,十年教训'怎么这样难!"尽管如此,吴国对他们并没有闭上眼睛,伍子胥的阴影始终像黑云一样罩在越国的上空。正如文种所说:"越国无以为宝,惟有民气是宝。"作者通过求雨和不吃夫差白米这样一些感人的场面,揭示了什么是越国再生的力量的源泉。随着情节的展开,作者又设计了"毁城""夺牛""搜剑""逼婚"等事件,正是这些事件,使情节波澜迭生,一浪高一浪地把吴越斗争推向高潮,并且形象地反映了这个历史纠葛的尖锐性、复杂性和曲折性。但是,历史是前进的,二十多年前的"会稽之耻"不能重演,吴越双方终于都向自己的另一面转化,《胆剑篇》令人信服地展开了这个不可抗拒的历史法则。

《胆剑篇》的艺术魅力,是来自严谨的戏剧结构,来自动人心魄的戏剧冲突,这是显而易见的。这里还要补充一点,就是对于富有象征意义的典型的道具的运用,它们为剧本增添不少色彩,如烧焦的稻谷、剑、犁、岩石、胆等。作者借助这些道具引发不少好戏,特别是剑,它成为贯串情节的一条线,好像是一条金线串起散漫的珍珠,构成一件精美的艺术品。第一幕,夫差将剑刺进石崖里,杀气腾腾地高叫:"今后,谁敢碰一碰这'镇越神剑',就灭他的全家,夷他的九族,杀尽当地的老小。"勾践两次要去拔剑,都被大臣劝阻。夫差前面离去,苦成旋即拔下剑来。他坚定地宣告:"越国是镇不住的!"这简洁的几笔勾画出侵略者的骄横,受害者的不屈,烘托了全剧的主调。到第三幕,勾践以"进取"之心定都会稽,苦成表示信任,将"镇越神剑"献与勾践。在第四幕,围绕剑写出了极为精彩的戏,在"搜剑"和"护剑"的斗争中,为勾践、苦成的英雄形象涂上了最为光彩的一笔。终场之前,"镇越神剑"物归原主了。夫差恶有恶报,越国没有镇住,"神剑"反倒削掉他自己的脑袋。作者运用的首尾照应、相反相成的手法,是非常耐人寻味的。

《胆剑篇》的人物塑造,首先着眼于突出人物个性,达到个性化。作者善于从人物的思想品格中抓住富有特征的东西,然后给以多方面的表现。这样人物形象就具有了鲜明的"排他性",是活生生的"这一个"。其次,在冲突中写性格,在性格冲突中写出人物的差异,突出人物的本质,而且具有鲜明的"对比性"。第三,人物富有动作性。作者不仅写人物在做"什么",而且特别强调"怎样做"。剧中人物的行动无不打上自己个性的烙印。总之,活动在舞台上的不少人物,给人们留下了清晰的具有特征的印象。

在《胆剑篇》诸多人物中,能够圆满地体现上述创作意图的,要首推范蠡和伍子胥。

范蠡在吴越冲突中,起过重要的历史作用。他"辅危主,存亡国,不耻屈厄之难,安于被辱之地。往而必返,与君复仇"。《胆剑篇》从历史的真实出发,把他塑造成为深谋远虑、锐敏果敢、有智有勇、善于应变的战略家的形象。作者总是在矛盾激化的气氛中去展现他英雄的品格,并赋予他强烈的动作性。戏一开场,范蠡的主要特征就显露出来了。在与伍子胥兵刃相见的情节中,范蠡说:"为了越国,为了大王,范蠡粉身碎骨都是不够的。"忠勇气概感天动地。当勾践拒绝谢恩、夫差怒令斩首勾践君臣时,范蠡大喊:"大王,你要示信天下! 你的信义在哪里?"这是一句性格化的台词,它很有表现力地显示出范蠡的性格特点。在生死关头、国家存亡系于一发之际,他不但临危不惧,而且以攻为守,抓住夫差称雄天下的心理,攻其不义。同时这话弦外有音,也是说给伯嚭听的。伯嚭吃了越国大量贿赂,他怕范蠡当场揭穿,所以跪倒力谏。范蠡就是这样以其胆识,善于利用矛盾,平息了一场轩然大波。尤为可贵的是,作者十分强调范蠡作为战略家的宏才大略。他授意保存五千壮士,为雪耻复国积聚力量;他献策拆去城门,遮掩吴人耳目,激励国人枕忧思危,不忘进取;他安抚百姓,不轻举妄动,"刀剑收起,仇恨记下",只有当条件成熟了,他才果断地拔剑砍断泄皋手中求神问卜的龟甲,坚定支持勾践发兵伐吴。作者从各个侧面刻画范蠡的英雄性格，使这个形象血肉丰满，具有深度。正如勾践所说，他在"范大夫面前，就觉得像龙飞在天上，鱼游在海里"。《胆剑篇》使这个历史人物放射出他应有的光彩。

伍子胥在《胆剑篇》中，是一个悲剧性人物，他在全剧中虽然只登场两次，但他的作用是举足轻重的。他在戏剧冲突里代表着矛盾交锋的一个主要方面，维系着吴越两国胜败存亡的大计。如前文所说，伍子胥是吴国先王的一位重臣，立过赫赫战功，甚而夫差能够得到王位也是他的功绩。然而，他的悲剧命运正是在这儿植根，他在夫差的心里已经积怨很深，尚不警觉。在夫差看来，他"愚而好自用"。确实，伍子胥刚直而又骄横，不是伯嚭那样的"顺君之过"的人。请看这段对白：

> 伯　嚭：……臣以为应该把大王的王道武功，……全部刻在碑上，叫它与乾坤同存。
>
> 夫　差：（得意）我看不必了。
>
> 伯　嚭：（十分庄重）臣斗胆已经作主了，就在这越国的大禹庙前，立下大王的丰功之碑。
>
> 夫　差：（骄傲地）在此地立碑，倒是很有意思。……伍老相国，你以为如何呢？
>
> ……
>
> 伍子胥：事没有成，就先夸功，这个碑早晚是要掘掉的。

像夫差这样年轻气盛、好大喜功、独裁专制的君王，哪里听得进伍子胥的逆耳之言呢！实际上伍子胥是"愚而不愚"的。所谓愚者，指其愚忠。夫差怒责他"老而不知安分，心怀奸诈，不忠不信"。伍子胥如受蛇咬蝎螫，狂呼"老臣忠心无二，可誓天日！"他甚而至死不变信念，饮恨而去。不愚者，指其洞察事理，不受迷惑。伍子胥这一形象，不可不谓英雄。但他冲不破独夫和奸佞的联盟，没有用武的地方，这就注定了他悲剧的命运。

伍子胥这个艺术形象的成功，是由于作者在性格的冲突中来写人物的个性。应该说，他的对立面夫差、伯嚭的形象也是成功的，因此，表现人物之间的关系才有戏。这几个形象都有光彩，他们到了一处才会相映生辉。此外，作者虚实兼顾，让人物互相衬托，就使人物形象更具深度和立体感。

三

勾践和苦成在《胆剑篇》中，是处于关键地位的核心人物，这两个形象的塑造不能说没有成功之处，但也存在不小的偏颇。

勾践，作为历史人物，他是吴越之争的主角，他的显赫功绩为后世所传颂。依据史实，作者的创作设想是要把勾践处理为贯串全剧的主角，并作为正面形象给予赞颂。但是从创作实践去检验，作者下笔塑造这一形象时，似乎是举棋不定，颇费踌躇的。一方面，作者赋予勾践刚毅倔强、坚韧不拔、谦容善听的品格。如在第一幕，勾践初次亮相，还较有光彩。在一派悲壮的气氛中，作者虚写勾践拜辞祖庙，渲染他忧国忧民的炽烈感情。在刀光火影中，勾践第一次登场。作者强调他"魁伟雄武，眉目轩昂，意志沉着"的仪容和气质，并进而赋予他惊人的果敢行为。在夫差的淫威面前,勾践拒绝拜谢夫差不杀之恩,并当众指斥吴国不义不勇,置生死于不顾。山河破碎,百姓涂炭,作为一国君主咽不下仇人扔给他的一块骨头,表现出愤而反击的骨气。勾践这一举动是可信的、动人的。随着情节的推进,作者力求写出勾践这一形象的性格的复杂性和发展,描绘其内心世界丰富的感情。三年囚居生涯,磨炼他学会忍辱负重,会稽之耻,教训他要听逆耳忠言。二十年来,生聚教训,“苦身劳心,夜以继日”。可有时他又流露出焦躁浮动、悲戚惆怅的情绪,听到刺耳的讽谏,还不免大动肝火,要维护他帝王的尊严。这里作者是企图表达这样一个观点:勾践终究是统治者,只不过比较“圣明”罢了。但问题在于作者没有适可而止,过多地从勾践的消极面落笔,从而使人物形象由光彩变为苍白,又由苍白变得灰暗了。这就是作者赋予勾践品格的另一方面。在《胆剑篇》较多的篇幅中,勾践表现出政治上幼稚,没有主见,更不用说文韬武略了。他几乎是事事要靠别人指拨。比如,像“尝胆”这样激励意志的事,不是出于勾践的自勉,而是苦成的授意;吴国发现会稽新城城高池广,怀疑越国没有臣服之意,责令拆城。范蠡献“拆城门,保城墙”,“置之死地而后生”的上策,勾践不但不解,反贬之为“谬见”。诸如此类为作者特意点染的细节描写,严重地损害了这个形象。说得严重一些,作者笔下的勾践不是一代英雄,倒像是“愚昧的傀儡”。仅仅是“这一个”勾践,能够完成复国兴邦的大业吗?显然,勾践的性格上的明显的弱点,有悖于史实,也与他在戏剧结构中所占的位置是很不相称的。由于勾践这个形象性格上的矛盾状态,致使他的面目不尽清晰,由于他的行为上的前后不一,“贯串动作”也就不明确了。特别是在几个有光彩的形象的相形之下,作为剧中主人公的勾践显得就更暗淡。因此,就势必影响到主题思想的发挥和艺术的感染作用。

苦成是作者倾注热情的形象。作者企图通过这个人物塑造出我国古代人民英雄的艺术典型。这个创作意图无疑是美好的,而且取得了某些成功。苦成的许多言行是感人肺腑的,比如冒死献稻谷,舍身保剑库。问题是作者过分集中地把几乎一切英雄行为都赋予他,这就难免失之过于理想化而产生拔高的现象。他的有些行为,比如向勾践指点“一时强弱在于力,千古胜负在于理”这样的战略思想,并以“献胆”之法加以点化,是否是两千几百年前一个普通百姓想得出、做得到的呢?在那种等级森严的阶级社会里,勾践与苦成不可能有如此平等交往的机会,更不消说像剧中写的那样过从频繁、直来直往了。如果苦成的形象可以立住,那他不可能是个“庶民”,倒像是个作为统治者智囊的“隐士”。“过犹不及”,这恐怕是苦成这个形象失之偏颇的问题所在。

事情很凑巧,《胆剑篇》对勾践和苦成一抑一扬,就使我们隐约看到作者的一种创作倾向。似乎作者在塑造人物形象时,受着一种观念的约束,不敢放开笔墨。人民群众是历史的创造者,这是马克思主义的真理。承认这个真理与肯定统治阶级中某些杰出人物的历史功绩并不矛盾。因此,不能机械理解哲学概念,给塑造历史人物划定框子,更不能用文艺去图解哲学概念。我们有这样一种感觉,作者在塑造勾践和苦成两个形象时,可能受着“防右”的情绪的支配,生怕抬高了勾践压低了苦成犯右的错误。结果呢,是颠倒过来:压低了勾践抬高了苦成,反映出创作中的“左”的情绪。这种现象在当代文学史上并不是孤立存在的。多年来在理论批评上提出不少清规戒律，条条框框，严重地束缚着作家的思想，阻碍了文学艺术的健康的生产。为了繁荣社会主义文艺，必须为文学创作开拓更广阔的道路，除了理论上的清理，我们以为总结三十年来的创作实践是十分必要的。汲取了创作上的经验教训，社会主义的文艺百花将会更加绚丽多姿。

《北京师院学报》1980 年第 2 期

《胆剑篇》论

田本相

继《明朗的天》之后，大约过了七年时间，由曹禺执笔，同梅阡、于是之合作写出了著名的历史剧《胆剑篇》，先是发表在《人民文学》1961年7、8月号上，后于1962年由中国戏剧出版社刊行了单行本。

从1954年到1961年这七年间，正是年轻的社会主义祖国经历着深刻的大变动时期。伟大的社会主义建设和社会主义改造在各条战线上都带来巨大而深刻的变化。人们不但投入到这个伟大的变革之中，改造着社会的面貌，也在变革中认识这个社会。巨大的历史潮流，既有着不可阻挡的前进主流，也有着为主流所掩盖着的逆流和回漩。在呈现着雄伟壮观错综复杂的历史态势中，文艺既反映着这个不以人们意志为转移的巨大历史过程，但也难免作出某些不够真实甚至歪曲的反映。

在这样一个大变动的时代，曹禺在前进。但是，作为一个在旧社会有着痛苦经历的作家，他首先感受到的是新社会的自由和幸福，他看到的是祖国飞跃发展的春天景象。收在《迎春集》的文章，反映着作家前进的脚步和主人翁的强烈责任感。他在《后记》中说："我们生活在这样一个自由、舒展、人人都能够扬眉吐气的时代里"，使他感到新鲜的生活像春风一样迎面扑来。祖国到处都是新鲜的事物，目不暇给。"我们在歌唱中，在战斗中，过着忙碌而充实的日子。"他还来不及把这些新鲜的生活感受写入戏剧之中，便用散文记下"在今天春光满眼的生活里，油然而生的思想和感情"。于是，他放歌祖国如花似锦的春天，写了《北京——昨日和今天》《半日的"旅行"》《社会主义建设者的摇篮》《朽木生出了绿芽》等一组散文，歌颂祖国首都北京的新姿。他赞美龙须沟的巨大变化，描绘北京体育馆的雄伟丰采，勾勒百货大楼的热烈场面，记下中国人民大学的前进脚步，还报道了清河农场改造犯人的巨大胜利。这些优美的散文，不仅反映出社会主义事业日新月异的变化，而且深挚地流露出作家对社会主义制度的无比热爱之情。

曹禺的生活是热烈的紧张的，他把自己的全部热情都真诚地献给这伟大的事业。他经常满载着中国人民的友谊出国访问。他东渡日本，远去印度，把中国人民保卫和平的坚强决心带给友好的国家和人民。在《不能磨灭的印象》《征服不了的》《汗和眼泪》《原子弹下的日本妇女》，《致一个日本姑娘的信》《埃及，我们定要支援你》《难忘的印度》中，充满着国际主义的精神以及支援被压迫民族和人民的战斗情谊。

在斗争中，作家的崇高责任感更为强烈了。他向往着一个无产阶级作家的伟大目标，并以此严格要求自己。在《必须认真考虑创作问题》一文中，他曾这样说："如果真有一个直率的人当面问我们：'你就是那被称为人类灵魂工程师的作家吗？'我们是否都能毫不犹豫地答复说'我就是'呢？"他认为一个无产阶级作家应当"下定决心以党性原则在创作上、在生活行动上、在思想感情上不断要求自己，永不懈怠地锻炼自己"①。曹禺正是这样身体力行的。他努力和党的步伐采取同一步调，同资产阶级文艺思想进行斗争，扫荡着陈腐的唯心主义的渣滓。在斗争的考验中，于1956年7月参加了伟大的中国共产党，成为一名光荣的共产党员。

1960年，我们国家面临着暂时的经济困难，赫鲁晓夫单方面撕毁合同撤走专家，妄图卡我们的脖子。党和人民正经受着严峻的考验，正是在这样的历史条件下。他同梅阡、于是之一起创作了历史剧《胆剑篇》。这部历史剧是作家对时代提出的尖锐课题的回答。他写的是春秋时代越王勾践卧薪尝胆的故事，抒发的是自力更生发愤图强的时代声音。他把全国人民奋发的英雄气概和不屈服于霸权压力的革命精神熔铸于历史剧作之中，使《胆剑篇》成为一部古为今用的优秀剧作。作品发表和演出后，立即受到文艺界的重视和观众的称赞。《戏剧报》专门召开了座谈会，何其芳、张庚、张光年、吴晗等均给予热情肯定。稍后，茅盾也在《关于历史和历史剧》一文中，肯定它是在同类题材中写得最好的一部剧作。在曹禺解放后的创作道路上，《胆剑篇》标志着他的创作新发展和新成就。正如他过去每一部作品都在力求创新一样，《胆剑篇》不仅意味着作家开拓了一个新的题材领域，而且在历史剧的创作上也提供了新的经验。

一、历史的真实性

恩格斯在《德国农民战争》中曾说，1948年的革命"斗争已经过去两年，目前几乎到处出现消沉状态。在这种情况下，把伟大的农民战争中那些笨拙的，但却顽强而坚韧的形象重新展示于德国人民之前，是很合时宜的。"②在这里，恩格斯深刻地揭示了历史同现实的联系。作为历史剧的创作，无疑是用艺术再现历史的斗争，唤起今天群众的革命热情，同时，也以生动的艺术形象使人们得到历史的启示。《胆剑篇》的杰出之处，在于它把2400多年前那些"笨拙的，但却顽强而坚韧的形象"展示出来时，既没有为了古为今用而采取简单的比附、影射等以古变今的写法，也没有拘泥于历史细节，而是努力把用历史唯物主义评价历史事件同艺术虚构尽可能完美地结合起来，把提炼深刻的主题同高度的历史概括统一起来。

历史剧的创作毕竟不同于历史研究，但是，历史剧的创作又必须建立在对历史的研究的基础上。《胆剑篇》借鉴了古今历史剧的创作经验，竭力以历史唯物主义态度来鉴别资料，评价历史事件，把创作放在对历史事件的科学分析上，由此来驰骋艺术的想象力。

吴越战争是春秋末年的大事件，自战国以来的思想家和历史学家就对这一事件予以重视。如《左传》《国语》以及《史记》均对它有着或详或略的记述。后出的《灭绝书》《吴越春秋》掺进了民间传说，但敷衍得更为详细具体了。《东周列国志》则是把史籍和传说等熔

---

① 曹禺：《迎春集》，第103页。
② 恩格斯：《德国农民战争》，《马克思恩格斯全集》第7卷，第335页。

为一炉编写起它的故事。但是,《胆剑篇》的作者把注意力主要放到对可靠的历史记载的研究上,对吴越两国的政治、经济以及战争历史作了比较深入的分析。它排除了"春秋无义战"的看法,把越王勾践为雪会稽之耻而进行的战争明确为反掠夺反侵略的性质,这就为勾践"十年生聚,十年教训"的发奋图强精神找到了合理的历史依据。过去有人把吴越战争看成一个互相复仇性质的战争,夫差是报父仇发动对越战争,而勾践则是为雪耻而誓灭强吴,以致认为这场战争的性质很难确定。作家没有回避这个难题,而是肯定越国作为一个小国弱国对吴作战的正义性。孟子曾说:"春秋无义战,彼善于此,则有之矣。"茅盾指出,越王勾践雪会稽之耻所进行的一系列战役,前半为摆脱对吴国的臣属地位而进行的战争是"彼善于此"的,亦符合越人的利益。[①]《胆剑篇》从会稽之战大败写起,越王勾践侍吴三年,经过返国后的十年生聚教训,直到最后战胜吴国,夫差自刎而死。作家截取了这一段历史,揭示了越王勾践的复仇战争的正义性。对越王来说是复仇雪恨,对人民来说则是一场摆脱奴役的解放战争。一个无产阶级的历史剧作家,在反映历史事件时,应该摒弃前人那种唯心主义解释历史的弊端,同时,也应避免现代历史剧创作中那种为了打击黑暗统治而采取的影射的方法。《胆剑篇》正是尝试着以对历史事件的科学评价作为艺术创作的基础,虽不无缺点,但却在基本方面抓住了历史的主要趋势,从而使《胆剑篇》较好地反映了历史的真实。

正由于作家深入地分析了历史事件,因之,在提炼主题上,就显示了《胆剑篇》的过人之处。它既突破了同类题材的历史剧的传统格调,也胜过当代同类题材的新编历史剧的处理,以其独具的胆识,在主题的提炼上有了新的开掘和发现。

据文学史记载,以吴越战争作为题材的历史剧为数不少,如关汉卿的《进西施》,宫天挺的《越王勾践》,赵明远的《范蠡归湖》等,但均已失传。明人梁辰鱼的《浣纱记》是流传下来的唯一剧作。此外,许多地方戏如楚剧、汉剧、川剧还有京剧也有类似题材的剧目。如《浣纱记》也很难说是历史剧,它不过把吴越战争作为背景,也没有把勾践卧薪尝胆雪耻复仇作为主题,而是借西施的故事对奸佞之臣加以抨击。同时,它也有着宣扬愚忠愚孝的糟粕。又如川剧《吴越春秋》则主要是描写范蠡和西施悲欢离合的爱情,也没有把重心放到越国臣民的奋发图强上。据统计,于1961年前后,全国创作了上百部以吴越战争为题材的新编历史剧,其突出的特色是主题思想明确,把越国臣民的发奋图强、自力更生作为题旨,发掘这一历史事件的历史精神。但是,为了突出时代精神,就难免牵强附会,并有以古变今之嫌。曾经编写过京剧《卧薪尝胆》的范钧宏在总结其创作教训时说:"《卧薪尝胆》的确相当突出地体现了发愤图强的精神",但是,他引为遗憾的是,没有"从吴越两国强弱胜败矛盾转化的过程中,给人以相当深刻的双重历史教训"。如果能够这样开掘主题,那么它就能"告诉人们,越王勾践汲取了失败的教训,不为暂时性的困难所吓倒,下定长期建设的决心,激励意志,排除万难,动员群众,生聚教训,终于由弱转强,雪耻兴国。这是一个正面教材。那个反面教材——吴王夫差,胜利冲昏头脑。穷兵黩武,恃强凌弱,骄奢淫佚,拒忠谏,近谗佞,上下交怨而不知警,众叛亲离而不自觉,于是一战而亡,终致覆灭。这个强

---

① 参看《关于历史和历史剧》,《茅盾评论文集》下册,第122页。

烈的对比,正是一幅'生于忧患,死于安乐'的鲜明写照。"①而《胆剑篇》则大致上是从揭示这一历史事件的正反两个方面的教训来发掘主题的,这也是《胆剑篇》能够高出一筹的地方。

《胆剑篇》的主题是透过情节场面流露出来的。剧本一开始就揭示了越国战败后人民群众不屈服强吴占领掠夺的历史画面。这虽然不见于史籍,却是历史上可能发生的场面。这样,就从人民的反抗上肯定了吴国战争的侵略性。越王勾践尽管被俘,但雪耻复仇的意志十分强烈。他以惨败中以拒绝范蠡的忠谏为教训,这就为勾践的"生于忧患"找到了内在的依据,以此孕育着转化的契机和条件。同时,战胜的吴国内部却产生了矛盾,夫差骄横,拒听伍子胥的忠谏。伯嚭的谗言媚语却取得夫差信任。这就为后来的失败提供了依据。在全部剧情发展中,越国臣民不屈外侮,图强复国,生聚教训,朝着由弱而强的方向发展,而强吴却多行不义,引起占领国人民的反抗。吴国内部的矛盾愈演愈烈,夫差虽有称霸的野心,但却逐渐虚弱而向着反面走去。在这样一个正反的双重教训中,使"一时强弱在于勇、千古胜负在于理"的主题得到较好的深化和开掘。

对于曹禺说来,《胆剑篇》的创作的确是他创作道路上的一个新的进展。在他的剧作中,还没有一部像《胆剑篇》一样,对长达十年的吴越战争作出这样广泛而深刻的概括,从正面来描写这样巨大的历史规模的斗争生活,揭示这样巨大的主题。就其气势恢阔的构思气魄而言,也是空前的,显示出作家具有蓬勃的创作力量。茅盾指出:"这个作品,在所有的以卧薪尝胆为题材的剧本中,不但最后出,而且也是唯一的话剧。作为最后的一部,它总结了它以前的一些剧本的编写经验而提高了一步。"②这个评价是十分精当的。

二、杰出的性格塑造

《胆剑篇》的杰出成就主要表现在历史人物性格的塑造上。它的突出优点是人物形象既具有鲜明生动的个性,又具有真实可信的历史感。它善于根据史籍提供的性格线索,有所发掘,不落陈套,赋予人物性格以令人信服的发展逻辑。即使一些完全是虚构出来的人物,也表现了一定的历史真实性。

勾践,作为全剧的中心人物是刻画得比较成功的。勾践卧薪尝胆的故事虽然在史籍中有所记载,但毕竟留下的材料不多。在传统的历史剧中,勾践也并非是一个英雄形象,往往状其复仇之志而过分渲染了他的屈辱行为,如"尝粪疗疾"就多少丑化了他的形象。而一些新编历史剧塑造出来的勾践形象,或拔高他的思想,俨然如现代的英雄,或又加以贬低,显得是个低能儿,事事均听命于臣僚的意见。《胆剑篇》在塑造勾践性格时,则比较准确地掌握住这一历史人物的性格分寸。作家在有限的史实中找到了他的性格的矛盾,在戏剧冲突的发展中揭示出勾践性格的复杂性,从而塑造出一个坚忍不拔的古代君王形象。作家是在勾践的"烈"和"忍"的性格矛盾中表现他的复杂性格的丰富历史内容的。历史上的勾践,当他年轻时,曾经在檇李之役中打败过吴国,以致使吴王阖闾战死。作为"禹

① 范钧宏:《关于〈卧薪尝胆〉》,《剧本》1961 年 9 月号。
② 茅盾:《关于历史和历史剧》,《茅盾评论文集》下册,第 219 页。

之遗烈"，他对祖先的光荣是不能忘怀的，他的倔烈的个性使他不肯听纳忠谏。据《史记·越王勾践世家》记载，勾践在会稽之役失败后，派文种行成于吴。但因伍子胥的反对，吴王夫差拒绝了求和的要求。当文种回报勾践，"勾践欲杀妻子，燔宝器，触战以死"。可见勾践的性格是有着一种宁折不弯的烈性的。作家正是从这种"禹之遗烈"的性格线索中，把握了勾践性格的核心。第一幕，作家便把勾践置于尖锐冲突之中，突现他战败而不屈、被俘而不折的倔烈个性。当夫差宣布恩免越国，不灭宗庙，不杀勾践，召令勾践谢恩时，勾践目若耀火，满腔愤怒。他不但不知谢恩，反而痛斥夫差烧杀掠夺的滔天罪行。夫差对勾践极尽侮辱，更使勾践升腾起怒火，以致夫差要把勾践斩首。夫差把镇越神剑刺进石崖之后，勾践仰天疾呼"大禹的末代子孙"①，要把剑拔出来，甚至要拔剑自刎。这些，就刻画出勾践那种"触战以死"的倔烈性格。在这样生动的个性描写中，显示出勾践形象的历史真实性。他的"烈"，既有对禹之先祖崇拜的信念，又有着一个年轻君主宁折不弯不忍屈辱的尊严，也有着一个弱国决不能忍受强国凌辱的英雄气概。这样一个性格决不会同现代人物混淆起来，作家把历史的阶级的因素都融入在生动的性格描绘之中。随着剧情发展，作家把一个倔烈的性格放到不可忍受的屈辱的戏剧冲突中加以展现。不能忍受屈辱的倔烈同不能不忍受屈辱的忍性的矛盾就成为推动性格发展的动力。作家越是揭示不得不忍受一切的凌辱和磨难，便越能深刻地表现出勾践坚忍不拔的性格光辉。第二幕，勾践侍吴三年。这三年，真是"三个三百六十个痛心切骨的日子"。尽管身居石室备受凌辱，但其内心仍如一匹烈马一样。当王孙雄倨傲耻笑他们君臣的下场时，勾践再也抑制不住内心的躁怒，"我为什么受这样的屈辱啊！难道我能长此忍受下去吗？我被囚在石室，让这些鸡狗猴子观看赏玩，成为笑柄，这给祖宗添了多少耻辱呀！"他止不住在石墩上猛抽着马鞭，其暴烈之个性虽经三年磨难仍不可抑制，他那种"触战以死"、粉身碎骨的复仇兴国的精神力透纸背。不可抑制的烈性同不得不忍受屈辱的忍性之间的内心冲突，形成他的性格的表里，显示着他性格的力量。在返国后的十年生聚教训中，作家大体上还循着这种性格的发展逻辑，揭示他性格的不同侧面的表现形式。如他满以为给大旱中的百姓送米，会获得百姓对他的拥戴。但是却受到苦成的批评和文种的诘难。他甚至不能容忍苦成的批评，表现了他君王的烈性。文种的劝诫，也使他深感"人真是难用啊！""一个百姓竟然说我没有骨气，这真是难以耐下啊！"但是，他都"耐下"了。并非心悦诚服地接受，而是一个君王"在患难中"表现出的"容人之量"。在第五幕，他的忍性得到充分的刻画，他已经具有高度的自我控制力。夫差欲同勾践结为儿女亲家，实际上是要把勾践的女儿作为人质。勾践夫人当即向夫差表示"小女无知，鄙陋不堪，不足以侍奉公子"。此刻，内心极度愤怒的勾践却断然拦住夫人，向夫差表示："只要大王不加嫌弃，勾践敢不从命。"但是，正在他慨然应诺之时，却把手中的玉圭握断了。于此，他的极度的倔烈的内心和极度忍耐的性格得到深刻的展示。勾践作为一个有名的古代君王，卧薪尝胆、忍辱负重、复仇兴国的历史精神熔铸在勾践生动的性格的发展逻辑之中，而其性格的复杂性正是历史风貌的典型再现。但是，勾践的性格也有断裂之处，在第三、四幕的某些情节中，作家有时离开他"烈"与"忍"之

①　凡引《胆剑篇》中文字，均出自中国戏剧出版社1982年版。

《家》与其他作品　研究资料

间性格矛盾发展的轨迹,把卧薪尝胆的戏,写成是苦成献胆,这就失去了深入开掘这一性格的有利契机。一旦离开性格的基调,就是勾践关于胆的大段抒情独白,也似乎多少减却了戏剧的感人力量。这些,我们在后边还要加以讨论。

在以历史唯物主义评价历史人物的基础上,深入揭示历史人物性格的复杂性,是《胆剑篇》塑造历史人物性格的宝贵经验。作家善于在性格复杂性的展现中达到历史真实的高度。历史上的夫差,一般都被看作一个拒绝伍子胥的忠谏而导致灭国的君王。而在传统的历史剧中,也往往把他刻画成为一个昏庸骄淫的君王形象。《胆剑篇》没有把夫差的性格简单化,而是对历史上的夫差作了深入分析和评价之后,较好地揭示了他悲剧性格的矛盾。作家说,夫差"喜功贪杀,骄傲自恃,自以为有富国强兵的本领,立下独霸中原的大志。他狡而贪,如他祖父阖闾说的,'愚而不仁'。但他却自认有权术,有机谋,而且容不得比他高明的臣下,听不进逆耳的忠言。"这就揭示了夫差虽有独霸中原之志,却无独霸中原之才。他的"大志"是建立在沙滩之上的。他虽非昏庸之君王,有些计谋和权术,但他骄横自恃,拒纳忠言,这就构成了他性格的悲剧。作家一开始便把他放到赢得胜利但却充满危机的机遇之中,他陶醉在一片"美丽的大火"的骄狂里。作为一个战胜国的君主,他满以为可进而称霸中原了。但是,在这样的胜利形势下,在是否杀勾践灭越国的政见上,伍子胥同伯嚭展开了尖锐的冲突。夫差面对这场争论,他要进行选择。羁縻之策是否正确另作别论。但他终于采纳伯嚭的意见,是因为伯嚭投其所好,极尽阿谀奉承之能事,并非从称霸的大志对整个局势进行权衡所作出的深思熟虑的选择。而他拒绝伍子胥的忠谏,是因为伍子胥触怒了他的尊严,并非出于政见本身。伯嚭的意见正投合了他喜功贪杀的扩张主义的野心:"一个四海的霸主,应该既有军威,也有仁义","不杀勾践,却灭了越国,行了仁义"。这就是夫差的最后的决策。而这个决策不过是为其虚幻的野心涂上一层自我欣赏的灵光圈而已。后来事实证明,"不杀勾践"也不是他的既定政策,一旦勾践触及他的尊严,他还是要杀勾践的。在这些地方,对夫差的性格是开掘得比较深刻的。一个君主的性格和他的决策的内在联系是为作家捕捉住了。夫差喜功贪杀骄傲自恃便失去了对决策的准确判断力,这正是一意孤行拒纳忠谏而导致亡国的渊薮。强吴终灭的历史真实在夫差的复杂性格上得到较好的表现,作家把历史的教训化入性格的悲剧之中,从而给人以深刻的启示。在第二、三幕中,作家对夫差采取虚写的手法,但仍可看到他的决策是在伯嚭同伍子胥之间摇摆着。在是否放勾践返国的问题上,他先是听了伍子胥的话,欲把越国君臣绑出蛇门问斩。伯嚭接见范蠡,提出勾践和五千壮士的关系,要五千壮士归顺吴国。这些都透露了夫差狐疑不定的狡而贪的个性。最后,伯嚭的意见占了上风,仍然是夫差狂傲自负的结果。这点,正如范蠡所窥见:"吴王夫差,狂傲自负始终看不起越国。大王,我们就在夫差的骄狂和轻视当中,也许可以释放回国的。"的确,夫差又一次恃骄傲横拒绝了伍子胥的忠谏,这虽使勾践返国前再经受一次作前马的凌辱,使夫差的骄狂心理得以满足,但却是放虎归山,为自己的失败准备下条件。直到最后一幕,伍子胥仍然迫使夫差于黄池会盟之前到越国巡视动静。夫差不是没有看到越国江上战船林立的情景,也并非没有警戒之心。但是,他仍然觉得伍子胥大惊小怪了。骄狂的偏见使夫差不顾逆耳忠言,在盛怒之下赐剑伍子胥。这种矛盾的性格，正是吴国内部君臣间尖锐矛盾的产物。夫差并非全然是昏庸之君，但他在内部的矛盾斗争中摇摆不定，而他的骄狂总是占了上风，导致了他一系列错误的行动。他的骄狂加剧了内部的斗争，而内部的尖锐斗争又助长了他的骄狂，终于使吴国朝着一条灭亡的道路走去。在这样一个性格的悲剧中概括着深刻的历史教训。一个历史人物性格塑造得是否成功，虽然取决于对历史人物的研究，但是这种研究并不能代替性格的创造。只有把历史的教训寓于性格的真实刻画之中，才能被认为是成功的。夫差正属于这种情形。

范蠡和伍子胥的形象，可以说是全剧中塑造得最成功的人物。作为吴越两国的谋臣，于对比中显出两个人物各有其性格的光辉。

范蠡在史书中就是一个传奇式的人物。无论是《国语》《史记》都写了他辅助勾践复仇兴国的事迹。他颇谙时务，于灭吴后辞勾践而去，放浪江湖，后来成为拥有巨财的陶朱公。《史记·越王勾践世家》说：范蠡"事越王勾践，既苦身戮力，与勾践深谋二十余年，竟灭吴，报会稽之耻"。他既有"苦身戮力"的辅君之志，又有谋略之才。他的突出特点是"不耻屈厄之难，安守被辱之地"。但是，在传统的历史剧中，作为一个"苦身戮力""不耻屈厄"的谋臣形象并没有得到展示，而是侧重写他具有巧文辩慧之才，向勾践献美人计，于灭吴后弃官与西施泛游江湖，俨然是个隐士。而《胆剑篇》则把范蠡塑造成一个"坚毅果敢、巧文辩慧"，"有智有勇，善于应变的人"。这是符合史书的记载的。这个人物在第一幕就被树立起来。当伍子胥强行入禹庙欲杀勾践的危险时刻，范蠡大喝一声，呼啸而出。一手执剑，一手抓住伍子胥的衣袖，不惜以五尺之躯与伍子胥血溅越国的英雄气概，用生命阻敌于禹庙之前，确有"泰山压顶而色不动"的坚毅果敢的精神。"五步之内，血溅越国国土。天下震惊，二人同尽"，可谓忠勇俱全，侠骨铮铮。而他面对伍子胥的威迫，仗义执言，既有忠义耿耿之气，又有应对之才，字字千钧，掷地有声，不但使得吴国将士愕然僵立，连伍子胥也为他的忠义所打动了："你不愧是个真正的汉子。你是英雄，是圣贤之臣。"在第二幕里，范蠡的性格得到进一步的开掘。随勾践侍吴三年，"不耻屈厄之难，安守被辱之地"，其忠于勾践之心坚定不移。有人认为写范蠡同伯嚭的谈话采取转述的手法，对范蠡的性格刻画有所损害。在我们看来，这正是作家运笔的妙处，以范蠡的转述方法突现其巧文辩慧善于应变之才。在处理西施告急和伍子胥派兵包围的危机中，刻画出他的深谋预见。他能从敌人的内部矛盾上审时度势并加以利用，不愧是一个有大智大勇的谋臣。正如勾践所说："跟着范蠡我是能放心行动的。"

伍子胥的事迹在史籍中有较多记载。在传统戏文中也有较多的刻画。如京剧《乱楚宫》《战樊城》《文昭关》《浣纱记》《出棠邑》《武昭关》《卧虎关》《战郢城》等，其传统形象乃是一个性情耿直，忠贞刚正的人物。有的戏称他是"一生孝子，半世忠臣"。《胆剑篇》在传统形象的基础上有了新的突破。作家说他"为人精诚廉明，但又专横残暴；倔强忠直，却又骄傲自负，不能忘怀他为吴国立下的丰功伟业"。伍子胥虽只有两次出场，但作家却深刻揭示了他性格的复杂性。在第一幕里，伍子胥还未出场，但从被离杀气腾腾冲进禹庙的行动中看到伍子胥专横残暴的性格。所谓狐假虎威，由其奴而见其主。伍子胥带兵入庙，却为范蠡拦阻。在尖锐的冲突中，他为范蠡的忠义所感动，亦映照他刚正忠直的个性。同夫差的矛盾，显示了他忠心为吴国设想而又恃功自傲的性格矛盾，特别是同伯嚭谄媚贪婪的卑琐形象对照起来，更突出了他的刚正不阿、精诚廉明的品德。《史记·伍子胥列传》中有两句伍子胥的自白："吾日暮途远，吾故倒行而逆施之。"作家正是从这样一个性格线索中开掘了伍子胥性格的矛盾，刻画他进忠谏反遭忌恨，性骄直而终遭杀害的悲剧命运。在这个悲剧性格的描写中同样概括着深刻的历史教训，具有较强的认识意义。

这些成功的性格塑造，大体有着历史的依据但又不拘泥于史实，而是由此生发开来，创造出鲜明的形象，既是艺术的创造，又保持着历史的风貌。

三、气势恢阔的史诗特色

对于一个勇于探索的作家来说，风格决不是一枚经久使用的印章。时代变了，思想感情变了，风格也不能不变。《明朗的天》，由于作家刚刚跨进新时代的门槛，正经历着一个思想和艺术上的过渡阶段，因此，在对新的主题，新的人物的掌握上还留下某些生硬的痕迹，还不能形成一种运用自如的艺术风格。《胆剑篇》就不同了，作家为时代激发起来的创作激情找到了喷射口，似乎我们又看到作家不可扼制的热情个性又在新的条件下显现出来；虽然是开拓了新的题材领域，但那种热情奔突的力量又在唤起他神思飞扬的艺术创造力。《胆剑篇》的风格气势恢阔，雄浑沉着，笔势健举。在史诗般的悲壮历史画面中闪耀着磅礴的时代精神和伟岸的民族气魄。

一个作家无论描写任何题材都会受到限制。特别是历史题材，更受有限史料的制约。但是，一个杰出的作家，却能把限制化为自由，突破限制向着艺术的自由王国飞跃。这种飞跃，并不能只是靠着小心翼翼严守历史的有限材料，而是善于从历史事件中找到那种同时代精神相通的共振点，由此而激发起创作的激情，驰骋起艺术的想象。《胆剑篇》就从历史事件中找到了时代现实的历史回声，也找到了作家喷吐其革命热情的出口。《胆剑篇》迸涌热情，自然不再是作家青年时代那种雷雨式的热情，但就其热情个性来说，却有了新的发展。这种热情是为时代现实激起的无产阶级的壮志豪情，是为整个国家、整个民族在特定历史条件下发挥出来的自力更生奋发图强的精神；因此，更显示出其巨大的气魄和热力。在整个《胆剑篇》的悲壮历史画面中都鼓荡着这种巨大的热情潮汐，形成它摧枯拉朽的气势。

首先，在《胆剑篇》的艺术构思上，作家就表现了雄伟而博大的气魄。

从会稽之战到夫差之死，其间将近三十年的时间，作家从正面来概括吴越两国交战兴衰的历史，展开了两国之间历史生活画面。这种巨大的时间和空间规模，无疑显示出作家的勇气和高度的艺术概括力。它所概括的主题也是巨大的。它不仅要揭示出吴越两国战争的正反两个方面的历史教训，而且企图揭示推动历史前进的人民群众的精神面貌。它既要把吴越两国的著名历史人物的性格再现出来，还要表现出那些庶民奴隶的英雄性格。这样的构思任务显得更为艰巨复杂，这就远非创作家庭剧的经验所能驾驭了。但是，作家仍然以杰出的艺术才华较好地体现了构思企图。在组织情节上，作家把错综交织的历史事件化为波谲云诡的戏剧冲突和戏剧场面,其特点是既有长江万里大起大落之势,也尽曲折起伏之妙,既看出历史事件的主要关目,又在主要关目中虚构出动人的情节和细节。第一幕,作家从会稽之役写起,但却选择越国战败这一特定情势,由此开掘了历史的冲突。这一起势就非同凡响。在勾践被俘的极度危急的严峻历史气氛中,围绕着勾践生死的命运,作家以其飞扬的艺术想象组织了一系列精彩的戏剧冲突和场面。不但写了吴国同被侵略的越国之间的尖锐矛盾,也写了吴国内部的矛盾。这些冲突所体现的历史情势是真实可信的:越国虽败,但民气可畏,君臣不屈,于劣势中写出未来胜利的因素;吴国虽胜,但君傲臣争,残暴掠夺,胜利中却蕴藏着失败的根苗。第二幕仍然围绕着勾践的命运,写勾践三年侍吴之辱。是杀是放,在勾践生死未卜的命运上所形成的戏剧冲突,仍然是十分紧张而曲折的。第三、四幕写勾践返国以后的十年生聚教训,着意突现人民的自强不息,虽有许多精彩场面,但情节平出多枝,较前两幕稍逊一筹。但大体上仍写出了勾践卧薪尝胆的事迹。最后一幕颇有江流急转之势。此幕牵涉历史事件较多;黄池会盟、伍子胥赐死、夫差自刎,于史实改动较多虽是缺点,主要是缺乏艺术的开掘,显得收束匆忙,不够从容。但整个剧情的组织仍然显示出作家的巨大魄力,对吴越间这一段强弱胜败的转化历史作了高度的概括,把三十年间的主要历史事件都赋予舞台形象,塑造出如此众多的人物,这样气势恢阔的大手笔,都非曹禺过去剧作可以比拟的,可看出作家艺术探索的勇气。

表现在人物性格塑造上,适应主题和剧情的需要,作家主要采取粗线条的写意手法,赋予人物以强烈而鲜明的性格动作。

如果说曹禺过去善于用精雕细刻的笔触来揭示人物的内心世界,那么《胆剑篇》则主要采用了类似中国画的写意笔法,在粗线条的勾勒中,几笔写出人物性格,活灵活现,呼之欲出。作家往往把人物置身于尖锐冲突中,赋予强烈的性格动作。细心的读者可以读到,作家在许多地方都注明了人物的动作。如夫差砍石,就是夫差在特定的尖锐冲突中的性格动作。先是伍子胥同他意见相悖,使他建碑纪功的兴头遭到打击,满腔火气。继之,他原想不杀勾践召令勾践谢恩,但是,勾践不但不知谢恩反而骂他不义不勇,这就使他更加按捺不住心头怒火,下令斩勾践之首。而此刻却传来越国五千壮士冲出包围的消息,就使他欲杀勾践而不能。于是,他"顿时心中恼怒起来",憋着满腔火气不知向谁发泄。如曹禺所说:"我只觉得在当时情况下,夫差一肚子火要发泄,他必定会一剑砍在崖石上。"所以说,这一剑是夫差"这一个"非砍不可的典型动作。而这一剑像雕塑那样刻画出他那骄横恣肆、喜功贪杀的性格,它要比多少语言都更深刻地揭示出夫差此时此刻的内心世界。写勾践,如他要拔出镇越神剑,痛不欲生地自刎,不忍王孙雄侮辱而用马鞭抽打着石墩,握断玉圭,都是勾践这个倔烈性格的动作。即使一些次要人物,甚至是无名人物,作家也善于以强烈的动作造成强烈的戏剧效果。如中年汉子献稻牺牲,小女孩为父喊冤,施姑娘挺身而出等,这些犹如造型艺术中的描写手段,在瞬间的强烈而鲜明动态造型中,给人留下深刻的性格印象。我国古典小说如《水浒》等就善于透过人物的动作来刻画人物性格。《胆剑篇》根据整个艺术构思的需要,吸收了这样的描写手法。这样,不仅便于勾勒出古代人物的历史风貌和性格特色,而且能用不多的笔墨雕刻出众多人物的性格特征。

曹禺过去就以描写火爆的戏剧场面见长,而在《胆剑篇》中又有了新的发展。他所描绘的场面,宏伟壮观,既具有历史的气氛,又有着民族的气魄。

作家善于通过场面描写,勾勒出浓郁的历史气氛,把人带到历史的冲突情景之中。如第一幕写越国战败勾践被俘的场面,大幕拉开,就呈现出火和血交织一起的悲壮的历史图景。它好像具有音响、动态的巨幅油画,气势壮阔。火光烧红了半个天,乌云盖野,浓烟滚滚。杀声,哭声搅成一片,钟声磬声震撼人心。一面是吴军的掠夺放火,杀气森森;一面是越国百姓跪在禹庙前面候见勾践,宁死不屈。仇恨伴随着熊熊大火一起燃烧。在这历史画面中所透露出来的历史声音是:"越国是镇不住的。"作家不但善于描绘出宏伟的历史画面,而且选择具有典型历史特征的诗歌、民俗来渲染历史的气氛,增强戏剧的效果。如第二幕,作家为了展示在强吴占领下越国人民走投无路的痛苦和悲愤所描绘的火旗焰焰、烈日杲杲、田野龟裂的大旱景象,已够令人触目惊心了,而竹管的呜呜,更突现了沉郁感人的悲惨情景。这时,作家又选择《诗经》中的《鸱鸮》作为黑肩的哀歌,便抒发出人民痛苦的心声以及对侵略者的怨愤。这支歌既渲染着典型的历史气氛,又加强了戏剧的冲突。此外,如太辛爹披散着头发,身束白茅,打着旗幡,敲着乐器,带领百姓祈雨的场面,还有行衅鼓之礼的场面描写,不仅加强了场面的历史的真实感,而且使作品具有浓郁的民族色彩。

《胆剑篇》气势恢阔雄浑沉着的风格,在很大程度上取决于人民群像的塑造。作家把他的热情个性熔铸在那些抗暴反虐自强不息的人民群像的血肉之中,化为胆的颂歌、剑的诗篇。

在《胆剑篇》的创作中,作家努力开掘人民群众的历史主动精神,探索表现那些无名氏的历史作用和英雄气概。因之,他塑造了苦成、鸟雍、无霸、黑肩、施姑娘的形象。在这些群像中体现着一个弱小民族不可侮的骨气和一个成败国不可征服的志气。这些形象,对于形成整个作品的雄浑气势是不容忽视的因素。作家试图把这种蕴藏在庶民奴隶中的民气表现出来,凝聚而为赞美胆剑的正气歌。苦成老人的形象,可以说是胆的精魂,剑的化身。在他身上既有胆的美德又有剑的勇敢。他冒死拔剑,临危献剑,以命保剑,以身殉剑。他那永不屈服,自强不息,赴汤蹈火的精神给人留下难忘的印象。奴隶鸟雍,一腔憨直,浑身是胆,他反抗到底义无反顾。他在苦成崖上磨剑砺志,他的祷告凝结着越国人民的坚强意志:"这十五年,越国人每年都要在你的苦成崖上磨一次刀剑。你看崖石都磨出了深沟。崖石啊,你好比苦成老爹铁硬的骨头! 这剑上的钢锋啊,你好比苦成老爹望着我们的眼睛! ……"这些都汇合起来,形成整个作品的浩荡正气。即使那些过场的群众人物,都汇合到这胆和剑的正气之中,使《胆剑篇》成为一曲气冲霄汉的人民的赞歌。

在《胆剑篇》的艺术创造中,几乎得到一致称赞的是它的语言艺术。作家适应作品的内容创造了既有自己风格特色又有着历史感的舞台语言。张庚曾说:"他的历史人物口中的语言,叫人听来既没有现代化的感觉,却又平易好懂。他有非常富于戏剧性的警策简练的语言,……既古朴又口语化,既凝重又热烈。"①而且他的语言声调铿锵,更具有诗意,有

---

① 张庚:《胆剑篇》随想,《文艺报》1962 年第 1 期。

时干脆用分行的诗句来写，如勾践的长篇独白，就是富有哲理的散文诗。

四、"新的迷信"的束缚

当人们肯定《胆剑篇》的巨大成就时，也曾指出它的弱点。有人认为，《胆剑篇》"许多地方是动人的，许多地方是引人深思的，可是没有那种震撼人心的力量"。或者说它"似乎缺乏一个贯穿全剧的深厚思想"；或认为它"人物不集中，情节不集中"，"吃了笔力分散的亏"，等等。这些批评都接触到作品的弱点，但值得我们探讨的问题，是造成这些弱点的原因。如果揭示出造成这些弱点的根源，将会引出必要的历史教训。

一部作品的成功所需要的条件是多方面的。如果把艺术作品作为社会的产儿，那么，一个作家创作一部杰出作品，就并非作家个人的意志所能决定。当他遇到自己难以辨别和抵挡的错误思潮的强大影响时，就可能给创作带来困难。《胆剑篇》的创作似乎就属于这种情形。周恩来同志曾说："《胆剑篇》有它的好处，主要方面是成功的，但我没有那样受感动。作者好像受了某种束缚，是新的迷信所造成的。"[①]这个意见除了体现周恩来同志对曹禺个人的热情关怀外，更主要的是要解除错误思潮对作家的束缚。那么，作家到底受了哪些束缚，这些新的迷信又是怎样渗透到作品中来？这正是需要我们加以分析的。

应当说，《胆剑篇》的创作难度较大，它不但要把有限的史料化为戏剧的形象，而且做到既符合历史真实又要古为今用。但《胆剑篇》的主要问题，却发生在总体构思上缺乏一个统一的态度和统一的热情。作家进入创作过程之后，指导他把错综的历史事件和人物提炼为戏剧的情节和生动的艺术形象，并促使他把这些纳入完整的艺术结构的关键，是作家必须要有一个明确的统一的始终贯串起来的目的和热情。正如我们已经分析的，在《胆剑篇》中，作家并非缺乏热情，也不是全然缺乏目的性，如果同作家解放初创作的《明朗的天》比较起来，它是较好地发挥了作家的创作个性的。在一些场面冲突中，在一些人物塑造上，他那种昂扬的热情奔突四射。问题在于作家的这种热情有时却受到抑制，欲批评而未免踌躇棘手，欲赞扬而又显得犹豫彷徨。在达到的目的上，时而有所偏离，左右兼顾，显得不够集中。表现在情节的提炼和组织上，似乎为了照顾某种需要，就失去了内在联系的完整性，时而出现断裂之处。

首先，在主要人物的塑造上，比较突出地暴露了指导思想的犹豫，缺乏统一的热情。别林斯基说："动作的单纯、简要和一致（指基本思想的一致），应当是戏剧的最主要的条件之一；戏剧中一切都应当追求一个目的、一个意图。戏剧的兴趣应当集中在主要人物身上，戏剧的基本思想就是在这个主要人物的命运中表现出来的。"[②]在《胆剑篇》中，勾践是主要人物，无疑他应当是作家注意的重心。但是，作家虽然把勾践放到主要人物的地位上，而实际上又未能放手给予描写，虽然提出了人物的命运，但又不能始终给予关注。而对勾践的态度就有时失之客观冷静。如果说第一幕勾践的性格和命运得到比较集中的表

---

① 周恩来：《对在京的话剧、歌剧、儿童剧作家的讲话》，1962 年 2 月 17 日于紫光阁。
② 别林斯基：《别林斯基论莎士比亚》，《古典文艺理论译丛》第 3 辑，第 137 页。

现,勾践的命运始终引起人们的关注,那么第二幕,勾践仍大体上吸引着人们的注意力。但是,由于范蠡的戏较多,已多少使勾践的性格发展减却了推动力。而第三、四幕,似乎勾践还以主要人物出现在舞台上,但作家的热情却转移到人民群像的刻画上,特别是苦成的形象成为描写的重心。如第三幕写勾践送米抚民,虽然使勾践的性格的某些侧面有所表现,但作家更多的是写了苦成,写了苦成的自强不息的精神。第四幕在拆城、抢牛、搜剑的事件中,更显得笔力分散,其中搜剑事件仍然是把苦成作为重心。从第三幕起,勾践在戏剧冲突中的自觉意志削弱了、断裂了,作为一个主要人物不能在冲突中表现他的自觉意志,就必然减却了他的性格光辉。人物总是在顽强地为达到自己的目的中开辟自己的性格道路的。如果主要人物总是处于被动状态,那是作家抑制了自己的热情的表现。一旦主要人物失去了戏剧兴趣中心的位置,那么,就标志着作家所追求的目的和意图转移了。这样,就如别林斯基所指出的那样,使由主要人物的命运所体现的基本思想受到损害或削弱。

我们不妨再对苦成的形象作些分析。的确,作家对苦成是充满热情的,这是应该的。其实,作家对剧中的每个人物都应当具有热情,问题在于不应当削弱对主要人物的热情。如果从局部来看,苦成的形象是塑造得相当动人的,但是,从整体来看却削弱了对勾践的刻画。茅盾曾提出这样一个问题:"虚构的人民英雄大都是在当时历史条件下可能产生的,虽然这些英雄人物还缺少个性,苦成的戏不少,也很动人,可是不知为什么,他给我的印象不深,没有特点。也就是说,他的个性不明显。"[1]"戏不少"但又"印象不深",这确是一个矛盾。究其原因,勾践本来是处于情节中心的人物,但有时却没有或很少着重刻画他,而苦成并非处于情节中心的人物,又过多描写了他。这样,就使两个人物都不能在情节发展中得到应有的刻画,形成了二元的裂痕。正是在这样一个问题上表现出作家所受到的"束缚"和"新的迷信"的影响。在处理勾践和苦成的关系上,也即古代君王和人民群众的作用上,作家似乎怕过分突出了勾践的历史作用。尽管作家找到了勾践的性格发展逻辑,却不能给予充分描写,他的性格发展轨迹出现了抖动的曲线,创作的激情受到抑制。对苦成不发生过分之嫌,热情洋溢,但毕竟又受到历史事件的限制,总不能不顾及勾践复仇卧薪尝胆的事迹,这就造成了互相撞车的二元的弱点。其实,历史唯物主义并不抹煞某些曾经在历史上有所作为的古代君王的作用。一旦作家对自己描写的主要人物失去统一的态度而表现犹豫,失去热情而表现比较理智,就使他很难写好历史人物了。任何作家塑造历史人物都应该体现作家自己对人物的独特理解和审美感情。无产阶级作家虽不能脱离历史的真实,但同样应该写出自己对历史人物的态度。当作家不能辨别和抵挡错误思潮的影响时,那些"新的迷信"就会像看不见的绳索束缚着作家的手脚,在无形中支配着作家笔下的人物,那就很难充分表现作家的独创勇气和独具的理解,也很难表现自己的审美情感了。歌德在谈到历史人物塑造时曾说:"没有哪一个诗人真正认识他所描绘的那些历史人物,纵使认识,他也很难利用他所认识的那种形象。诗人必须知道他想要产生的效果,从

---

① 茅盾:《关于历史和历史剧》,《茅盾评论文集》下册,第222页。

而调整所写人物的性格。如果我没法根据历史记载来写哀格蒙特(《哀格蒙特》中的男主角——引者)，他是一打儿女的父亲，他的轻浮行为就会显得很荒谬。我所需要的哀格蒙特是另样的，须符合他的动作情节和我的诗的观点。克蕾尔欣(《哀格蒙特》中的女主角——引者)说得好，这是哀格蒙特。"①歌德的话不无偏颇，但他提出写历史人物，须符合人物的动作情节和作家的诗的观点，强调写出"我的"人物，这些，都是十分深刻的艺术见地。《胆剑篇》的二元裂痕，正是由于作家部分地失去对人物的独立的审美评价造成的。失去"我的"诗意，就失去了"我的"统一热情统一态度。无论是勾践还是苦成的形象都因为"新的迷信"的影响而减却了性格的光彩。

如果再解剖《胆剑篇》的情节体系，会进一步发现二元裂痕带来的损害。一出戏的剧情发展，必须为一种统一的热情和情绪所推动。在情节的提炼和组织上，使之成为一个有机的联系的整体，产生由这一情节导致另一情节的逻辑发展的力量，而最后推向作家预期的高潮。尽管一出戏有着错综的纠葛，有两串或者三串事件，但是都必须交织到一个统一的中心进展线索上，把这些事件的推动力都引向一个最终的目标。《胆剑篇》有时就背离了这一原则。第三幕，如张光年指出，它"是缺乏戏剧性的。虽然许多事情以米为线索而贯串起来，但是求雨、运米、填井、谏米、迁都、献剑……仍然显得是一小块、一小块的，没有溶为一体，扭成一根绳，形成真正戏剧性的情节"②。需要补充的是，第三幕的戏剧情节没有更紧密地同第一、二幕扭在一根绳上，作为主要人物的勾践，在情节中心线上失去了他的逻辑发展。第四幕拆城、搜牛、搜剑、衅鼓等事件均平列而出，缺乏有机联系，这都使整个剧情缺乏一个统一的推动力。所以说，《胆剑篇》虽然不乏精彩的场面和鲜明的性格创造，但由于受到"新的迷信"的影响，损害了作家的艺术创造力，也损害了作品思想和艺术的完整性。

我们作了上述分析以后，就不能不引出必要的历史教训。曹禺在解放前的剧作中，虽然有他的弱点，但他仍然以其艺术家的勇气，对他熟悉的生活进行了诗意的开掘和提炼。解放后，作家不是缺乏热情，也并没有失去艺术才华。往往是那些貌似正确的社会思潮、文艺思潮束缚住他的手脚，使他变得拘谨起来。虽然不能过多地责备作家，但是，这个事实表明，一个作家要创造出一部优秀作品是多么需要勇气和胆识。艺术家的勇气和胆识，一方面靠他对马克思列宁主义的掌握程度，一方面更靠他对现实生活的熟悉和对现实生活的真知灼见。而为作家提供这种勇于创造、勇于探索的客观条件，就显得尤为重要了。

《曹禺剧作论》，中国戏剧出版社1981年版，第298—328页

① 爱克曼辑录：《歌德谈话录》，第114页。
② 张光年：《〈胆剑篇〉枝谈》，《戏剧报》1962年第1期。

《胆剑篇》的"怪力乱神"

张耀杰

1960 年中苏两国决裂,给处于"三年困难时期"的中国民众雪上加霜。为宣传毛泽东"自力更生,奋发图强"的政治号召,越王勾践"卧薪尝胆"的老故事一时间成为热门话题,全国各地一下子涌现出七十多部反映"卧薪尝胆"的戏曲剧目,却没有一个话剧剧本。在罗瑞卿等高层领导人的指示下,曹禺与梅阡、于是之组成写作班子,住进北京西山一个僻静院落,开始编写《卧薪尝胆》(即《胆剑篇》)的剧本。

初稿完成后,三个人花了大半年的时间征求意见。1961 年 3 月 10 日,北京人艺在北京饭店举行《卧薪尝胆》座谈会,专门邀请历史学家齐燕铭、翦伯赞、侯外庐、范文澜、吴晗等人发表意见。3 月 13 日,中国作协又出面召开《卧薪尝胆》座谈会,林默涵、刘白羽、袁水拍、张天翼、严文井、巴金、沙汀、郭小川、欧阳柏、陈默等人出席会议。袁水拍在会上提议把剧名改一下,着重在"胆"字上做文章,该剧因此被确定为《胆剑篇》。

在北京人艺赶排《胆剑篇》的同时,几经修改的剧本从 1961 年 7 月开始在《人民文学》分两期连载。10 月 3 日,《胆剑篇》在首都剧院开始公演,演出受到热烈欢迎,评论界更是好评如潮。在这些捧场文章中,颇有几篇谈到了一些关键性问题。譬如张光年在《〈胆剑篇〉枝谈》中认为,该剧第三幕缺乏戏剧性,"虽然许多事情以米为线索而贯穿起来,但是求雨、运米、填井、谏米、迁都、献剑……仍然显得是一小块、一小块的,没有溶为一体、扭成一根绳,形成真正的戏剧性情节。"①

何其芳在《〈胆剑篇〉印象》中,也指出全剧在思想内容上的空洞混乱:"不管作者的主观意图是怎样,这个作品自己说明了它最主要的思想内容是这样:一个国家用武力来侵略别的国家,压迫别的国家的人民,它总是要遭到顽强的反抗的;而一个被侵略的国家的首领,只要他能够和人民一起,依靠人民,艰苦奋斗,不管他会碰到什么样的屈辱和困难,他最后总能够战胜侵略者。这样的思想是贯串着整个五幕戏的。然而作者似乎又不满足于仅仅表现这样的思想内容,也许是觉得这比较一般一些吧,于是在第三幕又写到了'靠自己,图自强,自强不息'的思想;在第四幕又写到'一时强弱在于力,千古胜负在于理'的思想……"②

《胆剑篇》中所表现的越王勾践"卧薪尝胆"的老旧故事,在中国社会早已家喻户晓。

---

① 张光年:《〈胆剑篇〉枝谈》,《戏剧报》1962 年第 1 期。

② 何其芳:《〈胆剑篇〉印象》,《文艺报》1962 年第 2 期。

曹禺的独创之处,在于虚构出一位既具有"姒姓,与勾践同宗"的高贵血统,又"通习六经"的"有学问"的人民代表苦成,通过他对越王勾践的献剑献胆直到奉献生命,来实现高调宣传毛泽东"自力更生,奋发图强"的"最高指示"的政治目的。

大幕拉开,"乌云盖野"之中,一边是吴国军队在纵火焚烧越国百姓的稻谷;一边是越国百姓跪倒在大禹庙外守候他们的亡国之君勾践。没有跪倒的防风婆婆,更是以巫婆神汉般的神圣姿态,发出了替天行道、天诛地灭的天谴诅咒:"天杀的吴国兵啊!"

此情此景中,反而是从泄皋大夫的领地逃亡出来的丧家奴隶鸟雍,表现出较高层次的政治觉悟,针对已经成为吴王夫差的俘虏战犯的亡国之君勾践,从另一种角度发出了天谴诅咒:"真叫人俘虏了,那还不如死了的好!"

年长的太辛爹容不得丧家奴隶鸟雍这种不骂外国占领军反而骂本国君主的反叛精神,命令他与自己一道匍匐在地参拜他们的亡国之君。他的理由是:"国破家亡,总得有个头领。不指望他,还能指望谁呢?"

对于太辛爹这种甘受奴役的强制爱国,最为经典的解释是恩格斯写在《反杜林论》中这样一段话:"无论自愿的形式是受到保护,还是遭受践踏,奴役依旧是奴役。甘受奴役的现象发生于整个中世纪,在德国直到三十年战争后还可以看到。普鲁士在 1806 年战败之后,废除了依附关系,同时还取消了慈悲的领主们照顾贫、病和衰老的依附农的义务,当时农民曾向国王请愿,请求让他们继续处于受奴役的地位——否则在他们遭受不幸的时候谁来照顾他们呢?"[1]

在初步具备"自我规定的意志"的鸟雍拒不从命的情况下,与鸟雍一起"在先王时候,都造过战船,当过水兵"的老战友苦成,挺身而出加以招安。《胆剑篇》中不仅要自己跪倒,而且要软硬兼施地诱导别人跪倒在专制君主面前的苦成和太辛爹,与剧作者曹禺一样,都是恩格斯所说的因为"缺乏自我规定的意志"而"甘受奴役"的一类人物。《胆剑篇》开幕时跪庙磕头的大场面,其实是对于鲁迅在《女吊》中所介绍的中国传统戏曲"开场的'起殇',中间的鬼魂时时出现,收场的好人升天,恶人落地狱"的"起殇"场面的直接模仿。

第一幕中,苦成不避刀斧,向"同宗"的越王勾践献上另一个中年汉子牺牲生命也没有送到勾践手中的烧焦的稻子,并且以人民代表的身份嘱咐道:"大王,别忘了越国的土地和百姓啊!"

作为亡国之君的勾践,也不失时机地表演起奉天承运、替天行道的神道把戏(接过稻子,仰首望天):"皇天保佑越民!"

随后,身负重伤的苦成凭着比自己的大王还要神奇的力量,把吴王夫差刺进石崖里的"镇越神剑"拔了出来,并且庄严宣告:"越国是镇不住的。"

第三幕中,越国大旱。正在太辛爹带领众百姓祈神求雨的时候,从吴国归来的勾践用宫中的珍宝从吴国籴来大米送到百姓手中。此情此景中,苦成偏偏表现出"饿死事小,失节事大"的爱国气节,一方面指出这是"夫差的米","不吃这米也饿不倒的";一方面针对自

① 恩格斯:《反杜林论》,《马克思恩格斯选集》第 3 卷,人民出版社 1972 年版,第 138、149 页。

《家》与其他作品　研究资料

己的大王公开发出大逆不道的天谴诅咒："大王啊，你真是没有骨气啊！"

苦成的天谴诅咒恰好被勾践听到，大臣文种以"越国无以为宝，惟民气为宝"的"天高听卑"的神圣天理，劝诫勾践不要惩罚苦成，而是应该接见这位与皇室同宗的"此地的乡贤""通习六经"的"有学问的庶民"。有着高贵血统的苦成一旦被延请到勾践面前，竟然像一名职业政治家那样，充当起荀子在《礼论篇》中所说的"君师"角色，给专制君主勾践讲起了"谋国治本"：

> 苦成：我们就是这样耕种的。非自耕者不食。
>
> 勾践：(兴奋地)非自耕者不食。
>
> 苦成：这样才是靠自己。
>
> 文种：这样才能图自强。
>
> 勾践：(脱口而出)君子自强不息！
>
> 〔说话中阴云四布，这时一声震天动地的响雷——〕

只可惜，这场天人感应的高潮戏转眼之间就泄了底气。因为在以奉天承运的寡人天子自居的勾践看来，在"自强不息"的神道教条之上，还耸立着既是自然现象又是人格化的绝对主宰"天(老天爷)"："上天，你落下一场好雨吧！多么刚强，多么有志气的好百姓啊！'自强不息'，这句话叫我们眼前出现一片生机。从此，我们君臣上下，自强不息，至死不变。上天哪，风来吧，雨来吧，雷电一起都来吧！"

几千年的中国历史，总是走不出分久必合、合久必分、周而复始、轮回报应的兴亡周期，曹禺笔下这种天人感应的神圣抒情，活脱脱就是郭沫若 1942 年在《屈原》中呐喊过的"雷电颂"的借尸还魂。正如郭沫若笔下泄了底气的王室后裔屈原，反而要向身份低贱的卫士祈求拯救一样，自相矛盾地一边高唱"自强不息"一边祈求上苍保佑的勾践，转眼之间又纡尊降贵，从庶民苦成手里接受了神圣无比的"镇越神剑"。

第四幕已经是四年之后，庶民苦成奉大臣文种之命在城楼上安装报警大鼓时，与来自吴国的占领军发生冲突，从而被"没有是非"的泄皋大夫绑到越王勾践面前。勾践非但不予治罪，反而再一次从这位庶民身上获得战无不胜的精神力量："(奋扬地)抬鼓来，寡人就要此地衅鼓。范大夫，从此我们不能有一丝一毫苟安自保的念头。敌人也不许我们稍有一点苟安的打算。"

在由庶民苦成引起的外交争端中，即使越国不得不拆除城门以示让步，吴国占领军依然不肯善罢甘休，紧接着就搜查起了已经失落四年之久的"镇越神剑"。在不交出"镇越神剑"，越国"密藏刀剑的兵库"就有可能被吴军搜查出来的紧要关头，越王勾践先是以神圣美好的爱国表态——"百姓将它拔下，为它流了血，死了人，交在寡人手里，它就是越国人的骨气。"——把在场臣民推入生死抉择的人生绝境；接下来又玩弄起《日出》中的方达生、《家》中的高觉慧、《艳阳天》中的阴兆时都曾经玩弄过的既要见死不救、临阵脱逃又要装傻充愣唱高调的老旧戏法：

> 这剑是万不能交的。(望着夕阳)宁可作那笔直折断的剑，也不作那弯腰屈存的钩！寡人这番心志，定要上告祖先，昭示百姓。我到禹庙去了。文大人，你

叫范大夫妥善应付吧。（佩剑昂然下）

越王勾践这种神圣美好的道德借口，分明是说给在场的文种和苦成听的。与勾践一样舍不得牺牲自己的大臣文种，顺水推舟地表态说："（意在言外，安抚地）苦成老人，不要担心。我和范大夫计议一下，必然丰收出万全之策。"

在越王勾践和大臣文种先后推卸职责、借口逃避的情况下，没有一官半职的苦成却挺身而出，自愿走上为保全"神剑"而殉道牺牲的黄泉之路。曹禺自然忘不了替苦成写下大段甩腔甩调的戏曲式"诵白"："儿孙们哪，你们定要揭地掀天，将今日的乾坤翻倒！"

呐喊煽情之余，苦成最后一次叩见勾践，在献上苦胆的同时还留下政治遗言，从而奠定了自己死后成神的崇高位置（从腰间取下苦胆）："胆。胆能明目，它叫人眼亮。大王要看清哪！一时强弱在于力，千古胜负在于理。"

在接下来的一场戏中，绝对不肯牺牲自己的越王勾践反而像罪人一样自我忏悔、自我诅咒起来："我卑鄙，我怯弱，像一只惊弓之鸟，一见猎人的影子，就钻入天去。我只知退缩。抢牛，我不敢回手；搜剑，我不敢回手；连拆城我都不敢回手。这一鞭一道血痕，打在我的心上。我就是脸皮厚，就是不知痛。在群臣面前，在范蠡、文种这样难驾驭、不能长居人下的大夫面前，站着我这样一个不成器的君王！""我是什么人哪！（捶胸长啸）哦，我恨——哪！"

到了第五幕，大幕拉开时已经是十五年之后，苦成当年拔出"镇越宝剑"的石崖上被题写了"苦成"两个大字。全剧开幕时与苦成一起向禹庙跪拜的越国百姓，又掉转头来跪倒在苦成崖前，朝着死后"成了神"，而且"天天都显着灵应"的苦成烧香膜拜。连越王勾践发出的圣战爱国的战争命令，都是苦成生前留给他的政治遗嘱（甚至于政治圣经）："千古胜负在于理。"

这场爱国圣战的结果，吴军战败，夫差被俘，苦成牺牲生命保护下来的"镇越神剑"又回到夫差手中，成了他用来"自处"的神器。苦成留下的那颗苦胆，也成为越王勾践报仇雪恨之后依然自强不息的国家神器："卧薪尝胆，自强不息。勾践永远不会忘记。"

总而言之，一部《胆剑篇》从头到尾只是有知识、有王族血统的人民代表苦成，生前如何圣贤、死后如何神明的"精忠报国苦成传"。而这位一会儿是稻、一会儿是米、一会儿是剑、一会儿是胆的苦成老人，与《蜕变》和《艳阳天》中超凡入圣、修成正果的丁大夫、阴兆时一样，只是孔子《论语》中明确否定过的"怪、力、乱、神"式的神道人物。身份低贱的丧家奴鸟雍在爱国圣战中英勇牺牲，在等级森严的神道秩序中所成就的，更是"配祭在苦成崖上"的更加低级的"怪、力、乱、神"。①

张耀杰《曹禺：戏里戏外》，东方出版中心 2012 年版：280—286 页

① 孔子：《论语·述而》，见《新刊四书五经》，中国书店 1994 年版，第 88 页。

《王昭君》研究资料

读《王昭君》

陈瘦竹　沈蔚德

一部抒情诗剧

作家如果曾为人民写过优秀的作品，人民就永远感谢他，时刻在盼望他继续写出新的优秀作品。曹禺就是这样一位剧作家，他过去所写的《雷雨》《日出》和《北京人》，不仅在当时，而且在今天还受到广大观众和读者的欢迎和赞赏。人民早就在迫切地盼望着他，而他当然更加迫切地想为人民写出更多更好的作品。他虽受罪大恶极的"四人帮"十多年的残酷迫害，但他忠于党的文艺事业，老当益壮，以高昂的政治激情和雄健的艺术手腕，在最近完成了历史剧《王昭君》的创作任务。这是他在戏剧创作上的新发展，对人民的新贡献。

王昭君出塞和亲这段历史，班固在《汉书》的《元帝纪》和《匈奴传》中曾有简单记载。范晔在《后汉书》的《南匈奴传》中对王昭君有所描述。自西晋诗人石崇（季伦）作《王明君词》（《昭明文选》）以后，唐宋元明清许多诗人和戏曲家都曾写过这一历史题材。但是有的出于民族偏见，有的用以借题发挥，许多诗歌戏曲中的王昭君，大都重复石崇所谓"苟生亦何聊，积思常愤盈"，和"朝华不足欢，甘与秋草并"的感伤情调，将她写成一个哀怨悲惨的女子，歪曲了这个历史人物的本来面目。"五四"运动以后不久，郭沫若于 1923 年写《王昭君》，作"翻案文章"，歌颂她的反抗精神，以配合当时彻底反封建的斗争。在 60 年代初，曹禺就接受了敬爱的周总理交给的任务，写王昭君历史剧，"用这个题材歌颂我国各民族的团结和民族之间的文化交流"（《王昭君·献辞》）。曹禺在最近完成的新作中，洗净了王昭君身上的历史灰尘，显出这个有胆识、有远见、促进当时民族和好的人物的本来面目。这部剧作所描写的虽然只是我国古代历史中的一小段插曲，但是由于剧作家的严谨的科学态度和非凡的艺术创造，深刻地揭示了历史的发展趋势，生动地塑造了王昭君和呼韩邪单于的鲜明形象。因此，对于我国为实现社会主义现代化而在新的长征路上团结战斗的各族人民，既像雄伟的叙事诗和优美的抒情诗那样激动心灵，又可以从中接受民族友好的传统教育。

曹禺从事戏剧创作已经将近半个世纪。在新民主主义革命时期，作为一个革命民主主义战士，他以戏剧为武器，英勇地投入了反帝反封建的斗争。新中国成立以后，他以新的剧作为社会主义革命和社会主义建设作出了重要的贡献。他的剧作所以激动人心，关键在于他从生活出发，深刻而细致地将人物心灵的奥秘揭示在读者和观众的眼前。情节曲折丰富，人物性格鲜明突出，戏剧冲突尖锐复杂，结构严密紧凑，语言高度性格化而且富于动作性,这是曹禺剧作的艺术特色。作家的艺术风格,随着他的生活经历、思想发展和艺术实践而有所发展。我们从《雷雨》的浓重强烈到《北京人》的素淡深远,而且抒情诗意愈加丰富,便可看到曹禺在艺术风格上的发展变化。其后曹禺在历史剧《胆剑篇》中又加强了抒情色彩。他在写《王昭君》时,既发扬了现实主义精神,又运用了浪漫主义方法,因此艺术风格上又出现新的特色。

剧作家在描写历史题材时,不仅应该通过舞台形象让观众看到历史发展的趋势,而且还必须让他们感到历史生活的气息,引导他们进入历史人物所活动的世界中去。王昭君本是2000多年前汉朝的宫女,后又远嫁几千里外的匈奴单于。曹禺以重在写实而非写意的话剧形式来表现这段历史题材,当然并非轻而易举的事。西汉皇宫的豪华气象和生活习俗,千里草原的绮丽景色和风土人情,固然需要剧作家的苦心经营,在研究史料和调查访问的基础上运用想象以构成剧中人物所活动的生活环境,使得观众确信现在舞台上的就是汉宫景象和塞外风光。但是历史剧的作者不应该只是一个风景画的作者,最重要的是他应该写出历史的时代精神和人物性格,以及由于不同的性格而发生的矛盾和斗争。但是有关王昭君出塞和亲的史料不仅极少,而且前人描写这一题材的诗歌戏曲又都歪曲事实真相。曹禺必须充分运用艺术的想象和虚构,才能写出这部剧作。这比他写《雷雨》到《胆剑篇》时更为困难。攻克这个难关,需要激情、魄力、想象和才华,需要浪漫主义。曹禺亲受敬爱的周总理的嘱托,深刻认识民族友好团结对实现新时期总任务的重大现实意义。他具有极丰富的戏剧创作经验和深厚的艺术素养,善于洞察人物内心的秘密,通过尖锐复杂的戏剧冲突和富有诗意的语言,生动地塑造了王昭君、呼韩邪单于、孙美人、苦伶仃和温敦这些艺术形象,胜利地攻克了历史剧创作上的难关。

《王昭君》中的戏剧冲突,主要是围绕民族关系问题所产生的矛盾而逐步展开。就剧中人物的思想感情来说,存在着多方面的矛盾。呼韩邪求亲,汉元帝赐婚,王昭君请行,这是民族和好的表现。而温敦的大匈奴主义和王龙的大汉族主义则是一种反动势力,不仅破坏民族和好,甚至必将导致民族战争。温敦又是一个野心家和阴谋家,正想杀死单于夺取龙廷,这就使矛盾更形复杂,斗争更加激烈。王昭君先在汉宫中和姜夫人关于远嫁匈奴单于或等待汉帝宣召的问题发生矛盾,到匈奴后又遇到新的矛盾。她能否争取单于的信任和爱情,在遭到温敦的陷害和单于对她怀疑的时候,她怎样才能摆脱这种困境。单于既要对付虚伪阴险和残酷狠毒的温敦,又要在深切怀念已故玉人阏氏的时候逐步建立对昭君阏氏的信任和爱情。曹禺笔下的这些人物都有复杂的思想感情,矛盾尖锐,斗争激烈,每个人物的心灵深处都激荡着汹涌波涛。剧作家只有运用诗的语言,才能写出这种情景。

《王昭君》中有诗情画意,令人神往。戏剧最早本是诗体创作,以动作(戏剧冲突)为灵魂,在语言形式上,综合叙事诗和抒情诗的因素。凡是优秀的剧作,无论用诗体(诗、歌、曲或无韵诗)或散文体(日常语言)都有抒情因素,都有诗意。一般的抒情诗可以吟咏景物或者抒发胸襟,而戏剧中的诗意,应该和动作相结合,显示人物对于当前的矛盾和斗争的深刻的内心感受和强烈的感情反应,这种内心反应正酝酿着新的动作,以便展开人物所经历的矛盾和斗争。剧作家经常通过人物的富有诗意的独白和旁白以抒发人物的心灵深处的思想感情。关于戏剧中的独白，黑格尔在《美学》第三卷《剧诗》中曾这样说："一个内心孤独的性格，处在戏剧动作的某一特定情境之中，为自己的缘故变为客体，于是就有独白。凡是当人的感情生活由于以前某些事件所造成的结果而完全集中于自身的时候；或当这种感情生活在总结自己和别人之间的对立或自身精神的分裂的时候，或当这种感情生活逐渐成熟或突然的决定，一旦得到最后解决的时候，总之，只有在这些适当的时机所出现的独白，才真具有戏剧性。"独白是典型化的心声，需要有节奏、有韵律的语言才能得到最完美的表现。

曹禺在《家》中表现觉新和瑞珏在新婚之夜的复杂心情时，开始运用自由诗体的独白。他在《王昭君》中，以革命现实主义和革命浪漫主义相结合的方法，更大胆地运用独白来展示王昭君和呼韩邪藏在心灵深处的思想感情。剧中有自由诗体和有韵律的独白，有歌唱和音乐。此外还有孙美人所引起的悲怨凄楚的哀感，大草原所特有的雄浑壮丽的景象，以及在民间传说基础上生发出来的关于金色大雁的意境。所有这些，都使人觉得《王昭君》不同于曹禺过去的剧作，具有抒情诗剧的风格。

"我不是孙美人，我是王昭君。"

关于王昭君出塞和亲，《后汉书·南匈奴传》曾说："昭君字嫱，南郡人也。初，元帝时以良家子选入掖庭。当呼韩邪来朝，帝敕以宫女五人赐之。昭君入宫数岁，不得见御，积悲怨，乃请掖庭令求行。呼韩邪临辞，大会，帝召五女以示之。昭君丰姿靓饰，光明汉宫；顾影徘徊，竦动左右。帝见大惊，意欲留之，而难于失信，遂与匈奴。"关于王昭君远嫁的历史作用，著名史学家翦伯赞在1961年就说："作为汉元帝掖庭中的一个宫女，王昭君不过是封建专制皇帝脚下践踏的一粒砂子，但作为一个被汉王朝选定的前往匈奴和亲的姑娘，她就象征地代表了一个王朝、一个帝国、一个民族，并且承担了这个王朝、帝国、民族寄托在她身上的政治使命。"这个政治使命就是："恢复中断了一百年的汉与匈奴之间的友好关系。"[①]

王昭君自愿请行，远嫁匈奴，可见历代文人所咏叹的"昭君怨"，完全出于误解或偏见。还王昭君的本来面目，就得表现出她愿为实现民族友好关系的政治使命而献身的胆识。曹禺写戏最擅长于凝练集中，在最小限度的空间和时间内，展开尖锐复杂的戏剧冲突，创造生动深刻的人物性格。在这部剧中，前两幕在长安汉宫，时间是汉元帝竟宁元年（公元前33年）的"暮春的清晨"和当天下午。后三幕是在匈奴龙廷附近，时间是在三个多月后的三天之内。曹禺不是长篇小说家，无需通过漫长的生活道路来写人物性格的形成和发展的过程。他只写人物在三个多月之内的生活和斗争，他必须在人物登上戏剧舞台时就让观众看到人物的主要性格特征。剧中主角王昭君，本是汉宫十九岁的姑娘，怎样会有远嫁匈奴献身民族友好关系的非凡胆识，这是曹禺在描写这个历史人物的性格时所必须解决的问题。

---

① 《从西汉的和亲政策说到昭君出塞》，《历史剧论集》第一集，上海文艺出版社1962年版）

《家》与其他作品 研究资料

第一幕的核心，就是刻画王昭君的性格。戏是在这样的情势下开幕的：呼韩邪到长安来已经一个半月，王昭君在十天前已秘密"请掖廷令求行"，而和亲召见的典礼将在当天下午举行。王昭君进宫三年，为什么要"求行"？曹禺认为是她父母的影响，以及庄子和屈原对她的启发。她父亲在结婚后不久就去守卫边塞，临死之前托人带信回来说，"塞外的人想和好，塞内的人也想和好。"她母亲时常唱《长相知》之歌。庄子的著作教育她应该有鹏程万里的壮志，屈原的《离骚》鼓励她必须坚定不移、九死不悔。在另一方面，宫女的生活确是十分凄惨。她的姑母姜夫人不断对她宣讲"德言工容"的封建礼教，引起她强烈的反感。她的心思不便对旁人说，曹禺就开始以独白来表现她不甘做宫女而愿远走高飞的意念。她最后说："我只想，我只想——我想什么？讲不出，我不敢讲！"这里应该包含极丰富的内容和极复杂的心情。就政治形势说，据《汉书·元帝纪》载，建昭三年（公元前36年）秋，呼韩邪的哥哥郅支单于因侵犯中原被汉军击败，"冬，斩其首，传诣京师，悬蛮夷邸门"。第二年，正是昭君进宫那一年，"春正月，以诛郅支单于告祠郊庙。赦天下。群臣上寿置酒，以其图书示后宫贵人"。这种情况，王昭君不可能不了解。汉匈战争是两族人民的灾难，王昭君联系父母的苦难，当然深有体会。因此当时呼韩邪愿与汉族和好来长安求亲时，她就决定请行，想在这方面作出贡献，所以她不想汉朝皇帝，只想匈奴单于。但是她从未到过匈奴，对于愿以终身相托的单于尚无一面之缘，她能否被单于点中？以一个少女的心理来说，难免有迷惘羞怯之感。她的这种心情又无人了解，无可商量，所以"讲不出，不敢讲"。曹禺写这段独白，好处在于含蓄，但在另一方面，我们觉得未免有些隐晦，使人不易领会。

献身民族友好固然是她的主导思想，而宫女的悲惨命运却是促使她"求行"的重要原因。表现宫女的悲惨命运，于是就成为描写王昭君性格的必不可少的一笔。但是，应该怎样表现呢？王昭君进宫三年来虽然并不幸福，但是她的经历不足以说明宫女的哀怨。如果叙述其他宫女的苦难，也很难产生戏剧效果。曹禺创造孙美人这个悲剧形象，着笔不多，却是令人惊心动魄，于此可见真是大手笔！

在孙美人身上，凝聚着封建王朝千万宫女的血泪，她是宫女悲惨命运的化身。四十多年来梦想见到皇帝而不可得，结果相思成疾，变成疯子。曹禺写她已经六十多岁，但是音容服饰还是五十年前少女模样。她疯，所以毫不自觉，虽然封她为"美人"的皇帝早已进了坟墓，可是她还想着她的"陛下"。她望着池里春水，竟将花朵当作面容。她对着青铜明镜，前后映照，顾影自怜。她还步履轻盈，追扑扬花。这个衰老的六十多岁的白头宫人还自以为是个少女，实在使人无限哀伤。曹禺还写她善弹琵琶，爱唱李延年所作"一顾倾人城"的诗；而且还有一只鹦鹉，尖声叫着："万岁到了，美人接驾！"于是引出一段情节，更深一层揭示孙美人的悲惨命运。她急忙打扮甚至穿上王昭君的"红罗裳"，盛装前去迎接毕生梦想而未见过的圣驾。自汉武帝以后，就有宫女殉葬的事。曹禺将这惨绝人寰的史实生发开去，说是先皇托梦皇上，要叫"美人"到皇陵去陪伴死人。孙美人临行前，就将她的琵琶和鹦鹉托人转送给王昭君。她上车后听说要去见"皇帝"，"她欢喜过度，一下子就断气了！"历代文人写过多少关于宫怨的诗词戏曲，可是我们认为曹禺所创造的孙美人形象具有空前的艺术魅力。因为这里不仅有情境，而且有人物。曹禺在简短的篇幅中，写出了宫女一辈子的悲惨生活。孙美人分明已至暮年，然而她却认为青春常在，死亡之神正在向她招手，她却等着幸福之神前来敲门；不流一滴泪，不诉一声苦，在空虚的希望中度过寂寞的岁月，在悲惨的欢喜中了结哀怨的一生。这样的形象，怎能不引起强烈的同情和深刻的感伤。就抒情性和感染力来说，孙美人是诗的形象，她的言语举止都有浓厚的诗意。

曹禺写王昭君是主，写孙美人是宾。他在描绘孙美人的过程中，随时穿插王昭君和姜夫人的矛盾。先是关于是否撤回"请行"帖子之争，其后是关于接受"美人"封号和朝见匈奴单于之争，这就形成第一幕的高潮。孙美人是王昭君的前车之鉴，王昭君的红罗裳已被孙美人穿在身上，孙美人的琵琶和鹦鹉已经交给王昭君手里。但是"我不是孙美人，我是王昭君"，孙美人的悲剧引出了王昭君的喜剧。

王昭君朝见汉元帝和呼韩邪时，她的性格得到完美的表现。汉元帝告诉呼韩邪，他赠送"一件礼物"，"希望这礼物能给你带来幸福，给匈奴带来安宁、和平"。这一句话，实际上就是点明了即将上殿的王昭君所肩负的政治使命。曹禺用《长相知》（汉乐府诗《上邪》第二句："与君相知"，曹禺增一"长"字用以表现戏剧主题，含义更为明显。）作为王昭君所爱唱的歌，其实就是剧本的主题歌，这是颇具匠心的。我们从王昭君的独白中，可以看出她朝见时从容大方，沉着勇敢，不愧是个有见识有抱负的姑娘。如果她的美貌和风度，使"天子和单于大惊愕"，那么她唱的《长相知》，使他们就更为激动。这一支歌，含义深远，既是汉匈两族人民要求友好的心声，又是王昭君自愿实现这个政治任务的誓言。如果剧作家不在此处大做文章，就写不出王昭君的胆识。她对汉元帝说："如果能容昭君一言，这样的话是要站着说的。"她站起身来，侃侃而谈："于今，汉匈一家，情同手足，弟兄之间不就要长相知吗？……长相知，才能不相疑，……长相知，长不断，难道陛下和单于不想'长相知'吗？"可见王昭君具有真知灼见。当鸡鹿寨羽书告警，单于大惊失色，元帝就用王昭君的话来劝慰单于，继续商谈和亲大事。这是从侧面来描写王昭君在出塞以前，就对汉匈友好关系早已作出贡献。当然，汉元帝的民族友好的政策和顾全大局的气度，在这里也得到了鲜明的表现。

王昭君出塞以后的生活和斗争，不仅缺乏史料，而且过去文人未曾写过，这在创作上是个难题。但曹禺在后三幕中却发挥浪漫主义精神，运用丰富的想象和大胆的虚构，加强了抒情性和传奇性，更突出了这个历史人物的性格，因而表现出鲜明的汉匈民族友好的主题。曹禺通过剧中其他人物交代了王昭君到匈奴三个多月以来的情况，并显示了当时的政治形势。她和大公主非常亲密，学会骑射，喜爱匈奴风俗习惯，并去湖边抚慰受灾牧民。但是受到王龙所维护的汉朝威仪和礼节的束缚，第一个月"有说有笑"，第二个月"不苟言笑"，第三个月"不言不笑"。温敦和休勒在鸡鹿寨的阴谋已经失败，现在正进行新的阴谋，锋芒直指王昭君。一场保卫或破坏民族友好关系的斗争正待展开。王昭君既为实现政治任务而到匈奴，那么我们所最关心的是她怎样完成这个使命。她是单于的阏氏，她必须获得呼韩邪的信任和爱情，然后才能有所作为。因此曹禺必须苦心经营，写好王昭君和呼韩邪的这场戏，而这一场戏确是非常深刻动人，几乎成为后三幕中最精彩的戏。

匈奴龙廷附近,夏天傍晚,一轮圆月,皎洁明净,照着草原。王昭君和大公主披着银色月光,走上舞台。她和呼韩邪很少见面,很少谈话,彼此并不了解,当然不可能有深情。她少年美貌,温柔多情,而又真诚高贵,心胸广阔。她托大公主从大青山搬回玉人的石像,表示她对孽子体贴入微,毫无私心,这是何等高洁的真情。但她远嫁匈奴,不仅人地生疏,而且和单于还没有情投意合,她的内心必然思潮起伏,情意万千。如果不用独白,就很难深刻细致地表现出她当时寂寞、愁闷、疑虑和期望的心情。如果写她终日以泪洗面,沉溺于"道路之思"和乡里之情,固然有损王昭君的气概和风度;但是不写她怀念故土和往事,那也不能表现她的爱国精神,正是因为她热爱祖国才到匈奴促成民族友好关系。

王昭君听大公主说,玉人阏氏在斗争实践中深刻认识汉匈必须友好团结,所以在她临死时建议单于到长安去求亲。王昭君又听到呼韩邪在独白中怀念玉人,因此她就对玉人石像倾诉自己的心情。她了解单于和玉人是患难夫妻,因而她受到启发,不应"按照后宫的规矩",而要"按照我的性灵,像你(玉人)一样地和他在一起。"在她彷徨踌躇的心情中出现这一冲动,于是她才有勇气向呼韩邪吐露衷肠。呼韩邪和王昭君定情,不仅只是男女之情,还应该有民族之情,因为他来求亲是为了民族友好,她愿远嫁也是为了这个目的。他们从夜凉谈到草原,王昭君表示喜欢草原,但愿在草原上没有征战,永远如此美丽安宁。她并不讳言思念家乡,表明她的直爽坦白。她又谈到她是自愿请行,"带着整个汉家姑娘的心来到匈奴"。这使单于对她非常敬佩,更何况"明亮的眼睛"又那样迷人呢?两颗跳动的心逐渐接近,王昭君以诗的语言说出了她"对丈夫的情意"和"希望得到的恩情"。两人关于玉人的谈话,以及单于得知搬运玉人石像是王昭君的主意,这样就使王昭君作为玉人的化身,占领了呼韩邪的空虚的心。曹禺描写王昭君以合欢被为定情之物,既有汉族特色,又是一个汉族女人对匈奴丈夫的深情厚意的象征。从"结不解"到"长相思",情意缠绵,再联系"长相知",非常自然,旨趣极为深远。这一场戏写两人惆怅的心绪而不失于悲切;写他们真挚的情意而不失于浮华,非常真切感人。开始两人各有心事,由于彼此隔膜,不便互相倾诉,情绪难免低沉悒郁。其后以玉人石像为媒介,两人的距离逐渐由远而近,两人的感情开始由疏远而亲,在相互了解的基础上,爆发出恩爱的火花。剧作家深刻而细致地写出了王昭君和呼韩邪内心的发展过程,就思想和艺术所构成的境界来说,比起《家》中觉新和瑞珏在洞房中的那一场戏达到更新更高的水平。

王昭君前进的道路并不平坦。她和丈夫的恩爱表示民族友好关系的巩固,而温敦则在阴谋破坏。在鸡鹿寨抢劫案被揭发后,温敦又勾结大汉族主义者王龙进行新的阴谋。他叫休勒用毒药谋害婴鹿,用斧子打碎玉人石像,煽动呼韩邪怀疑王昭君是罪犯,因而延迟早已决定的加封晋庙大礼。这对王昭君是一个突然的沉重打击。个人的命运和民族友好关系的前途面临着生死存亡的剧变。她将怎样分析这种形势,怎样应付这种局面?她开始不了解事实真相,对于呼韩邪的"冷淡"感到"迷惑",不禁流泪。后来萧育告诉她单于怀疑她毒害婴鹿和打碎玉人石像,并且指出这是"恶人"要想借此破坏民族友好关系,劝她信任单于,"忍得住个人的委屈"。从此她就不愿有所"辩白",还说"我的心是亮堂的,'水清石自见'"。不顾个人委屈,相信匈奴单于,顾大局,识大体,这固然符合王昭君的性格。

但在另一方面,她既是一个有胆有识、"十分坚强的女子",在个人的命运和民族友好的前途,遭到生死存亡的突变的关键时刻,她应该表现得更主动一些。当然,在加封晋庙之前,她还不是宁胡阏氏,即使在这以后,她也不可能主宰龙廷局势。但是她既和大公主非常亲近,是否可以通过她和乌禅幕有所接触? 她对王龙的言语举止是否早有反感? 她知道玛纳的父亲去关市换货时为温敦射死,那她对于温敦有何感想? 她喜欢龙廷老奴苦伶仃,而他又敬爱她,她是否可以从他口中知道一些龙廷情况? 总而言之,她虽不能预闻政事,却应该更干练机警一些,更积极主动一些。她所谓"水清石自见"出自汉乐府诗《艳歌行》,原指"居停之妇为客缝衣,而其夫不免见疑"而言,这和王昭君的处境绝不相同。当然,呼韩邪不是莎士比亚《奥瑟罗》中的奥瑟罗,王昭君不是苔丝德梦娜;但是如果温敦先杀休勒灭口,案情一时查不清楚,呼韩邪继续怀疑,那么,王昭君将何以自处? 她是否长此一筹莫展,无所作为,只是静待水落石出,让人明白她的心迹呢? 如果这样,王昭君是否也可能遭到类似苔丝德梦娜那样的下场(当然单于不会害她,但是温敦却可能杀她)?

后来,大公主告诉王昭君,乌禅幕已将真正的凶犯逮捕,她这才脱离困境。因此当王龙喝醉了酒,诬蔑呼韩邪"反汉"时,王昭君怒不可遏,痛斥王龙。这当然是一种斗争,但这是在危机已经消失的形势下的一种义愤的表现。有人认为"王昭君对他们(指温敦和王龙——引者)进行了反复的曲折的斗争……迫使王龙供出了他的同谋者温敦,使王龙和温敦的破坏汉匈安宁相处的阴谋全部暴露,这是王昭君所取得的重大胜利。"[1]我们认为这种说法是不符合实际的。王昭君和温敦从来没有当面讲过话,而且她只斥责过王龙一次,何来"反复的曲折的斗争"? 至于迫使王龙供出温敦的阴谋,并从而当面揭露温敦的这场斗争,那是呼韩邪在起着主导的作用。

在全剧闭幕前,曹禺在民间传说的基础上,运用奇妙的想象,为我们创造了抒情性和传奇性非常鲜明的境界,诗意浓郁,旨趣深远。在平定温敦叛乱之后,少女们欢乐地歌唱着,汉匈商队正在进行物资交流,以及即将举行的加封晋庙大礼。金色的太阳照耀着美丽的草原,到处一片光明。玛纳前来禀告单于,说有一个"受灾的老头儿","要求昭君阏氏自己给他一点赏赐。"昭君只有"做女儿时在灯下一寸寸织成、一针针绣成的"并已送给单于的"合欢被"真正是她自己的东西,她征求单于同意之后,决定将合欢被赠送给那个老头儿。接着曹禺就写夫妇二人以诗的对话,热烈地歌颂了合欢被所蕴藏的深情厚意。在呼韩邪封王昭君为宁胡阏氏的欢庆声中,玛纳前来报告,那个老头儿接到合欢被之后,立刻变成"金色的大雁"飞上天去,而合欢被覆盖塞北大地,温暖着汉匈两族人民。曹禺以合欢被为王昭君远嫁呼韩邪促进汉匈民族友好关系的象征,创造金色大雁带着合欢被飞上天去,变成一片彩云,这种境界就使王昭君的形象更加光彩夺目,《王昭君》的主题更加耐人寻味。

"在草原上飞驰的骏马"

呼韩邪为着汉匈和好,前来长安求亲。曹禺在创造这个形象时,首先突出他对汉朝的

---

[1] 蒋星煜:《历史真实和艺术真实的统一》,《文汇报》1978年12月30日)

忠诚。呼韩邪先以严肃而宽厚的态度批驳温敦破坏汉匈关系的言论,接着汉元帝谈到"好马"时,又表现出他对民族和好的真心。他谈"好马"那段话,深刻生动,只有长期策马飞驰在草原上的人,才能说得出来。而他自己,就是"在草原上飞驰的骏马"。因此,谈好马是宾,表忠诚是主。呼韩邪最后说:"这才是生死可以相托的好马。"汉元帝很欣赏这句话。呼韩邪立即表明心迹:"陛下,臣等今后愿做中原的这样一匹良骥好马,生死相托。"这是匈奴单于的思想感情的主导倾向,也是他和王昭君结合的心理基础。

当在汉宫初见王昭君时,他惊愕于她的美貌,又赞赏她的见识,终于选中了她。呼韩邪迎娶王昭君,标志着汉匈民族的和好,但是由于各种原因,在他们以后的生活中却出现了一些矛盾。

呼韩邪不是二十多岁的热情青年,而是四十七岁的匈奴单于。曹禺在创造这个形象时,着意描绘他对已故玉人阏氏的怀念之情,以突出他的性格,这正是剧作家的极奇妙的艺术构思。呼韩邪和玉人是"患难夫妻",在他为统一匈奴而进行的斗争中,她可以说是他的"亲密的战友"。而且两人志同道合。她支持他的汉匈必须和好的政治主张。他对她有深厚的友谊和爱情,每逢他遇到困难时就怀念她。

玉人的弟弟温敦,曾经追随呼韩邪立过汗马功劳。但是温敦是匈奴贵族中反动势力的代表人物,反对匈奴臣服汉朝天子。当呼韩邪到长安时,他曾指使休勒在鸡鹿寨抢劫关市,想要破坏和亲大计,分裂汉匈友好关系。在清查和处理这一案件的过程中,像呼韩邪这样一个英明的单于,他当然能够洞察一切,知道温敦是幕后主犯。但他想到玉人临死的嘱托,记着温敦过去的功劳,以及唯恐汉朝天子有所误解,他故意放松了这个主犯。然而他内心有矛盾,于是就对着玉人石像以独白形式说出了他的心声。

王昭君是剧中的主角,她到匈奴以后能否取得呼韩邪的信任和爱情以完成她的政治使命,这是我们希望剧作家首先回答的问题。但是曹禺为什么要先写单于对玉人的怀念,岂非多生枝节? 如果我们细心领会,不难发现这段情节并非闲文,而是在表现呼韩邪的性格以及他和王昭君的关系上,具有重要作用。呼韩邪在玉人石像前一段独白,说明他和她"同生死,共患难"的关系,对她的怀念显出他是一个最有深情厚意的男子。另一方面,我们从独白中可以了解,呼韩邪希望"迎来"的"汉朝公主"象玉人一样成为他"真正的知心"。这就是说,汉朝公主不能单凭年轻貌美,还须能够和他同甘共苦,并且在政治上支持他,才能取得他对玉人那样的信任和爱情。当时由于王龙的大汉族主义,呼韩邪和王昭君很少接触,不了解她的心意;关于温敦的事,又苦于"没有人商量",因此他只得向玉人石像吐露心思。曹禺通过这段独白,写出了一个英明的匈奴单于的崇高真挚的思想感情,从此逐步打破了他和王昭君之间的隔膜,并且显示了这次和亲的高超的思想境界和深切的民族感情。如果不以玉人石像为媒介,一个匈奴单于和一个汉朝公主就很难这样互诉衷肠;如果勉强他们坐在一起谈心,非但不能深刻地表现他们的性格,而且必然毫无情致,更显不出崇高的政治含义。

呼韩邪和王昭君定情之后,两人应该情投意合,但他怎么忽然又对她发生怀疑因而延迟加封晋庙大礼呢? 就呼韩邪的性格说,决不会有这样突然的变化。曹禺为了表现汉匈和好关系是在斗争中得到巩固和发展的这一历史规律,必须揭露温敦的野心和阴谋以及王龙的大汉族主义,因而也就必须写出在这种反动势力的影响下,呼韩邪和王昭君之间关系的突然变化的过程。

呼韩邪正直宽厚,温敦就利用这一点对他大施阴谋诡计。温敦故意向玉人石像祈祷,让呼韩邪相信他的忠诚。他进而挑拨呼韩邪和王昭君的关系,说是两人年龄不相称,汉匈不是一家人。接着他借用王龙制造的谣言,诬蔑汉廷本想扣留单于。呼韩邪信任王昭君和汉天子,当然不为所动。甚至在温敦谣传汉军已到草原,且以马粪为证,来诬蔑王昭君是藏在龙廷的"奸细"时,呼韩邪还"呵斥"温敦。虽然如此,但在貌似忠诚的温敦三番五次的煽动之下,他的心中不免产生矛盾,一方面是对于王昭君的信任和爱情,另一方面又对王昭君发生怀疑,于是出现"做错了一件事情"的想法。他经历着激烈的思想斗争,当时还不能作出任何决定。温敦毒死婴鹿而归罪于王昭君,呼韩邪想到玉人,于是痛苦万分,旧病复发,晕倒在地。曹禺写他醒来时,看见温敦在旁侍卫,而且满面泪水,于是大为感动,确信温敦的忠诚。这时呼韩邪对王昭君的怀疑已在心中占主导地位。后又听说玉人石像被人打碎,王昭君已经怀孕,他怀疑她可能出于嫉妒而毒害婴鹿并打碎玉人石像,这才作出了延迟加封晋庙大礼的决定。关于呼韩邪的心理变化过程,曹禺写得极为自然细致。

呼韩邪和王龙那一场戏,表现了他对天子国舅的礼貌和匈奴单于的尊严。他叫左右夺下横蛮的王龙手里的马鞭,撤掉他的坐位。当他听到王龙诬蔑他"反汉"时,他展开了坚决的斗争。在粉碎温敦的野心和阴谋以后,呼韩邪震怒而且悔恨。他身经百战,征服过多少凶恶的敌人。可是他几乎被一个口蜜腹剑的凶神恶煞所摧毁。王昭君是他真正的知己,可是他却一度疑心她是罪人。经过这一番波折,呼韩邪和王昭君的关系,就更加亲密无间。呼韩邪将调动兵马的宝刀交给王昭君,表示完全信任。在揭发温敦的罪行之后,帐中只有呼韩邪和王昭君两人。曹禺在这场戏中突出地表现他们已经发展成为患难夫妻的关系。温敦的叛变使呼韩邪的内心受到严重创伤,所以他觉得"已经衰老",感到王昭君的心像泉水一样清,像明月一样亮,因而更需要她的安慰和鼓舞。王昭君为他唱"长相知"之歌,这和她在汉宫初见呼韩邪时唱这支歌,首尾互相呼应。至于匈奴单于威武勇猛的英雄气概,在他驰骋战场,擒获温敦的那一段戏中得到了生动的表现。

"咬人的狼"

汉匈两族,自从汉高帝起奉行和亲政策,一直保持友好关系,没有引起战争。汉武帝元光二年(公元前 133 年)马邑地区发生边境冲突,和亲中断,两族关系紧张。一百年后,呼韩邪才来长安求亲。在《王昭君》第二幕中,呼韩邪在批驳温敦的反汉思想时,曾经谈起,汉宣帝甘露元年(公元前 53 年),"在龙廷上,全匈奴的王公大臣争论了多少天,我决定了归顺长安,大家都向我表示忠诚拥护"。

但是任何事物都包含着矛盾,曹禺在构思时,想到匈奴贵族内部一定还会有大匈奴主义,如同汉朝宫廷内部有大汉族主义一样。这是完全合乎事物发展规律的。然而温敦不只是个大匈奴主义者,他还是个想篡位的野心家阴谋家,这样才会引起尖锐复杂的矛盾和斗争。呼韩邪和王昭君的和亲代表民族友好关系,如果只是受到大民族主义思想的干扰,两人之间虽难免有矛盾,但不至于激化成如此尖锐的冲突。曹禺运用艺术虚构,创造温敦和休勒这两个反面人物,既体现了历史发展规律,又构成了尖锐的戏剧冲突。这样就使曹禺通过以前写王昭君的剧作家所搁笔的地方继续前进,走上前人望而却步的艰难道路,写出《王昭君》的后三幕,表现她在匈奴龙廷的生活和斗争,深刻开掘戏剧的主题思想。我们从这里可以看到曹禺是一个有惊人的魄力和非凡的笔力的艺术家。

在曹禺笔下,温敦和休勒的性格显得非常鲜明突出。这两只一大一小"咬人的狼"都是野心家,但是各有个性。两人政治地位不同,属于主从关系:温敦老谋深算,善于玩弄两面手法;休勒比较露骨,作恶不择手段。温敦命令休勒制造鸡鹿寨抢劫案,就是想破坏汉匈和亲,从而打击呼韩邪。他后来勾结王龙,就直言不讳要想杀死单于。可是他在呼韩邪面前,总是以表面的忠诚来掩盖他内心的仇恨。至于休勒的凶恶残忍,在他对待儿子的态度上暴露无遗。他曾指使两个儿子在鸡鹿寨抢劫,后来案情败露,两个儿子理当被斩。休勒为了保全温敦和他自己,以便将来实现他的野心,竟然大声附和说"斩",并且一拳打昏向他呼救的儿子。

温敦和休勒是反动奴隶主贵族的代表,掠夺就是他们的本性,贪欲和权欲就是他们的生命,只要满足权欲就可无所不用其极。温敦为了最终夺取龙廷宝座,首先就要离间呼韩邪和王昭君的关系。他指使休勒用毒药和斧子作案,从而陷害王昭君。两个野心家出于共同的权欲,彼此勾结,但又互相争夺。休勒向温敦要挟说,"侯爷坐了龙廷"后要给他"一个小小的右贤王"和"右方一半草地"。温敦对于他的贪欲非常吃惊,但是为了利用他,故意表示将来"还有更大的赏赐"。休勒于是连忙跪下,一再叩首,吻着温敦的衣裳,感激涕零,泪流满面,连声歌功颂德,欢呼温敦是"至高无上的撑犁孤突!"(匈奴语,天子)。休勒是贪欲和权欲的化身,曹禺在这里揭露得何等深刻。当休勒下去打碎玉人石像时,温敦有以下一段独白:

> 温敦:(望着隐入黑暗中的休勒,鄙夷地)哼,有这样一种奴才,献给我的,不过是半个瘦羊腿,可向我要的却是一座金子堆成的山。这是个什么人呢?哼!他的儿子死了,他没有掉一滴眼泪,可是为了他那看不见的一座金山,他对我苦苦哀求,伤心地哭着,泪水打湿了我的靴子。连我这石头一样的人都被他哭动了心,哭断了肠!(阴沉地)眼泪啊,你不过是一滴咸水,可你的力量比毒药还厉害得多呢!泪水在女人眼里是有用的,我看,在男人眼里会更有用。

这一段话是休勒性格的注解,又是温敦自己的写照。他的狠毒不亚于休勒,他的权欲更大,他同样知道眼泪的用处,不过休勒是在贪欲似乎可以得到满足时不禁流出几滴"咸水",而温敦先要挤出几滴"咸水",以便将来实现他的野心。

在抢劫案败露后,温敦被迫交出可以调动兵马的宝刀,他对呼韩邪的仇恨更深,但是用尽心机装得更加忠诚。像呼韩邪那样英明的单于,居然被他蒙住了眼睛,像呼韩邪和王昭君之间那样真挚的情意和亲密的关系,居然被他打开一条裂缝,可见他真是一个狠毒狡猾的野心家和阴谋家。

当呼韩邪被温敦的诡计折磨得旧病复发晕倒在地的时候,温敦拿出尖刀正待刺去忽又住手,休勒抢过刀去几次想要动手,都被温敦拦住,甚至一拳打在休勒脸上。这是表现温敦比休勒更阴毒更狡黠,因为他所要夺取的是匈奴龙廷和汉朝天下,与其冒着风险只图一时快意,不如用施诡计等候水到渠成。因此他就守着呼韩邪醒来,仿佛惟恐单于醒不过来,急得眼泪直流。呼韩邪果然十分感动,对他说:"哦,是你,是你把我救活的!你!——我忠心的温敦。"呼韩邪从此相信温敦,而怀疑王昭君,延迟加封晋庙大礼。他指使休勒干的犯罪案又败露,休勒被捕。在审问时,温敦看到休勒将要招供,他就拔出刀来一刀刺死休勒。接着他率领旧部围攻龙廷,落得个可耻下场。

像剧中几个正面形象一样,温敦和休勒这两个反面形象有深刻的典型意义。温敦是典型的两面派,为了实现他那篡位夺权的野心,施展狡猾伎俩口蜜腹剑,以虚伪的忠诚来掩盖他的仇恨,以表面的仁厚来隐蔽他的残暴,等到时机成熟,撕掉亲善的面纱,露出凶恶的真相。像休勒这样的人固然可恨,但还比较容易识别,而像温敦这样的人却更可恶,因为令人难于捉摸。曹禺创造温敦这个两面派人物,极有现实意义,他擦亮了我们的眼睛,提高了我们的警惕。

"一个匈奴最卑贱的老奴"

从《胆剑篇》到《王昭君》,我们可以看到曹禺在描写历史题材时,努力发掘下层人物的高贵品质、聪明才智、斗争精神以及历史作用。这种人物,从来没有引起过去史学家的注意,或者竟被歪曲,因此在历史上毫无地位。虽然《胆剑篇》中的苦成和《王昭君》中的苦伶仃都是苦出身,善良正直,爱憎分明,但他们却是两个不同的人物。苦成是"庶民",不是奴隶,他是越国人民的英雄,在反抗吴国侵略和鼓舞勾践斗志方面作出重大贡献,最后激昂慷慨,以身殉国。非常明显,曹禺想在苦成身上寄托人民是历史的主人这种思想。苦伶仃这个"匈奴最卑贱的老奴",却是另外一种性格,善良忠厚而又聪明勇敢,在逗乐的谈笑中隐藏着尖锐的讽刺,以幽默的态度来应付贵族对他的虐待。这个形象特征鲜明,色彩丰富,显得非常可爱。

苦伶仃曾说:"我是小丑。"这个人物很容易使我们想起我国戏曲中和莎士比亚戏剧中的小丑和弄人。我国戏曲中的小丑都是所谓"小人物",如书僮、酒保、相士、卜者、茶博士和小和尚之类,善良正直,有正义感。他们嬉笑怒骂,极有风趣。至于《十五贯》中的小丑娄阿鼠,自当别论。莎士比亚借奥丽薇霞之口,谈到小丑的特权时说:"傻子有特许放肆的权利,虽然他满口骂人,人家不会见怪他",(《第十二夜》第一幕,第五场)。这些小丑爱说俏皮话,在逗笑取乐之中说出某种哲理,包含一些讽刺,在莎士比亚的喜剧和悲剧中都有小丑,他们甚至在情节上占有一定地位。《第十二夜》中小丑曾说:"这本戏里,我也是一个角色呢。"(第五幕第五场)在《李尔王》中,不列颠国王李尔刚愎自用,听信大女儿和二女儿的甜言蜜语,竟将全部国土分给她们,结果反而受到她们的虐待,无处安身。剧中有个弄人,就对李尔王反复地进行了善意讽刺,代表明眼的观众对于这个悲剧人物的既同情又批评的态度。

但是苦伶仃不同：于中外过去剧作中的小丑，这是曹禺的新的创造。他是匈奴的奴隶，他自己说，"喝酒是解渴，挨打是便饭"。他来自社会下层，懂得塞外塞内广大人民的思想感情。当王昭君在汉元帝和呼韩邪面前唱"长相知"时，他吹胡管伴奏，并向天子禀告，"塞上胡汉两家百姓都会唱这支歌子的。"曹禺在创造这个人物时，一开始只写他吹一支曲和说一句话，就点出他和两族人民的血肉联系以及他的思想感情。他衷心拥护汉匈和好，他是呼韩邪和王昭君的忠实老奴。因此，当王昭君到匈奴后不久，他就将匈奴的风俗习惯介绍给她，还引导她去访问受苦牧民，以巩固汉匈和好关系。

但是他不过是匈奴龙廷里的奴隶，呼韩邪虽然喜欢他，地位却很低微，既不能在现实斗争中直接发生作用，又不便公开反对他所憎恶的人。作为一个小丑，他的特征是引人发笑。于是他就用幽默风趣的语言以及反语来进行讽刺，有时装聋作哑以便识破幕后的秘密勾当。他有辨别力和洞察力，对于温敦这只"咬人的狼"，早就看得很透。他说："这个人我从小看到大：狐狸的嘴，蛇的心，狼一样的贪狠，鬼一样的聪明。"他从王龙的言语举止中，看出他不是一个好人。因此，当温敦勾结王龙准备谋害呼韩邪，苦伶仃就以小丑的身份对他们进行讽刺。

温敦和王龙经过一次密谈，接着去饮酒作乐。在这两个醉汉上场之前，苦伶仃随口编一支歌，低声唱着："月儿偏了西，……哎呀，侯爷们醉如泥！ 一个是黄鼠狼，一个是鬼狐狸……"他在这里嘲笑的自然是那两个存心不良的醉汉。黎明之前，温敦和王龙上场时互相吹捧，苦伶仃躲在黑处骂他们是"狗熊"。王龙看不清楚躲在黑暗中的是什么东西，连忙查问，温敦也拔出刀来。苦伶仃却说是："老虎"，引起一阵紧张。苦伶仃又连忙说："是个老掉了牙的老虎。"然后他从黑暗中走出，说道："现在还不想吃你们呢。"侍从们听着大笑。后来温敦拍着肚子，问苦伶仃肚子里装的是什么。苦伶仃回答说是"天子的长安美酒"。温敦非常得意，又拍着肚子说："今天可真是对得起我的肚子了。"可苦伶仃却认为"你这肚子每天都对不起你"，因为"好酒好肉，你天天都给了你这肚子，可是你这肚子没给你出过一次好主意。"这句笑话中包含着无情的嘲笑，虽然王龙听着大笑，而温敦却恼羞成怒，命令左右抽打苦伶仃二十鞭子。王龙罚他喝一坛酒，再加二十下鞭子。苦伶仃喝醉了酒，挨了打，又上场，那时温敦已经煽动呼韩邪，使他对王昭君发生怀疑，苦伶仃就指着温敦唱："连你也喝在我的肚子里。……我的舌头赛钢刀，专杀世上的坏东西，无情义，好比你！"

他的语言形式多样，如歌唱、韵白、独白和对话等，内容生动精辟，含义深刻。他招笑逗乐，并不是单纯的插科打诨，而是批判揭露坏人坏事，这是一个聪明正直的奴隶的特殊斗争形式，显示了他的刚强勇敢的性格特征。

苦伶仃是龙廷的小丑，容易接近单于。他非常爱戴呼韩邪，呼韩邪也很喜欢他，因此他们的关系比一般的奴隶和奴隶主贵族更为亲密。他已经用比喻对呼韩邪进行劝说，或者以严肃的态度加以忠告。当呼韩邪审理鸡鹿寨抢劫案而故意放过温敦时，苦伶仃就以独白向呼韩邪暗示："打鱼，打鱼，只抓小鱼，放跑大鱼！"后来呼韩邪听信温敦而怀疑王昭君，苦伶仃完全不像一个小丑，而像一个忠仆，反复提醒呼韩邪要害他的是温敦，真爱他的是王昭君,义正词严,情意恳切。

当王昭君知道呼韩邪在怀疑她,感到十分苦闷。苦伶仃就时常追随着她,表示深切关怀。她到草原上去,他就带她到玛纳家里去。他给她看手相时,热情地安慰她鼓励她,并且提醒她,龙廷里有人要陷害她。我们从苦伶仃对呼韩邪和王昭君的态度中,可以看出他是一个观察细致、见解深刻、爱憎分明和感情真挚的老奴。

这个老奴不仅对剧中人物加以评论、嘲讽或者赞美,而且还对正在发生的事件进行描绘和歌咏,以渲染气氛,加强抒情色彩。呼韩邪在战场上平定温敦叛乱时,苦伶仃敲着手鼓,唱着歌,先是祈祷,继而报导战斗情况,最后歌颂呼韩邪的胜利以及草原的光明景象,非常动人。

苦伶仃在剧中是必不可少的角色。他代表汉匈两族人民渴望友好团结的强烈愿望,具有下层人物身上最可宝贵的品德。在戏剧冲突的发展过程中,他虽然没有发生直接的重大作用,却衬托了其他人物,并且丰富了主题思想。他既是戏剧中的一个角色,又是剧场中的"理想的观众"。他将千万个下层人物的思想感情,注入这部描写汉匈两族上层人物的戏剧中,使得作品所显示的生活更加深广,主题思想更加突出,色彩和气氛富于变化,这是曹禺写《王昭君》时所取得的卓越成就之一。

1979 年 1 月 10 日
《钟山》文艺丛刊 1979 年第 1 期

《家》与其他作品

研究资料

资料长编

历史真实与艺术真实的统一
——评历史剧《王昭君》

张春吉

我怀着兴奋的心情,读完了老剧作家曹禺同志的新作——五幕历史剧《王昭君》。我认为:在王昭君这一艺术形象上,体现了历史真实和艺术真实的统一;在戏剧舞台上,恢复了历史上王昭君的本来面目,这个功绩是值得庆贺的。

（一）

昭君出塞是我国古典文学中的一个重要的传统题材,魏晋以来的诗歌如《昭君怨》《明妃曲》等姑且不论,即就戏曲领域而言,从元朝以来,昭君戏就不下廿种,但至今保存下来的比较完整的剧本已经不多了。最近,翻阅了马致远的《汉宫秋》、陈与郊的《昭君出塞》、尤侗的《吊琵琶》、薛旣扬的《昭君梦》和祁剧《昭君出塞》,这些剧目虽然远不是昭君戏的全部,但是透过这些剧本,却能窥见在旧戏舞台上,有关昭君戏的缩影。

马致远的《汉宫秋》是至今保留下来年代比较久远、戏情比较完整、影响比较大的一本昭君戏。《汉宫秋》说的是汉元帝派画师毛延寿到各地去选宫女,结果在四川的秭县遇到了昭君,昭君"生得光彩射人,十分艳丽,真乃天下绝色"。只因昭君无钱贿赂画师毛延寿,毛延寿怀恨在心,故意在昭君的图上"点上些破绽",结果昭君到了京都后被打入冷宫。有一天夜深人静,昭君在后宫弹琵琶解闷,刚好被巡宫的汉元帝听到。汉元帝召见昭君,被昭君的美貌惊呆了。汉元帝获悉昭君被发入冷宫的原由后,就派人捉拿毛延寿。毛延寿闻讯带着昭君美人图逃到匈奴,献给单于。单于立即"写书与汉天子,求索王昭君,与俺和亲;若不肯与,不日南侵,江山难保"。汉元帝只好忍痛割爱,让昭君出塞和亲。昭君来到胡汉交界地时,毅然投江自杀。昭君虽然死了,但她的阴魂还是逃回汉宫,在梦中和汉元帝相会。

后来的昭君戏,大致在《汉宫秋》剧情的基础上,有所增添删节,因而在思想性上也有了高下之分。譬如,明朝陈与郊的《昭君出塞》,写到昭君被护送到玉门关时,全剧就到这里煞住。这里,作者通过琵琶弹奏,极力渲染昭君出塞的哀怨凄切,说什么"西出阳关更渺茫。似仙姝投鬼方,如天女付魔王"。当昭君和护送官分手时,她还千叮咛,万嘱咐:"若问咱新来形象,休道比旧时摧丧!"真是"可怜一曲琵琶上,写尽关山九转肠"。

清朝尤侗的《吊琵琶》的剧情基本上和《汉宫秋》相似，只是最后加上了蔡文姬由于同情昭君和自己的遭遇相似，于月夜里祭吊王昭君。剧作者并借蔡文姬的口，说什么"生为汉妃，死为汉鬼"，可是"后入乃云，先嫁呼韩邪单于，复为复株累单于妇，父子聚麀，岂不点污清白乎"。因此，痛斥历史学家们怎么"将汉宫人扭入匈奴传！"

最后，我们谈谈薛旦的《昭君梦》。《昭君梦》和上述几个剧本不一样，它主要叙述昭君到匈奴以后，由于"嫁了一个状貌可憎语言无味的"单于，"失身绝域"，日夜思念汉元帝，结果，氤氲大使派了睡魔"与王昭君一回好梦，送到汉宫去也。昭君见了汉元帝，诉说了离情别意。最后当昭君醒来时，原来是一场梦，尽管如此，还是盼望"夜夜南柯归帝畿！"

从上述几个昭君戏里，有几点值得我们注意：第一，昭君出塞的历史背景是什么呢？那是因为"匈奴强大，汉室衰微，借你千金之躯，可保百年社稷"（《吊琵琶》），"不然，他大势南侵，江山不可保矣"（《汉宫秋》）。所以，昭君和亲是民族屈辱的象征。第二，汉元帝和昭君有着深沉、真挚的爱情。汉元帝"自昭君去后，忽忽不乐，回视六宫，粉色如土"。当他听说"昭君投水而死，此后春风秋雨，鸟啼花落，无非助朕悲悼妃子之由也"（《吊琵琶》）。昭君"自离陛上，肝肠欲断，日夜思归"，甚至是一场梦，也希望"夜夜南柯归帝畿"（《昭君梦》）。而造成这一切的罪魁祸首是画师毛延寿。第三，有的剧本里，昭君并没有到达匈奴，完成和亲使命，而是在汉朝和匈奴的交界地投江自尽。总之，在旧戏舞台上，王昭君的远嫁匈奴是民族屈辱的象征，而王昭君也是被迫抱着琵琶哀声叹气、哭哭啼啼出塞的。

历史上的昭君出塞究竟是怎么回事呢？这里，有必要让历史来回答问题。根据历史的记载，远自殷周以至秦汉，汉、匈奴两大族之间的人民历来是友好相处的。但由于这两大族的统治者的挑拨、肇事，因而也曾发生多次的战争。初汉，娄敬曾向汉高帝建议："陛下诚能以适（嫡——引者）长公主妻单于，厚奉遗之，彼知汉女送厚，蛮夷必慕，以为阏氏，生子必为太子，代单于……岂曾闻（外）孙敢与大父亢礼哉？可毋战以渐臣也。"①汉高帝接受娄敬的建议与匈奴冒顿单于和亲以后，汉朝与匈奴之间，保持了较长时间的友好关系。到了公元前133年，由于边境冲突，这种友好关系暂告中断。从此，汉朝和匈奴之间又处于战争状态，这种战争给两族人民带来了深重的灾难。到了汉元帝时代，由于汉朝国力逐渐强大，匈奴统治集团之间内部分裂，力量逐渐削弱，并且成为汉朝的藩属。这时，匈奴呼韩邪单于表示要和汉联姻，永结亲好。对此，《汉书》有过明确的记载：

竟宁元年，单于复入朝……单于自言愿婿汉氏以自亲。元帝以后宫良家子王嫱字昭君赐单于。单于骧喜，上书愿保塞上谷以西敦煌，传之无穷，请罢边备塞吏卒，以休天子人民。②

于是，中断了整整一百年的和亲政策，又得到了恢复。所以，我们说昭君出塞不是民族的屈辱，而是民族友好的象征。

历史上的王昭君究竟和汉元帝是否有过爱情关系，对于这个问题，史书上的

《家》与其他作品 研究资料

记载是明确的：

> 昭君字嫱，南郡人也。初，元帝时，以良家子选入掖庭。时呼韩邪来朝，帝敕以宫女五人赐之。昭君入宫数岁，不得见御，积悲怨，乃请掖庭令求行。呼韩邪临辞大会，帝召五女以示之。昭君丰容靓饰，光明汉宫，顾景裴回，竦动左右。帝见大惊，意欲留之，而难于失信，遂与匈奴。①

从这段史料看，王昭君"入宫数岁，不得见御"，根本就不存在和汉元帝有什么爱情关系。同时，王昭君不满后宫的生活，"积悲怨"，所以，当她听到汉元帝要选宫女与匈奴单于和亲时，"乃请掖庭令求行"。可见，昭君出塞并非出于逼迫。

昭君不但出塞到达匈奴，并且和呼韩邪单于结婚，生了一个男孩伊屠智牙师。"及呼韩邪死，其前阏氏代立，欲妻之，昭君上书求归。成帝敕令从胡俗，遂复为后单于阏氏焉。"②这就是说，按照匈奴的风俗习惯，呼韩邪单于死后，昭君必须嫁给继承王位的呼韩邪的儿子——复株累单于。当时，昭君不习惯于这种风俗习惯，曾经写信给汉成帝，要求回汉朝。汉成帝从和亲政策出发，还是鼓励昭君服从匈奴的风俗习惯，所以，"复株累单于复妻王昭君，生二女，长女云为须卜居次，小女为当于居次"。③

根据历史的记载，从昭君出塞以后，汉与匈奴之间整整有五六十年没有发生过战争。所以，无论是汉朝还是匈奴，都很重视这次和亲。汉元帝为了纪念这一历史事件，把年号改为"竟宁"，竟宁者，国境安宁也。匈奴呼韩邪单于也封王昭君为宁胡阏氏，宁胡者，"言胡得之，国以安宁也"。④ 以后，人们为了纪念王昭君在民族友好史上立下的不朽功绩，也在匈奴各地为她修建了庙宇和坟墓。

总之，历史上的王昭君是民族友好的象征，可是，在旧戏舞台上，王昭君却成为含怨出塞的民族屈辱的悲剧形象。

（二）

怎样评价历史剧的得失呢？恩格斯在评价拉萨尔的历史剧《济金根》时指出："我是从美学观点和历史观点"来"衡量您的作品的"。⑤ 用我们的话说，考察一部历史剧，必须坚持历史真实和艺术真实统一的观点。所谓历史真实，主要是指剧本中所描述的主要人物和主要事件不仅必须忠于历史事实，而且还要能够反映特定历史条件下历史生活的本质真实，所谓艺术真实，就是作者根据主题的需要，进行艺术的再创造。两者究竟怎么统一呢？我认为，两者主要统一在所塑造的人物形象上，也就是说，剧作者在尊重历史真实的前提下，按照艺术规律，创造出典型环境中的典型性格来。根据这个原则塑造出来的典型性格，既反映了历史的真实，又比原来的历史生活"更高，更强烈，更有集中性，更典型，更理

① 《后汉书·南匈奴传》。
② 《后汉书·南匈奴传》。
③ 《汉书·匈奴传》。
④ 《汉书·匈奴传》注。
⑤ 《马克思恩格斯选集》第 4 卷，第 347 页。

想,因此就更带普遍性。"①所以,成功的历史剧,必须尽可能达到恩格斯所要求的:"较大的思想深度和意识到的历史内容,同莎士比亚剧作的情节的生动性和丰富性的完美融合。"②在这方面,曹禺同志的《王昭君》作了可喜的实践。

按照历史的记载,王昭君"入宫数岁","积悲怨","乃请掖庭令求行"。昭君为什么要自动报名出塞和亲呢?这里,剧作者在充分尊重史实的基础上,发挥了合理的想象,虚构了典型性格赖以形成、发展的典型环境,使得昭君出使匈奴成为典型环境驱使典型人物行动的必然结果。

昭君是待诏的宫女,昭君的姑母姜夫人在昭君身上费尽了心思,她整天向昭君灌输什么"德言工容",什么"一天到晚,只要想这一个念头——皇帝,就成了。"盼望昭君早日"做万民之母,天下之后"。可是,昭君却厌倦于"隔断了春天,隔断了人世"的后宫生活,因为孙美人等待皇上的宣召已经等了五十多年了,但她等来的是精神错乱,等来的是到坟墓里去陪伴先帝,等来的是欢喜过度,一命归天。后宫里一桩桩一件件的血泪生活,使她不愿重蹈孙美人的覆辙,也使她更怀念死去的父亲。

昭君的父亲新婚不到一个月,就被派到边塞守边,不久就死在边塞,母亲因此上吊自尽。昭君的父亲留下了遗书:"男儿为国是应该的,但是塞外的人想和好,塞内的人也想和好。可是长久和好并不容易,要有人做。要是生了男孩的话,就把这话告诉他,要是生了女孩的话","那就是他在边塞上白白地死了"。今天,尽管昭君是女的,但她并不愿意让父亲"在边塞上白白地死去",她要冲破森严的宫墙,去"做"边塞的工作,让塞外塞内两族的人民长久地友好下去,因此,当她获悉匈奴单于来长安求亲时,她牢记父辈的嘱托,自动到掖庭令报名请行!

在建章宫殿上的一场戏,昭君给我们留下了深刻的印象。应召的昭君,面对着汉元帝和呼韩邪单于,面对着满朝文武官员,泰然自若,"我淡淡装,天然样,就是这样一个汉家姑娘。我款款地行,我从容地走,把定前程,我一个人敢承担",正因为昭君成竹在胸,落落大方,流露出一种轩昂夺人的光彩,因此,她一出现在建章殿上,"满朝上下,变成了庙里的泥胎。皇帝和单于发了呆。听不见一声咳嗽,只有一个女人的眼睛,在发着光彩"。这里,剧作者采用了烘云托月的手法,写出了王昭君的美。

当汉元帝要昭君唱一段"鹿鸣"之曲时,昭君婉言谢绝,并从容不迫地说:"臣昭君愿唱一支比'鹿鸣'还要尽意的歌子"——"长相知"。按照一般的情况,这种民间的情歌小调是不允许在接见嘉宾的朝庭殿上演唱的,所以,昭君一说要唱"长相知",飞扬骄悍的国舅王龙暴跳如雷,说什么这是"侮慢圣听","应该交掖庭治罪",昭君的姑妈姜夫人也惊恐万状:"这一下子真正要杀头了。"可是,昭君却意态自若,力排众难:"于今,汉匈一家,情同兄弟,弟兄之间,不就要长命相知,天长地久吗?长相知,才能不相疑;不相疑,才能长相知","这岂是区区的男女之情,碌碌的儿女之意哉!"聊聊数语,说到了元帝和单于的心坎里,他们

---

① 《毛泽东选集》第 3 卷,818 页。
② 《马克思恩格斯选集》第 4 卷,第 343 页。

不顾皇上的尊严,在一个宫女面前,连连点头称是。突然,传来了边塞上匈奴骑兵制造事端,抢劫汉朝商队的消息,顿时,金銮殿上疑云密布,气氛十分紧张。就在这时候,汉元帝想起了王昭君刚刚在吟唱的《长相知》,于是,他对呼韩邪单于闪出宽慰的笑容:"对啊!不相疑,才能长相知。""匈奴刚刚太平,有一些不臣之徒在找单于的麻烦,趁你在长安,要给你难堪。难道中原的人可以上这样的当吗?"单于感激不已地说:"中原天子的深情,臣永远不能忘,臣定要彻查此事,禀报天子。"疑云消失了,气氛和好了,一场蓄意破坏民族和睦团结的阴谋被及时粉碎了。就这样,剧作者巧妙地通过金銮殿上的一场戏,把胸怀豁达、远见卓识的王昭君牢牢地嵌进观众的脑海。

在昭君和亲的漫长道路上,真是一波未平,一波又起,这一切,并不是曹禺同志的杜撰,而是历史生活的真实写照。剧作者在尊重历史真实的基础上,根据剧情发展的需要,塑造了"和亲"反对派的代表人物。在汉朝方面,"送亲侯"王龙处处表现了大汉族主义,说什么昭君"脸上擦上匈奴女子的胭脂,汉胡之分在哪里?"极力向昭君灌输什么"不食胡食,不穿胡服,不许言笑,不能和单于家人过分亲密,不要在胡家贵族中丢了汉家公主的身份"。在王龙眼里,汉、匈奴民族之间的等级何其森严!

在匈奴方面,民族败类温敦更是不择手段,耍尽阴谋。当单于准备与长安和亲时,他极力向单于煽动狭隘的民族主义情绪,叫喊什么"鞭打着我们的马,朝着富裕的地方飞跑,叫汉朝百族都向天地所生、日月所置的匈奴大单于跪倒。我们踩着他们的尸首,抢来牛群、马群和有好手艺的奴隶。这就是祖先定下的家规!"当温敦的一派胡言乱语被单于严厉驳斥之后,他心怀不满,一方面在新贵王龙面前造谣中伤呼韩邪单于,诬陷单于正在派人训练骑兵,准备大举侵犯中原,从而挑起汉朝对呼韩邪单于的怀疑和不满,以便取而代之。另一方面,温敦清楚地意识到,有王昭君"在呼韩邪单于身边,汉朝就不会疑心呼韩邪。一定要把她从呼韩邪身边赶开"。于是,他制造假象,借刀杀人,说什么"发现五百里外有汉军马粪多处","大批汉军,已经进入草地"等。进而煞有介事地说什么。他们在龙庭里是有奸细的","我们龙庭里还放着一个可以做奸细的阏氏,就像蝎子伴在身边",千方百计要假借呼韩邪单于的手,把昭君赶出去。就这样,这条喷着毒液的蛇,搞得呼韩邪单于原想把调兵的宝刀交给昭君掌管的念头也动摇了,他痛楚地自问:"我怕我身边的不是一个真心爱我们胡人的阏氏,而是一个……"

面对着一排排劈头盖脑的恶浪,昭君明是非,辨方向,真正做到了任凭风浪起,"我款款地行,我从容地走,把定前程,我一人敢担当。"她排除了王龙的干扰,入境随俗,擦胭脂,穿胡服,学骑马,练射箭,一句话,她要使汉朝的公主成为匈奴的阏氏。正当温敦一伙向呼韩邪单于射来一支支毒箭时,她一方面离开后宫,了解民情,抚慰百姓。另一方面,她看到单于"一双眼睛像江水没有扬波",她多方探测,"真想知道在沉静的波面下,流动着什么"。当她知道玉人临死前嘱咐单于"要迎一位汉家姑娘来代替她,把匈奴和汉结成一家"时,她深感自己责任的重大,用昭君的话说,"我真怕不能代替玉人阏氏",因为"将缣来比素,新人不如故"。今天,玉人死去了,心事重重的单于没有一个知心人儿可以问话,这是多么痛苦的事啊!对此,昭君对单于体贴入微,关心备至,主动搬回玉人的雕像,让死去的玉人和

新来的阏氏,一起分担单于身上的千斤重担。第三幕月下昭君和单于的一席对话,真是情真意切,明澈照人:

> 呼韩邪:昭君阏氏,你不怪我谈起以前的阏氏吧?
>
> 王昭君:为什么?
>
> 呼韩邪:因为你……你也是一个女人。
>
> 王昭君:单于,为什么要怪? 我只是喜欢。您能不忘记玉人,难道有一天您
> 会忘记我? 对人忠诚的人也应该对他忠诚。
>
> 呼韩邪:可是我的忠诚已经给了一个……
>
> 王昭君:(真挚地)忠诚的男子是少的,忠诚的单于岂不是更少。单于啊,我
> 为什么不喜欢。
>
> 呼韩邪:(喜悦地)奇怪,我眼前出现了什么? 我去迎的是一个汉家公主,接
> 来的却是我想要的女人。

就是这样一位汉家公主如涓涓流水的深情,滋润了单于似久旱的心田,难怪单于从心地善良、通情达理的昭君身上,仿佛看到了玉人的再现,所以,单于深情地说:"原来你的眼睛多么像她,她又多么像你,昭君阏氏啊!"

正当昭君挫败了温敦一个又一个的阴谋诡计而准备加封晋庙时,温敦一伙狗急跳墙,变本加厉地进行垂死的挣扎。他们一方面灭绝人性地妄图用毒药药死小王子婴鹿,并嫁祸给昭君,说什么是吃了昭君阏氏赐给的糖食造成的,一方面又把玉人的雕像砸碎,仿佛是昭君心胸狭窄,想把玉人从单于的心灵深处赶走,真是用心险恶,一箭双雕! 就这样,呼韩邪单于刚刚恢复起来的对昭君的信任又动摇了,结果,即将举行的加封晋庙的大典被单于借故推迟了。

昭君毕竟是年轻的汉家姑娘,而对着错综复杂的斗争,她对事态的发展感到深深的忧虑:"我真不知如何把这突然的变化扭转!"但是,汉族和匈奴的团结和睦是两族人民的共同愿望,是两族的万代基业。所以,在龙廷上下的支持和合作下,很快就粉碎了温敦一伙的叛乱,彻底暴露了阴谋家的狰狞面目。这里,有的认为昭君在矛盾解决的关键时刻,没有把握斗争的主动权,没有发挥应有的作用,这样,似乎有损于昭君的光辉形象。这种意见,我们是不敢苟同的。同志们不妨设身处地地想一想,一个十九岁的汉家姑娘,刚刚离开汉宫来到匈奴,人生地不熟,就能把握斗争的主动权,驾驭阶级斗争、民族斗争的风云?除非是"四人帮""三突出"的模式铸出来的人物,否则,那是不可能的。正因为曹禺同志摆脱"三突出"的羁绊,让人物按照自己的生活道路走下去,因此,面对着复杂的斗争,昭君困惑了。但是,我们不要忘记,昭君所处的时代正是汉、匈奴经过长期战争之后,走向和好的新阶段。因为长期战争的结果,给两族人民带来了深重的灾难,因此,昭君和亲的行动深受统治阶级里明智的上层人物和人民群众的欢迎和支持。一旦昭君和亲遭到一小撮狭隘反动的民族主义者的破坏,自然会受到龙廷上下的谴责,温敦一伙的覆灭就是历史的必然惩罚。剧作者这样处理昭君和她所处时代、环境的关系,正是对昭君为祖国的民族团结做出贡献的历史唯物主义的评价,符合历史的本质真实。

经过暴风雨的洗礼之后,满山的松柏更加挺拔、青翠,经过严峻斗争的考验,呼韩邪单于和昭君公主的爱情更加坚贞、深沉。在隆重加封晋庙的大典上,呼韩邪单于庄严地宣告:"承天子洪恩,赐婚昭君公主。上下臣民,欢欣爱戴,塞内塞外,和悦安宁。今天晋庙祭告祖先,特册封昭君公主为宁胡阏氏!"在欢庆胜利的这一时刻,昭君也把象征他们爱情的"长相思,结不解"的合欢被送给单于,并且寓意深刻地说:"单于啊,这是我们二人幸福的合欢被,但愿它把温暖带给汉、胡的千万家百姓。"于是,在一片欢呼声中,"合欢被"变成了金色的大雁飞上天去,它给塞南塞北带来了温暖与幸福,它祝愿汉胡一家,千秋万代永不分!

　　这里,有的发出疑问:合欢被怎么会变成金色的大雁,昭君又怎么会"祝愿普天之下没有受寒的人!"这符合历史的真实吗? 这样处理会不会是带上光明的尾巴? 这些议论,乍听起来似乎有道理,但是,假如了解历史上王昭君在促进汉、匈奴两族人民的友好往来中所建立的不朽功勋,那么,我们就会感到这些议论确有不妥之处。前面说过,昭君和亲之前,汉、匈奴处于长期战争的状态。昭君和亲之后,汉、匈奴消除了误会,增强了团结,有五六十年的时间没有发生过战争,至今在蒙族,还有许多关于昭君的传说。正像曹禺同志在文化部文学艺术研究院召开的"历史剧与民族关系座谈会"上所说的,在蒙族地区,王昭君是一个妇孺皆知的、极为可爱的形象,仿佛成了一个仁慈的女神。传说有的贫苦人没有吃的,到她的坟上就可以找到吃的;希望得到羊的,到她的坟上就可以得到羊……①像这么一个深受人民喜爱的汉家姑娘,剧作者为什么不能采用浪漫主义的手法,来抒发人民对昭君的爱戴和怀念。这一点,不仅不能说是带上光明的尾巴,恰恰相反,它正是剧作者在昭君身上体现出来的历史真实和艺术真实统一的一个方面。

　　总之,曹禺同志在戏剧舞台上,恢复了历史上王昭君的本来面目,这个功绩是值得称赞的。我们这样说,曹禺同志的历史剧《王昭君》是否就尽善尽美呢? 不,本着实事求是的态度,我们认为《王昭君》还有美中不足的地方。从整体看,《王昭君》体现了历史真实和艺术真实的统一,但就局部来说,有的地方值得商榷。譬如,温敦是个同老婆一起睡觉的时候,"都怕在酣睡中说梦话,泄露深藏的心思"的阴谋家,可是,第三幕当他和王龙在泄露机密、发泄对单于不满时,竟然让单于的忠实奴仆苦伶仃在场。并且当他们狼狈为奸、称兄道弟时,苦伶仃还当面挖苦他们说:"这下,可套上了。"这样处理,符合生活的真实吗? 值得考虑。其次,作为文学剧本,翻开《王昭君》,仿佛是在读一篇优美的抒情散文,我们深深地被其中所散发出来的浓厚的传统戏曲的风韵所陶冶,可是,到了后半部,这浓郁的诗味却淡薄了。最后,随着剧情的发展,矛盾不断出现,斗争不断激化。可是,剧作者却把许多矛盾放在幕后去解决,这样,自然影响了人物形象的塑造。以上是阅读剧本时的几点不成熟的想法,我们冒昧地提出来,很可能是十分谬误的。

　　读完了历史剧《王昭君》,我情不自禁地深切缅怀我们敬爱的周总理。

　　我国是一个多民族的国家。解放前,由于统治阶级的破坏,我国各民族之间存在着严

---

①　《人民戏剧》1978 年第 12 期。

重的民族歧视、民族隔阂;解放后,周总理坚决贯彻毛主席的民族政策,身体力行,为增进各民族的友好和团结作出了不可磨灭的伟大贡献。

周总理一再教导我们,"不要大汉族主义,不要妄自尊大","要尊重民族风俗习惯,才能和各族人民心连心啊!"1959年,周总理到内蒙古视察,他高兴地称参加内蒙古建设的汉族同志为"革命的昭君",并希望有更多这样的"昭君"到内蒙古来,和各族人民一起建设祖国的北部边疆。① 后来,周总理和曹禺同志谈起蒙汉联姻的问题时,提倡汉族妇女嫁给少数民族。当说到历史上的王昭君时,周总理指着曹禺同志说:"曹禺,你快写!"②周总理希望在社会主义戏剧舞台上,歌颂历史上为民族团结作过贡献的王昭君,让历史上的王昭君为促进今天我国各民族的大团结服务。从这个意义上说,我们体会到周总理所要求的舞台上的王昭君,应该既要符合历史的真实,又要富有艺术创造,是历史观点和美学观点的统一。今天,曹禺同志所塑造的王昭君,正是体现了历史真实和艺术真实的统一,因此,我们说曹禺同志完成了周总理生前的重托。我们深信,在周总理直接关怀下诞生的历史剧《王昭君》,经过艺术家们的创造性劳动,一定会在社会主义戏剧舞台上放射出夺目的光彩,成为我国各民族人民促进民族友好、加强民族团结的有力武器。

1979 年 2 月 28 日

《厦门大学学报》1979 年第 2 期

————————

① 《"昭君"为什么要"归汉"》,《人民日报》1979 年 2 月 23 日。

② 《人民戏剧》1878 年第 12 期。

曹禺新著史剧《王昭君》献疑

孔　盈

　　著名剧作家曹禺同志新著五幕历史剧《王昭君》在《人民文学》上发表了。作者遵照周总理生前的嘱托，"力图按照毛主席在'六条标准'中提出的'有利于民族团结'的指示精神'"①，用昭君和匈这个题材"歌颂我国各民族的团结和民族之间的文化交流"②，取得了很大的成功。我们比较喜欢这个剧本，更希望它好上加好。曹禺同志在《献辞》中也表示："我等待读者、观众与批评家的意见，不断修改。"因此，我们作为不懂戏的读者，也不揣浅陋，提几点不成熟的想法，仅供参考。

　　郭沫若同志曾经说过："历史剧既以历史为题材，也不能完全违背历史的事实。……故尔，创作之前必须有研究，史剧家对于所处理的题材范围内，必须是研究的权威。关于人物的性格、心理、习惯，时代的风俗、制度、精神，总要尽可能地收集材料，务求其无瑕可击。"③曹禺同志创作《王昭君》时正是这样做的。他"写这个剧本，用了很长的时间"，广泛涉猎了有关资料，进行了深入的研究，并到内蒙古新疆等少数民族地区调查访问。作者说。"我读较多的关于王昭君的书，但无论是诗词、文章、戏曲，其中史实都不一定确实。"而作者的愿望是"要写一个比较符合历史真实的剧（当然不能完全符合，因为历史剧不只是'历史'，还有个'剧'字，要有戏剧性）"。在谈到创作《王昭君》的体会时作者说："我深深地感到，历史剧虽然可以在史实的基础上做一些虚构的文章，但不应该违背历史的基本真实。"这些都是深中肯綮的经验之谈，对历史剧的创作是有指导意义的。以上述原则衡量《王昭君》，主要方面也是符合的。比如剧中对历史上实有其人的王昭君、呼韩邪、汉元帝、乌禅幕、萧育等的塑造，主要方面都是与史实相符的。虚构的人物如王龙、温敦、苦伶仃等，也都栩栩如生，颇具匠心。关于王昭君的家世，郭沫若的《王昭君》与曹禺的《王昭君》都说她没有哥哥（郭剧说有个过继的哥哥自杀了）。可是据《汉书》记载，王昭君不仅有哥哥，而且哥哥的两个儿子还封了侯，虽然乃兄本人连名字与事迹均付诸阙如。昭君哥哥的两个儿子，老大王歙在王莽新朝当长水校尉和亲侯，老二王飒任骑都尉展德侯。王歙曾送过王莽给匈奴单于的新印绶，并在制虏塞下以兵迫胁王昭君的大女儿女婿到长安，是王莽歧视匈奴、破坏汉匈团结的错误政策的忠实执行者。姑侄之间，差别何啻霄壤。也许正是

　　①　《关于话剧〈王昭君〉的创作》，《人民戏剧》1978 年第 12 期。
　　②　《王昭君・献辞》，《人民戏剧》1978 年第 11 期。
　　③　《沫若文集》十三卷《沸羹集》。

因为这些不肖子侄,两位剧作家都不承认王昭君还有哥哥。史剧不是做考证文章,这样处理当然可以。

据我们初步查阅,史书没有记载王昭君有姑姑。曹禺同志却给她虚构了一个在剧中相当活跃的姑姑。有了她作陪衬,可以说是烘云托月,便于剧情的开展和表现王昭君的性格。只要虚构得合情合理,也完全允许。然而正是这位姑姑身上,我们产生了两点疑问。首先是王昭君的姑姑为什么叫"姜夫人"?曹禺同志这样写或许有所根据,我们没有看到过。可是按照我国一般的习惯,姑姑系指父亲的姊妹。王昭君这个姑姑为什么不跟她父亲一样姓王而姓姜呢?是因为她的婆家姓姜吗?不对。她二十来岁就进皇宫担任后宫女官"夫人"(也可能是进宫几年以后被封的),绝对不是嫁给姜某人做了这位姜某的"夫人"。退一步说,就算是这样,也不能称姜夫人而应称王夫人。如《红楼梦》中王家女嫁给贾政就称王夫人。那么这个"姜"根本不是她的姓,而是她的汤沐邑或封号吗?作者告诉我们,她"是一个不算很得意的女官",看来似乎没有那样的尊宠,西汉后宫也没有这种制度(公主才能有汤沐邑)。姜夫人还对王昭君说:"我哥哥剩下的独根女,我们王家的希望都在你一个人身上,你这无父无母的、苦命的、只有你姑姑疼你的孩子。"这番话又好像她确实是王昭君的亲姑姑。可是她偏偏却叫姜夫人,这究竟是怎么一回事呢?这里看来好像是为一个常识性的问题大费笔墨,其实这不仅是追究姜夫人为什么叫姜夫人,更主要的是借此弄清人物之间的关系是否真实可信。

另一个问题是姜夫人在什么地方、怎样抚养王昭君的?作者介绍人物时说,姜夫人"一直培养着王昭君"。剧中人姜夫人说:王昭君是"我自小抚(这里可能是印刷有误,脱了一个"养"字——引者)大的亲女儿"。王昭君也说:"我从小也是没爹没妈,是我这个姑姑姜夫人把我养大的。"但是按作者的设计,姜夫人已"四十开外",进宫"二十多年了"(有一次又说"我在后宫看了二十年"。这似应改为二十多年。后宫选女的岁龄,最大不能超过十九岁,如果她在后宫二十年,那最大也只有三十九岁,不会是四十开外)。王昭君进宫三年,正好十九岁。这样推算起来,王昭君还没有出生,姜夫人已经入宫了。那么是姜夫人把王昭君带到长安抚养的吗?或许有可能,第一幕王昭君曾问:"那么为什么要我进(后宫)来呢?"盈盈回答:"天子选的,姜夫人送来的。"姜夫人"送来"可以是从秭归送进长安后宫来,也可以是从长安城内某处送进后宫来。可是后来王昭君自己又说:"我的家不是秭归吗?长江就从我的家门前流过,我真想长江啊,想坐在江边,洗着衣服,唱着歌。""想长江,秭归——我生长的地方。"这里明确交代王昭君是生长在秭归,并不是因原籍秭归而称秭归人。姜夫人在长安皇宫当"夫人",王昭君在千里之外的秭归生长,姜夫人要"抚养"也只能是间接的。而第一幕姜夫人跟王昭君赌气时一边哭一边絮叨着说:"都是我不好,都是我惯的你,惯坏了你!你这忘恩负义的东西,是我找人教你怎样穿衣裳,怎样打扮。对了,也是我找人教你读了书,什么屈原、庄子……"这段话本身虽然说得很清楚,但我们仍然不明白一个长期在后宫任职的女官究竟是在什么地方、怎么可能这样做?

这使我们联想到《红楼梦》中的贾元春。元春比姜夫人得宠一些,很快见到了皇帝,而且由"才人"晋封为"贤德妃",其他方面应该是大致相同的。宫里禁锢得比罐头还严。元春省亲时对家人哭述：不该送她到那"不得见人的去处"。虽然可以出来"省亲"，但宫人能有几个有这种幸运？即使皇帝开恩让省亲，大量的开销连贾府那样有钱有势的富豪都感到吃不消，何况史书上说王昭君的出身不过是"良家"。在汉代"良家"有两方面的含义：一指"医、商贾、百工"之外的平民，一指富贵人家。从剧中说王昭君的父亲新婚期间就被征去戍边及昭君一报名请行就被批准等情况看，王家不是什么有钱有势的人家，作者采用的是前一解释。这很可能是符合史实的。元春很喜欢弟弟宝玉，亲自教他读书。可是入宫以后，即使贾家就在京城，家人也不能见她。宝玉的作业只能通过宦官转送。这既是成功的艺术虚构，也完全符合历史真实。姜夫人的地位还不如元春，她怎么能亲自抚养王昭君呢？何况昭君还在千里之外。这是就文学作品描写的情况相比较而言的。

再从当时的制度，即西汉后宫嫔妃设置情况考查一下，看看曹禺同志这样安排是否符合史实。《汉书》记载；"汉兴，因秦之称号，（皇帝之）妾皆称夫人，又有美人、良人、八子、七子、长使、少使之号焉。至武帝制婕妤、婵娥、容华充依，各有爵位。而元帝加昭仪之号，凡四十等云。"这里明确指出"夫人"是皇帝的妾。而夫人、美人、婕妤等都是姓什么就称某夫人某美人，如戚夫人、王美人、班婕妤、宋昭仪等。即使按另一说"皇孙妻称夫人"，也是不改姓的。汉代还有赐姓更姓的事，但查《汉书》汉代只赐过刘（刘敬）、金（金日磾）、长孙、仓、库等五姓。更姓中也没有靠"姜"。另有华阳夫人，钩弋夫人之称，但都不是姓。

关于宫人的情况，《汉书·贡禹传》有一段记载很重要。元帝初即位，年岁不登。谏议大夫贡禹奏言，"古者宫女不过九人……武帝时，又多取好女至数千人，以填后宫。及弃天下，昭帝幼弱，霍光专事，皆以后宫女置于园陵，大失礼，逆天心。昭帝晏驾，光复行之。至孝宣皇帝时，陛下恶有所言，群臣亦随故事，甚可痛也。故使天下承化，取女皆大过度，诸侯妻妾或数百人，豪富吏民蓄歌者至数十人。是以内多怨女，外多旷夫，皆大臣循故事之罪也。唯陛下审察，择贤者留二十余，余悉归之。及诸陵园女亡子者。宜悉遣。独杜陵宫人数百。诚可哀怜也。"元帝虽"善其忠"，却未见有一个宫人被放行。这段话说明。从汉武帝开始，一个皇帝死了，他的嫔妃媵妾等宫人就集中在一个专门的陵园里，一直到死，也不能出去。放回家的，《汉书》记载寥寥无几。所以，像曹禺同志在《王昭君》中写的孙美人，就很有代表性。不过仔细算一下，孙美人进宫四十多年，她应该是汉昭帝的美人。姜夫人进宫二十多年，则应是宣帝的夫人。孙美人是被锁在陵园里的。她能到王昭君所在的掖庭来，剧中说的很清楚："是看门的宫娥看热闹去了，忘记了锁门。"其实昭帝的平陵离未央宫七十里！姜夫人怎么没有被锁进杜陵里反而在后宫跑来跑去？看来她可能由于熟悉后宫而被留下来作些管理事务工作。这种情况是有过的。不过，除了宫人生的子女可以在后宫抚养之外，其他人的子女是休想进后宫的。因而王昭君究竟是怎么被抚养大的，仍然是个谜。姜夫人虽然是一个配角，而关于王昭君思想性格形成的这一重要环节不清楚，岂不有损于主人公的形象吗？

还有两个小问题也说一说。

剧中人盈盈在第一幕关于孙美人的两句话前后有矛盾。前一句盈盈对王昭君说："她（指孙美人）想了皇帝四十多年了"，后一句又说："她天天梦着万岁宣召她，天天打扮得这样好看,五十多年了。""五十多年了"可能是计算有误。剧中介绍,孙美人二十岁进宫(瞒了一岁,假充十九岁。因为后宫选女,规定年龄是十五岁至十九岁),已六十多岁,在宫中四十多年了。若按后一句"五十多年",则孙十岁在家时就开始天天梦着皇帝宣召她。那或许是可能的,因为家里人很可能从小就告诉孙"母亲生她的时候,梦见日头扑在怀里,才生下她来",但十岁在家时就天天打扮得这样好看",就不可能了,因为一般白身女子是不允许随便穿"美人"服装的。"五十多年"应改为"四十多年",以便与前一句统一,也与孙美人的年龄相符合。

第二幕温敦的一句台词欠准确。温敦对呼韩邪说;"现在既然我们统一了南北匈奴,为什么还要归顺中原……"这里的"统一了南北匈奴"之说不妥当。当时匈奴奴隶制政权机构分三大部分。首脑部单于庭,直辖匈奴中部;左右贤王为地方最高长官,分别管辖匈奴东西两大部。其他如左右谷蠡王等亦各有固定驻牧区和自己的军队。自公元前 57 年开始的匈奴"五单于争立"的形势是:呼韩邪、车犁、乌籍单于的势力主要在东部,呼揭、屠耆单于在西部。呼韩邪与郅支单于之争,曾一度是南北对峙。但不久郅支见汉朝出兵出粮帮助呼韩邪,自知无力统一匈奴,遂西迁至伊犁河流域,曾在"东去单于庭七千里"的坚昆"留都"。汉都护甘延寿、副都护陈汤于公元前 36 年斩郅支则在更西的康居(在今苏联哈克萨境)。可见匈奴此时的内乱不是南北之争,呼韩邪统一的不是南北匈奴。剧本第三幕阿婷洁对王昭君谈玉人阏氏时说:"那些年匈奴打乱仗,她跟着我哥哥东征西讨",用语很贴切。南北匈奴之分是在东汉光武帝建武二十四年(公元 48 年)以后的事,距呼韩邪已有六十多年了。南匈奴与北匈奴分裂之后,再没有统一过。南匈奴附汉,是中华民族的一员。北匈奴败亡后,一部分迁往西方。总之,说呼韩邪"统一了南北匈奴"是不确切的,又容易与后来的南北匈奴相混。可否不要"南北",就说"现在既然我们统一了匈奴"?

《延边大学学报》1979 年第 2 期

"巧妇能为无米炊"

——浅谈曹禺新作《王昭君》

吴祖光

巧妇能为无米炊，

万家宝笔有惊雷；①

从今不许昭君怨，

一路春风到北陲。

看来是这首小诗给我招了事，《文艺报》编辑部要我写一篇文章，谈一谈曹禺同志的新作《王昭君》。评论这个新编历史剧我自问没有资格，因为我对汉史和匈奴史都十分无知，甚至对于历来活跃在戏剧舞台上的知名人士王昭君的认识也极其肤浅。但是对于曹禺同志我可是充满着亲切的回忆，提起笔来，便不觉往事前尘奔来心底。1937 年在南京认识他的时候，我只有二十岁；抗战时期，曾共同度过八年患难，其间曾乘坐扁舟一叶，飘过洞庭湖，在途中泊岸的时候，走上湖南小县城安乡的码头，步月到小酒馆里沽饮；这段苦中作乐的流浪生涯，我相信他也不会忘记的。尽管后来曾经有过很长的几段时间失去了接触——尤其是"文化大革命"期间，但是曹禺的性格，他独具的风格特征，那种似是心不在焉其实神有专注的微妙表情，他在日常生活当中经常流露的天才型的出人意料、可笑而又可爱的韵事佳话，我却都是眼熟耳详的。我把这首小诗写成小小条幅送给他时，加注道："……四十年良师益友，得见今日，感慨系之。"盖纪实也。

二十八个字的小诗不过是一时即兴之笔，写来容易，但是要写篇文章可就难了。为此我在编辑部两次催稿之后，不得不像记者那样去登门拜访这位写剧本的当代大师曹禺同志，一见面，他就说："很多人都来问我一个问题，吴祖光的那首诗，是不是写错了一个字？从来都是'巧妇难为无米炊'，为什么他偏说'能为无米炊'呢？这叫我怎么答复呢？你这个有学问的人，怎么会写错了一个字呢？"

应该申明的是：我不是"有学问的人"，写这么一首小诗也用不着什么学问。其次，曹禺同志是能答复这个问题的；他之所以没有答复别人，只因为他有谦虚的美德。本来没有米是不能炊的，但是剧本属于精神食粮，这样巧媳妇就创造了奇迹。叨在同行，凡是品尝过剧本创作的甘苦的人，当他或她读了这个《王昭君》剧本之后，我想，是会同意我的用

---

　① 万家宝，曹禺本名，这首诗曾发表在《人民日报》上。

词的。

翻开《汉书·匈奴传》：

……竟宁元年，单于复入朝……自言愿婿汉氏以自亲。元帝以后宫良家子王嫱字昭君赐单于。单于欢喜……

……王昭君号宁胡阏氏，生一男伊屠知牙师，为右日逐王。

……复株絫单于复妻王昭君，生二女，长女为须卜居次，小女为当于居次。

《后汉书·南匈奴传》：

昭君字嫱，南郡人也。初，元帝时，以良家子选入掖庭。时呼韩邪来朝，帝敕以宫女五人赐之。昭君入宫数岁，不得见御，积悲怨，乃请掖庭令求行。时呼韩邪临辞大会，帝召五女以示之。昭君丰容靓饰，光明汉宫，顾影徘徊，竦动左右。帝见大惊，意欲留之，而难于失信，遂与匈奴，生二子。及呼韩邪死，其前阏氏子代立，欲妻之，昭君上书求归，成帝敕令从胡俗，遂复为后单于阏氏焉。

见诸正史的材料也不过止此而已了，但是由于"汉人怜嫱远嫁"，后世以昭君出塞为题，创作了不计其数的诗歌、乐曲、戏剧来寄予巨大的同情。出塞和亲本不自昭君始，亦不至昭君止。早在西汉初期，由于匈奴势力的强大，自高帝九年起，便开始了对匈奴的和亲政策。《史记·刘敬传》载高帝"欲遣长公主，吕后日夜泣，曰：'妾唯太子、一女，奈何弃之匈奴？'上竟不能遣长公主，而取家人子名为长公主，妻单于……"这生动地说明了和亲下嫁的悲剧性。其中著名者还有汉武帝曾把江都王刘建之女细君嫁给乌孙王昆莫，细君终日悲愁，且念故土，作歌曰："……居常土思兮心内伤，愿为黄鹄兮归故乡。"王昭君之后，有身经战乱沦为俘虏，被迫嫁给南匈奴左贤王的蔡文姬。流传后世的《胡笳十八拍》，写文姬追怀故国，伤别儿女，直是椎心泣血，一字一泪。因此之故，尽管在历史上并没有找到片纸只字，说明王昭君曾有过家国之思，但是所有流传下来的诗、歌、词、曲里所抒写的王昭君却都是满腔的离愁别绪，两千年来留给人们的印象，是一个凄楚的，哀怨低徊的王昭君。

就日常生活现象来说，闺女出嫁，本来喜中有悲。听早年的民间俚语说"刚下轿的新媳妇——不好看"，为什么不好看呢？原因是女儿离娘，大都坐在花轿里啼哭，下轿时哭得泪人儿一般，所以说"不好看"。本城遣嫁尚且如此，何况古时的青春少女长行漠北，远嫁胡邦？

史书上有关昭君的故事简略之极。传说中有可能形成戏剧性矛盾冲突的人物是毛延寿，这也是后世诗人、剧作家经常写到作品里的人物，但是曹禺的《王昭君》话剧，由于主题思想的规定，却舍弃了这个重要人物，从而一并舍弃了这个画图召幸的重要情节。

可以说，历史没有给剧作家留下什么材料，就是这么简单、这么平淡，好像一张白纸，但是作者却从平地上建造起一座玲珑宝塔，写出了有情有节引人入胜的故事，写出了有血有肉感人至深的人物。早一段时期里，我知道曹禺同志在写《王昭君》，我一向钦服他的才能，对他寄予热烈的期望；同时也感到这是个难以攻下的堡垒，不知他将如何攻克它，因此又在为他担着心。但是现在我终于读到这个剧本了，年近七十的曹禺青春长驻，宝刀未老，仍旧那么热情，那么机智，那么严谨，那么饱满，那么才思横溢。他白手起家，交出了出色的答卷，做出了无米之炊。

　　根据《后汉书·南匈奴传》的记载，王昭君出塞是"请掖庭令求行"的（掖庭是妃嫔居住的地方，掖庭令即是管理妃嫔的女官），昭君请行，自愿出塞，是由于入宫数岁，生活孤寂，遂积悲怨。这就是驱使昭君自请出塞的动力。但是仅仅这样还不够，在这里，作者创造了一个给人留下极深印象的六十岁的宫姬孙美人，她打扮得十分艳丽，"仿佛是从地下宫殿挖掘出来的一个女人"，虽然已经鬓发皆白，但是"她活在自己的世界里，活在一种永远是春光明媚，等待皇帝宣召的世界里"。这个人物的塑造，作者或许是从两首唐诗中受到启发，找到根据吧？

　　　　　　　寥落古行宫，
　　　　　　　宫花寂寞红；
　　　　　　　白头宫女在：
　　　　　　　闲坐说玄宗。

　　　　　　　　　　　　——元稹：《行宫》

　　　　　　　泪尽罗巾梦不成，
　　　　　　　夜深前殿按歌声；
　　　　　　　红颜未老恩先断，
　　　　　　　斜倚熏笼坐到明。

　　　　　　　　　　　　——白居易：《后宫词》

　　这个孙美人，"母亲生她的时候，梦见日头扑在怀里，才生下她来。选进了后宫，全家都说她定要当皇后的。她天天梦着万岁宣她，天天打扮得这样好，五十多年了"。这个美人，她不像白居易诗中的怨女。她没有流泪，因为她五十年如一日，天天抱有美好的希望。正是这样来写这个痴心的女人，这个人物就更显得可怜而又可惨；正是这样来写这个痴心的女人，这个长门宫里就更显得阴森凄厉；正是写了一个这样的孙美人，王昭君的"请掖庭令求行"就有了更加充分的依据。在第一幕里作了这样的安排，从而衬托出和树立起一个勇敢的，坚强的，有胆有识，敢做敢当，只有十九岁但却在国家有难的关键时刻挺身而出，慷慨应召，毅然肩负起"和番使者"的重任，在汉和匈奴的民族团结之间作出巨大的政治贡献的美丽的、非凡的、有理想的王昭君的英雄形象。

　　另一个精心安排的人物是呼韩邪单于的随身老奴隶苦伶仃。这是为主人取笑逗趣的人，一个卑贱的人，他的生活习惯是仰人鼻息，听人使唤。但这只是表面现象，实际上他深懂世情，明达干练；有正义感，有原则性。他整日价醉酒佯狂，然而心明如镜；他终日里装疯卖傻，但却足智多谋。在戏里他是个微不足道但又能扭转乾坤的人物。苦伶仃虽然是一个卑贱的奴隶，但是单于王却并不小看他，而是把他当作可信托的人，可以说心里话的人。作者巧妙地设计了这个人物，由于单于对他的信任，从而反衬出这个呼韩邪单于是"一个有胆量、有远见的单于。他是以宽厚出名的，讲究忠信，是一个励精图治，革故立新的单于"。假如在这里也让我发表一些拙见的话，我觉得，苦伶仃这个人物的作用是否还可以发挥得更大一些？是不是还可以更重用他一些，把他放在更关键性的地位上？

剧中还有一个很有特色的人物姜夫人,这是个喜剧型的悲剧人物,是世俗和庸俗的化身,作者说她"一直培养着王昭君,也非常溺爱她,但她一点也不知道王昭君是怎样一个人"。这就是姜夫人的悲剧,这使我联想起李商隐的著名诗句:"不知腐鼠成滋味,猜意鹓雏竟未休。"意出《庄子·秋水篇》:"夫鹓雏发于南海,而飞于北海,非梧桐不止,非楝实不食,非醴泉不饮。于是鸱得腐鼠,鹓雏过之,仰而视之曰:吓!"在我们的现实生活里,无论是在过去,现在,或将来,这样的事情不是经常在发生着的么? 作家对姜夫人这个典型的刻画,达到了哲学的高度!

　　正义与邪恶的斗争,善与恶的斗争,是永恒的主题。《王昭君》的主题是团结与分裂的斗争,用现代的语汇,就是两条路线的斗争。曹禺是编故事和讲故事的能手,是语言的大师,是雕塑性格的巧匠,把这场激烈的斗争写得有声有色,又充满了诗情画意。呼韩邪和王昭君是英雄美人,乌禅幕和苦伶仃是忠臣义士,温敦和休勒是奸徒叛逆,加上王龙的狂妄悖谬,阿婷洁的明丽俊爽……将来出现在舞台上的《王昭君》必然是一出激动人心丰富多彩的好戏。

　　伟大的鲁迅在苦难的三十年代创造了一个名词,叫做"遵命文学"。他在《南腔北调集》中的《〈自选集〉自序》中说:"这些也可以说。是'遵命文学'。不过我所遵奉的,是那时革命的前驱者的命令,也是我自己所愿意遵奉的命令……"

　　《王昭君》也是"遵命文学",在这里作者遵奉的是周总理的命令。伟大的周恩来同志为党为人民鞠躬尽瘁,死而后已,对于祖国的民族大团结一生操尽了心。《王昭君》剧本的完成是周总理对他一生热爱着的全中国人民的深情厚谊的体现。它就是王昭君的合欢被,"像天那样大,覆盖四面八方,塞南塞北,无止境,广无垠……"

　　《王昭君》是曹禺同志从"文化大革命"以来搁笔十多年之后的新的里程碑。这个剧本的写成得来不易,回想这十多年的经历,真个恍如隔世。我听说,那时的国外报纸上曾经登载着:"中国的莎士比亚正在给剧团作看大门的工作。"我把这话告诉曹禺时,他说:"看大门已经是后来我最享福、最舒服的工作了。在那一段挨批挨斗的时刻,在'革命'群众无尽无休的声讨控诉之下,我的精神全部崩溃了,我已经从思想上认为自己确实犯了罪。我流着眼泪对着毛主席像认罪,痛悔。我从心底里认为我是罪孽深重,是不能被饶恕的,我的一生将就此结束,什么希望都没有了……"

　　古时候,"人告曾子之母曰:'曾参杀人!'母曰:'吾子不杀也。'织自若;有顷,人又告,其母尚织自若;顷之,一人又告,其母惧,投杼逾墙而走。夫以曾子之贤,而三人疑之,则慈母不能信也。"①后人引用这个故事,做为诬陷人罪的典范。在这里,只是深知儿子的慈母受了蒙蔽而引起的误信。但是谁能想象,这里曹禺就是没有杀人的曾参本人啊! 这些带引号的"革命家"的威力够多强大! 这不正是剧中温敦说的:"把谎话堆成山,不相信,也会疑心。"不正是地道的戈培尔的"谎言重复一千遍便成为真理"的法西斯手法吗! 今天的曹禺,经过了这一番雨暴风狂、乱棒齐下的锻炼,精神抖擞,意气风发。使我又一次从心底里

---

　　① 文见《国策·秦策》。

感激英明的党中央一举粉碎了"四人帮"以及他们的狐群狗党们，使真理的阳光重新照临祖国的大地，使老作家恢复了青春。祝愿曹禺同志健康，希望我们的诗人再接再厉，写出更好的剧本来！

最后，让我引一首董老的诗。敬爱的董必武同志曾经写过一首过昭君墓的七绝，在曹禺同志之前，对二千年前的汉族女儿王昭君作了认真的、新的评价，为这个可爱的剧本作了很好的注解。诗云：

> 昭君自有千秋在，
> 胡汉和亲识见高；
> 词客各摅胸臆懑，
> 舞文弄墨总徒劳。

1979 年 2 月 9 日

《文艺报》1979 年第 3 期

曹禺同志《王昭君》剧本中的一些历史细节问题

李廷先

　　曹禺同志接受敬爱的周总理生前的嘱托,着手写王昭君历史剧。经过了长时期的酝酿、构思,终于写成、发表(《人民文学》1978 年第 11 期),并已在北京演出了。这是当前剧坛上一件大喜事。老作家的新作品问世,为我们新的长征道路增加了光彩,受到了文艺界的热烈赞扬。

　　周总理委托曹禺同志写这个剧的意思很清楚,就是要用昭君和亲这个历史题材来歌颂古代各民族之间的团结友好和民族之间的文化交流。可是要完成这个使命并不容易。因为从晋朝石崇的《明妃曲》以来大量的写昭君远嫁的诗歌、变文等,给人们留下了极深的印象。特别是元代马致远的《汉宫秋》杂剧长期地盘踞在人们的脑海里。一提起昭君出塞,就立刻想到那种哭哭啼啼、悲悲切切的场面。要扭转人们长期形成的思想感情是很困难的。六十年代初,曾有同志根据新的精神,写成《汉宫春》一剧,并曾在南京、扬州等地公开演出,但没有发生多大影响。可能是因为写的不大符合历史真实,把历史人物作为简单的时代的传声筒,而不是通过人物形象的活动,通过戏剧矛盾冲突的构成和发展,自然而然地显示出它的内含的实在意义。

　　曹禺同志凭着他丰富的创作戏剧的经验,又掌握了大量的汉代和匈奴关系的历史资料,通过精密的艺术构思,细腻的笔触,画出了汉宫的春天,揭示出竟宁和亲的重大意义。基本上是符合历史真实的,但又不为一些具体的历史事实所限,发挥丰富的想象力,进行大胆的艺术创造,把艺术真实和历史真实巧妙地结合起来,使人觉得合情合理,具有很强的说服力、感染力。可以举两个例子。

　　在剧中昭君几次唱的曲子都是《长相知》。乍一看,很不合理。一个已进宫数年的宫女,怎么不唱《安世房中歌》一类颂扬汉家威德的曲子而敢唱民间流传的情歌呢? 正如剧中人物盈盈对她说的:"《长相知》? 怎么能唱这个? 叫掌管刑罚的太监听见,要杀头的。"但昭君姑娘还是唱了,不仅在私下里唱,而且当着皇帝的面也唱。她为什么有这么大的胆量,不怕冒杀头的风险呢? 原来"她"是有根据的。《长相知》是汉武帝时乐府机关从民间采来的民歌,是汉乐府《铙歌十八曲》之一,原来是以歌的开头"上邪"两字作为标题的,曹禺同志在引用时稍加改动,并改名为《长相知》。乐府采集的民歌,都是曾经被之管弦在皇帝欢宴群臣时演奏过的。官家唱演的歌曲,宫女们当然可以唱了。其次,汉元帝本人又是个很有才华的音乐家,他能"鼓琴瑟,吹洞箫",并能"自度曲,被歌声,分刌节度,穷极要妙"。① 很清楚,他是喜欢新声而不喜欢那种沉闷的雅乐的。这就是说,昭君姑娘完全有可能在元帝面前唱《长相知》,只会受到称赞,而不会受到处罚。她在汉元帝和呼韩邪单于会见的隆重场面上唱这个曲子,它的意义已远远超出男女爱情之外,具有很深的政治含义——汉与匈奴永远和好,不动刀兵。可以想象得到,曹禺同志为昭君姑娘选择这个曲子,是花了大量心血的。

又如剧中送亲正使这个角色,曹禺同志要萧育来担任,也是出自虚构,这种虚构也是煞费苦心的。萧育是汉代名臣萧望之之子,他并没有参与过竟宁和亲的事。萧望之在宣帝时任过御史大夫,元帝时任过前将军。当宣帝甘露三年(公元前 51 年),呼韩邪单于第一次来朝时,在接待规格上,汉廷大臣们都主张以臣礼接待,位在诸侯王下,萧望之则主张待以客礼,位在诸侯王上,表现出他的政治远见,汉宣帝采纳了他的意见(见《汉书》卷七十八,《萧望之传》)。汉宣帝这一次对呼韩邪单于隆重而友好的接待,是后来元帝竟宁元年(公元前 33 年)呼韩邪单于向汉朝提出和亲要求的重要原因之一。萧育本人曾两次出使匈奴,对匈奴的情况比较熟悉,并且他"为人严猛尚威"②父子二人都和匈奴有关系。要萧育来担任送亲正使,作送亲副使、"国舅"王龙的对手,完成送亲的任务,是当时汉廷最适当的人选。

总之,这个剧通过舞台演出,使人耳目一新,产生了巨大的艺术效果,有利于增强各兄弟民族之间的友谊和团结,有利于四个现代化的实现,有利于抗击外来侵略的斗争。但我也感到,这个剧在若干细节的安排和处理方面,还存在着一些问题,有悖于历史真实。如果再加以琢磨、修改,再使人增强些真实感,效果将会更好。为此,不揣浅陋,提出些很不成熟的意见和建议,向曹禺同志和广大读者请教。

一、人物方面

王昭君,"人物表"里对她的介绍是:"十九岁,汉宫待召,后为匈奴阏氏。"

按:"待召"似应作"待诏"。"召"与"诏"意相近而不同,不通用。查《汉书·元帝纪》:"赐单于待诏掖庭王樯为阏氏。"应劭注曰:"郡国献女未御见,须命于掖庭,故曰待诏。"

西汉制度,上书求官或选拔官吏未正式任命、在某一处等候诏命者,亦称为待诏。如公孙弘、刘向、冯商等待诏金马门(来央宫门名),扬雄、严助等待诏承明庐(即承明殿,在未央宫内,为著述之所),东方朔、朱买臣、谷永等待诏公车(未央宫、长乐宫、甘泉宫四面都有公车、司马门)等。

在第二幕里对王昭君出场时的形象描写是:"丰容靓饰,光彩照人;顾影徘徊,竦动左右。"王昭君有几句台词是:"我淡淡装,天然样,就是这样一个汉家姑娘。"两者之间是有矛盾的。

---

① 《汉书》卷九,《元帝纪》。
② 《汉书》卷七十八,《萧育传》。

查《后汉书》卷一百十九《南匈奴传》载："呼韩邪临辞大会,帝召五女以赐之。昭君丰容靓饰,光明汉宫,顾影徘徊,竦动左右。"这几句话是曹禺同志所本。所谓"丰容靓饰",究应如何解释?"丰容",一般的理解是长得丰满,汉代对妇女都是崇尚丰满一些的,像赵飞燕只是个别情况。"靓饰",一般的理解是打扮得很漂亮,是包括面容、首饰、衣着在内,是就整体而言的。"靓饰"来自司马相如《上林赋》中"靓妆刻饰"一语。《文选·上林赋》,李善注引郭璞曰:"靓妆,粉白黛黑也。"《文选·上林赋》,李善注引郭璞曰:"靓妆,粉白黛黑也。""刻饰"是刻意修饰的意思。"靓饰"是浓妆而不是淡妆。按照封建王朝的规矩,平常在宫中的皇后、妃嫔,每天都要定时起床,打扮一番,如杜牧《阿房宫赋》里所描写的那样,尽管有些夸张。至于朝见皇帝更要按级别上装,决不敢随随便便,不加修饰,否则,是要以"不敬"论处的。汉武帝最宠幸的李夫人就曾说过。"妇人貌不修饰,不见君父。"①,唐玄宗时虢国夫人的"淡扫蛾眉朝至尊"该怎样解释呢?她不是唐明皇的后妃,她是杨贵妃的姐姐,身份和昭君是完全不同的。昭君是个待诏的宫女,在剧中她是先封为"美人",然后去朝见皇帝的,而她却敢"淡淡装,天然样",这固然可以表现出她的傲气,但实际上却不大可能。

孙"美人","人物表"里对她的介绍是:"六十多岁,汉宫'美人'。"

按:汉元帝时,皇后以下妃子的名号分为十四等,"美人"为第五等。这位孙"美人"的年龄假定是六十二岁,她被选入宫时的年龄假定是十七岁,从元帝竟宁元年上推四十五年,则当在昭帝元凤二年或三年入宫,这时大将军霍光秉政。昭帝初即位时(昭帝即位时年仅八岁),霍光"皆以后宫女置于园陵","昭帝晏驾,光复行之。"②元凤二年或三年,不曾选过宫女;即使选过,也被清理出去了。元帝初即位时,贡禹建议:"择其贤者留二十人,余悉归之,及诸园陵女无子者宜悉遣。"③从昭帝到元帝经过了三次大清理,这位孙"美人"仍然能留下来,几乎是不可能的。按汉朝规定,宫女年三十五无子就要出嫁④。也有记载说是年满三十无子即出嫁之⑤,稍有不同。这位孙"美人"无儿无女,按照当时规定也早就出宫嫁人了。《阿房宫赋》里不是有"有不得见者三十六年"的话吗?这三十六年没有跨代,是就秦始皇一个人的统治年代来说的。他当了二十五年的秦王,十二年的皇帝,一共是三十七年。杜牧的说法还是说得过去的,而这位孙"美人"却已跨了三朝(昭帝、宣帝、元帝)、四代(按辈分来说,元帝是昭帝的曾孙)了。

这位孙"美人"的形象塑造可能和白居易《新乐府》中的《上阳白发人》一诗有关。白居易的这首诗里写一个宫女幽闭上阳宫,达四十五年之久,经过了玄宗、肃宗、代宗、德宗四

① 《汉书》卷九十七,《外戚列传》。
② 《汉书》卷七十二,《贡禹传》。
③ 《汉书》卷七十二,《贡禹传》。
④ 《汉旧仪》。
⑤ 《三辅黄图》。

《家》与其他作品 研究资料

个朝代,她在德宗贞元年间仍然是玄宗天宝时候的装束,很有点像孙"美人"。但她们两人的具体情况是不同的。据白居易的诗自注说,被幽闭在上阳宫的那位宫女,是在天宝初年选进宫的,因遭杨贵妃的妒忌,被"潜配"在上阳宫。

上阳宫在东都洛阳。武则天掌权时期,洛阳成了首都,上阳宫是她常住的一所宫殿,唐玄宗时,久已成了冷宫,不为人们注意,所以杨贵妃才偷偷把一批漂亮的宫女打发到这里来。天宝十四载(公元755年)爆发了安史之乱,不久,安禄山军攻陷长安,唐帝国受到猛烈的冲击。八年的安史之乱刚刚结束,代宗广德元年(公元763年),吐蕃军又攻陷长安,德宗兴元元年,(公元784年)长安又被朱泚叛军攻陷。从天宝到贞元的四十多年中,京都三次陷落,政局动荡不安,统治集团根本不会考虑到关在冷宫里的宫女处理问题。上阳宫那位宫女就在这种情况下寂寞地度过了四十多年,元稹《过故行官》诗所说"白头宫女在,闲坐说玄宗",也反映了这种情况。孙"美人"生活在汉朝的安定时期,而且近在皇帝身旁,她不仅无儿无女,后来还成了疯子。这样的人,不管怎么说,都不可能呆在汉宫达四十多年之久。如果是用《上阳白发人》一诗所提供的素材来塑造孙"美人"的形象,借她的遭遇来揭露封建统治集团的荒淫残酷,是缺乏说服力的。

又,孙"美人"后来被皇帝召见,据盈盈说是因为"在坟里的先皇帝,驾崩了的先皇帝,说是给当今的皇帝托了梦,说他在坟里寂寞得很,要人去陪,要从前的美人。"也就是说,元帝召见这位孙"美人",是要她去为已经死了四十多年的昭帝陪葬。这种事不仅在汉代不会有,在整个封建社会也是罕见的。

二、场景方面

第一幕的场景是:"汉长门宫侧,一个静悄悄的庭院里。侧面是王昭君的寝宫。""隐隐的笙歌似乎从天外飘来,那是太液池的尽头。"

据考,西汉的皇帝从惠帝到平帝都住在壮丽的未央宫里。后妃的宫殿也都在未央宫。武帝时后妃的住宅划为八区,后来增为十四区,和妃子的十四等名号基本相应,有昭阳、飞翔、增成、合欢等十四殿。昭阳殿最为豪华,受成帝宠幸的赵昭仪就住在这里。长门宫是个离宫,在长安城里,但不在未央宫内。汉武帝的陈皇后失宠后罢退长门宫,据传司马相如曾为她作《长门赋》,希图再度得宠,可知是个冷宫。昭君姑娘是掖庭待诏,把她安排在这个环境里,是否合适,值得研究。太液池在建章宫的北面,而建章宫在长安城外,距离城内的长门宫相当的远,笙歌声怎么也"飘"不到这里来,隔着城墙也看不到太液池的"尽头"。

第二幕的场景是"建章宫的便殿"。

在第一幕里,宫女盈盈和戚戚听到墙外有人喊着。"肃静!匈奴大单于车驾就要进宫,车驾已经来到未央宫前,后宫肃静!"这说明汉元帝是在未央宫里接见呼韩邪单于的,时间是在上午,这一幕里的会见换成了建章宫,时间是当天的下午。这在当时是不大可能的。汉元帝对呼韩邪的热情,超过了当时情况可能允许的限度。因为汉代皇帝除刘邦外,连会见群臣议论政事,处理大计,都不是每天举行,怎么会在一天之内、两个宫里两次接见一个"蕃王"!

查呼韩邪单于在甘露三年正月第一次来朝时,宣帝正在甘泉(在长安西二百多里)"郊泰畤"①,就在甘泉宫里会见。回长安后,在建章宫置酒欢宴②。第二次朝见是在黄龙元年(公元前49年)正月,宣帝又在甘泉"郊泰畤"③,据揣测,这一次的会见仍在甘泉宫。竟宁元年(公元前33年)汉元帝和呼韩邪的会见是在什么宫,史无记载,安排在未央宫或建章宫都可以,如果安排在两个宫会见两次,最好不要摆在同一天。

三、称呼、封号和官制方面

在第二幕里,昭君朝见元帝的仪式是:"王昭君(跪拜),后庭王昭君朝见天子陛下,天子万岁,万万岁!"

按:汉代的情况是,皇后及妃嫔对皇帝皆自称"妾"(后代也多如此),如成帝许皇后上书成帝即自称"妾"④,班婕妤在被审问时,回答说:"妾闻死生有命,富贵在天。"⑤从没有自称其名或字的,百官见皇帝则自称其名,所谓"君前臣名"是也。王昭君本来是掖庭待诏,没有封号,在剧中是被封为"美人"以后朝见皇帝的,似应自称"臣妾"或"妾",才较合适。

又,当面称皇帝为"天子"也似不妥。汉代后宫习惯上称皇帝为"县官",为"大家"⑥,正式朝见,则称"陛下",和百官同。百官和后妃很少当面称皇帝为"天子",后代也不多见。

第二幕里,元帝在封昭君时说:"汉天子刘奭,御封王昭君为昭君公主。"

按:汉代皇帝从没有当着群臣的面自称为"天子"兼自称其名的,后代也很少见。只有在祭天、祭祖和朝见太后、太皇太后时偶而称臣或自称其名。当着百官的面,一般自称为"朕",这是大家都知道的。汉初几代皇帝有时也自称为"我"。剧中其他场合元帝是自称"朕"的,但在封昭君时却忽然自称天子兼自称其名,是否另有根据呢?

昭君的封号也值得再考虑。汉代封公主仍沿袭古代的采邑制度,是以地来封的,所谓"汤沐邑"是也。如景帝女平阳公主,隆虑公主;武帝女鄂邑公主,阳石公主;宣帝女馆陶公主;元帝女平都公主、颍邑公主等,很少例外。后代除以地封外,也有另立封号的,如唐睿宗女金仙公主、玉真公主(这两位公主都信奉道教,故有此封号),玄宗女永穆公主、常芬公主等。不管是以地封,或另立名号,但却没有以被封者的名或字作为封号的。至于对少数民族和亲的公主,照例不以地封,而仅予以公主称号。因为汉朝对少数民族和亲的公主都不是皇帝亲生的女儿,而是以宗室女临时加以公主名义嫁出去的,故无封地。例如刘邦第一次和匈奴冒顿单于和亲时,本来是打算派他的大女儿鲁元公主去的,但因为吕后坚决不

① 《汉书》卷八,《宣帝纪》。
② 《汉书》卷八,《宣帝纪》)。
③ 《汉书》卷八,《宣帝纪》)。
④ 《汉书》卷九十七,《外戚传》。
⑤ 《汉书》卷九十七,《外戚传》。
⑥ 蔡邕《独断》。

肯，才取家人子为公主嫁给冒顿单于。惠帝时又以宗室女为公主嫁给匈奴单于。武帝时以江都王刘建的女儿细君为公主嫁给乌孙昆莫，后人习惯上称她为"乌孙公主"，"乌孙"并不是她的封号。后来又以楚王刘戊的孙女解忧为公主嫁给昆莫的孙子岑陬①。至于昭君，本来是以"后宫良家子""掖庭待诏"的身份赐给呼韩邪单于的，为了提高她的身份，突出竟宁和亲的意义，在剧中汉元帝封她为公主是可以的，按照当时惯例，称为公主即可，不宜用她的字作为封号，这不符合汉家制度，即在以后的封建王朝也很少见。

又，"御封"一词，在古代皇帝的话里也很少用，一般是传"圣旨"的人说的，表示对皇帝的尊敬，只有宋徽宗和乾隆皇帝喜欢把自己的画和字称为"御笔"。

第二幕里，元帝对送亲正使萧育说："萧爱卿啊，朕叫他（指王龙）跟你在匈奴历练历练，不然，封他为侯，朝廷的御史大夫们又要说朕看重外戚了。"

按：汉承秦制，御史大夫和丞相（后改为大司徒）、太尉（后改为大司马）合称三公。御史大夫为副丞相，主要职责为监察、执法、兼掌图书秘籍，后来改为大司空②，一个时期只有一员（下有属员），称"御史大夫们"，似乎不妥。

《扬州师院学报》1979 年第 4 期

---

① 《汉书》卷九十四，《匈奴传》，卷九十六，《西域传》。
② 《汉书》卷十九，《百官公卿表》。

《王昭君》的历史风貌和时代精神

王季思　萧德明

不久以前,我们曾经探讨过封建时代的诗人、作家们如何揭动时代赋予他们的彩笔,塑造了文艺史上千姿百态、各具特色的王昭君的悲剧形象。① 现在,我们又欣喜地发现,一朵根植于社会主义文艺园地的新花——我们时代的王昭君,正在无比壮丽的历史画卷的辉映下,含苞待放。我们感谢曹禺同志,他的十载辛勤、苦心培育,给昭君出塞这个传统题材以新的艺术生命,把历史舞台上的王昭君从个人忧患和民族屈辱的悲剧氛围中解放出来,让她载歌载舞地登上新中国的文艺舞台,给千千万万为民族团结事业奔赴边疆的中华儿女以巨大鼓舞。我们认为,能否把人物的历史风貌和时代精神较好地结合起来,是新编历史剧成败的关键。五幕历史剧《王昭君》在这方面作了成功的尝试,提供了宝贵的经验,值得我们学习和借鉴。

西汉王朝从高祖开始,就把处理汉同匈奴的关系看作保卫边疆、稳定政局的一件大事。当时处于封建社会上升时期的汉族地区,经过秦末农民起义和楚汉战争,农田荒芜,人口锐减,经济凋敝,正需要一个稳定的和平环境来促进生产的发展。这时,匈奴族还处在奴隶社会,在风沙弥漫的自然环境里过着游牧生活,常常缺乏粮食和手工业品。以冒顿单于为首的匈奴贵族就经常对汉族地区发动突然袭击,抢掠粮食畜产、布匹器物,杀戮官吏人民。甚至深入距汉都长安仅三百里的内地,烽火照见甘泉宫。西汉王朝虽多次与匈奴贵族谈判,约为兄弟,开关互市,派遣公主和亲,但匈奴贵族时时背约。直到汉武帝多次派兵深入漠北,击溃匈奴骑兵主力后,战火才逐渐平熄。宣帝在位时,匈奴内乱,五个单于互相攻伐。呼韩邪单于接受了左伊秩訾王的建议,对汉称臣入朝,得到汉朝经济上和军事上的大力支援,力量逐渐强大,最后统一了南匈奴。呼韩邪单于赴汉和亲,就是在这样的历史条件下发生的。话剧比较准确地反映了这一时期汉匈两族关系发展的过程。从情节的安排、人物形象的塑造,乃至细节的选择方面,都尽可能保持历史的风貌。

话剧的情节和人物大致可分为写实和虚构两部分。第一、二幕昭君出塞前的情节以写实为主。呼韩邪两次入汉朝觐,第三次入汉和亲,都有史实根据。《汉书·匈奴传》载,呼韩邪朝汉,第一次在宣帝甘露三年(公元前 51 年),第二次在宣帝黄龙元年(公元前 49 年),第三次在元帝竟宁元年(公元前 33 年)。前两次入朝时,汉王室都派大臣发兵迎送,

---

① 《从〈王昭君〉到〈汉宫秋〉》,《社会科学战线》(1979 年)第 1 期。

赠给他衣服锦帛和大量的粮食,最后一次入汉和亲,礼赐比前两次加倍。元帝为嘉奖单于对汉朝的忠诚,预祝边境的长期安定,还特地下诏改元为"竟(境)宁"。至于王昭君自愿请行、元帝以昭君赐予呼韩邪为阏氏等情事,《后汉书·南匈奴传》早有明确的记载。"呼韩邪来朝,帝敕以宫女五人赐之。昭君入宫数岁,不得见御,积悲怨,乃请掖庭令求行。呼韩邪临辞大会,帝召五女以示之。昭君丰容靓饰,光明汉宫,顾影徘徊,竦动左右。"此外,第一、二场人物介绍和对话中提到的历史事件,如汉高祖以来的睦邻政策,汉军消灭郅支单于帮助呼韩邪平定匈奴内乱,汉朝使节同呼韩邪在诺水东山刑(杀)白马结盟等,都有史实可考。作者在这个基础上塑造人物、安排情节,就使剧本比较真切地重现汉匈和亲这一历史性事件。

但历史剧毕竟不能原封不动地把历史人物和事件搬上舞台,因此,适当的概括、剪裁、加工润色以及艺术虚构,是完全必要的。问题是作者在概括和虚构时,是仅凭主观臆测还是以当时的社会生活为依据。《王昭君》后半部的情节和人物以虚构为主,但由于作者从当时当地的生活出发进行构思,在他精心塑造的艺术形象后面,影影绰绰地活动着好些历史人物的幽灵,尽管有些登台人物并无史传可考,看下去却似曾相识。试以后半部的一个主要人物温敦为例。温敦是一个虚构的艺术形象,家世事迹,不见史传。但从他的性格特征看,正是他老祖宗冒顿单于的毕肖子孙。冒顿原是头曼单于的太子。头曼因爱后妻,想另立少子,把冒顿派到月氏国当人质,又发兵攻打月氏,企图借月氏人之手杀死冒顿。冒顿偷了一匹好马逃回来,取得头曼的信任,掌握了兵权,便阴谋篡位。他用鸣镝(即响箭)训练他的随从,命令他们一律朝鸣镝所射的目标发箭,违者处斩。冒顿先用鸣镝射他的好马、爱妻,把不敢跟着他发箭的人斩掉。后来又用鸣镝射头曼的好马、左右一齐遵令发箭。冒顿认为训练成功,在一次圈猎时,用鸣镝对准自己的父亲,随从们百箭齐发,射杀头曼,冒顿遂自立为单于。温敦同呼韩邪单于的关系,看来比冒顿对头曼还亲,在他骗取呼韩邪的信任,掌握了兵权后,就日夜阴谋篡位,以响箭训练他的左右,又多么像冒顿单于的行径。据史书记载,冒顿单于及其子、孙老上单于和军臣单于在位期间,匈奴势力十分强大,多次进犯汉族地区,掠夺财富,俘虏汉人为奴隶。温敦鄙弃生产,迷恋掠夺,反对民族和睦,挑起民族战争,就是这种野蛮习俗的表现。话剧描写温敦在单于和亲前后进行的一系列破坏活动,虽无史实根据,却是这个形象所代表的那些社会势力早就采取过的策略,在当时也有可能重新施展。跟温敦一搭一档的王龙,早就见于明人传奇《和戎记》,也是个虚构人物,在他身上集中表现了历史上一些少年亲贵不谙世事而又自以为是、飞扬跋扈的性格特征。这种种艺术虚构,正如鲁迅先生所说的,"不必是曾有的实事,但必须是会有的实情"。(《什么是"讽刺"》)这就是话剧后半部的情节和人物虽然大部分出于虚构,却基本上保持了历史风貌的原因所在。

曹禺同志不仅在情节安排、人物塑造等大的方面保持历史的面目,而且在细节的选择上也力求符合历史的实情。他让王昭君从庄周、屈原的作品中汲取思想养料,演唱根据汉代流行的民歌《上邪》改编的《长相知》，这都有助于刻画一个历史上接近人民的知识妇女的形象。孙美人唱的"北方有佳人"，是汉代宫廷传唱的名曲。汉武帝的乐师李延年为他妹妹作了这支歌，在武帝面前演唱，引起武帝对这位佳人的向慕，立刻召见了她，一时宠冠后宫。孙美人时时弹唱这支歌，幻想皇帝有朝一日也会召见她，深刻表现汉宫的寂寞空虚，以及宫娥们无望的期待和想入非非的精神状态。话剧中苦伶仃对呼韩邪单于的讽谏，以及他的吹管、击鼓、舞蹈、演唱，都把我们引向遥远的古代——那个充满瑰丽色彩的历史画面。在古代宫廷中养几个矮奴隶取笑逗趣，看来是中外帝王们的共同爱好。司马迁在《史记·滑稽列传》中就专篇描述过。这些人的社会地位十分低下，经常为君主所戏弄。但其中有些杰出人物，往往能采取旁敲侧击的讽刺手法，揭露君主们的荒唐生活，纠正他们的轻举妄动。莎士比亚写宫廷生活的戏剧中出现过这类人物，如《李尔王》中的弄人，《暴风雨》中的弄臣特林鸠罗等。苦伶仃以一个奴隶的身份出现在单于的龙廷，主子们高兴时拿他取乐，懊恼时拿他出气，揭示了当时匈奴政权的阶级本质。这位匈奴老人对王昭君的深刻了解、亲切关怀，在话剧中是闪闪发光、感人肺腑的。它表达了历史上匈奴人民对汉族人民的兄弟情谊。

话剧《王昭君》不仅保持了人物的历史风貌，同时也体现了我们的时代精神。

历史剧不是为过去而是为现代和将来写的。人民需要了解历史，因为今天是从昨天发展来的。用历史唯物主义的观点总结阶级斗争、民族融合的历史经验，并通过鲜明生动的艺术形象表现出来，可以使人们在艺术欣赏的同时，丰富历史知识，接受历史教训。立足今天，体现时代的需要和人民的愿望，这是我们对历史剧创作的要求。曹禺同志牢记周总理的教导，通过这个题材歌颂我国各民族的团结和民族之间的文化交流，指导思想是十分明确的。他一改文艺史上《昭君怨》《汉宫秋》等作品的主题和情调，使王昭君从满腔哀怨的悲剧人物转化为促进民族和睦、关怀人民疾苦的巾帼英雄。旧时代的人们需要一个王昭君，是要借她抒发自己对封建时代阶级压迫、民族压迫的满腔怨愤。社会主义时代需要一个新的王昭君，是要通过她表达各兄弟民族精诚团结建设社会主义祖国的强烈愿望，是要她鼓舞知识分子和广大青年去扎根边疆、建设边疆。话剧所塑造的王昭君没有使我们失望，她的理想、智慧、勇气和毅力，都闪现着我们时代的光辉，这是只有社会主义时代才可能产生的舞台艺术形象。

有人认为话剧《王昭君》改变了这个题材传统的悲剧性质，违反历史的真实。我们认为历史剧不是历史，王昭君的艺术形象也不等同于历史人物王昭君。要求历史剧原封不动地再现历史，是既不可取，也不可能的。因为一旦把历史剧写成历史教科书，那必然取消了艺术。我们曾经指出，过去的诗人、作家根据他们自己时代的需要，从王昭君的历史故事中选取材料，加以生发演化，使之成为一个完整的艺术品。这些艺术品都分别打上了不同时代的烙印。后人对前代优秀的艺术作品，既要有所继承，又必须推陈出新。从《昭君怨》到《汉宫秋》就是这样不断地演变过来的。曹禺同志的《王昭君》改变了历史上的悲剧传统,正是我们时代的要求。从马致远的《汉宫秋》到今天,已经过了六百多年,我国从封建社会跨入了社会主义时代,阶级关系和民族关系都经历了翻天覆地的变化。长期被压迫被剥削的劳动人民已成了国家的主人;民族间的歧视、猜疑、压迫已成过去,代之以精诚团结、友爱互助的兄弟关系;空前统一的社会主义国家也取代了过去分崩离析的政治局面。社会生活这一巨大的变化,为塑造王昭君的艺术形象提供了新的条件,规定了新的基调。曹禺同志笔下的王昭君所演唱的,正是这么一支社会主义时代的新颂歌。

新编历史剧的推陈出新并不意味着抛开历史和传统。它要求作家努力发掘历史人物故事中对今天的读者和观众尚有教育意义的因素,加工渲染,赋予积极的主题思想,以激发读者的感情,扣动观众的心弦。成功的历史剧《屈原》《蔡文姬》就是这样的作品。在半壁山河惨遭沦丧的四十年代,历史人物屈原的爱国主义精神,他对卖国求荣的黑暗势力的英勇斗争,不就被郭沫若同志大力渲染,搬上舞台,从而激发了千千万万群众的爱国热情,鼓舞他们同日本帝国主义、汉奸卖国贼的斗争吗?在社会主义建设欣欣向荣的五十年代,蔡文姬毅然割舍儿女私情,千里来归,献身祖国文化事业的一片热忱,不也被郭老泼墨走笔,淋漓酣畅地尽情讴歌,从而强烈地扣动了海内外爱国知识分子的心弦,激励他们对社会主义祖国作出贡献吗?郭老笔下的屈原并不等于历史人物屈原,因为作家有意识地淡化甚至略去屈原的忠君思想及其脱离人民的贵族生活;舞台上的蔡文姬也并不等于历史人物蔡文姬,因为当作者把她搬上舞台时,已隐去了她遭受异族掳掠的经历和因此感到的屈辱和痛苦。但我们不能说这两个形象是不真实的,因为它们集中地、突出地反映了历史人物的某些本质特征,是有血有肉的舞台形象,因而赢得读者和观众的喜爱。

曹禺同志在塑造王昭君的形象时,是有意识地削减她对在汉宫中长期受冷落的不满和怨恨,以突出她为民族团结事业贡献自己青春的决心。比之文学史上的《汉宫秋》《和戎记》等戏曲,这是更真切地反映了历史人物王昭君的面貌的。因为西汉自高祖以来,遣送公主出塞和亲不下五六次,一直未能求得边境的安宁;而昭君出塞后,汉匈之间保持和睦亲善关系达六七十年之久,给昭君这一特殊贡献以突出的艺术渲染,是决不会过分的。尤其值得注意的是作家虚构了一个孙美人的形象,通过她抒发了历史人物王昭君的怨恨,又把她作为话剧中的王昭君的前车之鉴。这就把历史的真实和艺术的真实巧妙地统一起来了。正因为有了孙美人朝朝暮暮等待皇帝召幸以致神经失常的先例,昭君说"见皇帝,我已经不再想"的话,主动向掖庭令请行,拒绝接受美人的封诰,才是合情合理的。而孙美人穿着昭君的红罗裳去陵墓陪伴皇帝的幽灵,昭君又带着孙美人的琵琶奔赴千里草原,这两个特写镜头似的细节刻画,既保留了历史上宫廷中的悲剧场面,又使昭君出塞前后的性格得到统一。如果说孙美人的惨痛经历,为昭君摆脱汉宫生活提供一种推动力量,那么,另一个虚构人物——匈奴公主阿婷洁,则成了昭君熟悉匈奴生活,了解呼韩邪性格的桥梁。作者在昭君出塞一前一后虚构的这两个人物,成了她完成和亲使命不可或缺的向导和媒介。犹如两片嫩绿的叶子衬托着一朵红花,她们伴随昭君登上舞台,就使得这个艺术形象较之她的历史原型更丰满、更深厚、更光彩夺目了。从这些匠心独具的艺术创作中,可以窥见作家造诣的卓绝和功力的深厚。

话剧以主要篇幅表现昭君出塞后的生活,既让她饱览大草原的绮丽风光,又让她经历龙廷上风云变幻的政治斗争;既写她身处异域所感到的隔膜、受到的猜疑中伤,又写她以诚待人、访贫问苦,终于取得单于的信任和牧民的爱戴。这一段情节波澜起伏,人物形象神采飞扬,成功地刻画了昭君作为汉族亲善使者、匈奴贤明阏氏的形象。这个新的艺术形象的出现,将促进我国各民族融洽无间的兄弟团结,鼓舞全国人民积极参加边疆的开发和建设事业。而作者对王昭君历史故事所作的取舍增删,正是使话剧焕发出社会主义时代精神的必要艺术手段。

金无足赤。话剧《王昭君》的不足之处,是后半部分对王昭君和呼韩邪单于两个形象的塑造在某些方面有拔高的倾向,令人难于信服。作者为了突出昭君出塞的决心,把她写成一个孤儿,父亲在戍边时为国捐躯,留下一个促进汉匈和好的遗愿给她。这样就减弱了她远离家乡父母时必然会引起的内心矛盾,以及出塞后的思乡情绪。这个情节的改动不能不引出另一个问题:一个久处封建经济文化中心的汉族少女,一旦到了经济文化相当落后、起居饮食大不相同的少数民族地区,无论思想多么坚定,是不是也需要克服生活上的种种困难?内心的矛盾斗争是不是也在所难免?作者似乎没有充分估计到这一点。因为我们看到:昭君到了塞外,是那么悠闲地欣赏草原的月夜,那么轻易地学会了骑术,那么醉心于奶茶的甘香,她好像出来就是一块出塞和亲的料子,到了草原,如鱼得水,一切都显得和谐美妙。这样描写原意可能是要让昭君显得刚强一些,但客观效果却相反。因为出塞和亲既然不要经历什么艰苦困难,不需付出相当代价,轻松得竟与一次旅游相仿佛,那又怎么显出昭君的勇气和毅力呢?汉宫人对出塞和亲的畏惧,姜夫人的极力阻拦,岂非都成了无谓的铺垫?至于呼韩邪单于这个形象,我们认为作者对他在政治斗争中的性格的描写是成功的,但对他爱情生活的描写则未免过于诗化了。为了渲染他对爱情的忠诚,作者特地虚构了玉人阏氏的形象。玉人阏氏既是一个英武善战、胆识过人、目光远大、心胸开阔的英雄,又是智慧贤明、美丽温柔、对人体贴入微的女性,几乎荟萃人类美好品质于一身。这样一个超人,产生于以男性为中心、过着游牧生活、尚处于奴隶社会的民族中,是令人难以置信的。而呼韩邪单于对她的忠诚,也大大超越了他自己的阶级和时代。当时,居于剥削阶级最高层、操生杀予夺大权的统治者,都是妻妾成行的。他们只会要求妻妾对自己忠诚,却不可能对一个女人奉献他的忠诚,因为这种观念同他一夫多妻制的生活现实是格格不入的。存在决定意识。生活在二千年前的单于怎么可能产生我们今天才有的,以互相忠诚为前提的现代性爱呢?我们以为,历史剧的创作虽然要表现时代精神,允许对历史材料的取舍和人物情节的虚构,但如果不考虑当时当地的历史环境和社会条件,用现代的标准去要求古人,或让古人讲现代人的话,都会降低它的可信程度,减弱它的感人力量。历史剧中的人物,如果观众要求他们成为那个典型环境中的典型性格,那也是合情合理的。

　　最后，还想向作者提一个建议。剧本介绍西汉王朝对匈奴的政策时，只提和睦政策，防御安抚政策，而不提武帝时期曾派大军深入漠北歼灭匈奴骑兵主力，打击了奴隶主顽固派的侵略气焰，为实现汉匈两族和睦共处，经济文化交流创造了条件一节。从历史事实来看，如果没有军事上的主动出击，消灭了匈奴的侵略武装，只一味防御安抚，怕未必能够导致呼韩邪单于的朝汉、和亲，而六七十年间"边城晏闭、牛马布野"的和平景象也未必能够实现。所以，从实现民族和睦来说，配合防御安抚政策，给侵略势力以必要的惩罚打击也是必要的。和睦不能单靠唱几支和平颂歌，送各式各样的礼物去换取，有时也还得付出血的代价。因为侵略势力的客观存在，从来就对人民之间的和睦友好构成严重的威胁。所以，和战两手不但在历史上处理民族关系时不能偏废，我们今天在处理国际关系时也不可或缺。马克思主义者不赞成和平主义，我们应当理直气壮地宣传历史上反侵略战争的正义性，指出战争与和平的互相转化，这对教育人民保持对现代侵略势力的警惕，将是有益的。

《文艺报》1979 年第 9 期

曹禺研究

资料长编

谈孙美人形象的创造

闵抗生

历史剧《王昭君》中的孙美人,是一个包含着丰富的生活内容与艺术内容的深刻而独特的悲剧形象。她是曹禺同志熔多种多样艺术手法于一炉,精心雕塑的一件艺术珍品。她表现了曹禺同志特有的抒情风格,深湛的艺术功力,和令人惊叹的、只有大师才有的艺术才能。

一

多幕剧由于所反映的生活容量较大,事件比较繁复,人物比较众多,所以必须处理好枝叶和主干的关系,使整个生活图卷既枝叶扶疏、摇曳多姿,又疏密得当、主宾分明。

孙美人是"三丈八尺的汉宫墙"内的殉葬品。她是先殉了她的青春、神志;而后才葬了她的白发和残骸的。这可怜的美人,是"后宫三千"的悲剧写照,也是作为"待召"王昭君的前途的一个象征性的影子。要不是"像大鹏似的,一飞就是九千里",这"三丈八尺的汉宫墙"内的生殉的悲剧,也同样会在王昭君身上重现。孙美人这个形象,除了她本身的认识意义之外,在文艺上,她是陪衬"红花"的"绿叶"。"删刈了枝叶的,决得不到花果",没有她的衬托,王昭君的形象也将黯然失色!因了她的衬托,王昭君这朵"红花",才格外艳丽夺目。

在第一幕中,她出场三次,每次都像镜子,为王昭君照出前车覆亡之祸。

第一次出场的背景是:一面,匈奴大单于将娶汉家公主,而结果尚未分晓;一面,姜夫人用"德言工容"的教训,教诲王昭君,要"心不乱想,……要想,就得想皇帝"。当盈盈问王昭君,姜夫人苦口婆心的教诲"听见了吗?"的时候,王昭君听到的却是疯了的孙美人的动听然而凄凉的歌声。

> 北方有佳人,
>
> 遗世而独立,……

这本是对"绝代佳人"的赞歌,但从一个年已六十的疯美人口中唱出,一种被"世""遗弃"的深深的凄寂,使代替了脱俗卓立的佳人的清高,用悲剧的音调,震荡人们的心弦。她"想皇帝"想了四十年,她的哀婉凄绝的歌音,比什么都有力地告诉王昭君。"德言工容"是杀人不见血的绞索和软刀子,"三丈八尺的汉宫墙"便是"后宫三千"的监狱、屠场和坟墓。孙美人的惨痛一生,更坚定了王昭君早已下定了的"一飞就是九千里"的决心。

孙美人第二次出场，又是歌音引路。这段歌音，紧接王昭君叙述自己诞生情况之后。王昭君爹爹死前从塞外带回一封信，信上讲"塞外的人想和好，塞内的人也想和好。可是长久和好不容易，要有人做。要是生了男孩的话，就把这话告诉他，要是生了女孩的话……"那就是他"在边上白白地死了"。但是王昭君偏偏"是个女儿"，又入了后宫。就在这时，又响起了孙美人悠悠的歌声：

> ……
> 一顾倾人城，
> 再顾倾人国，
> 宁不知倾城与倾国，
> 佳人难再得。

这被毁了一生的、"难得"的"佳人"的令人心碎的呜咽，再次让王昭君想到千千万万"女儿"，想到"后宫三千"的血泪生涯，想到她自己将来的命运。"没有完，我对你说，没有完！"王昭君早有打算，决不走"后宫三千"的路，决不走封建礼教安排给"女儿"们的趋死之道。在孙美人的凄切歌声衬托下，王昭君要"做"成塞内和塞外的人"长久和好"的刚强决心，如金石掷地，铿然作声！

孙美人第三次出场，是奉诏赴先帝皇陵殉葬。这次出场，被有意安排在王昭君"接封"与"接旨"矛盾之前。等皇帝宣召等了四十年的孙美人，因"欢喜过度，一下子就断气了"——她一生的悲痛在临终虚幻的"欢喜"中了结，就这样殉了葬。遗下的是跌碎了的玉簪、陪伴她一生的琵琶以及在她死后还叫着"孙美人，你好看，你年轻"的鹦鹉。

因为有孙美人三次出场的铺垫，王昭君在"接封"与"接旨"的矛盾中，毅然"接旨"才真实可信，水到渠成；才显得是经过深思熟虑的、有远见、有志气的行动，给观众留下深刻的印象。

因为有孙美人三次出场的铺垫，"这里有过孙美人，永远不会有王美人的！"一句，才格外地不同凡响。

就在孙美人刚倒下去的时刻和地方，王昭君"一飞冲天"，实现了她的凌云之志。

二

孙美人在剧中是一个典型性很强的陪衬人物，是王昭君生活于其间的那个典型环境的一个方面的代表，而她本身又生活在那个典型环境之中。由于她不是剧中的主角，因此不可能从她和社会的多方面联系中展示她的典型环境。所以，除了其他人物的侧面介绍和她自己的语言行动外，作者别具匠心地创造了一只鹦鹉，来显示她的特殊的生活方式，使读者或观众用自己的想象去丰富和补充舞台画面以外的孙美人的典型的生活环境，收到了艺术上的以少胜多的效果。

孙美人和王昭君及三千后宫一样，生活在"三丈八尺的汉宫墙"内。但她生活在这里的时间比剧中任何一个人都长。在这里，花一样的青春像水似地流逝了，她整整被囚禁了四十年！这是她的生地与死地！她比谁都更多地尝了后宫寂寞之苦，比谁都更迫切地需要一种送走日复一日、年复一年的漫长、单调的生活的方法。仅仅是"想皇帝",不仅不能减少她的寂寞,而且更增强了她的悲愁,于是她驯养了一只会按她意旨叫"孙美人到!""万岁到了,美人接驾!""孙美人,你好看,你年轻"的鹦鹉,教它以心造的谎言来填补那早已幻灭的希望,代替早已经改变了的现实,在无可奈何的等待与自欺中打发寂寞的永昼。鹦鹉是她寂寞生活中的唯一伴侣,是显示她的典型生活环境的有特征性的事物。

说到鹦鹉,人们不由得会想到曹雪芹笔下那只会诵《葬花词》的鹦鹉。但正像这两个鹦鹉的主人是不可重复的艺术典型一样,作为显示她们性格的生活环境的鹦鹉,也是各具个性的。林黛玉是一个倨才自傲、多愁善感的苏州贵族姑娘。由于骄傲,她从不向任何人吐露她的心事来乞求同情和恩赐。她把她不幸的青春的叹息,化为哀婉的诗篇,教给鹦鹉诵读。她的鹦鹉通过诵读《葬花词》,直接吐露了这个寄居舅家的苏州小姐的心曲。它和它的主人一样,是位"诗人"!孙美人是另一种悲剧典型。现实生活早已无情地把她的希望砸个粉碎,她在希望的碎片凑成的幻境中生活,以幻为真。她把希望当成现实,把可笑当作美,把最悲惨的遭遇当成幸福的召唤。一直到殉葬,她还以为皇帝的宣召是对她的特殊的恩宠,怀着等待了一生、现在已经承受不了的"欢喜",走向死亡。这个性格的悲剧性的内容,不是用悲剧,而是用喜剧的形式来表现的,正因此,更突出了她的悲剧性。打上这个性格烙印的鹦鹉,与林黛玉的鹦鹉不同,它没有一丝一毫多愁善感的诗人气质和孤芳自赏的佳人的清高,而是显示了它的主人的"皇家"气派("孙美人到!"),对于蒙受皇帝恩宠的幻想("万岁到了,美人接驾!"),以及曾经真实,而现在早已发生了"春兰秋菊"的变化的悲剧现实("孙美人,你好看,你年轻。"),它说的没有一句不是出自疯美人的固执的幻想,它们是从孙美人生活于其间的那个虚幻世界发出的声音,它与现实那么格格不入,那么荒唐可笑。怪诞不经,那么富于喜剧性,然而又那么令人心碎!

作为显示孙美人的典型环境的鹦鹉,是她精心调教的,它明显地打上了它的主人的烙印。如果说孙美人像绿叶那样挟持了王昭君这朵艺苑奇葩,那么,也可以说,鹦鹉甚至更为艺术地"扶持"了孙美人这个特异的艺术形象,使她更真实,更典型,更富有艺术的魅人力量。

三

为塑造孙美人这个艺术形象,曹禺同志运用了多种多样的艺术手法,技巧之精妙纯熟,实在令人叹服!

孙美人是个因"想皇帝"而"想"疯了的疯子。在她头脑里,充满着活跃的变态的幻想。要把这些活泼泼地跃动着的幻想表现出来,绝对不能把她写板、写呆。在剧本中,作者不能作直接的心理描写,要细腻、精确地表现人物心理,比小说困难得多,更何况这里要表现的是孙美人这样细腻的、女性的变态心理呢!而曹禺同志紧紧抓住敏感、妄想、执拗的自信这几个特征,三笔两笔就精练、准确、艺术地把孙美人的心理活动特点勾勒出来了。请听听她一上场说些什么吧:

孙美人:(声调很美)……春水比天还蓝哪!没有一丝风的水面,象缎子一样

的,多么平哪!（她弯腰对水面理着云鬟）

听了孙美人的话,你能不惊奇吗?这哪里是一个疯子的话!说得多么美,多么准确,多么多情、动人!只有感情十分丰富、细腻,感觉异常敏锐的人,而且只有女性,才能说得那么美,那么准确,那么有感情。然而这话却出自一个疯美人之口,真是"语不惊人死不休"了!其实,这些温柔的抒情和孙美人"疯"的特点是并不矛盾的。许多精神病患者正因为他们过分敏感,神经脆弱,才疯了的。疯人并不如人们所想的那样,只能胡言乱语。曹禺同志让孙美人一开口就表现出她对自然美的惊人的敏感,正是见人所未见,准确地捕捉了孙美人心理活动的有特征意义的方面。从已疯的孙美人口中说出的这样一段优美、多情的独白,读者或观众可以想象,在疯以前,她是个多么聪慧、温柔、多情的姑娘!然而她像一朵花枯萎了,凋谢了,变异了。"佳人难再得!"这是多可痛惜的事!

接着,作者表现了她的变态心理的另一特点:妄想。

作者在人物介绍中说:"她活在自己的世界里。"这个世界,完全是"我"头脑中的世界。她对这个世界极少有现实感,偶有现实的感觉,在她,不过是火花一闪,稍纵即逝。在这个幻想的世界里,她所看到的自己的形象,其实只是对过去美貌的"回忆"。有时,她也会不甚自信。为了坚定自己的信心,她"狡狯"地试探别人的反应:

孙美人:……这水里面是花?还是我?

王昭君:（同情地）是您,孙美人。

孙美人:（望着一池春水）花,好看吗?

王昭君:（忽然明白了）是您好看,孙美人。

盈　盈:（笑着）花不及您好看。

当她的美貌得到别人的证实,她就心满意足地笑了:她有了能欣赏她的"知心"。能那么准确地感受春水的色彩和温柔,却不能正视自己青春的消逝,而以过去的幻影为真,和鲜花争艳,这种带有几分胆怯的变态的妄想,一经别人"证实"为"真",便和精神分裂症患者所常有的执拗相结合,产生一种自命不凡、高人一等的确信,使她在特定的情势下,使用了一种权威性的,命令的语言:

戚　戚:……万岁宣召您,孙美人。

孙美人:（从容地）那就快吧,快吧。我要打扮。（对王昭君）,好姑娘,我的青
　　　　铜镜呢?

王昭君:这里,孙美人。（举起铜镜,为孙美人照。又给她一面,孙美人在镜
　　　　里顾盼着）

孙美人:后面照。

王昭君:是,孙美人。

孙美人:左面照。

王昭君:是,孙美人。

孙美人:右面照。

王昭君:是,孙美人。

几个简短的命令句,把孙美人应皇帝宣召时的急迫心情、自信心理、尊严态度,刻画得惟妙惟肖!

性格中的女性的抒情因素、变态心理所造成的喜剧性的因素,和现实生活中悲惨的事实糅和在一起,造成了孙美人这个悲剧典型在性格上和艺术上的丰富性。

为了取得强烈的喜剧效果来衬托悲剧内容,作者在剧中大胆采用了古典诗歌所经常采用的铺叙地描写肖像的方法,来夸张地刻画孙美人的肖像:

孙美人:发髻够高吗?

王昭君:好,高得很。

孙美人:衣袖够宽吗?

王昭君:宽,宽得都拖到地了。

······

孙美人:(照着)好看。好姑娘,我的双明珠呢?

王昭君:您戴上了,孙美人。

孙美人:(照着)好看。陛下赐给我的金跳脱呢?

王昭君:您腕上戴着,响当当的不是吗?

孙美人:陛下赐给我的蕙香囊呢?

王昭君:您挂着呢。

孙美人:我的双鸳鸯呢?

王昭君:您系着呢?

孙美人:可是我的红罗裳呢?

这段极富喜剧趣味的对话,把孙美人的打扮从头到脚——指给观众看,使我们忍俊不禁,不由得想起"头上倭堕髻,耳中明月珠,缃绮为下裙,紫绮为上襦""足下蹑丝履,头上玳瑁光,腰若流纨素,耳着明月珰······纤纤作细步,精妙世无双"等汉乐府民歌中着力铺陈的手法。大胆地在戏剧中采用民歌手法,不仅给作品带来一种群众喜闻乐见的中国作风与中国气派,而且使诗歌形象戏剧化,戏剧形象诗歌化。尤其是把这手法用在一个满头白发的疯美人身上,更突出了形象的喜剧性,在形式上十分新颖别致,饶有风趣。

孙美人的形象,由于不是从多方面的社会联系中表现的,因此从总体说,用的是夸张的描写,单笔勾勒。但围绕她开展的一些情节的安排、细节的选择与照应,针线是颇为细密的。

她三次出场有两次是歌声引路。歌声完毕,有意不让她马上出场,而在歌声与上场之间,另穿插一些人物对话,宕开一笔,对孙美人或她的歌词从侧面作些介绍、评论,在观众中造成对即将登场的孙美人的强烈"悬念",为她出场创造气氛,同时使剧情发展有张有弛、裕余自如,不致过于局促。

她的出场,每次都预先由鹦鹉来宣布或催场。反复重复鹦鹉这个细节,则是作者针线细密处。它起了点染环境,预示人物命运的作用。

由于孙美人三次出场都为王昭君照出了前车覆亡之祸,都对王昭君的思想发展起了重要的影响,因此歌声与鹦鹉的叫喊也反映了和推动了王昭君思潮的起伏,使人物思想感情和剧情的发展有起有落,层次井然。为此作者才一而再,再而三地重复这两个细节。

作者针线细密不只表现在对某些细节的艺术性的重复,还表现在情节或细节的前后对比或照应。孙美人对镜装扮那场戏,对后面去殉葬的情节来说,是反衬:她喜孜孜地为应召而打扮,其实是为入殓而装扮。由于这个对比,更加强了情节的悲剧性。孙美人生前的两个伙伴:琵琶与鹦鹉,在她出场之前都已向观众介绍,在以后的情节发展过程中,又多次重复、点染。孙美人死后,作者又让盈盈捧着琵琶上场,交代孙美人对这两件遗物的处理意见:

> 盈　　盈:这是她的琵琶,上车前,她说送给那个好姑娘。(鹦鹉叫:"孙美人,
> 　　　　你好看,你年轻!")
>
> 盈　　盈:鹦鹉她也说送给你了。

在孙美人打扮的那场戏里,作者安排了一个跌碎玉簪的细节,作为她即将离世的不祥之兆。孙美人死后,作者又特叙一笔"王昭君低下头来,拿起地上断了的玉簪,望着",来和前面的情节相照应。这些照应就把孙美人生前的孤寂与死后对她的悲悼连做一气,成为浑然的艺术整体。

孙美人的结局是在意料之外的,然而又在情理之中。对孙美人结局的处理,颇见匠心。孙美人是个陪衬人物,烘托了主要人物,她的任务就完成了,不能给她过多的戏。然而,又怎样让她下场呢?忽然来了个皇帝宣召,要她去殉葬,真是神来之笔!但是难道真能在舞台上告诉观众怎样死拉活拽把她往坟里拖吗?那样就完全不成其为艺术了。而且这样一个败笔,将使全剧遭殃!作者让她"欢喜"得"断了气",又一次使观众意外。然而,这样的处理,和她的环境、性格,乃至年龄都完全吻合,观众不能不感到艺术上的满足,为作者构造故事表现人物的卓越技巧,击案称绝!

《剧本》1979 年第 9 期

谈王昭君艺术形象的真实性

——读曹禺新作《王昭君》

王永宽

　　曹禺同志的话剧剧本《王昭君》发表以后，在广大读者中引起强烈反响。由于林彪、"四人帮"的阴风摧杀，社会主义的历史剧坛也经历了一个百花凋零的严冬。《王昭君》的问世，确实是绽开的一朵鲜花，点缀了社会主义文学艺术新时代的春天。这个话剧的成功之处，就在于塑造了一个优美的艺术形象，深刻地表现了促进各民族之间的团结和文化交流这一有意义的主题。在作者笔下，王昭君已不再是那个过去的人们所熟悉的抱着琵琶、远嫁塞北、哀怨啼哭的悲剧形象，而是一个促进民族团结和融合的光荣使者。她彻底改变了哀怨悲泣的容颜，以爽朗明快的色调、丰彩情丽的英姿出现于新时代的舞台。

　　但是，也听到有人说这个话剧把昭君写得太高了，不真实。这个意见，可以商榷。我认为王昭君的艺术形象是符合历史真实的，作者在创作过程中运用马克思主义的历史唯物主义观点，把历史科学和戏剧艺术紧密地结合起来，艺术地再现了王昭君历史的本来面目，使这个形象达到了历史真实和艺术真实的完美统一。本文试就昭君形象真实性的问题，浅谈一些意见。

一

　　王昭君是过去的作家歌咏和描写得最多的历史人物之一。关于她的历史记载材料很少，而描写她的诗词、文章、戏曲极其繁富。清人胡凤丹编的《青冢志》中所收的写昭君的诗词就有五百零五首，引用的书籍多达二百四十种以上。从元代以后，写昭君的戏曲作品有十几个。这些作家，各自站在他们所处的时代，带着他们的思想和感情，塑造着昭君的悲剧形象。后来的人们所熟悉的，就是历代文人所描写的昭君的艺术形象，并不是她的历史原型。

　　本来，汉元帝竟宁元年（公元前 33 年），昭君出塞和亲，这在当时并不是一件惊天动地的事，因为汉朝开国以后，一直奉行这种政策。从汉高祖刘邦接受娄敬的建议开始与匈奴和亲起，惠帝、文帝、景帝时都曾这样做。汉王室的公主远嫁匈奴和其他少数民族者也不止一人。何况昭君是一个出身"良家"的宫女，出塞和亲并没有引起很大的轰动。以后的一个相当长的时间里，文人的著作中都没有提到这件事。后来葛洪的《西京杂记》根据民间传说写出了毛延寿丑化昭君图的情节,从此昭君才被大量地写入诗篇和其他文学作品。

历代封建文人为什么这么热衷于描写昭君这个不著名的历史人物呢?原因大致有两点:第一,毛延寿索贿、昭君拒绝而导致远嫁的结局,这种遭遇更令人同情,更容易引起那些有才有志而不被知遇、受到压抑的知识分子的共鸣。所以,很多人借哀叹昭君的薄命,抒写个人的不平。"毛延寿画欲通神,忍为黄金不顾人。"① "只缘片纸聪明蔽、惆怅关山万里情"②,就是这种心情的反映。第二,从晋代起,北方少数民族的势力逐渐南移到江淮之间,在以后的各朝代中,民族矛盾都是一个重要的问题,有时表现得非常尖锐。因而,许多人在对待少数民族入侵中原的问题上,反对朝廷的屈辱妥协,抨击朝中大臣的腐朽无能,正好利用昭君出塞这个历史事件,来表达自己的心情和愿望。他们在昭君身上,倾注了自己的民族主义感情,把她作为一个投降主义路线的牺牲品而大洒同情之泪,借昭君的口唱出一支支悲愤的怨歌。正如董必武同志咏昭君的诗中所说的,历代写昭君的作品,都是"词客各摅胸臆懑"的产物。

在这样的思想基础上,他们塑造的昭君的艺术形象尽管姿态各异,但人物思想和性格的基调都是哀怨。晋朝石崇的第一首咏昭君的诗《王昭君辞》就定下这个调子。"哀郁伤五内,泣泪沾朱缨","殊类非所安,虽贵非所荣","传语后世人,远嫁难为情",这样的描绘,初步塑造了王昭君的哀怨形象。后人在此基础上写了大量的诗篇,如李白"昭君拂玉鞍,上马啼红颜",杜甫"千载琵琶作胡语,分明怨恨曲中论",欧阳修"马上自作思归曲,遗恨已深声更苦",等等,继续给昭君的形象涂抹着哀怨的色彩。到了元初,马致远写成了《汉宫秋》杂剧,把昭君的事迹搬上舞台,借此表现在蒙古侵略者铁蹄蹂躏下妇女们的悲惨命运,谴责在侵略者面前束手无策的南宋君臣,抒发自己爱国主义的思想情感,把昭君的悲剧形象塑造得更加完整。以后其他的作家描写昭君,也基本上遵循着这样的思路。

在历代描写昭君的作品中,借这个题材表现反对侵略的爱国主义思想的作品,尤其是在元初异族统治极其残酷、民族矛盾非常尖锐的时代产生的《汉宫秋》那样的杂剧,应该肯定它进步的主题思想。但也要看到,这些作家是根据他们当时的生活感受来描写这个历史事件的,他们在写昭君时只是借用一下名字而已,对历史的基本事实毫不重视。如《汉宫秋》的基本情节——毛延寿携美人图叛国投敌,匈奴单于带兵索取昭君,昭君未到匈奴投江而死——完全是根据作者表现主题的需要虚构出来的。后来描写昭君的戏曲也这样做,如周文泉的《琵琶语》中写道,在王昭君去匈奴的途中,王母娘娘派东方朔和青鸟使者定计把她接了回来,最后"长辞宫阙离尘垢",成仙去了。③ 严格地说,《汉宫秋》一类的写昭君的戏曲不能叫历史剧。

另外,历代封建文人在描写王昭君时,总是用封建阶级的道德标准来要求她。他们认为,王昭君既然被选作皇帝的宫女(或进一步成为妃嫔),就应该从一而终,再嫁匈奴总是

---

① 李商隐:《王昭君》。
② 清周三汲:《昭君怨》——失进士过王嫱故里有感而作。
③ 见《补天石传奇》。

不光彩的。所以,王昭君应该自杀,如果"自杀良不易",就只能是"默默以苟生"①。至于昭君从胡俗被呼韩邪父子两代立为阏氏,就更是不可饶恕的罪过。所以,蔡邕的《琴操》就不愿昭君有这样的结果,写道:"单于死,子世达立。……欲作胡礼,昭君乃吞药而死。"按照这种观念的要求,昭君到匈奴后,应该只能是一个心眼想着汉元帝,"恋恋不忘君"②,像白居易所说的那样:"汉使却回凭寄语,黄金何时赎蛾眉。君王若问妾颜色,莫道不如宫里时。"③在《汉宫秋》和其他戏曲中,作者或者让昭君自杀,或者让她成仙,总之是要她全节而终,才感到满意。可见在历代作品中所描写的昭君形象,还深深打有封建道德观念的烙印。

应该指出的是,历代文学作品的描写所形成的昭君的艺术形象,虽不符合历史的真实,但却符合人们心理和感情的需要,它成了后来的人们认识昭君的重要依据,以至于使人们把这种艺术形象当成了她的历史原型,在思想上形成一种先入为主的固定观念。对昭君的历史真面目,却很少有人去认真地加以考察。如果有谁提出关于昭君的一些符合历史真实的见解,就被认为是不真实。如王安石的《明妃曲》写了一句"汉恩自浅胡自深,人生乐在相知心",别人就指责他"悖理伤道"④。在文学史上,由于一部描写历史的文艺作品影响很大,使人们把人物的艺术形象当成了历史真实,这种现象是存在的。如《三国志演义》描写诸葛亮足智多谋,神机妙算,这和他的历史原型并不相同,而长期以来,人们信以为真。正史所描写的诸葛亮"治戎为长,奇谋为短",反而被人怀疑。在这里,人们自觉不自觉地把文学作品中的艺术形象当作了判别人物形象真实与否的感性标准。如今有人认为话剧《王昭君》中昭君形象不真实,在我看来,正是前人塑造的艺术形象影响太深的结果。

二

历史剧是以历史的真实为基础的。在塑造人物时,应该依据这个人物的历史原型,在表现历史事件时,应该把握着这个事件的特点和本质。前人写的有关的文学作品,可以作为今天创作历史剧的借鉴,但不应该为其所限。只有这样,才能正确地表现出历史人物在一定的历史发展阶段上所作的贡献,才能深刻地揭示出历史事件本身所具有的社会意义,从而使历史剧起到应有的认识作用和教育作用。

关于王昭君,历史记载很简单,而流传下来的关于她的传说和文学作品又是那样繁杂。曹禺同志在创作话剧时,在分析史料和对待前人文学作品方面,表现了严密的科学态度。他首先抓住了能反映人物本来面目的关键性行为,这就是,王昭君是自愿报名到匈奴去的。"自愿",正是反映昭君历史原型的实质问题,它决定着昭君思想和性格的基调。作

① 石崇:《王明君辞》。
② 罗大经:《鹤林玉露》。
③ 白居易:《王昭君》。
④ 罗大经:《鹤林玉露》。

者紧紧地抓住了这一点,所以话剧中的王昭君虽不同于前人文学作品中的形象,但这是更接近她的历史原型的。

王昭君对与匈奴和亲是自愿的还是被迫的,《前汉书》中记载简略,《后汉书·南匈奴传》云:

> 昭君字嫱,南郡人也。初,元帝时以良家子选入掖庭。时呼韩邪来朝,帝敕以宫女五人赐之。昭君入宫数岁,不得见御,积悲怨,乃请掖庭令求行。

其他各书如《西京杂记》《乐府古题》《琴操》等记载此事说法各异,而且情节出入甚大。相比之下,范晔的《后汉书》应该是符合实际的。对此,宋人王楙作过考证,指出:"此事前汉既略,当以后汉为正。其他纷纷,不足深据。"①后代诗人中,也有不少人赞美昭君自愿和亲的积极态度。"昭君慷慨自请行,一代红颜一掷轻"②,这正是昭君本色。

话剧《王昭君》正是根据这样的历史事实,突出地表现了昭君对与匈奴和亲的自觉性。在剧本的第一幕中就写到她主动地向掖庭令报了名。对这一行动,她的决心非常坚定,当姜夫人问到她时,她说:"别人能去,我为什么不能去?"姜夫人的威胁利诱,都不能使她改变主意。后来到了匈奴,昭君与呼韩邪有这样的几句对话:

> 呼韩邪:……昭君阏氏,你来到匈奴不后悔吗?
>
> 王昭君:单于,我是自愿请行,来到胡地的。
>
> 呼韩邪:(惊讶)什么,你是自愿来的?
>
> 王昭君:我是带着整个汉家姑娘的心来到匈奴的。

这样,就使昭君的形象呈现出与过去文学作品中的形象截然不同的崭新姿态。

昭君的自愿请行,也决定着她到匈奴以后的生活态度不会是"默默以苟生"或哀哀不可终日,她生活得很好。"家乡万里传消息,好在毡城莫相忆"③,王安石的诗句是合乎情理的。呼韩邪死后,他的儿子复株累单于立她为阏氏,她并没有自杀,而是从了胡俗。《后汉书》载:"呼韩邪死,其前阏氏子代立,欲妻之。昭君上书求归,成帝敕令从胡俗,遂复为后单于阏氏焉。"昭君虽上书求归,但并不是像有些人所说的那样"饮药死"或一直"惓惓旧主"。如果真是那样,岂不与她当初的"自愿请行"相矛盾?昭君不具有后代文人所要求的那样高的封建贞操观念,这不是昭君的过错或耻辱,在今天看来,这正是她思想和性格的可贵之处。

当然,在当时,昭君不可能很清醒地认识到民族团结的意义,不可能很自觉地为发展民族间的友好关系做工作。但她能"从胡俗"而生活下去,就是维护以后那五十年和平的重要因素。一个年轻姑娘能做到这一步就很不简单。我们不能离开当时的历史条件过高地要求她,她只能利用自己独特的身份为民族间的团结和交往发挥作用并产生影响。据历史记载,昭君去匈奴和亲之后,北方出现了"边城晏闭、牛马布野"的和平景象,在一个较

---

① 《野客丛书》。
② 明陈子龙:《明妃篇》。
③ 王安石:《明妃曲》。

长的时间内,匈奴与汉朝友好相处,这与昭君的作用有一定的关系。汉平帝时(公元1—5年),王莽曾邀请王昭君长女须卜居次访问长安。天凤五年(公元18年),匈奴单于又派遣须卜居次及其婿须卜当、儿子须卜奢,还有王昭君次女当于居次的儿子醯椟王再度出使长安。在王昭君在世期间,她的子女和汉朝之间一直保持着经常的往来,而且这些往来都是通过王昭君进行的。王昭君对汉匈两族团结友好所作的贡献,汉族人民不会忘记,匈奴人民也永远怀念。直到现在,内蒙一带的群众中还流传着不少关于昭君的优美传说。历史从各方面提供了证据,证明昭君到匈奴后的生活态度是积极的,她和匈奴的单于及人民的关系是融洽的。

正因为昭君有这样的表现,所以她也受到后世封建卫道者的攻击。清人魏裔介《青冢诗》对昭君在匈奴"习而安其俗"进行嘲讽。明代李有朋更是责骂昭君"节已陨矣,情于何有",写诗攻击说:"呼韩宫中毡未尘,雕陶帐前花又春(指与复株累单于成亲事)。此时岂真汉恩浅,前恩又故新恩新。新恩育女不知丑(指昭君与复株累生二女事),遣入汉宫侍父母(指二女访问长安事)。只把传闻污掖庭,深夸骨肉归邱首。……嗟嗟墓草青,千载羞遗灵。"①从这里也可以推知,历史上真正的王昭君并不是封建文人所描绘的形象,也不是他们所理想的带有封建道德观念烙印的形象,而是一个有生活见解的、性格刚强的并不为封建礼教所拘的妇女形象。

话剧中关于昭君到匈奴后她和呼韩邪单于,和匈奴人民的友好关系以及她的积极的生活态度的描写,都有一定的历史依据。我们说话剧艺术地再现了昭君的本来面目,这是不过分的。

三

但是,历史剧既然是戏剧,它又属于文学的范畴,具有文学创作的基本特征。历史剧也和其他文学作品一样,它是现实生活在作家头脑中反映的产物,只不过是借助历史题材来表现罢了。因而历史剧中的人物,既然是艺术形象,就应该"比普通的实际生活更高、更强烈、更有集中性;更典型,更理想,因此就更带普遍性"②。因此,历史剧所表现的生活场景不是历史过程的机械重现,所描写的人物不是历史人物的简单复活,它以历史事实为依据,又要进行必要的艺术虚构。

实际上,一点也不进行虚构地来表现历史生活是不可能的。因为作为历史事件,总是和现代隔了一段相当长的时间,流传下来的材料,总是不能包括历史生活的全部内容。如果仅仅按照历史记载的文字材料来创作(也不能叫创作),只能勾划出支离破碎的历史生活的某些片断,根本无法形成完整生动的艺术作品。因此,历史剧不同于历史研究,它只能遵照历史的基本事实,艺术虚构不能不占很大比重。这正如郭沫若同志所指出的,"历

---

① 引自胡凤丹:《青冢志》。
② 《在延安文艺座谈会上的讲话》。

史研究是'实事求是',史剧创作是'失事求似'"。①

关于昭君出塞的故事，正史留下的材料极其有限，但曹禺同志在把握历史基本事实的前提下，把这个故事写得有声有色，活灵活现，充分显露了曹禺同志在创作中运用艺术虚构的卓越才能。通过艺术虚构，更加生动地表现出王昭君思想和性格的基本特质，更加深刻地揭示出昭君出塞这一事件所具有的历史意义。这样塑造出来的形象同她的原型相比是更高、更典型的，但没有失去这个历史人物的基本真实。因为作者在对其进行艺术虚构时，很好地掌握了以下三点：

第一，作者塑造昭君形象是在她的历史原型基础上的提高，而不是对她的历史原型的改变，这种提高，符合历史事件本身所反映的客观规律，也符合人物本来思想的逻辑。

话剧中，作者设计了让昭君在汉朝的金殿上解释《上邪》这首民歌的意义这样的情节。昭君说："于今，汉匈一家，情同兄弟，弟兄之间，不就要长命相知，天长地久吗？长相知，才能不相疑，不相疑，才能长相知。长相知，长不断，难道陛下和单于不想'长相知'吗？难道单于和陛下不要'长不断'吗？长相知啊，长相知！这岂是区区的儿女之情、碌碌的儿女之意哉！"这样的描写使昭君比史书上记载的"积悲怨"而自愿请行的思想境界确实高得多，但在"自愿"这一点上却是一致的。当时的昭君不可能有这样高的认识，这是正常的，毫不足怪。因为一个历史事件所具有的社会意义，当时的人们常常不容易认识清楚，历史事件所表现的规律，也常常是随着历史的发展逐步显现出来。历史剧不仅是历史素材在作家头脑中反映的产物，也是今天的社会生活在作家头脑中反映的产物。历史剧作家有责任立足于今天的时代、立足于今天的思想高度来描写历史事件和人物，他不仅要写出古人的认识和思想，也应该表现今人的认识和思想。这是历史剧创作"古为今用"原则的要求，也是无产阶级文艺的真实性的要求。对昭君出塞和亲的历史意义，现在看得更清楚了。我们的国家是一个多民族的国家，尽管长期以来各民族之间发生过许多流血的冲突和痛苦的摩擦，但民族团结、民族友好、民族融合却是历史发展的正确方向。如今社会主义制度的建立，使全国实现了空前的民族大团结，也在逐步实现着民族的融合。列宁指出："社会主义的目的不只是要消灭人类分为许多小国家的现象和各民族间的任何隔离状态，不只是要使各民族接近，而且要使各民族融合。"②这是历史发展的规律和必然趋势。王昭君是历史上为民族的团结和融合作出很大贡献的人物。话剧作者根据她一生的表现和曾起到的历史作用，让她在临行之前说出那些认识深刻的话，是合情合理的，借古人之口来表现符合历史发展规律的正确观点，是我们今天的时代所要求的。

第二，作者在塑造王昭君的艺术形象时，严密注意使虚构的部分符合历史的逻辑。

例如，为了表现昭君"自愿请行"的思想基础，作者精心设计了昭君的家史：昭君生在民家，爹爹从军戍边，第四年死在边塞上，妈妈十年后听到消息也上吊而死。爹爹死时留下遗言说，塞外塞内的胡汉百姓都想和好，要有人做这个工作，要是生了男孩就把这话告

---

① 《沫若文集》第 13 卷，第 16 页。
② 《列宁选集》第 2 卷，第 719 页。

诉他,要是生了女孩,他就算在边塞上白白地死了。昭君作为一个女儿,她记住了父亲的遗言,立志要办到男孩应当办到的事情。这个虚构的情节,深刻地揭示了昭君有志于实现汉匈和平的家庭的和社会的原因,使昭君"向掖庭令求行"的行动更令人可信,使昭君形象具有强烈的艺术感染力。然而,这个情节却是符合历史逻辑的。

关于昭君的身世,《后汉书》只提到昭君为"良家子",《琴操》和《舆地纪胜》提到昭君父名王穰,但生平不详。京剧《汉明妃》(毛世来藏本,见《京剧丛刊》七十九)中,王昭君父名王朝珊,是越州太守,这当然只是毫无根据的虚构。从各方面的材料来分析,昭君出生在一般的民家,却是可信的。"群山万壑赴荆门,生长明妃尚有村",杜甫的诗句也是一个例证。话剧的作者正是依据"良家子"这个基本事实,展开了合乎逻辑的艺术构思。我们再看看当时的历史背景:汉武帝元光二年(公元前 133 年),马邑地区的边境冲突,中断了汉朝和匈奴之间原已形成的友好关系,从此直到昭君出塞的汉元帝竟宁元年,整整一百年间,汉匈之间战争一直没有间断,边塞东西千里,烽烟长燃,白骨蔽野,汉匈两族人民死于战争者不计其数。由于战争,内地成年壮丁大量选去从军戍边,一般平民家庭都不能幸免,像昭君家这样的普通百姓,父亲从军死在边塞是完全可能的。因此,话剧中昭君家世的虚构,符合当时的社会情况,因而也具有历史的真实性,它对于塑造昭君的形象,产生了良好的效果。

第三,作者还十分注意使艺术虚构符合社会生活的逻辑。

由于昭君生活的时代离现在非常久远,要艺术地再现当时的典型环境,确实有不少实际困难。作者对这个问题采取了严肃审慎的态度,从分析大量的史料中捕捉可以反映当时生活场景的种种细节,使所描写的内容符合当时社会生活的逻辑。例如作者为了表现昭君去匈奴后的生活和斗争,设计了匈奴社会的各个阶层、各种类型的人物,不仅反映了维护民族团结的力量同民族分裂主义分子的尖锐斗争,也反映了匈奴下层奴隶和人民(如苦伶仃等)的思想和生活状况,龙廷内幕,草原风光,关市交易等都在剧中有所表现,从而艺术地展示出了公元前 1 世纪匈奴社会的真实的生活画面,为昭君的活动提供了一个广阔的天地。在这样的典型环境中,写出了昭君的一系列活动:她练习骑马,她访问牧民,她叫人移回玉人阏氏的雕像,她照顾失去了父亲的孤儿小玛纳……这些事件虽属虚构,但它们都带有当时社会的历史特点,使人感到真实、具体而富于生活气息。昭君形象便由于置身于特定历史时期的现实生活中而显得丰满和具有个性。这同按照"四人帮"创作模式炮制的作品中那种超脱尘世、不食人间烟火的"英雄"人物相比,不是更真实可信吗?

总之,话剧中的昭君形象是成功的,真实感人的。我们相信,经过戏剧工作者的努力和继续创造,把话剧《王昭君》实现于舞台的时候,昭君形象一定能焕发出更加动人的艺术光彩。

《文学评论丛刊》第 4 辑,中国社会科学出版社 1979 年版

曹禺研究资料长编

从《王昭君》看历史剧的倾向性和真实性的关系

陈祖美

如何处理政治倾向性和历史真实性的关系，是历史剧创作中一个重要的课题。新编历史剧《王昭君》的成功和不足，都在这一问题上有所表现，对它评价的一些重要分歧，也都可以归结到这一问题上。因此，探讨《王昭君》在处理这一问题方面的经验教训，就是一个值得重视的问题了。

一

我国文学史上，写昭君出塞的作品，有数百篇之多。作者仅大家就有鲍照、庾信、李白、杜甫、白居易、李商隐、杜牧、欧阳修、司马光、王安石、苏轼、苏辙、陆游、辛弃疾、马致远等人。这些作者中，不仅有第一流的诗人、文学家、戏剧家，"还有政治家、历史家。他们写的这一题材的作品，虽然不乏社会的、民族的、人生的积极意义，但是，他们笔下的昭君形象，或者没有突破"红颜薄命"的窠臼；或者是以昭君的悲怨命运寄托自己的不幸际遇。更有一些作者，他们不是把王昭君写成不赐黄金买"长门"的倍加不幸的阿娇，就是为她庆幸没有成为被人视作"祸水"的"昭阳飞燕"和"马嵬杨妃"。自从东晋道学家葛洪托名汉刘歆所撰的《西京杂记》中，出现了贪贿的画工毛延寿以后，这一并无史实根据的人物使得许多作者趋之若鹜，竞相抒写，而昭君请行和亲的史实真相，反被淹没了。此外，还有一类作品极不适当地夸大了"蛾眉"之功，比如"为君一笑靖天山""功压貔貅一百万""琵琶一曲干戈靖，论到边功是美人""他年看画麒麟阁，应让蛾眉第一功"等等。

关于王昭君这个人物，历史的记载是十分简略的："昭君字嫱，南郡人也。初，元帝时，以良家子选入掖庭。时呼韩邪来朝，帝敕以宫女五人赐之。昭君入宫数岁，不得见御，积悲怨，乃请掖庭令求行。呼韩邪临辞大会，帝召五女以示之。昭君丰容靓饰，光明汉宫，顾景裴回，竦动左右。帝见大惊，意欲留之，而难于失信，遂与匈奴。生二子。及呼韩邪死，其前阏氏子代立，欲妻之，昭君上书求归，成帝敕令从胡俗，遂复为后单于阏氏焉。"①后世由于对这一记载的不同理解和取舍，使得不同作者作品的主题、人物性格、命运，也迥然不同。以"入宫数岁，不得见御，积悲怨"为主题，写出来的大都是红颜薄命的王昭君。将"乃请掖庭令求行"，加以铺衍，连缀成戏，就是曹禺同志笔下的愿为汉胡和好献身，"芳名播千古"的王昭君。材料取舍的不同，总是表现着作者的政治倾向性的。昭君出塞、汉匈和好

---

① 《后汉书·南匈奴列传第七十九》。

这件事,在客观上是具有促进民族团结的意义的。历史剧《王昭君》的作者,选择史料中关于王昭君在这一问题上的主动精神作为全剧构思的基本出发点,并在这个基础上,从表达新的主题需要出发,独出心裁地斫去了画工毛延寿这一无助于昭君形象塑造的人物,通过艺术的想象和虚构,集中地发掘和表现"一身去国名千古"的王昭君的性格美。今天,我们在为实现四化而斗争的过程中,国内各民族的大团结是一个重要的必不可少的条件,因此,作者的这种努力不仅在思想上是值得赞颂的,在处理上是有历史依据的,并且,在实际的艺术描写上,也有不容否定的成就。剧中在某些描写上,在一定程度上达到了政治倾向性与历史真实性的统一。

我们听到过一些这样的议论,对这个戏中关于王昭君的描写,有较多的意见。应该说,对于曹禺同志塑造的王昭君,盲目赞扬,是不符合实际的。但如果对她全盘否定,以为一无是处,恐怕也不是秉公之论。

以往有一种说法,有几多观众,就有几多哈姆雷特。如果这种说法还有些道理的话,可否这么说,古往今来,有多少昭君题材的作者和读者,就有多少个王昭君。我们认为,在千姿百态的昭君艺术形象中,《王昭君》中的"昭君姑娘",确有别开生面之处。王昭君是剧中的主要人物,也是一个经作者改造了的性格。从有关史料看,在汉宫中,昭君的命运带有无可更改的悲剧性。我们细揣"昭君入宫数岁,不得见御,积悲怨,乃请掖庭令求行"这段记载的涵义,可以断言:王昭君的"求行"出塞,在很大程度上是迫于命运;"汉人怜嫱远嫁",在历代几成定论。然而,在《王昭君》中,作者将这一特定性格作了完全不同的处理,把她由一个为人同情和怜悯的宫女,努力改变成为具有"轩昂夺人的光彩"的,为人歌颂的"一个十分坚强的女子"。这样的改动,不仅对完成作品的主题是需要的,而且,在戏剧的第一、二幕中,作者对于昭君形象的刻画,既是具体生动的,又是令人可信的,也就是说,昭君的行为还是具有一定的具体的历史真实性的。

我们知道,艺术创作中,总是以偶然反映必然,以特殊反映一般的,因此,大胆而巧妙地捕捉和描写偶然事件,往往是作品获得成功的决定性条件。正是在这个意义上,歌德曾说:"艺术的真正生命正在于对个别特殊事物的掌握和描述。"巴尔扎克称颂"偶然是世界上最伟大的小说家"。王昭君的"求行"远嫁,在当时的历史条件下,是非常偶然和独特的事件。作者捉住了这一事件,把人物由历来被视为悲苦哀怨的境遇中解脱出来,并力图发掘它所包含的汉匈人民希冀和睦友好的积极意义,赋予昭君形象以新的审美标准。

我们认为,在前两幕中,作者对于王昭君悲剧命运的改变,着重铺垫地描写了她的性情的刚毅的方面,但绝不是像有些评论者所说的,完全把王昭君写成一个笑嘻嘻的喜剧人物。相反,作者总还是较好地注意到了王昭君这一人物的具体的历史特点和她的坎坷的命运的。作者没有轻易地抹掉她的眼泪,避开她的悲怨。第一幕就写她"转头掩面哀泣",怕在"青森森的宫墙"内"等待到地老天荒"。孙美人的遭遇使她"忍不下心在发抖"。甚至在第四幕中,在她受到温敦的陷害,引起呼韩邪的怀疑,推迟加封晋庙时,又写她感到"迷惑","突然眼泪止不住地流下来,急忙用帕子掩住"。这样写,从戏剧的角度看,是人物性格的需要。从历史的角度看,又是真实的。如果把自古悲怨满怀的王昭君,脱离她的具体的处境,完全把她写成一个具有不以见御为荣,不以得宠为幸的人物,那恐怕就根本不是人们心目中的王昭君了。所以,我们既不能简单地把历代描写昭君哀怨的作者,都看成带有偏见,又要看到曹禺同志塑造的昭君形象,确有新意。这种新意,不是表现在作者没有写昭君的哀怨,而是作者对这种哀怨的着眼点不同。旧时代的作者,哪怕是伟大的作家,他们也往往从个人的际遇出发,借昭君的名字,表达自身的不幸。杜甫的"千载琵琶作胡语,分明怨恨曲中论",其中的"怨恨",被人理解成"借古迹以见己怀",表达他"入宫见妒,与入朝见妒"的"千古同感";白居易的"独美众所嫉,终弃出塞垣";耶律楚材的"滔滔天堑东流水,不尽明妃万古愁",也都是借昭君的哀怨,抒发自己的情怀。这就是历代作家热衷于写"昭君怨"的社会原因。而曹禺同志却立足于揭露封建社会的宫廷黑暗及其对人的精神上的深刻的摧残。从这样的思想高度上观察历史,自然就会有所创新。

戏的前半部,作者不仅在一些大的关节上,注意到了历史的真实性问题,即使一些虚构的细节,也能唤起读者和观众的历史真实感。如王昭君读屈赋,虽是虚构,却使人感到是可信的。因为在屈原哀痛楚国的郢都被秦所破,自沉汨罗江而亡之后,他便成了楚地民间传说中神话般的人物。屈原和王昭君同是南郡秭归人,被"三丈八尺"宫墙幽闭在深宫中的王昭君,自然日夜眷念钟灵毓秀的故乡,怀念故乡的人物,像屈子这样的仁人志士,自然是不甘为命运驱使的王昭君所崇仰的人物。剧作描写她诵读屈辞,受到屈原坚贞不屈精神的教化,这一艺术想象及其具体描写,也完全是合情合理的。

特别值得指出的,在《王昭君》中,孙美人这个人物虽是虚构的,但在她身上却有着丰富而深刻的历史内容。在孙美人这个人物形象的塑造中,最好地体现了政治倾向性和历史真实性的有机结合。在这一方面,作者给我们树立了一个很好的典范,给予我们很多的启示。

它告诉我们:历史剧的创作,首先需要从历史生活的实际出发。历史唯物主义观察分析社会的方法,如果离开了历史实际,就会成为一句空话。正是在这个意义上,我们说一出好的历史剧,也是一本形象的历史教科书,能给人以真实而生动的历史教育。一个真实的历史人物形象,能够帮助人们具体地深刻地认识历史,清晰地看到某一段历史生活的缩影。《王昭君》中,孙美人的形象,就是封建社会宫廷生活的一面镜子。

它还告诉我们:历史剧的出发点,虽然应该是历史地具体地反映特定的历史生活,但这决不意味着要求历史剧的作者拘泥于史实。字模句拟地敷陈历史事件,绝不会产生真正的艺术;对照历史年鉴评判历史剧的做法,也并非真正的艺术批评。历史剧的作者在历史法庭面前,是有"思接千载""视通万里"的想象的自由,以及大胆地借助于虚构的自由。然而任何想象、虚构也绝不是脱离时代、脱离人物典型环境的凭空臆造。孙美人之所以受到同声称道,正因为她是在漫长的封建社会中,不仅是可能产生的人物,而且是大量存在着的人物,把这样的人物和事件加以集中概括,使其成为戏剧人物,就真实可信,深刻感人。因为通过她个人的命运,概括了几千年中国封建社会里,"宫中多少如花女"的共同悲惨命运。它同王建的《宫中调笑》、白居易的《上阳白发人》和杜牧的《阿房宫赋》等一样,深刻地揭露了封建社会的宫廷黑暗,狠狠地鞭挞了最高统治者。在这样的人物身上,历史真实性、艺术真实性和政治倾向性,三者就能够和谐地统一起来。

同时,我们认为,作家创造这个艺术典型,不仅在开拓和概括生活、再现历史方面有其独到之处,而且对主要人物王昭君的性格、命运也有极大影响,对戏剧情节的发展、对全面体现作者的创作意图,等等,都有着不可低估的作用。因此,这是一个写得很成功的人物。

二

我们在上面分析了《王昭君》这一剧作在历史的真实与政治倾向性问题上的一些处理得好的部分,但是,我们也不能不遗憾地看到:在这个问题上,作者的处理总体说是问题较多,不成功的。作者对于王昭君的描写中,虽有较好的艺术处理,但总的说却表现了一种明显的为了表现理想而忘掉历史的情况,孙美人虽然是一个成功的艺术典型,却并非戏剧的主要人物,在这个戏剧中,作者努力塑造的是王昭君的形象。作者的汉匈和好的创作意图,完全是通过王昭君的形象体现的,因之,这一形象的创作不成功,在这个人物身上所表现的违反历史真实的理念倾向,就使作品的思想艺术力量大大地受到了影响。

关于昭君这一形象创造,很多观众所以持有异议,主要也就在于这一点。

曹禺同志是一个戏剧大家,关于历史剧的创作原则,他比一般人有着更好的了解。历史剧的创作,并不必须以历史上实有的事实为依据,却必须在历史上是可能的或可信的。而在《王昭君》一剧中,作者却忽略了这一点,刘勰在评价屈原作品时讲的"酌奇而不失其真,玩华而不坠其实",对于艺术创作来说,应该是一个普遍的规律。而在《王昭君》中,对于昭君形象的塑造,恰恰就有这种"酌奇失真","玩华坠实"的缺点。

在阅读和观看《王昭君》的过程中,我们深深感到,当作者在用历史唯物主义的观点、方法去评价历史人物在当时的活动和思想动机时,就会给历史人物的思想和行为以恰切的历史评价,但如果因为喜欢他们、尊重他们,就把他们理想化,为了理想忘掉历史,为了或然性忽视必然性,那么在他们身上就会出现脱离产生和孕育他们的典型环境和拔高人物的情况。这种情况在前几幕中,就有所表现。比如,王昭君在陛见皇帝时,有的戏曲写成"含颦低首见君王",而在话剧《王昭君》中,她不但能够"把定前程,我一人敢承当",心里还想:"怕什么!难道皇帝不也是要百姓们供养。"她还敢于站着与皇帝说话,不唱钦定的"鹿鸣"之曲,要唱自己感到尽意的"长相知"。这都是难以思议的。到了匈奴以后,她又说"抚慰百姓也是匈奴阏氏的责任",还说"我是带着整个汉家姑娘的心来到匈奴的。""我来是为了两家百姓的欢乐。"最后王昭君"戎装胡服""出现在战场上"。上述事情是当时的历史条件下很难设想的。王昭君基于自己的悲苦身世,可能对人有一定的同情心,但让她离开龙庭去抚慰百姓,用"粮食和衣服"赈济灾民、出征平叛,这样的思想行为即使在今天也是罕见的。把王昭君写得这样崇高,不仅在艺术上给人以失真之感,同时也容易使少数民族的人民感到她仿佛不是一个人,而是一个救世主。这样的效果,就是不好的。

在剧本中,曹禺同志为了歌颂王昭君,力图把她写得有见识、有理想,但不少看了戏的同志感到王昭君的城府太深了,有些场合她不像是一个身闭宫掖的宫女,倒像是一个老练的政治家。而历史告诉我们,王昭君不同于武则天,对这样的妇女,即或把她写得带有政治家的风度,也是不典型的。而我们在《王昭君》的剧本中和舞台上,都有这样的感觉。戏的第二幕,王昭君在皇帝和单于面前侃侃而谈:"礼发于诚,声发于心,行出于义。天生圣人都是本着'义'和'诚'的大道理治理天下的。"言谈如此剀切中理,大有深通治国安邦之道的政治家的气概。这是生活在两千多年前的宫女不可能产生的思想行为。不用说一个宫女,即使政治家、思想家也不"能够超出他们自己的时代所给予他们的限制。"[1]还有,昭君在汉宫时,看到北飞的大雁,就想到自己要到北方去,这也是不合常情的。"胡马依北风,越鸟巢南枝"是一般汉、胡人民的共同心理,也是人之常情。文艺作品应合乎这种情理,而不应违背它。另外,在剧中,合欢被无疑是和亲的象征,作者把合欢被的意义,从王昭君和呼韩邪的定情之物,升高到让它"把温暖带给汉、胡的万家百姓。""祝愿普天之下没有受寒的人!"这简直与杜甫的"大庇天下寒士俱欢颜"的先进思想并驾齐驱了。"合欢被"在作者笔下竟然具有这般大的魔力,观众看到这个情节,怎能不哑然失笑呢?

总之,在剧作中,特别是在戏的后半部中,无论从人物性格、情节及某些重要细节等方面考察,都不符合对历史剧真实性的要求,没有达到周总理提出的"只有忠实于史实,才能忠实于真理"[2]的要求。

三

写王昭君的戏,必然要涉及汉朝的和亲政策。因此,如何反映和亲政策,是关系到昭君题材作品思想艺术价值的一个重要问题。我们感到《王昭君》的缺点之一,是把同我们今天所说的民族团结不是一回事的、两千年前的和亲政策,与今天的民族大团结,几乎是在同等意义上作了歌颂,这是不妥当的。

把昭君出塞视为民族屈辱,是大汉族主义思想作祟,不适当地夸大和亲政策的意义,也不是历史唯物主义的。我们也认为,把王昭君出塞和亲的举动,说成在某种程度上符合汉胡人民的愿望,是可以的。但它充其量不过是当时历史潮流中的一朵浪花。如果把这朵浪花看成潮流本身,把昭君出塞的动机渲染得离开了它的历史内容,就不符合和亲的实质,人物性格也就不真实了。应该说昭君"求行"的最初动机还是从个人命运考虑的,也就是她自己所说的:"这里有过孙美人,永远不会有王美人的!"因此,昭君出塞,与今天的支边不同,她不会有那么高的思想觉悟。何况即使今天的支边人员,也会有这样那样的思想问题和实际困难。对王昭君来说,她被幽禁在深宫,受的是"德言工容"之类的熏陶,很难设想她会产生代表人民利益的愿望。因此,把从这一性格身上所体现的民族友好关系的历史意义和思想高度说过了头,它的历史意义就反而减弱了。

从和亲政策本身来看,它只不过是民族关系的一个方面。我国历史上的和亲,有友好和睦的内容,也有屈辱妥协的因素更多的是出于统治者的权宜之计。他们往往在实力孱弱时才采取和亲。汉初是这样,在汉元帝和呼韩邪之间又何尝不包括这种因素。和亲的

---

① 《社会主义从空想到科学的发展》,见《马克思恩格斯选集》第三卷,第 405 页。

② 转引自《历史研究》1979 年第七期,《只有忠实于史实,才能忠实于真理》一文。

实质,是用美人和玉帛平息干戈,其结果往往是更加软弱的一方"赔了夫人又折兵"。当然,我们应该承认,昭君和亲,在客观上总是有利于民族团结的,但我们又应该看到:这在胡汉和好方面并不是唯一的决定因素,还有其他方面的许多因素在起作用。过分地、不恰切地渲染和亲的作用,这不仅不一定能很好地表达民族团结的主题,反而容易使作品在一定程度上失去真实性。因为在封建专制主义的汉朝和处在奴隶制度下的匈奴,像王昭君那样,置自身的安危于不顾而献身民族团结的思想和行为,是不可能产生的。"人类始终只提出自己能够解决的任务,因为只要仔细考察就可以发现,任务本身只有在解决它的物质条件已经存在或者至少是在形成过程中的时候,才会产生。"①所以,民族间的平等联合,团结友好的历史任务,王昭君本身是不可能解决得了的。因此,剧中让萧育说:"单于与阏氏的欢好,关系着中原与胡地的相安",是"推行四海一家之理"。类似这些极力赞颂和亲的话,在剧中是很多的。虽然在昭君和亲之时,史书上有"三世无犬吠之警,黎庶亡干戈之役"的记载,但以我们今天的观点来看,这种和平安定局面的形成,恐怕不能单单归功于王昭君出塞和亲上面,否则我们不是回到"汉家议就和戎策,差胜边防十万兵""安边长策是和亲",这种夸大"蛾眉"之功的历史唯心主义老路上去,就是用政治倾向性代替历史的真实性。因而,戏的后半部的矛盾冲突就不是从彼时彼地的历史生活中概括提炼出来的。作品一旦离开了生活,它的人物的性格也只得按照人为的逻辑发展。这就会不自觉地违背了马克思主义对待历史题材作品所应采取的客观态度。我们认为,历史唯物主义既不允许作者以自己的愿望去代替历史,也不希望为了现实的某种政治需要去褒贬历史人物。它只要求历史题材的作者通过具体事件、具体人物,把历史的本来面目再现出来。对戏剧作品来说,也就是把握住特定性格在特定环境中可能和将要做什么,就够了。《王昭君》显然不是立足于客观地真实地反映历史生活,它在歌颂民族团结创作意图的指导下,又一定程度地把古人现代化、理想化,也就是不少人感觉到的把古人拔高到共产党人的思想高度上去了。

与历史剧的倾向性紧密相联的另一个问题,是关于历史剧的教育作用。首先我们认为,历史剧不能为了某种特定的教育意义来设计人物、安排情节。它的教育意义,应从剧情中自然的生发出来。历史题材作品的认识意义本身就有教育作用。《王昭君》前两幕描写的宫廷生活有很高的认识价值,这其中也包含着披露封建社会宫廷黑暗的教育意义。它的后三幕,比较多地顾及了用什么思想教育人的政治标准。作品的认识意义减弱了,艺术的独创性也受到束缚。因为政治标准本身并不包括历史的真实,而如果顾了政治标准,忽视了历史的真实性,所谓的政治意图就不能诉诸于真实生动的艺术形象,任何革命的政治意图也会落空的。

我们认为,在如何对待历史剧的古为今用和它的教育意义问题上,《王昭君》的不足之处是,作者为了发挥作品的教育作用,有时把一些当时不可能产生的东西赋予人物,使人物的某些思想超越了时代。而超越了时代,就必然会使人物的思想行为成为不可思议的,

① 《〈政治经济学批判〉序言》,见《马克思恩格斯选集》第二卷,第82—83页。

因而也就很难产生预期的教育作用。王昭君是特定历史条件下产生的性格，通过这种人物认识历史是可能的，倘若一定要用她的思想行为从政治上、思想上教育今天的观众，就会失之牵强。在谈到《雷雨》的创作时，曹禺同志说："并没有明显地意识着我是要匡正、讽刺或攻击什么。也许写到末了，隐隐仿佛有一种情感的汹涌的流来推动我，我在发泄着被压抑的愤懑，抨击着中国的家庭和社会。"这是一种深刻的经验之谈，它道出了文艺创作的一条重要规律。当作者没有意识到他要攻击什么的时候，由于对生活的深切感受和情感激流的推动，他反而深刻地揭露了旧中国家庭和社会的黑暗。相反，当作者非常明显地要去歌颂某种性格和事件的时候，由于没有对历史生活的深切感受，而又要贯彻一种强烈的政治意图，却使作品的思想艺术感染力大大受到影响，这是不能不引人思考的。我们反对在创作中提倡什么非自觉性或直觉主义，但艺术的规律本身告诉我们，从理念出发，而非从切身的感受出发，是不可能产生出成功的艺术作品的。因此，像有的评论者所说要让《王昭君》"对今天各族人民团结一致搞四个现代化建设，保卫祖国的边疆安全"起现实教育作用，让王昭君与"四人帮"的破坏民族团结挂勾，否则就失去了她的社会意义，等等，这种要求实在是令人啼笑皆非的。

以上意见不一定妥当，愿与作者和读者共同探讨。

《文学评论》1980 年第 6 期

曹禺研究

资料长编

曹禺与其新作《王昭君》座谈会

温小雯记录

出席者(依发言先后)：谭然文　黎觉奔　李援华　莫纫兰　张秉权　梁时杰　陈德恒

记　录：温小雯

时　间：1980 年 8 月 10 日下午

地　点：李援华先生府上

谭：《王昭君》是曹禺先生最新的作品，经过多时的筹备排演，终于由北京人民艺术剧院在北京演出。演出以来，引起了国内各方面的注意，而且展开了广泛的讨论；例如昭君有怨还是无怨，时代精神与历史风貌相结合等问题。我们这次的座谈会可以分别就主题、人物、结构、及编剧手法各方面谈谈。首先谈它的主题。

黎：《王昭君》的主题，可以"民族团结、文化交流"八个字概括言之。

李：作者曾说："我现在想写的《王昭君》，是力求按照毛主席在六条标准中提出的有利于民族团结的指示精神去考虑的。周总理指示我们的基本精神是民族团结、文化交流。"至于昭君有怨还是无怨，作者自己说："传说虽多，却无正史可查。"我认为就算有正史可查，正史亦未必完全可靠。我的看法是：既然昭君自请出塞和番，她就决不会是过去描写的悲惨形象；既然是自动去，就不会有太多怨。但在另一方面说，如果她完全无怨，为什么要离乡别井呢？以前的人并不像现在那般喜欢出外旅游的。(笑声)

莫：你以为她在宫里不好过？

李：当然不好过，我以为她一定在宫里有怨，决不会欢天喜地地出塞。我在 1960 年写《昭君出塞》，便假设昭君出塞是个人悲剧。当时我并没有想到民族团结这些大前提，而是以女性的角度来立论。我在剧里虽然说到昭君出塞的后果会使汉族的文化在匈奴发扬，但我安排昭君出塞的动机是不甘心在宫里由"活死人"变成"真死人"；因为她想到当皇帝死亡时，她和其他宫娥很可能要殉葬。

莫：曹禺在剧中也这样描写，这就是孙美人的下场。

李：在曹禺笔下，孙美人的下场对昭君的出塞虽然起了作用，但昭君却是心中无怨，高兴地负着重大使命离乡别井的。不知各位认为怎样？

莫：颇难令人接受。

张：她应该未曾见过匈奴人，准确地说，她在未与单于会面之前，大概不会知道匈奴人是什么样子的。可能是青面獠牙也不一定。那时候又没有照片，没有电视新闻(笑声)，所以她没有理由很高兴地自请和番,而且一直没有动摇地走向一个陌生的地方。思想上太高超了。

李:但主题方面我仍是赞同的。

莫:我赞成李先生的看法,昭君是无可奈何之下出塞的,并非那么有见地,欣然而去。

梁:说到民族的和好,就应该两个民族平等地对待。王龙所代表的大汉族主义固然应该批评,可是整个剧都充满了大汉族主义。如单于对汉元帝是行臣子礼的。如单于称千岁,汉元帝颂万岁。当然,历史确实如此,但作者在今天写时应该有所批评。其实中国过去的历史就是大汉族主义的历史,所有国内的其他民族,都一律称为番邦。

李:你同意它的主题,但认为表达主题方面有问题,是吗?

梁:结尾时,解决温敦、王龙的罪状也解押回汉朝,由汉元帝裁判。

可以借一两个人的说话来批评这大汉族主义的不是,如王昭君,苦伶仃都可以。

莫:我觉得主题方面,若加上李先生从女性论出发的观点,这个剧将会更加有说服力。以前的女性就算做到皇后,也不过是一名傀儡而已。若昭君看到这一点,再担起和番的责任,不独无损于昭君的历史形象,更可加强戏剧性和树立一个新妇女形象。

谭:这个剧对汉胡当时的历史背景提得不很多。当时汉朝与匈奴之间存在着很大的矛盾,一个十八九岁的少女是不可能单独担负及完成汉胡两族和平的使命的。那时汉朝的国力是王昭君能够达成她的外交任务的一个重要因素,所谓弱国无外交。

梁:以王昭君去承担这个汉胡和好如此重大责任,并不十分恰当,她没有这么大的力量。昭君自请出塞是因为困在汉宫里太苦闷了。若果皇帝不赏识召幸她,她就会寂寂一生,若孙美人般。虽然匈奴落后和困苦,但总好过一生一世困在宫里。我觉得甚至只是跳出宫墙做一个老百姓,她也是高兴的。曹禺应该强调这一点,但因为要表现民族团结的主题,于是便说昭君本有汉胡和好的志向。在这儿加进她父亲死在边疆,这点是很牵强的。

李:我不大同意梁先生这个看法。曹禺先生用很多文字写孙美人,再加上她父亲及母亲的死,来加强她本有这个志向,我以为未尝不好。

莫:曹禺先生在这方面既把昭君写得这么新,为什么不反映一些妇女的共同愿望,以便塑造一个新的妇女形象呢? 我始终认为在民族、文化之外,可以再加入妇女形象作为主题的。

张:在剧本里,昭君只是国家的工具而已,不过这件工具是自愿去的。

谭:剧中没有提及胡汉冲突的历史背景,我认为会有点误导的。由汉武帝伐匈奴起,战争持续了很多年,才会导致汉元帝和单于都乐于采用和亲政策。

张:如果昭君不去也一定有人去。那个派去的人就是两个民族间的外交工具。

莫:更可能是个牺牲品。

黎:事实上她没有那么大的作用,只不过总要找一个人去促成两国邦交和睦。

张:这件工具的结局可能是很悲惨的。昭君在这个剧中无疑是大量极了,更醒觉到她的使命。若换了别人,可能因不适应而很痛苦。就这一方面来说,本剧主题上对妇女的关注实在不足。再回到昭君本身,她自动出塞的理由是她父亲死在边疆,宫里的苦闷,她本身读过很多书,如屈原、庄子等,故此不受世俗事物所束缚,想效大鹏高飞九千里,当然又受孙美人所影响。但当她到匈奴后,生活上的种种不习惯,总可以抵消上面一些理由。及至她把玉人像取来,却被陷害,无论如何她总会有点情绪上的波动吧?

莫:阿婷洁公主问她:"你到匈奴来后悔吗?"昭君说:"是我自愿来的,我带着整个汉家姑娘的心来的。"于是有人觉得她很单纯,完全不像世上的人。

李:我们好像谈到人物的问题了。曹禺写昭君这个人物,可能是不自觉地受了所谓"三突出"的影响。这个剧本的人物,一方面就是忠奸分明,另一方面是高、大、全。一个十八九岁的少女,嫁给一个四十七岁的丈夫,去到一个生活习惯完全不同的地方,而能够如此坚定,委实令人难以相信。剧里的人物是扁形的,FLAT CHARACTER,TWO—DIMENSIONAL,是平面的;不是立体的 THREE—DIMENSIONAL,更不是圆形人物,ROUND CHARACTER,或 FULL CHARACTER。他们没有内心挣扎。比如昭君是很纯情的,全心全意爱单于,此外便是和亲的使命。但《雷雨》中的周朴园就复杂得多了。不过,我很同意本剧的主题,为时代服务的主题,写得好与否是另外一回事。就主题而论,曹禺先生在这个剧本的表现,是进了一步。他以前只是抒发他心中的悲愤、苦闷,例如《雷雨》《日出》,毁谤中国旧家庭、旧社会,批判性多而积极意义较少。在结构方面,我认为他并没有什么突破。在描写人物方面,却觉得他反而有点退步,因为剧里的人物都是平面的、扁形的。

莫:所以我觉得这个戏并不感人,不单是昭君一人而已,其他人物也一样。

谭:我总觉得曹禺写昭君无怨,失了很多戏。其实写《王昭君》而不着重于历史背景也是可以的。例如蔡文姬这个人物,可以不写她被掳的辛酸,而着重写她热爱中国文化、奔赴回国整理中国文学。但我觉得王昭君一剧并未能通过事件去表达人物的内心,只用对白去表达内心。其实,用形象情节去表现是戏剧的魅力所在,如果只用言词去表达,好像在台上演讲,形容一个人如何如何,感染力是不足的。

莫:其实写王昭君处理玉人像,显示出曹禺不大懂得女人心理了。王昭君没理由专诚地去搬那玉人像回来,而且还对单于说:"将缣来比素,新人不如故。"这句话由男子说出,女子心里也不舒服。若说女子要对丈夫服从,惟有克服妒忌心理,但总不会大量到去引丈夫走到玉人像面前,还主动提出自己不如她。你们说,这种事会不会存在?若果想改变昭君的过去形象,可以有很多方法的。例如,到匈奴后,她一步一步地克服心中的不满,从而变成一个比较完整的形象去负起和亲的使命。

李:莫女士,你讲的是哪一类女人的心理问题?

莫:女人是会妒忌的呀!

梁:我很同意大家的说法。人物实在被写得太理想化了。作者也许是受了国内一般写人物方法的影响,把人物理想化了。

李:也许国内的人比较容易接受忠奸分明的人物形象,也许这是受了中国旧戏曲的影响吧!

梁:这恰恰与曹禺过去的作品相反(众有同感)。他过去所描写的人物都是很复杂的多面性的,因而有真实感。

张:还有很多温情。

谭:而这个剧内的一些人物确实太概念化了,令人不能相信世界上会有这样的人存在。

张:不过从另一个角度去看,又未必一定没有。你用二十世纪的女性眼光来看,就自然会有不同看法,因为现在妇女地位提高了,而且是一夫一妻制。但在封建时代,后宫佳丽三千,那时的女性,连想都不会想"妒忌"这回事,她们只懂得一起去服侍丈夫。……

莫:那么该让她先做一些事来讨好单于,而不是突然间搬了玉人像回来。

梁:我同意你的看法,作者不应该只是在塑造一个理想人物。不过,爱情是很微妙的,若她爱某一个人,她会设法去令那人快乐。这情况不单在曹禺先生的作品表现,例如《浮生六记》,两夫妻很恩爱,而妻子设法替丈夫娶了一个妓女回来。

莫:那为什么有家庭纠纷呢?

梁:家庭纠纷那又是另外一种不同性格的表现,人的性格是有多方面的。

陈:在二千年前的王昭君,或者确是单纯一点的。

梁:单纯固然单纯。而且匈奴王的权力是无上的,即使你不爱他吧!你对他也只能够服从,讨他欢心。

黎:以心理学来说,一个女人看见丈夫前妻的儿子,无论如何都不会欢喜的,因为会联想起孩子的母亲,即是丈夫的前妻,便产生嫉妒心理。

梁:我同意,不过有些人的确很大量的。

莫:不一定绝对有!

梁:那当然要看当时当地的风俗习惯了。

张:《诗经》里面第一首诗关雎。"关关雎鸠,在河之洲,窈窕淑女,君子好逑。"《毛诗序》的解释是"乐得淑女,以配君子。忧在进贤,不淫其色。"汉朝人就以为这首诗是赞美周文王的妻子太姒的,说她能搜罗民间美女来共侍周文王。

梁:就是现代来说,也是有的。当一个女孩子喜欢一个男孩子时,她总是希望他快乐的。从这个主观观念发展下去就会发生许多微妙事了。同样当一个男孩子喜欢一个女子时,亦希望她快乐的,当然男子比较小器,这个也是社会发展所影响。(众笑)

张:总括来说,王昭君的想法是不奇怪的。她根本没有现代独立女性的思想。

莫:我始终看不出昭君自请出塞的念头。第一幕中只有说到在宫廷内看不见外边的世界,并以羡慕雁可以北飞作伏线。另外一个说服力不足的地方是匈奴把自己压得很低而把汉家抬得很高。我认为每个国家都应该有民族自尊心的。

谭:刚才说的是人物的形象,或者我们可以谈一谈这个剧的结构。

李:这是传统的现实主义与浪漫主义相结合的戏。剧情的发展是和平团结与阴谋破坏这个局面的矛盾,也可说是正义与邪恶的冲突斗争。剧中的具体情节有自请和番、阴谋嫁祸、焚玉人像、毒害婴鹿、造反叛变等,戏剧性相当浓厚,是传统的三段五节或三段七节的方式。较新颖的是加插了一个苦伶仃,有少许布莱希特的影子。这个剧本有很多方面使我佩服，比如气氛的营造，悬疑的处理，伏线的安排，对比的运用，诗化的台词，等等。对比方面，有孙美人与王昭君的对比，昭君与温敦在对单于态度上的强烈对比，哀伤与欢乐场面的对比，等等，这些对比安排得很有力，这是值得我们学习的。其次是描写手法，正面的、侧面的、直接的、间接的描写，都运用得很巧妙。他用鹦鹉以加强孙美人的形象，在孙美人的几度出场加插歌声，都写得很好。可是，香港的观众，看过很多西方现代剧，很可能会感到这个剧太传统，甚至指为落后，说它比外国话剧落后了几十年。而事实上，曹禺先生确实只是继承着他以往的编剧手法，没有什么突破。其中有两个地方很明显：一个是独白，这是继承多年前《家》的写法，觉新与瑞珏新婚之夜长达十页的各自独白，而最后两幕的事件多，剧情急剧变化又令我想起《胆剑篇》。剧里的长独白、旁白，内地的观众可能会很耐心地聆听；但香港的观众会觉得老套，而感到不耐烦的，虽然，那些对话很有诗意。而且，全个戏的长度会使人有沉闷之感，觉得作者故意把戏拖长。加上香港的治安不大好，我真担心还未完场，观众便赶着离开了。

陈：李先生所提的苦伶仃，其实在莎士比亚剧中也见过，并非新的东西。也许并非受布莱希特所影响，而是从 16 世纪得来，与莫里哀很相似。

李：我同意，但对曹禺的剧作来说却是新的。

黎：中国传统戏剧中常有丑角出现，粤剧也有丑生。

李：姚克的《秦始皇帝》也有苦伶仃相似的角色，叫优游，他的台词夹杂若干现代化的俗语。

莫：那是说全剧的台词并不统一。

李：因为不统一，便产生一点"离异效果"，《秦始皇帝》是多年前的戏，当时，布莱希特在本港还未盛行。我初听时也有点奇怪，为什么会跑出一个说现代台词的角色呢？但听下去却感到有点特色。现在看来当然不能算"新"。

谭：他确实写得浪漫极了。例如汉元帝叫王昭君唱一首歌，昭君唱了《长相知》，大家喝道要将她送掖庭治罪，她说有话要说，不过她却要站起来说，全场皆哗然，而她独无惧色，这显出了曹禺的浪漫主义倾向，与传统有矛盾，并且脱离现实，我觉得故事应是"不必是曾有的实事，但必须是会有的实情"。我奇怪原来曹禺的心中竟然是这般的浪漫。

梁：浪漫主义的手法曹禺过去也采用过，只不过没有王昭君这次多。差不多是现实与浪漫不相伯仲，交替地出现。除了第一、二幕外，第三、四幕一连串都有很多旁白、独白和心态表现。尤其是最后一幕的合欢被，我导这个剧时，我把这场删掉了。因为一般外省人与广东人不同，一说到合欢被便联想到一种意念，而且合欢被凌空飞起来，在舞台技巧上亦有困难。另外我亦删掉了一些美到不得了的台词和旁白。尤其是苦伶仃的歌，常常重复着一个意念。起初我删了六首中其中三首，但后来时间上不许可，只得保留一首。而所删去的对剧情根本没有影响。说到结构，因为主题要王昭君担负民族团结的使命，而以一个十八九岁的女孩子来说，实在缺乏力量。于是全剧中便变成了前后两个故事。第一、二幕从王昭君的主线去发展，但到第三、四幕时，主线便落到温敦身上，然后再分散了几条支线：有温敦及王龙的离间，有温敦与休勒的勾结，有温敦离间单于之间的误解及谅解。主线在温敦而不在昭君。就传统结构上来说,并不十分理想。有个剧评家金东方说这个戏在王昭君出发到塞外时,就该结束。将一切戏都放在宫廷内发展,便紧凑得多了。

李:如果这样写,民族团结、文化交流的主题便削弱了。

黎:主题可以用侧面去表现。例如昭君出塞要经过一场剧斗,表示汉胡的不和。这个戏叫王昭君,但到第三、四幕时,她已经变成配角,牵强地插在戏中,只有念念诗的份儿。

李:我有个问题想提出。刚才梁时杰兄说这个戏常常重复同一意念,外国戏剧少有这种情况,但中国戏剧喜欢这一套,以便突出那个意念,这种重复是不是应该检讨呢?

陈:这会招致沉闷的。Arthur Miller 在看完《蔡文姬》之后,便说很闷,这件事,曹禺是知道的,而且表示同意,为什么他不改动呢?

莫:也许他来不及修改。

黎:我想曹禺是深受中国戏剧的影响,这个剧里就表现了很多传统剧的手法:旁白、独白、又歌又舞又朗诵等。台词和歌唱是同一意念。

莫:动作也是同一意念。

黎:对,可能是担心唱的时候观众听不清楚,于是用独白补充,使观众投入,唱时则着重舞蹈、唱腔等。

莫:这可能是因为"文化大革命"令他搁笔太久,重新再执笔时,他渴望将所有东西都融合在作品里,去解放自己的思想,写得浪漫一些。他又很难避免过去所用的手法。因为他未能广泛地接触各方面,例如西方话剧。那些诗,文笔是十分流畅的。可是当我仔细地看了一次之后,再看时只看台词,也不觉得有什么分别。

黎:以前的《雷雨》《日出》,虽然有点啰嗦,但不至于如此反反复复。我认为最大的原因是这个戏的主线分散了,不能一气呵成,他怕不能吸引观众,便加进一些诗、歌和舞入内,但又怕观众听不清楚诗歌的内容,唯有反复着。

李:刚才陈德恒说曹禺同意 Arthur Miller 的意见,是否真的同意呢? 现在国内的文章亦常常都是重复同一意念,可能习惯了这种写作方式。

黎:相信曹禺受到国内曾一度流行的样板戏所影响。亦受中国传统戏剧影响。

张:我想补充些少。王昭君这个角色是想多于说,说多于做的。她第一句对白是答盈盈的,盈盈问她怎么又半天不说话,"你在想什么?"她答:"我想一件事。"稍后姜夫人又要她:"心不乱想,要想,就得想皇帝。"都在表示她常在"乱想",不甘心在宫里,想屈原、想庄子。到第三幕,她出塞之后,姜夫人与王龙对话,姜夫人说昭君会自己"想"的了。到第四幕。呼韩邪自言:"她究竟在想什么呢? 我实在不知跟她说什么好,她很少说话,她在想什么呢? 是想家吧?"整个戏里,昭君脑海的活动多于说话。可能她没有说话的对象啦,在汉宫时,姜夫人、盈盈、戚戚都不大明白她;到匈奴后,也没有什么人可以说话,正如王安石诗说:"含情欲说独无处,传与琵琶心自知。"但她做的却更少。在汉宫时还能自请和番,在做美人还是出塞间作抉择。到匈奴后,她未成为正式的阏氏前,她的身份使她无事可做,戏的主线唯有转到温敦身上,她最多只是搬玉人像回来,习骑射,探访族人,到呼韩邪带兵剿敌时,她冲入战阵,最后将定情之物合欢被送给老人,这些都是很浪漫化的写法,有些甚至是暗场交代的,她根本没什么戏可做。

梁:我认为昭君的想,是一种悬疑手法,实在有做的,她所做也是根据她先前的想的。如第一幕她想跳出汉宫的深苑,事实上她也做到了。第二幕她在汉元帝面前唱的那首民歌,我觉得很有深意,是整个戏中我最佩服的一点,其他如合欢被则觉得普普通通而已,王昭君爱唱民歌,即显示着王昭君是从民间来的,她的血液,她的脉搏、她的感情是同民众结连着的。她用民歌来感动两个皇帝,使他们结合起来,我觉得意义很深长。这一场戏表现了王昭君的力量和胆识,同时亦意味着皇帝该为民间的利益着想,两罢干戈。

张:我总觉得王昭君在汉宫时讲的机会更多,到了匈奴就少了——这就使得剧本不能不多用独白。

梁:这就是主题害了她,因为从到塞外开始,剧情就上了另外一条线:温敦夺权的线。争权吗,自然落在男性身上了。所以从结构上来说,这个戏不是曹禺最好的戏。

张:这是一个因果的问题,线到了温敦便令到王昭君没有戏做,但不落到温敦身上则达不到主题。

莫:如果加上另一条主线,诉说妇女的悲惨命运,哭哭啼啼也好,心中后悔也好,然后转到二人的真情结合,那可能有更多戏做。

张:但作者一开始就不准备让她哭的。

梁:第一、二幕的结构相当好,第三、四幕则很零碎,两个人接着两个人一场,有松散的感觉。

张:很多人都是赞第一、二幕,例如巴金就是。

梁:巴金主要还是赞孙美人。

莫:孙美人这个人物写得很冷静,一出场就令人心酸。

李:孙美人写得好。

张:巴金也赞第一、二幕。

梁:因为第一、二幕虽然写得很简单,它已把各种势力交代了,而隐伏了强大的冲击力。而且突出了昭君的形象。

莫:孙美人死后的那个琵琶到后来也有交代,这很好。

张:剧中的王昭君其实很惨,被人阴谋嫁祸。但昭君身上的危机在第五幕却在暗场解决了,实在太轻易。

莫:矛盾的解决是简单化了。王昭君在事件中是被动的。其实在呼韩邪延期册封她为阏氏时,她的戏可以有更大的发展的。

张:安排王龙饮醉后上场,揭发一大堆事,我觉得很有问题。

谭:我同意。醉后失言不是什么好桥段。与《雷雨》里的细腻、伏线、桥段比较,实在相差很远。

梁:所以我说在结构上并不是曹禺剧中最好的。第三、四幕支线太多,第五幕便显得急速,但线路集中了,却没有那么零碎,而且王昭君与呼韩邪的戏也多了。我导演《王昭君》时,还是删了战争场面,合欢被、大合唱和苦伶仃的歌。

谭:我相信曹禺先生是考虑到在国内的演出条件而写成的。我记得我在北京看《蔡文姬》时,森林那一场表现得很美,很够气势的。

梁:即使这样还是不好。因为战争场面之后,观众与剧情扯远了,此其一,另外,呼韩邪站在石崖上对着叛军喝道:你们还不下马,舞台上自然不可以表现马,战争气氛也烘托不出来。

谭:说到合欢被,我不知道曹禺是否在这一两年间写成或构思的,记得两年前,在上海看话剧《长征交响史诗》时,毛泽东、周恩来都出现在舞台上,他们好像从天而降,非常神化。现在一变又变得如此浪漫。

李:我认为浪漫主义和现实主义是可以结合的。

陈:有些戏确是结合得好,不知有什么规律要掌握呢?

李:我觉得这个问题牵涉太大,要专题研究,今天的写作,除了浪漫和现实主义外,还可应用其他风格,国内的剧作家很少看到西方戏剧,故未能掌握及运用各种风格。

陈:那《王昭君》是否一个成功的结合呢?

李:我认为不是。而我们应该去探讨浪漫主义与现实主义的结合,更加插其他风格,增加新鲜感,戏剧性,如果运用得好,可以更有效地突出主题。

梁:这个很困难,不过我们也要去突破、去尝试。当然有些人坚持只写现实主义,但潮流是向前发展的。曹禺的《王昭君》也是一个尝试。

张:他写《王昭君》的行动,大多是浪漫主义的。思想方面则较倾向于现实主义。至于合欢被跟金色大雁飞走,及"至诚能感天",刘绍铭说他导人迷信,是封建主义。若从浪漫主义的角度来看,不至于那么大罪。观众当然不会信以为真。从结构上来说,这是与孙美人互相呼应的。"天"可以有两种解释,一是"天子",孙美人对皇帝可说至诚了,最后天子要她陪葬。而王昭君也是至诚。"天"的另一个解释是天意,"天视自我民视,天听自我民听。"那可说是以民意为依归。所以她将合欢被送给了老牧民,而合欢被飞了上天。两个情况都是跨越时空的,孙美人无论服装、思想都是"老套"的,而合欢被却随着大雁,"变成了一床仙被",轻轻覆盖了胡汉的天下。

梁:这个解释似乎牵强了一点。

谭:亦太深奥了一点。说起孙美人,我就想到 Great expectation 里着了婚纱的老妇人。

梁:如果让孙美人真的走入坟墓殉葬,未免太过残酷,让她自己死,即是不想将这个戏变得太悲。若处理孙美人殉葬而死,观众会感到很大的压力。而现在她死于过分兴奋而不知她是殉葬中死去,倒很自然,她已经这样老了,实在在宫里也与死相差不远。

陈:如果写她惨死,是不会加强控诉力呢? 可能更促使昭君离开汉宫。

梁:我觉得昭君将订情之物也送给别人,显示他对老百姓的爱心,是有点牵强的。

莫:这是新旧思想的交替。

谭:我相信曹禺先生是想把境界写得高一点。有环球同此凉热的意思。

李:似乎大家都不承认这是曹禺先生最好的作品。

陈：国内说这是他作品的第四个高峰，我就不同意了。

梁：在写作技巧上《胆剑篇》比《王昭君》好。

李：我同意，《北京人》也比这个戏好。

陈：那么是否曹禺先生退步了？

张：上期《开卷》有篇文章说孙美人这个角色太类型化，可以在任何一个宫廷内。只需读过几篇像《长门赋》之类描写宫女的诗赋，再加上一些想象，就可以塑造出来。

陈：就是因为个个宫廷的怨女都是如此，这个角色才有典型性。

莫：这本来是一个概括性的手法。

陈：孙美人的好处就是她的典型性。

张：她集中了几千年妇女的命运，所以更有控诉力。

谭：这个剧本还有什么方面值得学习呢？

张：剧本很紧凑，第一、二幕发展得很好，气氛优美，台词很有诗意。孙美人写得很突出。另外，正如梁先生所说作者能够从文学遗产中吸取有用的东西，例如乐府中的《上邪》和古诗《客从远方来》。剧中三次唱《上邪》都安排得很好。第一次是纳闷的时候唱，第二次在汉宫里对着两个皇帝唱，第三次则是矛盾完结了之后，温柔地唱给呼韩邪听。都能够烘托出昭君的心境。

李：曹禺写作的认真也是值得我们学习的，他写此剧时，曾经亲自到蒙古，新疆去考察。

谭：有些地方看起来很平常，其实可能已经考据了很久。就王昭君与单于相会前的礼乐程序，相信便花了不少考据功夫。

莫：曹禺先生仍是局限于民族主义而不普及至国际主义。曹禺说："有一个问题是清楚的，肯定的，即匈奴是我们自己的一个民族，不是番邦外国。"岂不是说若是番邦外国，便不会如此礼待么？

谭：你说的大国沙文主义，我相信是有的，好像汉元帝的胸襟表现，人们可能只想到是外交手腕而已，他哪里是真正平等地对待匈奴？

李：时间不早了，不如谈谈中国戏剧的发展前景，我个人对中国戏剧的前景是看好的，虽然现在仍是传统和落后，但近来有很多新作家涌现，而且出现了不少在意识上闯禁区的剧作。此外，写作技巧也有若干革新，例如我们看过的《孤岛死光》，便用了相当多的新手法。中国剧作家是由国家去培养的，条件较为有利，而且他们采用集体创作，当然集体创作有时会招致困难，但写了剧本后交给大家讨论，提意见去修改，以彼之长，补己之短，却是一件好事，我敢说中国戏剧有很好的前景，虽然不是最近的事。

梁：将来的发展很难说，但目前来说中国的戏剧创作还有很多阻滞。

李：说到阻滞，我看有三个原因：一方面是思想顾虑啦，另一方面是与外国剧坛交流不多，第三个原因是由于所有演出都是为当地的观众服务，而国内的观众已经习惯了这类型的戏，若果你突然给他们一些新的东西，一时间很难接受。

谭：香港人看内地的戏节奏方面一定不习惯，实在太慢了。

陈：其实，文艺是社会经济及生活节奏的反映，香港观众不能容忍那样的缓慢节奏。

梁：是否也可以搞一些折子戏，好像京剧那样？

陈：京剧的折子戏有点不同，我们只看功架、唱腔，已经值回票价。但若是话剧，没头没尾的只看一段，我相信很难接受，折子戏只适合传统的戏曲。除非好像李先生当日所编的《曹禺与中国》。

谭：今天我们就《王昭君》一剧的主题、人物、结构都谈论过，虽然不算很深入，但各位都是知无不言、言无不尽发表了由衷的意见，使这次座谈会有着它的意义，现在就此结束。

《曹禺，王昭君及其他》，香港良友图书公司 1980 年版

《争强》及其他作品 研究资料

南开公演《争强》与原著之比较

黄作霖

回国未几天便听说南开学校 25 周年纪念将要排演高氏华绥的戏剧。得到此信，觉得非常的高兴。因为此老乃是近代大文豪中我最崇拜的一位。后来又晓得要演不独是高氏的作品，并且还是他的作品中我在英国前三四年曾亲自看过的一出，所以更加的拭目以待，恨不得立睹为快。

查《争强》一戏，在英国首次公演，本在 1909 年的春天。我当时不但是乳臭未干，恐怕湿也不见得湿到何等的透彻。此戏又复演了一次，那是在 1913 年的 5 月，欧战以来戏台上并不曾演过半幕，那么我说三四年前看过这戏的话，岂非好似有些说谎么？凡与高氏的著作稍有来往的人，大概要质问我的。原来这戏我不是在伦敦看的，也不是以做戏为职业的艺员所演，乃是伯明罕大城中一个很有名望的戏剧研究社里面所排演的。可巧我是该社的社员，所以竟得饱享眼福。如今我看过南开公演之后，想把两处的成绩贯串着看下去，本来二者同是票友，互相较量起来，形影相对，断不能说是"不可同日而语"吧。

这戏全篇大致，南开新剧团都弄得十分圆满，其中的意义，亦能清清楚楚地传达到观众的眼前，不稍暗昧。大成铁矿董事长安敦一与罢工领袖罗大为各相作敌，表演来精神充足，畅而有力。各董事与安敦一之喧哗，众工人与罗大为之不睦，均在第一幕中便可一目了然，使听者脑筋中有了深刻的印象。这不能不说是张仲述先生导演的手术高强，与南开新剧团的表演灵巧。这是凡看过此剧的人，都是如此的着想，不待吾言。我写这篇稿子的原意是要将南开所演的与原著不同之点，很未有方法的随便指明出来。

查此剧原来发事的地点本在英国的西部，各董事们全是由伦敦下来的。所以当时英人公演这戏时，工人与董事的口音大不相同，众工人都要仿效西部的土语。因为戏文里面除了董事派一部分外，所写的尽是粗鲁未受过教育的口气。这次南开并未曾作此分别。想来可惜得很，因为多加了这一层分别，双方的忿斗遂益加显出利害，劳资的争强益加的觉得猛烈了。或有人说："这戏既按中国情形改译而编的，言语一层说不上来。因为中国的粗人与文人的口音不见得有异，此次南开采用口音一致是很对的。"这话诚然，我自己何尝不是如此的讲。我并且还时常对外人夸张说我国是最平等不过，许多人满嘴的官话大底都是从不识字的奶妈子学来的。但有一层，大成与大成的矿区，绝不是同一个所在。罗大为曾说过，他花不起车费再到大成一行。各董事如胖子施康伯等均要赶火车回城，可知两地相距不近。无论如何我的意思是主张口音分辨的，如同第二幕第二场在铁道桥前的一节内,便有一些精彩的地方:群众里面有操天津口音的说:你好做像,你骂谁? 像这种的口气,何等的写真,还有在台后骂:"王八蛋"的一位,骂的又何等的爽快。比较英人表演此节的时候,大概有过之而无不及。我的意思以为他们倘若采用京津二音稍作差别,便将全戏增进了许多。况且南开同学亦并不是不知道这桩差别的应用的。他们校长近来演讲,抛弃天津口音,专好用京调这一趋向,谁未有理会呀。这不难说明他老人家办学办了25年以来的好成绩呢? 那天晚上张导演出台正作宣布的时候,有人在我旁边对他朋友说:"这是京调,天津话随后就要出来。"原来仲述先生是京津均通的人才。然而导演时何以未曾想着运用呢? 可惜,可惜!

全戏改译之后与原文不同之点尚有数处,其中有的是因为原文没有而增加的,还有的是原文多余而截短下来的。我且先论加增的:(1)第一幕罗大为进场时同来的尚有工人代表数人,如陶恒利、鲁家治等。英人演此节时众工人均一排而立,无其做作,而南开却使数人围炉温身。各董事方才用这遮去的火,众工人则见这若宝,所以多加围炉一层乃是张君导演的精密处,也是演员善于表情处。(2)全戏中施康伯与魏瑞德二人皆似以谐角自居。这本非作者的原意。但此次改编后借二人加了不少滑稽的材料,添了许多招笑的做作,既不碍剧情,又能使观众捧腹何乐不为? 这又不能不归功于导演与演员们费神之处。(3)第三幕最末一段又是比原戏多出一小节来,就是安敦一与罗大为各相握。高氏原文内并未有此段。大为将最末一番话说罢,怒目视安,随后便俯首而立。安其时亦离坐,将欲举手对罗行礼,而忽中止,大有一败涂地的样子。及张君导演时却使安罗二人慨然握手作结,威风凛凛,就好似毕竟还是均获胜利者焉。有一次我听高氏讲演《写戏常识》这个题目说:"因为什么人们总要从我写的戏剧里寻找教训;我的戏剧中未有教训可求的……"我们看教训本是有的,不过不明白的写出罢了。《争强》一剧,本是要用"争强者必自杀"六字作教训。倘若按着原文去演,这桩警戒明显得很。但以握手作结,反倒可以用上高氏自己"教训不应明写"的标语。因为二人虽各被自己方面的人推翻,然犹顽固自喜,未有一分失败之象。所以加此握手一节,遂将全剧改良不少,很合乎这桩"问题戏剧"的格式。

我现在要说说改译后所截短的:(1)第二幕第一场在罗大为正要离家出去赴会的时候,应当有一个小孩子进来与大为打个对头,这个角色亦颇重要。而张导演竟将他割去,甚是可惜。这小孩原来是陶恒利的儿子,年约十岁,名叫仁儿(JAN)。他入场的时候口吹铜笛,身穿阔而大的夹袄。见了大为便昂起头来说道:"我的父亲来了,我的姊姊美芝也来了。"说罢大为已经出去。陶家父女也要走进屋来。仁儿一个角色的责任,至此尽矣。后来只是站立一旁听他的铜笛,或作呜呜之声,或效杜鹃啼啼而已。所以仁儿这个角色乍看起来本无甚大用,与戏情似绝无相关,将他去了,倒是极有道理的。谁知仁儿一段很有可注意的价值。改译的人对于高氏的文学大概未有怎样到深处里去研究,不然断不能忍心将仁儿舍去的。我且说说这是怎讲。描写小孩子,是高氏素来最嗜好的一件事,稍有机会便将天真烂漫的小孩子们弄到面前,细心的赏鉴。他的杰作(Forsyte Saea)里面的壮儿(JON)可以说是文学史上万年不朽的一个小孩。我且说这仁儿因何要在《争强》一戏内占些地位,我们若想得到这个答案,必需先去研究高氏文学中的特点。他专欢喜描写小孩一

层,我们方才提及过,高氏曾说过,凡读一人的著作,首要是寻找其中的意味,多加仁儿一节,便可称是含有高氏的意味(Caleworthian Flavour),此外高氏还最讲究格式均平(Balancs of Form)。

细查全戏之中最悲惨的便是第二幕第一场。乍一开幕遂有尤大嫂啧啧的怨命,继之有陶美芝在那里大发牢骚。这边又有罗大为之妻爱莲正病得要死。继之,罢工种种凄惨状况无一不在这幕里明明写出其中的苦处。可觉而知,若未有一个稍为活泼的小孩子来作陪衬,笔墨上恐怕太过板滞了。所以叫做格式均平。当美芝提起火要灭了,罗妻亦随着说:"灭,不灭!"的时候,仁儿便吹起他的铜笛来,作杜鹃之声。此鸟啼鸣,本在春天万物发萌之际,今高氏加此一段,乃是以生死相对,所以我称之为妙笔。南开将仁儿省却,我恐怕要失了些高氏的意味。况且全戏提到"妻儿老小"竟有数次,"妻"字便有爱莲代表,"老小"二字是由陶家父女代表,于是那"儿"字有了仁儿作代表,描写方才算是周到。(2)还有一段也是不应割而割的,这次只因为割了一字而已。有人必定要嫌我吹毛求疵,故意来充内行。其实不然,张仲述先生宣布时,请座中各位不要作声。因为戏中句句都含有深意。岂知不但句句,并且字字大概有相当的地位。第二幕第一场吴太太见了罗妻,谈起话来说:"我今早送来面汤,你怎么要退回去呀?"原本所送的并非面汤,乃是冷粉(Jelly)。改译时,将冷粉变作面汤本来很近情理的。寒冬大雪之下送给病人冰的冷粉一碗,写戏人高氏华绥,别怕是个疯子吧!岂知这正是他老人家菁华之处。凡对于高氏文学稍有研究的人都晓得他是最好用反语的。最喜欢以柔软的手腕讥笑世人。此处便是一个极好的例子。社会上专有一种,只动感情而不求实际。吴太太就是受了感情的支配,觉得应该要拿些东西分给那穷而病的人。他所注意大概是在送赠,不在礼物。本来"吴矿长的夫人、董事长的千金小姐"终日饱食暖居,火炉还要拿火铠铠住,今送给罗妻一些冷粉,还以为他必定食的可口呢。就好像有个挪威某富妇,一片婆心,到了深冬,购了厚而且重的绒衣几千套,分散给非洲热带的土人一般,笑尽一群犹如康德所说的:"感觉无思想是瞎的"的人们了。(3)最后一幕罗大为说完了"回家?我的家……"便行闭幕。然按原文还有一小节,又被南开所截短,就是秘书邓子齐所说的那一句话。这话内又可以见得高氏喜用反语的地方。罗大为既下了场,邓秘书对中央工会韩安世讲道:"韩先生,你请看他们费尽多大力量,然后才定出这种条约来。你我不是在双方未有起事之前,早已就有这种的提议吗?"韩安世回答道:"本来么,不然怎会有热闹看呢!"然后闭幕。戏中事实,利害相关最小的可说是秘书邓子齐,而高氏于全篇大事的了局竟托一个最不关重要的小秘书口里说出,可见是讽讥一班小题大作的人们,暗指争强本来早就可以无事了。以上所说的,南开此次所演与英人原演不同之点共有六端。伸长者与截短者似各有三桩。可巧南开所伸长处,便是高氏原文中的短处。南开所截短,却是高氏原戏中的长处。但短处之中孰短,长处之中又孰长?最好还是请读者用自己的判断去分辨。

《大公报》1929 年 10 月 25、26、27 日

记南开之《争强》

立 厂

　　南开大学这一次总算是破天荒的盛举，才有这男女合演话剧的一回事。开幕前一位张先生上去致词，真是趣语环生。凑巧那时有两位女性在那里咕哝私语，他随后就说："刚才两位太太说话，我们真不好怪她们；因为中国人是享自由惯的，在大锣大鼓的唱京戏时候，两个朋友见了面就是：'唉！老兄，吃了饭没有？'都没要紧。但是看这种话剧，是要受些别扭的。非但说不得话，而且连咳嗽都不能……"我想那说话的女客听了，一定要无地自容吧？但因此一来，场中毕竟静谧了一些。

　　《争强》是高尔斯华绥所著的剧本，名家手笔，究竟不凡。一共是四场，就是第二场的下半段太沉闷一些。第一场是在吴矿长饭厅里。万家宝饰安敦一，极像老人的声态，在全剧最为出色。其次张平群饰罗大为，那种激烈的样子，也很相宜。仉乃如饰魏瑞德，活画出一个自私自利的市侩。吕仰平饰施康伯，那种颟顸的样子，也都很受观众欢迎。在这一幕里所表示不过是一个铁矿罢工以后，劳资两方都受极大损失，一般人都想妥洽，只有资方首领安敦一和劳方首领罗大为还在坚持。第二场（即第二幕第一场）在罗大为家中。先是陶亨利之女在讥讽罗大为有病的妻子，因为罗大为的缘故，接着吴矿长的妻子（安女）来看她的朋友（罗妻）的病，陶女当面给她抢白，才走了出去；不多一会，罗大为回来，抢白她。在这一段里，王守瑗女士饰吴安绮丽这一角极好，她明明晓得工人病苦，是她父亲应负责任，但又不肯承认；她受了人家的抢白，很想抵抗，而又怯懦；王女士很能把这种心理，体贴入微。吴妻走后，罗大为又去开工会，陶亨利女儿来连动鲁家治等反对罗大为，这陶美芝一角是沈希咏女士饰的，说到"你要和我好……"台下哄然大笑。罗大为的妻是张英元女士所饰，装重病的样子，也很动人，在人面前总是帮着丈夫，到独自对丈夫说时，也在埋怨他，这都是剧本很细致的地方。到后来罗妻快死了，这一场才完结。第三场在矿区槛前开会，这场的上半节和上场下半节同时，所以合为一幕。这场里面当然是罗大为一角最重要，起先反对派很得势，到后来被他战胜了，到工众一致举手喊罗大为的时候，可以说他的坚持政策几乎要完全成功了；但给陶美芝来说他的妻子死了，他就很颓丧地回去，于是给陶美芝一挑拨，全局就反转，反对党得全胜，决议让中央工会调解。第三幕在吴矿长家的客厅里，这时几位董事把董事长安老先生攻击得体无完肤了，安老先生愤而辞职，于是董事方面也接受了中央工会的调解。等到罗大为赶来，两边早已妥洽，但他还不晓得；在揭穿了以后，他真难过。在他痛骂他同辈的人格卑污和卖他的时候，安老先生倒反觉得对他有同情了,就跑去和他握手,在这时候中央工会代表叫他回家去吧,他惨叫着"家!我的家在哪里?"就是这样闭幕。这一个剧本从大体说来,总算很好,所包含的意义也很广,高氏的意思,在描摹两个走极端的主角,在他们本身的立足点看来,所争的都很对;其余人却都是外强中干和虎头蛇尾的一班庸人,还有几个是投机者,所以闹了许久,两边都受了绝大的牺牲,却都在紧要关头自己内讧起来,变成妥协的局面,终于没有得到彻底的解决,而以后的争端也就方兴未艾了。此次南开公演此剧,上台的有五六十人,在学校演剧中总算很少见,配搭也还整齐。星期六夕再作最后公演云。(十月十九夕观剧后记)

《北洋画报》1929 年 10 月 26 日第 389 期

《新村正》的今昔

羊 誩

(一)引言

本年十月十七日我校庆祝三十周年纪念,新剧团把民国七年编演的新剧《新村正》改编重排,在新落成的瑞廷礼堂公演了。我是当年的一个演员,这次旧本新排我又担任了角色。一恍已是十六个年头,不但旧日舞台同伴大半星散,就是我自己在这一出戏里由扮幼童,而扮少妇,而扮髯者,改换过五六个角色了。就戏论戏,我可算饱尝沧海桑田的况味。十七日晚间开幕前的一刹那,忽然有一位十六年前的舞台同伴到后台来看我,又引起我许多怀旧的念头。最近,本校出版干事会陈、周、晏诸君,叫我写篇关于纪念新剧的稿子,我思维至再,才拟定了这个题目,虽然我知道这篇文章若是由导演张彭春先生写来必更亲切有味,不过我等不及了,还是让我以演员的立场来说一说这出戏的始末吧。如有事实遗漏或文字粗劣等缺点,还望阅者与新剧团导演和新旧同伴多多原谅!

(二)编演的经过

民国六年秋季开学,校长出国由张彭春先生代掌校务,恰逢华北空前的大水灾,南开地低,于是校舍整个被水。寄宿学生临时搬到城内卞宅罩棚内像沙丁鱼般地下榻了,全校学生各佩白地紫字纸质"南开"徽章到东南角草厂庵和东马路青年会临时讲室去上课。环境似这样的恶劣,但我们以"傻干""硬干"见称的南开,还在那里筹备庆祝十三周年纪念。我记得有一天的下午,新剧团开会,张彭春先生说了这样一个故事:一位有志青年想为地方作事,不幸被社会旧势力打倒了,遭大众的嘲笑。他说:"这个故事演起来必可以有声有色,不过本年时间仓猝而且没有适当的舞台,只好明年再说吧。"于是滑稽短剧《天作之合》在青年会本校借用的礼堂上演了。《新村正》在那时还不过是一粒刚刚埋好的种子。

民国七年暑假中,我校从河北法政学校(现名法商学院)的临时校舍迁回南开,秋季开学后万象更新,新剧团筹演纪念新剧,自是兴高采烈,首由张彭春先生说明剧情梗概,次即分幕编词,选派角色,进行排演,并约校外名家来校指正,经多次修改,才决定分五幕上演。那时演作最精彩的角色,如:张平群先生之扮李壮图,尹劭洵先生之扮周村正,时趾周先生之扮吴二爷,王祜辰先生之扮冯大爷,伉鼐如先生之扮周万年。民国七年演后,次年"五四运动"发动,国内文坛对于这出戏很称赞,本校新剧团亦就大演特演起来。从此每年差不多总演三二次,直到民国十二年春大学商科视察团主办的游艺会,这旧本的《新村正》才算告一结束。本年暑假后因为学校三十周年纪念在即,新剧团又曾屡次开会筹备演剧,只以时间仓卒,而剧团又已有五年未演剧,人才、布景等全不凑手,所以有不演剧的拟议。不过后来总觉得学校三十周年纪念不应无戏,直到临近两星期才决定改编《新村正》出演。随由张彭春、万家宝二先生进行改编工作,严仁颖先生任干事办理召集演员,印刷剧词,编拟广告,预备入场券,秩序单,借服装等各项杂事,仓猝中排演起来。

这改编本减去了许多角色,改为三幕,可是增加了不少的曲折,添了许多意思。我现在把新旧两本《新村正》表列于后,请阅者对照着看吧。

(三)《新村正》原本、改编本对照

项别 说明 本别	原本《新村正》 (1918 年)	改编本《新村正》 (1934 年)
剧情	第一幕 周宅厅房。 秋季清晨。 　自幼寄居姑母家的李壮图,在上海某大学毕业后回到周家庄,和他的姑父周村正、姑母周媪、胞妹李玉如、表兄周万年、表嫂吴瑛互道阔别。少刻,冯、王、赵三绅来访村正,谈上前借外国公司一万二千元现已到期应还债事,众方踌躇无计时,吴绅(瑛父,周村正亲家)来策划:“将关帝庙一带房与地租与外国公司,不但不用还债,还可再借八千元。”众绅以为有利可图,就签订租约。 　　　第二幕 关帝庙前。 后一星期。 　关帝庙一带是周家庄的贫民窟,平素在这一块住的人生活已是十分艰难,自外国公司收租人魏某来了之后,百计榨取民财,倚势欺人,更是苦不堪言。例如:某穷妪因到期不能交房租被逐出,露宿一夜;陈妇因房租无法交,魏借端拟收其女作妾,陈妇不允,致被魏踢打辱骂。适李壮图走来睹状大怒,当时便斥责魏某,并领导民众去县公署请愿,请政府向外国公司交涉收回国土。	第一幕 周宅厅房。 八月节前一日。 　吴瑞瑛正在收拾供果,预备过节,忽闻门外人声吵闹,惊疑,打算出去看看,适周万年入,才知道这是关帝庙的一帮穷人到村正家来请愿。万年想自己出去应付,可是瑞瑛知道她丈夫是个废才,叫长工找表兄李壮图去应付了。夫妇正谈话间,李壮图和外国公司魏经理来,周万年夫妇下。李向魏调查当初村上借款情形,并问:“为什么将关帝庙一带房地押与外人?”魏不答,但催款甚急。李于是约其姑丈周村正来与魏某商缓期还款,魏不允。正僵持中,请愿民众代表进来见周村正,要找当初主张借款三万元、抵押关帝庙房地的吴二爷算账。周温语劝走各代表,李就说:“赵、冯、王三绅已被我请来,姑父和他们从长计议。”周说:“吴二爷现亦在咱家藏着啦。”李说:“您对吴二爷应敬而远之,他这个人阴险得很。”吴上,周斥李出言无状,李就跑到公司去和外国人商缓期还债去了。周命吴和魏商办法,他去约三绅来。此时吴告魏找外国人去到关帝庙捣乱,以助声势,然后威逼众绅签字。等到周、王、冯、赵四人来,吴的计划完全胜利,因为众绅又怕外国人,又怕门外那一堆请愿的民众,在紧张局面下,众绅签了一张续借二千元、把关帝庙房子地给外国公司长期收租的新合同。李壮图虽然已经得到外国人许可,能缓期还债,不过木已成舟,他只得招呼民众随他去县政府请愿。

项别说明本别	原本《新村正》 (1918年)	改编本《新村正》 (1934年)
剧情	第三幕 城内吴宅客室。 后一日。 李壮图因请愿被拘留,县长传众绅问话。冯、王、赵三绅和周万年(代表其父)到城里吴宅找吴绅共商应付办法。适吴不在,三绅互相埋怨,以致争吵打成一团。吴来以恐吓手段命三绅集资二千元,运动公司允许赎地.三绅允可;又命万年以周家房契作抵,押款三万五千元,赎回关帝庙房与地,许以新村正,并唆使与李壮图打架。实则吴以一万七千五百元给公司,一千元给魏某,其余全入私囊。赎回关帝庙房子、地是假的,他自己夺得村正,保魏作村绅那才是真的。所以他女儿吴瑛来劝他爱名誉时,他高唱黄金神圣论。 第四幕 周宅厅房。 后二日。 李壮图被释放后,虽其表兄万年时与争吵,以致不得不拟偕妹他去,但因关帝庙赎回,兴致勃勃,特绘制该处地图,预备盖窝铺救济贫民,并与周村正商量建设柳条工厂,维持贫民生计,多立小学普及教育,少时县委来宣布周村正免职,吴二爷接替。吴亦来办理接收,并命周家与外国公司腾房。周村正闻知,气极而成半身不遂症。李壮图、周万年亦都怒恨对吴斥骂。吴乘众人救护周翁时携村上文件溜走。 第五幕 周家庄车站。 后二日。 李壮图和妹玉如拟搬到城里住,万年夫妇到车站送行。适陈妇携陈女来求李救济,玉如允用陈妇作女仆,并使陈女求学。过一会,村众鼓乐到车站来给新村正吴二爷送万名旗伞,吴偕众绅趾高气扬地说:"小孩子们就会念书,毕业以后也不过	第二幕 吴宅客厅。 后十日。 李壮图因请愿被拘留,吴瑞瑛到拘留所去探视,乘机拟妥电报,发到全国各处,造舆论,揭破周家庄关帝庙被外人租占真相。中央政府饬县查问,冯、赵、王诸绅和周万年(周村正有病,派他代表一齐来到吴宅,找吴二爷商量办法,彼此互相埋怨,以致口角争斗起来。吴声称此事很严重,要想了结,除非外国公司允许赎地。赎地就必须加倍出钱,其中一半可由吴自担,下余五分之三由周村正房契抵押,五分之二由三绅公摊。三绅因政府追究,只得忍痛出钱;万年因吴面许将来保他作村正,亦拿出房契来。实则房地并不赎回,只是表面上暂由吴派人收租,给魏二千元作为运动费,给外国公司周家房契作为抵押品,以取信于外人。瑞瑛归家,劝他父亲今后要顾团体,爱名誉,不可跟外国人接近。吴说:"我并不爱钱,也不喜欢跟外国人来往,可是我最喜欢运用人。"李壮图由吴保释出来,吴用种种方法想让李与他合作,但是李终于拒绝了。 第三幕 周宅厅房。 后三日。 万年正在兴高采烈地预备接他的新村正委任状,嘱咐长工们备鞭炮欢迎县委。他父亲却垂头丧气地来应付魏经理的催索赎地现款.因为一时现款不易筹得,只好忍痛签字出卖住房。又加上壮图拟离村他去,更叫周翁心中难过。周于是跟他儿媳瑞瑛说了许多伤心话,且劝伊回娘家去住,以免将来在周家受苦。瑞瑛很识大体,愿助她公公过苦日子。时赵、冯两绅已被万年约来道喜,王绅道经周宅闻讯亦来道喜,不意魏经理来催腾房子,外国公司限三日搬走,县委亦来宣布周翁免职,新村正委吴绅担任。周家父子气极走去。三绅溜下。瑞瑛正在质问伊父时,魏来说:"外国公司叫吴二爷立刻宣布作公司里的一分子。"吴不允,魏要挟之,吴怒,二人吵起来,魏忿恨而去。关帝庙民众来与吴二爷算账,吴不惧,并说:

项别说明本别	原本《新村正》（1918 年）	改编本《新村正》（1934 年）
剧情	作教书匠。这一代的事没有他们的，还得让咱们。"说毕大笑。李在侧闻之，怒极，顿足，以手杖指之。 　　幕落全剧终。	"因为你们大家都不管公众的事，所以绅士们才敢把公产租给外人，可以说这房子、地你们大家自己丢的，我不是不愿意为公众作好事，可是公众不容我那么作……现在我可以跟你们一同去办。"吴于是随民众去。李壮图叹息着说："这个人可恨，亦真可惜。" 　　幕落全剧终。
布景	第一、四幕 　　周宅厅房——中设炕床，床后横案，案上置瓶镜等物。案后即闪屏，上有"务本堂"匾额。屏后右端可通内室，左壁有门通书房，右壁旁通于外，左右壁前各置几一、椅一。闪屏和两壁都有字画。 　　第二幕 　　周家庄关帝庙前景象——左有破屋数间，屋前有井，后有走路，隔路有土屋一间，围以苇篱，后面丛林深处是赭色墙的关帝庙。庙右有道路两条，右有土屋残垣，正与左侧的破房相对。时值晴明，碧天如洗，与树木青苍之色互相掩映。 　　第三幕 　　城内吴宅待客室——露正、右两壁。右壁有门通于外，正壁有窗，窗外花木甚多。时值秋令，天气晴朗。窗前有圆桌一，上覆以毯，围以三椅。右壁有几一、椅二。 　　第五幕 　　周家庄车站——正面左侧有卖票房一处，正面是铁罩棚，铁路路轨和站台横列于前。天气清朗，远树蓊郁。 　　旧本《新村正》，布景最奇特的是第二、五幕，外景用的半圆形石青色天幕，远远望去，如秋日万里无云的天空；其次就是第二幕刘妇汲井水实地洗衣，这一眼井曾博得许多观众注意。	第一、三幕 　　周宅厅房——右壁中部有门通后院，壁前置几一、椅二；左壁后部有棉门帘，是通外院的门，壁前有一椅，中间置八仙桌一方，四周围长凳一、小兀凳三。右后方置神桌一、太师椅二，桌后横案，案上有神主牌位和香炉五供等。案右端通小书房，左后方壁置角衣橱一架，橱房设炕床，床后是窗，窗上部是纸，下部是玻璃，窗棂图案幽美，光从窗射入，全室生辉，点缀中秋景象。（第一幕是过节，神桌上有供果；第三幕是节后，无供果。） 　　第二幕 　　吴宅客室——中设短几，几上置花瓶，几后是一凹处。左右中三面墙上安灯。正后墙是窗，窗帘多掩，窗内花木茂盛，正描写秋令盛况。左壁有垂幕门，通小客厅，壁前置宫式立灯，灯旁置沙发，沙发后是吴绅的办公桌。右壁为门通外，壁前置围屏，屏前置几一，带臂椅二。 　　这次演改编本《新村正》，虽然没有外景，可是各幕景色都幽雅适目。灯光的调和，更是当年不能想象的。末幕落幕时，灯光逐渐黑暗，更有趣味。这不能不推林徽音女士帮忙舞台装饰之功。

项别 说明 本别	原本《新村正》 （1918 年）	改编本《新村正》 （1934 年）
角色	吴　瑛——一个很有新思想兼具旧道德的少妇，曾在女子师范学校肄业，和李壮图的胞妹同学，虽然不幸嫁给了一个蠢材，仍能恪尽妇道。曾由王松瑞，陆善忱诸先生扮演。 周万年——一个散懒鲁笨的少爷，整天醉生梦死，对表弟李壮图的英俊、有才干，心怀忌妒，所以才作新村正梦。曾由伉䓖如、刘仲鸣诸先生扮演。 周味农（村正）——一个忠厚长者，因为见解上欠敏捷，终被人欺。曾由尹劭洵先生扮演。 李壮图——一位英秀挺拔的少年，有胆量，有才干，胸怀大志，打算给地方上造福，可惜社会上阻碍太多，致遭挫折。曾由张平群先生扮演。 冯大爷——一位胆小如鼠，善于逢迎的老学究，须发全白，鼻架眼镜，手提大烟袋，穿宽袖袍。曾由王祐辰、吕仰平诸先生扮演。 王二爷——一位气质粗俗、愣头愣脑的村绅。便帽戴不端正，衣纽亦多不结。曾由吴绍曾先生扮演。 赵八爷——一位养船出身、赖他哥哥作军官弄几个钱升成了的绅董，衣履整齐不免土气。性格爽直豪横。曾由王会宾先生扮演。 吴二爷——一位阴险狡诈、有手段、有城府、善于联络、官僚气派十足的绅士。年逾四旬，连鬓胡须，头戴礼帽，手持木杖。曾由时趾周先生扮演。 魏经理——一个外国公司的办事员，倚仗外人势力，骄蛮凌人，着流氓式洋服，手提司提克，装模装样。曾由陶开泰、孟钦南诸先生扮演。 周　仆——一位老家人。曾由何其信先生扮演。 吴　仆——一位中年仆人。曾由张燮阳先生扮演。 县　委——一位喜于词令的胥吏。曾由郑达如先生扮演。	吴瑞瑛——性格与旧本同。演作部分比旧本增出许多。由周英女士扮演。 周万年——性格与旧本同。仍由伉䓖如先生扮演。 周味农——性格与旧本同。由吕仰平先生扮演。 李壮图——性格与旧本同，只年龄较旧本增高一些，因旧本他是万年表弟，今本改为表哥。由张景泰先生扮演。 冯大爷——年龄还是很高，不过性格改了，他不识字，是养船出身，胆小如鼠、不善逢迎。由徐兴让先生扮演。 王六爷——改为一个善于逢迎的学究。由关健南先生扮演。 赵八爷——改为一位气质粗鲁、性情爽直、愣头愣脑的绅士。连鬓胡须，衣履粗野，手握核桃一对。由陆善忱先生扮演。 吴仲寅——改为一位只喜运用人、不肯受人利用，深通世故，胸有城府，有魄力，有胆量，聪明绝顶的绅士。他曾在日本留学，回国后办公益事受打击，他才改变计划作一个利己主义的信徒。由万家宝先生扮演。 魏经理——性格与旧本同。由侯广弼先生扮演。 周　仆——一位老家人。由张国才先生扮演。 吴　仆——一位中年仆人。由吴金年先生扮演。 县　委——一位胥吏。由郑怀芝先生扮演。 村　民——由申宪文、周珏良、李璞、傅正、王志英五先生扮演。 旧本上李玉如、周媪、村农、贫汉、村童、刘子、刘妇、陈女、陈妇、贫婆、黄君、铁路警察、脚夫、吹手、锣夫、旗夫、伞夫等全删去。

《家》与其他作品 研究资料

项别 说明 本别	原本《新村正》 （1918 年）	改编本《新村正》 （1934 年）
角 色	李玉如——一个曾受中等教育的未出闺门的少女,自幼与胞兄壮图寄居姑母家。关帝庙贫民受欺,她很具同情,跟她哥哥志同道合,曾由李子克、陆善忱诸先生扮演。 周　媪——一位性情和善的老太太。曾由倪士珣、李志英诸先生扮演。 村　农——一个穷苦的农夫。曾由杨兆苓、朱德培诸先生扮演。 贫　汉——一个善于随风使舵的穷人。曾由郭春源先生扮演。 村　童——一个天真烂漫的小孩。曾由陆善忱先生扮演。 刘　子——又一个小穷孩。曾由张膺九先生扮演。 刘　妇——一个洗衣妇人。曾由田学曾先生扮演。 陈　女——一个肯舍身救母、姿容秀丽的幼女。曾由蔡刚己、陆善忱诸先生扮演。 陈　妇——一个有志气、有口才、四十多岁的寡妇。曾由马骏、吴世彦诸先生扮演。 贫　婆——一个年龄很高、受苦的老媪。曾由陈簧谷先生扮演。 黄　君——李壮图友人。当李在拘留所时负宣传责任。曾由卞辑新先生扮演。 此外,还有铁路警一,脚夫一,村民四,锣夫二,旗夫二,吹手四,伞夫一,演时可由扮村童、刘子、刘妇、贫婆诸人兼充,不足时,临时约人扮演。	
编 排 情 况	剧情编成后,派定角色,由各演员在分幕排演时各编剧词,经正副团长和编辑、演作两部长、时趾周、张彭春、尹劭洵、伉廪如诸先生修改后即妥。排时无固定导演和提词人。	改编本是张彭春、万家宝二先生商定改编方案后,由万先生一手写成。每次排演,必有导演逐步指导,由提词人记录一段动作和修改的词句。如是者不厌详、不厌精,经相当时间,才敢公演。

(四)结语

总观这次改编本《新村正》的公演,和十六年前的老本比起来,无论从哪一方面说都有相当的进步。最显著的,就是结构的谨严,使观众的心情总在紧张,一幕演完想看下幕,譬如:第一幕终了,观众必欲知李壮图请愿有何结果? 外国人为什么一面允许李壮图缓期还债,一面又叫魏经理逼众绅立新合同? 第二幕终了,观众就极想看看新村正究竟是谁? 关帝庙一带房地问题怎么解决? 到了第三幕,观众虽然知道:李壮图的请愿结果,关帝庙问题只是换了一个假面具,吴仲寅谋得新村正。外国人当初是弄手段让中国人内讧,吴二爷利用人终于被人利用。但最后吴绅对民众说出他的苦衷,拒绝了外国人的合作要求,领民众到城里去;究竟关帝庙的事怎样结束,吴二爷个人的前途是怎样,还是一个谜。这比旧本的铺叙事实好的多了。何况新村正的中心问题是关帝庙贫民窟,改编本处处不离开关帝庙,好像有一根线把全剧串起来。这种有条不紊曲折层层的戏,当然容易引人人胜。至于第三幕落幕后吴绅的一段话,针砭国人的缺乏团体意识,更给这出戏加了一个很深切的意义。

《南开高中学生》1934 年 11 月 23 日第 2 期

《家》与其他作品

研究资料

《天津益世报》编者的话(一)

本版今日为莫里哀名剧《财狂》公演的专号,但是所刊诸文都未提及作者与剧本,而且这剧是经张彭春与万家宝二教授改编过的。关于改编此剧的动机与理由也都未暇介绍出来:这些都是这个专号的缺憾。

编者所知道的,莫里哀是欧洲最伟大的喜剧作家。他终其一生来写剧演剧,最终却就是把生命献于舞台——病倒在舞台上。所以以现代的名辞来形容他,真是够得上"为剧运而努力,为剧运而牺牲"了。至于他的作品,大抵供人笑,"笑中含着泪",有深刻的讽刺的。现代银幕上的喜剧大王贾波林氏,就有人誉之为二十世纪的莫里哀,这可见莫里哀有怎样的成功了。

《财狂》商务有译本,叫《悭吝人》,按原名直译是《财迷》,顾名思义,读者已可想象剧中的意义之一斑了。

至于张万二君改译之动机,大概总是因为原剧在空间时间上,环境的变易与限制上,都有改译的必要,这样更易于观众接近易于理解罢。

《天津益世报·南开新剧团公演莫里哀〈财狂〉专号》,1935 年 12 月 7 日

《财狂》的演出

水 皮

前几天有中国戏剧协会集合了大江南北的名剧团在南京举行联合公演,其规模之大,可称创举。在这天津剧坛暂时保持着沉默的时候,南开剧团宛如友军突起般的在七、八两日把世界名剧《财狂》公演了。其声势之壮,堪与南京媲美!相互辉映,构成了一道强大的剧运阵线,这是值得特别称道的。

南开剧团的精神最容易指出的,就是公演次数不多,每年中顶多有两度,在剧本与演员之选择的慎审上,尤为认真,宁缺不滥,并且脚踏实地,不事空口宣传。他们经过长期与实际的努力,等到成熟了才揭露公演的消息,为的是"不鸣则已,一鸣惊人!"。因此他有光荣的过去,再加上现在的努力,将此重头大剧居然搬上舞台,其成就又可保证它的将来是伟大,前途是光明的。

莫里哀出现于17世纪,不仅是给法国的喜剧史上划了一个时代,并且撼动了全欧的剧坛。他的一生就是一出极动人的戏剧,孤苦与流浪的生活,铸成了他深刻沉毅的性格,他尝到多方面人生的滋味。他的观察敏锐,对于社会的各阶层的内幕均有透彻的认识,对人生越清楚的人其苦痛也越大,因此他是极端的悲观者(在他作的《恨世者》一剧中极为显明),但他的心地却极光明磊落,宽大为怀。他一生都在追求真理,因此他所有的剧作皆是有趣味而又合于道德的,为的是使正直的人欣赏,发出健康的笑,或是含着眼泪的笑:不是浮浅庸俗的笑,而是含有严重的积极的社会意义的笑。他天才横溢,能分析尤善综合的现出:浅薄者,大人物,权贵,伪善者,医生等等可恶的面相。此外对于悭吝、虚荣、糊涂种种,不算很大的罪恶,也不肯放松对于他们的攻击。《财狂》便是把握这一点而加以放大的讽刺喜剧,其中描写之细腻与穿插的微妙,在予人以多量的笑料。这个剧的效能,除了嘲笑守财奴以外,并且也可以看出来对于当时高压的父权,加以攻击,企图收回儿女的"婚姻自决"的权利。

本剧的故事是叙述一个富裕的守财奴韩伯康,即使对于自己的儿女也一样的吝啬。他因为不肯出嫁妆,便将女儿韩绮丽许给一个年老的商人陈南生。但她已经爱上她家账房先生林梵籁,并且订了婚。同时有位姑娘本来为他儿子韩可扬所钟爱,他却想娶为继室。儿女正在束手无策的时候,他们的仆人费升将守财奴的大皮包——全部生命财产之所在——偷了去,结果是逼他答应不娶木兰,而让绮丽与梵籁结婚。这时也发现了木兰与梵籁原来是陈南生的儿女。原剧本是到此各得其所的幸福之瞬间结束的。但现在的改编本是添上：因为财政界的结束，未免过于铺张而把守财奴的最后的防线都打破了！将喜剧当悲剧结束，未免过于铺张。意在显示美国股票之不可靠，而增强对于本国银行的信仰，虽然接近现实，但终究不免有宣传思想之嫌。

说到改编剧本的一层，这是值得称赞的举措。使这种伟大的原作移植到中国来而能配以适合的土壤，生长开花当然宜于国人的赏识，它在每人心中所结的效果也就不问可知了。经过此次的试验，足证不但无损于原作的完整，而仍能成为美善的脚本，是很难能可贵的。希望将他付梓问世，像梅萝香之改编本一样的成功的单行本，以供国内各地剧团之应用，免得他们排演时也费同样的手续去改编，而且改编的是否得当，尚属另一问题。

一进瑞廷礼堂便遥见在舞台上建筑的亭台楼阁，后边绕着一道飞廊和树木。在这里是把幕帷废去了，而以灯光的明暗来代替，几声的锣响，电灯全熄，如果有坐场的角色，他是必须暗中摸索的上去，灯光再现时已是属于舞台圈内的景象。在蔚蓝的天下和玲珑的庭院中，衬出各种人物的活动，好像一幅美丽的画境。这不能不说是设计者的苦心的结晶。幸亏三幕在空间上是一致的，不然对于这笨重的布景，真不知道要废多大功夫去搬弄！三幕的时间完全是用灯光来表明早晨、中午、晚间的景色，是非常柔美而逼真的。莫里哀的剧作对于三一律的约束，并不完全遵守，在这剧中都是改编者调整了。

现在该谈谈演员们的得失了。首先要提到的是：

万家宝饰韩伯康：他是剧中唯一的主角，别人都是为烘托他的性格而生的。他从始至终维系着全剧的生命；万君更以全副的力量来完成这个伟大的职务，他的化装，服饰和体态，无一处不是对于悭吝人的身分摹拟得惟妙惟肖，尤其是抑扬顿挫的语调和喜怒惊惧的表情，都运用的非常贴切得体；当他发觉他的美国股票被人偷去时的疯狂的嘶喊，暴跳与仆倒，其卖力处已达顶点，他是丝毫不苟的表演着真实，所以动人极深！把一个守财奴被钱支使得作出各色各样的姿态，真是可笑亦复可怜。总之他是具有天才和修养，并且知道如何的表现。这就是"舞台的技巧"。把两者合拢起来，便形成戏剧家的典型。所以他编的《雷雨》之能够成为伟作，在这里找到注脚了。

鹿笃桐饰韩绮丽：她也是很成功的一个，谈笑的仪态，都很活泼自然，不失为时代女子的风范。最惹人注意的表现，是在"化妆之美"的一点上，她给这灰色的喜剧中渲染着青年的活跃。

徐兴让饰林梵籁：他很有表演天才和舞台经验，在《五奎桥》上显过身手，似乎决定了他善于表演龙钟老者的命运；但在这里扮演谈爱的小生未免有些拘谨，缺少那股子甜蜜与放肆的劲儿，他是只能做到"不辱使命"而已，却没有什么出色的地方。

房德奎饰韩可扬：他在剧中人之俏皮与玩笑之一面上是毫不费力的成了功，但在应该懊丧与败兴之一面上，也轻轻地滑过了；缺少深刻的表情，是他的一点遗憾。

王守媛饰傅三奶奶：她对于媒婆的谈吐、笑貌、步态、服装及巧于逢迎之种种特点的模仿上，有着满意的成功。她在某段情节里，戏弄守财奴，有着极生动的表演，为观众所悦服。

侯广弼饰费升：他的天才与努力并不为剧中人的低微而被藐视。鬼头鬼脑的表演是那么酷似。不过当他刚一出现的时候，是被主人所追赶而来，两个人的形态，有如被线牵动的滦州影戏。那么机械而急遽的抽动，显然是有些过火。在仆人的角色中还有一位不可小看的是：

严仁颖饰贾奎：(马夫兼司厨)他天生的"心广体胖"的憨厚派头，再加上滑稽的衣服和装饰，使他成为一时无两的丑角，设若他努力的话，他很可与胖哈代并驾齐驱。

其余的李若兰之饰木兰，董振寰之饰陈南生，高小文之饰警长，都是极其称职；至于沈长庚之饰施墨庵，与张国才之饰李贵，因为出现太少，毫无功过之可言。

在全剧告终的灯光一闪中，全体演员又都排在台前向台下鞠躬而退，观众也报之热烈的鼓掌，表示着相互感谢和彼此满意的热忱！也就在这演员与观众亲善的空气中散了场。

总之这么一个伟大的剧本，由第一流的演员在如此壮丽的舞台上面演出，其获得空前成功，当非偶然；所留下的美妙的印象，将永远在人们的内心里蕴藏着，在嘴角上诉说着的。

《天津益世报》1935 年 12 月 9 日

《财狂》评

伯 克

称为 1935 年度天津剧坛最后一次激荡的,南开剧团拥了大量的人才,丰盛的素养与致密的筹备,在七、八两日演出了莫里哀的《财狂》。为了绚烂的渲染,使这一次的演出踊跃着轰烈的空气,在各方面都得到满意的时候,对于《财狂》给予一个严正的"批判"是必要的。本文权算做一个忠恳的观众的一点观后感吧。

一、关于剧本

由于莫里哀的卓越的天才及对于社会知识的渊博,他的出现给了法国,不,全欧洲剧坛奠定下喜剧的基础工作。他抛弃了以往的作家用惯的"技法""类型"。他不从一些"偶然性"的"枝节性"的、"片面"的、"夸张的歪曲"的或者神怪陆离的臆造事实里面去娱乐观众,或者说去哄骗观众;相反的他的剧即是他的社会观察的结果。就《财狂》来说,韩伯康能成为一个"悭吝人"很深刻地打进观众的脑子里去,便是作为他的喜剧的特征的劳绩。

把普劳塔斯的故事更加上份"创造""深化",《财狂》便是这样的完成;然而把"韩伯康"做成一种"立体的""活的""有血肉"的人物,却是莫里哀的本领。在极简单的故事里,情节变幻的复杂,穿插表现法的繁盛,都为把一个近于疯狂的守财奴"人格化""典型化"。在长长的篇幅里,作者的艺术才能得到适量的发展,使《财狂》得到了一部杰作的根据。

为了"原来剧本不能应付我们的需要,不能满足我们的观众",所以才演这"改编本"。然而这改编本怎么样呢? 它是不是能应付我们的需要? 是不是满足我们的观众? 毋庸说这两个问题是值得提出的。

在目下各个剧团的选择剧本的困难棘手,既不肯把个稀糟的东西上演,然而真正的切实的除了有限的几点外,简直找不到。我是不肯"炒冷饭",就不得不脸朝外找材料了。《财狂》是 17 世纪的产物,是写给 17 世纪的法国宫廷显贵王子皇孙看的,所以作者的结尾七凑八凑的弄成一个团圆的终结。为了清除国情的隔阂,为了完全适合中国现代观众,于是"改译"本,便解决了这个困难。特别指出了"如果要生活,除了靠本领靠自己,甚么都不成"。然而我们除了这点平常的道理外,在三四个钟头里简直是毫无所得,至少这"剧旨深厚"我们嫌它太刺耳。

一个守财奴的性格的刻画,几个配角的活动,再找不到什么深刻的意义了。故事的强调,有的情节近于胡斗,便可以应付我们的需要满足我们么? 如果我们的需要简单到这样,那也就不必观剧了。

说是选择剧本的胜利,还不如说是演出的胜利。为了熟练的演技,舞台装饰的完美,这"改编本"的生命便增加了强度。

二、关于演出

堪称为空前的舞台装饰的惊人成功,布景方面,我们得钦佩林徽音女士的匠心:楼一角,亭一角,典丽的廊,葱青的树,后面的晴朗天,青色的天空,悠闲淡远;前面的一几一凳的清雅,都在舞台上建筑了起来。无论角度明暗,色线,都和谐的成了一首诗,有铿锵的韵调,有轻浊的节奏,也是一幅画,有自然得体的章法,有浑然一致的意境。这里我们庆祝林女士的成功。

其灯光方面也得完美的结果,严格的表示了天气的变化,剧情的曲折,心理的历程等方面也达到了"美",柔软温煦的光线在红蓝白等具体物件上轻重强弱的复杂的照射,益发地捉住了观众。

演员的化装,吕仰平先生也费了相当的筹思的。每个人的衣服都能合于每个人的性格、身份,象征了每个人的命运,如主角韩伯康促狭的服饰。这些都说明了这一次他们是在怎样的审慎的态度演出。

底下我们说一下每个演员的表情了。

最成功的是万家宝先生。这个久任剧团的主角万家宝,以其丰富的素修,独特的天才,饰剧中主角韩伯康,把一个悭吝人的"心理",无论悲哀与快乐,无论疯狂与安逸,都写在自己的眼睛上、字音上、肌肉上、动作上,深深镌刻在观众的心板上;无论一谈一笑一走路一咳嗽都成就了一种独特的风格,财狂的典型。几处狂痴的地方更把握到剧中人的灵魂。

饰韩绮丽的鹿笃桐女士,伶俐、机敏,在纤细的地方都能做到活泼的、健捷的,在微红柔润的皮色上,在动作的轻快上都做到了。这证明他是如何的理解剧中人的性行。

饰傅三奶奶的王守媛女士,把一个媒婆的身份、本领,在青白的口齿上,在尴尬的动作上,把中国典型的媒婆刻画得淋漓尽致;俗语的应用,逢迎的态度,是怎样的一幅中国"媒人婆"的写影啊。

饰林梵籁的徐兴让,饰韩可扬的房德奎,都是扮演求爱的一个小生。后者为对象和父亲过不去,前者为爱情去当人家的小账房,对主人听差要隐藏真面目的生活着;这两个不大正确的人性,由他们扮演也非常成功。后者因声调动作有地方超过了前者,为了前者的活泼天真甜蜜的动作处总觉得有点"装",而不真实的照现实的爱里面去生活。

李若兰女士的饰木兰,也是最为剧中生色的一个,清楚明晰的口齿是作为其最为特征的地方,态度的沉毅,尤其是见了韩伯康的一段情节,她充分地流露了她的表演天才。其余如如侯广弼的饰费升,虽然有地方嫌过火,然而一个固定的卑俗的性格却始终保持着。严仁颖的饰贾奎,确实是一个忠诚朴实的愚直的仆人的再现。张国才的饰李贵,高小文的饰警长,董振寰的饰陈南生,沈长庚的饰施墨庵,都称职(不过警长有些地方嫌太讨厌)。

如果要是挑一下小疵，当韩伯康追出费升时嫌太过火，当韩伯康找到钱，不知道股票行市激落的狂喜一段，众人面部毫无特别表现，嫌不深刻。

三、总结

这个充满着笑料的剧，得着成功的演出了。假如我们思寻一下这笑料的来源，除了有时是性格的冲突外，都是由于不正当的误解。固然在作者方面是成功极巧妙的表现方法，然而当着我们这样严重的局面之下，观众止于"笑"一下或者兼知道"要生活只有靠自己"。这剧的演出虽然披着漂亮的外衣不算做浪费外，其意义内容总是有点儿薄弱罢。

12 月 8 日晚灯下曹镇华

《天津益世报》1935 年 12 月 11—12 日

《天津益世报》编者的话（二）

《益世报》在发表岚岚的文章时发表了《编者的话》：

《财狂》将于明（星期日）午二时仍在南中举行第三次公演。这次是应南开校友会之请，目的是为本市冬赈筹款，所以尤其值得推荐一回。

编者也曾看过此剧，第一个印象就是布景、灯光都好，设计者更将幕帷以灯光之"渐入"及"渐出"来代替，确是独具匠心，既经济又引领观众注意舞台之效。其次是剧本改编中剧中人名改造的成功，正如岚君所谓与观众发生的"亲切"之感；中国旅行剧团亦演西欧剧本，但就不肯下此功夫，舞台上乱叫"马格丽"等名字格楞刺耳，殊不亲切，效果也就大受阻碍，所以远不如《财狂》这样改编一下来得好些。

《天津益世报》，1935 年 12 月 15 日

《家》与其他作品

研究资料

看了《财狂》后

岚　岚

这次"南开新剧团"排练了三个月之久，经张仲述、万家宝二教授改编的莫里哀名剧《财狂》，终于最近在该校瑞廷礼堂与千余观众相见了。笔者亦不惜负痼疾前往，舒一舒为病魔倦苦的神经，归来似有些话压在心头，大有一吐为快之势。不过首先声明的，这里并不是所谓的批评，更不敢说是批判，仅是一些观后的印象，一些些感想而已！

《财狂》的原本《悭吝人》，是三百年前在巴黎的法王宫内小部蓬客厅，为法王路易十四所赏识的喜剧著作表演家莫里哀杰作之一。主要的在描写一个悭吝人典型情态，富人视财如命的心理，描写心理的变化是一个极大的贡献。不过剧情的结构上不免有些"戏剧总是戏剧"之嫌，换句话即故事有的地方离奇重复反显平板了。儿子借账恰借到父亲手里……最后陈南生骨肉相认，这都是很巧妙的凑合，不大近于事实，并且场面穿插太多，有的只是些令人发噱腐陈无大意义。现经张、万二君努力的结果，虽没有将不大近于事实的结构完全更动，对时间分配上似乎疏忽些——事情都出在一天，而第一幕时间几占全剧三分之二，再如旧剧般的好多腐陈的旁白，也似乎忽略了再多删去些。然已将若干无关穿插剪掉很多。全剧由五幕缩成三幕，但原剧精髓处，诙谐讽刺的对话都保留无遗，无疑加强了效果；且将不合于中国人脾胃的洋味的对话、姓名等很得体改编成适于中国人情，使未看过原本的人，会完全不相信这是由外国剧本改编的。当我们听到韩伯康、韩可扬……这些剧中人物名字是怎样感到亲切而顾名思义，更会使我们想象到他们性格和身份，我们不能不叹服改编者的苦心。较大的功绩，笔者认为由喜剧的大团圆改成股票倾跌老财狂幻灭的结果，这是非常接近现实的。并使我们得到一个启示："人们想要谋生活，必须靠自己的本领，至于财产、金钱，外国股票等都是靠不住的。"且喜剧仍不失为喜剧，试想像韩伯康那样悭吝顽固杀风景的老财狂，是不是应该被改编者处置得很得当？

关于剧本整个故事我不想多介绍了。我想凡是已去的观众都能领略梗概的。这里且谈谈演员们演出的成绩——

最使我满意的，便是演员都能忠于他们的工作，没丝毫松懈的地方，确是在那里认真拼命的干！第一要提到的：

本剧主人公韩伯康，万家宝饰。他是支配全剧成败的一个最重要最费力的角色，那种吝啬寒伧守财者种种丑态，抱肩缩背的窘状，抓耳抚腮的彷徨，患得患失的心理，令人发噱的语言，万君饰来可谓刻画入微，入木三分，一丝不苟；他能运用丰富灵敏的想象，将韩伯康的人格整个灵魂附入自己的躯壳内，显现在我们面前的不复是万先生其人，而是活生生的韩伯康耆啬的老财迷。至化妆服饰也都恰合身份。但在前半场表情上因太认真了，未免有稍嫌过火之憾；至后半场的发觉丢失股票后癫狂的独白，号呼，茫然暴跳，仆倒的动作，则较前半成功，为万君表演天才流露的最高峰。

韩绮丽，鹿笃桐饰。她的化妆非常之美，举动谈笑自如活泼，每个场面都很轻巧，不费劲的演出，亦不失为成功的一个，若能努力精进，将来真不可限量！

林梵籁，徐兴让饰。他是有着悠久的舞台经验的，在此剧内饰个受爱情热力支配下，跑爱人家内当账房兼书记，兼听差，还有替主人拿水烟袋机伶而善于辞令的大学生。言语流畅，表情缺少变化，较逊于《新村正》中的冯大爷、《五奎桥》中的周乡绅。过去的那龙钟的老态，徐君是有相当成功的。

傅三奶奶，王守媛饰。她虽是位不讨好的配角，却给我们很大的满意。你瞧，她那惟妙惟肖北方媒婆子形态是多么逼真吻合，北平的方言说得多么流利！那种巧于逢迎夸大的瞒心昧己的神色，都被王女士形容殆尽了，使观众绝倒。较《争强》中所饰董事长的女儿，成功多多。

韩可扬，房德奎饰。当他对绮丽叙说木兰小姐的可爱后，热烈欢跃的高呼神情及姿态都极活泼，而在得知伯康欲娶木兰为其继母的刹那，那种败兴懊丧的情形，稍欠深刻。

费升，侯广弼饰。在表情上他是有相当的天才，所饰费升鬼头鬼脑的神气来得十足，不过对话有的不很清楚。

木兰，李若兰饰。她似乎对舞台经验太少，没有适当的表情。女士若肯努力的话，将来是很有希望的。

其余如董振寰所饰陈南生，严仁颖所饰贾奎，高小文所饰警长，张国才所饰李贵，也都能各尽所长，各称其职；尤以严仁颖所饰之贾奎——马夫兼司厨——为全剧生色不少。

此外，布景和灯光，这不能不归功于林徽音女士的精细设计，建筑师的匠心。一座富有诗意的小楼，玲珑的伫立在那里，弯弯的扶梯，刻着花纹的栏杆是多么的雅典！那远远的小月亮门，掩映着多年没有整理的葡萄架、参差逼真的树木，是多么的清幽；那明暗不同的灯光，划分了早晨、中午、傍晚的时间，又是怎样的巧妙！的确，台上的一草一木、一石一阶，在在都能熨帖观众每一个细胞呢。

总之，此时此地的天津，"南开剧团"竟拿出 17 世纪的喜剧给我们每一个观众，倒是一副清凉剂呢，我们暂时忘了一切！

《天津益世报》，1935 年 12 月 15 日

《财狂》改编本的新贡献

巩思文

张彭春教授、万家宝先生都是忙人。他俩能于最短期内,将法国名剧家莫里哀(Moliére 1622—1673)的《财狂》(L'Avare)改编出来,并且举行公演,这在中国新剧坛上确是一个大贡献。

我们都知道,两位编者对于戏剧造诣的深邃,陶冶的广大,及其在剧坛上占有的地位。张教授曾创作《新村正》,远在"五四"以前剧本演出,曾经轰动全国。俟后,他又久任导演。梅剧团在美、在俄的成功,赖他指导的力量实在不小。万先生久任剧团的主角。他的《雷雨》在天津上演时,也曾受观众热烈的欢迎。

《财狂》的改编者,对于外国剧本的态度,具有特殊的见解。如果想要明了这个见解,我们最好先把张教授的文化观点懂清楚。在全盘西化和中国本位文化激烈的论战时,他郑重地说道:"我们根据活的需要,对于文化成品感觉不满。有了这样感觉,我们才能用想象。由想象的构造,拟定活的需要的解决方案。在这时,一切文化成品,无论中外,都是新创造的资料。至于那文化成品的价值,却在创造边(Creative Margin)上来估定。"我们不要忘记《财狂》的原作者莫里哀是个法国人,而且是17世纪的法国人。他的观众多是后绅显贵。我们的话剧却为现今观众表演。不客气的说,中国话剧现实的观众,往往只是吸收外洋文明较多的城市民众。所谓城市民众,却以受过新教育的知识分子占多数。我们的观众,时代和上演的地方,都和莫里哀时代不一样。原来的剧本不能应付我们的新需要,不能满足我们的观众,所以才要改编剧本。简单来说,这次改编,对于原剧本不是盲目的全盘接受,却也不是折衷派,打折扣,要半盘,而是满足此时此地的新创造。

一、剧中人的创新

改编本的作者对于剧中人物,确实下过苦心。通常,我们翻译外国人名、地名,切音已很困难。现今改本里一些重要人物的姓名,不只切合原意,还要顾到他们的性格或身份。我们一听有人提到韩伯康(Har—pagoh),就联想到他的原名,还可推想他是财主,或财迷。儿子爽快天真,女儿伶俐机敏,所以儿子叫作可扬(Clèante),女儿便叫绮丽(Elise)。最巧妙的还是绮丽的情人,为了爱,去当韩家的小账房。对主人和听差,都要隐藏真面目,所以他叫作梵籁(Valère),至于中人施墨庵(Siman),仆人贾奎(Gacques)和费升(LaFlèche)的译名,对于他们的身份和原名,都很恰当。

因为时代不同了，韩伯康也要摩登化。他虽然是个地道老财狂，却相信中国银行不可靠。他可以刻薄儿女，欺负听差，放阎王账，却要把二十万元的现钱换成美国股票。他要儿女上大学，还要实行他的财迷论。他逼迫女儿嫁个老头儿；男人虽然年岁高，但不要赔嫁，却是好条件。韩伯康和儿子作情敌，强迫女儿去嫁人；不过，女儿们都是大学生，花样儿比他玩的也不少。女儿怪机警，早早的骗着他，雇用大学生梵籁当账房，真便宜，一个月十几块钱雇他当账房，兼书记，兼听差和打杂。他还要给主人拿水烟袋，跑房租，管厨房，替他买美国股票，张罗买卖房产。倘若不为恋爱，什么力量能够支配他？

二、技巧的现代化

当代的戏剧大都在剧首说明剧中人的历史、性格的关系，既要简短，又须和剧情紧紧地联系着，所以第一幕的开场很不易作。莫里哀要两场平淡的叙述，才把男主角送进场。在今本，只开一场，便是一对青年男女梵籁和绮丽甜蜜的恋爱小把戏。观众看到他俩的动作和表情，立刻知道两人的关系、地位和身世；同时还可以领会出男主角韩伯康的吝啬，和他强迫女儿订婚的心思。两个人闹得正好玩，忽然少爷可扬跑进来。少爷天真是天真，但妹妹和账房干的事，哪能瞒哄他？他幽默的说道："你们起得早哇，大概是在这儿练柔操的深呼吸啦吧。"梵籁搭讪着走去了。可扬便在妹妹面前，利用嘲弄的口吻描述他对老爷拍马可笑的态度，最后又用热烈的口吻，叙说自己的奇遇，和情人的可爱与天真。这样的写法，既省事，又能抓住观众的注意力。

最醒目的地方，便是男主角韩伯康的出场。在原本，他来得有些太唐突。现在不只把他的性格早已介绍清楚了，当他出场前，却要他反复的，狠狠的，用大声骂听差。听差嚷着，"谁敢偷你，谁能偷你呀！"然后，他再挥着鸡毛帚，追赶着，从幕后跳出来。在这时，观众的精神还能不集中，他们对他的印象，还能不深刻吗？

原来情节松散，的确是个大缺陷。改编本力求严紧，把原来的毛病统统改去了。显然的，原来是五幕，现今改为三幕。一切陈腐，无用，缺乏意义，不合身份的穿插完全删掉。例如，韩伯康殴打听差，要他滚去时，莫里哀便要主人搜索听差，搜索他的两手和裤袋。这花样好像中国旧戏台上《铁弓缘》《天河配》等戏的剥衣服，可笑是可笑，不过动作太陈腐，而且韩伯康总作过小税官，家私也有 20 万，无论如何罢，这样的小气还不会。至于原本里，因为费升骂"财迷"，主仆两人吵起嘴。这穿插除去令人发噱，没有什么别的意思，所以今本把它删掉。这样的例多得很，不必详举了。

此外，有时原本两三个穿插的地方，现在只用一个穿插便把意思概括起来。例如，韩伯康准备宴请女婿和情人，原本里要他吩咐洗家具，看酒壶的听差，又吩咐两个注酒的听差，还要吩咐女儿看着剩菜，照料他的情人，一共费去三个穿插。现今只有一个穿插，便将那些情节作完了；而且，洗家具，看酒壶和注酒，只用一个听差，也就兼管了。这是何等经济的手腕！

改编本的作者不只删改原著，还要改换穿插的地位，增加新材料。例如，在原著里，韩伯康和女儿起冲突。让梵籁劝导女儿的一场过去了，观众们还需要再等候三个穿插，才能见到媒人。现今却要紧紧地接上去,舞台上的空气骤然变得紧张些。此外,改编本加上许多伏笔,使戏剧的内容有联络,让观众对于某人某事有个清楚的预知,却也值得注意。最惊人的创造,就是我们的编者在原本第五幕以前,增加上六个穿插。本来,韩伯康被听差和儿子窃去了美国股票,他便失去常态,他呼号,他茫然,他悲痛的退了场,戏院的空气已很够紧张。因此,我们的作者便在警察未入场时,加上几个穿插。这样作,至少剧院的空气可以稍微变换一下,梵籁的父亲能够早入场,使观众对他的为人和历史有个比较清楚的印象。同时,作者又把美国股票不稳固的消息写进来,为结尾留地步。

三、剧旨十分深厚

莫里哀写出他那剧本,除了娱乐显贵的观众,似乎没有旁的意思。今改编时中国政府还不曾宣布新币制,但剧本里却清楚地说道:"现今的时代变了,现在用的钱不是金子银子,而是信用。你想,现在的钞票,股票,不都是一张纸,要是社会整个不巩固,一切信用站不住,这钞票到哪去兑,股票到哪里领利息去,不是一个钱也不值吗?"莫里哀因为剧本需要过急,故结尾时便东拉西凑的弄个大团圆:隔绝的骨肉见面,认了亲,多情的小儿女都成眷属;老财狂找到失款,省去陪嫁。改编本就大不相同了,它要娱乐观众,还要指引观众,隔绝人儿固然要会面,小儿女无妨要结婚,然而对于老财狂却不能轻轻放过。他弄掉的东西虽然找到手,但一个消息,所谓股票,他认为比房产还要稳固的股票,他那价值 20 万元的美国股票,忽然倒了行市:"哦,全不值钱了!"如果人们想要谋生活,还得靠自己,靠本领。至于什么金钱,外国股票,一切的所谓财产,到现时都靠不住了。

喜剧和笑剧(Farce)最大的分别,便是喜剧的人物性格深刻,笑剧的人物性格肤浅。倘若剧作者只为落得喜剧的结局,忽略剧中人的性格,他的喜剧便不十分成功。《财狂》的改编本,要主角韩伯康的性格深刻化,所以就要他的股票完全变成废纸。实在说,这样写不仅没有拆毁全剧的统一性,却求得全剧的完整。本来,只有愚人才能过分吝啬;这样的人几乎一定遇到悲局。一个财迷的行为多么可笑,但他遇到悲局,却又多么可怜!只有可笑和可怜,才能描写尽韩伯康的真性格,只有这样的描述,才能入骨三分。

也许,有人疑惑《财狂》改编本的独白和旁白,以为这技巧太不逼真,太过时,不应该表演在现今的舞台上。其实,讲到独白和旁白,不只旧剧利用这种技巧,在西洋的舞台上的发展也很早。十六、七、八世纪西洋的戏剧家采用它。莎士比亚利用了,此后,莫里哀以及歌德也利用了。甚至美国当代首屈一指的名剧家奥尼尔也充分的利用独白和旁白。

艺术的基本条件,不是逼真,"真"不一定是艺术。一切舞台技巧的重要目的,就是要如上所表演的,很像人生。既然是"像",当然就不必是真的了。我们不要忘记舞台仍是舞台,无论布景是车是船,是屋是院,是山林是原野,但不能不把前面敞得开,让观众来欣赏。老实说,只要这样作,已不是自然主义所坚持的"真"了。苏俄名导演家梅耶荷德(Meyehold)对戏剧的自然主义,曾经大加抨击。他说:"所谓自然主义就是退化的表征。这派对舞台的布景以及演员的表情,总讲逼真,好像照相一样呆板。演员喝真酒,屋里一切布置和真的完全一样。这种自然主义的发展,曾经使俄国的戏剧遭到打击。"

梅耶荷德的见解确有几分是处。假如只为求真，一个演员，真的吃毒药或自戕，倒不是艺术了。一个演员，真的在舞台上饮醉，他的动作姿态，反而失去韵律，违反艺术。所以，舞台上的演员绝对不能真吃毒药，或自戕，也用不着饮醉酒，只要表演的技巧，使台下看的人，愿意相信台上的行为是真的，也就够了。既是这样，我们评戏何必一定陷溺到自然主义的小圈子里，专求表面上的逼真呢？易卜生、高尔斯华绥等自然派的时代已经过去了。他们的作品在欧洲舞台上支配观众的力量已经减低。那么，我们对舞台上的自然主义，又何必强要留恋呢？

《财狂》里面那段"有贼呀！"的独白，形容吝啬人失掉钱财以后那种紧张悲痛的情绪，可谓淋漓尽致。

剧本内容旁白也有绝大用处。倘使我们删去费升的旁白，便不能表示清楚韩伯康对待听差的刻薄。如果没有韩伯康的旁白，他的吝啬便不深刻。仆人贾奎的旁白能够形容他的内心，又能烘托主人的性格，还能预示他的行动。

《财狂》里面，说白的共有上述三人，韩伯康是个可笑可怜的傻财迷。费升和贾奎是两个没有受过教育的听差。这些人不是受过高等教育而富有涵养的，他们不会掩饰强烈的情感和万分的惊异心。因此，他偶尔利用短小的旁白，表达心思，在观众看来却是平常的。

退一步，即以自然派的眼光来看舞台，《财狂》里面的旁白也不十分违理。原来，韩伯康刻薄成性，家里的听差只有背地里恨他，骂他，心里并不悦服他。他们走到主人面前，有时扭过脸，说句俏皮话儿，让主人听一听，也是有的。梵籁在韩伯康的心目中，至少以为是个最可靠的人了。他听说他那巨款被那最可靠的人窃去了，他还能够不生气吗？等他找到梵籁，那报复的信念再也不能遏止。他当面责备他，还要转过身说些尖刻的调侃儿，让他眼里的负心人听一听。这有什么稀罕呢。

只要谈到戏剧，便牵涉文学，美学，舞台工作，此外还关联到社会学，心理学，政治学，经济学，人生哲学。我们从事戏剧的人须有广大的陶冶！能阅历人生，体验人生，然后才能描写人生，批评人生，指导人生。他不只要有直接经验，还须多阅多读，获得广大的、丰富的间接经验。他得研究剧院建筑，舞台装置，光线的支配，探讨演员的化装和扮演等技术，欣赏唱歌的语腔；明了观众的心理，和演员的能力。

剧作者经过种种陶冶，才能写出好的剧本。可惜，往往他绞尽脑汁写出作品以后，图利的剧院老板不肯拿钱布置舞台，无知的导演对于剧本的内容不大了解，浅薄的演员又不能做到好处。《财狂》的今本却由编者张彭春教授和林徽音女士设计舞台布景：布景是立体的，全台的。台右一座精致的楼阁，白石栏杆绕着斑痕的石墙。台左一座小亭，倾斜的亭阶伸到台边。院中石桌石凳雅洁疏静。楼中花瓶装点秀美。这布景再衬上一个曲折的游廊，蔚蓝的天空，深远的树，这是一幅好图画。灯光的色调，明暗快慢，映影的错纵，疏密；化装的形似，润泽；都是经过深沉的想象，细心的体会，才能做到的。剧本的导演既富经验，又不丝毫苟且，照顾到动作的小点，又计划到表演的全局。举凡演员的姿势，神情和语调，全要恰到好处。

平常上演新剧，舞台上总挂一张高高的宽宽的幕。这张幕把观众和布景完全的隔绝开，丝毫的道理都没有。所以《财狂》上演时，便毅然的把那新剧的幕废了。这次公演纯用灯光，表示开场和收场。开场前，本剧导演者拿着一只铜锣，闪到台后。几个适度的锣声，观众们入了座，这才灭去灯光。在暗淡中使观众和舞台接近了。同时，演员们走进舞台，布置妥当。只等灯光一亮，观众们便到另一境地；这确有些"在人意中，出人意外"之妙。或者有人怀疑《财狂》只是一个地点，没有掉换布景，不用幕还可以；倘若地点不同，布景变换更有困难。其实，幕的采用，在西洋也仅是近几年的事实，在希腊时代，甚至莎士比亚时代也不用幕。苏俄的导演家梅耶荷德也把幕摈到舞台以外了。中国旧剧舞台可在观众面前，陈列桌椅器物，布置一切；那么，新剧的舞台把幕废去，会有什么困难呢？

最可庆幸的，这次公演，担任主角的乃是编者万先生。其余角色，又富于表演天才的、老有舞台训练的男女演员们分别组任。那么，《财狂》演出的成功确非偶然了。

《南开校友》，1936 年 2 月 15 日第 1 卷第 4—5 期

评《全民总动员》演出

惠 元

现阶段的抗战，由于广州武汉的失陷，转入更困难更艰苦的状态。

而正在这个时候，我国全国戏剧界抗敌协会主办的第一届戏剧节，征募寒衣话剧联合大公演的尾声——《全民总动员》的演出，我认为是有着双重的意义的。

谁都知道中国抗战的成败，决定了中华民族的最后存亡。我们应该，而且也只有发动全民族的无敌的力量，才能驱逐日本帝国主义出中国去。

尤其在民族危机益形险急的今天，全面地动员起广大的民众与工，农，学生，更是刻不容缓的事。而在征募寒衣的呼声中和运动中以《全民总动员》一剧的演出，更加深了这次公演的意义，也收获了政治上的成功。

对于《全民总动员》，我有着优劣两点的观感，优点方面：

第一，《全民总动员》是曹禺和宋之的两先生在今天的抗战形势下，把它的前身《总动员》重新改制了。我很同意，而且这次改编后的《全民总动员》是紧紧地把握住了目前抗战阶段的重要契机——"总动员"。

并且在这个剧中暗示出了，日寇的间谍和走狗汉奸是有隙必乘，有机必为地来破坏和阻碍我们的抗日团体和运动，来危害我们的抗战领袖和民众的生命安全。所以从这里我们应该领悟到日寇的阴谋，是无孔不入的，所以提高我们的政治警觉性是个很重要的事情。

因为他们往往被发现在我们的团体或机关之中，有时也许会是我们最好的朋友，这是事实的教训和经验，的确知人知面不知心，为了战胜日本帝国主义，反间谍斗争，是一个重要的部门与工作，是极不容忽视的。

另外提出和实行"变敌人的后方为我们的前线"的工作，这是很有意义的。为了战胜敌人，在敌人的后方建立我们的根据地这个工作，是必要的，伟大的，也是艰苦的。

第二，是化装，布景，灯光，和效果都很成功，演员的演技是最使人满意的。

单纯的从演技上面看，那么赵丹饰的邓疯子的化装与装疯假癫，嬉皮笑脸，以及忽冷忽热的姿态，是有他的独到之处。跟施超饰的贼胆心虚强自矜持阴险奸滑的张希成，恰好成为一个强烈的对照。白杨饰的莉莉的虚荣心和崇拜英雄的刻画和强调，舒绣文饰的彭朗的热情友爱，和坚持力的表露，都能够给人一个很深刻的印象的。

第三，是导演演员与其他工作人员的努力与团结的精神。

"没有抗战，没有今日的剧人大团结，没有抗战的教训，也没有全民总动员的完成"。但像今天的剧人的努力与团结精神，是空前未有的。惟有这种精神才能使抗战戏剧，在抗战中起最大的作用，成为一支强有力的支流；也惟有这样我国的剧运才能有更光明更远大的前途。

希望全国戏剧界本着这种团结的精神与奋斗的作风迈进，为着抗战戏剧，为着祖国。

其次说到缺点方面：

第一，是剧情有些地方缺乏真实性：

首先，每个救亡团体的组织，可以也应该是严密的坚强的有战斗性的。它包含的成分，即使是复杂的但抗战必胜中华人民共和国成立必成的信念则是同一的。第一幕里张希成看有机可乘，就要求莉莉介绍入该救亡团体，结果莉莉的一句话就"算数"了，事实上我相信没有这样马虎的救亡团体的，不经过团体的考虑和审慎凭着一句话就可了事的。

其次，我承认像莉莉那样的好虚荣的人是有的，但是在演出中的莉莉是过火的，太夸大了的。

再次，邓疯子这样忽冷忽热疯疯癫癫地跟群众胡乱捣蛋的领袖，事实上也不会有的。

还有，我觉得《全民总动员》这一名词和剧情不能算是很适切的。全民总动员是离不开工人，农民群众的，这是一个很大的疏忽。

第二，剧情还带有着神秘主义的残余，事实上一个救亡团体是不能脱离群众的，但是在剧里群众的力量没有明显的表现出来，救亡团体与群众的关系也没有表示出来。

抗战戏剧应该群众化，有群众的力量的表现才是真正的群众自己的戏剧。

《全民总动员》里没有群众力量的深刻表现，而只有救亡工作者的工作热忱和生活的暴露是不够的，这是减少戏剧意义与价值的一个缺点。

技巧固然要紧，转弯抹角，搬弄花样和变化多端是需要的，但是应该保持剧本的真实的面目的。

第三，群众与领袖的关系，缺乏明确的指示。孙将军出现了，但没有见到受伤的弟兄们，有伤官而没有伤兵，在表现上说是不够的。尤其受伤的弟兄们的痛苦，是比像孙将军那样的长官更多一重，甚至几重。

邓疯子与救亡团体的群众的关系很模糊，似乎没有直接的工作关系。

没有伤兵，就不成为伤官；没有群众，也就不会有领袖。

第四，剧中群众力量表现的软弱，这在前面已提及了。

只有一个游艺大会的筹备和演出，就表现了一个救亡团体的工作，这是贫乏的。

在最后一幕制裁汉奸的场合里的群众，是漫无组织，没有秩序地打汉奸，在这个时候，救亡团体也没有做宣传和教育群众的工作。

《全民总动员》由于上述几点的缺陷，使剧的意义和价值贬低了。

当剧终的时候观众挤着走出国泰大戏院，我听到两个对话。

"疯子像冷面滑稽又像神经病气，噱头噱脑。"一个工友操南方音跟同伴说。

"那个莉莉女士，害单相思，那知道她想的那个英雄就是疯子，冤家对头，倒好笑。"

……

"那个姓张的汉奸后来为什么有机会而不自首,那个黑字二十八凭什么这样凶狠,后来却又一捉就捉住了,真有点莫名其妙。"一个学生发着疑问。

"我也不清楚,侦探剧大概就是这么一回事。"

……

从上面的对话看来,前两个观众对于《全民总动员》的看法,是"消遣消遣""看看滑稽"而已。后面的学生的对话对于《全民总动员》又有另外的看法了,一个提出了疑问,另外一个解释成为侦探剧。

我有这样一个感觉,就是上面四个人的话,给我的刺激,比《全民总动员》更深。

以上诸点的观感,特提供予同好者研讨。为着整个的剧还能在抗战中起最大的作用,我们应以自我批评的精神来求得今后的改善。

这次征募寒衣公演收获的成绩是可惊人的,卖座之盛,也是罕见的。"新民报载《全民总动员》七场收入万元左右",这是一笔不小的数目,为募寒衣运动增色不少。

最后,昨日报载戏剧界待休息数日后,仍继续公演,这是一个很好的消息,普遍的宣传是必要的,不是迎合观众,而是提高观众的水准,起宣传和教育群众的作用,推进抗战的剧运,我们希望戏剧界尽更大的努力,起更大的作用!

《新华日报》1938 年 11 月 5 日

评《全民总动员》(节录)

江兼霞　杨　华

剧　作

　　《全民总动员》是这次中华民国第一届戏剧节演出的最后一个话剧节目。剧本原先听说准备根据舒群等集体创作的《总动员》加予改编，但由于种种事实的限制，结果是负责改编的曹禺和宋之的，只不过借用原作中一部分人物的性格，另行创作了一个适宜舞台演出的故事。所以此番我们见到的《全民总动员》，实在是曹禺宋之的两人的作品。

　　依我个人的见解，集体创作的剧本在人物个性与结构手法上，总有避免不掉的弊病。《全民总动员》既是两位剧作者分幕合写的作品——曹禺写一三两幕，宋之的写二四两幕，当然难逃此例。这里且让我们先来检讨一下剧中人物的个性，邓疯子是有着"双重外形"的角色，在曹禺的笔下，即使是不装疯的时候，性格上还是竭力刻画出与其他一般人的特殊之点，可是到了第四幕，宋之的却忽略了疯的一面，而用全力来描写这个人物的机警敏捷。虽说这种手法是为了揭开侯莉莉理想中的"无名英雄"的真面目，使全剧告终于"呼前允后"的形式下，然而邓疯子的性格却显然前后有距离。同样，刘瞪眼在第二幕中，是一个办事精干，而性情暴烈的人物，但曹禺在第三幕中，多少使他染上了丑角的意味。张希成因为两位执笔者笔致的深浅有所不同，有些场合不免突兀一点。比较写得一致的，是侯莉莉、马公超、陈云甫、彭朗这几个剧中人，此外王喜贵一角，只有第三幕他是居于重要地位，因此也就看不出什么弊病了。

　　侯凤元和侯文杰父子两人，一个是代表唯利是图，却又处处谨慎的市侩，一个则是纯洁的爱国青年。这种人物对照的安排，原是很值得推许的，可惜剧作者仅以轻描淡写的笔触，画出两个不够明显的轮廓。"歇斯底里"型的谢柏青，也一样是描摹得不够，唯独天真可爱的芳姑，却写得相当周密。

　　论结构，一二三幕都很紧凑，幕与幕之间的织接，也达到了"一气呵成"之境。这其间，我们可以看出两位剧作者事先计划的苦心，比较起来，第四幕的布局是零乱一些，不过这也是应该原谅的，在前三幕里面，对于《全民总动员》这个剧名所含的意义，始终没有指示出来，到了这么一幕，一面要结束故事，一面又要顾到"点题"的工作；双管齐下，自然难免有"顾此失彼"的地方。我相信如果没有剧名的限制，这个故事发展到第三幕后半段，只要让邓疯子把"黑字二十八"王喜贵抓了来，也就用不着第四幕这个长长的尾巴了。

　　坪内逍遥说过："一千个作家就有一千个风格不同的作品；若说某甲的作品近似某乙

的作品,但一到仔细研究起来,还定有很多殊异之处的。"这样卓见的作品风格论,我们实在不能加予否定,所以分幕合写的《全民总动员》,在相当熟悉剧作家的观众,很容易从第一幕的情调联想到《日出》,从第三幕的布局中发现《雷雨》结尾时的阴影,至于读过《旗舰出云号》的人,也一样可以捉摸第四幕是谁执笔的。为此,上面列举的弊病,决不是两位剧作者的能力问题;乃是分幕合作必然的结果。

可是必须特别指出和赞颂的,是《全民总动员》的两位剧作者,无形中给今后的抗战戏剧开发了一条新路,那就是"侦探剧"的尝试。久已厌弃"汉奸被杀","伪军反正"等公式故事的戏剧观众,一旦被引入一种新的意境,不由自主地会激发巨大的反应,无怪此次售座纪录竟突破了历来的水准。在这里,我们还得下一个郑重的注解,侦探型的抗战戏剧虽然值得尝试,我们的剧作家却千万不可全体集中于这一条途径;我们应该依据每个人的经验与才能,不断地开发其他各型的新路,否则又要一窝蜂的造成公式主义了。

总结起来,《全民总动员》不失为抗战以来的优秀作品,假使曹禺和宋之的两位还能下一番修改的功夫,这个剧本将与戏剧节本身一样,自有其历史上的存在价值的。

(以下评导演、演员、其他三方面从略)

1938 年 11 月 6 日重庆《时事新报》"电影与戏剧"

中华民国第一届戏剧节(节录)(综合导报)

六、《全民总动员》

《全民总动员》的公演是话剧的压台戏,也是整个戏剧节里的压台戏;共动员职演员人数之多、规模之大,所得成绩之佳,皆打破以往我国话剧公演纪录,不愧为戏剧节中最大收获。剧本原定为宋之的等四人集体创作的《总动员》,嗣以剧情稍有不适目前环境,即推曹禺宋之的负责改编。改编结果,除了保存人名及少数分原意外,剧情更换极大,而且增添了人物,成了另一部作品。以一月功夫改编完成,定名为《全民总动员》。即由导演委员张道藩、余上沅、应云卫、万家宝、沈西苓、宋之的等导演,并由应云卫任执行导演,陈永倞设计舞台装置。剧本完成后,距上演日期只有十几天功夫,日期既如此短促,而演员又如此之多,尤其困难的是这将近百人的演员都是来自许多不同的机关团体,平常作一次集合已是极其困难,何况要日以继夜的在一起排演呢。然而就在这种万分困难的状况之下,话剧界的同人们显出了空前未有的团结精神,准时到场,准时排演,工作自始至终,异常顺利,给话剧史上留下了最光荣的一页。因为各个演员住处不同,所以排演地点定在全市中心的黄家垯新金山饭店。因为时间的短促,所以每次排演都是日夜不休,其辛劳可见一斑。导演和演员包括了全话剧界知名人士,的的确确做到了"总动员"的地步。在未上演之前的一个月中,便轰动了社会人士,都引领而望,企盼着本剧上演。

十月二十九日下午七时第一场在国泰大戏院开演,荣誉票(五十元)同预售票在头一天就卖完了,整个戏院座无隙地。本剧剧情曲折,加以全体演员舞台经验丰富,演技熟练。所以每场时间虽长至四小时,始终支配着观众情绪、获得一致的热烈赞美。在国泰共演了七场,至十一月一日为止,观众在一万人以上,场场满座,场场有关在门外看不到戏的观客。七场票款收入共计一万零九百六十四元,卖座之盛,可谓空前。

《全民总动员》是全话剧界的心血结晶,剧本的编写与整个的演出都得到巨大的成功,观众踊跃情形更打破以往的话剧公演的一切纪录,筹备时间不充分,经费不充分,许多困难我们都克服了,同时我们认为最大的成功是话剧界人士破天荒的团结精神。(余上沅、阎哲吾)

附《全民总动员》剧情说明及职演员表

救亡团体的同志们,积极参加"全民总动员";计划募寒衣,慰劳伤兵,消灭汉奸,并且秘密组织着干练的人材送到敌人后方,准备捣毁敌人的心脏,领导者是一位素不露面的人物，为着避免敌人间谍与汉奸的注意，他困住在金店商人侯凤元的家里。他原是侯家的穷亲戚，人们叫他邓疯子，都看不起他。

侯家小姐莉莉是一位自命爱国的"交际花"，她的弟弟侯文杰却是英毅果敢，由××团体的中坚分子冯震介绍，加入团体同着部分同志慷慨启行，深入敌人后方。

陈云甫带着他的女儿芳姑，从沦陷的故乡逃到武汉，流亡到侯家门下，得不到侯家的同情与援助，穷愁交迫，于是被敌人豢养下的汉奸张希成所收买，忍痛出卖了人格，作了汉奸的走狗。

侯莉莉小姐也是团体的一分子，天生爱虚荣的性情随时在人前表扬自己爱国的功绩，张希成不但从她口里探到团体中的秘密，而且由她介绍加入了团体。

张希成施展鬼蜮伎俩，盗去了深入敌人后方工作的文件和地图，冯震发觉了文件的被盗，体会到侯文杰一行人的危险，于是动身追踪而去，因为时机的危迫，没有来得及通知任何人，同志们发现文件被盗，冯震失踪。于是谣言大起，连老成持重的马公超也对冯震的行动认为有盗窃秘密资敌的汉奸嫌疑，只有精干热情的彭朗小姐竭力为他辩护，但亦得不到事实的证明。

××团体的同志们，正在作募集寒衣的抗敌大公演，观众云集，热烈空前，刚从前线负伤归来的孙将军也到场观剧，更给同志们莫大的兴奋，演员们又请了孙将军到后台来参观，陈云甫受了敌人间谍和张希成的命令要在后台刺杀孙将军，然而孙将军的仁慈的、勇敢的、崇高伟大的人格感化了他，在千钧一发的时候，邓疯子显出他绝顶矫健身手，使孙将军得免于难。

邓疯子大展经纶，运筹帷幄，捉住敌方间谍首领黑字二十八号，破获了大规模的间谍机关，肃清了我们的后方，更深入敌人的后方，冯震亦回到团体里来，他单人独马解救了侯文杰等一行的危难，受到同志们热烈的颂祝。

孙将军伤愈重上前线，民众不分男女老少一致"总动员"，有力出力，有钱出钱，保卫国土，收复失地，最后胜利的日子离我们不远了。

附职员表

演出委员会委员：张道藩、余上沅、余克稷、徐之弼、章泯、张德成、富少舫、宋之的、罗学濂、姜公伟、郑用之、黛丽莎、赵丹、沙露斯、冯什竹、应云卫、潘子农、杨子戒、吴漱予。主任委员张道藩，副主任委员余上沅，总干事吴漱予，前台主任余克稷，文书组吴祖光、廖季登，事务组梅锦泉、杨鹏云，交际组郑用之、罗学濂、黛丽莎、章功叙、胡光燕，宣传组姜公伟、肖崇素、赵铭彝、潘子农、杨子戒、葛一虹，票务组梁少侯、田天锈、郑眠松、王景祥，纠察主任方丝乐，纠察胡光燕、张永书、陈光武、陈季文、朱崇懋、唐鹤生，舞台监督余上沅，编剧曹禺、宋之的，导演团张道藩、余上沅、曹禺、宋之的、沈西苓、应云卫，执行导演应云卫，装置设计陈永倞，剧务主任孟君谋，剧务金毅、易烈，提示陈健、万长达，事务李农、施文琪，后总主任陈永倞、郭兰田，布景任德耀，灯光朱今明，服装程梦莲，道具黄耀东，化妆金毅，效果蔡松令，事务耿震。

演员表

（以出场前后为序）

莉　莉——白　杨　　　　　　　　新闻记者——宋之的

陈云甫——王为一　　　　　　　　宪兵队长——耿　震

邓疯子——赵　丹　　　　　　　　宪兵甲——林颂文

吴　妈——沈蔚德　　　　　　　　宪兵乙——乔文彩

谢柏青——江　村　　　　　　　　卫队长——寇嘉弼

侯凤元——曹　禺　　　　　　　　警察甲——李静普

张希成——施　超　　　　　　　　伤兵甲——杨育英

侯文杰——洪　虹　　　　　　　　男　孩——蔡　骧

冯　震——魏鹤龄　　　　　　　　伤兵乙——何治安

刘瞪眼——余师龙　　　　　　　　女救护队队长韦明——黛丽莎

彭　朗——舒绣文　　　　　　　　女　孩——王菲菲

张太太——英　茵　　　　　　　　花　匠——柏　森

马公超——高占非　　　　　　　　暗探甲——蒋少麟

芳　站——张瑞芳　　　　　　　　暗探乙——姚亚影

陈　虹——凌琯如　　　　　　　　暗探丙——刘厚生

丁　明——章曼萍　　　　　　　　警察乙——胡智清

时昌洪——（饰伤兵者）戴浩　　　　汉奸甲——张世骝

导　演——潘孑农　　　　　　　　汉奸乙——叶燕荪

胡长有——余上沅　　　　　　　　汉奸丙——朱平康

王喜贵（电灯匠即黑字二十八号）——顾而已　　汉奸丁——李乃忱

孙将军——张道藩

其他演员工人及各界群众由国立戏剧学校,怒吼剧社街头演剧队参加演出。

《戏剧新闻》1939 年 1 月 10 日第 8、9 期

《全民总动员》中之总动员

施 焰

嚣传渝市已久的四幕名剧《全民总动员》,现正连日赶排中,将在本月二十九日晚,在国泰大戏院正式上演。

这出《全民总动员》是本届戏剧节的压轴戏。由中国制片厂、中央摄影场、业余剧人协会、国立戏剧学校、及怒吼剧社来联合公演。这几个戏剧团体,都是有过相当的声誉和成绩存在的,用不着我再来一一介绍。这次集合在一处来演《全民总动员》,成绩的优良,效果的宏大,当然是可以预卜的!

至于这次公演《全民总动员》的意义:一方面在唤起后方民众,参加抗战,一方面为正在前线上浴血抗战的将士们,来募集寒衣,这真可以说是一举两得的壮举!所以留渝话剧界的同志们,义不容辞很踊跃地来参加演出。尤其难得的,就是话剧界的先进,现在处于领导地位的张道藩、余上沅、应云卫、曹禺诸先生,为了共襄盛举,也都粉墨登场。所以这次《全民总动员》的演出,也可以说是话剧界的总动员了!同时,由这也正表现着戏剧界同志们爱国的热忱,是不后人的!

剧本是曹禺和宋之的写作的,这两位剧作家的名字想必大家已很熟悉的了。剧情是泼辣而热烈、异常伟大!剧中的人物有不愿意做奴隶的热血儿女们,有虚伪的爱国家,有阴险毒辣的汉奸间谍,有不露真面目的抗敌首领,……种种典型。中间的穿插,非常热闹而有趣,噱头来时,令人不禁捧腹;紧张的场面,又令人看得连气都透不过来,总之,千变万化,使人无法捉摸,这也是曹先生所特有的作风。写得又是十分紧凑而有力,幕幕精彩;简直没有一点松懈,和漏空的地方。再加上应云卫先生的导演,自然更是精彩百出了!

演员方面:人才济济阵容配备得非常适当,真称得起珠联璧合。剧中的交际花莉莉——一个很吃重的角色,由白杨来担任,这是很适合她演的一个角色,有许多情彩的表演。赵丹在这个剧里饰一个怪人,人家讨厌他,他也不在乎;人家恭维他,他也不见得高兴。一天到晚,总爱讲傻话,所以大家都叫他邓疯子。施超和顾而已,在这剧里饰反派角色,占着相当重要的地位。江村饰个害忧郁症的青年,有时竟连自己都不信任起来。潘子农饰导演先生。戏中演戏,噱头十足。余师龙饰刘瞪眼,憨态十足,说话时喜欢瞪眼睛尤其是和邓疯子几段对话,非常有趣,他们两个是这出戏里的一对笑匠。洪虹饰莉莉的弟弟文杰,是个十八九岁纯洁的青年。张道藩饰孙将军,是一个在前方杀敌负伤的忠勇将领。舒绣文饰一个热情而爱国的女性。高占非饰马公超,是一个刚毅沉着,很适合他本性的硬

《家》与其他作品 研究资料

性角色。张瑞芳饰一个天真无疵的女孩子芳姑,王为一在剧里饰一个失业潦倒者,他懦弱无能,并且意志薄弱,所以误入歧途去做汉奸。英茵饰张丽蓉,是一个贤妻良母的典型。余上沅在剧中饰一个看门的仆人。其他如凌琯如、章丽萍、黛丽莎、宋之的、曹禺、沈蔚德、应云卫等,都在这剧中饰着相当的角色。

这次参加演出的演员,都是在话剧界第一流的剧人。他们有丰富的舞台经验,熟练的演剧技能;相信在这周里一定可以有极精彩的表演,来引起盛大的共鸣,造成惊人的成绩来的!

今年的戏剧节,是在武汉大会战,全民总动员声中来度过,更希望明年的戏剧节,能在全国各地普遍的,狂欢的来举行!

《戏剧新闻》1939 年 1 月 10 日第 8、9 期合刊

《全民总动员》的一般批判(节录)

辛 子

《全民总动员》是中华民国第一届戏剧节在重庆上演的最后一个节目。参加此剧的演出工作者,几乎都是国内话剧界的优秀选手,这种通力合作的空前盛举,在短暂的中国话剧史上,自有其不可否定的意义,即以演出成绩而论,大体上也是相当满意的。因之事后各方对于此次戏剧的批判,无形中就侧重于这一节目。

戏剧节的主办者"剧协"同人,万分感激观众这种热情而又诚挚的指示,特将已经见到的批判文字,择要节录,汇载本刊的"戏剧节纪念专辑";一方面是"检讨过去"与"勉励将来",一方面也算是永恒的纪念。

为了阅读上的方便,我们分作剧作、导演、演员三个段落(因为对于舞台装置,化妆等,所有的批评,都略略提了一二句,故从略。)以叙述方式,节录如后。

剧作方面

我们最初的决定,剧本是采用舒群先生等集体创作的《总动员》,推请曹禺、宋之的两先生负责加予修改,后来因为事实上的种种困难,结果只是引用了原著中一部分人物的轮廓,由曹宋两先生另行构写了另一个更适宜舞台演出的故事。所以与其说《全民总动员》是"改编"的,毋宁说是"创作"的较为切实。

全剧共计四幕,除掉第三幕是曹禺先生执笔之外,其余都是宋之的先生写的。在非常匆促的时间中,这种"分工合作"式的新方法,必然会发生人物个性不够统一,故结构不够严密之类的缺点。所以江兼霞与杨华两位先生,认为集体创作的剧本,总有"免不掉的弊病"而这样批判了本剧的人物描写:

"——邓疯子是有着'双重外形'的角色,在曹禺的笔下,即使是不装疯的时候,性格上还是竭力刻画出与其他一般人的特殊之点,可是到了第四幕,宋之的却忽略了疯的一面,而用全力来描写这个人物的机警敏捷。虽说这种手法是为了揭开侯莉莉理想中的'无名英雄'的真面目,使全剧告终于'呼前允后'的形式下,然而邓疯子的性格却显然前后有距离。同样,刘瞪眼在第二幕中,是一个办事精干,而性情暴烈的人物,但曹禺在第三幕中,多少使他染上了丑角的意味。张希成因为两位执笔者笔致的深浅有所不同,有些场合不免突兀一点。比较写得一致的,是侯莉莉、马公超、陈云甫、彭朗这几个剧中人,此外王喜贵一角,只有第三幕他是居于重要地位,因此也就看不出什么弊病了。

"侯凤元和侯文杰父子两人,一个是代表唯利是图,却又处处谨慎的市侩,一个则是纯洁的爱国青年。这种人物对照的安排,原是很值得推许的,可惜剧作者仅以轻描淡写的笔触,画出两个不够明显的轮廓。'歇斯底里'型的谢柏青,也一样是描摹得不够。唯独天真可爱的芳姑,却写得相当周密。"

向锦江先生的意见,觉得这个剧本里面,"有几个典型人物写得很成功,如陈云甫,莉莉、是最可爱的"。但对于邓疯子,他以为剧作者不应该把他写成一个英雄,他说:"全部剧本没有看到群众的力量,而只看到邓疯子神奇的侦探活动。一直到他最后的成功。作者塑立这样一个人物,除使《全民总动员》更象'戏'之外,是没有多大意义的。邓疯子在第四幕虽然以诙谐来辞谢莉莉献花篮,然而'真正的英雄在这儿呢'这句话深深打进观众的耳底,邓疯子成了英雄的人物。"

"要群众呢,要英雄呢,倘我们的英雄不是个人活动,而其成功是群众的力量,那我们是不妨兼取来完成一个剧本的,表现了群众的力量,也塑立了群众中的英雄。"

同样,惠元先生也说"邓疯子这祥忽冷忽热,疯疯癫癫地跟群众胡乱捣蛋的领袖,事实是不会有的。"并且他批评"群众与领袖的关系,缺乏明确的指示。孙将军出现了,但没有见到受伤的弟兄们,有伤官而没有伤兵,在表现上说是不够的。尤其受伤的弟兄们的痛苦,定比像孙将军那样的长官更多一重、甚至几重。其次邓疯子与救亡团体的群众的关系很模糊,似乎没有直接的工作关系。没有伤兵,就不成为伤官,没有群众,也就不会有领袖。"

陈作先生对于芳姑这个角色,提出这样的异议:"在芳姑的身份,已经明白的告诉我们,她是一个朴实而没有经过好多世面的女子,但她为什么会给孙将军剪存抗日胜利的消息? 假如说她崇敬孙将军,那么,就必不可少的要在事先叙述出她崇敬孙将军的原因来。可是剧本中并没有。我们知道戏剧中有一种似是而非性;在使观众认为不可能的事,用一种可以像真和可能的手法写出,使观众相信而且感到兴趣。但这里我是感觉可能的成分太少,一、作者没有告诉我们她要那样的动机;二、在中国内地的军民还相当保有地方性,所以非川人的芳姑不至于万分崇敬孙将军,何况这次抗日战争中,有许多民族英雄的战争功绩是不减于孙将军的呢?"

比较不同的见解,是叶耐冬先生,他说:"关于剧中人物,个性写得都很生动,就是有的地方总叫人觉得是为演员而创造人物,有些地方感到人物的多余,虽然由于作者高超的手法,而天衣无缝,但是如果去掉了这重限制,作者定有更好的发展。"

谈到结构方面,这位叶先生的意见是这样的:"整个故事,头绪很多而能如此明朗。并不使观众觉得缠不清,确是使人佩服。但是观众的胃口有限。整席的大鱼大肉,不很容易消化。关于这一点,作者亦是限于人物太多,因人物而故事亦太多。我们同样的也期待着作者在除去了这重重限制之后,能够不惜地加以修删,使得故事更紧凑,更有力。在第四幕里,接连着很多的双人场面,固然为着戏剧的进行不能不这样。可是一段一段,像走马灯似的,一对去了,一对又来,似乎不很好。在公园游人众多的地方,也不容许有这种情形,何况是非常之多。"

陈作先生在这里给我们指出了"地方叙述的矛盾,因为,第一幕侯凤元向他女儿说到逃难,就曾说到四川呢或是香港?这证明故事所生的地方不是在四川。可是在第三幕就有人说(忘记了剧中人)要欢送将士出川,这不是又证明故事是发生在四川吗?前后对照,这是一种矛盾,这错误的造成,也许是两个作者分写而偶然疏忽的缘故。"

北罗先生是概略地批判了这个剧作的构成形式,他承认:"用一种不太严重的'闹剧的'方法去处理一个剧的素材是会讨好的。全民总动员的作者正看中了这一点。可是我们不能不说一个剧的效果常常是为着戏的轻快的步伐而减弱了力量,而变浮了。所谓'噱头'也者最能叫一篇好戏自杀!决定一篇戏的好坏的不在有没有噱头,而在有没有真情感。放射出情感的流的龙头不是噱头的作用而是题材的力量。还有些零碎的地方,比如'黑字二十八号'这一个'谜'观众是愿意知道的,但作者始终没有说明。从全剧着眼要算第三幕最紧凑,第四幕最乱,一二两幕则比较平,这原因或者是由于'集体'的毛病所致亦未可知,在这上头,观众是损失了那种'一气呵成'的舒服的享受的。虽然《全民总动员》有相当多未能尽善的地方,但若把他和一般抗战剧比较起来,还是算得优秀的。我们庆幸这一次戏剧节的可贵的收获!"

对于惠元先生的批评"剧情有此地方缺乏真实性"这一段宝贵的意见,我们也应该郑重注意的。他说:"首先每个救亡团体的组织,可以也应该是严密的、坚强的有战斗性的。它包含的成分,即使是复杂的,但抗战必胜中华人民共和国成立达成的信念则是同一的。第一幕里张希成看有机可乘就要求莉莉介绍入该救亡团体,结果莉莉的一句话就'算数',事实上我相信没有这样马虎的救亡团体的,不经过团体的考虑和审慎,凭着一句话就可了事的。"但是惠元先生在大体上,是满意这个剧本的企图的:他赞许《全民总动员》是"紧紧地把握住了目前抗战阶段的重要契机",并且暗示出了"日寇的间谍和走狗汉奸是有隙必乘,有机必为地来破坏和阻碍我们的抗日团体和运动,来危害我们的抗战领袖和民众的生命安全。所以这里我们应该领悟到日寇的阴谋,是无孔不入的。所以提高我们的政治警觉性是个很重要的事情。因为他们往往被发现在我们的团体或机关之中,有时也许会是我们最好的朋友,这是事实的教训和经验,的确知人知面不知心,为了战胜日本帝国主义,反间谍斗争,是一个重要的部门与工作,是极不容忽视的。另外提出和实行'变敌人的后方为我们的前线'的工作,这是很有意义的。为了战胜敌人,在敌人的后方建立我们的根据地这个工作,是必要的,伟大的,也是艰苦的。"

还有江兼霞、杨华两先生,更具体地批评了这两位剧作者的结构技巧,他们说:"论结构,一二三幕都很紧凑,幕与幕之间的织接,也达到了'一气呵成'之境。这其间,我们可以看出两位剧作者事先计划的苦心。比较起来,第四幕的布局是零乱一些,不过这也是应该原谅的,在前三幕里面,对于《全民总动员》这个剧名所含的意义,始终没有指示出来,到了这么一幕,一面要结束故事,一面又要顾到'点题'的工作:双管齐下,自然难免有'顾此失彼'的地方。我相信如果没有剧名的限制,这个故事发展到第三幕后半段,只要让邓疯子把'黑字二十八号'王喜贵抓了来,也就用不着第四幕这个长长的尾巴了。"

"坪内逍遥说过:'一千个作家就有一千种风格不同的作品,若说某甲的作品近似某乙的作品,但一到仔细研究起来,还是有很多殊异之处的',这样卓见的作品风格论,我们实在不能加以否定,所以分幕合写的《全民总动员》,在相当熟悉作家的观众,很容易从第三幕的布局中发现《雷雨》结尾时的阴影,而读过《旗舰出云号》的人,也一样可以捉摸第四幕是谁执笔的。为此,上面列举的弊病,决不是两位剧作者的能力问题;乃是分幕合作的必然结果。

"可是必须特别指出和赞颂的是《全民总动员》的两位剧作者。无形中给今后的抗战戏剧开发了一条新路,那就是'侦探剧'的尝试。久已厌弃'汉奸被杀','伪军反正'等公式故事的戏剧观众,一旦被引入一种新的意境,不由自主地会激发巨大的反应,无怪此次售座纪录竟突破了历来的水准。在这里,我们还得下一个郑重的注解,侦探型的抗战戏剧虽然值得尝试,我们的剧作家可千万不可全体集中于这一条途径;我们应该依据每个人的经验与才能,不断地开发其他各型的新路,否则又要一窝蜂的造成公式主义了。

"总结起来《全民总动员》不失为抗战以来的优秀作品,假使曹禺和宋之的两位还能下一番修改的功夫,这个剧本将与戏剧节本身一样,自有其历史上存在的价值的。"

关于《全民总动员》这个剧名,所有的批评者都认为"名不符实",因而有人建议,索性改名为《黑字二十八号》。

"导演方面,演员方面"从略。

附注:

江兼霞、杨华两先生的批评见《时事新报》,向锦江先生的批评,见《国民公报》,惠元先生的批评,见《新华日报》,陈作、叶耐冬、北罗诸先生的批评,同于《中央日报》。

《戏剧新闻》1939 年 1 月 10 日第 8、9 期

关于《黑字二十八》和《编剧术》
——记曹禺抗战初期的一些活动

华忱之

抗日战争前,曹禺同志曾在南京"国立戏剧学校"任教。"八一三"沪战爆发后,他随剧校内迁长沙,旋又随剧校辗转迁至重庆。在重庆期间,他也和其他革命作家一样,为抗战初期一些表面的乐观光明现象所鼓舞,怀着反帝爱国的热情,参加了一系列抗日救亡的文艺工作。

一

1938 年,曹禺与宋之的同志合作,写成了四幕话剧《黑字二十八》(又名《全民总动员》)。剧本是在宋之的、陈荒煤、罗烽、舒群在武汉集体创作的四幕剧《总动员》的基础上编写的。《总动员》系《抗战戏剧丛刊》中的一种,上海杂志公司发行,1938 年 7 月汉口初版。《黑字二十八》作为《战时戏剧丛书》之四,1940 年 3 月由重庆正中书局初版。

初版本《黑字二十八》书前有序文,未署作者姓名,估计系宋之的执笔。序中说明《黑字二十八》是为了纪念全国第一届戏剧节而写作的脚本。在戏剧节公演时原名《全民总动员》。《全民总动员》原拟根据《总动员》加以编改,后考虑"这种编改的结果,很难与原作的精神相统一",才决定重新创作。但"必须承认,《黑字二十八》和《总动员》二者之间,有着很亲密的血缘关系。"至于剧本何以改名《黑字二十八》,乃是由于剧本"在'全民总动员'这一点题工作上,还遗留着一些弱点","所以现在就以《黑字二十八》剧名与诸君相见"。[①] 序文后附录了第一次演出的"职员表"和"演员表"等。

1938 年 10 月 10 日,中华全国戏剧界抗敌协会在重庆举行了第一届戏剧节纪念大会,并决定自 10 月 10 日至 10 月底,组织歌剧、街头剧(编为二十五个演出队,分赴市区及近郊演出)和话剧(包括在社交会堂举行的"五分票价"公演)的盛大演出,为前方抗敌战士募集寒衣。其他各地如武汉、成都、广州等处也都同时举行第一届戏剧节纪念演出。话剧《全民总动员》就是作为纪念第一届戏剧节的演出剧目之一,由"中国制片厂""上海业余剧人协会""国立戏剧学校"及"怒吼剧社"等单位联合公演。自 10 月 29 日至 11 月 1 日在重庆国泰大戏院共演出了七场,场场座满,盛况空前。当时留渝的文艺界同志出于抗敌救亡的

---

① 参见《黑字二十八·序》及宋之的《关于〈全民总动员〉》。

爱国热忱,踊跃参加演出,共襄盛举。剧中人除了组织留渝的优秀演员赵丹、白杨、王为一、张瑞芳、魏鹤龄、舒绣文、施超、顾而已、高占非等分别扮演外,曹禺和宋之的也一起参加了导演并登台演出。曹禺扮演富商侯凤元,宋之的扮演新闻记者。执行导演系应云卫。演出阵容之强,为抗战初期话剧舞台所仅见。既是动员全民参加抗战,也标志着留渝戏剧界一次团结胜利的大会师。

《黑字二十八》的创作,主要是为了配合当时"全民总动员"的号召,打破日本侵略者的迷梦,所以"肃清汉奸,变敌人的后方为前线,动员全民服役抗战"①,便成为剧本写作的主题。剧本第一、第二、第四幕由宋之的执笔,第三幕由曹禺执笔。我们如果把《黑字二十八》和《总动员》两个剧本互作比较,可以看出,《黑字二十八》无论在情节结构和人物刻画上,较之《总动员》都有进一步的提高与发展。它除了保存《总动员》中一些人物和极少部分原意外(《全民总动员》演出本中的人物姓名,与《总动员》基本相同;《黑字二十八》中几个主要人物的姓名,除邓疯子外,与《总动员》及《全民总动员》均不相同),又增添和改动了不少剧情。特别是新创造了日本间谍"黑字二十八"这一反面人物,使全剧的矛盾冲突比较错综地沿着反间谍、反汉奸的线索发展。

《黑字二十八》第一幕主要描写一个抗敌救亡团体要组织干练人材深入敌后,开展工作。爱国青年夏迈进要求参加这个团体,到敌人后方去,夏的姐姐玛莉要去主持为前方战士募集寒衣的游艺会等。其场面与《总动员》第一幕大体相同。第二幕在戏剧纠葛的安排上,较之《总动员》更为尖锐复杂。它主要描写汉奸沈树仁受日谍"黑字二十八"(系日本大佐化名)的收买,接受了要他盗窃这个救亡团体的重要工作文件的密令,并用暗场交代了沈树仁已盗走了文件。当时夏迈进等已潜赴敌占区,由于日寇加强封锁,他们正在途中遇险。耿杰发觉文件被盗后,急往追赶夏迈进等人。矛盾冲突进一步激化。第三幕主要描写劝募寒衣的游艺会在进行中,"黑字二十八"伪装电灯匠出现于后台。他迫使沈树仁用真炸弹偷换假炸弹,阴谋杀害抗日将领孙将军,幸为救亡团体"领袖"人物邓疯子识破阴谋,沈树仁等当场被捕。在情节上,较之《总动员》第三幕增添了不少新的剧情,更显示出戏剧冲突的错综复杂,波澜层起。第四幕主要描写欢迎出征将士大会热烈进行的场面。写邓疯子机智地掌握了"黑字二十八"妄图乘欢送将士大会之机,枪击抗日军政"领袖"人物的全部阴谋。最后,邓疯子逮捕了"黑字二十八",沈树仁自杀,他们策划的阴谋以彻底失败告终。其中有的情节与《总动员》第四幕相类似。

总括说来,《黑字二十八》围绕着这场反间谍、反汉奸的严酷斗争,赞颂了以邓疯子为代表的爱国青年和抗日将领;鞭挞了汉奸卖国贼,特别是日本间谍"黑字二十八"的种种劣行;也讽刺了以抗战作幌子的醉生梦死之徒。加之剧本紧密结合抗战现实,通过为前方战士募集寒衣的游艺会,把舞台情景和现实生活,舞台人物和现实人物巧妙地结合起来,戏中串戏,使台上台下打成一片,收到了很好的演出效果,轰动了整个山城,发挥了戏剧服务抗战的战斗作用。遗憾的是,由于剧本匆促写成以及"分幕合写"等方面的局限,一般说

① 《黑字二十八·序》。

来,反映现实还不够深刻,故事情节和登场人物过多,以致头绪显得有些繁杂,结构不够紧凑精练。对几个主要人物形象的塑造,也还不够典型,缺乏一种真切动人的艺术力量。

《全民总动员》公演后,立即引起了各界人士的强烈反响。当时在重庆《新华日报》《时事新报》《国民公报》和《中央日报》上发表了不少评论。除了充分肯定剧本、导演、演员各方面所取得的成就外,也提出了一些比较中肯的批评意见。如有人认为,"不应该把邓疯子写成一个英雄",整个剧本"没有看到群众的力量,而只看到邓疯子神奇的侦探活动,一直到他最后成功"。他们指出,剧本中"对群众与领袖的关系缺乏明确的指示",表现"邓疯子与救亡团体的群众关系很模糊"。有人还认为,剧本中对救亡团体的描写,有些地方不大真实可信;对观众渴望了解的"黑字二十八"这个"谜",剧本也始终没有交代明白;对于《全民总动员》这一剧名所包含的意义,剧本始终也没有充分阐明,似乎有些"名不符实",如此等等①。这些意见,即使在今天看来,也还是很有道理的,可供剧作者的参考。

二

曹禺在剧校任教期间,还曾参加 1938 年度剧校举办的"战时戏剧讲座",比较系统地作了一次《编剧术》的讲演。后印入剧校编刊的《战时戏剧丛书》第二种:《战时戏剧讲座》中,1940 年 1 月重庆正中书局出版。书前有当时剧校校长余上沅 1938 年 11 月写的《发刊旨趣》,其中云:"……现在更就本校员生近年来之研究实验,及其参加各种演剧工作所得,出版《战时戏剧丛书》一种,内容包含抗敌剧本、战时戏剧理论及各种实际问题与解决方法。……"书后有阎哲吾写的《后记》,说明了举办"战时戏剧讲座"的经过。他说:"本校为适应战时需要……特利用民国二十七年(1938)的暑假举办了'战时戏剧讲座'。时期自七月二十五日起至八月七日止共计十四天。每晚七时半至九时半讲演,地点是借用重庆小梁子英年会。讲演者除本校教员之外,还请了戏剧界的轮流担任。记录则由本校学生张世骝、叶燕荪两君负责。……"当时参加讲座的有余上沅讲《导演术》、杨村彬讲《新演出法》、宋之的讲《创作前的准备》、贺孟斧讲《舞台装置》、吴祖光讲《演员的语音训练与困难补救》等,共十二讲。第一讲由当时任剧校教务主任的曹禺主讲《编剧术》。

《编剧术》是曹禺解放前关于戏剧理论和编剧方法唯一的一篇重要讲话,也是他个人戏剧创作经脸的宝贵总结。讲得十分精辟。当时印本不多,流传不广,现撮举要旨,简述如下。

曹禺在未讲编剧之前,首先谈了"戏剧本身"。他认为,"戏剧被'舞台''演员''观众'这三个条件所肯定,戏剧原则、戏剧形式与演出方法均因这三个条件的不同而各有歧异"。并举例说明了演剧所受"舞台"、"演员"、"观众"的影响和限制。又说:"抗战剧的编制,当然也不能脱离'观众''舞台''演员'这三种限制"。除了这三个条件外,还要注意"舞台的幻觉",他说:"用编剧技巧来感动观众,我们所根据的艺术心理的基拙是'舞台的幻觉。'"他提出了写剧本时,运用时间、地点及人物上下场、氛围的造成,以及结构布局等,都要"经

① 参见辛予:《〈全民总动员〉的一般批判》,《戏剧新闻》第 1 卷第 8、9 期合刊。

济"、"显明"、"有意义"。"因为我们不能在舞台上和盘托出毫无变动的人生。我们固然不能否认'舞台的真实'是'真实',但它决非生吞活剥,全不选择的真实。""一个写戏的人除了注意'舞台''演员''观众'三个现象之外,还要顾到'时间'和'地点'的限制。"时间不能不经济,为了集中观众的注意力,地点"也以少变动为是","分配地点也需要经济"。

其次,讲了编剧的过程,分为五个步骤:

(一)材料的囤积。他认为,"材粉的来源,是靠平时不断地收集、登记、整理、囤积起来的"。"戏剧工作者不能等待灵感,而应该设法使灵感油然而生,随时随地心内蕴藉着一种'鸡鸣欲曙',快要明朗的感觉。这种心理的准备,就需要材料的囤积。"

(二)材料的选择。他说:"戏剧有时间的限制,更要有统一的印象。不能把什么都随笔地写上去,所以在搜集材料之后,就要讲求选择。"他特别强调指出,"现在民族为了抗战而流血牺牲,文艺作品更要有时代意义,反映时代,增加抗战的力量。"接着,他比较深刻而全面地阐述了写抗战剧主题的重要性。他说:"主题是剧本的中心思想,……初学写戏的人,必须明白主题的重要。""写剧的人绝不能凭着一时的高兴,拾到材料就写,应该先找出这材料在所写的戏里面的意义,主题就是选择材料的标准。""有了主题,根据它来选择,整个剧本才能一致地有了意义。"他认为,第一主题应该是"显明,不要含糊"。在未动手写剧本时,"最好先决定结尾如何宣传;并且最重要的自己要相信自己的'信念',然后学习怎样使人相信。"这些话主要是针对写宣传抗战的戏剧而言的。第二主题应该是"简单,应当清楚地指导观众同情的方向,更紧紧地抓住观众的同情。""我们所用的人物,以及所编排的故事,不可写得使观众无从同情起",感到惶惑无主。他说:"主题是个无情地筛孔,我们必须依照主题狠心地大胆地把材料筛它一下,不必要的不合适的材料淘汰去,这样写来,作品才能经济扼要。"

(三)预备剧本的大纲。他说:"大纲里面应列'场表',记载哪些人上下场,发生哪些事实,有哪些重要的话。""有了计划,才有分寸,多幕剧固然如此,独幕剧也应如此。"他又认为,"一般地讲,剧本要使观众发生兴趣,紧张的场面总放在最后。""人物的个性、对话、动作等,亦应于大纲中想透了再动笔。力求其明了周详。"

(四)人物的选择。他首先讲了典型与个性的不同。他认为,"比较起来,个性是不易写的。因为个性不止于着重他与其他同类人的同点,却更着重他的异点的。"他举了易卜生的 Held Galler 作为舞台上人物个性写得好的最切当的例子。其次,他针对抗战剧中一些问题,结合一些例证指出,"人物典型化,很容易流为过分夸张"。如抗战剧中所写汉奸和英雄,大都是这类典型更加强调化的产物。结果是"往往宣传自是宣传,观众自是观众,二者之间毫不发生任何深刻的关系"。所以,"典型不能写得太夸张,因为离开真实"。接着他举了古北口抗战开始时他由北京前线的后方慰劳战士的亲身见闻为例,说明了如何才能把抗战中的士兵写得有血有肉,真实动人。他最后归纳起来说:"抗战戏剧中的人物,要真实亲切。要做到这一步,我们要充分体验抗战生活,不怕收集材料的种种困难。"曹禺这些精辟的见解,结合实际问题,讲得深入浅出,有理论,有例证,也有分析。既为初学写剧的人提供了宝贵的借鉴,也是他个人创作实践的甘苦之谈。

（五）写。他讲了剧本的起首和结尾，悬念与"陡转"，动作和对话等问题，大体上讲了编写剧本从开端、发展到高潮、结局的基本过程。讲得尤为精彩透辟。首先，他谈到了写剧时如何起首的问题。他说："起首，第一应求头绪清晰。故事的头绪不能太多了，多了易乱。如果头绪实在多，斩截不下，那么自己应设法逐渐介绍，有兴味地介绍，掺合着'动作'来介绍，不要在开幕五分钟内填鸭式地把观众应知的过去背景及故事头绪，匆促地硬塞在观众的脑内。铺叙故事如此，介绍各个上场人物也如此。处处交代得清楚明白，然后慢慢地展开重要的剧情。"他这里主要讲的是第一幕开场戏的问题。曹禺是这样讲的，他更是这样做的。例如《雷雨》的情节纠葛比较复杂，头绪比较多。幕布一拉开，作者就通过鲁贵向四凤逼钱那一场富于动作性的对话，和他们父女性格上的对立冲突，逐步地交代了一些幕前情节，介绍了一些人物过去的关系和现在的处境，把人物动作、性格描写和交代前情巧妙地结合起来。但作者在《雷雨》第一幕中，不是把过去的背景和故事头绪一古脑儿硬塞给观众，而只是介绍了一些，其余在后几幕中继续交代前情。从而引起观众热切的期待和悬念。

其次，曹禺谈了剧本的人物"动作"的问题。这是戏剧中揭示人物性格的最基本的方法。他说："写剧不是写对话，是表明人与人之间的相互反应的精神活动。这种活动的显明表示，莫过于动作。"人物动作有形体的，也有内心的。曹禺认为，"有时心理上的冲突，常常比表面上的动作还要动人"。例如曹禺的《北京人》第二幕写思懿逼曾文清当面退还愫方写给他的信那场戏，就是用人物对应的内心活动来刻画人物性格，从愫方的默默无言，僵立不动中，更深一层地展现出她内心的无比激动和强烈冲突，寓动于静，从而更收到了"此时无声胜有声"的艺术效果。她的默默无言，僵立不动，正如曹禺所说："表面上看着仿佛没有动，其实已有动作了。"

再次，曹禺谈了如何造成观众的期待与悬念的问题。他说："有了'动作'，还要看编排，换句话说，就是要引起观众要看那'动作'的渴望。""所以写第一幕时就预备着第二幕，抓着观众的兴趣，叫他们等待着第二幕的展开。"我们知道，一部成功的剧作，在情节安排上，在结构技巧上，首先必须不断地引起观众强烈的期待，才能抓住观众的兴趣，使他们津津有味地看下去。所谓"悬念"，就是指能引起观众的兴趣不断向前延伸，造成观众急切期待的心理状态而言的。那么，怎样才能引起观众的期待和悬念呢？曹禺认为，要"利用观众对主角的同情与好奇心，告诉观众一点儿，而又不是完全告诉他们，叫他们期待着更大的转变。这样在幕与幕之间，依据这种手法，在看戏人的心里，做强有力的联系。"这些话，真是精通戏剧三昧之言。戏剧中"悬念"的造成，主要依靠观众在感情上对主人公的命运的同情与好奇心。如果观众对主人公的命运漠不关心，毫无兴趣，自然就不能引起他们急切地想探明究竟的渴望。因此，在剧情上，既不能让观众毫无所知，也不能让他们了如指掌，而是要匠心独运，步步为营，布置一连串的悬念，而且一个要比一个紧张强烈，从而引起观众急切的期待。曹禺的剧本如《雷雨》《胆剑篇》等，都是极善于在情节结构上，组织一系列前后相互关联的、逐步上升和发展的戏剧冲突，布置一连串的悬念和危机，从一开幕就揭开矛盾，紧紧抓住观众的注意力和兴趣，吸引着他们自始至终以急切的心情注视着情节纠葛的展开和人物命运的变化发展。

下面曹禺又谈了剧情的"陡转"(一译"突转")问题。这名词最早见于亚里士多德的《诗学》,《诗学》第十、第十一章中专门谈论"突转"和"发现"这个结构技巧。曹禺说:"'陡转'常常是出乎观众意料之外的故事的转捩,这种转捩,多半与主角有关。"易卜生的《玩偶之家》、曹禺的《雷雨》都是由于剧中人物有了新的"发现"(指从不知到知的"转变"),使剧情发生了出乎观众意料之外的突然变化。如《雷雨》第二幕侍萍和周朴园"相认"的一场戏,"相认"之后,侍萍对周朴园有了新的"发现",促使剧情急转直下,一浪紧接一浪地趋向了高潮。第四幕当周朴园当场揭明了他和侍萍的关系以及周萍和四凤是同母兄妹的关系后,剧情"陡转",更导致了这场悲剧的最后完成。

曹禺接着又说:"'陡转'有两种:第一,故事的,见于形象;第二,人物的,是内心的变动。这种精神上的'陡转',如果写得真切,是最能动人的。"我们认为,易卜生的《玩偶之家》和曹禺《雷雨》中剧情的"陡转",不仅是故事情节上的"陡转",而且更真切动人地反映了人物内心的变动和精神上的"陡转"。如娜拉的最后决然出走,四凤的触电而死,都是最好的证明。

最后,曹禺还谈到了戏剧"结尾"的问题。他认为有三点需要注意:

第一,不可公式化。他说:"现在普通抗战剧的结尾,很少不是在一种公式下写成的。结果总是'汉奸打倒,志士抬头'。"他强调指出描写人物性格的重要性。他说:"伟大的戏剧,好的结尾的动人之处,固然在结构的精绝,然而更靠性格描写的深刻。"他举了吴祖光的《凤凰城》为例,认为,"结尾苗可秀死了,虽然大愿未酬,但是他的伟大的人格却更深入观众的心里",更能启发观众对苗可秀的钦敬心情,激励他们强烈的抗战意识。他又说,他不反对"大成功"的结尾,他所反对的只是靠着"大成功"的结尾作写剧的不二法门,致使结构幼稚,人物浅薄。

第二,不可临时凑。他举了京剧《南天门》和莫里哀的《伪君子》的结尾为例,认为这两个剧本的结尾,一个靠着鬼神出现,搭救好人,一个借助于贤明的国王,将泰笃夫抓去治罪,"显然看出临时凑合,使人无法信服"。他说:戏剧的结尾,"有时固然可以出人意外,细细回想一下,却也要在人意中,这才有趣味"。短短几句话,确是说出了戏剧结构技巧的奥妙。

第三,要点醒主题。他谆谆叮嘱初学写剧的人说:"如果一直找不着机会来点明主题,那么在最后的结局当口,是不该再忘却的。"

关于人物对话方面,他提出了三点纲领性的意见:

第一,对话要适合人物性格。

第二,适合舞台上的逻辑,注意舞台上的空间与时间的确切。否则,都要破坏了"舞台的幻觉"。

第三,要清晰简要。不要咬文嚼字,不要啰啰嗦嗦地、成段成章地写。

末了,曹禺总括全文,提出应该特别注意的几点:

(一)编剧的三种限制——舞台、演员、观众——在目前以认识观众,最为重要。所以写抗战剧前，必须了解观众的性质。"要观众觉得真切，我们要熟知观众的生活，彻底观察，体验他们的需要。"他这些话，不仅写抗战剧应特别注意，对于今天写戏的同志，也是有益的启示。

（二）话剧感人的不是"话"而是"剧"，剧的主要成分是动作。他说："写剧本应尽量多找动作，用动作来代替对话。记住！在台上用一个真实的动作，比用一车子话表述心情更有力量。"曹禺还希望学员"多看戏，多读剧本，多参加戏剧活动，多体会里面的奥妙"。曹禺自己就是从这些方面开始了戏剧创作生活，在现实主义创作道路上迈出了坚实有力的脚步。

此外，剧校还编辑了《表演艺术论文集》，作为《战时戏剧丛书》第七种。1941 年 4 月由重庆正中书局出版。书前有余上沅写的《发刊旨趣》，书后附录《表演基本训练材料》：一、《强盗》（默剧），徐里译。二、《私奔》（同前）。《论文集》中收入万家宝、金韵之合写的《我们底表演基本训练的方针和方法》一文，内分《表演基本训练的方针》《表演基本训练的标准》和《国立戏剧学校表演基本训练的项目和教程》三部分。这是一篇有步骤、有目的，为了训练培养戏剧人才，从理论与实际结合、内心实感与外形动作结合、集体表演与个人演技结合的角度上，比较全面系统地论述话剧表演艺术的专门文章。不仅在抗战时期发挥过很好的戏剧教育作用，即在今天，对于我们总结戏剧表演艺术的历史经验，进一步提高话剧表演艺术的质量，仍然具有现实意义和重要的参考价值。因附记之于此。

《抗战文艺研究》1981 年第 1 期

曹禺的《正在想》

徐　翔

　　抗战以后，蹲在上海的人们就没再读到曹禺的新作了。可是很幸运的，三年后的现在，我们终于又读到了他的《正在想》。

　　《正在想》是一个独幕喜剧，虽然它的结局对于剧中的主人翁们是很不利的，但在读者眼光中，这确是一幕十足滑稽的喜剧。说是"滑稽"，似乎还不十分适当，因为它决不是单纯的讨读者大笑的东西，而是间有调侃意味的作品。例如第二十页中的"老窝瓜"想卖弄他的"天才"，而被他的儿子，"小秃子"揭穿丑态的一段，虽然很可引人一笑，但在这一笑之中，却很有一番幽默味的。

　　剧情方面，它不像《雷雨》那样的紧巧，也不像《日出》那样的悲惨，更没有像《原野》那样的具有壮烈气，但是却也不失为一本值得细细一读的作品。

　　因为这是一本喜剧，所以在作者方面，也许是很费力的。（以普通情形而言，喜剧的写作是较为悲剧为难的，因为喜剧不易动人）。但无可否认，《正在想》的作者之"费力"得到了相当效果，他不但把主人翁"老窝瓜"和"小甜瓜"写得奕奕如生，就是作为配角的"小红"与"丁老师"，作者也把她们刻画得若有其人，她们的性格和外表，我以为是全剧中作者描写的最动人最有趣的二个。

　　诚然《正在想》的剧情没有曹禺的从前三部剧本那样的紧巧悲惨壮烈，然其成绩却并不逊于《雷雨》《日出》或是《原野》，这自然是由于作者努力的结果，但天赋的写剧天才也正是帮助作者编剧的一股力量。希望曹禺能善自用力！

《申报》1940 年 8 月 10 日

《正在想》

兰

《正在想》是曹禺从外国戏里改编出来的一个闹剧。中国舞台上有很多从外国戏里改编来的戏剧，但是大都不脱翻译的气息，就是说，观众看过之后都会感到不是一种中国底本产，而是一个外国戏。改编和翻译不同，翻译底原则是除开戏词流利，便于上演而外，还应该保持原剧的作风，和原有的人物底个性和丰采。改编就不然，改编者只能拿原作的故事作一个根据，而加上一翻自己底创作在内。也可以说，改编不是翻译，而是根据别人作品底，结构和轮廓，自己去重新创作的。翻译剧只是译者能够善用技巧，译词流动和生动就算尽了译者底责任；改编是编者该在原作中加上新的血肉和自己底灵魂。应该有一种新的时间性，社会性，和民族性才是。在这一点上《正在想》可以说是尽了改编的很好的责任。看了《正在想》，从它底对话，故事底发展，以及人物底个性和表现，乃至于一些小的穿插，都没有一些外国气息，而是纯粹中国化的。因此这个戏是曹禺底，戏中的讽刺和讥笑是对于中国的。

《正在想》是一个现实主义的闹剧。它所讽刺的对象全是现实的。戏中充满中国底人情和中国人旧式的生活形态底心里状况。从《正在想》这个戏中，我们可以多懂得一些新旧交替的时期中一般人们对于生活的新的希望和理想；从马天才的"唱"文明话剧，可以知道一些腐旧的人们对于新的东西如何误会和曲解。然而这一批人还是善良的，他们虽然不明白新的东西，但他们对于新的生命还是不断的追求，对于自己底生活还是向上的。

在演技上说，《正在想》是一个很难演的戏。演员必需要充分了解中国底旧社会，旧的生活态度，旧的中国人民底心理。《正在想》里有旧的戏子底生活，旧的恋爱方式，旧的娱乐和欣赏的形态，旧的父子和夫妻之间的状况。这些都不但是旧的，而且是偏近于浅陋而原始的。因此，演《正在想》的人一定要了解那些人们底情绪状态，人与人之间的关系和他们底生活形态和生活方法。

石挥孙景路和史原在一般的演技上可以说达到了很大的成功。因为他们能理解中国旧社会中的一部分和旧的生活方法。她们用纯熟的技巧去表现旧社会中人们底性格。

可惜的是石挥底演技太拘泥于一种单调的形式。他底慕容天赐，秋海棠以及马天才等虽然表现了不同的人物性格和心理，然而在最终一点上不免使人想到那是石挥。这点缺点是一个演员最易犯而难以避免的。在这里我们不能责备石挥不努力，事实上在某一点上，他的确尽了最高的责任，只是他疏忽了一点，这一点就是他不曾在自己底动作和言语声调上创作多方面的形式。我想，如果他想到这一点他会把他底戏和他所要创造的典型达到更完美的境地。

　　孙景路和石挥有同样的优点，也有同样的缺点。我们现在可以不提。史原有充分的才能，只有些地方因为技巧太熟就不加检点，以至流于不够严肃的境地。无论如何他是有演做魄力，而且才能是丰富的。

《女声》1944 年 3 月 15 日第 2 卷第 11 期

《正在想》：一部不该被遗忘的剧本

廖超慧

曹禺是我们江汉平原人民的荣耀，一提起他，人们便会很自然地谈到《雷雨》《日出》，谈到《原野》《蜕变》，谈到代表剧作家"最成熟的作品"《北京人》，谈到解放后那《明朗的天》和老梅吐艳的历史剧《胆剑篇》《王昭君》。曹禺剧作美轮美奂、脍炙人口，戏剧界、影视界、出版界，有多少人在曹剧上做出了好文章，可是却偏偏遗忘了他的第一部独幕喜剧《正在想》。其实，这是一部不该遗忘的剧本！它记载了剧作家创作生涯中的一段苦闷历程，反映出他登峰探索的曲折艰辛，值得我们重视。为此，试就该剧的概貌、价值及剧作家的创作思想状况略陈于后，以期其光华再现。

《正在想》约作于 1940 年春，列入巴金编辑的《小学小丛刊》第二辑，同年 10 月由重庆文化生活出版社推出。此剧虽系根据墨西哥剧作家尼格里的《红色丝绒外套》[①]大意重写，似属改编性质，但细读全剧，无论内容、形式，还是人物、场景，以致语言、心态，均非尼作旧貌，它散发着浓郁的中国气息，显示出曹禺创作的特有风格，是作家含泪的喜剧激情的产儿。

剧本描写一个变滑稽戏法的马家班，因时局动荡、迫于生计，决定改演文明戏以招徕观众，上演请测字先生帮忙编写的《改良〈平贵回窑〉》。这个家庭戏班绞尽脑汁布置舞台，打起笑脸拉人捧场，甚至连流水牌上的艺名也重新换过，土里土气的老窝瓜、小甜瓜夫妇和宝贝儿子小秃子等名字变成了文雅的马天才、悲秋女士和马一飞。筹措停当，帷幕拉开，敲敲打打，粉墨登场，实指望一炮打响，抖落窘况。不料事与愿违，由于不稔话剧何物，依然沿用滑稽戏旧套，演得不伦不类，结果文明戏唱成了胡闹剧，台上台下因此而乱得不亦乐乎，观众纷纷退场，演出惨遭失败，改良的"天才"变成了蠢才，老窝瓜被视为大傻瓜，往后该怎么办呢？他正在想……

剧中人正在想，彼时的剧作家又何尝不是为抗战戏剧创作的道路而正在想！从作品真切反映抗战时期广大民众寻求出路的思想历程，我们可以体察到作家认识发展的轨迹，并由此发见该剧组蕴含浓烈的现实价值：它不仅鞭挞了社会的腐败和丑恶，抒写了底层艺人的哀苦和不幸，而且在更为深入的层次上嘲讽了专在形式上寻求改良的人们所共存的

---

① 即墨西哥剧作家 Josefina Niggli(1910—1983)的 The Red Velvet Goat，编者加。

肤浅与短视,因而厚积着针砭现实的强大艺术力量。

比较曹禺以前的创作,可以深切感受到《正在想》的可贵。使作家一举震惊剧坛的《雷雨》,从性爱血缘的角度,深刻揭示了旧家庭的罪恶,写得撼人心魄,客观上起到了从一个侧面反映出整个旧中国黑暗社会本质的作用;继之问世的《日出》,则以广阔的社会生活画面,无情地剖析了半封建半殖民地下都市的病根,达到了从正面抨击以金钱为中心的资本主义制度的血腥罪行,这是作家劳工神圣思想的吐露和他对光明未来的呼唤,而至《原野》,出以象征手法,以贯串全剧的传奇色彩大写农村风土人情,表现了中国农民的复仇精神,写以其长,征服了广大观众,然而它们又十分一致地表现出曹禺创作才华横溢、积累丰富、善于创造以及构思精巧和擅长悲剧艺术的特色。可是,当他接触了更现实、炽热的抗战题材,并希望及时反映这一斗争实际时,便暂时显得不那么从心所欲、游刃有余了,特别是《黑字二十八》的失败,给他敲了一记警钟,感受到自己运用抗战题材表现现实生活方面真有点先天不足之憾,他需要及时调整、需要加强生活积累和提炼、需要从根本上寻求适应新情况的表现途径。这位戏剧大师敢于坐山头而望奇峰,以勇敢探索者的姿态,进行更加艰难的跋涉,《正在想》就是他突破自己创作格局、开始起飞的标志。同时,它还体现了作家对现实感触的敏锐和对话剧民族化、群众化方向的执着。这使得曹禺创作"蜕"旧"变"新,题材的现实趋向较前强烈鲜明,笔下的人物以其求取自持命运的精神代替了自杀毁灭的不尽悲哀,民族危亡中的深沉思考代替了对光明未来的朦胧希望;表现形式也为切合战时需要,从多幕剧改而试写灵活便捷的独幕剧,由擅长悲剧到探索喜剧,内容则更为注力于社会剧,风格亦去艳丽而趋于平实。正是这些蕴含在《正在想》中敢于直面严峻现实的乐观精神和果敢行动,成就了他日后创作的丰硕和完美,也为他创作《蜕变》和《北京人》作了准备。就这个意义看来,我们可以说:没有《正在想》就很难有《蜕变》《北京人》,而两剧的民族风格和喜剧追求是在《正在想》之中酝酿成熟的。

从曹禺创作的成败变易中,我们看到了《正在想》所具有的作用,同时也感受到作家创作思想上经历过的苦闷。他为未能成功地驾驭抗战题材焦虑,而外界舆论的一些责难则使他心情更加沉重,难道他的剧作果真在回避民族解放斗争的主题吗?剧作家的良心促他反思,而反思的结果只能是自嘲。这种心态一旦融入作品,便很自然地表现到老窝瓜排演《改良〈平贵回窑〉》上,那么自己写《黑字二十八》呢?是否也充当了马天才的角色而不自知!这种在自嘲中解剖自己的心理,显然是建立在对生活深切感受和思考的基础上的,正因如此,当《正在想》面世时,另一部反映抗战现实的力作《蜕变》也随即脱稿了,这一剧本体现了作者为抗战服务的坚定立场,洪深将它推荐为十部必须阅读的抗战剧本之一,巴金在《〈蜕变〉后记》中称它为作者创作道路上的一方"纪程碑"。是的,它是曹禺从《原野》到《黑字二十八》,到《正在想》,不断扩大视野,为开拓题材苦苦探索、自嘲反思的结晶,而《正在想》正是这一思想历程的高峰,《蜕变》成功的前奏。经过《正在想》的苦思和困惑后,曹禺的思想更深沉成熟,对现实的把握更清醒执着。

曹禺研究资料长编

尽管《正在想》作为艺术产品，还不够成熟，还没有达到他创作揭露世家生活题材作品的高度，更何况这还与作家重感情、轻理性，"不惯于在思想上做工夫"（曹禺：《我对创作思初步认识》），以及没有"获得一种信仰，信奉一种思想"（曹禺：电影文学剧本《日出·后记》）的自发创作状态有关，但是它毕竟经受了时代的洗礼，伴随着作家朝民族的需要这一崭新领域迈开了坚实的大步，而成为曹禺戏剧创作思想发展的又一个里程碑。

《江汉大学学报》（社会科学版）1988 年第 4 期

《家》与其他作品

研究资料

曹禺的《正在想》

姜德明

　　巴金一向喜爱和重视曹禺的剧作。抗战以前,他在上海文化生活出版社为曹禺出版了《雷雨》《日出》《原野》。抗战期间,他又为曹禺印了《北京人》《蜕变》《家》,还有一本独幕剧《正在想》。后者是一本不足百页的小书,1940年10月在重庆文化生活出版社初版,我收存的是1941年六月上海印的再版本。如今两者都已稀见了。

　　剧中的主要角色是变滑稽戏法的一家三口人,丈夫老窝瓜,妻子小甜瓜,儿子小秃子。其他出场的人物有拉洋片的,唱数来宝的,敲洋鼓的,掼跤力士,醉汉,保长,少女,小学教师等,一个独幕剧竟有十数名有台词的演员登场亦属少见。这些走江湖撂地的卖艺人不免爱耍贫嘴,喜欢吹牛,甚至很俗气,但与保长之流相比,他们终究是贫苦善良的一群。老窝瓜的戏法已经没人看了,他赶时髦,与妻子儿子自编自演起话剧《平贵回窑》,结果折腾了半天,出尽洋相,仍以彻底失败而告终。幕落时妻子无望地问丈夫还有新写的本子再演吗?老窝瓜回答:"我,我,我正在想。"这最后一句台词凄然而含蓄,堪称绝妙。

　　《正在想》是曹禺在四川江安国立戏剧学校执教时,根据墨西哥作家约瑟纳·尼格里的剧本《红丝绒的山羊》①改编而成。当然,剧中的人物和环境都已中国化了。剧本问世以后,似乎少人道及,显得很冷落,甚至有人怀疑在战火烽烟的年代,作者何以写了这么一出没有什么社会意义的剧本。遗憾的是我至今没有见过曹禺有关的创作自白,也无法回答这种质疑。曾经有人作文猜想曹禺在写这出小戏时,已有近五年写不出作品,因而"《正在想》所反映的正是作者此时的自嘲的心境"。我是不同意这看法的。后来我偶读1995年9月中国戏剧出版社出版的《剧专十四年》,内有蔡骧写的《记万先生的教学》,作者说:"一次,曹禺为我们讲喜剧分类,讲到闹剧(Farce),由于找不到合适的、真正可以作为闹剧看的剧本,他便说,我给你们写一个,这就是后来曾经使许多人迷惑不解地问:曹禺为什么写这样一出戏?——《正在想》出世的原因。"一部小小的独幕剧,能够让它承载多么沉重的题旨呢?评家的要求过苛了。

　　当我还是一名中学生的时候,我就读了《正在想》。我认为曹禺的戏是最适宜搬上舞台的,同时又是非常适合阅读的。他不像有的剧作家只写台词,而是乐于写幕外的说明,与导演、演员、观众、读者做直接的交流,不仅讲人物的心理活动和生活环境,甚至交代布景道具等细节,《正在想》结构虽小,却保持了几部大戏的特色,我视这些说明文字为剧作

---

① 即墨西哥剧作家 Josefina Niggli(1910—1983)的 The Red Velvet Goat,编者加。

整体的一部分,是优美的散文。

　　《正在想》提供的生活环境,显然是北方城市的露天游艺场,我感到很亲切,更直接地说,我读后立刻便联想到曹禺也许写的就是天津贫民区南市的"三不管"。少年时代我去过那地方,见过那些流浪艺人,我深信如果曹禺不熟悉类似"三不管"这样的地方和人物,正像他当年若不化装私访天津的三等妓院就写不出《日出》的翠喜一样,他便写不出《正在想》。当然,如果没有对穷苦卖艺人的同情和关心他们的命运,他更写不成《正在想》。这个独幕剧在曹禺的全部创作中也许是微不足道的,但我却认为这是他当年在天津生活的一段难忘的记忆,寄托了他对这座城市深厚的感情。晚年的曹禺对写《曹禺传》的田本相说过,他忘不了天津是他的出生地。他老了,就要回到天津去,"或者,我不能亲自回去,那么就让我的灵魂回去。"①我甚至想,独幕剧《正在想》,是他献给天津的。

　　说起来《正在想》亦曾经历过观众的检验,最初是在剧校的演出,由曹禺导演,吕恩参加了演出。1940年九月在上海由黄佐临导演,李健吾饰老窝瓜,夏霞饰小甜瓜,韩非饰小秃子。1941年6月在重庆由江村、舒绣文、吴茵、钱千里主演。1942年在北京由郑榕演过剧中的哈哈笑。1946年2月在上海欢送老舍、曹禺访美的大会上,石挥、丹尼又演出了《正在想》,如此惊人的演出阵容,怎不令人心驰神往,随着时光的流逝,怕亦是此曲只应天上有了。

2011 年 4 月

《今晚报》2011 年 4 月 25 日

　　①　《曹禺访谈录》,香港三联书店 2000 年版,第 169 页。

与时俱进的《正在想》

张耀杰

　　1939 年 4 月，日本飞机多次对重庆进行狂轰滥炸，国立剧校再一次奉命搬迁，被疏散到 300 里外的江安小县，设校址于城西紧靠城墙的文庙中，曹禺一家被安置在曾任中共江安县委代理书记的张安国家里。

　　为配合自己的教学活动，曹禺把墨西哥作家约菲纳·尼格里的独幕剧《红丝绒的山羊》改编成为《正在想》，于 1939 年 10 月 19 日在校内首演。关于该剧，田本相介绍说："对此剧历来有着种种猜测和看法。有人认为《正在想》是作者的自我解嘲，说曹禺有将近五年不曾写作了，他很想改变自己与现实的关系，可能《正在想》所反映的正是作者此时自嘲的心境。这种看法是不符合实际的。《正在想》创作之前，他刚完成了《蜕变》，怎么说是五年没有创作呢？还有的认为，此剧改编的目的，是为了讽刺大汉奸汪精卫的。显然，这种看法也是脱离剧本实际的臆测。"①

　　而在事实上，《正在想》的写作与演出的时间，并不是在《蜕变》之后，而是在《蜕变》之前。该剧讲述的是一个与时俱进赶时髦的戏班班主的滑稽故事。剧中的老窝瓜是马家戏班的班主、一位表演滑稽戏法的 50 岁左右的老艺人。借用舞台提示中的说法，他是一个"傻好儿"。他自己在剧中自称是"马天才"。老友老盖儿骂他是"怕老婆的货"。他的妻子小甜瓜骂他是"乌龟孙"。剧中与丈夫并不和睦的小甜瓜，又被剧作者曹禺认定为"聪明"人："聪明的小甜瓜暗自不信这一套吉利话，却也不便议论。心想说不定这'傻好儿'时来运转，福至心灵，也许从此大家就翻了身。再者，变变也好，就算是做梦都好。"

　　眼见蹦蹦戏、说大鼓、单口相声、歌舞团生意兴隆，"傻好儿"老窝瓜突然间悟出了"要发财，得改行"的道理，决定以后专演最受欢迎的"话剧"。这位连本国汉字都不会书写的"傻好儿"，竟然改编了一部文明话剧"改良《平贵回窑》"。他不仅委托门口摆测字摊的算命先生帮忙写作剧本，而且专门给自己起了一个响亮的艺名"马天才"，同时还给妻子小甜瓜起了一个颇为感伤的艺名"悲秋女士"。夫妻之间为此还有一段戏曲踩板式的一唱一和：

　　　　小甜瓜：(身世凄凉)老喽！

　　　　老窝瓜：(摇头想哭)不成喽！

　　　　小甜瓜：(眼圈通红)年头改喽！

---

　　①　田本相等著：《曹禺评传》，重庆出版社 1993 年版，第 155 页。

老窝瓜：(抬头，哭声)秃子妈！

小甜瓜：(不觉也怜惜她的老伴，慢慢地)秃子爹！

老窝瓜：(忽有所感，豁然贯通，暮立)所以我说你得叫悲秋，悲秋女士。就是那"黛玉悲秋"的意思！

与曹禺戏剧中几乎所有不能够独立自主地掌握自己前途命运的"鬼""傀儡""可怜的动物"一样，老窝瓜的内心深处，高悬着一个阳光天堂般神圣美好的彼岸梦想：

(飘飘然)不是我贫嘴，秃子妈，你就听我给小秃子起的名字起得多好，马一飞，这一飞就飞上了天，将来包银就二百块。

(非常慷慨地)不，你拿去，你都拿去。我马天才图名不图利。我想的这几出戏，就够我万古扬名，以后，整千整万的钱，都归你。

小甜瓜其实与"傻好儿"老窝瓜一样，是一个拥有自相矛盾的多重人格的空洞人物。正因为如此，尽管她对于丈夫的为人心中有数，却架不住对方一轮又一轮的情感攻势。为了成全丈夫的事业，她卖弄风骚请来三教九流捧场助阵。不曾想，登台演出的老窝瓜、小甜瓜和小秃子，连台词都没有来得及熟记下来，只能依赖拉洋片唱西洋景的哈哈笑，躲藏在幕后一句一句地提词。演出过程中，不能把戏里的当"王八"与戏外的怕老婆区分开来的老窝瓜，为了证明自己是"男子种"，在台下观众的怂恿下对倒在台上装死的小甜瓜额外踢了一脚，从而激起小甜瓜脱离剧情的厮打纠缠。一场标榜为文明话剧的戏剧演出，最终变成一幕低级趣味的生活闹剧。在前来捧场助阵的人们一哄而散的情况下，剧中又专门运用戏曲舞台所常见的抖包袱、洒狗血的一段旁白来进行点题：

小甜瓜：(追赶)你不是说你一脑袋都装的是戏吗？(把老窝瓜逼得走投无路，举棍)你个乌龟孙！(就要打去)

老窝瓜：(大叫)秃子妈，我有(甜瓜停住手)我有……我有好的。

小甜瓜：(叉腰)在哪里？

老窝瓜：(实无办法，只好幽默)我，我，我正在想。

在老窝瓜和小甜瓜戏里戏外纠缠不清的同时，他们的儿子小秃子即马一飞，也在运用老窝瓜即马天才变滑稽戏的老戏法，对小红展开情爱攻势："(站起)还有军乐队，红军服，蓝呢裤，头顶白兔子毛，'滴滴打打，打打滴'，把你吹到我们家里。……(神采焕发)进大门，入洞房，抬头一望，喝！里面金皮柜，银皮箱，虎皮椅子象牙床，团龙靠枕，喷香的被，鸭绒褥子，绣花帐，(向小红近旁偎坐)这时候我们吃交杯酒，长寿面，子孙饽饽，团圆饭，——这时候，(小秃子不自觉对小红忽然一笑，二人立刻都低下头)"正当小秃子说得高兴的时候，小红的同伴领弟以一句"刻薄"话揭穿了他的骗局："这一段我听你爸那天(指幕)在台上说过。"

至此，剧作者曹禺巧妙地把老窝瓜的全部底细和盘托出：所谓的文明话剧乃至现代话剧，与走乡串市闯江湖的民间草台班的变戏法，原本就是一回事。无论怎么变化，都走不出中国传统文化万变不离其宗的神道骗局和文化怪圈，也就是鲁迅在《女吊》中所概括的"开场的'起殇'，中间的鬼魂时时出现，收场的好人升天，恶人落地狱"。这其实也是曹禺戏剧永远也难以摆脱的文化宿命。

意犹未尽中，曹禺还在《正在想》的末尾处，继《雷雨》一剧的序幕与尾声之后，再一次仿效传统戏曲传奇《桃花扇》的旧例，附加上一场余声余韵的歌舞戏。从而通过一哄而散的李保长等人的卷土重来，在委曲尽情、淋漓尽致的嬉笑怒骂中，对"傻好儿"老窝瓜加以围攻并且痛施杀手：

> 冬瓜甜瓜老窝瓜，一脑袋糨糊烂扒扒，加点酱油放点醋，就当作猪脑髓吃了吧！（叫）嘿，你一嘴，我一嘴，那旁边气坏了剧作家，从今以后才知道，原来他是个大傻瓜。嘻嘻嘻，哈哈哈，看戏的在前面笑哈哈，嘿！你们诸位先不要笑，编这幕戏的也是一个大傻瓜。嘻嘻嘻，哈哈哈！（白）他气死了。

《正在想》所嘲笑、所调侃的对象，并不限于曹禺自己。与"手势腔调俱脱不了旧剧的气味"的"改良《平贵回窑》"最具可比性的，是吴祖光轰动一时的抗战戏剧《凤凰城》。关于这一点，吴祖光晚年在《"投机取巧"的〈凤凰城〉——我从事剧本写作的开始》中回忆说："就是在我20岁的1937年，非常偶然地写了这个《凤凰城》……这个剧本写得太幼稚，今天一看会教我感到脸红耳赤。譬如剧中苗可秀别家出征总带着义仆张生，直到他殉国死难，完全是旧戏里公子随身的书童那样的主仆关系。第一幕可秀和妻子分别，赵侗打趣，居然唱了一段京剧'平贵别窑'。弟弟可英要随他参加战争，他劝弟弟要好好读书……现在连我自己也看不下去。这也说明，比起半个世纪以前的1937年，我到底还是进步多了。"

应该说，在老窝瓜与小甜瓜身上，是印证着曹禺与郑秀之间的几缕神韵的。曹禺与郑秀当年在清华园里，就是通过戏台上的扮演情人开始戏台之下的情爱追逐的。写作《正在想》的曹禺，已经有两年多的时间没有写出像样的剧本，妻子郑秀一年前因为生育大女儿万黛而辞掉工作，养家糊口的担子不可推卸地落在不善持家理财的曹禺肩上。相对于后生可畏甚至于后来居上的吴祖光，曹禺完全称得上是像老窝瓜那样的同行前辈。正是在妻子郑秀的催促逼迫以及吴祖光后来居上的竞争压力之下，曹禺颇为急功近利地接连写作出了《正在想》和《蜕变》。与《正在想》中所表现的与时俱进赶时髦的精神危机不同，曹禺在接下来创作的《蜕变》中，为摆脱阴间地狱般的精神危机和生存危机，极其廉价地找到了一条不需要跨越从此岸世界到彼岸世界的天堑鸿沟，就可以直达阳光天堂般神圣美好的理想境界的人生捷径。

张耀杰：《曹禺：戏里戏外》，东方出版中心2012年版

关于曹禺的早期创作

田本相

最近一个时期,曾接到一些朋友和年轻同志的来信,向我索取曹禺早期创作的篇目,或探询有关的问题。这样,就促使我写一篇关于曹禺早期创作的文章,一方面是介绍;一方面也谈谈我的看法。

一

在我撰写《曹禺剧作论》时,我曾把我发现的曹禺的两篇早期诗作《四月梢,我送别一个美丽的行人》和《南风曲》作了评介。后来,我又陆陆续续地发现曹禺的一篇小说《今宵酒醒何处》;诗三首《林中》《"菊"、"酒"、"西风"》《不久长,不久长》;杂文一篇,名《杂感》;改译剧作两部《冬夜》和《太太》;此外还有他翻译的莫泊桑的两篇小说《一个独身者的零零碎碎》和《房东太太》。

二

先介绍一下他创作的短篇小说《今宵酒醒何处》。这篇小说刊登在天津出版的《庸报》副刊《玄背》上。时间是 1926 年 9 月。《玄背》每周出一次,共出二十六期。曹禺的小说从第六期开始连载到第十期刊完。遗憾的是,其中缺一期,遍查京津沪等地主要图书馆都未能查到。

一般研究者都以为万家宝第一次用曹禺的笔名发表的作品是《雷雨》,现在看来就不对了。《今宵酒醒何处》就是用"曹禺"的笔名发表的。是不是第一次用这个笔名,目前尚不能断定;但却是目前发现最早用曹禺作笔名的作品了。

为什么曹禺要写这篇小说,又为什么把它发表在《庸报》副刊《玄背》上呢? 这里还有一段故事。据曹禺同志对我说,那时他演新剧是入了迷的,但是,他不只想演剧,还总想写点什么。有几个要好的同学经常在一起谈文学创作,便想办一个文学刊物。其中一位同学和《庸报》的副刊文学编辑王希仁很熟,于是便决定办《玄背》。曹禺对新文学是很迷恋的,他很早就读过鲁迅的《呐喊》、郭沫若的《女神》。他读《语丝》《创造》《小说月报》等新文学期刊,他对新文学的热衷和喜爱远远超过了外国文学和古典文学。他曾经说:易卜生的作品"无论如何不能使我像读'五四'时期作家作品一样的喜爱。大约因为国情不同,时代也不一样吧。甚至像读了《官场现形记》一类清末谴责小说,都使我的血沸腾起来要和旧势力拼杀一下,但易卜生却不能那样激动我!"①而在新文学作家中最能引起他的兴趣和崇拜的是郁达夫。曹禺说,他为郁达夫的《沉沦》集迷住了,他和他的同学都很崇拜郁达夫,敬仰郁达夫,正是在郁达夫小说的影响下,他写了小说《今宵酒醒何处》。

据曹禺同志说,他写《今宵酒醒何处》,是借柳永的词来抒发他的感情。这篇小说是全然按照郁达夫那种感伤浪漫主义的情调和模式来写的。小说写的是青年恋爱的故事。男主人公夏震同梅璇小姐相爱了,正当他们情爱甚笃的时候,便遇到了波折。梅璇的叔父从中作梗,不同意梅璇和夏震相爱。梅璇叔父之所以持反对态度,是因为一个名叫野村三郎的日本贵族青年,他看上了梅璇,他要把梅璇从夏震那里夺来,便借着他父亲是日本显赫贵族的权势对梅的叔父施加影响。梅的叔父是个势利小人,为了巴结野村三郎,便听信他的挑拨,也不顾野村三郎是个有妇之夫,便执意把侄女嫁给野村,逼着梅璇同夏震断绝来往。在这种高压之下,梅璇被迫同夏震分手。梅璇并非要和野村要好,而是以此作为权宜之计,先应付野村三郎一下。可是,夏震却以为梅璇和野村三郎真的要好了,便以为梅璇见异思迁,背弃爱情誓盟,从而陷入无量的愁苦哀伤之中。为了消愁排闷,便到妓院里去厮混度日,颓废感伤之情无以复加。这种忧伤之情在写给他的好友文伟的信中表现得淋漓尽致,也构成了小说的感情基调。他在信中说:"我的心身日益萧索,长日昏噩噩地,饮酒凄闷,到荡妇窝里,胡闹也是凄闷,终日觉得空虚落漠,不知怎样是好。"他在一首诗中,诅咒"人类本是残酷无知蠢物",他要"今朝有酒今朝醉",小说的结局,是在文伟的暗中帮助和安排下,当夏震乘船要回B地时,梅璇又突然出现在船上。他们终于解除了误会,倾诉着分离之苦情。按理说,在这喜重逢中,应使夏震感到高兴;但是,这并不能使他的心灵创伤得以愈合,相反却更是心境漠然,便脱口说出柳永的词句:"多情自古伤别离,更那堪、冷落清秋节。今宵酒醒何处?⋯⋯"说着眼泪黯然坠了下来。这结束仍然是凄楚伤感的调子。

看看郁达夫的小说,还有创造社其他作家写的小说,就觉得《今宵酒醒何处》给人以似曾相识之感。我以为曹禺早期是写诗、写剧,还是写小说,这并不特别重要;但对他如此热衷郁达夫的小说,以及喜欢郭沫若的《女神》,却是应当给予足够重视的地方。一些研究者都以为曹禺是一个现实主义作家;但是,从他早期的文学倾向来看,他对浪漫主义,特别是感伤浪漫主义是曾有一度热烈追求和向往的。早期作家的美学追求和倾向并不一定在他后来的创作中原封不动地保持下来,但它却是未来创作美学倾向的基因,这是任何作家的创作实践都证明了的。而这点恰是应当加以研究的。像《今宵酒醒何处》,作为一篇小说,它的技巧并不高明,有着明显的模仿的印痕,但是,这篇小说对抒情性的追求,对感伤诗意的表现都给人以深刻的印象。对郁达夫作品的倾慕,也并非是曹禺故作多情,他那种自幼便失去了亲生母亲而带来的忧郁和苦闷,以及家里令人窒息的环境造成他内心的孤独感和苦闷,这种情性都可能使他更接近郁达夫,更接近郁达夫那种感伤浪漫的情调。

---

① 颜振奋:《曹禺创作生活片断》,《剧本》1957年第7期。

创造社的浪漫主义是以主情主义为特色的,无论他们写诗写小说还是写戏剧,都把自我抒情放到重要位置上。郁达夫在他的《诗论》中就说:"诗的实质全在感情",而文学的本质也"全在感情"的。正是在这点上,曹禺的早期创作接受了以郁达夫为代表的创造社作家的影响。

三

《玄背》的同人都崇拜郁达夫,《玄背》创刊不久,他们便把《玄背》寄给郁达夫,并写信给他,希望得到他的支持和指导。当时,正在广州的郁达夫,接到《玄背》同人的信,很快便复信了。曹禺回忆说,当他们收到这封回信时,心情是十分兴奋的,受到了很大的鼓舞。他以为郁达夫的来信对他这样一个热爱文学的青年来说是太重要了。在他的心目中,郁达夫是大作家,能给他们来信,是很不简单的一件事。这在他未来的创作道路上无疑是起了重大而深远的影响的。他们是那样兴奋,很快便把郁达夫的信发表在《玄背》上。郁达夫这封信可算是他一篇重要的佚文,不妨也照录下来:

玄背社诸君:

记得今年的四五月里,你们忽而寄来了几张刊物,题名《玄背》。我当时读了,就感到一阵清新的感觉。举例来说,就譬如当首夏困人的午后,想睡又睡不得,想不睡又支不住的时候,忽而吃一个未熟的青梅样子。这时候我的身体不好,虽则说是在广州广东大学教书,然而实际上一礼拜只上三点钟课,其余的工夫,都消磨在床上横躺着养病。因此,从前接手做的事情,都交出去托别人办了,第一,那个创造月刊,就在那时交给了仿吾。一两个月后,接到了北京的信,说我的宠儿病了。匆匆赶到北京,他的小生命,早已成了泥土。暑假三个月,优处北京,只和我的女人,在悲哀里度日,旁的事情,一点也没有干。

这一回到广州,是在阳历的十月底,未到之前,先有一大堆书件报纸,在广大宿舍里候我了。打开来看时,中间也有你们的《玄背》(系和《庸报》一道寄给我的),接着又见了你们的信。

读了你们的信,才想起当时想和你们交换广告的事情来。这事情实在是我的疏忽。当时交原稿(《创造》第三期)给仿吾时,没有提出来说个明白,所以变成了欺骗你们的样子。现在《创造》月刊,又归我编了。在第六期的后面,当然可以把《玄背》介绍给大家。虽然介绍的方式,还不能预先告诉你们。但是在过去三四个月里,却使你们太失望了,这一点是我的疏忽,请你们恕我。

现在上海北京,有许多同《玄背》一样的刊物问世,它们的同人,都是新进的很有勇气的作者。可是有一点,却是容易使人感到不快的,就是这一种刊物的通病,狂犬似的没有理由的乱骂。骂人,本来不是容易的事情,尤其是在现在的中国。

我的朋友成仿吾也喜欢骂人,可是他骂的时候,态度却很光明磊落,而对于所骂的事实,言语也有分寸。第一,他骂的时候,动机是在望被骂者的改善,并非是在尖酸刻薄的挖苦,或故意在破坏被骂者的名誉。第二,他骂的,都是关于艺术和思想的根本大问题,决不是在报睚眦之仇,或寻一时之快。

你们的小刊物上,也有几处骂人的地方,我觉得态度都和仿吾的骂人一样,是光明磊落,不失分寸的。这一点就是在头上说过,《玄背》使我感到清新的一个最大原因。以后我还希望你们能够持续这一种正大的态度,对恶势力,应该加以十足的攻击,而对于不甚十分重要的个人私事,或与己辈虽有歧异而志趣相同的同志,断不可痛诋恶骂,致染中国"文人相轻"的恶习。现在交通不便,政局混沌,这一封信,不知道要什么时候能够寄到天津,并且收信到日,更不知你们的《玄背》,是否在依旧出版。总之,我希望你们同志诸君,也能够不屈不挠地奋斗,能够继续作一步打倒恶势力阻止开倒车的功夫。

达夫寄自广州

1926 年 11 月 15 日夜

(《玄背》第 16 期)

从这封信可知郁达夫和《玄背》以及和曹禺的某些历史联系。这点,还是过去很少为人道及的。曹禺和朋友们办《玄背》,也并非把文学当成儿戏,他们自称是"不受天命"的青年,他们"感到周遭一切恶势力的压迫,既没有十足的权威来发一道命令去禁止它们的侵袭,又不能像屠夫刀下的羔羊似的战栗着讲'服从'的大道理,只得几个人结合起来,硬着头皮去碰恶势力的铁钉子,碰死了也是一个勇敢的死鬼,碰不死就拼上了这条不值钱的命还是跟它碰,早晚总有一个胜负的日子。"[1]当郁达夫指出《玄背》使人感到"清新"时,就使他们特别感到安慰了,更激起他们要"像郁达夫先生希望那样,'不屈不挠'的干去"。

无疑,曹禺也在同郁达夫的交往中得到信心和力量。我们还不能查找出《玄背》中是否有曹禺写的"骂人"的文章,但郁达夫那种鼓励他们对恶势力"应该加以十足的攻击"的话,是对曹禺有影响的。这点,从曹禺写的《杂感》一文可看出来。

四

关于曹禺早期的思想,除了曹禺自己曾经谈过的,其他就很难找到什么文字材料作为佐证了。我觉得曹禺的《杂感》的发现,对了解他早期的思想,可多少提供些线索。曹禺曾说,他有着"一般青年人按捺不住的习性",他内心积蓄着愤怒和不平,"时日曷丧,予及汝偕亡"。这成了他的思想主导倾向。但这些思想又是从哪里来的呢?他对那旧社会持怎样的态度呢?这篇《杂感》可看出些端倪。《杂感》,署名万家宝,发表在《南中周刊》——1927 年 4 月 18 日第二十期。再过一年,他就该高中毕业了。

这篇《杂感》,确如郁达夫所说的那样,作者对恶势力的攻击持"正大的态度",它的"骂人"也"是光明磊落,不失分寸的"。在文章的序言部分,很鲜明表示着他的原则和态度:面对"因袭畸形社会的压制",文学创作者们"将避去凝固和停滞,放弃妥协和降伏,且在疲弊困惫中要为社会夺得自由和解放吧。"在这里,他把文学同为夺得社会自由解放联系起来,

① 蓬西:《郁达夫致〈玄背〉诸君信·附言》,《玄背》第 16 期。

体现出作者的战斗热情和高度的社会责任感。也许，他是《南中周刊》的编辑，他还呼吁同学们大胆发表意见。他说："同学们尽可发挥个人的意见，不顾忌地陈说自己对于环境的不满（当然。向猥亵的社会攻击更是我们青年的精神。）只要自己能踢开利害的计算"。这些，都表明他那种坦荡而爽直地批评社会的态度。

《杂感》于序文后列出三个小题目，一是《Gentleman 的态度》；二是《"文凭同教育救国"》；三是《Supply and demand》（《供给和需要》）。在《Gentleman 的态度》一文中，他嘲讽了一位教授屈从于"洋权威"的恶劣态度。这位教授在讲台上"大讲其理"，说什么"……好了，外国人有金钱有强势，犹以 Gentleman 的态度对待我们，我们反不自量力，不以 Gentleman 的态度向他们，这不是自找苦吃么？"作者援引这个事例后指出，这种以"他们的'主人'如何，他们亦如何"的说法，貌似合理，但却是"他们全驱服于洋权威"的荒谬逻辑。在《"文凭同教育救国"》中，他讽刺了一面学生在考试时作弊"色门月教俱超过八成"，一面校长在每次开学和毕业典礼时讲着"教育救国"的现象，他以为这不过是领得一个自欺欺人的"'教育救国'的执照"罢了。《Supply and demand》一文也是讽刺得颇为辛辣的，此文先提出"需要多供给少则市价涨"的一般道理，然后引出一学生发问说"上次北京猪仔奇贵，是不是供给少于需要的原故"，答曰：是这个道理。文章把笔头转向一种社会现象，即"做太太确是一件难事"，有些人选"太太"，必定是"英语精通，满身洋气"，"要洋气非游外国不可"，这样大学毕业的女学生都得落选。要入选，那就得"读洋书，做女留学生"。文章最后说："上面足能阐明 Supply（需要）and demand（供给）的原理，当然这比买卖猪仔有趣多了。"这则杂感虽不能说十分深刻，但却具有一种令人发笑的喜剧性，而且在当时起到了讽刺曹锟贿选的作用。

虽然只是一篇《杂感》却对我们了解学生时代曹禺的思想倾向很有帮助，他并不是那种只知读书演戏而对社会无动于衷的人，他对生活对社会都是具有一种敏感和批判激情，而且从这三则杂文更看出作者很善于捕捉生活中的喜剧性的矛盾。

五

现在，又可以回到前面提到的课题了。如果说，在《今宵酒醒何处》这篇小说中，表现出曹禺早期创作的感伤浪漫主义的倾向，那么，在他的早期诗歌创作中，这种倾向就更为明显了。

在《曹禺剧作论》中，我对《四月梢·我送别一个美丽的行人》和《南风曲》已作过一些评价，指出这两首诗"具有细腻的抒情特点，也很善于刻画诗的意境。或凄婉清冷，或恬淡幽静，显示他的文学修养"。两首诗"都带有这种'超脱'的意味"。甚至认为《南风曲》"具有一种田园牧歌般的情调"。还说，从这些诗，"我们看到他早年受过资产阶级纯艺术观的影响"。现在来看，这些评价就不够了，一是不够准确，二是不够深入。因为当时对他的早期创作知之甚少，也只能就诗论诗。曹禺早年喜欢写诗不是偶然的，他从小便有着爱幻想的天赋，他性格内向，颇重感情。他那种富于想象力的特质，也使他去追求诗，追求诗的情感，诗的意境。现在发现他更早的两首小诗，可看出他受古典诗词的影响。

林　中

晚风吹雨，点点滴滴，

正晴时，闻归雁嘹唳。

眼前黄叶复自落，

遥望，

不堪攀折，

烟柳一痕低。

"菊""酒""西风"

黄黄白白与红红，

摘取花枝共一丛。

酌酒半杯残照里，

——打头帘外舞西风！

这两首诗发表在 1926 年 10 月 31 日的《庸报》副刊《玄背》第 13 期上。这两首小诗分明有着一种感伤而凄零的调子，又分明烙印着古典诗词的痕迹。从诗的意境，诗的语言，诗的格式都可看出是受了词的影响，思想情趣和《今宵酒醒何处》是相通的。他写这些作品时不过十五六岁，年岁尚小，但内心却有着这么浓重的感伤和苦闷。他父亲就曾说过他，不知为什么他这样小小的年纪就有这么多苦闷。除了我们提到的他个人的遭际、家庭环境影响之外，不可否认，他的感伤苦闷也多少是社会制度的重压在他心灵上的投影。在《杂感》中就可看到他那时对许多社会现象已相当敏感了。

如果说《南风曲》等都还带有一种空灵的超脱的浪漫情调；那么，新发现的《不久长，不久长》就更浓重地表现出他的感伤浪漫主义色彩。

不久长，不久长

不久长，不久长，

乌黑的深夜隐伏，

黑矮的精灵儿恍恍，

他忽而追逐在我身后，

啊，爹爹，不久我将冷硬硬地

睡在衰草里哟，

我的灵儿永在

深林间和你歌唱！

不久长，不久长，

莫再谈我幽咽的琴弦，

莫再空掷我将尽的晨光。

从此我将踏着黄湿的
草径躞蹀，
我要寻一室深壑暗涧
作我的墓房。
啊，我的心房是这样抽痛哟，
我的来日不久长！

不久长，不久长，
无星的夜里，这个精灵轻悄悄地
吹口冷气到我的耳旁：
"嘘……嘘……嘘……
来，你来，
喝，喝，……这儿乐。
——喝，喝，你们常是不定、烦忙。"
啊，此刻我的脑是这样沉重哟，
我的来日不久长！

不久长，不久长，
袅袅地，他吹我到沉死的夜邦，
我望安静的灵魂们在
水晶路上走，
我见他们眼神映现出
和蔼的灵光；
我望静默的月儿吻着
不言的鬼，
清澄的光色射在
惨白的面庞。
啊，是这样的境界才使我神往哟，
我的来日不久长！

不久长，不久长，
乌黑的深夜隐伏，
黑矮的精灵儿恍恍，
他忽尔追逐在我身旁。

忽而啾啾在我身旁。

啊，爹爹，不久我将冷硬硬地

睡在衰草里哟，

我的灵儿永在

深林间和你歌唱！

（《南开双周》1928 年第 1 卷第 2 期）

从这首诗的思想来看是相当消极而悲观的：寻找一个深壑暗涧作为自己的坟墓，神往
一个静谧森然有着鬼魂相伴的境界。的确，这很难令人明白：他当时那么年青却为何产生
这样诗的玄想冥思，积淀着如此浓郁的人生苦闷。尽管我们不能把作家的思想和作品的
思想等同起来，但这首诗的消极的思想倾向是不能抹煞的，它当然反映着作者的思想情
绪。曹禺曾说："我的年轻时代总是有一种瞎撞的感觉"，"好像是东撞西撞，在寻求着生活
的道路。人究竟该怎么活着？"他苦苦地追索着人生的课题，思索着人生的意义，有时搅得
他睡卧不安。我认为，在这些诗中正带着思想追索的苦闷印痕。苦闷并不都是坏事，它往
往蕴藏着深刻的内涵，一旦从具深刻内涵的苦闷中挣脱出来，便使思想来一次升华和提
高。甚至这苦闷本身就具有潜在的价值。这些诗，可以看作是曹禺早期追索人生意义的
诗意表现，由此，也可看出曹禺走向《雷雨》的蛛丝马迹。

六

1982 年 5 月 25 日，我为撰写《曹禺传》去访问黄佐临同志，佐临和曹禺的友谊早在 20
世纪 20 年代末期就开始了，谈到曹禺的创作时说："家宝是经过改编外国的剧本而逐渐走
向自己的创作道路的，他改编过《争强》《财狂》等，就是高尔斯华绥、莫里哀、易卜生的剧
本，经过这些改编，使他懂得什么是戏。他又演这些剧作家的戏，这样，就从改编过渡到创
作，并且写出好的作品来。演戏的人会写戏，就能写出有戏的戏，家宝就是这样的。"佐临
同志的看法是很有见地的。曹禺一开始便能写出《雷雨》这样的杰作，不是偶然的，其原因
很多，但的确在创作《雷雨》之前，他已经改译和改编过剧本，作过试练。据曹禺说，当时要
演的外国剧本，虽然有现成译本，但排演非得修改不可，否则，连台词都读不出来。因为翻
译的语言欧化，观众听不懂。曹禺的早期改编剧本是很难找到了，现在能看到的，有他改
译的两部外国剧本：一名《冬夜》，一名《太太》。

《太太》原名《Whose Money?（A farce）》，是 Lee Dickson 及 Lestic M；Llieksou 合著。
发表在 1929 年《南大周刊》第 74 期，署名小石，并注明"改译"。此剧是一轻松喜剧，没有什
么高深的思想性，作者把人名都改成中国名，叫什么戴士敏，戴依芝等，布景也改成是中国
式的。特别是台词，可以说毫无翻译的痕迹，都是能上口的舞台语言。富于喜剧的风趣，
如不特别说明，说是一出中国戏，也不会有人怀疑的。

《冬夜》，原名《Winter's Night》作者是 Neith Boye。发表在 1929 年《南大周刊》第 77

期,署名小石。人物很少,只有三个人。如同《太太》,作者把人物的姓名,布景,台词都中国化了。此剧是一悲剧,故事并不复杂。在一个冬天的夜晚,哥哥顾继光、弟媳顾阿慈为弟弟送葬回来。外边田野积雪沉沉压着,月光清冷,室内灯光幽微,寂寞而凄凉,弟弟病了十年,哥哥和弟媳守护了十年,弟媳心里是异常的孤单,而哥哥也是。在沉静的夜里哥哥向弟媳倾吐了二十年埋藏在他心里的爱情,但却遭到弟媳的拒绝,他的希望破灭了而开枪自杀,弟媳也似乎因之惊呆了。虽系独幕剧,全剧充满了浓郁的悲剧氛围,人物内心也都有着一种人生悲凉和追求的诗意。从这个剧倒多少可看出它对曹禺剧作的某些影响来。

　　《冬夜》《太太》刊出后,是很有影响的。据记载,"《太太》《冬夜》(系万家宝译)等,今皆为平津剧团及各学校所普遍采用"①。

《中国现代文学研究丛刊》1986 年第 1 期

---

① 《南开新剧团略史》,《天津益世报》1935 年 12 月 8、9 日

关于曹禺早年改译的两个剧本

——《冬夜》《太太》评介

殷子纯　夏家善

1984 年春,我们在收集南开大学校史资料的过程中,发现了 1929 年小石改译的两个剧本—《冬夜》《太太》。曹禺字"小石",此期间正在南开读书,这两个剧本是不是曹禺改译?

1986 年夏,笔者访问曹禺时,谈及此事,曹禺非常高兴,感谢我们发现了他早年改译的这两个剧本。

改译剧本,对青年曹禺来说,首先是一种有益的"吸取"。《冬夜》和《太太》都是"家庭剧",曹禺从阅读过的大量的外国剧本中,特意选择这两个剧本来改译,绝不是偶然的。通过家庭这个社会的细胞可以显示和剖视社会——这既是两个剧本所提供的启示,也是曹禺在自己所熟悉的生活中得到的体验。这种启示和体验,无疑有助于促成他后来进行创作一系列家庭剧的尝试。他的《雷雨》发表之后,被人们称为"家庭剧",曹禺也就成了以写"家庭剧"见长的剧作家。

《冬夜》,写了一个发生在没落的封建农场主家庭中的悲剧故事。剧中的顾阿光,青年时也曾有过事业心,后来一度沉沦,只是因为偷偷地爱上了弟媳阿慈,才改掉了酗酒的恶习,抑制了内心的苦闷。在这个枯燥、沉闷的家庭中默默地呆下去……剧中的女主人公阿慈,本来也是个有独立精神、想干事业的女性,但当被迫嫁给自己毫无感情的农场主顾阿贤之后,她的愿望也破灭了。逆来顺受,把内心的痛苦压在心底,只是忠顺地陪侍长年缠绵病榻的丈夫,细心地料理家务。就这样,做了 22 年的主妇和"贤妻"。阿光和阿慈都在这"监狱"般的家庭中,消磨了宝贵的青春而步入中年。当阿贤病死之后,阿光和阿慈都有"解脱"之感,但两人想法各异,遂造成了感情的纠葛。就在送葬后的当晚,阿慈表示要独自离家去实现埋藏心头多年的愿望:开一家能用多彩的布料美化人们生活的女子服装店。而大伯阿光则急切地向她表白了爱情。当遭到阿慈的拒绝与呵责之后,他悲愤、绝望,痛不欲生,便提着猎枪外出自杀了。

在那个让人们看不到希望的社会里,身处没落家庭的阿光,精神空虚,只是把对阿慈的爱作为生活下去的唯一的精神依托,一旦个人愿望不能实现,精神的大堤就全部倒塌,他便只有走上自杀的儒夫之道了。阿光的死,不仅是个人的悲剧,我们还可以看到它的社会背景。同时,这也反映了女主人公的不幸,深受包办婚姻之害和封建伦理道德束缚的阿慈,在多年"监狱"般的家庭生活中,窒息了内心对于情爱的欲求,甘作"寡妇",以尽"妻道"。她不但不能理解大伯向传统秩序和观念挑战的勇敢行为,反而认为这不可思议,是大逆不道,于是她"严正"地大声斥责向她求爱的大伯:"你完全疯了!……这种思想简直可怕!简直可怕极了!"她树起的传统道德的壁障,不仅使"求爱者"碰得头破血流,也挡住了自己通往幸福的道路。这是多么可悲啊!《冬夜》深刻地揭示了剥削制度和传统礼俗造成的爱情婚姻的畸形现象以及可怕的后果。

《太太》则是一部喜剧。它通过一对夫妻围绕"钱"而展开的勾心斗角,暴露与讽刺了上流社会的腐败与丑恶。嗜赌成性的纨绔子弟戴二爷,为了还清赌债,始则,欲从被太太控制的保险柜中"偷"钱;继则,竟然异想天开地利用抓获的小偷打开保险柜来"盗"钱;当得知保险柜里的钱是演戏用的假钞时,他又甜言蜜语地从妻子那里"骗"钱。这一"偷"一"盗"一"骗",把这个富家浪荡子可笑而又可憎的嘴脸展示得活灵活现。这个剧本同《冬夜》一样,都表现了在以男子为中心的社会里妇女的命运。剧中的女主人公都曾争得点"自主权",但《冬夜》中的阿慈还是成了旧家庭的奴隶。而《太太》中的少奶奶戴依芝,也未能如愿,她似一家之"主",控制了家庭的"财权";她为管束丈夫,费尽了心机,想尽了办法。她掌管保险柜,并改变号码,以防丈夫的"偷";同时又以假乱真,把演戏用的假钞存入柜中,以防其"盗"。然而,尽管一时奏效,但最后还是经不住丈夫哄骗而把钱乖乖地给了他。丈夫得钱之后,照例又去赌场。戴二爷和太太,围绕"钱",各耍手腕,但结果还是丈夫耍弄了太太,而太太终于只能作丈夫的"附庸"。可见,在《太太》这出"喜剧"中,不是也含有"悲"味吗?

这两个剧本,以悲剧和喜剧的不同形式,所反映的外国资本主义社会的某些侧面,同当时中国的现实生活有着不少共同之处,自然会有助于改译者对生活的理解和提炼。

在艺术技巧上,这两个剧本也有值得借鉴的地方。它们都是独幕剧,剧中的人物也都只有三个,但却表现了丰富的社会内容,展示了较为尖锐的戏剧冲突。剧中对话紧凑,人物性格鲜明;尤其是情节安排颇具匠心,富于奇巧。如《太太》,以"保险柜"为中心,围绕人物之间的你诈我骗展开情节,波澜起伏,回环多姿,具有强烈的戏剧冲突。这些艺术特点,无疑会对改译者产生潜移默化的影响。曹禺改译这两个风格迥异的剧本,也表明了他对悲剧与喜剧具有同样的兴趣和追求。

"改译"剧本,不同于"创作"剧本;但对于改译者也是一种极好的练笔。译中有"改",就更需要改译者的"创造"。曹禺根据剧情的需要和中国观众的欣赏习惯,在忠实原著的基础上,对这两个剧本也作了某些必要的"改造"。

其一是,把剧中人物的姓名、服饰、语言中国化,特别是语言上,体现了译者"注意观众视听效果"的一贯主张,除通俗明晓,很少欧化的拗口长句外,还十分注意人物对话的个性化和动作化。

在《太太》中,当二爷(士敏)从保险柜"偷钱"不成,又向少奶奶(依芝)软磨硬要之际,突然电话铃响,他以为是债主来催账,不敢去接,而太太硬要他去。这时,有这么一段对话:

少:(凛严)叫你接电话。士敏,你不是一家之主么?

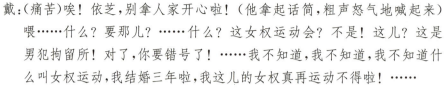

戴：(痛苦)唉！依芝，别拿人家开心啦！(他拿起话筒，粗声怒气地喊起来)

    喂……什么？要那儿？……什么？这女权运动会？不是！这儿？这是男犯拘留所！对了，你要错号了！……我不知道，我不知道，我不知道什么叫女权运动，我结婚三年啦，我这儿的女权真再运动不得啦！……

当太太告诉戴二爷保险柜中的假珍珠项链是她演戏扮"香妃"用的时候——

戴：香妃？咳！他们把角派错了。你应当装一个母狮子才对。

以上这些对话，经过曹禺的"加工"，更加幽默、机趣，不仅有很浓的"中国味"，很强的动作性，而且人物的个性也更为鲜明，突出。你看，戴二爷对太太既怕又恼的神情、心态；少奶奶"母狮子"般的性格特征，都活灵活现，跃然纸上。

其二是，在把故事发生的地点，背景"中国化"的同时，注重戏剧环境的描画。

剧本创作一般都是通过人物的对话和动作来展开剧情，推进故事，对于戏剧环境往往不作过多的铺叙。但曹禺从剧情的需要出发，在改译《冬夜》时，对戏剧环境作了生动的渲染。他把故事发生的地点改在北京西山，接着对北方冬天的山野景色作了细腻的描写。剧情刚一展开，人物还未出场，作者的笔就像一盏聚光灯，照在一间农舍的外屋，"黑"的沉静的室内：水壶，断断续续地"吐出低微单调的沸声"，洋灯疲倦地"瞌了眼"，"窗外漏进的月光"，"幻着种种寂寞，哀愁的影儿"；室外："枯树不动，远山寂寥，田野沉沉地压着一片积雪"这是一幅多么冷清、凄凉的景象啊！这种语句带感情的景物描写，不仅映衬出出场人物当时的心情和处境，也造成了与剧本悲剧基调相一致的环境氛围。这样，既加强了剧本的文学性，也有助于导演和演员理解剧情和人物，从而增强了演出效果。

此外，在改译中，对剧本的内容，曹禺也作了某些删改，以使剧情更为集中。这种内容，情节的改动，到了1935年和张彭春合作改译《财狂》时，就更为明显，与原作相比，创造的成分也更多些。如全剧由五幕改为三幕，故事也完全浓缩到一天之内。一些影响剧情开展的枝蔓予以删除，同时也增加一些能突出主题的穿插，连原来的"喜剧的大团圆结局"也改为"股票倾跌，老财狂幻灭"了。当然，这些增删，都是在不损及原作精华的前提下进行的。

曹禺改译的一个重要出发点，是使剧本的演出适合中国观众的观赏，但也并未完全改掉原作的"洋"味，有时则是亦中亦西。如在《冬夜》中，中国的农舍，里边却有欧美式的壁炉；男主人穿的是长袍马褂，吃的则是"牛奶面包"……这些，似有不伦不类之嫌，但也说明改译者既要忠实原著，又要"中国化"的一番苦心。

改译《冬夜)与《太太》，是曹禺对于如何写剧本的最早体验，也是他戏剧写作才能的最初显露；而且，对曹禺以后的戏剧创作极有助益，诚如曹禺在谈自己的生活和创作道路时所说："无论是参加演出，还是改编剧本，这对我搞剧本创作都是一种锻炼，是有益处的。"①

---

① 田本相:《曹禺剧作论》，第369页。

后　记

　　2017年夏，拿到博士录取通知书后不久，课题负责人刘继林老师问我是否有时间参与"曹禺研究资料长编"这个课题，具体是协助我的导师刘川鄂教授编纂综合卷。此前，我从未参加过任何课题，知道机会难得，便欣然答应。就这样，我在博士学业还未正式开始时就开始曹禺研究资料的编纂。没过多久，阳燕老师反馈，她负责的《〈北京人〉与其他作品研究资料》内容较多，且《北京人》是曹禺比较重要的一部戏剧，可单独成卷，她那一卷最好拆分成两卷。课题组商议后决定采纳阳老师的建议，拆分成《〈北京人〉研究资料》和《曹禺其他作品研究资料》，《曹禺其他作品研究资料》交给我独立负责，于是"曹禺研究资料长编"也由最初商议的十卷本增至十一卷。2020年8月中旬，课题定稿的某次碰头会上，刘继林老师认为本卷应该与前五卷的戏剧作品研究资料名称统一，与后六卷有所区分，就更名为更明确有针对性的《〈家〉与其他作品研究资料》。以上便是设立本卷的始末和名字的由来。

　　曹禺是中国现当代戏剧的领军人物，也是评论界研究最多的一位中国现当代戏剧家，所以几本薄薄的研究资料，是无法穷尽曹禺研究资料的。对曹禺"非经典"作品研究资料的搜罗，难度更大，搜集到好的评论更是难上加难。如编者在搜集曹禺《桥》的研究资料时，煞费苦心却一无所获，以致本卷遗憾地未收入《桥》的研究文章。本卷编选资料还涉及曹禺早期翻译、改译、与人合作改编的戏剧，这部分大多是演出和剧本研究杂糅在一起，很难取舍。更何况新中国成立前的报刊杂志数量繁多，大都难寻踪迹，新中国成立后对曹禺"非经典"作品的研究热度研究质量不增反降。以上种种，都是本卷编选过程中遇到的难题。

　　本卷是"曹禺研究资料长编"中较特殊的一卷：其一，涉及的曹禺作品比较庞杂，除曹禺原创戏剧外，还有曹禺早期创作的诗歌、小说，翻译或改译戏剧，收录范围广；其二，研究对象早到曹禺最早的作品，晚至最晚的作品，时间跨度长；其三，因本卷涉及作品种类繁多，每部作品所受关注度不同，创作年代也相距较远，研究资料的数量、文章深浅度不一，导致每部分收录资料的数量略失平衡。在综合考量曹禺研究资料的史料价值和新中国成立前后曹禺"非经典"作品研究资料的收集难度后，本卷决定侧重新中国成立以前的资料。在新中国成立前的文章选择上，除部分难以识别、影响阅读效果的文献资料外，都尽可能收入。惟愿尽己之力，为曹禺研究爱好者提供更全面的史料参考。

　　编选研究资料，不仅需要翻阅甄选大量史料，还要花很多时间在文字编辑和校对上。

难忘数个日夜紧盯着那些繁体竖排发黄模糊的扫描本,熬到两眼干涩手指发麻。既有发现新文献的欣喜,也有文献损毁以致无法识别的遗憾。

曹禺研究资料的编选贯串了我的整个读博生活,无论何时,"曹禺"两个字始终萦绕心头。这篇后记,便是我搂着孩子哺乳时在手机上敲打出的。2019年夏,我前往美国爱荷华大学"国际写作计划"访学。每天上午去图书馆搜寻、翻阅、复印资料,下午去聂华苓女士家扫描整理资料,为了按时交稿只能在晚上校对曹禺研究资料。爱荷华的夜安静得可怕,一人在租住的半地下房间里看着电脑屏幕上的发黄字体,恍如隔世。这些泛黄的旧文献伴我度过了在美国的90个长夜。

在人生如此重要的求学阶段参与这个有意义有分量的课题,荣幸之至。在此特别感谢导师刘川鄂教授推荐我参与此课题并为我的编选工作和导言撰写提出宝贵建议,感谢刘继林教授分享新中国成立前的珍贵资料并提供编选思路,感谢湖北大学文学院现当代文学专业的硕士研究生——我的师妹龚道林和余梦帆帮忙分担枯燥的校对工作。

最后,需要特别说明的是:本书作为湖北大学中国语言文学学科建设的重要成果,其编选和出版得到了湖北大学"中国文化传承与发展"省级优势特色学科群和湖北大学"中国语言文学与哲学文化"省级一流学科建设项目的大力支持,在此一并感谢。

囿于本人见闻和篇幅限制,未能一一收录,资料收集的数量、收录的质量肯定也存在诸多不足,若有不妥,欢迎指正。

汪亚琴

2020年夏,于宣州